LA MAISON DE L'ANCÊTRE

DU MÊME AUTEUR
CHEZ POCKET

L'ARCANE DES ÉPÉES :

I. LA LIGUE DU PARCHEMIN

1. Le Trône du Dragon
2. Le Roi de l'Orage

II. LA ROUTE DES RÊVES

1. La Maison de l'Ancêtre
2. La Pierre de l'Adieu

SCIENCE-FICTION

Collection dirigée par Jacques Goimard

TAD WILLIAMS

L'ARCANE DES ÉPÉES :

II. LA ROUTE DES RÊVES

LA MAISON DE L'ANCÊTRE

RIVAGES/FANTASY

Titre original :
STONE OF FAREWELL

Traduit de l'américain
par Jacques Collin

Si vous souhaitez recevoir régulièrement
notre zine **« Rendez-vous ailleurs »**, écrivez-nous à :

« Rendez-vous ailleurs »
Service promo Pocket
12, avenue d'Italie
75627 PARIS Cedex 13

PRESSECO
PAPIER RECYCLÉ
NATURE PROTÉGÉE

ISBN : 2-266-07889-5

Cette série est dédiée à ma mère, Barbara Jean Evans, à qui je dois ma profonde affection pour la Salle des Crapauds, la forêt de Mille Arpents, le Comté Magique, et bien d'autres endroits secrets et pays cachés au-delà de notre monde. Je lui dois également l'envie de faire mes propres découvertes et de les partager ensuite. Je voudrais partager ces livres avec elle.

SEPTANTRIE
URMSHEIM
YIQANUC
RIMMERSGARD
LES MARCHES GELÉES
HERNYSTIR
LE WEALDHELM
ALDHEORTE
LE HAYHOLT
ERKYNÉE

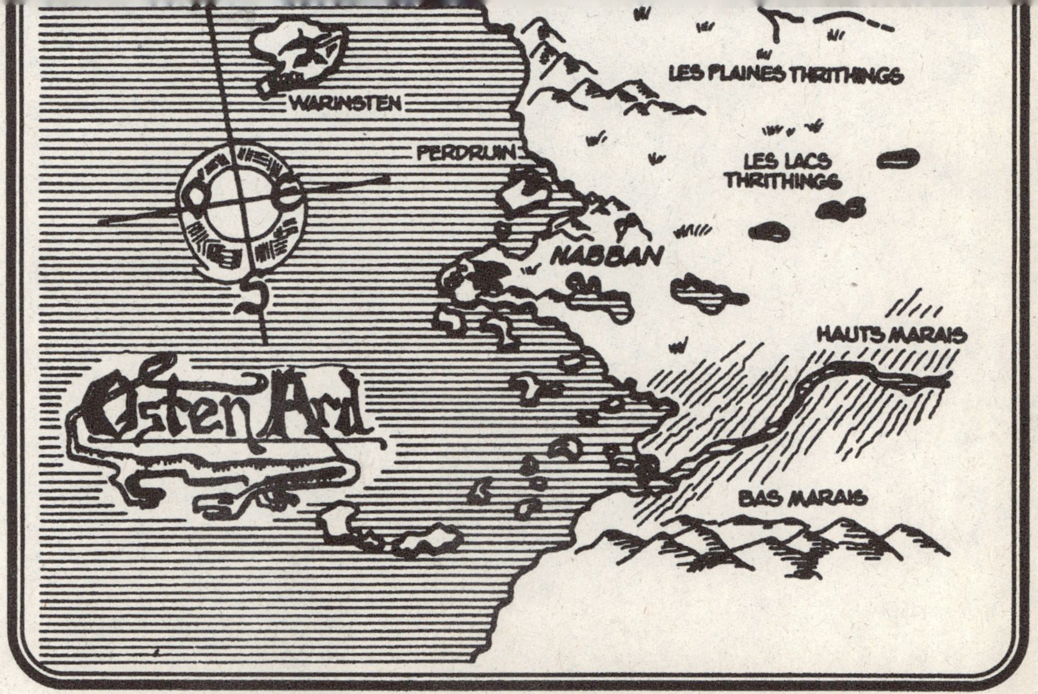
LES PLAINES THRITHINGS
WARINSTEN
PERDRUIN
LES LACS THRITHINGS
NABBAN
HAUTS MARAIS
Osten Ard
BAS MARAIS

TAD WILLIAMS
CYCLE DE L'ARCANE DES ÉPÉES

RÉSUMÉ DES VOLUMES PRÉCÉDENTS

TOME I – LA LIGUE DU PARCHEMIN
VOLUME 1. LE TRÔNE DU DRAGON

Jean Presbytère, Roi souverain des nations humaines d'Osten Ard, règne depuis plusieurs décennies sur un royaume en paix depuis son trône squelettique, le Trône du Dragon, sis au cœur de la citadelle du Hayholt, ancienne forteresse des immortels Sithis.

Simon, un orphelin de quatorze ans, est l'un des serviteurs du Hayholt. Peu intéressé par ses tâches subalternes, il devient l'apprenti du savant excentrique du château, le docteur *Morgénès*. Mais le garçon découvre bientôt que Morgénès préfère lui apprendre à lire et à écrire plutôt que de lui enseigner la magie.

Lorsque meurt le roi Jean, *Élias*, l'aîné de ses deux fils, se prépare à prendre la succession de son père. Josua, son frère à l'humeur taciturne, et que l'on surnomme « Mainmorte » à cause d'une blessure, se dispute violemment avec le futur roi au sujet de *Pryrates*, un prêtre de très mauvaise réputation devenu l'un des conseillers les plus influents d'Élias.

Le règne d'Élias débute bien, mais le royaume est bientôt frappé par la sécheresse, puis par la peste et par d'étranges disparitions. Alors que la vague de mécontentement s'amplifie à travers tout le royaume, Josua disparaît, et d'aucuns prétendent qu'il organise la rébellion.

La dérive du règne d'Élias inquiète particulièrement le duc *Isgrimnur* de Rimmersgard et le comte *Éolair*, émissaire d'Hernystir, un royaume de l'ouest d'Osten Ard. Ce malaise touche jusqu'à la propre fille du roi Élias, *Miriamélé*, qui se défie tout particulièrement de Pryrates, le conseiller du roi.

Cependant, Simon s'efforce, malgré sa nature distraite, de suivre l'enseignement du vieil homme, qui persiste dans son refus de l'initier à toute magie. Durant l'une de ses escapades dans le labyrinthe des couloirs et des corridors plus ou moins dissimulés du Hayholt, Simon découvre un passage secret et une geôle souterraine dans laquelle Josua est retenu prisonnier par Pryrates. Simon avertit le docteur Morgénès, et tous deux réussirent à organiser l'évasion du prince en lui faisant emprunter un tunnel qui passe sous le Hayholt. Peu après, tandis que Morgénès envoie des oiseaux messagers portant la nouvelle à de mystérieux correspondants, Pryrates et la garde royale se présentent pour arrêter le docteur et son apprenti. Morgénès meurt en combattant Pryrates, mais son sacrifice permet à Simon de s'échapper par le tunnel, qui s'effondre derrière lui.

Simon refait surface dans le cimetière au-delà des murs de la ville et s'éloigne, avant d'être attiré par la lueur d'un feu. Il assiste alors à une scène étonnante : une cérémonie rituelle dans laquelle sont engagés Pryrates et le roi Élias, ainsi que des créatures aux robes sombres et à la peau aussi blanche que l'ivoire. Les officiants remettent à Élias une étrange épée grise aux pouvoirs inquiétants, dont le nom est *Peine*. Simon s'enfuit.

Au bout de quelques semaines, le garçon est presque mort de faim et d'épuisement, mais encore très loin de sa destination, Naglimund, la place forte de Josua, au nord du royaume. Dans la forêt Aldhéorte, il découvre une étrange créature prisonnière d'un piège : un Sithi, représentant d'une race qu'il croyait mythique, ou du moins éteinte. Arrive alors un bûcheron qui tente de tuer le Sithi, mais Simon l'en empêche. Le Sithi, une fois libre, ne s'arrête que le temps de tirer une flèche blanche en direction du garçon, puis disparaît. Une voix se fait alors entendre, qui dit à Simon de prendre la flèche blanche, un cadeau sithi.

Le nouveau venu, de la taille d'un nain, est un troll du nom de *Binabik*, monté sur une grande louve grise. Binabik propose de marcher avec Simon vers Naglimund. En chemin, ils tentent une halte à l'abbaye de Saint Hodérund, mais découvrent que le monastère a été le lieu d'un carnage. Alors qu'ils en explorent les ruines, Simon est capturé et emmené au campement du duc Isgrimnur. Durant la nuit, les Rimmersleutes sont attaqués par des *fouisseurs*. Simon réussit à s'enfuir grâce à l'aide de Binabik, qui lui révèle alors que sa présence est due à un message du docteur Morgénès.

VOLUME 2 – LE ROI DE L'ORAGE.

Simon et Binabik poursuivent leur chemin vers Naglimund, mais les événements étranges qui se succèdent leur font peu à peu comprendre qu'ils sont confrontés à une menace bien plus grande que la seule colère d'un roi. Poursuivis par une meute de molosses blancs surnaturels portant la marque du Pic de l'Orage, une montagne du nord à la réputation maléfique, ils s'enfoncent dans la forêt et cherchent refuge dans la maison de *Géloé*, en compagnie de deux autres voyageurs qu'ils ont arrachés aux chiens. Géloé, une femme franche et directe, censée être une sorcière, s'entretient avec eux de la situation ; la somme de leurs informations respectives leur fait supposer que les anciens Norns, des êtres aigris apparentés aux Sithis, sont dorénavant impliqués dans le devenir du royaume de Jean Presbytère.

Leurs poursuivants, pas tous humains, continuent de les traquer sur la route de Naglimund. Binabik est frappé par une flèche ; Simon et une jeune servante qu'ils ont sauvée entament alors une lutte acharnée pour finir de traverser la forêt. Attaqués par un géant hirsute, ils ne doivent leur salut qu'à l'apparition de Josua et de son groupe de chasse.

Le prince les emmène à Naglimund, où on soigne Binabik. Il se confirme que des événements terrifiants s'annoncent. Le siège de Naglimund par Élias et ses armées est imminent. La servante sauvée par Simon est en fait la princesse Miriamélé, qui cachait son identité après avoir fui son père, devenu fou sous l'influence de son conseiller Pryrates. De tout le pays affluent des gens apeurés qui espèrent que Naglimund et le prince Josua les protégeront d'un roi dément.

Tandis que le prince et d'autres débattent de la bataille à venir, un étrange vieillard rimmersleute du nom de *Jarnauga* fait son apparition dans la salle du conseil. C'est un membre de la *Ligue du Parchemin*, un cercle de lettrés et d'initiés, auquel appartenaient également Morgénès et le maître de Binabik. Il est porteur de nouvelles plus sombres encore. Leur ennemi, annoncet-il, n'est pas simplement Élias : le roi est aidé par *Ineluki, le Roi de l'Orage*, prince des Sithis mort depuis plus de cinq siècles, dont l'esprit immatériel règne maintenant sur les Norns du Pic de l'Orage, parents du peuple banni des Sithis.

La terrible magie de l'épée grise, Peine, est la cause de la mort d'Ineluki, ainsi que la guerre que menèrent les humains aux Sithis. La Ligue du Parchemin pense qu'Élias a reçu Peine dans le cadre d'un impénétrable projet de vengeance nourri par Ineluki, un plan qui devrait permettre au Roi de l'Orage mort vivant d'asservir le monde entier. Leur seul espoir réside en un poème prophétique qui suggère que « trois épées » pourront peut-être mettre en échec la puissante magie d'Ineluki.

L'une des épées est celle du Roi de l'Orage, *Peine*, qui se trouve déjà dans les mains de leur ennemi, le roi Élias. La deuxième est une épée de Rimmersgard, *Minneyar*, que l'on a su un temps au Hayholt, mais dont la trace s'est depuis bien longtemps perdue. La troisième est *Épine*, l'épée noire du plus grand chevalier du roi Jean, sire *Camaris*. Jarnauga et d'autres pensent l'avoir localisée dans le Grand Nord gelé. C'est sur cet espoir ténu que Josua envoie Binabik, Simon et quelques soldats à la recherche d'Épine, tandis que la place forte se prépare au siège.

La princesse Miriamélé, frustrée d'être trop protégée par son oncle Josua, s'enfuit de Naglimund, déguisée et accompagnée d'un mystérieux moine, frère *Cadrach*. Elle espère parvenir jusqu'à Nabban, dans le sud d'Osten Ard, et convaincre les membres de sa famille de venir en aide à Josua. Le vieux duc Isgrimnur, à la demande de Josua, se déguise à son tour pour partir à sa recherche et la protéger. *Tiamak*, un lettré salanais vivant dans les marais du Wran, reçoit un étrange message de son vieux mentor Morgénès, annonçant de grands dangers et sous-entendant que Tiamak aurait bientôt un rôle à jouer. *Maegwin*, fille du roi d'Hernystir, assiste impuissante aux événements qui entraînent sa famille et son pays dans la tourmente causée par la trahison d'Élias.

Simon, Binabik et leurs compagnons tombent dans une embuscade montée par *Ingen Jegger*, chasseur du Pic de l'Orage, et par ses serviteurs. Ils ne doivent leur salut qu'à la réapparition du Sithi *Jiriki*, que Simon avait sauvé dans la forêt. Informé de leur quête, Jiriki décide de les accompagner jusqu'à la montagne Urmsheim, demeure légendaire de l'un des grands dragons, à la recherche d'Épine.

Tandis que Simon et ses compagnons progressent vers la montagne, Élias et ses armées avancent sur Naglimund. Le siège commence bientôt. Les premiers assauts sont repoussés, mais les assiégés subissent de lourdes pertes. Enfin, les troupes d'Élias semblent se retirer et abandonner le siège. Alors, un orage surnaturel se forme à l'horizon septentrional, et avance sur Naglimund. La tempête dissimule en fait les armées d'Ineluki, composées de Norns et de géants. Lorsque la Main Rouge, les maîtres-serviteurs du Roi de l'Orage, abat les portes de la place forte, un terrible massacre commence. Josua et quelques autres réussissent à fuir les ruines du château. Avant de s'enfoncer dans l'immense forêt, le prince Josua maudit Élias pour avoir scellé ce pacte abominable avec le Roi de l'orage et jure de lui reprendre la couronne de leur père.

Parvenus au sommet d'Urmsheim, Simon et ses compagnons trouvent l'Arbre d'Udun, une titanesque chute d'eau gelée. Ils découvrent alors Épine, dans une grotte funèbre. Avant qu'ils n'aient le temps de prendre l'épée et de s'enfuir, Ingen Jegger réapparaît et les attaque. La bataille éveille *Igjarjuk*, le dragon blanc, qui dormait depuis des lustres sous les glaces. Les pertes sont importantes des deux côtés. Simon reste bientôt seul, acculé au bord d'une falaise ; alors que le dragon s'abat sur lui, il soulève Épine et frappe. Le sang brûlant du dragon jaillit sur lui, et il perd connaissance.

Simon s'éveille dans une cave des montagnes trolls de Yiqanuc. Jiriki et *Haestan*, un soldat erkynéen, le soignent et le remettent sur pied. Épine a bien été ramenée d'Urmsheim, mais Binabik est retenu prisonnier par son propre peuple, ainsi que *Sludig* le Rimmersleute, et tous deux risquent la mort. Le visage de Simon porte maintenant une balafre surmontée d'une mèche blanche à l'endroit où le sang du dragon l'a touché. Jiriki donne à Simon le surnom de « Mèche-blanche », et lui annonce que, pour le meilleur et pour le pire, il a été irrévocablement marqué.

est sauvé dans la forêt. Informé de leur quête, il décide de les accompagner jusqu'à la montagne Urmsheim, demeure légendaire de l'un des grands dragons, à la recherche d'Épine.

Tandis que Simon et ses compagnons progressent vers la montagne, Elias et ses armées avancent sur Naglimund. Le siège commence bientôt. Les premiers assauts sont repoussés, mais les assiégés subissent de lourdes pertes. Enfin, les troupes d'Elias semblent se retirer et abandonner le siège. Alors un orage surnaturel se forme à l'horizon septentrional et avance sur Naglimund. La tempête dissimule, en fait, les armées d'Ineluki, composées de Norns et de géants. Lorsque la Main Rouge, les lieutenants serviteurs du Roi de l'Orage, abat les portes de la place forte, un terrible massacre commence. Josua et quelques autres réussissent à fuir les ruines du château. Avant de s'enfoncer dans l'ancienne forêt, le prince Josua maudit Elias pour avoir scellé ce pacte abominable avec le Roi de l'Orage et jure de lui reprendre la couronne de leur père.

Parvenus au sommet d'Urmsheim, Simon et ses compagnons trouvent l'Arbre d'Uduntree, une gigantesque cascade d'eau gelée. Ils découvrent alors Épine dans une grotte funèbre. Avant qu'ils n'aient le temps de prendre l'épée et de s'enfuir, Igjarjuk le dragon apparaît et les attaque. La bataille contre Igjarjuk, le dragon blanc qui dormait depuis des lustres sous les glaces. Les pertes sont importantes des deux côtés. Simon reste le seul debout au bord d'une falaise, alors que le dragon s'abat sur lui. Il soulève Épine et frappe. Le sang brûlant du dragon jaillit sur lui, et il perd connaissance.

Simon s'éveille dans une cave des montagnes trolls de Yiqanuc. Binabik et Haestan, un soldat erkynien, le soignent et le remettent sur pied. Épine a aussi été ramenée d'Urmsheim, mais Binabik est retenu prisonnier par son propre peuple, ainsi que Sludig, le Rimmersgardien, et tous deux risquent la mort. Le visage de Simon porte maintenant une balafre surmontée d'une mèche blanche à l'endroit où le sang du dragon l'a touché. Haestan donne à Simon le surnom de « Mèche-blanche » et lui annonce que, pour le meilleur et pour le pire, il a été irrévocablement marqué.

AVANT-PROPOS

Le vent s'engouffrait à travers les remparts déserts en hurlant tel un millier d'âmes condamnées implorant miséricorde. Malgré le froid mordant qui avait chassé l'air de ses poumons autrefois puissants et avait flétri et craquelé la peau de son visage et de ses mains, frère Hengfisk prenait un macabre plaisir à entendre cela.

Oui, c'est bien de cette façon que hurleront toutes ces multitudes pécheresses qui ont raillé le message de la Sainte Église, et cela devrait malheureusement inclure les moins rigoureux de ses frères Hodérundiens. *Ils imploreront et supplieront lorsqu'ils seront confrontés à la juste colère de Dieu, lorsqu'il sera trop tard, bien trop tard...*

Son genou vint violemment cogner contre un bloc de pierre tombé d'un mur et planté dans la neige ; un cri de douleur s'échappa de ses lèvres gercées. Le moine resta un instant assis à gémir, mais la douloureuse morsure des larmes qui gelaient sur ses joues le força à se relever. Il reprit sa marche boitillante.

La grand'rue, qui montait à travers la ville de Naglimund en direction du château, était recouverte par des monceaux de neige. Les maisons et les échoppes qui la bordaient des deux côtés avaient presque entièrement disparu sous un étouffant manteau d'un blanc assassin, mais même les constructions qui dépassaient encore étaient aussi vides que les coquilles d'animaux morts depuis bien longtemps. Il n'y avait rien d'autre sur cette route que Hengfisk et la neige.

Lorsque le vent changea de direction, le sifflement qui se formait dans les cannelures des remparts au sommet de la colline se fit plus aigu. Le moine plissa les yeux en direction des murailles, puis baissa la tête. Il poursuivit sa pénible marche à travers l'après-midi gris, le craquement régulier de ses pas dans la neige formant un battement de tambour presque inaudible qui accompagnait le vent retentissant.

Il n'est pas étonnant que tous les gens de cette ville aient cherché refuge dans la place forte, pensa-t-il en frissonnant. Tout autour de lui baillaient les noires bouches stupides des toits et murs crevés par le poids de la neige. Mais, à l'intérieur du château, sous la protection des pierres et des poutres, ils devaient être à l'abri. De grands feux devaient y brûler, et des visages rouges et réjouis (des visages de pécheurs, se reprit-il d'un ton méprisant : des visages de pécheurs frivoles et déjà damnés) l'entoureraient et s'émerveilleraient du fait qu'il ait parcouru tout ce chemin à pied dans une aussi abominable tempête.

Nous sommes bien au mois de yuven, n'est-ce pas ? Sa mémoire avait-elle tant souffert, qu'il ne pût plus se souvenir du mois ?

Mais c'était bien évidemment exact. Il y a deux lunes entières avait débuté le printemps, un peu frais, peut-être, mais rien de bien grave pour un Rimmersleute comme Hengfisk, élevé dans le froid du nord. Non, ce qui était anormal, bien sûr, c'était qu'il puisse faire si froid, et que volent la neige et la glace, au mois de yuven, le premier mois de l'été.

Frère Langrian n'avait-il pas refusé de quitter l'abbaye, après tout ce que frère Hengfisk avait fait pour le soigner et le remettre sur pied ? *« C'est bien plus que du mauvais temps, frère,* avait dit Langrian. *C'est une malédiction lancée contre l'entière création de notre Seigneur. Le jour de la Bien-Pesée aura finalement lieu de notre vivant. »*

Ah, tant pis pour Langrian. S'il voulait demeurer dans les ruines calcinées de l'abbaye de Saint Hodérund, à se nourrir de baies et de ce qu'il pouvait tirer de la forêt (et combien de fruits allait-il pouvoir trouver, par un tel froid ?), alors il pouvait tout aussi bien y rester. Mais frère Hengfisk ne se laissait pas aussi facilement abuser. Il savait que Naglimund était l'endroit où aller. Le vieil évêque Anodis accueillerait Hengfisk. L'évêque admirerait la perspicacité du moine, les faits qu'Hengfisk aurait à lui rapporter sur ce qui était advenu à l'abbaye, et sur le temps hautement anormal pour la saison. Les Naglimundais l'accueilleraient, le nourriraient, lui poseraient des questions, l'inviteraient à s'asseoir devant leur feu...

Je suppose qu'ils n'ignorent rien de ce froid surnaturel..., pensa-t-il sourdement en resserrant contre lui sa robe de bure gelée. Il était maintenant entré dans l'ombre de la muraille. Le monde blanc dans lequel il avait passé tant de jours et de semaines semblait avoir abruptement pris fin, un précipice s'achevant dans un vide rocheux. *En fait, ils doivent savoir pour la neige et tout cela. C'est pour cette raison qu'ils ont quitté la ville et se sont installés dans la place forte. C'est ce damné temps maudit des démons qui garde les sentinelles hors des remparts, n'est-ce pas ? N'est-ce pas ?*

Il s'immobilisa et observa avec un intérêt fiévreux la pile de gravats recouverts de neige qui avait été la grande porte de Naglimund. Sous les amoncellements et bourrasques de neige, les immenses piliers et blocs de pierre massifs étaient calcinés et noircis. La brèche ouverte dans le mur affaissé était assez large pour que vingt Hengfisk s'y alignent épaule contre épaule.

Regardez ce laisser-aller ! Oh, ils hurleront lorsque viendra le jugement, hurleront et hurleront sans qu'il leur soit jamais donné une chance de s'amender. Tout a succombé au laisser-aller : la porte, la ville, la saison...

Quelqu'un devait être châtié pour une telle négligence. L'évêque Anodis avait sans aucun doute fort à faire pour maintenir sur le droit chemin des ouailles aussi indisciplinées. Hengfisk se ferait bien évidemment une joie d'aider un aussi admirable vieil homme au ministère de tels fainéants. Tout d'abord, un feu et quelque chose de chaud à manger. Puis un peu de discipline monastique. Et les choses seraient bien vite remises en ordre...

Hengfisk s'avança précautionneusement entre les poutres fendues et les pierres couvertes de leur manteau blanc.

Il y avait, réalisa soudain le moine, il y avait dans tout cela, en un sens, quelque chose de... magnifique. Au-delà de la porte, tout était recouvert d'un délicat entrelacs de glace, semblable au voile de dentelle que forme une toile d'araignée. Le soleil couchant embellissait encore les tours gelées et les murs et cours incrustés de glace par ses ruisselets de feu pâle.

Le cri du vent semblait un peu moins puissant à l'intérieur de l'enceinte. Hengfisk resta debout, immobile, un long moment, intimidé par ce calme inattendu. Lorsque le soleil descendit en dessous des remparts, la glace s'assombrit. De profondes ombres violacées s'amassèrent dans les coins des communs, s'étendant latéralement en travers des façades des tours en ruine. Le vent s'adoucit jusqu'à devenir un sifflement félin, et le moine aux yeux saillants abaissa la tête tandis que s'imposait à lui l'évidence.

Vide. Naglimund était déserte, il ne s'y trouvait pas une seule âme pour accueillir un voyageur épuisé et déconcerté. Il avait marché durant des lieues à travers ce désert blanc battu par la tempête pour atteindre un endroit aussi inerte et figé qu'un bloc de pierre.

Mais, se demanda-t-il soudain, *si c'est ainsi... Alors que sont ces lumières bleues qui vacillent aux fenêtres des tours ?*

Et qu'étaient ces silhouettes qui s'approchaient de lui à travers les gravats des communs, se mouvant sur les pierres gelées avec autant de grâce que si elles étaient portées par le vent ?

Son cœur se mit à battre plus fort. Tout d'abord, lorsqu'il aperçut leurs magnifiques visages froids et leurs cheveux pâles, Hengfisk pensa qu'il s'agissait d'anges. Puis, lorsqu'il vit la cruelle lueur de leurs yeux noirs et leur sourire, il tourna les talons en chancelant et tenta de courir.

Les Norms l'attrapèrent sans effort, et le ramenèrent avec eux dans les profondeurs du château abandonné, sous les tours recouvertes d'ombre et de glace, et les lumières sans cesse vacillantes. Et lorsque les nouveaux maîtres de Naglimund commencèrent à murmurer de leurs voix mystérieuses et musicales, ses cris surpassèrent pour un temps jusqu'aux hurlements du vent.

PREMIÈRE PARTIE

L'ŒIL DE L'ORAGE

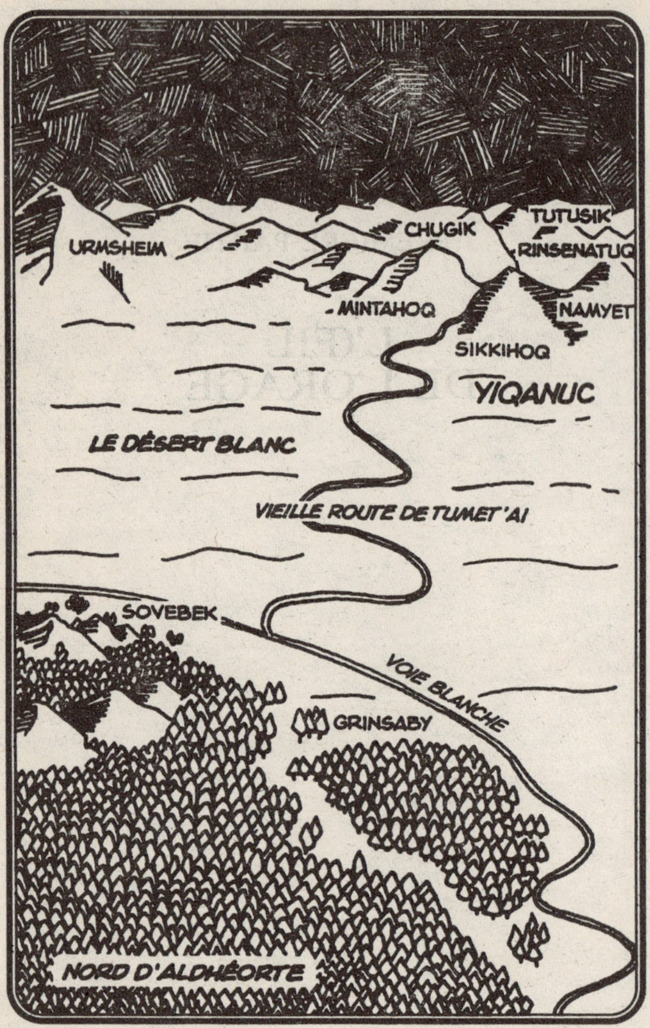
TUTUSIK
CHUGIK
URMSHEIM
RINSENATUQ
MINTAHOQ
NAMYET
SIKKIHOQ
YIQANUC
LE DÉSERT BLANC
VIEILLE ROUTE DE TUMET'AI
SOVEBEK
VOIE BLANCHE
GRINSABY
NORD D'ALDHÉORTE

1

LA MUSIQUE DES SOMMETS

Même dans la cave, où le feu qui craquait laissait échapper des doigts de fumée grisés vers le trou percé dans le plafond de pierre, et où la lumière rougeâtre dessinait sur les murs des gravures de serpents enroulés et des monstres cornus aux yeux rouges perçants, le froid continuait de mordre jusqu'aux os de Simon. Lorsqu'il échappait temporairement à son sommeil fébrile, sous la lumière masquée du jour ou durant des nuits glaciales, il avait l'impression que de la glace grise se formait en lui, raidissant ses membres et l'emplissant de froid. Il se demandait s'il aurait encore l'occasion, une fois dans sa vie, de sentir la chaleur.

Fuyant la cave glaciale d'Yiqanuc et son corps malade, il s'aventurait parfois sur la Route des Rêves, dérivant sans contrôle de songe en songe. Il pensa souvent être de retour au Hayholt, dans le château de son enfance tel qu'il avait été mais ne serait plus jamais : un endroit fait de prés chaleureux, de recoins ombragés et de cachettes ; la plus belle construction qui soit, toute entière parée de va-et-vient, de couleurs et de musique. Il arpenta de nouveau le jardin d'agrément, et le vent qui chantait à l'extérieur de la cave dans laquelle il dormait chanta dans ses rêves aussi, soufflant doucement dans les feuilles et agitant les délicates haies taillées.

Lors d'un rêve étrange, il lui parut retourner dans les quartiers du docteur Morgénès. L'étude du docteur se trouvait maintenant au sommet d'une haute tour, et des nuages flottaient derrière les grandes arches des fenêtres. Le vieil homme était penché sur un grand livre ouvert ; il avait l'air inquiet. Il y avait quelque chose d'effrayant dans sa concentration et dans son silence. Simon semblait ne pas exister pour Morgénès, au lieu de cela, les yeux du vieil homme restaient fixés sur le dessin grossier qui s'étalait sur les pages ouvertes, et qui représentait trois épées.

Simon s'approcha de l'appui de la fenêtre. Le vent murmurait, et pourtant il ne sentait pas de mouvement d'air. Il regarda vers la cour que la tour surplombait. Une enfant, une petite fille aux cheveux noirs, regardait dans sa direction de ses grands yeux graves. Elle leva la main en l'air, comme pour le saluer, puis ne fut soudain plus là.

La tour et les quartiers encombrés de Morgénès commencèrent à se dissoudre sous les pieds de Simon comme une vague qui s'efface. Le dernier élément à disparaître fut le vieil homme lui-même. Même alors qu'il se dissipait telle une ombre quand la lumière grandit, Morgénès ne releva pas les yeux vers Simon ; au lieu de cela, ses mains noueuses continuèrent de parcourir les pages de son livre, comme s'il cherchait nerveusement des réponses à ses questions. Simon l'appela, mais le monde était devenu gris et froid, plein des tourbillons de brume et des lambeaux d'innombrables autres rêves...

Il s'éveilla, comme cela avait si souvent été le cas depuis Urmsheim, pour trouver la cave assombrie par la nuit et pour voir Haestan et Jiriki couchés près du mur de pierre couvert de runes. L'Erkynéen dormait roulé dans sa cape, la barbe sur le sternum. Le Sithi observait quelque chose qui reposait dans la paume de sa main aux longs doigts. Jiriki semblait profondément absorbé. Ses yeux brillaient un peu, comme si ce qu'il tenait reflétait les dernières braises d'un feu. Simon tenta de dire quelque chose (il avait besoin de chaleur et de voix), mais le sommeil l'envahissait déjà de nouveau.

Le vent est si bruyant...

Il grondait dehors dans les passes montagneuses, tout comme il l'avait fait au sommet des tours du Hayholt... ou sur les remparts de Naglimund.

Si triste... Le vent est si triste...

Il s'endormit encore une fois. La cave était silencieuse, n'étaient le souffle léger des respirations et la musique esseulée des sommets.

Ce n'était qu'un trou, mais il suffisait à faire une prison. Il plongeait de vingt coudées dans le cœur de pierre de la montagne Mintahoq, et était assez large pour que deux hommes ou quatre trolls s'y tinssent allongés l'un à la suite de l'autre. Ses parois avaient été polies comme le marbre du plus habile des sculpteurs, si bien que même une araignée eût eu grand mal à y trouver un appui. Le fond était aussi sombre, froid et humide que n'importe quel donjon.

Bien que la lune fût plantée au-dessus des cimes enneigées des voisins de Mintahoq, seule une fine bande de lumière parvenait au fond de la fosse, où elle touchait sans les éclairer deux formes immobiles. Cela était ainsi depuis que la lune s'était levée : le pâle disque lunaire (Sedda, comme l'appelaient les Trolls), seul objet mouvant de ce paysage nocturne, s'avançait lentement à travers les terres ténébreuses des cieux.

Quelque chose bougeait maintenant au bord de la fosse. Une petite silhouette se pencha, et plissa les yeux pour percer les ombres épaisses.

« *Binabik...* » appela enfin la forme penchée dans la langue gutturale du peuple troll. « *Binabik, est-ce que tu m'entends ?* » Si l'une des ombres du fond bougea, elle le fit sans bruit. Enfin, la silhouette au sommet du puits de pierre parla de nouveau.

« *Neuf fois neuf jours, Binabik, ta lance est restée plantée devant ma cave, et je t'ai attendu.* »

Ces mots étaient récités comme un chant rituel, mais la voix tremblotait et fit une longue pause avant de poursuivre. « *Je t'ai attendu et j'ai crié ton nom au Point des Échos. Rien n'est revenu vers moi que ma voix. Pourquoi n'es-tu pas venu rechercher ta lance ?* »

Il n'y eut toujours pas de réponse.

« *Binabik ? Pourquoi ne réponds-tu pas ? Tu me dois tout de même bien cela, n'est-ce pas ?* »

La plus grande des deux formes au fond du trou s'agita. De pâles yeux bleus happèrent une fine bande de lumière lunaire.

« Qu'est-ce que c'est que toutes ces jacasseries trolls ? Ça ne vous suffit donc pas de jeter au fond d'un trou un homme qui ne vous a rien fait ; il faut que vous veniez en plus déverser sur lui ce babil incompréhensible quand il essaye de dormir ! »

La silhouette penchée s'immobilisa un instant, comme un cerf surpris par la lumière d'une lanterne, puis disparut dans la nuit.

« Bien. » Le Rimmersleute Sludig s'enroula de nouveau dans sa cape humide. « Je ne sais pas ce que ce Troll te disait, Binabik, mais je n'ai pas une très haute opinion de tes gens, qui viennent se moquer de toi, et de moi aussi, même s'il n'y a rien de surprenant dans leur haine pour mon peuple. »

Le Troll à ses côtés ne dit rien, et se contenta de fixer le Rimmersleute de ses yeux sombres et soucieux. Après quelques instants, Sludig roula sur le côté, resserra sa cape sur lui en frissonnant, et s'efforça de trouver le sommeil.

« Mais, Jiriki, tu ne peux pas partir ! » Simon était perché sur le bord de son grabat, enveloppé dans une couverture pour se protéger du froid pénétrant. Il serra les dents pour résister à un vertige soudain : durant les cinq jours qui s'étaient écoulés depuis son réveil, il n'avait pas souvent fait l'effort de s'asseoir.

« Je le dois », répondit le Sithi, les yeux baissés comme s'il ne pouvait croiser le regard implorant de Simon. « J'ai déjà dépêché Sijandi et Ki'ushapo, mais c'est ma propre présence qui est exigée. Je ne partirai pas avant un jour ou deux, Seoman, mais il m'est absolument impossible de me soustraire plus que cela à mes obligations. »

« Il faut que tu m'aides à libérer Binabik ! » Simon releva ses pieds posés sur le sol de pierre froid pour les remettre dans son lit. « Tu as dit que les trolls te croyaient. Dis-leur de libérer Binabik, et ensuite nous partirons tous ensemble. »

Jiriki laissa échapper un court sifflement entre ses lèvres. « Les choses ne sont pas aussi simples, jeune Seoman », dit-il, presque impatiemment. « Je n'ai ni le droit ni le pouvoir d'imposer quoi que ce soit aux Qanucs. Par ailleurs, j'ai d'autres responsabilités et obligations que tu ne peux pas comprendre. Je ne suis resté aussi longtemps ici que pour m'assurer que tu serais remis sur pied. Mon oncle Khendraja'aro est depuis longtemps de retour à Jao é-Tinukai'i, et mes obligations envers ma maison et mon peuple m'imposent de faire de même. »

« Te l'imposent ? Mais tu es prince ! »

Le Sithi secoua la tête. « Ce mot n'a pas le même sens dans ma langue et dans la tienne, Seoman. Je fais partie de la maison régnante, mais je ne donne d'ordre à personne et ne commande personne. Et personne ne me commande, heureusement, sauf sur certains sujets et à certains moments. Mes parents ont déclaré qu'un tel moment était venu. » Simon eut l'impression de détecter une touche de colère dans la voix de Jiriki. « Mais tu n'as aucune crainte à avoir. Haestan et toi n'êtes pas prisonniers. Les Qanucs vous honorent. Ils vous laisseront partir quand vous le voudrez. »

« Mais je ne partirai pas sans Binabik. » Simon serra sa cape entre ses poings. « Ni sans Sludig. »

Une petite forme sombre apparut à l'entrée et toussota poliment. Jiriki regarda par-dessus son épaule, puis hocha la tête. La vieille femme qanuqe s'avança et vint poser un pot fumant aux pieds de Jiriki; puis elle tira trois bols de sous son manteau de peau de mouton, si large qu'il faisait penser à une tente, et les disposa en demi-cercle. Bien que ses doigts courts fussent agiles et que son visage ridé aux joues rondes restât inexpressif, Simon vit une lueur de peur dans ses yeux lorsqu'il croisa brièvement son regard. Lorsqu'elle eut terminé, elle quitta rapidement la cave, disparaissant derrière la toile qui servait de porte aussi silencieusement qu'elle était apparue.

De quoi a-t-elle peur? se demanda Simon. *De Jiriki? Mais Binabik a dit que les Qanucs et les Sithis ont toujours plus ou moins bien réussi à cohabiter.*

Il pensa soudain à lui-même : il faisait deux fois la taille d'un troll, avait les cheveux roux et le visage couvert de sa première barbe d'homme; il était par ailleurs aussi sec qu'une badine, mais des couvertures l'enveloppaient, et la vieille femme qanuqe ne pouvait donc pas le savoir. Quelle différence les gens d'Yiqanuc pouvaient-ils faire entre lui et l'un des Rimmersleutes haïs ? Le peuple de Sludig n'était-il pas en guerre avec les Trolls depuis des siècles ?

« En veux-tu, Seoman ? » demanda Jiriki tout en versant le liquide fumant. « Ils t'ont amené un bol. »

Simon tendit la main. « C'est encore de la soupe ? »

« C'est ce que les Qanucs appellent *aka*; toi, tu dirais du thé. »

« Du thé ! » Il s'empressa de prendre le bol. Judith, la Maîtresse des Cuisines du Hayholt, avait toujours adoré le thé. Après une longue journée de travail, elle s'asseyait et en couvait un grand bol chaud dans ses mains, tandis que la cuisine s'imprégnait des vapeurs odorantes de ces herbes des îles du sud. Lorsqu'elle était de bonne humeur, elle laissait Simon en boire un peu. Usires, que tout cela lui manquait !

« Je n'aurais jamais pensé... » commença-t-il avant de boire une longue gorgée, qu'il recracha presque aussitôt en toussant violemment. « Qu'est-ce que... » reprit-il en s'étranglant. « Ce n'est pas du thé ! »

Si Jiriki sourit, personne n'en sut rien car il buvait lentement en maintenant son bol devant sa bouche. « Bien sûr que si, répondit le Sithi. Évidemment, les Qanucs n'utilisent pas les mêmes herbes que vous, le Sudhoda'ya. Mais comment cela se pourrait-il, quand vous et eux faites si peu de commerce ? » Simon s'essuya la bouche en maugréant. « Mais c'est salé ! » Il renifla une nouvelle fois son bol et fit une autre grimace.

Le Sithi acquiesça et reprit une gorgée. « Ils y mettent du sel, oui ; et aussi du beurre. »

« Du beurre ! »

« Les voies des petits-enfants de Mezumiiru sont merveilleuses », énonça solennellement Jiriki, « ... et leur variété est infinie. »

Simon reposa son bol avec un profond dégoût. « Du beurre. Usires me vienne en aide, quelle horrible aventure. »

Jiriki termina calmement son thé. Entendre parler de Mezumiiru ramena les pensées de Simon vers son ami troll, qui lui avait une nuit dans la forêt chanté la chanson de la Femme-lune. Son moral revint à l'aigre.

« Mais qu'allons-nous faire pour Binabik ? » demanda Simon. « Quoi ? »

Jiriki releva vers lui ses yeux calmes et félins. « Nous aurons demain l'occasion de parler à son avantage. Je n'ai pas encore découvert son crime. Bien peu de Qanucs parlent une langue autre que la leur : ton compagnon est un troll très particulier ; et je la possède moi-même bien mal. De plus, ils n'aiment pas partager leurs pensées avec des étrangers. »

« Que se passe-t-il demain ? » demanda Simon en se laissant de nouveau glisser dans son lit. Sa tête le lançait. Pourquoi était-il encore aussi faible ?

« Il y a une sorte de... tribunal, je suppose. Où les dirigeants qanucs écoutent puis se prononcent. »

« Et nous allons parler au nom de Binabik ? »

« Non, Seoman, pas exactement », répondit doucement Jiriki. Durant un instant, une expression étrange couvrit son visage austère. « Nous y allons parce que tu as rencontré le Dragon des Montagnes... et que tu as survécu. Les seigneurs du Qanuc désirent te voir. Il ne fait aucun doute que les crimes de ton ami seront également examinés, alors que tout son peuple sera réuni. Maintenant prends du repos, car tu en auras besoin. »

Jiriki se redressa et détendit ses jambes fines, tout en bougeant la tête de sa façon toujours aussi déconcertante, ses yeux d'ambre fixés sur rien. Simon sentit un frisson parcourir son corps sur toute sa longueur, suivi par une irrépressible vague de fatigue.

Le dragon ! pensa-t-il, mi-émerveillé mi-horrifié, l'esprit déjà engourdi. *Lui* avait vu un dragon ! Lui, Simon, domestique, bon à rien, tête-creuse, avait abattu une épée sur un dragon et avait survécu, même lorsqu'il avait été baigné de son sang, comme dans les histoires !

Il regarda Épine qui brillait noirement, à demi recouverte et posée contre le mur, patiente comme un serpent magnifique et mortel. Même Jiriki semblait réticent à l'idée de la soulever, ou d'en parler ; le Sithi avait calmement éludé toutes les questions de Simon sur la magie qui coulait peut-être comme du sang dans l'étrange épée de Camaris. Les doigts froids de Simon remontèrent de sa mâchoire vers la cicatrice encore douloureuse qui parcourait son visage. Comment un simple domestique, un garçon de cuisine tel que lui, avait pu oser soulever un si puissant objet ?

En fermant les yeux, il sentit le monde immense et insensible tourner de façon incroyablement lente sous ses pieds. Il entendit Jiriki traverser la cave à pas feutrés, puis un *swichch* lorsque le Sithi se glissa sous le rabat et sortit ; enfin, le sommeil l'entraîna.

Simon rêva. Le visage d'une petite fille aux cheveux noirs vint de nouveau flotter devant lui. Ses traits étaient ceux d'une enfant, mais ses yeux solennels étaient aussi vieux et profonds qu'un puits dans la cour d'une église abandonnée. Elle semblait vouloir lui dire quelque chose. Sa bouche se mouvait en silence ; néanmoins, tandis qu'elle disparaissait dans les eaux sombres du sommeil, il lui sembla un instant avoir entendu sa voix.

Il s'éveilla le lendemain matin et découvrit Haestan penché sur lui. Les dents du soldat étaient barrées par un sourire tendu, et sa barbe scintillait de gouttelettes de neige fondue.

« L'est temps d'se l'ver, 'tit gars. La journée va êt', chargée, très chargée. »

Cela prit du temps, mais malgré l'extrême fatigue qu'il ressentait, il réussit à s'habiller. Haestan l'aida à enfiler ses bottes, qu'il n'avait pas portées depuis son réveil à Yiqanuc. Elles semblaient aussi dures que du bois, et la toile de ses vêtements était rêche sur sa peau étonnamment sensible, mais il se sentit mieux pour s'être levé et habillé. Il parcourut plusieurs fois la longueur de la cave avec circonspection, et eut peu à peu l'impression de redevenir un animal qui marche debout.

« Où est Jiriki ? » demanda Simon en passant sa cape sur ses épaules.

« C'ui-là est parti d'vant. Mais t'inquiète pas : t'arriv'ras au rassemblement. J'pourrais t'porter, vu comment t'es léger. »

« On m'a porté jusqu'ici », dit Simon, en remarquant qu'une froideur inattendue s'était glissée dans sa voix. « Mais ça ne veut pas dire qu'il faudra le faire à chaque fois. »

Le robuste Erkynéen gloussa, sans s'offusquer du ton de Simon. « Je serai pas fâché si tu marches, 'tit gars. Les trolls tracent des pistes bien étroites, et j'ai pas vraiment envie d'y porter quelqu'un. »

Simon dut attendre un moment à l'entrée de la cave pour s'adapter à la lumière qui pénétrait à travers le rabat relevé. Lorsqu'il sortit enfin, l'intensité de la réverbération sur la neige, même par un matin couvert, lui fut presque insupportable.

Ils se trouvaient sur un large porche de pierre qui s'étendait devant l'entrée de la cave sur près de vingt coudées et se poursuivait tant à droite qu'à gauche, sur le flanc de la montagne. Simon pouvait voir les ouvertures fumantes d'autres caves sur toute sa longueur visible, puis le chemin échappait à son regard en plongeant derrière les replis du ventre de Mintahoq. Il y avait d'autres pistes larges au-dessus de lui, qui s'alignaient rangée après rangée sur le flanc de la montagne. Des échelles se balançaient depuis les caves les plus hautes. Lorsque les irrégularités de la pente rendaient la jonction des pistes impossible, les porches étaient reliés par des ponts suspendus jetés au-dessus du vide ; mais ceux-ci semblaient n'être faits le plus souvent que de simples lanières de cuir. Alors même qu'il découvrait ce paysage, il voyait les petites silhouettes vêtues de fourrures des enfants qanucs qui voletaient à travers ces fines travées, gambadant aussi joyeusement que des écureuils alors que la moindre chute serait mortelle. Cette seule évocation le révulsa, et il préféra détourner la tête pour regarder droit devant lui.

Il découvrit alors la grande vallée d'Yiqanuc ; au-delà, les voisins rocheux de Mintahoq pointaient hors des profondeurs brumeuses pour s'élever vers le ciel gris et empli de neige. Ces pics lointains étaient jonchés de petits trous noirs ; des formes minuscules, à peine discernables à travers la vallée sombre, constellant les pistes tortueuses qui les reliaient.

Trois trolls, nonchalamment installés sur leurs selles de peau tannée, descendaient la piste dans leur direction sur leurs béliers à long poil. Simon s'avança pour leur céder le passage, traversant lentement le porche jusqu'à se trouver à quelques pieds du bord. Lorsqu'il regarda vers le bas, il fut momentanément saisi du même vertige que sur Urmsheim. Le flanc de la montagne qui s'offrait à ses yeux était parsemé ici et là de conifères contournés, et couvert d'un enchevêtrement d'autres porches semblables à celui sur lequel il se trouvait. Il remarqua alors le silence qui s'était instauré et se retourna pour chercher Haestan.

Les trois cavaliers qanucs s'étaient arrêtés au milieu de la large piste, et regardaient Simon, émerveillés au point d'en garder la bouche entrouverte. Le soldat erkynéen, presque caché dans l'ombre de l'ouverture de la cave, adressa à Simon un salut moqueur par-dessus la tête des trolls.

Deux des cavaliers avaient sur le visage une barbe clairsemée. Tous arboraient des colliers de perles d'ivoire par-dessus leurs lourds manteaux, et portaient des lances au manche gravé et au talon recourbé à la manière d'un crochet de berger, qu'ils utilisaient pour guider leurs montures aux cornes torsadées. Ils étaient tous plus grands que Binabik : les quelques jours que Simon avait passés à Yiqanuc lui avaient permis de découvrir que Binabik était l'un des plus petits des adultes de son peuple. Ces trolls semblaient également plus primitifs et plus dangereux que son ami. Ils étaient bien armés, et paraissaient féroces et menaçants malgré leur petite taille.

Simon regarda les trolls. Les trolls regardèrent Simon.

« Ils ont tous entendu parler de toi, Simon », laissa échapper Haestan d'une voix tonitruante. Les trois cavaliers regardèrent par-dessus leur épaule, surpris par sa voix puissante. « ... mais pour ainsi dire aucun d'entre eux ne t'a encore vu. »

Les trolls, alarmés, dévisagèrent le grand guerrier de la tête aux pieds, puis adressèrent un claquement de langue à leurs montures, qui s'élancèrent précipitamment. Ils disparurent peu après au hasard du flanc de la montagne.

« Z'auront que'que chose à raconter », jubila Haestan.

« Binabik m'avait parlé de son pays, dit Simon. Mais il était difficile de comprendre ce qu'il racontait. Les choses ne sont jamais ce qu'on croit qu'elles vont être, n'est-ce pas ? »

« Seul Not' Bon Seigneur Usires connaît toutes les réponses, acquiesça Haestan. Maint'nant, si tu veux vraiment voir ton minuscule ami, il faut y aller. Marche doucement, et pas trop près du bord, comme ça. »

Ils poursuivirent leur descente lentement le long des lacets du chemin qui rétrécissait et s'élargissait alternativement à mesure qu'il avançait. Le soleil était haut dans le ciel, mais dissimulé dans un nid de nuages couleur de suie, et un vent mordant balayait Mintahoq. Le sommet de la montagne, au-dessus d'eux, était recouvert d'une blanche couverture de glace, tout comme les hauts pics de l'autre côté de la vallée, mais, à l'altitude où ils se trouvaient, la neige était plus clairsemée. De larges amoncellements occupaient encore la piste, et des congères bordaient l'entrée des caves, cependant on pouvait voir un peu partout le sol découvert et la roche à nu. Simon était incapable de dire si un tel enneigement était normal à Yiqanuc pour les premiers jours de tiyagar, mais il savait qu'il avait eu plus que son compte de neige et de froid. Chaque flocon qui pénétrait dans l'un de ses yeux était une nouvelle insulte ; les chairs et cicatrices sur sa joue et son menton lui faisaient terriblement mal.

Maintenant qu'ils avaient quitté ce qui semblait être la partie vraiment habitée de la montagne, ils ne croisaient plus beaucoup de trous. Des formes sombres se découpaient parfois dans la fumée des ouvertures des caves, et deux groupes de cavaliers qui se dirigeaient dans la même direction qu'eux les dépassèrent, en ralentissant pour les observer, avant de presser leurs montures pour disparaître aussi vite que le premier groupe.

Ils passèrent une bande d'enfants qui jouaient dans un amoncellement de neige. Les jeunes trolls, qui arrivaient à peine au genou de Simon, étaient enveloppés dans de lourds manteaux et chausses de fourrure, ils ressemblaient à de petits hérissons ronds. Leurs yeux s'agrandirent lorsque Simon et Haestan passèrent devant eux, et leur babil s'arrêta momentanément, mais ils ne s'enfuirent pas et ne montrèrent aucun signe de peur. Cela plut à Simon. Il leur sourit gentiment, en faisant attention à sa mâchoire douloureuse, et leur fit signe de la main.

Lorsqu'un lacet du chemin les entraîna très loin sur le flanc nord de Mintahoq, ils découvrirent un secteur où le bruit des habitants de Mintahoq disparaissait entièrement, et où ils se trouvaient seuls avec le bruit du vent et de la neige battante.

« J'aime vraiment pas c'coin-là », dit Haestan.

« Qu'est-ce que c'est que ça ? » Simon montra un point plus élevé sur le versant de la montagne. Sur un porche de pierre, bien plus haut, se trouvait une étrange structure en forme d'œuf, faite de blocs de neige soigneusement agencés. Elle brillait légèrement, teintée de rose par les rayons obliques du soleil. Une rangée de trolls silencieux se tenait devant cette construction, leurs lances serrées dans leurs mains gantées, leurs visages tendus sous leurs capuches.

« Ne montre pas du doigt, 'tit gars », dit Haestan, en appuyant doucement sur le bras de Simon. Certains gardes n'avaient-ils pas détourné les yeux vers eux ? « C'est que'que chose d'important, d'après ton ami Jiriki. L'a appelée “la Maison de Glace”. Les p'tites gens sont en train de tous s'y rassembler en cet instant. J'sais pas pourquoi ; et j'ai pas spécialement envie de le savoir. »

« La Maison de Glace ? » Simon tenta de mieux voir. « Est-ce que quelqu'un vit là ? »

Haestan secoua négativement la tête. « Jiriki l'a pas dit. »

Simon observa Haestan d'un air interrogateur. « Tu as beaucoup parlé avec Jiriki depuis que tu es là ? Je veux dire, vu que tu ne pouvais pas beaucoup parler avec moi. »

« Oh oui », répondit Haestan ; puis il fit une courte pause. « Pas beaucoup, en fait. J'ai toujours l'impression que... qu'y pense à que'que chose de grave, tu vois ? Que'que chose d'important. Mais il est gentil, dans son genre. C'est pas comme une personne, pas vraiment. Mais il est pas méchant. » Haestan resta pensif un instant. « Y ressemble pas à ce que j'imaginais du peup' magique. Y parle franchement. » Haestan sourit. « Et y pense vraiment du bien de toi, tu sais. D'la façon dont y parle de toi, on dirait qu'y t'doit d'l'argent. » Il glousse dans sa barbe.

Ce fut une marche longue et épuisante pour quelqu'un d'aussi faible que Simon : il fallut monter, puis redescendre, et suivre les méandres du flanc de la montagne. Bien qu'Haestan glissât sa main sous son coude pour le soutenir dès qu'il fléchissait, Simon commençait à se demander s'il pourrait aller plus loin lorsqu'ils firent le tour d'une excroissance rocheuse qui dépassait sur la piste comme une pierre dans une rivière, et se trouvèrent face à la vaste entrée de la grande caverne d'Yiqanuc.

L'ouverture, qui devait mesurer cinquante pas d'un bord à l'autre, béait sur Mintahoq comme une bouche s'apprêtant à rendre un jugement solennel. Immédiatement après son seuil se dressait une rangée d'immenses statues usées : des silhouettes à peu près humaines, au ventre rond, grises et jaunes comme des dents pourries, les épaules voûtées sous le poids du plafond de l'entrée. Leurs têtes lisses étaient couronnées de cornes de bélier, et de longues défenses dépassaient de leurs lèvres. Les statues étaient à tel point érodées par des siècles de mauvais temps que leurs visages étaient presque dénués de traits. Cela leur donnait, dans l'œil surpris de Simon, non pas un air antique, mais plutôt une nouveauté informe, comme si elles étaient en cet instant même en train de se former à partir de la roche primordiale.

« *Chidsik Ub Lingit*, dit une voix derrière lui. La Maison de l'Ancêtre. »

Simon sursauta légèrement et se retourna sous l'effet de la surprise, mais ce n'était pas Haestan qui avait parlé. Jiriki se tenait juste à côté de lui, les yeux fixés sur les visages lisses des statues.

« Depuis combien de temps es-tu ici ? » Simon avait un peu honte d'avoir réagi aussi vivement. Il ramena son attention sur l'entrée de la cave. Qui aurait pu imaginer que les petits trolls sculpteraient des gardiens à ce point immenses ?

« Je suis sorti pour t'accueillir », répondit Jiriki. « Bonjour à toi, Haestan. »

Le soldat grommela et fit un signe de tête. Simon se demanda encore une fois ce qui avait pu se passer entre l'Erkynéen et le Sithi durant sa longue période de fièvre. Il y avait des fois où Simon trouvait difficile de discuter avec l'énigmatique et subtil prince Jiriki. Quel pouvait être le sentiment d'un guerrier aussi direct qu'Haestan, qui n'avait pas, à l'inverse de Simon, été entraîné aux circonvolutions affolantes du docteur Morgénès ?

« Est-ce l'endroit où vit le roi des trolls ? » demanda-t-il à voix haute.

« Ainsi que la reine des trolls, acquiesça Jiriki. Toutefois, ils ne sont pas vraiment appelés reine ou roi en langue qanuqe. Pâtre et Chasseresse seraient plus exacts. »

« Des rois, des reines, des princes, et aucun d'entre eux n'est vraiment ce qu'il est appelé », marmonna Simon. Il était fatigué, endolori et transi. « Pourquoi cette cave est-elle si grande ? »

Le Sithi rit discrètement. Ses cheveux lavande pâle flottaient dans le vent puissant. « Parce que, si cette cave avait été plus petite, jeune Seoman, alors ils auraient choisi un autre endroit pour en faire la Maison de l'Ancêtre. Maintenant, il nous faut entrer, et pas uniquement pour te donner l'occasion de t'abriter du froid. »

Jiriki les mena tous deux entre les statues du centre, vers une lumière jaune tremblante. Alors qu'ils passaient entre des jambes aussi grosses que des piliers, Simon regarda en direction de ces visages sans yeux, au-delà des masses lisses et polies des grands ventres de pierre de ces statues. Il se remémora soudain une fois encore les enseignements du docteur Morgénès.

Le docteur disait toujours que personne ne savait jamais vraiment ce que sa vie serait. « Rien n'est jamais certain » ; il répétait cela tout le temps. Qui aurait jamais pu imaginer que je verrais de telles choses, que je vivrais de telles aventures ? Personne ne sait jamais vraiment ce que sa vie sera...

Il sentit un élancement douloureux dans son visage, puis une pointe froide dans son ventre. Le docteur, comme cela avait été si souvent le cas, avait eu tout à fait raison.

À l'intérieur, la grande caverne était pleine de trolls et lourde des odeurs doucement aigres de l'huile et de la graisse. Un millier de lumières jaunes flamboyaient.

Partout dans cette pièce de pierre si haute de plafond, dans les niches des murs et jusque dans le sol, brûlaient des vasques d'huile.

Des centaines de ces lampes, abritant chacune une mèche qui flottait en son centre comme un mince ver blanc, illuminaient la caverne d'une lumière incomparablement plus intense que la grisaille du jour à l'extérieur. La pièce était remplie de Qanucs aux vestes de peau, un océan de têtes aux cheveux noirs. De petits enfants étaient assis sur les épaules de leurs parents, comme autant de mouettes impassibles flottant au sommet des vagues.

Au centre de la pièce, une île de roche saillait de la mer de trolls. Là, sur cette plate-forme de pierre taillée dans la matière même du sol, deux petites silhouettes étaient assises au centre d'une vasque de feu.

Ce n'était pas exactement une vasque de flammes, réalisa Simon un instant plus tard : il s'agissait plus exactement d'une fine cavité creusée dans la roche grise sur tout son tour, et emplie de la même huile que celle qui alimentait les lampes. Les deux silhouettes au centre de l'anneau de flammes s'appuyaient côte à côte sur une sorte de hamac de cuir ouvragé lié par des lanières à un cadre d'ivoire. Tous deux restaient immobiles, nichés dans un amoncellement de fourrures blanches et rougeâtres. Leurs yeux brillaient dans leurs visages ronds et placides.

« Elle, c'est Nunuuika, et lui, Uammannaq, annonça discrètement Jiriki. Ce sont les maîtres du Qanuc... »

Alors même qu'il parlait, l'une des deux silhouettes fit un signe bref de son bâton crochu. La vaste horde dense des trolls se recula des deux côtés, se pressant plus encore les uns contre les autres, pour former une allée qui courait de la plate-forme de pierre jusqu'à l'endroit où se trouvaient Simon et ses compagnons. Plusieurs centaines de petits visages attentifs se tournèrent vers eux. Il y eut de nombreux murmures. Simon, intimidé, ne put que parcourir des yeux cette longue bande de pierre déserte.

« Le chemin semble dégagé, grommela Haestan en le poussant doucement. Allez, vas-y, 'tit gars. »

« Tous les trois », dit Jiriki. Il fit l'un de ses gestes étrangement articulés pour indiquer que Simon devait passer devant.

Tant l'écho des murmures que l'odeur des peaux tannées semblèrent prendre de l'ampleur à mesure que Simon avançait vers le roi et la reine...

... *Ou plutôt le Pâtre et la Chasseresse,* se reprit-il. *Ou tout ce qu'ils veulent...*

L'air dans la caverne lui parut soudain incroyablement épais. Alors qu'il tentait de reprendre sa respiration, il chancela et serait tombé si Haestan ne l'avait rattrapé et soutenu par le haut de sa cape. Lorsqu'il atteignit le dais, il resta un instant immobile, les yeux fixés sur le sol, à combattre le vertige, avant de pouvoir regarder les personnages sur la plate-forme. La lumière des lampes se refléta dans ses yeux. Il sentit la fureur monter en lui, sans savoir contre qui elle était dirigée. N'était-il pas plus ou moins sorti du lit aujourd'hui pour la première fois ? Qu'attendaient-ils donc de lui ? Qu'il fasse des bonds et aille tuer quelques dragons ?

Ce qu'il y avait de surprenant chez Uammannaq et Nunuuika, décida-t-il, c'était leur air de ressemblance, comme s'ils étaient jumeaux. Non pas que l'on pût une seule seconde les confondre : Uammannaq, à la gauche de Simon, avait une fine barbe qui pendait de son menton, tressée de lanières rouges et bleues en une longue natte. Ses cheveux étaient également nattés, et retenus en un dessin élaboré par des peignes de pierre noire et brillante. Alors qu'il flattait gentiment sa barbe de ses petits doigts épais, il tenait dans son autre main le symbole de sa charge, une épaisse lance de cavalier qanuc, à la hampe entièrement ouvragée, et au talon en crochet.

Son épouse, si les choses se passaient ainsi à Yiqanuc, tenait, elle, une lance droite : un fin bâton mortel à la pointe de pierre si aiguisée qu'elle en était translucide. Elle portait ses longs cheveux noirs relevés sur le crâne et maintenus en place par de nombreux peignes d'ivoire sculptés. Ses yeux, qui luisaient derrière des paupières plissées dans un visage charnu, étaient aussi plats et brillants qu'une pierre polie. Simon n'avait encore jamais vu une femme le regarder d'une façon aussi froide et arrogante. Il se souvint qu'elle était appelée Chasseresse, et en fut glacé. En comparaison, Uammannaq lui semblait beaucoup moins menaçant. Les traits du visage lourd du Pâtre s'étaient relâchés, et donnaient une impression de somnolence, même si son regard laissait deviner sa finesse.

Après ce bref instant d'inspection mutuelle, le visage d'Uammannaq se creusa d'un large sourire jaunâtre, ses yeux disparaissant presque dans ce plissement de joie. Il leva ses mains ouvertes, paumes en avant vers les compagnons, puis pressa ses petites mains l'une contre l'autre et dit quelque chose dans la langue gutturale des Qanucs.

« Il dit que tu es le bienvenu à Chidsik Ub Lingit et à Yiqanuc, les montagnes des trolls », traduisit Jiriki. Avant qu'il n'ait eu le temps d'en dire plus, Nunuuika commença à parler. Ses mots semblaient plus mesurés que ceux d'Uammannaq, sans que cela les rendît plus compréhensibles pour Simon. Jiriki l'écouta attentivement.

« La Chasseresse te présente également ses salutations. Elle dit que tu es grand, mais qu'à moins d'une grande méprise dans sa connaissance du peuple *Utku*, tu sembles jeune pour un tueur de dragon, malgré le blanc dans tes cheveux. Utku est le mot troll pour les habitants des basses-terres », ajouta-t-il calmement.

Simon observa les deux personnages royaux durant un moment. « Dis-leur que je suis heureux d'avoir reçu leurs salutations, ou ce qu'il est poli de répondre dans ce cas. Et dis-leur s'il te plaît que je n'ai pas tué le dragon : je l'ai certainement seulement blessé, et je ne l'ai fait que pour protéger la vie de mes amis, tout comme Binabik d'Yiqanuc l'avait fait pour moi en de nombreuses occasions. »

Lorsqu'il eut achevé cette longue phrase, il en fut momentanément essoufflé, ce qui provoqua un nouveau vertige. Le Pâtre et la Chasseresse, qui l'avaient regardé avec curiosité tandis qu'il parlait, avaient tous deux froncé les sourcils lorsqu'il avait mentionné le nom de Binabik : ils se tournèrent promptement vers Jiriki.

Le Sithi resta muet un instant, le temps de réfléchir, puis laissa échapper un long chapelet rauque de lourds mots trolls. Uammannaq acquiesça régulièrement de la tête tout en semblant perplexe. Nunuuika, elle, resta impassible mais écouta attentivement. Lorsque Jiriki eut terminé, elle adressa un rapide regard à son consort, puis reprit la parole.

À en juger par la traduction de sa réponse, elle aurait tout aussi bien pu ne pas entendre le nom de Binabik. Elle complimenta Simon pour sa bravoure, et expliqua que les Qanucs avaient longtemps tenu la montagne Urmsheim, qu'elle appelait *Yijarjuk,* pour un endroit devant être à tout prix évité. Maintenant, expliqua-t-elle, le temps était peut-être venu d'explorer de nouveau les montagnes de l'ouest, puisque le dragon, même s'il avait survécu, aurait disparu dans les profondeurs, ne serait-ce que pour panser ses blessures.

Uanimannaq semblait impatient durant le discours de Nunuuika. Dès que Jiriki eut terminé de traduire les mots de celle-ci, le Pâtre ajouta que l'époque n'était pas exactement à de telles aventures, après le terrible hiver qu'ils venaient de vivre, et avec l'intense activité malveillante du maléfique *Croohokuq*, les Rimmersleutes. Il s'empressa d'ajouter que, bien évidemment, Simon et ses autres compagnons, l'autre habitant des basses-terres et l'estimé Jiriki, étaient leurs honorables invités, et pouvaient rester aussi longtemps qu'ils le désiraient ; enfin, s'il était quoi que ce soit en son pouvoir ou en celui de Nunuuika qui puisse rendre leur séjour agréable, ils n'avaient qu'à le demander.

Avant même que Jiriki n'eût terminé de traduire ces mots, Simon se balançait déjà d'un pied sur l'autre, impatient de donner sa réponse.

« Oui, dit-il à Jiriki, il y a une chose qu'ils peuvent faire. Ils peuvent libérer Binabik et Sludig, nos compagnons. Qu'ils libèrent nos amis, s'ils veulent nous accorder une faveur ! » annonça-t-il d'une voix forte en se tournant vers les deux silhouettes emmitouflées dans leurs fourrures, qui le regardaient avec un air de totale incompréhension. Le fait qu'il ait élevé la voix provoqua chez certains des trolls réunis autour de la plate-forme de pierre des chuchotements inquiets. Simon se demanda fiévreusement s'il n'était pas allé trop loin, mais refusait de s'en inquiéter.

« Seoman, dit Jiriki, je me suis promis de ne pas trahir tes paroles ni d'intervenir dans ta discussion avec les maîtres de Yiqanuc, mais je te demande maintenant de me faire la faveur de ne pas leur demander cela. S'il te plaît. »

« Pourquoi ? »

« S'il te plaît. C'est une faveur que je sollicite. Je t'expliquerai plus tard. Je te prie de me faire confiance. »

Les mots chargés de fureur quittèrent la bouche de Simon avant qu'il n'eût pu les contrôler. « Tu voudrais que je trahisse mes amis pour te faire une faveur ? Ne t'ai-je pas sauvé la vie ? N'ai-je pas gagné ta Flèche Blanche ? Qui peut demander des faveurs ici ? »

Il regretta ses paroles avant même d'avoir achevé de les prononcer, craignant qu'une barrière infranchissable ne se fût soudain élevée entre lui et le prince sithi. Les yeux de Jiriki brûlèrent dans les siens. Les membres de l'assemblée commencèrent à s'agiter nerveusement et à murmurer entre eux, sentant qu'il se passait quelque chose d'anormal.

Le Sithi baissa les yeux. « Je suis confus, Seoman. C'était beaucoup trop te demander. »

Maintenant Simon avait l'impression de couler à pic comme une pierre dans des eaux troubles. Cela allait trop vite ! Il fallait penser à trop de choses en même temps. Son seul désir était de s'allonger sur le sol et de ne plus penser à rien.

« Non, Jiriki, laissa-t-il finalement échapper. C'est moi qui suis confus. J'ai honte de ce que j'ai dit. Je suis un imbécile. Demande-leur plutôt à tous les deux si je peux leur parler demain. Je ne me sens pas bien. » Son vertige devint soudain horriblement réel ; il vit la caverne entière tourner sous ses yeux. Les flammes des lampes à huile se mirent à se balancer comme sous l'effet d'un vent violent. Les genoux de Simon cédèrent sous lui, et Haestan attrapa son bras pour le retenir.

Jiriki se retourna rapidement vers Uammannaq et Nunuuika. Une vague de consternation fascinée parcourut la foule troll. L'habitant des basses-terres à la crête rouge et à la silhouette de cigogne était-il mort ? Peut-être que ceux qui avaient suggéré que ces jambes longues et fines ne suffiraient certainement pas à porter longtemps un corps avaient raison. Mais alors, pourquoi les deux autres étaient-ils toujours debout ? De nombreuses têtes s'agitaient pour exprimer leur perplexité, et les suppositions les plus diverses se murmuraient ici et là.

« *Nunuuika à l'œil perçant et Uammannaq à la conduite sûre, le garçon est encore malade; il est très faible.* » Jiriki s'exprimait doucement. La foule, dupée par le ton de sa voix, prêta l'oreille. « *Je sollicite une faveur, au nom de l'amitié séculaire de nos peuples.* »

La Chasseresse inclina la tête, en souriant légèrement. « *Parle, Grand Frère* », dit-elle.

« *Je n'ai pas le droit d'entraver le coins de votre justice, et ne le ferai pas. Je demande simplement que le jugement de Binabik de Mintahoq n'ait pas lieu sans que ses compagnons, dont le garçon Seoman, n'aient une chance de se faire entendre à son sujet. Et que le même privilège soit accordé au Rimmersleute, Sludig. Je requiers cette grâce au nom de la Femme-lune, notre racine commune.* » Jiriki s'inclina légèrement, en ne bougeant que le haut de son corps. Il n'y eut pas la moindre suggestion de sujétion.

Uammannaq tapota la hampe de sa lance avec ses doigts. Il se tourna vers la Chasseresse, paraissant troublé. Enfin, il opina. « *Nous ne pouvons refuser cela, Grand Frère. Il en sera donc ainsi. Deux jours, donc, pour que le garçon reprenne des forces; mais même si cet étrange jeune homme nous avait apporté la tête d'Igjarjuk et sa puissante mâchoire dans un sac, cela ne changerait pas ce qui doit être. Binabik, apprenti de l'Homme Chantant, a commis un terrible crime.* »

« *C'est ce que l'on m'a dit*, répondit Jiriki. *Mais le courage du Qanuc n'est pas la seule chose qui leur a fait gagner l'estime du Sithi. Nous avons également apprécié la bonté des trolls.* »

Nunuuika toucha les peignes dans ses cheveux, le regard dur. « *Le cœur ne doit jamais outrepasser une juste loi, Prince Jiriki, sans quoi tous les enfants de Sedda, le Sithi autant que l'Humain, seraient voués à retourner nus dans les neiges. Binabik aura son jugement.* »

Le prince Jiriki acquiesça et s'inclina une nouvelle fois avant de faire demi-tour et de s'éloigner. Haestan soutint et entraîna un Simon chancelant entre les trolls curieux, à travers la caverne, vers l'extérieur et le vent froid.

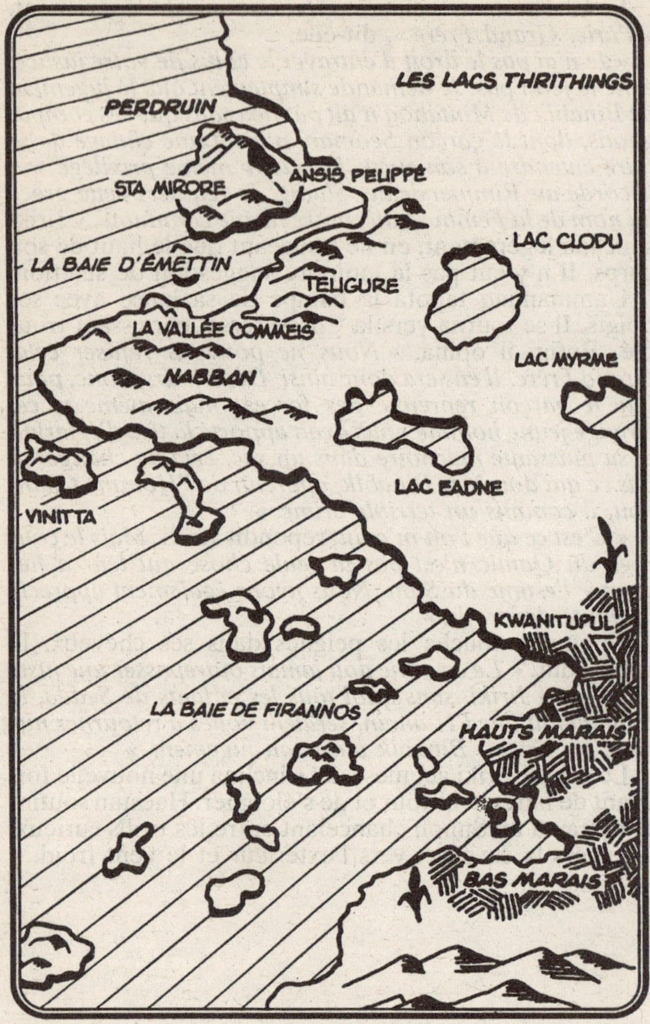
LES LACS THRITHINGS
PERDRUIN
STA MIRORE
ANSIS PELIPPÉ
LAC CLODU
LA BAIE D'ÉMETTIN
TELIGURE
LA VALLÉE COMMEIS
LAC MYRME
NABBAN
LAC EADNE
VINITTA
KWANITUPUL
LA BAIE DE FIRANNOS
HAUTS MARAIS
BAS MARAIS

2

MASQUES ET OMBRES

Le feu craquait et crachotait à mesure que les flocons de neige venaient mourir dans ses flammes. Les arbres qui les entouraient étaient encore rayés d'orange, mais le feu de camp était maintenant presque réduit à un tapis de braise. Au-delà de cette fragile barrière de lumière, la brume, le froid et l'obscurité attendaient patiemment.

Déornoth approcha plus près encore ses mains des braises et s'efforça d'oublier la vaste présence vivante de la forêt d'Aldhéorte qui les entourait, les branches enchevêtrées qui dissimulaient une partie des étoiles au-dessus d'eux, et les troncs voilés de brume qui s'agitaient sombrement dans le vent fort et froid. Josua était assis en face de lui, de l'autre côté du feu. Son regard s'était détourné des flammes, et dirigé vers l'obscurité inamicale ; le visage anguleux du prince, badigeonné de rouge par le scintillement du feu, était déformé par une grimace silencieuse. Déornoth était de tout cœur avec son prince, mais il lui était impossible de supporter une telle image en cet instant. Il détourna les yeux, malaxant ses doigts gelés comme s'il avait le pouvoir d'extraire toute la douleur : la sienne, celle de son maître, et celle de tout le reste de leur groupe piètre et pitoyable.

Quelqu'un gémit non loin, mais Déornoth ne releva pas les yeux. Ceux qui souffraient dans leur groupe étaient nombreux, et certains, comme la jeune servante si terriblement blessée à la gorge, ou Helmfest, l'un des hommes du seigneur connétable, mordu aux tripes par l'une de ces créatures impies, avaient à son avis peu de chances de survivre à cette nuit.

Le fait d'échapper à la destruction du château de Josua à Naglimund avait été loin de signifier la fin de leurs difficultés. Alors que leurs pas titubants les amenaient enfin au bout de la Percée, les membres du groupe de Josua étaient tombés dans une embuscade. À quelques toises à peine de la lisière d'Aldhéorte, le sol était soudain entré en éruption autour d'eux, et la nuit trompeuse et chargée d'orage s'était emplie de cris perçants.

Il y avait eu soudain des fouisseurs partout ; le Bukken, comme l'appelait le jeune Isorn, qui hurlait ce nom hystériquement tout en s'y attaquant de son épée. Malgré sa peur, le fils du duc en avait tué beaucoup ; mais les dents effilées et les couteaux grossiers des fouisseurs avaient infligé à Isorn une bonne douzaine de blessures superficielles. Et il y avait une autre chose dont il leur fallait s'inquiéter : dans la forêt, même une coupure avait de bonnes chances de s'infecter.

Mal à l'aise, Déornoth changea de position. Ces petites choses infâmes avaient grimpé sur son bras comme des rats. La peur qui lui avait alors saisi la gorge était si puissante qu'il avait failli se trancher la main dans sa hâte à se débarrasser de ces monstruosités piaillantes. Même maintenant, l'idée le révulsait encore. Il se frotta nerveusement les mains en évoquant ce souvenir.

La compagnie de Josua avait finalement réussi à s'échapper, en repoussant leurs agresseurs assez longtemps pour se tailler un chemin jusqu'à la forêt. Curieusement, les arbres menaçants semblèrent constituer une sorte de sanctuaire. L'essaim des fouisseurs, bien trop nombreux pour qu'ils eussent pu espérer les défaire, ne les poursuivit pas.

Y a-t-il un pouvoir dans cette forêt qui les en a empêchés ? se demanda Déornoth. *Ou est-ce plutôt qu'il y vit quelque chose de plus effroyable encore ?*

Ils avaient, en fuyant, laissé derrière eux cinq formes déchiquetées qui avaient un jour été des êtres humains. Les rescapés de la troupe du prince étaient maintenant à peine une douzaine ; et, à en juger par le souffle rauque et irrégulier du soldat Helmfest, qui était enveloppé dans sa cape au pied du feu, ils seraient très bientôt encore moins nombreux.

Dame Vorzheva tamponnait doucement la mâchoire d'Helmfest pour en ôter le sang : le soldat était d'une pâleur cadavérique. Elle avait le regard distant et détaché d'un fou que Déornoth avait un jour vu : il était assis sur la grand'place de la ville de Naglimund, et transvasait de l'eau entre deux bols, d'un bol à l'autre, encore et encore, sans jamais en renverser, et cela durant des heures. Soigner ce mort vivant était tout aussi inutile; Déornoth le savait, et cela se lisait aussi dans les yeux sombres de Vorzheva.

Le prince Josua ne s'inquiétait pas plus de Vorzheva que de n'importe qui d'autre dans sa compagnie ravagée. La terreur et l'épuisement qui l'affectaient tout autant que les autres survivants ne suffisaient pas à masquer la fureur que provoquait chez elle cette inattention. Déornoth était depuis bien longtemps le témoin de la relation orageuse de Josua et de Vorzheva, et il n'était toujours pas certain de ce qu'il devait en penser. Il regrettait parfois la présence de cette femme des Thrithings, qui était une distraction et une gêne pour les obligations de son prince; à d'autres moments, il avait pitié de Vorzheva, dont la passion sincère l'emportait souvent sur la patience. Josua pouvait être exaspérant dans sa mesure et sa circonspection; et son humeur tendait au mieux vers la mélancolie. Déornoth supposait qu'il serait difficile pour une femme d'aimer et de vivre avec un homme comme le prince.

Le vieux bouffon Towser et le trouvère Sangfugol discutaient non loin, sans grande verve. L'outre de vin du bouffon traînait par terre à côté d'eux, vide et aplatie; les survivants ne verraient certainement pas d'autre vin avant longtemps. Towser avait vidé l'outre lui-même en quelques gorgées, s'attirant plus d'une remarque acerbe de la part de ses compagnons. Son œil chassieux s'était plissé de colère tandis qu'il buvait, comme un vieux coq avertissant un intrus qui s'approche de son poulailler.

Les seuls dont l'occupation fût utile en cet instant étaient la duchesse Gutrun, l'épouse d'Isgrimnur, et le père Strangyeard, l'archiviste de Naglimund. Gutrun avait fendu l'avant et l'arrière de sa lourde jupe de brocart, et recousait maintenant les morceaux entre eux, de façon à en faire une paire de chausses, qui lui permettrait de progresser bien plus facilement à travers l'épais sous-bois d'Aldhéorte. Strangyeard, qui avait admis le bien-fondé de cette idée, taillait maintenant dans le devant de sa propre robe grise avec le couteau émoussé de Déornoth.

L'inquiétant Rimmersleute Einskaldir était assis non loin de père Strangyeard ; entre eux deux se trouvait une forme paisible, une bosse sombre sous le manteau de lumière du feu. Il s'agissait de la petite servante dont Déornoth avait oublié le nom. Elle avait fui avec eux depuis la résidence, et n'avait jamais cessé de doucement pleurer tandis qu'ils montaient puis descendaient le long de la Percée.

Plus exactement, elle avait pleuré jusqu'à ce que les fouisseurs l'atteignissent. Ils s'étaient accrochés à sa gorge comme des terriers sur un ours, et y étaient restés cramponnés même après que leurs corps eurent été tranchés par les lames de ses sauveurs. Maintenant, elle ne pleurait plus. Elle était très, très calme, et se raccrochait comme elle le pouvait à la vie.

Déornoth sentit un frisson d'horreur retenue le parcourir soudain. Miséricordieux Usires, qu'avaient-ils donc fait pour mériter un si terrible châtiment ? De quel abominable crime étaient-ils coupables pour être punis par le supplice de Naglimund ?

Il combattit la panique qui, il le savait, se lisait déjà parfaitement sur son visage, puis observa alentour. Personne ne le regardait, Usires en soit remercié ! Personne n'avait remarqué son ignominieuse peur. Une telle conduite n'était pas appropriée, après tout. Déornoth était un chevalier. Il était fier d'avoir senti le gantelet de son prince sur sa tête, d'avoir entendu sa déclaration d'armement. Mais il aurait tellement préféré l'exaltante terreur d'un honnête combat contre des humains, plutôt que de devoir lutter contre ces minuscules fouisseurs piaillants, ou ces Norns au visage dur et blanc comme l'albâtre qui avaient détruit le château de Josua. Comment un homme pouvait-il affronter des créatures sorties tout droit de ses cauchemars d'enfant ?

Tout cela ne pouvait qu'annoncer le Jour de la Bien-Pesée. C'était la seule explication possible. Les créatures qu'ils combattaient étaient vivantes : elles saignaient et mouraient, et pouvait-on dire qu'il en était ainsi des démons ? Mais elles étaient néanmoins des forces des Ténèbres. Les jours finals étaient venus, c'était la vérité.

Curieusement, cette pensée apporta à Déornoth un semblant de réconfort. N'était-ce pas, après tout, la véritable mission d'un chevalier, que de défendre son seigneur et son pays contre ses ennemis, tant spirituels que matériels ? N'était-ce pas ce qu'avait dit le prêtre avant la veillée d'investiture de Déornoth ? Il s'imposa de rejeter ses craintes et de revenir à la raison. Il s'était toujours enorgueilli de garder calme et modération, même lorsqu'il ressentait la colère ; et ces traits de caractère avaient toujours été la raison de son aisance à l'égard des manières réservées de son prince. Comment Josua pourrait-il commander, s'il n'avait cette discipline et cette maîtrise de soi ?

L'évocation de Josua lui fit lui jeter un regard furtif, et il sentit toutes ses inquiétudes l'envahir de nouveau. L'armure de patience du prince commençait à céder, sous les coups de boutoir de forces qu'aucun homme ne devrait avoir à supporter. Tandis que son homme lige l'observait, Josua gardait les yeux fixés sur l'obscurité venteuse, ses lèvres formant sans bruit les mots qu'il s'adressait silencieusement à lui-même, les sourcils froncés par une concentration douloureuse.

Ce spectacle lui devint insupportable. « Prince Josua », dit doucement Déornoth. Le prince interrompit son discours silencieux, mais ne détourna pas le regard vers le jeune chevalier. Déornoth réitéra son appel. « Josua ? »

« Oui, Déornoth ? » répondit-il enfin.

« Mon seigneur », commença le chevalier ; puis il réalisa qu'il n'avait rien à dire. « Mon seigneur, mon bon seigneur... »

Tandis que Déornoth se mordait la lèvre en espérant que l'inspiration viendrait au secours de son esprit las, Josua se redressa soudain, le regard tendu là où il errait encore sans but un instant plus tôt, les yeux fixés sur l'obscurité qui s'étendait au-delà des premiers arbres rougis par la lueur du feu.

« Que se passe-t-il ? » demanda Déornoth, alarmé. Derrière lui, Isorn, qui était jusqu'alors plongé dans un profond sommeil, s'éveilla brusquement en poussant un cri incohérent au son de la voix de son ami. Déornoth porta d'instinct la main à son épée, et la tira de son fourreau en se redressant.

« Silence ! » souffla Josua en levant le bras.

Un frisson d'effroi parcourut le campement. Durant de longues secondes, il n'y eut rien ; puis les autres l'entendirent aussi : quelque chose se frayait maladroitement un chemin à travers le sous-bois, juste audelà du cercle de lumière.

« Ce sont ces créatures ! » La voix de Vorzheva gonfla du murmure au sanglot. Josua se retourna et attrapa fermement son bras. Il lui infligea une secousse violente mais unique.

« *Silence*, pour l'amour de Dieu ! »

Le bruit des branchages qui se brisaient se rapprocha. Isorn et les autres soldats étaient maintenant debout, main nerveusement posée sur la poignée de l'épée. Certains des autres membres de la compagnie pleuraient ou priaient doucement.

« Aucune créature des forêts ne ferait un tel bruit... » souffla Josua. Son anxiété était bien mal dissimulée. Il tira Naidel de son fourreau. « Celle-ci se déplace sur deux jambes... »

« *Aidez-moi...* » appela une voix dans l'obscurité. La nuit parut se faire plus profonde, comme si l'obscurité allait les ensevelir et oblitérer leur fragile feu de camp.

Un instant plus tard, quelque chose franchit l'anneau d'arbres. Il porta ses bras devant ses yeux lorsque la lumière le baigna.

« Que Dieu nous aide, que Dieu nous aide ! » clama Towser d'une voix rauque.

« Regardez, c'est un homme ! » souffla Isorn d'une voix pantelante. « Aédon, il est couvert de sang ! »

L'homme blessé fit deux pas de plus vers le feu en titubant, puis tomba brusquement à genoux, découvrant un visage presque noir de sang séché, sauf pour les yeux qui regardaient sans voir le cercle d'humains ébahis.

« Aidez-moi », gémit-il encore une fois. Sa voix était lente et pâteuse, au point qu'il était difficile d'y reconnaître un homme parlant leur langue.

« Quelle est cette folie, ma Dame ? » maugréa Towser. Le vieux bouffon s'accrochait à la manche de la duchesse Gutrun comme aurait pu le faire un enfant. « Dites-moi quelle est cette malédiction qui a été jetée sur nous ! »

« Je crois que je connais cet homme ! » s'exclama Déornoth, pantois. Un instant plus tard, il sentit la peur glaçante s'effacer ; il bondit en avant pour soutenir l'homme tremblant par le coude et l'aider à se rapprocher du feu. Les vêtements du nouveau venu étaient en lambeaux. Une frange d'anneaux tordus, seule trace restante d'une cotte de mailles, pendait sur un collier de cuir noirci. « C'est le piquier qui nous avait accompagnés », dit Déornoth à Josua. « Lorsque vous avez rencontré votre frère dans la tente, sous les murailles. »

Le prince hocha lentement la tête. Son regard était intense, son expression momentanément indéfinissable. « Ostraël... » murmura Josua. « N'était-ce pas son nom ? » Le prince observa le jeune piquier baignant dans son sang durant un long moment, puis ses yeux se remplirent de larmes, et il détourna son visage.

« Tiens, pauvre et malheureux homme, prends cela... » Le père Strangyeard lui tendit une outre. Il leur restait à peine plus d'eau que de vin, mais personne ne dit mot. L'eau emplit la bouche d'Ostraël et déborda, ruisselant le long de son menton. Il semblait incapable d'avaler.

« Les... les fouisseurs l'avaient, dit Déornoth. Je suis certain de l'avoir vu, pris dans une de leurs grappes, à Naglimund. » Il sentit l'épaule du piquier frémir sous sa main, entendit l'homme souffler et inspirer. « Par Aédon, comme il a dû souffrir. »

Les yeux d'Ostraël se tournèrent vers lui, jaunes et vitreux, même dans une lumière aussi faible. La bouche s'ouvrit dans ce visage à la croûte sombre. « Aidez-moi... » La voix était incroyablement lente, comme si chaque mot pesant devait être porté de sa gorge à sa bouche avant d'en tomber. « Ça... ça fait mal », siffla-t-il, « ... vide. »

« Par l'Arbre de Dieu, que peut-on faire pour lui ? » gronda Isorn. « Nous souffrons tous. »

La bouche d'Ostraël s'ouvrit. Il regarda devant lui avec des yeux aveugles.

« Nous pouvons panser ses blessures. » La mère d'Isorn, Gutrun, retrouvait son imposante assurance. « Nous pouvons lui trouver une cape. Et s'il survit jusqu'au matin, nous pourrons faire plus encore. »

Josua s'était retourné pour regarder le jeune piquier de nouveau. « La duchesse a raison, comme à l'habitude. Père Strangyeard, voyez si nous pouvons lui trouver une cape. Peut-être que l'un des moins mal portants pourrait... »

« Non ! » gronda Einskaldir. « Je n'aime pas ça du tout ! »

Un silence consterné s'abattit sur l'assemblée.

« Ces choses n'ont pas une telle importance que... » commença Déornoth, qui eut le souffle coupé lorsque Einskaldir le dépassa d'un bond, et attrapa Ostraël par les épaules, le projetant dans son mouvement violemment sur le sol. Einskaldir retomba sur la poitrine du jeune piquier. Le long couteau du Rimmersleute barbu apparut de nulle part et vint se poser sur la gorge tachée de sang d'Ostraël comme un sourire métallique.

« *Einskaldir !* » Le visage de Josua était livide. « Quelle est cette folie ? »

Le Rimmersleute regarda par-dessus son épaule. Une étrange grimace tranchait son visage barbu. « Ceci n'est pas un homme ! Je me moque de savoir où vous pensez l'avoir déjà rencontré ! »

Déornoth avança une main vers Einskaldir, mais la retira précipitamment lorsque la lame du Rimmersleute siffla devant ses doigts tendus.

« Pauvres fous ! *Regardez !* » Einskaldir indiqua le feu de la poignée de son arme.

L'un des pieds nus d'Ostraël reposait sur les braises de la périphérie du feu. Les chairs brûlaient, en noircissant et fumant, mais le piquier restait presque impassible sous Einskaldir, les poumons sifflant à mesure qu'il inspirait et expirait.

Il y eut un moment de silence. Une brume étouffante et glaciale sembla s'être posée sur la clairière. L'instant était devenu aussi horriblement étrange et aussi inaltérable qu'un cauchemar. Dans leur fuite des ruines de Naglimund, ils auraient pu tout aussi bien s'aventurer dans les terres inconnues de la folie.

« Peut-être que ses blessures... » commença Isorn.

« Idiot ! Il ne sent pas le feu, rugit Einskaldir. Et il porte une blessure à la gorge qui tuerait n'importe quel homme. *Regarde ! Regardez !* » Il força la tête d'Ostraël en arrière jusqu'à découvrir assez son cou pour que tous ceux qui étaient réunis autour de lui puissent voir les bords pendants et déchiquetés de la blessure qui courait d'un coin de sa mâchoire à l'autre. Le père Strangyeard, qui était penché près d'eux, eut un râle étouffé et se détourna vivement.

« Dites-moi donc que ce n'est pas un fantôme... » poursuivit le Rimmersleute, qui fut presque jeté à terre lorsque le corps du piquier se mit à se débattre sous lui. « Forcez-le à terre ! » cria Einskaldir, tout en cherchant à éloigner son visage de la tête d'Ostraël, qui se balançait d'un côté à l'autre en claquant puissamment les dents dans l'air.

Déornoth plongea en avant et se saisit de l'un des bras minces ; celui-ci était aussi froid et dur que de la pierre, et pourtant atrocement flexible. Isorn, Strangyeard et Josua luttaient également pour trouver une prise sur cette forme qui ruait et se cabrait brutalement. La semi-obscurité s'emplit de jurons affolés.

Lorsque Sangfugol se jeta dans la mêlée et s'enroula autour du dernier pied, s'y agrippant de ses deux bras, le corps cessa momentanément de résister. Déornoth pouvait sentir les muscles qui continuaient de bouger sous la peau, se tendant et se relaxant, rassemblant déjà des forces pour une nouvelle tentative. L'air entrait et sortait en sifflant de la bouche ridicule et déformée du piquier.

La tête d'Ostraël se redressa sur son cou tendu, et son visage noirci se mit à se balancer pour tous les observer les uns après les autres. Puis, avec une soudaineté terrifiante, ses yeux semblèrent se noircir et tomber vers l'intérieur. Un instant plus tard, un feu pourpre et vacillant apparut dans les orbites vides, et le souffle laborieux cessa. Quelqu'un hurla, un cri sourd qui fit rapidement place à un silence étouffant.

Une vague de pure terreur immédiate et abjecte s'abattit et étreignit le campement telle la main moite et puissante d'un titan lorsque le prisonnier se mit à parler.

« *Eh bien* », dit-il. Ses intonations n'avaient plus rien d'humain, mais trahissaient les inflexions terribles et glaciales des espaces vides ; la voix soufflait et vrombissait comme un vent noir et sauvage. « *Cela aurait été tellement plus facile... mais la grâce d'une mort rapide durant votre sommeil vous est maintenant déniée.* »

Le cœur de Déornoth accéléra comme celui d'un lièvre acculé, accéléra jusqu'à lui donner l'impression qu'il pouvait bondir hors de sa poitrine. Il eut l'impression que ses doigts se vidaient de leur force alors même qu'il tenait le corps qui avait été celui d'Ostraël, fils de Firsfram. Sous la chemise en lambeaux, il pouvait sentir la chair aussi froide qu'une pierre tombale, mais vibrant néanmoins d'une incroyable vitalité.

« Qu'es-tu ? » demanda Josua, en se faisant violence pour garder une voix égale. « Et qu'as-tu fait à ce pauvre homme ? »

La chose gloussa, d'une façon presque plaisante, n'était l'horrible vide de sa voix. « *Je n'ai rien fait à cette créature. Elle était déjà morte, évidemment, ou mourante. Il n'était pas difficile de trouver des morts dans les ruines de ta place forte, prince des gravats.* »

Des ongles griffaient la peau du bras de Déornoth, mais le visage ravagé accaparait son attention comme une chandelle brillant au bout d'un long tunnel obscur.

« Qui es-tu ? » demanda Josua.

« *Je suis l'un des maîtres de ton château... et je suis ta mort prochaine* », répondit la chose avec une malveillante sérénité. « *Je ne rends compte à aucun mortel. Sans la perspicacité de l'homme à la barbe, vos gorges auraient été prestement tranchées durant la nuit, et cela nous aurait épargné du temps et de l'énergie. Mais lorsque vos esprits s'enfuiront en couinant vers l'Entre infini dont nous nous sommes nous-mêmes échappés, ce sera par notre fait. Nous sommes la Main Rouge, les chevaliers du Roi de l'Orage ; et Il est le maître ultime !* »

Accompagnant son mouvement d'un sifflement échappé de sa gorge percée, le corps se plia soudain en deux comme une charnière, se débattant avec la force terrifiante d'un serpent brûlé. Déornoth sentit sa prise lui échapper. Lorsque le feu fut balayé d'un coup de pied qui envoya voler des gerbes d'étincelles, il entendit Vorzheva sangloter non loin. D'autres emplissaient la nuit de gémissements et de cris apeurés. Il glissait ; le poids d'Isorn avait été repoussé contre son dos et pesait sur lui. Déornoth entendit les cris terrifiés de ses compagnons se mêler à ses propres suppliques hystériques dans lesquelles il implorait la force nécessaire...

Soudain, la résistance se fit plus faible. Le corps sous lui continua de se débattre durant un temps, comme une anguille mourante, puis s'immobilisa.

« Que... ? » réussit-il finalement à dire.

Einskaldir, tout en reprenant son souffle, lui indiqua le sol d'un mouvement du coude, sans relâcher sa prise sur le corps inerte. Tranchée par la lame affûtée d'Einskaldir, la tête d'Ostraël avait roulé à une longueur de bras de là, presque à la limite du cercle de lumière. Alors que tout le groupe observait, les lèvres mortes se relevèrent pour former une sinistre grimace. Les lumières pourpres s'étaient éteintes ; les globes oculaires n'étaient plus que des puits vides. Un fin murmure traversa la bouche brisée, porté par un dernier souffle.

« *...Pas de fuite possible... Norns trouveront... Les No...* » Il se tut.

« Par l'Archange... » La voix brisée par la terreur, Towser le bouffon brisa le silence.

Josua inspira lentement. « Nous devons offrir à la victime du démon une sépulture Aédonite. » La voix du prince était ferme, mais il semblait évident qu'il n'en était ainsi qu'au prix d'un effort de volonté héroïque. Il se retourna pour regarder Vorzheva, les yeux écarquillés et bouche bée sous le choc. « Puis nous devrons fuir. Il est évident qu'ils sont à notre poursuite. » Josua se tourna et croisa le regard de Déornoth, qui le regardait. « Une sépulture Aédonite », répéta-t-il.

« D'abord », dit Einskaldir en soufflant lourdement, du sang ruisselant d'une longue griffure sur son visage, « ... je lui coupe aussi les bras et les jambes. » Il s'attela à la tâche, et souleva sa hache. Les autres se détournèrent.

L'obscurité de la forêt se rapprocha un peu plus.

Le vieux Gealsgiath s'avança lentement le long du pont trempé et tanguant de son navire, vers les deux silhouettes portant cape et capuche qui se blottissaient sur le bastingage de tribord. Ils se retournèrent à son approche, mais leurs mains ne quittèrent pas le garde-fou.

« Maudit temps puant ! » tonna le capitaine par-dessus le grondement du vent. Les silhouettes encapuchonnées ne dirent rien. « Des hommes coucheront dans des lits kilpas sur la Grande Verte, cette nuit », ajouta le vieux Gealsgiath à leur conversation hurlée. Son puissant accent hernystiri couvrit jusqu'aux claquements et craquements des voiles. « C'est bien un temps de naufrage, ça ! »

La plus épaisse des deux silhouettes repoussa sa capuche en arrière, les yeux plissés dans son visage rose, tandis que la pluie le fouettait.

« Sommes-nous en danger ? » cria frère Cadrach.

Gealsgiath s'esclaffa, ridant son visage rembruni. Le bruit de son hilarité fut avalé par le vent. « Seulement si vous comptez aller nager. Nous sommes déjà presque à l'abri d'Ansis Pelippé, près de l'entrée du port. »

Cadrach se détourna pour tenter de deviner quelque chose dans la pénombre tourbillonnante, mélange de pluie et de brouillard. « Nous sommes presque arrivés ? » cria-t-il en se retournant.

Le capitaine leva un doigt recourbé pour indiquer une tache d'obscurité plus profonde, par tribord avant. « La grosse masse noire, là, c'est la montagne de Perdruin ; le Clocher de Streàwe, comme certains l'appellent. Nous passerons l'entrée du port avant la nuit noire. À moins que les vents ne nous jouent des tours. Brynioch m'en est témoin, c'est un temps bien étrange pour un mois de yuven ! »

Le petit compagnon de Cadrach jeta un rapide coup d'œil à l'ombre de Perdruin dans le brouillard gris, puis rabaissa la tête.

« De toute façon, mon père », cria Gealsgiath par-dessus les éléments, « nous accosterons le quai ce soir, et nous resterons deux jours. Si j'ai bien compris, c'est ici que vous nous quittez, puisque vous n'avez payé de transport que jusqu'ici. P't'êt' que vous voudrez bien venir prendre un verre avec moi à terre, si vot' religion vous l'interdit pas. » Le capitaine accompagna ces mots d'un petit sourire satisfait. Tous ceux qui fréquentaient les tavernes savaient bien que les moines Aédonites n'étaient pas étrangers aux plaisirs des boissons fortes.

Frère Cadrach observa un instant les voiles tendues, puis détourna son regard étrange et quelque peu glacial vers le marin. Un sourire creusa son visage rond. « Merci, capitaine, mais non, merci. Le garçon et moi resterons quelque temps à bord après l'accostage. Il ne se sent pas très bien, et je n'ai aucune raison de le presser. Une longue marche nous attend, pour atteindre l'abbaye, et le chemin monte presque tout le temps. » La petite silhouette se redressa et donna un petit coup éloquent au coude de Cadrach, mais le moine n'y prêta pas attention.

Gealsgiath haussa les épaules et enfonça plus bas encore son chapeau informe sur sa tête. « Comme vous voulez, mon père. Vous avez payé votre voyage et fait votre part à bord, quoique votre acolyte en ait certainement fait le plus gros. Vous pouvez quitter mon navire quand vous voudrez, d'ici à ce que nous levions les voiles pour Crannhyr. » Il accompagna sa volte-face d'un geste de sa main aux phalanges protubérantes, et s'éloigna le long du bord glissant, en ajoutant : « ...Mais si le garçon ne se sent pas bien, il vaut peut-être mieux le ramener dans l'entrepont. »

« Nous prenions juste l'air ! » brailla Cadrach dans sa direction. « Je pense que nous descendrons à terre demain dans la matinée. Merci à vous, mon bon capitaine ! »

Tandis que le vieux Gealsgiath s'éloignait d'un pas lourd, disparaissant rapidement dans la pluie et la brume, le compagnon de Cadrach virevolta et fit face au moine.

« Pour quelle raison allons-nous rester à bord ? » demanda Miriamélé ; la colère se lisait sur ses traits gracieux et anguleux. « Je veux quitter ce navire ! Chaque heure compte ! » La pluie avait détrempé jusqu'à son épaisse capuche, plaquant ses cheveux teints en noir en épis humides disséminés en travers de son front.

« Calmez-vous, Madame, calmez-vous. » Le sourire de frère Cadrach semblait cette fois-ci beaucoup plus sincère. « Bien sûr que nous allons quitter ce navire, et dès que nous aurons touché le quai. Ne vous vous inquiétez pas. »

Miriamélé était furieuse. « Alors pourquoi lui avoir dit... »

« Parce que les marins parlent, et je parierais qu'aucun ne parle autant ou aussi fort que notre capitaine. Il n'y avait aucun moyen de nous assurer de son silence, saint Muirfath m'en soit témoin. Si nous lui avions donné de l'argent pour se taire, il se serait saoulé plus vite et aurait parlé plus tôt. De cette façon, si quiconque l'écoute pour obtenir des informations nous concernant, ils auront au moins l'impression que nous sommes encore à bord. Peut-être même qu'ils surveilleront le bateau jusqu'à ce qu'il reparte pour Hernystir, en espérant nous voir descendre. Alors que nous serons tranquillement à terre, à Ansis Pellipé. » Cadrach claqua la langue de satisfaction.

« Oh ! » Miriamélé réfléchit en silence durant quelques instants. Elle avait une fois encore sous-estimé le moine. Cadrach était resté sobre depuis qu'ils étaient montés à bord du navire de Gealsgiath à Abaingueáte. Ce qui n'était pas vraiment étonnant, puisqu'il avait été violemment malade durant presque tout le voyage. Mais il y avait un esprit retors derrière ce visage rond. Elle se demanda de nouveau, en étant certaine que ce ne serait pas la dernière fois, ce que pouvaient bien être les pensées de Cadrach.

« Je suis désolée, dit-elle enfin. C'était une bonne idée. Pensez-vous vraiment que quelqu'un nous recherche ? »

« Ce serait folie que de ne pas en considérer la possibilité, Madame. » Le moine l'entraîna par le coude vers l'abri relatif du pont inférieur.

Lorsqu'elle aperçut enfin Perdruin, ce fut comme si un grand navire avançant sur leur frêle esquif avait soudain apparu dans une mer agitée. Au départ, il n'y avait qu'une obscurité plus sombre à l'avant du navire ; et l'instant d'après, comme si un dernier voile de brouillard avait été levé, Perdruin se dressait devant eux comme la proue d'un puissant vaisseau.

Un millier de lumières brillaient à travers le brouillard, aussi petites que des lucioles, faisant briller le grand rocher dans la nuit. Tandis que le bateau de charge de Gealsgiath glissait sans bruit à travers les passes du port, l'île continuait à s'élever autour d'eux, son dos montagneux formant un coin d'obscurité qui s'élevait toujours plus haut, et cachant jusqu'au ciel voilé de brouillard.

Cadrach avait choisi de rester dans l'entrepont. Miriamélé était assez satisfaite de cette décision. Elle se tenait au parapet, écoutant les cris et les rires des marins qui ferlaient les voiles dans une obscurité que perçaient des lanternes. Les voix entonnaient une chanson décousue, qui s'interrompait pour laisser passer une bordée de jurons, suivie de nouveaux rires.

Le vent était plus calme, maintenant que les premières constructions du port les abritaient. Miriamélé sentit une étrange chaleur parcourir son dos et sa nuque, et sut sans y réfléchir ce que cela signifiait : elle était heureuse. Elle était libre, et allait là où elle l'avait choisi ; cela n'avait pas été le cas depuis aussi longtemps qu'elle pouvait se souvenir.

Elle n'avait pas remis le pied à Perdruin depuis son enfance, mais elle avait néanmoins l'impression de revenir chez elle. Sa mère Hylissa l'avait amenée ici alors que Miriamélé était encore très jeune, à l'occasion d'un voyage vers Nabban où Hylissa allait retrouver sa sœur, la duchesse Nessalanta. Elles s'étaient arrêtées à Ansis Pelippé le temps d'une visite de courtoisie chez le comte Streàwe. Miriamélé n'avait que peu de souvenirs de cette rencontre (elle était encore très jeune), si ce n'est celui d'un vieil homme affable qui lui avait donné une mandarine, ainsi que d'un jardin clos de hauts murs et parcouru d'une allée pavée. Miriamélé avait poursuivi un superbe oiseau à longue queue tandis que sa mère buvait du vin et riait et parlait avec d'autres adultes.

Le vieil homme aimable devait avoir été le comte, trancha-t-elle. Ce jardin était certainement celui d'un homme riche, un paradis soigneusement entretenu dissimulé dans l'enceinte d'un château. Les arbres y étaient en fleur, et de magnifiques poissons argent et or nageaient dans un bassin placé au milieu de l'allée...

Le vent du port prit de la vitesse, il tiraillait sa cape. Le parapet était froid sous ses doigts ; elle préféra donc glisser ses mains sous ses bras.

Peu de temps après la visite à Ansis Pelippé, sa mère était partie pour un autre voyage, cette fois sans Miriamélé. Oncle Josua avait emmené Hylissa rejoindre Élias, le père de Miriamélé, qui se trouvait alors sur le champ de bataille avec son armée. C'était ce voyage qui avait estropié Josua, et qu'Hylissa n'avait jamais achevé. Rendu presque muet par la douleur, empli de trop de colère pour parler de la mort, Élias ne put que dire à sa petite fille que sa mère ne pourrait jamais revenir. Dans son esprit d'enfant, Miriamélé s'était représenté sa mère captive d'un jardin clos quelque part, un superbe jardin semblable à celui qu'elle avait visité à Perdruin, un endroit magnifique qu'Hylissa ne pourrait jamais quitter, même pour rendre visite à sa fille à qui elle manquait tant...

Cette même petite fille était restée éveillée durant bien des nuits, bien après que ses servantes l'avaient mise au lit, les yeux fixés dans l'obscurité, à chercher un moyen de libérer sa mère perdue d'une prison fleurie sillonnée d'interminables allées pavées...

Rien ne s'était plus jamais bien passé après cela. On eût dit que son père avait avalé un poison à l'effet progressif à la mort de sa mère, quelque terrible venin qui avait crû en dedans et l'avait peu à peu changé en pierre.

Où était-il ? Que faisait donc le Roi souverain Élias en ce moment ?

Miriamélé releva les yeux en direction de la sombre île montagneuse, et sentit la joie qui l'avait un instant envahie disparaître comme le vent peut emporter un mouchoir tenu dans la main. En cet instant, son père assiégeait Naglimund, et épanchait son épouvantable rage contre les murs de la place forte de Josua. Isgrimnur, le vieux Towser, tous ces gens se battaient pour sauver leur vie à l'instant même où elle dépassait les lumières du port, flottant sur l'échine sombre et douce de l'océan.

Et ce garçon de cuisine, Simon, avec ses cheveux roux et ses façons maladroites mais prévenantes, ses inquiétudes et ses angoisses non dissimulées... Elle eut un serrement de cœur en pensant à lui. Lui et le petit troll étaient partis vers les terres inexplorées du nord, pour ne peut-être jamais revenir.

Elle se reprit. Le souvenir de ses anciens compagnons lui avait rappelé ce qu'était son devoir. Elle voyageait sous le masque de l'acolyte d'un moine, et qui plus est, un acolyte malade. Il lui fallait rejoindre l'entrepont. Le navire allait bientôt accoster.

Miriamélé sourit amèrement. Tant et tant d'impostures. Elle s'était libérée de la cour de son père, mais était toujours déguisée. Enfant triste à Nabban et à Mérémund, elle avait souvent prétendu être heureuse : mentir pouvait paraître la meilleure solution lorsque l'on vous posait des questions prévenantes mais auxquelles il n'existait pas de réponse ! Lorsque son père avait commencé à s'éloigner d'elle, elle avait même prétendu ne pas en être affectée, alors que cela lui avait donné l'impression que quelque chose la rongeait de l'intérieur.

Où était Dieu, s'était demandé la jeune Miriamélé ; où était-Il quand l'amour se muait peu à peu en indifférence, quand l'affection devenait une obligation ? Où était Dieu quand son père Élias implorait le ciel de lui donner des réponses, tandis que sa fille l'écoutait, le souffle coupé, dans l'ombre des corridors jouxtant sa chambre ?

Peut-être a-t-Il cru mes mensonges, pensa-t-elle amèrement en descendant les marches de bois détrempées menant à l'entrepont. *Peut-être voulait-Il que je les croie pour pouvoir s'occuper de choses plus importantes.*

La cité sur le flanc de colline brillait de tous ses feux, et la nuit était emplie d'une foule en liesse. Ansis Pelippé célébrait bruyamment le solstice d'été : malgré un temps bien peu de saison, les rues étroites et sinueuses débordaient de fêtards. L'apercevant dans l'ombre de l'embrasure de la porte de l'une des maisons aux volets clos, l'un des acteurs saouls se retourna, sa fausse fourrure feutrée par la pluie, et s'immobilisa, comme s'il allait lui dire quelque chose. En lieu de cela l'homme singe rota, sourit pour s'excuser à travers le trou formant bouche dans son masque incliné, puis ramena son regard affligé vers les petits pavés ronds de son chemin.

Tandis que le singe s'éloignait tant bien que mal, Cadrach réapparut soudain à son côté.

« Où étiez-vous ? » demanda-t-elle. « Vous avez disparu pendant près d'une heure. »

« Pas si longtemps, Madame, certainement pas si longtemps. » Cadrach secoua négativement la tête. « J'ai cherché et trouvé certaines choses qui vont nous être utiles. Très utiles. » Il regarda alentour. « Oh, mais c'est une nuit bien agitée, n'est-ce pas ? »

Miriamélé entraîna de nouveau Cadrach par la manche vers la rue. « Qui pourrait dire en voyant cela que la guerre fait rage dans le nord et que des gens meurent », dit-elle d'un ton désapprobateur. « Personne ne pourrait imaginer que Nabban risque d'être bientôt en guerre ; et pourtant Nabban se trouve juste de l'autre côté de la baie. »

« Bien sûr que non, Madame », maugréa Cadrach, en tentant de rester à son niveau en allongeant le pas pour compenser ses trop courtes enjambées. « Il est dans la logique des Perdruinais de ne voir ni d'imaginer de telles choses. Cela leur permet de rester aussi joyeusement neutres dans la quasi-totalité des conflits, et d'armer et d'approvisionner tant l'éventuel vainqueur que l'éventuel vaincu, pour en tirer finalement un profit conséquent. » Il grimaça et chassa l'eau de ses yeux. « Voilà bien une cause pour laquelle vos Perdruinais seraient capables de se battre : pour protéger leurs profits. »

« Eh bien, je suis surprise de voir que personne n'a encore envahi cet endroit. » La princesse n'était pas certaine de la raison pour laquelle l'insouciance des habitants d'Ansis Pelippé pût l'agacer à ce point, mais elle se sentait néanmoins extrêmement agacée.

« L'envahir ? Pour souiller le trou d'eau dans lequel tout le monde boit ? » Cadrach semblait surpris. « Ma chère Miriamélé, ou plutôt, mille pardons, mon cher Malachias : je dois m'en souvenir, car nous évoluerons bientôt dans des cercles pour lesquels votre vrai nom n'est pas inconnu ; mon cher Malachias, donc, il vous reste bien des choses à apprendre au sujet de ce monde. » Il fit une nouvelle pause, le temps de laisser passer un nouveau groupe de gens costumés engagés dans une dispute de soûlards qui concernait les paroles d'une chanson. « Voilà », dit le moine en faisant un geste du bras dans leur direction. « Voilà un parfait exemple de la raison pour laquelle ce dont vous parliez n'arrivera jamais. Avez-vous entendu leur discussion ? »

Miriamélé tira sa capuche plus avant pour se protéger de la pluie perçante. « En partie », répondit-elle. « Et quel est le rapport ? »

« Ce n'est pas le sujet de leur dispute qui importe, mais le moyen. Ils étaient tous Perdruinais, à moins que le rugissement de l'océan ne m'ait fait perdre mon oreille pour les accents ; et pourtant ils se disputaient en westerlien. »

« Et alors ? »

« Ah ! » Cadrach plissa les yeux comme s'il cherchait à voir quelque chose au loin dans la rue bondée qu'éclairaient des lanternes, mais sans pour autant s'interrompre. « Vous et moi parlons westerlien ; mais, à l'exception de vos compatriotes Erkynéens, et encore, pas tous, personne ne parle cette langue au sein de son propre peuple. Les Rimmersleutes parlent rimmerspakk à Elvritshalla ; nous, les Hernystiris, parlons notre langue lorsque nous nous trouvons à Crannhyr ou à Hernysadharc. Seuls les Perdruinais ont adopté la langue universelle de votre grand-père le Roi Jean, et c'est devenu pour eux leur langue maternelle. »

Miriamélé s'arrêta au milieu de la rue glissante, laissant la foule des célébrants tourbillonner autour d'elle. Un millier de lampes à huile faisaient poindre une fausse aube au-dessus des toits. « Je suis fatiguée et affamée, frère Cadrach ; et je ne comprends pas où vous voulez en venir. »

« Simplement à cela. Les Perdruinais sont ce qu'ils sont parce qu'ils s'évertuent à plaire ; ou, pour parler plus clairement, parce qu'ils savent d'où vient le vent, et ne courent que dans la direction opposée pour avoir toujours le vent dans le dos. Si nous, Hernystiris, étions un peuple de conquérants, les marchands et marins de Perdruin apprendraient l'hernystiri. "Si un roi veut des pommes", disent les Nabbanais, "Perdruin plante des vergers". Aucune nation n'a intérêt à attaquer un ami aussi accommodant et allié aussi serviable. »

« Mais cela revient à dire que les âmes de ces Perdruinais sont à vendre », interrogea Miriamélé. « Qu'ils n'ont d'autre loyauté qu'au plus fort ? »

Cadrach sourit. « Cela est dit avec une note de dédain, Madame, mais il me semble que vous avez assez bien résumé la situation. »

« Mais alors ils ne valent pas mieux que... » Elle observa soigneusement alentour, en tentant de maîtriser sa colère. « Ils ne valent pas mieux que des putains ! »

Le visage buriné du moine se fit froid et plus distant ; son sourire n'était maintenant plus qu'une simple formalité. « Tout le monde ne peut pas se distinguer et devenir un héros, Princesse », répondit-il calmement. « Certains préfèrent accepter l'inévitable et apaisent leur conscience par le trésor qu'est la survie. »

Miriamélé réfléchit à l'évidente vérité de ce qu'avait dit Cadrach tandis qu'ils poursuivaient leur chemin, mais ne put comprendre pourquoi cela la rendait si terriblement triste.

Les ruelles pavées d'Ansis Pelippé ne se contentaient pas de décrire de tortueux méandres à travers la ville : en de nombreux endroits, elles grimpaient en des marches taillées à même la colline, puis redescendaient en spirale, se dédoublaient et se dédoublaient encore, pour se croiser en des angles étranges comme des serpents dans un panier. Des maisons s'alignaient des deux côtés, construites dans le prolongement les unes des autres ; la plupart avaient leurs fenêtres voilées comme les yeux de dormeurs, d'autres vibraient de lumière et de musique. Les fondations des maisons s'élevaient depuis les rues avec une forte inclinaison, chaque structure s'accrochant précairement au flanc de la colline de telle manière que leurs étages supérieurs semblaient se pencher sur les ruelles étroites. Affaiblie par la faim et la fatigue, elle avait par moments l'impression d'être revenue sous la sombre voûte des arbres de la forêt d'Aldhéorte.

Perdruin était un essaim de collines entourant Sta Mirore, sa montagne centrale. Leurs dos grumeleux s'élevaient presque directement depuis les côtes rocheuses de l'île, et surplombaient la Baie d'Émettin. Tout cela donnait à Perdruin la silhouette d'une truie nourrissant sa progéniture. Il n'y avait pour ainsi dire pas un terrain plat, à l'exception des cols, aux endroits où s'adossaient les hautes collines les unes aux autres ; les villes et les villages de Perdruin devaient donc s'accrocher aux flancs des collines comme des nids de mouettes. Même Ansis Pelippé, grand port marin et siège de la Maison du comte Streàwe, était construite sur les pentes raides d'un promontoire que ses habitants appelaient Pierre-havre. En bien des endroits, les habitants d'Ansis Pelippé pouvaient depuis les rues agrippées à la roche faire signe à leurs voisins une ruelle plus bas.

« Il faut que je mange quelque chose », dit enfin Miriamélé, le souffle court. Ils sc trouvaient dans un lacet de l'une de ces rues sinueuses, un endroit d'où ils pouvaient regarder entre deux immeubles et voir les lumières du port embrumé en contrebas. La lune pâle était accrochée dans le ciel nuageux comme un éclat d'os.

« Je suis moi aussi prêt à m'arrêter, Malachias », haleta Cadrach.

« L'abbaye est-elle encore loin ? »

« Il n'y a pas d'abbaye. Tout du moins, ce n'est pas dans ce genre d'endroit que nous allons. »

« Mais vous avez dit au capitaine... oh ! » Miriamélé secoua la tête, sentant la lourdeur humide de sa capuche et de sa cape. « Bien sûr. Alors, où allons-nous ? »

Cadrach regarda la lune et rit doucement. « Où nous le voulons, cher ami. Mais je pense qu'il se trouve une taverne de bonne réputation au bout de cette rue : je dois confesser que je nous menais dans cette direction. Nous ne sommes pas venus jusque-là pour le simple plaisir d'escalader ces collines *goirachs.* »

« Une taverne ? Pourquoi pas plutôt une auberge, où nous trouverions un lit après dîner ? »

« Parce que, vous m'en excuserez, ce n'était pas à la nourriture que je pensais. Je suis resté plus longtemps à bord de cet abominable navire que je n'ai envie de m'en souvenir. Je ne me reposerai que lorsque j'aurai étanché ma soif. » Cadrach s'essuya la bouche de la main et sourit. Miriamélé se dit qu'elle n'aimait pas beaucoup cette lueur dans les yeux du moine.

« Mais il y avait en bas une taverne à chaque pas... » commença-t-elle.

« Exactement. Des tavernes pleines d'ivrognes babillards et de curieux invétérés. Il me serait impossible de trouver un juste repos en une telle compagnie. » Il tourna le dos à la lune et reprit sa difficile escalade le long de la rue. « Venez, Malachias. Ce n'est plus très loin, j'en suis sûr. »

Il n'existait apparemment pas durant le Festival du Solstice de taverne qui ne fût bondée, mais les buveurs qui emplissaient le Dauphin Rouge n'étaient pas joue contre joue comme dans les établissements des quais : ils se tenaient simplement coude à coude. Miriamélé se glissa avec gratitude sur un banc poussé contre le mur du fond, et laissa le flot des conversations et des chansons l'emporter. Cadrach, une fois posés son sac et sa canne, partit se chercher une chope de Récompense du Voyageur. Il revint après un court instant.

« Mon bon Malachias, j'avais oublié à quel point le paiement de notre voyage en mer m'avait presque réduit à la mendicité. Auriez-vous un cintis ou deux que je pourrais affecter à la suppression de la soif ? »

Miriamélé fouilla dans sa bourse et en tira une poignée de pièces de cuivre. « Profitez-en pour me ramener du pain et du fromage », dit-elle en versant les pièces dans la main tendue du moine.

Tandis qu'elle se prenait à espérer pouvoir ôter sa cape trempée pour fêter dignement le fait d'être enfin à l'abri de la pluie, un autre groupe de célébrants fit une entrée retentissante, secouant l'eau de leurs atours et réclamant de la bière. L'un des plus bruyants portait un masque représentant un molosse à la langue rouge. Lorsqu'il frappa du poing sur la table, son œil droit sembla briller et s'arrêter un moment sur Miriamélé. Elle sentit une vague de peur monter en elle, se souvenant soudain d'un autre masque de chien, et de flèches enflammées déchirant les ombres de la forêt. Mais ce chien se retourna bien vite vers ses compagnons, lâcha une boutade et renversa la tête de rire, faisant voler ses oreilles de toile.

Miriamélé porta la main à la poitrine, comme pour tenter de ralentir son cœur.

Je dois garder ma capuche, se dit-elle. *C'est une nuit de festival, alors qui s'en inquiétera ? Ce sera de toute façon toujours mieux que de risquer de se faire reconnaître, même s'il est bien peu probable que quiconque connaisse mon visage.*

Cadrach resta absent étonnamment longtemps. Miriamélé commençait à s'inquiéter et à envisager de se lever et d'aller le chercher, lorsqu'il revint avec un pichet de bière dans chaque main. Une demi-miche de pain et un morceau de fromage étaient prisonniers entre les deux pichets.

« Un homme pourrait mourir de soif en attendant sa bière, ce soir », dit le moine.

Miriamélé dévora sa nourriture, puis avala une longue gorgée ; la bière était sombre et amère dans sa bouche. Elle abandonna le reste de son pichet à Cadrach, qui ne s'en plaignit pas.

Lorsque, les dernières miettes léchées sur ses doigts, elle commença à se demander si elle avait encore assez d'appétit pour manger un pâté de pigeon, une ombre s'abattit sur le banc qu'elle et le moine partageaient.

Le crâne du visage de la Mort se tenait au-dessus d'eux et les observait de sous son capuchon.

Miriamélé en eut le souffle coupé et Cadrach recracha sa gorgée de bière sur sa robe grise, mais l'étranger au masque de crâne ne bougea pas.

« Très drôle, mon ami », dit Cadrach, furieux. « Et une très bonne mi-été à toi aussi. » Il balaya de la main le devant de ses vêtements.

La bouche resta immobile. La voix plate et inexpressive venait de derrière les dents serrées. « *Vous venez avec moi.* »

Miriamélé sentit la peau de sa nuque se hérisser. Le repas qu'elle avait récemment ingurgité s'était soudain fait plus lourd dans son estomac.

Cadrach cilla. Elle pouvait deviner sa nervosité dans son cou et ses doigts. « Et qui peut donc bien être notre aimable travesti ? Si la mort se présentait vraiment, je m'attendrais à la voir vêtue de plus fins atours. » Le moine pointa un doigt un peu tremblant en direction de la cape noire élimée que portait son interlocuteur.

« Levez-vous et suivez-moi », répondit l'apparition. « J'ai un couteau. Si vous criez, les choses se passeront très mal pour vous. »

Frère Cadrach tourna les yeux vers Miriamélé et grimaça. Ils se levèrent, la princesse en flageolant. La Mort leur fit signe de passer devant, à travers la masse des clients de la taverne.

Miriamélé échafaudait un projet décousu de fuite audacieuse lorsque deux autres individus s'éloignèrent discrètement de la foule près de la porte. L'un portait un masque bleu et une tenue symbolisant celle d'un marin ; l'autre était costumé en paysan sous un chapeau trop grand. Les yeux sombres des nouveaux venus contrastaient avec leurs costumes voyants.

Entourés du marin et du paysan, Cadrach et Miriamélé suivirent la Mort à cape noire jusque dans la rue. Avant qu'ils n'eussent fait trois douzaines de pas, la petite procession tourna et s'enfonça dans une allée, puis descendit une volée de marches qui les mena une rue plus bas. Miriamélé glissa un instant sur l'une des marches de pierre mouillées, et ressentit un frisson de terreur lorsque son ravisseur au masque de crâne tendit la main pour la retenir. Le contact était fugace et elle ne pouvait s'y dérober sans tomber ; elle le supporta donc en silence. Peu après ils quittaient l'escalier, avant de s'enfoncer dans une autre allée, puis grimpèrent une pente, et tournèrent encore une fois.

Malgré la légère lumière de la lune au-dessus de leurs têtes et les cris des fêtards qui résonnaient depuis la taverne plus haut et depuis le quartier du port plus bas, Miriamélé perdit rapidement tout sens de l'endroit où elle se trouvait. Ils parcoururent un écheveau de ruelles étroites telle une file de chats errants, passant de cours cachées en venelles envahies par les vignes. De temps en temps, ils percevaient des murmures échappés de maisons obscures ; une fois, ils entendirent des pleurs de femmes.

Ils finirent par atteindre une porte formant une arche dans un haut mur de pierre. La Mort tira une clef de sa poche et ouvrit la serrure. Ils entrèrent dans une cour envahie par la végétation et au-dessus de laquelle des saules formaient toit ; l'eau de pluie gouttait lentement de leurs branches pendantes sur les pavés craquelés. Le chef se tourna vers ses acolytes, leur fit un signe bref avec sa clef, puis indiqua d'un geste que Miriamélé et Cadrach devaient le précéder à travers un portail sombre.

« Nous vous avons suivi jusqu'ici », dit le moine, en parlant aussi bas que s'il avait été, lui aussi, un conspirateur. « Mais nous ne tirerons aucun avantage à donner dans un guet-apens. Pourquoi ne devrions-nous pas nous battre ici et mourir sous le ciel, si nous devons mourir ? »

La Mort se pencha en avant sans dire un mot. Cadrach eut un geste de recul, mais l'homme au masque de crâne ne fit que passer devant lui et frapper à l'huis de ses phalanges gantées de noir ; puis il poussa la porte. Elle s'ouvrit en silence sur des gonds bien huilés.

Une lumière douce et chaude brillait à l'intérieur du portail. Miriamélé dépassa le moine et passa la porte. Cadrach la suivit un instant plus tard en grommelant. Le crâne entra le dernier et referma la porte derrière lui.

La pièce était un petit salon, qui n'était éclairé que par le feu qui brûlait dans l'âtre et par une bougie posée dans une petite assiette sur la table, près d'une carafe de vin. Les murs étaient recouverts de lourdes tapisseries de velours, mais la lumière du feu ne permettait de deviner de leurs motifs que des tourbillons de couleurs. Derrière la table, assis dans un fauteuil à haut dossier, se trouvait un personnage tout aussi étrange que leur escorte ; un homme de haute taille enveloppé dans une cape brun roux et portant les traits anguleux d'un masque de renard.

Le renard se pencha en avant, indiquant deux chaises d'un mouvement gracieux de ses doigts gantés de velours.

« Asseyez-vous. » Sa voix était faible mais mélodieuse. « Asseyez-vous, princesse Miriamélé. Je me lèverais volontiers, mais mes jambes invalides me l'interdisent. »

« Tout cela est folie », fulmina Cadrach, tout en gardant un œil sur le spectre au visage de crâne qui se trouvait en retrait de son épaule. « Vous avez fait erreur, Messire. Vous vous adressez à un garçon, qui se trouve être mon acolyte... »

« S'il vous plaît. » Le renard imposa le silence d'un geste aimable. « Il est temps d'ôter nos masques. N'est-ce pas ainsi que se termine toujours la Nuit de la Mi-été ? »

Il écarta le masque de renard, révélant une crinière de cheveux blancs et un visage marqué par le temps. Tandis que brillaient ses yeux découverts sous l'effet de la lueur du feu, un sourire se dessina sur ses lèvres plissées.

« Maintenant que vous savez qui je suis... » commença-t-il, mais il fut interrompu par Cadrach.

« Nous ne vous connaissons pas, Messire, et vous vous trompez sur notre compte ! »

Le vieil homme rit sèchement. « Oh !, arrêtez. Vous et moi ne nous sommes peut-être jamais rencontrés, mon cher ami, mais la princesse et moi sommes de vieilles connaissances. De fait, elle fut un jour mon invitée, il y a très, très longtemps. »

« Vous êtes... le comte Streàwe ? » souffla Miriamélé.

« En effet », acquiesça le comte. Son ombre s'étendait sur le mur derrière lui. Il se pencha en avant, refermant ses serres gainées de velours sur la main humide de la princesse. « Je suis le seigneur de Perdruin. Et, depuis l'instant où vous avez posé le pied sur le rocher que je régis, je suis également votre seigneur. »

3

UN VENT VENU DU NORD

Quelque temps plus tard, dans cette journée où il avait rencontré le Pâtre et la Chasseresse, et alors que le soleil était haut dans le ciel, Simon se sentit assez fort pour sortir et aller s'asseoir sur le porche de pierre qui se trouvait devant sa caverne. Il tira un coin de sa couverture sur ses épaules et plia le reste de la lourde pièce de laine sous lui, comme un coussin posé sur la peau rocheuse de la montagne. À l'exception de la couche royale de Chidsik ub Lingit, il semblait ne pas y avoir un seul siège dans tout Yiqanuc.

Les pâtres avaient depuis longtemps emmené leurs moutons loin des vallées protégées où ils dormaient pour les mener plus bas sur la montagne à la recherche de fourrage. Jiriki lui avait expliqué que les pousses printanières que broutaient habituellement les animaux avaient été presque entièrement détruites par l'hiver persistant. Simon observa l'un des troupeaux qui se pressait sur une pente bien plus bas, les animaux étaient aussi petits que des fourmis. Un léger bruit de claquement flotta jusqu'à lui : les chocs des cornes de béliers qui se disputaient la domination du troupeau.

Les femmes trolls, leurs bébés aux cheveux noirs lacés sur le dos dans des poches de cuir ouvragé, s'étaient armées de fines lances et étaient parties chasser, allant débusquer des marmottes et d'autres animaux dont la viande s'ajouterait utilement aux réserves de mouton. Binabik lui avait souvent dit que leur bétail était la véritable richesse des Qanucs, et qu'ils ne mangeaient que les membres de leurs troupeaux qui n'étaient plus bons à rien d'autre, parce que trop vieux ou stériles.

Les marmottes, lapins et autre petit gibier n'étaient pas la seule raison qui justifiait que les femmes trolls fussent armées de lances. L'une des fourrures dans lesquelles Nunuuika avait été ostensiblement enveloppée avait appartenu à un léopard des neiges aux dents encore brillantes et aussi perçantes que des dagues. Se souvenant du regard féroce de la Chasseresse, Simon ne douta pas un seul instant que Nunuuika eût remporté ce trophée elle-même.

Les femmes n'étaient pas les seules à être confrontées au danger : la tâche des pâtres était tout aussi périlleuse, car les précieux troupeaux devaient être protégés de nombreux grands prédateurs. Binabik lui avait dit une fois que les loups et les léopards, même s'ils représentaient une menace, n'étaient rien comparés aux immenses ours des neiges, dont les plus gros étaient aussi lourds que deux douzaines de trolls. Bien des pâtres trolls, avait ajouté Binabik, avaient trouvé la mort d'une façon rapide et déplaisante sous les griffes et les crocs d'un ours blanc.

Simon refoula un frisson de gêne venu en réflexe à cette idée. Ne s'était-il pas dressé devant le dragon Igjarjuk, bien plus grand et bien plus mortel que n'importe quel animal ordinaire ?

Il resta assis tandis que la fin de matinée se transformait en après-midi, observant la vie de Mintahoq telle qu'elle se déroulait devant lui, à la fois aussi sémillante et aussi ordonnée que celle d'une ruche. Les plus anciens, dont les années de chasse et de garde pastorale étaient passées, papotaient de porche en porche ou, accroupis au soleil, sculptaient des os ou des cornes, ou encore coupaient et cousaient des peaux tannées pour en faire toutes sortes de choses. Des enfants, trop grands pour être emportés par leur mère à la chasse, s'amusaient à divers jeux sur le flanc de la montagne sous l'œil un peu déconcerté des anciens ; ils escaladaient de fragiles échelles, se balançaient et galopaient sur les ponts de corde suspendus, inconscients des distances fatales qui s'étendaient sous eux. Simon trouva plus que difficile de regarder ces jeux dangereux, mais durant tout l'après-midi, aucun enfant ne se blessa jamais. Bien que tous les détails fussent étrangers et inconnus, Simon pouvait ressentir l'ordre qui régnait ici. Le battement mesuré de la vie semblait aussi fort et stable que la montagne elle-même.

Cette nuit là, Simon rêva de nouveau de la grande roue.

Cette fois-ci, comme en une parodie cruelle de la passion d'Usires Fils de Dieu, Simon, impuissant, était attaché à la roue, un membre sur chaque quart de la lourde jante. Elle ne se contentait pas de le mettre la tête en bas, la position dans laquelle le Seigneur Usires avait souffert sur l'Arbre, mais le faisait tourner et tourner dans le vide d'un ciel noir sous lequel il n'existait pas de sol. Le morne éclat des étoiles se brouilla devant lui comme des queues de comètes. Quelque chose d'autre, quelque chose de sombre et de glacial dont le rire était le bourdonnement muet des mouches, dansait juste hors de sa vue, se moquant de lui.

Il appela, comme il le faisait souvent lors de tels cauchemars, mais aucun son ne sortit de sa bouche. Il se débattit, mais ses membres n'avaient pas de force. Où était Dieu, qui d'après les prêtres voyait chaque geste ? Quelle raison avait-Il d'abandonner Simon à d'aussi horribles ténèbres ?

Quelque chose sembla se former lentement à partir des pâles étoiles atténuées; son cœur s'emplit d'une angoissante appréhension. Mais ce qui émergea du vide tourbillonnant n'était pas l'horreur aux yeux rouges à laquelle il s'attendait : c'était un visage menu et solennel, celui de la petite fille aux cheveux noirs qu'il avait vue dans d'autres rêves.

Elle ouvrit sa bouche. Le tournoiement insensé du ciel parut ralentir.

Elle prononça son nom.

Celui-ci lui parvint comme à travers un long couloir, et il réalisa alors qu'il l'avait déjà vue quelque part. Il connaissait ce visage; mais qui... où... ?

« *Simon* », répéta-t-elle, et cela lui parut cette fois-ci un peu plus clair. L'urgence transparaissait dans sa voix. Mais quelque chose d'autre cherchait également à l'atteindre, quelque chose de plus proche. Quelque chose de très proche...

Il s'éveilla.

Quelqu'un le cherchait. Simon, le souffle coupé, s'assit sur son grabat et tendit l'oreille, en quête du moindre son. Mais, à l'exception du murmure régulier des vents de la montagne et du léger ronflement de Haestan, enroulé dans sa lourde cape près des braises du feu du soir, il n'y avait aucun bruit dans la caverne.

Jiriki n'était pas là. Le Sithi avait-il pu l'appeler depuis l'extérieur de la cave ? Ou était-ce simplement le résidu de son rêve ? Simon frissonna et envisagea un instant de se contenter de tirer sa couverture de fourrure par-dessus sa tête. Sa respiration formait un petit nuage de vapeur dans la lueur des braises.

Non. Quelqu'un l'attendait dehors. Il ne savait pas comment il le savait, mais il en était certain : il était tendu comme une corde de harpe, et frémissait. La nuit semblait partager sa tension.

Et si quelqu'un l'attendait *effectivement* dehors ? C'était peut-être quelqu'un ou quelque chose dont il valait mieux se cacher ?

Ces pensées ne faisaient aucune différence : il s'était mis en tête qu'il devait sortir. Maintenant ce besoin l'entraînait, sans qu'il fût possible de l'ignorer.

Ma mâchoire me fait terriblement mal, de toute façon, se dit-il. *Je n'arriverai pas à m'endormir avant longtemps.*

Il tira ses chausses de sous la cape étalée sur son grabat où elles restaient au chaud durant les nuits glaciales d'Yiqanuc, et les enfila aussi silencieusement qu'il le pouvait, puis tira ses bottes sur ses pieds froids. Il envisagea un instant de passer sa cotte de mailles, et, s'il en repoussa l'idée, ce fut plus à l'évocation du contact de ses anneaux glacés que par un quelconque sentiment de sécurité. Il enroula sa cape autour de ses épaules, et dépassa silencieusement la silhouette endormie d'Haestan pour se glisser sous la tenture de cuir et vers le froid.

Les étoiles qui surplombaient la haute montagne de Mintahoq étaient d'une impitoyable clarté. Tandis que Simon observait le ciel avec fascination, il sentit leur distance, l'impossible étendue du firmament. La lune, pas tout à fait pleine, flottait très bas au-dessus des pics lointains. Baignée par sa lueur hésitante, la neige des hauteurs brillait, mais tout le reste était noyé dans l'obscurité.

À l'instant où il abaissa les yeux et fit quelques pas vers la droite, il fut cloué sur place par un grondement sourd. Une forme étrange s'avança sur le chemin qui s'étendait devant lui, son contour esquissé par la lune, le reste de sa masse obscur. Le grognement bas se fit de nouveau entendre. Une lueur verte éclaira ses yeux lorsqu'ils reflétèrent la lune un court instant.

Simon eut momentanément le souffle coupé, puis il se souvint.

« Qantaqa ? » dit-il doucement.

Le grondement se changea en une étrange plainte. La louve secoua la tête.

« Qantaqa ? C'est toi ? » Il tenta de se souvenir des mots qu'utilisait Binabik, mais ne put en évoquer un seul. « Es-tu blessée ? » Il se maudit silencieusement. Il n'avait pas pensé une seule fois à la louve depuis qu'il avait été transporté ici, alors qu'elle avait fait partie de ses compagnons, et, en un sens, de ses amis.

Égoïste ! se morigéna-t-il.

« Qantaqa ? As-tu faim ? » Il fit un pas vers elle, et la louve recula. Elle grogna de nouveau, mais cela ressemblait plus à de l'excitation qu'à de la colère. Elle s'avança de quelques pas sautillants, le chatoiement de sa toison grise presque invisible dans la nuit, puis grogna et s'éloigna prestement. Simon la suivit.

Il réalisa soudain en chemin, alors qu'il avançait précautionneusement sur ce sentier de roche mouillée, que ce qu'il faisait était pour le moins imprudent. Les pistes sinueuses de Mintahoq n'étaient pas le meilleur endroit pour une promenade nocturne, tout particulièrement lorsque l'on n'avait pas de torche. Les trolls, nés dans ces montagnes, ne s'y trompaient d'ailleurs pas : les bouches des caves étaient obscures et silencieuses, les sentiers déserts. On eût dit que Simon venait de quitter un rêve pour aussitôt entrer dans un autre, un pèlerinage ténébreux entamé sous une lune distante et indifférente.

Qantaqa semblait savoir où elle allait. Lorsque l'écart se creusait trop, elle revenait sur ses pas, l'attendant quelques instants jusqu'à ce qu'il la rattrape, tout en restant hors de portée, son souffle chaud formant des volutes de vapeur dans l'air. Dès qu'une seule longueur de bras les séparait, elle repartait. Ainsi, tel un esprit venu de l'au-delà, elle l'entraîna loin des feux de sa propre espèce.

Ce ne fut que lorsqu'ils eurent marché un assez long moment, s'aventurant bien au-delà de la partie de la montagne que l'on pouvait voir en plein jour depuis la cave dans laquelle il dormait, que Qantaqa fit volte-face et revint sur Simon. Cette fois-ci, elle ne s'arrêta pas. Sa masse imposante le heurta si soudainement que, bien qu'elle n'eût fait que le bousculer légèrement, il en tomba assis par terre. Elle resta au-dessus de lui un moment, sa gueule dans son cou, son museau froid le chatouillant près de son oreille. Simon tendit la main pour la flatter derrière l'oreille et la sentit trembler malgré son épaisse fourrure. Un instant plus tard, comme si son besoin de réconfort avait été satisfait, elle s'écarta d'un bond et attendit en gémissant doucement jusqu'à ce qu'il se relevât en frottant son coccyx et se décidât à la suivre.

Il semblait que Qantaqa lui avait fait parcourir la moitié du tour de Mintahoq. Elle se tenait maintenant au bord d'un grand vide, et jappait d'excitation. Simon s'avança avec précaution, laissant courir sa main droite sur la roche brute de la montagne tout en marchant. Qantaqa s'agitait et semblait impatiente.

La louve se tenait au bord d'une grande fosse, qui s'enfonçait à partir du sentier dans le cœur même de la montagne. La lune, qui voguait bas dans le ciel comme une caraque trop chargée, ne pouvait qu'argenter la roche qui entourait la gueule du trou. Qantaqa aboya une nouvelle fois, refrénant difficilement son enthousiasme.

À la stupéfaction de Simon, une voix résonna faiblement depuis les profondeurs.

« Va-t'en, toi ! Je n'ai même plus droit au sommeil, maintenant ? Qu'Aédon vous maudisse tous ! »

Simon se jeta sur le sol de pierre froide et avança à quatre pattes, ne s'arrêtant que lorsque son visage se trouva au-dessus d'un vide obscur.

« Qui est là ? » cria-t-il. Ses mots se répercutèrent comme s'ils parcouraient une longue distance. « Sludig ? »

Il y eut un instant de silence.

« Simon ? C'est toi qui m'appelles ? »

« Oui ! Oui, c'est moi ! Qantaqa m'a amené ici ! Est-ce que Binabik est avec toi ? Binabik ? C'est moi, Simon ! »

Il y eut une autre pause, puis Sludig parla de nouveau. Simon pouvait maintenant percevoir la tension dans la voix du Rimmersleute. « Le troll ne parlera pas.

Il est là, mais il ne me parle pas, ni à Jiriki quand il vient, ni à personne d'autre. »

« Est-il malade ? Binabik, c'est Simon ! Pourquoi ne me réponds-tu pas ? »

« Il n'est malade que dans son cœur, je crois », répondit Sludig. « Il n'y a eu aucun changement dans son apparence. Il a peut-être un peu maigri, mais moi aussi. Par contre, il réagit comme quelqu'un qui est déjà mort. » Un raclement vint du fond du trou, comme si Sludig, ou quelqu'un d'autre, s'était déplacé. « Jiriki dit qu'ils vont nous tuer », dit le Rimmersleute un peu plus tard, d'une voix éteinte par la résignation. « Le Sithi a parlé pour nous. Sans passion ni colère, d'après ce que j'ai pu entendre, mais il nous a défendus tout de même. Il a dit que les trolls ne s'étaient pas rendus à ses arguments, et qu'ils étaient résolus à appliquer leur justice. » Il rit amèrement. « Quelle justice ! Tuer un homme qui ne leur a jamais fait de mal, et tuer l'un des leurs, quand tous deux ont autant souffert pour le bien de tous, trolls compris ! Einskaldir avait raison. À l'exception de notre ami muet, à côté de moi, ce sont bien tous des créatures des enfers. » Simon s'assit, et prit sa tête dans ses mains. Le vent, imperturbable, continuait de souffler sur les hauteurs. Un sentiment d'impuissance l'envahit.

« Binabik ! » cria-t-il, en se penchant de nouveau par-dessus le bord. « Qantaqa t'attend ! Sludig souffre à tes côtés ! Personne ne peut t'aider si tu ne t'aides pas toi-même ! Pourquoi ne me parles-tu pas ? »

Seul Sludig répondit. « Ça ne sert à rien, je t'assure. Ses yeux sont fermés. Il ne t'entend pas, et ne parlera pas. »

Simon frappa la roche de la main et jura. Il sentit les larmes lui monter aux yeux.

« Je vais t'aider, Sludig », dit-il enfin. « Je ne sais pas encore comment, mais je le ferai. » Il s'assit. Qantaqa le renifla et gémit. « Est-ce que tu as besoin de quelque chose ? De la nourriture ? De l'eau ? »

Sludig eut un petit rire triste. « Non. Ils nous nourrissent, même si ce n'est pas très copieux. Je demanderais bien quelque chose à boire, mais je ne sais pas quand ils viendront pour moi, et je ne veux pas partir l'esprit embrumé par le vin. Non, contente-toi de prier pour moi, s'il te plaît. Et pour le troll, aussi. »

« Je vais faire plus que ça, Sludig, je te le jure. » Il se releva.

Sludig l'interpella. « Tu as été très brave sur la montagne, Simon », dit-il. « Je suis heureux de t'avoir connu. »

Les étoiles brillaient froidement au-dessus du trou lorsque Simon s'éloigna, en s'efforçant de se tenir droit et de ne plus pleurer.

Il marcha longtemps sous la lune, perdu dans le tourbillon de ses pensées, avant de s'apercevoir qu'il suivait toujours Qantaqa. La louve, qui avait arpenté nerveusement la piste à proximité du trou pendant que Simon parlait avec Sludig, trottait maintenant résolument le long du chemin devant lui. Elle ne lui donnait plus l'occasion de rattraper son retard comme elle l'avait fait en l'amenant, et il lui fallait presser le pas pour ne pas se laisser distancer.

Il s'aperçut bientôt avec une certaine appréhension qu'ils semblaient s'élever au-dessus de la piste principale, déviant sur le flanc de Mintahoq par un sentier plus abrupt et plus étroit. Tandis que la louve le menait toujours plus haut et qu'ils croisaient un certain nombre d'autres chemins horizontaux, l'air lui parut commencer à se raréfier. Simon savait qu'il n'était pas monté si haut, que cette sensation était plutôt due à son essoufflement, mais cela ne l'empêcha pas d'avoir l'impression de quitter un endroit sûr pour s'élever vers les hauteurs. Les étoiles semblaient très proches.

Il se demanda un instant si ces froides étoiles pouvaient d'une manière ou d'une autre être les sommets d'autres montagnes incroyablement distantes, d'immenses masses perdues dans l'obscurité, à la cime recouverte de neige et brillant du reflet de la lumière de la lune. Non, c'était une sottise. Où auraient-elles bien pu se dresser, pour ne pas être visibles le jour sous la resplendissante lumière du soleil ?

En fait, l'air ne devait pas s'être raréfié ; mais le froid avait indéniablement gagné en intensité, se faisant flagrant et mordant malgré la lourde cape. Il frissonnait, et décida qu'il était préférable de faire demi-tour et de s'en retourner vers la piste principale, sans plus s'inquiéter du passe-temps nocturne qui avait pu séduire Qantaqa. Quelques instants plus tard, il fut surpris de se voir quitter la piste pour s'engager derrière la louve vers une étroite saille rocheuse dans le flanc de la montagne.

Le porche de pierre, parsemé de taches de neige légèrement luisantes, saillait devant une large crevasse noire. Qantaqa atteignit la plate-forme en quelques foulées et s'immobilisa devant cette masse sombre pour humer l'air. Elle se tourna pour observer Simon, la tête penchée sur le côté, puis aboya une fois d'un ton interrogateur avant de se glisser dans les ténèbres. Simon supposa qu'une cave devait se cacher dans l'ombre. Il se demandait s'il devait la suivre : laisser une louve l'entraîner dans une expédition imprudente le long de la montagne était une chose, mais la laisser l'entraîner dans une caverne obscure au milieu de la nuit en était vraiment une autre, lorsqu'un groupe de trois petites formes sombres sortit des ténèbres du flanc de la colline pour apparaître devant lui, le surprenant à tel point que son mouvement de recul manqua le faire basculer du porche.

Des fouisseurs ! pensa-t-il aussitôt avec frénésie, fouillant désespérément le porche des yeux à la recherche d'une arme. L'une des silhouettes s'avança, pointant une fine lance vers lui comme pour un avertissement. C'était un troll, bien sûr : ils étaient bien plus grands que le Bukken souterrain, lorsqu'on les examinait calmement, mais il était tout de même effrayé. Ces Qanucs étaient petits mais bien armés ; Simon était un étranger qui errait la nuit, et s'était peut-être aventuré dans un endroit sacré.

Le troll le plus proche repoussa sa capuche bordée de fourrure. La lumière blafarde de la lune éclaira le visage d'une jeune femme. Simon ne pouvait guère plus distinguer de ses traits que le blanc de ses yeux, mais il était certain que son expression était féroce et dangereuse. Ses deux compagnons s'avancèrent derrière elle, en marmonnant de ce qui semblait être des voix courroucées. Il recula d'un pas sur le sentier, en prenant le temps de s'assurer de l'endroit où il posait le pied.

« Je suis désolé. Je m'en vais », dit-il, en réalisant au moment même où il prononçait ces mots qu'ils ne pouvaient pas le comprendre. Simon se maudit pour ne pas avoir demandé à Binabik ou à Jiriki de lui enseigner quelques mots de la langue troll. Toujours des regrets, toujours trop tard ! Serait-il toute sa vie une tête creuse ? Il était fatigué de cette charge. Que quelqu'un d'autre la reprenne !

« Je m'en vais », répéta-t-il. « J'ai juste suivi la louve. Je... suivais... la louve. » Il parlait lentement, tentant de donner un ton amical à sa voix malgré sa gorge serrée. Une incompréhension, et il risquait de voir se planter l'une de ces lances à l'apparence redoutable dans son abdomen.

La femme troll l'observa. Elle dit quelque chose à l'un de ses compagnons. Celui à qui elle avait parlé fit quelques pas vers l'entrée obscure de la caverne. Qantaqa gronda d'un ton rempli de menace depuis quelque part dans les profondeurs, et le troll s'empressa de reculer.

Simon fit un autre pas en arrière sur le chemin. Les trolls le regardèrent en silence, leurs petites silhouettes sombres vigilantes et attentives, mais ne firent pas le moindre geste pour le retenir. Il se retourna lentement, leur tournant le dos, et redescendit le sentier, en avançant prudemment le long des pierres aux reflets argentés. Au bout d'un moment, les trois trolls, Qantaqa et la cave mystérieuse furent tous hors de vue.

Il descendit cette piste sous la lumière rêveuse de la lune. À mi-chemin du chemin principal, il dut s'arrêter et s'asseoir, les coudes posés sur ses genoux tremblants. Il savait que son épuisement et même sa peur finiraient par se dissiper, mais il n'arrivait pas à imaginer qu'il existât un remède à un tel sentiment de solitude.

« Je suis vraiment désolé, Seoman, mais il n'y a rien à faire. La nuit dernière, Reniku, l'étoile que nous appelons Lanterne-estivale, est apparue au-dessus de l'horizon au coucher du soleil. Je suis resté trop longtemps. Je ne puis plus prolonger mon séjour. »

Jiriki était assis les jambes croisées sur une pierre du vaste porche de leur cave, les yeux fixés sur le manteau de brume de la vallée. Contrairement à Simon et à Haestan, il ne portait pas de vêtements chauds. Le vent faisait voler les manches de sa chemise lustrée.

« Mais qu'allons-nous faire au sujet de Binabik et de Sludig ? » Simon lança une pierre dans le vide, espérant à moitié qu'elle frapperait quelque troll caché dans le brouillard un peu plus bas. « Ils seront tués si tu ne fais rien ! »

« Il n'y a rien que je puisse faire, en aucune circonstance », répondit patiemment Jiriki. « Les Qanucs ont droit à leur justice. Je ne puis honorablement l'entraver. »

« L'honneur ? Mais oublie donc ces histoires ; Binabik ne parlera même pas ! Comment pourrait-il se défendre ? »

Le Sithi soupira, mais son visage dur resta impassible. « Il n'a peut-être rien à dire pour sa défense. Il sait peut-être avoir causé du tort à son peuple. »

Haestan poussa un grognement de mépris. « On sait mêm' pas d'quoi l'petit homme est accusé. »

« De parjure, d'après ce que l'on m'a dit », répondit doucement Jiriki. Il se tourna vers Simon. « Je dois partir, Seoman. La nouvelle de l'attaque du Zida'ya par le Chasseur de la Reine des Norns a énormément contrarié mon peuple. Ils veulent mon retour. Il y a beaucoup à discuter. » Jiriki écarta une mèche de cheveux de ses yeux. « De plus, lorsque An'naï est mort et a été enterré sur Urmsheim, une nouvelle responsabilité m'a incombé. Son nom doit maintenant être solennellement inscrit dans le Livre de l'Année-dansante. De tout mon peuple, personne moins que moi ne peut se dérober à cette cérémonie. C'est, après tout, Jiriki i-Sa'onserei et nul autre qui l'a mené là où il est mort ; quant à sa venue même, elle a beaucoup à voir avec moi et les choix que j'ai faits. » La voix du Sithi se durcit et ses doigts bruns formèrent un poing. « Ne comprends-tu pas ? Je ne peux me détourner du sacrifice d'An'naï. »

Simon sentit le désespoir l'envahir. « Je ne sais rien de ton Livre Dansant, mais tu avais dit que nous pourrions défendre Binabik ! Ils te l'ont promis ! »

Jiriki releva la tête. « Oui. Le Pâtre et la Chasseresse y ont consenti. »

« Eh bien, comment pourrons-nous faire cela si tu t'en vas ? Nous ne parlons pas la langue troll, et ils ne comprennent pas la nôtre. » Simon crut discerner une expression de perplexité sur le visage imperturbable du Sithi, mais cela était passé si vite qu'il ne pouvait en être certain. Les yeux d'or pailletés de Jiriki attirèrent et soutinrent son regard. Ils s'observèrent l'un l'autre durant un long moment.

« Tu as raison, Seoman », dit lentement Jiriki. « Honneur et héritage ont souvent été opposés de par le passé, mais jamais avec une telle netteté. » Il baissa la tête et fixa ses mains des yeux, puis son regard se releva lentement vers le ciel gris. « An'naï et ma famille doivent me pardonner. J'asu pra-peroihin ! Le Livre de l'Année-dansante devra donc enregistrer ma disgrâce. » Il prit une profonde inspiration. « Je passerai donc ici le jour du jugement de Binabik d'Yiqanuc. »

Simon aurait dû exulter, mais il ressentit au lieu de cela un grand vide. Même pour un mortel, la tristesse du prince sithi était évidente : Jiriki avait fait un terrible sacrifice que Simon ne pouvait pas réellement comprendre. Mais qu'y avait-il d'autre à faire ? Ils étaient tous retenus sur ce vertigineux rocher au-delà du monde connu ; tous prisonniers, au moins des circonstances. Un groupe de héros perdus, aux amis parjures...

Un frisson parcourut la colonne vertébrale de Simon. « Jiriki ! » lâcha-t-il dans un souffle, en agitant les mains comme s'il voulait faire de la place pour son soudain éclair d'inspiration.

Cela pouvait-il marcher ? Et si c'était possible, est-ce que ce serait bénéfique ?

« Jiriki », répéta-t-il, plus calmement cette fois, « je crois que j'ai pensé à quelque chose qui pourrait te permettre de remplir tes obligations tout en aidant Binabik et Sludig. »

Percevant la tension dans la voix de Simon, Haestan posa le bout de bois qu'il avait jusqu'ici été en train de tailler et se pencha en avant. Jiriki fronça attentivement les sourcils.

« Tu n'auras qu'une seule chose à faire », dit Simon. « Il faut que tu viennes avec moi voir le roi et la reine, le Pâtre et la Chasseresse. »

Après qu'ils eurent parlé à Nunuuika et à Uammannaq, et obtenu un consentement réticent à leur proposition, Simon et Jiriki quittèrent la Maison de l'Ancêtre et prirent le chemin du retour dans le crépuscule des montagnes. Le Sithi arborait un léger sourire.

« Tu continues de me surprendre, jeune Seoman. C'est une initiative audacieuse. Je ne sais pas si cela aidera ton ami, mais c'est un début, pour le moins. »

« Ils n'auraient jamais accepté si quelqu'un d'autre que toi l'avait demandé, Jiriki. Je t'en remercie. »

Le Sithi fit un geste compliqué de ses longs doigts. « Il existe encore un fragile respect entre le Zida'ya et les

Enfants du Crépuscule, principalement l'Hernystiri et le Qanuc. Cinq siècles consternants ne peuvent pas si facilement effacer des millénaires de grâce. Et pourtant, les choses ont changé. Vous mortels, les enfants de Lingit, comme disent les trolls, êtes dominants. Ce n'est plus le monde de mon peuple. » Il tendit la main, effleurant le bras de Simon tandis qu'ils marchaient. « Il y a également un lien entre toi et moi, Seoman. Je ne l'ai pas oublié. »

Simon, qui cheminait au côté d'un immortel, ne sut que répondre.

« Je ne te demande que de comprendre ceci : les miens et moi sommes maintenant très peu nombreux. Je te dois ma vie ; deux fois, d'ailleurs, pour mon plus grand désespoir, mais mes obligations envers mon peuple l'emportent largement même sur la valeur de ma propre existence. Il y a des choses que l'on ne peut négliger, jeune mortel. Je souhaite la survie de Binabik et de Sludig, bien sûr... mais je suis Zida'ya. Je dois rapporter l'histoire de ce qui est arrivé sur la montagne-dragon : la traîtrise des laquais d'Utuk'ku, et la disparition d'An'naï. »

Il s'arrêta soudain et se tourna pour faire face à Simon. Dans les ombres du soir aux teintes violettes, et avec ses cheveux volant dans le vent, il ressemblait à un esprit des montagnes sauvages. Durant un instant, Simon perçut le formidable âge de Jiriki dans ses yeux, et sentit qu'il pouvait presque saisir le sublime insaisissable : l'immense pérennité de la race du prince, les années de leur histoire tels des grains de sable sur une plage.

« Les choses ne se terminent pas si facilement, Seoman », dit lentement Jiriki, « pas même par mon départ. Une sagesse qui n'a rien de magique me dit que nous nous rencontrerons de nouveau. Les dettes du Zida'ya sont des liens profonds et mystérieux. Elles sont de la substance des mythes. J'ai envers toi une telle dette. » Jiriki plia de nouveau ses doigts en un signe étrange, puis plongea dans sa fine chemise pour en tirer un objet plat et circulaire.

« Tu as déjà vu cela, Seoman », dit-il. « C'est mon miroir, une écaille du Grand Ver, si l'on en croit la légende. »

Simon le prit des mains tendues du Sithi, et s'émerveilla de son étonnante légèreté. Le cadre ciselé était frais sous ses doigts. Une fois, le miroir lui avait montré le visage de Miriamélé ; à une autre occasion, Jiriki avait fait apparaître depuis ses profondeurs la cité forestière d'Enki-e-Shao'saye. Maintenant, seul le sombre reflet du visage de Simon le regardait, voilé par la pénombre.

« Je te l'offre. Cela a été le talisman de ma famille depuis que Jenjiyana des Rossignols entretenait des jardins parfumés dans l'ombre de Seni Anzi'in. Loin de moi, ce ne sera plus rien d'autre qu'un miroir. » Jiriki leva la main. « Non. Ce n'est pas tout à fait exact. Si tu dois me parler, ou si tu as besoin de moi, *réellement* besoin de moi, alors dis-le au miroir. Je l'entendrai et le saurai. » Jiriki pointa un doigt sévère vers Simon, toujours interloqué. « Mais n'imagine pas que tu pourras me faire apparaître dans un nuage de fumée, comme dans les histoires de lutins que ton peuple raconte. Je ne possède pas de tels pouvoirs magiques. Je ne peux même pas te promettre que je pourrai venir. Mais si j'apprends que tu as besoin de moi, je ferai tout ce qui est en mon pouvoir pour t'aider. Le Zida'ya n'est pas totalement dépourvu d'amis, même dans le jeune monde impudent des mortels. »

La bouche de Simon réussit à fonctionner quelques instants. « Merci », dit-il enfin. Le petit cercle de verre gris semblait soudain être un objet extrêmement pesant. « Merci. »

Jiriki sourit, découvrant une bande de dents blanches. Il parut de nouveau être ce qu'il était au sein de son peuple : un adolescent. « Et tu as également ton anneau. » Il fit un signe en direction de l'autre main de Simon, vers la fine bande d'or et son signe en forme de poisson. « Et moi qui parlais d'histoires de lutins, Seoman ! La Flèche Blanche, l'épée noire, un anneau d'or, et maintenant un miroir sithi : tu portes un si riche butin que tu vas cliqueter en marchant ! » Le prince s'esclaffa, d'une trille sifflante et mélodique.

Simon regarda son anneau, sauvé pour lui des décombres des quartiers du docteur, confié à son intention à la garde de Binabik par l'un des derniers gestes de Morgénès. Noirci par l'huile des gants que Simon avait portés, il ceignait misérablement un doigt crasseux.

« Je ne sais toujours pas ce que veulent dire les inscriptions à l'intérieur », dit-il. Saisi d'une inspiration soudaine, il l'ôta et le tendit au Sithi. « Binabik n'a pas pu le lire non plus, à part quelque chose au sujet de dragons et de mort. » Il eut soudain une idée. « Est-ce que cela aide celui qui le porte à tuer les dragons ? » C'était une idée étrangement déprimante, d'autant plus qu'il ne pensait pas avoir réussi à tuer le ver des glaces. Cela n'avait-il été finalement qu'un sort magique ? Tout en retrouvant ses forces, il se sentit de plus en plus fier de sa bravoure en face du terrible Igjarjuk.

« Quoi qu'il se soit passé sur Urmsheim, cela a eu lieu entre toi et la progéniture de Hidohebhi l'ancienne, Seoman. Il n'y a pas eu de magie. » Le sourire de Jiriki avait disparu. Il secoua solennellement la tête, et lui rendit son anneau. « Mais je ne peux t'en dire plus au sujet de cette bague. Si le sage Morgénès ne s'est pas assuré de ta compréhension en te l'envoyant, alors je ne me permettrai pas d'en dire plus. Je t'ai peut-être déjà injustement accablé d'un trop lourd fardeau durant le peu de temps que nous avons passé ensemble. Même le plus brave des mortels finit par se fatiguer de trop de vérité. »

« Tu peux lire ce qu'il dit ? »

« Oui. C'est écrit dans l'une des langues du Zida'ya ; même si, et c'est surprenant pour un objet de mortel, il s'agit de l'une des plus obscures. Mais je te dirai tout de même ceci. Si je comprends bien sa signification, l'inscription ne te concerne aucunement pour le moment, et comprendre ce qu'elle dit ne t'apporterait aucune aide, de quelque manière que ce soit. »

« Et tu ne veux rien me dire d'autre ? »

« Pas pour le moment. Peut-être que lors de notre prochaine rencontre, je comprendrai mieux pourquoi elle t'a été donnée. » Le Sithi semblait troublé. « Bonne chance à toi, Seoman. Tu es un garçon étrange, même pour un mortel... »

Ils entendirent à ce moment-là les cris d'Haestan, et le virent grimper vers eux en agitant quelque chose. Il avait attrapé un lièvre des neiges. Le feu, leur annonça-t-il joyeusement, était prêt, et ils allaient pouvoir se consacrer à leur repas.

Même avec l'estomac confortablement rempli de viande grillée et d'herbes aromatiques, Simon prit beaucoup de temps pour s'endormir ce soir-là. Allongé sur sa paillasse, le regard perdu dans la danse des ombres rougeâtres qui ondoyaient sur le plafond de la cave, il sentait son esprit ployer sous le poids de tout ce qui lui était arrivé, de la folle aventure à laquelle il avait été mêlé.

Je me trouve dans une sorte d'histoire, comme l'a dit Jiriki. Une histoire comme celles que me racontait Shem ; à moins que ce ne soit plutôt l'Histoire, celle que le docteur Morgénès m'enseignait... ? Mais personne ne m'avait jamais dit à quel point c'était difficile de se trouver au milieu d'une histoire quand on n'en connaît pas la fin...

Il finit par s'assoupir, pour se réveiller en sursaut quelque temps plus tard. Haestan, comme toujours, ronflait et soufflait dans sa barbe, profondément endormi. Il n'y avait aucun signe de Jiriki. D'une certaine manière, l'étrange vacuité de la caverne indiquait à Simon que le Sithi était vraiment parti, qu'il était en train de descendre la montagne et rentrait chez lui.

Accablé par la solitude, malgré la présence du garde qui grondait sourdement non loin de lui, il se mit à pleurer. Il sanglota doucement et sans bruit, honteux de cette faiblesse puérile, mais ne pouvait pas plus réprimer ce flot de pleurs qu'il n'eût été capable de porter Mintahoq sur son dos.

Simon et Haestan se rendirent à Chidsik ub Lingit au moment dit par Jiriki : une heure après l'aube. Le froid avait empiré. Les ponts de corde et les échelles, déserts, oscillaient dans le vent glacial. La pierre des sentiers de Mintahoq était plus traître encore qu'à l'habitude, couverte en de nombreux endroits d'une fine couche de glace.

Alors que les deux étrangers se frayaient un chemin vers l'intérieur à travers une horde de trolls occupés par leurs bavardages, Simon s'appuya lourdement sur le coude d'Haestan à travers sa lourde cape de fourrure. Il n'avait pas bien dormi après le départ du Sithi, et ses rêves avaient été hantés par l'ombre d'épées et la présence impérieuse mais inexplicable d'une petite fille aux yeux noirs.

Les trolls autour d'eux avaient revêtu des atours dignes d'un festival ; nombre d'entre eux portaient des colliers brillants faits d'os ou de défenses ouvragés, tandis que les femmes avaient relevé leurs cheveux à l'aide de peignes sculptés dans des crânes d'oiseaux ou de poissons. Les hommes et les femmes se passaient des outres d'un quelconque alcool des hauteurs, et buvaient en riant et gesticulant. Haestan observait tout cela d'un air morose.

« J'ai décidé l'un d'entre eux à me laisser en boire une gorgée », dit le soldat. « On dirait de la pisse de cheval, j't'assure. Qu'est-ce que j'donnerai pas pour un peu de Perdruin rouge ! »

Au centre de la pièce, juste à l'intérieur du cercle d'huile éteint, Simon et Haestan découvrirent quatre tabourets d'os délicatement ouvragés au siège fait de cuir tendu, qui se dressaient en face de l'estrade vide. Les trolls s'étant confortablement installés partout autour en laissant les sièges libres, les intrus devinèrent que deux des tabourets leur étaient destinés. À peine s'étaient-ils assis que le peuple Yiqanuc rassemblé autour d'eux se leva. Un bruit étrange s'éleva, résonnant sur les parois de la caverne, un chant fredonné et sonore. Des mots qanucs incompréhensibles, tels des espars abandonnés flottant sur une mer agitée, émergeaient soudain pour disparaître ensuite dans le marmonnement persistant. C'était un son étrange et troublant.

Simon pensa d'abord que ce chant était en rapport avec son entrée et celle d'Haestan, mais les yeux sombres des trolls rassemblés étaient fixés sur une porte taillée dans le mur opposé de la caverne.

Par cette porte entrèrent enfin non pas les maîtres d'Yiqanuc, comme Simon s'y était attendu, mais une silhouette plus étrange encore que le groupe qui l'entourait. Le nouveau venu était un troll ou du moins de la taille d'un troll. Son petit corps musclé était huilé, ce qui le faisait briller dans la lumière des lampes. Il portait une chemise de peau à franges, et son visage était dissimulé derrière un masque fait d'un crâne de bélier qui avait été finement ciselé et gougé au point que l'os était à peine plus qu'un filigrane, un panier blanc encerclant les trous noirs des yeux. Deux énormes cornes courbées, qui avaient été évidées jusqu'à être presque transparentes, se dressaient sur ses épaules. Un manteau de plumes blanches et jaunes et un collier de griffes noires recourbées se balançaient sous le masque d'os.

Simon ne put dire si l'homme était un prêtre, un danseur, ou plus simplement un héraut chargé d'annoncer le couple royal. Lorsqu'il tapa de son pied luisant, la foule hurla de joie. Lorsqu'il toucha la pointe de ses cornes puis tendit la paume de ses mains vers le ciel, les trolls retinrent leur souffle, puis reprirent rapidement leur chant. Durant de longs instants, l'homme fit des cabrioles et des gambades sur l'estrade, aussi solennel dans l'exécution de son travail que n'importe quel artisan sérieux. Enfin, il fit une pause, comme pour écouter. Les murmures de la foule cessèrent. Quatre nouvelles silhouettes apparurent à travers la porte : trois de la taille d'un troll, et la quatrième dominant tout le reste.

Binabik et Sludig furent menés plus avant. Un garde troll se tenait de chaque côté, les pointes de leurs lances affûtées ne s'éloignant jamais de la colonne vertébrale des prisonniers. Simon voulut se lever et hurler, mais la large main d'Haestan s'abattit sur son bras, le retenant sur son tabouret.

« Du calme, 'tit gars. Y viennent vers nous. Attends qu'ils arrivent. Faut pas offrir un spectacle à c'te racaille. »

Tant le troll que le Rimmersleute aux cheveux clairs étaient beaucoup plus maigres que la dernière fois que Simon les avait vus. Le visage à la barbe broussailleuse de Sludig était rosâtre et pelait, comme s'il avait passé trop de temps au soleil. Binabik était plus pâle qu'auparavant, sa peau autrefois brune ayant maintenant la teinte d'un bol de bouillie ; ses yeux semblaient creusés, et cerclés d'ombres.

Tous deux marchaient lentement : le troll tête baissée, Sludig observant la pièce avec méfiance, jusqu'à ce qu'il voie Simon et Haestan, auxquels il offrit un sourire lugubre. Lorsqu'ils franchirent la tranchée pour entrer dans le cercle, le Rimmersleute tendit la main et tapota l'épaule de Simon, puis grommela de douleur lorsque le garde qui le suivait de près lui eut piqué le bras de la pointe de sa lance.

« Si seulement j'avais une épée », murmura Sludig en s'avançant et en s'asseyant précautionneusement sur l'un des tabourets. Binabik prit le siège à l'autre bout de la rangée. Il n'avait pas encore levé les yeux ni croisé le regard de ses compagnons.

« Faudrait plus qu'des épées, l'ami », chuchota Haestan. « Y sont p'tits mais robustes, Usires les maudisse ; et t'as vu combien y sont ? »

« Binabik ! » s'empressa de dire Simon, en se penchant par-dessus Sludig. « Binabik ! Nous sommes venus te défendre ! »

Le troll leva la tête. Un instant, il sembla qu'il allait parler. Il fit le plus petit et le plus léger signe de tête, puis son regard revint se poser sur le sol de la caverne. Simon sentit la rage brûler en lui. Binabik devait défendre sa vie ! Il était assis tel Rim, le vieux cheval de trait, attendant que tombe le coup mortel.

Le bourdonnement croissant des voix excitées fut abruptement interrompu. Trois autres personnes apparurent dans l'embrasure de la porte, et entrèrent lentement : Nunuuika la Chasseresse et Uammannaq le Pâtre, tous deux en tenue de grand apparat, fourrures et ivoire et pierres polies. Un autre troll les suivait sur des bottes silencieuses et souples : une jeune femme, les yeux inexpressifs, la bouche serrée en une fine ligne droite. Son regard fermé passa sur la rangée de tabourets, puis s'éloigna. L'homme aux cornes de bélier devant eux jusqu'à ce qu'ils eussent atteint l'estrade et fussent montés vers leur divan de peaux et de robes de fourrures. La femme troll inconnue s'assit juste devant le couple royal, un pas sous le sommet. Le héraut bondissant (ou quoi qu'il puisse être, Simon n'en avait toujours pas la moindre idée) alluma un cierge à l'une des lampes du mur, puis le porta jusqu'à l'anneau d'huile, qui s'enflamma en un souffle brûlant. Des flammes coururent le long du cercle, engendrant une fumée noire. Un instant plus tard, la fumée se dissipa dans les vastes volumes obscurs du plafond de la caverne. Simon et les autres étaient entourés par un anneau de feu.

Le Pâtre se pencha en avant, soulevant sa lance crochue, et la tendit vers Binabik et Sludig. Lorsqu'il parla, la foule reprit son chant le temps de quelques mots avant que de se taire, mais Uammannaq continua de parler. Son épouse et la jeune troll le regardaient. Les yeux de la Chasseresse semblaient à Simon porteurs d'une hostilité froide. L'attitude des autres était plus difficile à discerner.

Le discours se poursuivit assez longtemps. Simon commençait à se demander si les seigneurs d'Yiqanuc avaient brisé la promesse faite à Jiriki lorsque le Pâtre s'interrompit, pointa sa lance vers Binabik, puis fit une série de gestes furieux en direction des compagnons de Binabik. Simon regarda Haestan, qui fronça les sourcils comme pour dire : *attendons de voir.*

« Ceci est chose étrange, Simon. »

C'est Binabik qui avait parlé, les yeux toujours fixés sur le sol devant lui. Sa voix fut aux oreilles de Simon une chose aussi agréable à entendre que le chant d'un oiseau ou le bruit de la pluie sur un toit. Simon savait qu'il affichait le sourire radieux et béat d'un enfant, mais, pour l'instant, ne s'en inquiétait pas.

« Il semble », poursuivit Binabik, la voix râpeuse d'être resté trop longtemps sans parler, « que toi et Haestan êtes les invités de mes maîtres. Et que je dois rendre cette procédure dans une langue dont vous avez la compréhension, parce que personne ici ne parle les deux langages. »

« On peut pas t'défendre si on peut pas s'faire entendre », ajouta patiemment Haestan.

« Nous allons t'aider », annonça solennellement Simon, « mais ton silence n'aidera personne. »

« Ceci, comme je l'ai dit, est une étrangeté », reprit Binabik d'un ton rauque. « Je suis jugé pour cause de mon déshonneur, et c'est par honneur que je dois traduire mes fautes devant des étrangers, parce qu'ils sont des invités honorés. » L'esquisse d'un sourire triste se dessina à la commissure de ses lèvres. « Invité estimé, tueur de dragon, acteur avec curiosité dans les affaires des autres, j'ai la sensation de ta main dans tout cela, Simon. » Il plissa les yeux un instant, puis tendit un doigt court et épais comme pour toucher le visage de Simon. « Tu portes une cicatrice de bravoure, ami. »

« Qu'as-tu fait, Binabik ? Ou que pensent-ils que tu as fait ? »

Le sourire du petit homme s'évapora. « J'ai brisé mon serment. »

Nunuuika lâcha quelques mots tranchants. Binabik détourna son regard vers elle et hocha la tête. « La Chasseresse dit que j'ai eu le temps suffisant pour m'expliquer. Maintenant mes crimes doivent être étalés à la lumière pour inspection. »

Avec la procédure traduite par Binabik en westerlien, tout parut se passer beaucoup plus vite. Parfois, il semblait qu'il répétait mot pour mot ce qui était dit, et d'autres fois, de longs discours étaient résumés en quelques phrases. Même si Binabik semblait retrouver un peu de son énergie familière à mesure qu'il poursuivait sa traduction, il ne faisait aucun doute qu'il se trouvait dans une situation périlleuse.

« Binabik, apprenti de l'Homme Chantant, le grand Ookequk, tu es tenu pour être un parjure. » Uammannaq le Pâtre se pencha en avant, jouant nerveusement avec sa fine barbe comme si ces procédures le dérangeaient. « Le nies-tu ? »

Il y eut un long silence après que Binabik eut fini de traduire la question du Pâtre. Après un moment, il se détourna de ses amis pour faire face aux seigneurs d'Yiqanuc. « Je n'ai aucune dénégation, dit-il enfin. Je présenterai pourtant la vérité avec totalité, si vous acceptez de l'écouter, Œil le plus Vif et Rêne la plus Sûre. »

Nunuuika se laissa aller en arrière dans ses coussins. « Il y aura un temps pour cela. » Elle se tourna vers son époux. « Il ne le nie pas. »

« Dans ce cas », répondit pesamment Uammannaq, « Binabik est accusé. Toi, *Croohok* », son visage rond pivota en direction de Sludig, « tu es accusé d'appartenir à une race maudite qui a attaqué et meurtri notre peuple depuis les temps dont le souvenir est oublié. Tu es un Rimmersleute avec certaineté, donc l'accusation reste inchangée. »

Durant la traduction des paroles du pâtre, Sludig commença à répondre violemment, mais Binabik leva la main pour le faire taire. Curieusement, Sludig obtempéra.

« Il ne peut y avoir de vraie justice entre vieux ennemis, semble-t-il », chuchota le guerrier nordique à Simon. Son regard féroce fit place à un froncement de sourcils contrarié. « Mais certains trolls ont eu moins de chance aux mains des miens que je n'en ai ici. »

« Que ceux qui peuvent accuser avec raison parlent maintenant », dit Uammannaq.

Un silence tendu emplit la caverne. Le héraut s'avança, ses colliers oscillant et cliquetant. À travers les yeux de son crâne de bélier, il observa Binabik avec un mépris non dissimulé, puis leva la main et parla d'une voix épaisse et dure.

« Qangolik Mandeur des Esprits déclare que Ookequk l'Homme Chantant ne s'est pas présenté à la Maison de Glace au Jour Final de l'Hiver, comme l'ordonne la loi de notre peuple depuis que Sedda nous a donné ces montagnes », traduisit Binabik. Sa propre voix avait pris un peu du ton déplaisant de son accusateur. « Qangolik déclare que Binabik, apprenti de l'Homme Chantant, ne s'est de même pas présenté à la Maison de Glace. »

Simon pouvait presque toucher la haine qui flottait entre son ami et le troll masqué. Cela ne laissait que peu de place au doute sur le fait qu'il existât une sorte de rivalité ou de dispute très ancienne entre eux deux.

Le Mandeur des Esprits poursuivit. « Parce que l'apprenti d'Ookequk n'est pas venu remplir son office, qui est de chanter le Rite de la Vivification, la Maison de Glace n'a toujours pas fondu. Parce que la Maison de Glace n'a pas fondu, l'hiver ne quittera pas Yiqanuc. Par sa trahison, Binabik a condamné son peuple à une amère saison. L'été ne viendra pas et beaucoup mourront.

« Qangolik le dit parjure. »

La caverne s'emplit d'une vague de discussions fiévreuses. Le Mandeur des Esprits avait déjà repris sa position accroupie lorsque Binabik acheva de traduire ses propos en westerlien.

Nunuuika observa alentour avec une gravité rituelle. « Quelqu'un d'autre ici accuse-t-il Binbiniqegabenik ? »

La jeune femme inconnue, que Simon avait presque oubliée dans la fureur des mots de Qangolik, se leva lentement de son siège sur la plus haute marche. Ses yeux étaient pudiquement baissés et sa voix était sereine. Elle ne parla qu'un court instant.

Binabik ne traduisit pas immédiatement les mots qu'elle avait prononcés, bien que ceux-ci eussent déclenché un immense flot de chuchotements chez les trolls assemblés. Il affichait une expression que Simon n'avait jamais vue sur le visage de son ami, celle d'un malheur absolu et parfait. Les yeux de Binabik étaient fixés sur la jeune femme avec une surprenante intensité, comme s'il observait quelque terrible événement dont il avait néanmoins le devoir de se souvenir et de le rapporter plus tard en détail.

Au moment précis où Simon s'était convaincu que Binabik avait replongé dans le silence, cette fois peut-être définitivement, le troll parla. Il s'exprima d'un ton neutre, narrant le récit d'une blessure ancienne et maintenant sans importance.

« Sisqinanamook, fille cadette de Nunuuika la Chasseresse et de Uammannaq le Pâtre, accuse aussi Binabik de Mintahoq. Bien qu'il ait planté sa lance devant sa porte, lorsque neuf fois neuf jours furent passés et que vint le jour convenu du mariage, il n'était pas là. Il n'a envoyé ni message, ni explication. Lorsqu'il est revenu dans nos montagnes, il n'est pas retourné vers son peuple, mais est parti avec le Croohok et le Utku vers la montagne maléfique Yijarjuk. Il a jeté l'opprobre sur la Maison de l'Ancêtre et sur celle qui fut sa promise.

« Sisqinanamook le dit parjure. »

Abasourdi, Simon observa le visage abattu du troll qui égrenait sa traduction. Un mariage ! Durant tout ce temps où Simon et le petit homme se bagarraient pour atteindre Naglimund, puis pour traverser le Désert Blanc, le peuple de Binabik l'attendait ici pour l'accomplissement de son vœu de mariage. Et il avait été promis à la fille du Pâtre et de la Chasseresse ! Et il n'y avait jamais fait la moindre allusion !

Simon observa plus précisément l'accusatrice de Binabik. Sisqinanamook, même si elle était petite aux yeux de Simon comme tous ceux de son peuple, semblait en fait un peu plus grande que Binabik. Ses cheveux noirs brillants étaient tressés des deux côtés de son visage, les deux nattes se rejoignant sous son menton pour former unc large tresse entrelacée d'un ruban bleu ciel. Elle ne portait que peu de bijoux, particulièrement en comparaison de sa formidable mère, la Chasseresse. Une unique gemme d'un bleu profond brillait sur son front, maintenue en place par une fine lanière de cuir noir.

Ses joues brunes étaient légèrement empourprées. Bien que son regard fût voilé par ce qui pouvait être de la frayeur ou de la colère, Simon pensa déceler une inclinaison fière et volontaire dans sa mâchoire et une redoutable vivacité dans son regard ; non pas le regard aussi acéré qu'une lame qu'avait sa mère Nunuuika, mais l'air de quelqu'un qui fait ses propres choix. Durant un instant, Simon eut l'impression de la discerner comme pourrait la voir l'un des siens : non pas une beauté aimable et docile, mais une jeune femme jolie et subtile dont l'admiration ne serait certainement pas aisée à gagner.

Il réalisa soudain qu'elle était celle qui s'était dressée devant lui sur le porche de la cave de Qantaqa la nuit dernière, celle qui l'avait menacé avec une lance ! Quelque chose d'indéfinissable dans la forme de son visage le lui assurait. S'en souvenant, il sut qu'elle était bien une chasseresse, tout comme sa mère.

Pauvre Binabik ! L'admiration de la jeune femme n'était peut-être pas aisée à gagner, mais l'ami de Simon l'avait pourtant bien conquise, ou du moins il le semblait. Quoi qu'il en soit, la finesse et la détermination que Binabik avait dû tellement admirer étaient maintenant utilisées à ses dépens.

« Je n'ai point de désaccord avec Sisqinanamook, fille de la Lignée de la Lune », répondit finalement Binabik. « Qu'elle ait jamais accepté la lance d'un être aussi indigne que l'apprenti de l'Homme Chantant fut pour moi une stupéfaction. »

Sisqinanamook fit une moue qui semblait de dégoût en entendant ce discours, mais Simon ne trouva pas son mépris réellement convaincant.

« Grande est ma honte », poursuivit Binabik. « Neuf fois neuf nuits, ma lance est restée dressée devant sa porte. Je ne suis pas venu me marier lorsque ces nuits furent passées. Il n'est de mot que je puisse dire qui panserait la blessure ou rendrait moindre ma faute. Un choix devait être fait, comme c'est dans l'ordre des choses dès que l'on a marché la Marche de l'Âge d'Homme ou de Femme. J'étais en un pays étrange et mon maître était mort. J'ai fait mon choix : si je devais me décider une fois encore, je le dis à regret, je ferais encore le même choix. »

La foule, choquée et perturbée, bourdonnait encore tandis que Binabik finissait d'interpréter ce qu'il venait de dire à ses compagnons. Lorsqu'il eut terminé, il se tourna vers la jeune femme dressée devant lui et lui dit quelque chose doucement et rapidement, en l'appelant Sisqi plutôt que d'utiliser son nom entier. Elle détourna promptement la tête, comme si elle ne pouvait supporter de le regarder. Il ne traduisit pas les paroles qu'il avait adressées à la jeune femme, mais se retourna tristement vers ses père et mère.

« Et qu'aurais-tu bien pu avoir à décider ? » lâcha dédaigneusement Nunuuika. « Quel choix a bien pu faire de toi un parjure, toi qui étais déjà monté bien plus haut que les neiges auxquelles tu étais habitué, toi dont la Lance-promesse avait été choisie par bien plus élevée que toi ? »

« Mon maître Ookequk avait fait une promesse au docteur Morgénès du Hayholt, un homme d'Erkynée à la très grande sagesse. À la mort de mon maître, j'ai ressenti l'obligation de tenir sa promesse. »

Uammannaq se pencha en avant, sa barbe agitée par la surprise et la colère. « Tu as pensé une promesse à un Basse-terre plus importante que d'épouser une enfant de la Maison de l'Ancêtre, ou que la production de l'été ? Vraiment, Binabik, ceux qui ont dit que tu avais appris la folie sur les genoux du gros Ookequk avaient raison ! Tu as tourné le dos à ton peuple pour... pour *Utku ?* »

Binabik agita la tête, tout à fait désarmé. « C'était plus que cela, Uammannaq, Pâtre du Qanuc. Mon maître avait les craintes d'un grave danger, pour Yiqanuc et aussi pour le reste du monde sous les montagnes. Ookequk craignait l'arrivée d'un hiver plus rude avec immensité que tous ceux que le Qanuc a connus, un hiver qui laisserait la Maison de Glace gelée pour mille années noires. Et il y a bien pire qu'un temps maudit dans ce que Ookequk a présagé. Morgénès, le vieil homme d'Erkynée, partageait ses craintes. Ces dangers sont la cause de l'importance de cette promesse. C'est avec égalité pour cette cause, parce que je crois les craintes de mon maître, que je briserais de nouveau mon serment si je n'avais pas d'autre choix. »

Le regard de Sisqinanamook était de nouveau revenu sur Binabik. Simon espérait voir s'adoucir son expression, mais ses lèvres étaient toujours serrées pour former une fine ligne pleine d'amertume. Sa mère Nunuuika frappa le bas de sa lance de la paume de sa main.

« Cela ne veut rien dire ! » s'exclama la Chasseresse. « Rien ! Si je craignais la neige décollée dans les hautes passes, devrais-je alors ne jamais quitter ma cave, et laisser mes enfants mourir de faim ? Tout cela est égal à dire que ton peuple et la montagne qui t'a nourri ne sont rien pour toi. Tu es pire qu'un ivrogne, qui au moins dit “Je ne devrais pas boire”, mais retombe dans les mauvaises voies de sa faiblesse. Toi tu te dresses devant nous, aussi fier que le voleur des possessions des autres, et tu dis : “Je le referai. Mon serment n’est rien.” » Elle agita sa lance de rage. L’assemblée réunie souffla son accord. « Tu devrais être immédiatement mis à mort. Si ta folie infecte les autres, le vent soufflera dans nos caves vides avant une génération. »

Au moment où Binabik achevait sa molle traduction de ces derniers propos, Simon se leva, tremblant de colère. Son visage le lançait à l’endroit où sa cicatrice avait été gravée en travers de sa mâchoire, et chaque élan douloureux lui ramenait en mémoire l’image de Binabik se cramponnant derrière le ver des glaces, hurlant à Simon de fuir, de sauver sa vie tandis que le troll combattait seul.

« Non ! » hurla rageusement Simon, surprenant même Haestan et Sludig, qui avaient écouté abasourdis chaque détail de cet étrange échange. « Non ! » Simon se rattrapa en s’appuyant à son tabouret. Sa tête tournait. Binabik, consciencieusement, se tourna vers ses maîtres et sa promise, et commença à leur expliquer les mots du garçon des basses-terres aux cheveux roux.

« Vous ne comprenez pas ce qui se passe », commença Simon, « ou ce qu’a fait Binabik. Ici, dans ces montagnes, le monde est très éloigné, mais il existe des dangers qui peuvent vous atteindre. Dans le château où je vivais, il y a longtemps, il me semblait que le mal n’était qu’une chose dont parlaient les prêtres, et que même eux n’y croyaient pas vraiment. Maintenant, j’ai compris. Il y a des dangers tout autour de nous et ils se font plus forts chaque jour ! Ne voyez-vous pas ? Binabik et moi avons été pourchassés, pourchassés par ce mal à travers la grande forêt et à travers les neiges au bas de ces montagnes. Il nous a même suivis jusque la montagne-dragon ! »

Simon s’interrompit un instant, pris de vertige, le souffle court. Il eut l’impression qu’il tenait quelque chose qui se débattait et tentait de lui échapper des mains.

Que puis-je dire ? Je dois ressembler à un dément. Regarde, Binabik leur explique ce que j’ai dit et ils me regardent comme si j’aboyais tel un chien ! Je ne vais réussir qu’à faire tuer Binabik !

Simon leva lentement les yeux au ciel, puis recommença à parler, en tentant de rassembler ses pensées éparses. « Nous sommes tous en danger. Il y a dans le nord une terrible puissance; je veux dire, non, nous sommes déjà dans le nord... » Il baissa la tête et essaya de réfléchir un instant. « Au nord, et aussi à l'ouest d'ici, il y a une grande montagne de glace. C'est là que vit le Roi de l'Orage; mais il n'est pas vivant. Il s'appelle Ineluki. Est-ce que vous avez entendu parler de lui? Ineluki? Il est *terrifiant!* »

Il pencha légèrement en avant, son équilibre soudain instable, et ouvrit de grands yeux ronds devant les visages préoccupés du Pâtre, de la Chasseresse, et de leur fille Sisqinanamook.

« Il est terrifiant... », répéta-t-il en regardant la jeune femme troll droit dans ses yeux noirs.

Binabik l'a appelée Sisqi, pensa-t-il de façon incohérente. *Il a dû beaucoup l'aimer...*

Il lui semblait que quelque chose avait attrapé son âme et l'agitait, comme un molosse secoue le corps d'un rat. Soudain, il tomba en avant, plongeant dans un puits long et tournoyant. Les yeux noirs de Sisqinanamook se firent plus profonds et grandirent, puis se transformèrent. Un instant plus tard, la femme troll avait disparu; ses parents, les amis de Simon, et tous ceux qui étaient réunis à Chidsik ub Lingit s'étaient évanouis avec elle. Mais les yeux subsistèrent, maintenant transformés en un autre regard grave qui emplit lentement son champ de vision. Ces yeux bruns appartenaient à un membre de sa propre espèce, l'enfant qui avait hanté ses rêves... une enfant qu'il reconnut enfin.

Leleth, pensa-t-il. *La petite fille que nous avons laissée dans la maison de la forêt; parce que ses blessures étaient trop terribles. La petite fille que nous avons laissée avec...*

« *Simon* », dit-elle, sa voix résonnant étrangement dans sa tête, « *C'est ma dernière chance. Ma maison va bientôt s'effondrer et je vais m'enfuir dans la forêt. Mais il y a quelque chose que je dois d'abord te dire.* »

Simon n'avait jamais entendu la petite fille Leleth parler. Les tons flûtés de sa voix étaient appropriés pour une enfant de son âge, et pourtant il y avait quelque chose dans sa voix qui n'allait pas : elle était trop solennelle, trop précise et trop assurée. Son rythme et son phrasé étaient ceux d'une femme adulte, comme...

« *Géloé?* » dit-il. Bien qu'il n'eût pas eu l'impression d'avoir réellement parlé, il entendit sa voix résonner à travers quelque espace vide.

« Oui. Il ne me reste plus de temps. Je n'aurais pas normalement été capable de te joindre,, mais la petite fille Leleth a des capacités... Elle est comme un verre de lampe à travers lequel je peux concentrer ma volonté. C'est une enfant étrange, Simon. » De fait, le visage presque inexpressif qui prononçait ces mots semblait en quelque sorte différent de celui de n'importe quel autre enfant humain. Il y avait quelque chose dans ses yeux qui voyait à travers lui, au-delà de lui, comme s'il était lui-même aussi éthéré qu'une brume.

« *Où êtes-vous ?* »

« *Dans ma maison, mais plus pour longtemps. Mes défenses ont été jetées bas, et mon lac est rempli de choses ténébreuses. Les pouvoirs qui sont à ma porte sont trop puissants. Plutôt que de me dresser contre d'aussi mauvais vents, je vais fuir et reprendre le combat un autre jour.*

« *Voici ce que j'ai à te dire : Naglimund est tombée. Élias a remporté une victoire, mais le véritable vainqueur est Celui que nous savons, l'être des ténèbres dans le nord. Par contre, Josua est encore en vie.* »

Simon sentit une peur froide lui nouer le ventre. « *Et Miriamélé ?* »

« *Celle qui fut Marya ainsi que Malachias ? Je sais seulement qu'elle a quitté Naglimund : les yeux et oreilles amicaux ne peuvent m'en apprendre plus. Maintenant, je dois te dire autre chose : tu dois t'en souvenir et le garder toujours à l'esprit, puisque Binabik d'Yiqanuc s'est fermé à moi. Vous devez aller à la Pierre de l'Adieu. C'est le seul endroit qui soit un abri contre l'orage qui se prépare ; un abri temporaire, tout du moins. Allez à la Pierre de l'Adieu.* »

« *Quoi ? Où est cette pierre ?* » Naglimund tombée ? Simon sentit le désespoir envahir son cœur. Alors tout était vraiment perdu. « *Où est la pierre, Géloé ?* »

Sans avertissement, une vague noire déferla en lui, aussi soudaine que si s'était abattue une main géante. Le visage de la petite fille s'évanouit, pour ne laisser qu'un vide gris. Les derniers mots de Géloé flottaient dans sa tête.

« *C'est le seul endroit sûr... Fuyez... L'orage approche...* »

Le gris s'effaça, comme des vagues qui se retirent d'une plage.

Il se trouva soudain les yeux fixés sur la lumière jaune transparente et scintillante de la flaque d'huile brûlante. Il était à genoux dans la caverne de Chidsik ub Lingit. Le visage effrayé d'Haestan était penché près du sien.

« Qu'est-ce qui t'arrive, 'tit gars ? » demanda le garde, soutenant la tête lourde de Simon de son épaule tout en l'aidant à s'asseoir sur un siège. Simon avait l'impression que son corps était fait de chiffons et de brindilles vertes.

« Géloé a dit... elle a parlé d'un orage... et de la Pierre de l'Adieu. Il faut que nous allions à la Pierre de l'A... » Simon s'interrompit lorsqu'il aperçut en levant les yeux Binabik agenouillé devant l'estrade. « Que fait Binabik ? » demanda-t-il.

« L'attend la sentence », dit-il d'un ton bourru. « Quand t'es tombé en pâmoison, il a dit qu'y se battrait plus. L'a parlé un moment au roi et à la reine, et puis maint'nant il attend. »

« Mais ce n'est pas juste ! » Simon tenta de se lever, mais ses jambes se dérobèrent. Sa tête bourdonnait comme un pot de fer après un coup de masse. « Pas... juste. »

« C'est la volonté de Dieu », murmura tristement Haestan.

Uammannaq, qui tenait colloque à voix basse avec son épouse, s'en détourna pour observer Binabik, toujours agenouillé. Il dit quelque chose dans la gutturale langue qanuqe qui provoqua un puissant murmure dans l'assistance. Le Pâtre porta ses mains à son visage, couvrant lentement ses yeux en un geste symbolique. La Chasseresse répéta solennellement ce geste. Simon sentit s'abattre sur la cave une chape de glace plus lourde et lugubre encore que le froid de l'hiver. Il sut sans le moindre doute que son ami avait été condamné à mort.

4

UN BOL DE THÉ DE CALAMENT

La lumière du soleil filtrait à travers les nuages épais, et éclairait doucement une troupe imposante de chevaux et d'hommes en armes qui remontaient la Grand'rue et se dirigeaient vers le Hayholt. L'éclat de leurs radieuses bannières était terni par un ombrage inégal tandis que le cliquètement des sabots de leurs chevaux était étouffé par la rue boueuse, donnant l'impression que cette imposante armée avançait en silence le long du fond de l'océan. Nombre de soldats avaient les yeux baissés. D'autres observaient alentour depuis l'ombre de leur casque comme des hommes qui craignent d'être reconnus.

La consternation n'était pas générale : le marquis Fengbald, qui devait prochainement être fait duc, chevauchait en tête du cortège royal, sous la bannière au dragon vert et sable d'Élias, et sous son propre faucon argent. Les longs cheveux noirs de Fengbald se répandaient sur son dos, retenus uniquement par un bandeau écarlate noué autour de ses tempes. Il souriait et agitait en l'air un poing ganteleté, arrachant des acclamations aux centaines de spectateurs alignés le long de la rue.

Chevauchant non loin derrière lui, Guthwulf d'Utanyéate réprima une grimace de mépris. Il avait lui aussi le titre de marquis, ainsi que, censément, la faveur du roi, mais il savait sans le moindre doute que le siège de Naglimund avait tout changé.

Il avait toujours eu en tête le jour où son vieux camarade Élias régnerait et où Guthwulf se trouverait à ses côtés. Élias état roi maintenant, mais, il ne savait pas trop pourquoi, le reste de son histoire avait mal tourné. Seul un jeune idiot à l'esprit épais comme Fengbald pouvait être ou trop borné pour ne pas le remarquer... ou trop ambitieux pour accepter de s'en inquiéter.

Guthwulf avait coupé ses cheveux grisonnants très court avant le début du siège. Son heaume était maintenant un peu lâche. Bien qu'il fût un homme puissant encore au mieux de sa forme, il avait un peu l'étrange impression de rétrécir à l'intérieur de son armure, de devenir de plus en plus petit.

Était-il le seul à ressentir ce malaise ? se demanda-t-il. Il avait peut-être été efféminé et ramolli par de trop longues années passées loin des champs de bataille.

Mais cela ne pouvait être vrai. Durant le siège, deux semaines plus tôt, son cœur s'était mis à battre très vite, mais cela était dû à l'exaltation et non à la peur. Il avait ri lorsque les ennemis avaient fondu sur lui. Il avait brisé le dos d'un homme d'un seul coup d'épée, et pris bien des coups sans jamais être désarçonné, maîtrisant sa monture aussi bien que vingt ans plus tôt, et d'ailleurs peut-être mieux. Non, il ne s'était pas attendri. Pas dans ce sens-là.

Il savait également qu'il n'était pas la seule âme rongée par une certaine inquiétude. Même si des foules les acclamaient, elles étaient surtout composées de jeunes bravaches et d'ivrognes de la ville. Nombre de fenêtres donnant sur la Grand'rue d'Erchester étaient fermées ; beaucoup d'autres ne présentaient qu'une bande obscure à travers laquelle observaient des habitants qui n'avaient pas eu envie de descendre acclamer le roi.

Guthwulf tourna la tête à la recherche d'Élias, et fut parcouru d'un frisson troublant lorsqu'il s'aperçut que le roi l'observait d'un œil intense et verdâtre. Presque contre sa volonté, Guthwulf fit un signe de tête. Le roi lui rendit son salut d'un air distant, puis parcourut aigrement des yeux la masse des habitants d'Erchester venus l'accueillir. Élias, qui souffrait de quelque maladie non identifiée mais sans gravité, n'avait quitté son chariot couvert pour monter sur son cheval de bataille noir qu'à peut-être une portée de flèche des portes de la cité. Il se tenait néanmoins bien en selle, dissimulant toute gêne qu'il pût ressentir. Le roi était plus maigre qu'il ne l'avait été depuis bien des années ; la ligne ferme de sa mâchoire était maintenant bien visible. Si l'on exceptait le teint pâle de sa peau, qui n'était pas aussi évident dans la lumière versatile de cet après-midi qu'il pouvait parfois l'être, et l'air distrait qui se lisait dans ses yeux, Élias paraissait mince et fort, comme il seyait à un roi guerrier lors du retour triomphant d'un siège mené à bien.

Guthwulf jeta anxieusement un regard furtif à l'épée grise à double garde qui pendait dans son fourreau à la hanche du roi. Maudite chose ! Combien il souhaitait qu'Élias jetât cette lame damnée au fond d'un puits ! Il y avait quelque chose de terriblement anormal en elle, Guthwulf en était convaincu. Certains, dans la foule, ressentaient visiblement aussi la gêne que l'épée engendrait, mais seul Guthwulf s'était trouvé suffisamment souvent en présence de Peine pour reconnaître la source de leur malaise.

Et l'épée n'était pas la seule chose qui troublait le peuple d'Erchester. Tout comme le roi à cheval de cet après-midi n'avait été qu'un homme malade dans un chariot en fin de matinée, la prise de Naglimund avait été quelque peu moins qu'une glorieuse victoire sur un frère usurpateur. Guthwulf savait que malgré leur éloignement, les habitants d'Erchester et du Hayholt avaient eu vent de l'étrange et terrible sort advenu au château de Josua et à sa population. Et même si cela n'avait pas été le cas, les visages légèrement souffreteux et la posture voûtée des guerriers de ce qui aurait dû être une exultante armée victorieuse proclamaient que tout n'était pas conforme à ce qui aurait dû être.

C'était plus que de la honte, pensa Guthwulf, et plus qu'un sentiment d'impuissance, tant pour lui que pour les soldats. C'était de la peur qu'ils ressentaient et ne pouvaient pas tout à fait dissimuler. Le roi était-il fou ? Avait-il attiré le mal sur eux tous ? Dieu n'avait pas peur d'un combat, le marquis le savait, ni d'un peu de sang ; en cette encre sont écrits Ses désirs, avait un jour dit un philosophe. Mais, par la malédiction d'Usires, ceci était différent, n'est-ce pas ?

Il jeta un nouveau regard furtif en direction du roi, l'estomac noué. Élias écoutait attentivement son conseiller, Pryrates à la robe rouge. Le crâne chauve du prêtre se balançait près de l'oreille du roi comme un œuf recouvert de peau.

Guthwulf avait envisagé de tuer Pryrates, mais avait décidé que cela ne risquait que de faire empirer les choses, comme de tuer le maître des chiens lorsque l'on a les molosses à la gorge. Pryrates était peut-être le seul encore capable de contrôler le roi ; à moins que, et le marquis d'Utanyéate en était de plus en plus souvent certain, ce fût justement ce prêtre opiniâtre lui-même qui entraînât Élias sur la voie de la perdition. Qui pouvait bien le savoir, Dieu les damne tous ? Qui pouvait bien le savoir ?

Peut-être en réponse aux propos que venait de lui tenir Pryrates, le roi découvrit ses dents pour former un sourire, tout en observant la faible densité de la foule qui l'acclamait. Ce n'était pas, Guthwulf s'en aperçut, l'expression d'un homme heureux.

« Ma colère est grande et ma patience mise à rude épreuve par cette ingratitude. »

Le roi siégeait, installé sur le grand Trône du Dragon de son père Jean.

« Votre monarque revient de guerre, portant la nouvelle d'une grande victoire, et il ne trouve pour l'accueillir qu'une piètre populace. » Élias fit une moue de mépris, les yeux fixés sur le père Helfcène, un prêtre frêle qui était également le chancelier du puissant Hayholt. Helfcène était agenouillé aux pieds du roi, le sommet de son crâne chauve faisant face au trône tel un bouclier piteusement inadéquat. « Pourquoi n'ai-je point été accueilli comme il sied ? »

« Mais cela a été le cas, Seigneur, cela a été le cas », balbutia le chancelier. « N'étais-je pas à la porte de Nearulagh avec toute votre maisonnée restée au Hayholt ? Nous sommes ravis de savoir Votre Majesté de retour en bonne santé, et impressionnés par votre triomphe dans le nord ! »

« Mes craintifs sujets d'Erchester ont semblé n'être ni ravis, ni impressionnés. » Élias tendit le bras à la recherche de sa coupe. Pryrates, toujours attentionné, la lui tendit en prenant particulièrement soin de ne pas répandre la moindre goutte du liquide sombre. Le roi but une longue gorgée ; son amertume le fit grimacer. « Guthwulf, as-tu eu l'impression que les sujets du roi lui ont manifesté leur allégeance de façon appropriée ? »

Le marquis prit une profonde inspiration avant de parler lentement. « Ils ont peut-être... ils ont peut-être entendu des rumeurs... »

« Des rumeurs ? Quelles rumeurs ? N'avons-nous pas conquis la place forte de mon traître de frère à Naglimund ? »

« Bien sûr, ô mon roi », Guthwulf avait l'impression de s'être aventuré très loin sur une branche peu épaisse. Les yeux vert marin d'Élias étaient fixés sur lui, aussi maladivement curieux que ceux d'un hibou. « Bien sûr », répéta le marquis, « mais nos... alliés... ne pouvaient qu'engendrer des rumeurs. »

Élias se tourna vers Pryrates. Le front pâle du roi était plissé, comme s'il était véritablement perplexe. « Nous nous sommes fait de puissants amis, n'est-ce pas, Pryrates ? »

Le prêtre acquiesça soyeusement. « De puissants amis, Majesté. »

« Et pourtant ils se sont pliés à nos désirs, n'est-ce pas ? Ils ont fait ce que nous voulions qu'ils fassent ? »

« Dans l'exacte mesure de votre volonté, Roi Élias. » Pryrates décocha un regard à Guthwulf. « Ils ont fait ce que vous vouliez. »

« Très bien. » Élias se retourna, satisfait, et regarda de nouveau le père Helfcène. « Votre roi est parti en guerre et a détruit ses ennemis, revenant avec l'allégeance d'un royaume plus vieux même que l'empire depuis longtemps disparu de Nabban. » Sa voix tremblait dangereusement. « Pourquoi mes sujets se terrent-ils comme des chiens battus ? »

« Ce sont des paysans ignorants, sire », répondit Helfcène. Une goutte de sueur pendait sur son nez.

« Je pense que quelqu'un ici a fomenté des troubles durant mon absence », dit Élias d'un ton effroyablement délibéré. « J'aimerais apprendre qui a propagé ces histoires. M'entends-tu, Helfcène ? Je veux découvrir qui sont ceux qui pensent mieux connaître le bien d'Osten Ard que son Roi Souverain. Va, maintenant. Et, la prochaine fois que je te vois, aie quelque chose à me dire. » Il joua avec les chairs de son visage, furieux. « Certains de ces maudits bons à rien casaniers de nobles ont besoin de voir l'ombre du gibet, je crois. Cela leur rappellera peut-être qui règne sur ce pays. »

La goutte de sueur se libéra finalement du nez d'Helfcène, et éclaboussa le sol dallé. Le chancelier acquiesça vigoureusement, et plusieurs autres gouttes, étrangement nombreuses pour un après-midi aussi frais, s'envolèrent de son visage.

« Bien sûr, Seigneur. Il est bon, très bon que vous soyez de retour. » Il se releva en restant courbé, salua de nouveau, puis fit demi-tour et quitta rapidement la salle du trône.

Le bruit sourd des grandes portes qui se refermaient résonna entre les poutres du plafond et les bannières serrées. Élias se laissa aller en arrière contre la vaste cage d'os jaunis, se frottant les yeux du dos de ses puissantes mains.

« Guthwulf, viens ici », dit-il d'une voix étouffée. Le marquis d'Utanyéate s'avança, ressentant une étrange mais irrésistible envie de fuir la pièce. Pryrates se tenait près du coude d'Élias, le visage aussi lisse et impassible que le marbre.

Au moment où Guthwulf atteignit le Trône du Dragon, Élias laissa retomber ses mains sur ses cuisses. Les cernes bleus sous ses yeux donnaient l'impression que le regard du roi s'était enfoncé plus encore dans son crâne ; durant un instant, il sembla au marquis que le roi regardait depuis un trou sombre, du fond de quelque piège dans lequel il serait tombé.

« Il faut que tu me protèges de la trahison, Guthwulf. » La voix d'Élias avait par instants des inflexions évoquant le désespoir. « Je suis vulnérable en ce moment, mais de grandes choses se préparent. Ce pays va vivre un Âge d'Or dont les philosophes et les prêtres n'ont pu que rêver ; mais je dois survivre. Il faut que je survive, ou tout sera perdu. Tout sera réduit en cendres. » Élias se pencha cn avant, et attrapa les mains calleuses de Guthwulf de ses doigts aussi froids que des queues de poissons.

« Il faut que tu m'aides, Guthwulf. » Sa voix tendue avait repris de sa puissance. Un instant, le marquis entendit le compagnon de tant de batailles et de tavernes tel qu'il était dans son souvenir, ce qui ne fit que rendre ses mots plus douloureux encore. « Fengbald et Godwig et tous les autres ne sont que des imbéciles », dit Élias. « Helfcène est un lapin effrayé. Tu es le seul homme au monde que je peux croire, à part Pryrates, évidemment. Tu es le seul dont la loyauté m'est totalement acquise. »

Le roi se laissa retomber en arrière et se frotta de nouveau les yeux, serrant les dents comme s'il souffrait. D'un geste, il donna congé à Guthwulf. Le marquis leva les yeux vers Pryrates, mais le prêtre rouge ne fit qu'agiter la tête, puis se tourna vers Élias pour remplir sa coupe.

Tout en ouvrant les portes de la salle et en s'engageant dans le couloir que des lampes éclairaient, Guthwulf sentit un lourd bloc de peur se former dans ses tripes. Lentement, il commença à envisager l'inconcevable.

Miriamélé eut un mouvement de recul et arracha ses poignets des mains du comte Streàwe. Elle fit un rapide pas en arrière et tomba sur le siège que l'homme au masque de crâne avait glissé derrière elle. Durant un instant, elle resta assise, sans réaction, piégée.

« Comment saviez-vous que c'était moi ? » demanda-t-elle enfin. « Que je venais ici ? »

Le comte gloussa, tendant le bras pour tapoter d'un doigt crochu le masque de renard qu'il venait d'ôter. « Les forts comptent sur leur puissance, dit-il. Les Un-peu-moins-forts doivent être malins et rapides. »

« Vous n'avez pas répondu à ma question. »

Streàwe fronça les sourcils. « Oh ? » Il se tourna vers son assistant au déguisement macabre. « Tu peux sortir, Lenti. Attends dehors avec tes hommes. »

« Il pleut », dit plaintivement Lenti, son masque se soulevant à mesure qu'il parlait, ses yeux perçant à travers les orbites blanches.

« Eh bien alors attends en haut, imbécile ! » rétorqua vivement le comte. « Je sonnerai cette clochette lorsque j'aurai besoin de toi. »

Lenti s'inclina légèrement, jeta un coup d'œil rapide à Miriamélé, puis sortit.

« Ah, celui-là, soupira Streàwe. Il réagit comme un enfant, parfois. Et cependant, il fait ce qu'on lui dit de faire. C'est plus que je ne puis dire de bien de ceux qui sont à mon service. » Le comte fit glisser la carafe de vin en direction de frère Cadrach, qui la renifla avec suspicion, visiblement déchiré entre envie et doute. « Oh, tu peux boire », dit le comte d'un ton sec. « Penses-tu vraiment que j'aurais fait tous ces efforts, et vous aurais fait faire traverser tout Ansis Pelippé pour ensuite vous empoisonner dans l'une de mes résidences ? Si j'avais voulu votre mort, vous vous seriez retrouvés face contre terre dans le port avant même d'avoir atteint le bout de la planche. »

« Je n'en suis pas plus tranquille pour autant », dit Miriamélé, qui retrouvait peu à peu ses moyens, et sentait la colère monter en elle. « Si vos intentions sont honorables, comte, alors pourquoi nous avoir fait mener ici sous la menace d'une arme ? »

« Lenti vous a-t-il dit qu'il avait un couteau ? » demanda Streàwe.

« Absolument », répondit Miriamélé d'un ton acerbe. « Voulez-vous dire que ce n'était pas vrai ? »

Le vieil homme eut un petit rire. « Sainte Elysia, bien sûr que si ! Il en a des douzaines, de toutes les formes, de toutes les tailles, certains affûtés des deux côtés, d'autres fendus en une double lame... Lenti a plus de couteaux que vous n'avez de dents. » Il rit de nouveau. « Non, c'est juste que je ne cesse de lui dire de ne pas l'annoncer constamment. À travers toute la ville, on ne l'appelle que Lenti "Avi Stetto". » Streàwe cessa de rire un instant, pour respirer bruyamment et difficilement.

Miriamélé tourna vers Cadrach un regard interrogateur, mais le moine était absorbé par un gobelet du vin du comte, qui, avait-il visiblement décidé, ne semblait présenter aucun danger.

« Que... que veut dire... "Avi Stetto" ? » demanda-t-elle finalement.

« En perdruinais, cela veut dire : "J'ai un couteau." » Streàwe secoua affectueusement la tête. « Mais il sait très bien se servir de ses jouets, celui-là ; il sait parfaitement s'en servir... »

« Et comment avez-vous su, pour nous, messire ? » demanda Cadrach, en essuyant ses lèvres du revers de la main.

« Et qu'allez-vous faire de nous ? » ajouta Miriamélé.

« Pour répondre à la première de vos questions, exposa Streàwe, les faibles, comme je vous l'ai déjà dit, doivent avoir leurs propres armes. Mon Perdruin n'est pas un pays dont la puissance fait trembler ses voisins, et nous devons donc en lieu de cela avoir de très bons espions. Chaque port d'Osten Ard est un libre marché où circule l'information, et ses meilleurs courtiers sont tous à mon service. J'ai appris que vous aviez quitté Naglimund avant que vous n'atteigniez le fleuve Greenwade ; et j'ai été régulièrement renseigné sur vos progrès depuis lors. » Il prit un fruit rougeâtre dans une corbeille posée sur la table et commença à le peler de ses doigts tremblants. « Quant à la seconde, eh bien ! c'est une question fort intéressante. »

Il se débattait avec l'épaisse écorce du fruit. Miriamélé, éprouvant une compassion aussi soudaine qu'inattendue pour le vieux comte, se pencha et le prit gentiment de ses mains.

« Laissez-moi faire », dit-elle.

Streàwe leva les sourcils, surpris. « Je vous remercie, très chère. C'est extrêmement aimable. Très bien ; donc, la question était ce que j'allais faire de vous. Eh bien !, je dois admettre que lorsque j'ai pour la première fois entendu parler de votre... isolement temporaire... l'idée m'a effleuré que ceux qui seraient disposés à payer très cher les informations concernant l'endroit où vous vous trouviez seraient certainement assez nombreux. Puis, lorsqu'il est devenu évident que vous alliez faire escale à Ansis Pelippé, j'ai réalisé que ceux qui accordaient une telle valeur à de simples indices seraient certainement prêts à payer bien plus encore pour la princesse elle-même. Votre père ou votre oncle, par exemple. »

Furieuse, Miriamélé laissa tomber le fruit à demi pelé dans la corbeille. « Vous me vendriez à mes ennemis ? »

« Du calme ; du calme, ma chère », dit Streàwe d'un ton apaisant. « Qui a parlé d'une telle chose ? Et qui considérez-vous comme un ennemi, de toute façon ? Votre père le roi ? Votre tendre oncle Josua ? Il ne s'agit certainement pas de vous céder aux marchands d'esclaves de Nascadu pour quelques pièces de cuivre. Quoi qu'il en soit », ajouta-t-il hâtivement, « cette possibilité est maintenant écartée. »

« Que voulez-vous dire ? »

« Je veux dire que je ne vais pas vous vendre, à qui que ce soit », répondit Streàwe. « Vous voudrez bien ne plus avoir d'inquiétude à ce sujet. »

Miriamélé reprit le fruit. C'était maintenant ses mains à elle qui tremblaient. « Alors quel sera notre sort ? »

« Le comte va peut-être être dans l'obligation de nous enfermer dans ses profondes et sombres caves à vin, pour notre protection », dit Cadrach, les yeux amoureusement fixés sur la carafe presque vide. Il semblait totalement et magnifiquement saoul. « Ah !, ce serait vraiment là un sort terrible ! »

Elle détourna son regard de lui, dégoûtée. « Alors ? » demanda-t-elle à Streàwe.

Le vieil homme lui prit le fruit poisseux des mains et le mordit soigneusement. « Dites-moi une chose », répondit-il. « Vous rendez-vous à Nabban ? »

Miriamélé hésita, déchirée par le doute. « Oui », admit-elle enfin. « Oui, nous y allons. »

« Dans quel but ? »

« Et pourquoi devrais-je vous le dire ? Vous ne nous avez pas fait de mal, mais vous ne vous êtes pas non plus comporté comme un allié. »

Streàwe la regarda intensément. Un sourire se dessina peu à peu sur le bas de son visage. Ses yeux, bordés de rouge, restaient mordants. « Ah !, que j'aime les jeunes femmes qui savent ce qu'elles veulent, dit-il. Osten Ard dégorge de sentiment et de versatilité ; ce n'est pas le péché, savez-vous, mais l'inconstance qui fait gémir les anges de désespoir. Mais vous, Miriamélé, même lorsque vous étiez une enfant, vous aviez l'air de quelqu'un qui ferait quelque chose dans ce monde. » Il reprit la carafe à Cadrach et remplit son propre verre. Le moine la regarda s'éloigner avec une expression comique, tel un chien qui s'est fait voler son os.

« J'ai dit que vous ne seriez pas vendus », reprit enfin le comte Streàwe. « Eh bien ! ce n'est pas tout à fait vrai ; non, ne me regardez pas ainsi, Madame ! Attendez d'avoir entendu tout ce que j'ai à dire. J'ai... un ami, Je suppose ; je pense que c'est le terme que vous emploieriez, même si nous ne sommes pas cxactement des proches. C'est un homme d'Église, mais il évolue également dans d'autres cercles ; le meilleur ami que je puisse imaginer, puisqu'il est extrêmement influent et admirablement bien informé. Son seul défaut est d'être un homme d'une irritante rectitude morale. Malgré cela, il s'est à de nombreuses reprises montré d'un grand secours tant à moi qu'à Perdruin, et, pour dire les choses simplement, je lui suis redevable de bien plus d'une faveur.

« Maintenant, je ne suis pas le seul à avoir été informé de votre départ de Naglimund. Cet homme, lui aussi, l'homme d'Église, a appris par ses propres sources... »

« Lui aussi ? » s'exclama Miriamélé. Elle se tourna vers Cadrach, furieuse. « Toi ! Tu as donc envoyé un crieur répandre la nouvelle à travers le pays ? »

« Pas un mot n'a franchi mes lèvres, Madame », balbutia le moine. Avait-elle l'impression qu'il n'était pas aussi saoul qu'il le prétendait ?

« S'il vous plaît, Princesse. » Streàwe leva une main tremblante. « Comme je l'ai dit, cet ami est un homme influent. Même les membres de son entourage ne saisissent pas l'ampleur de son influence. Son réseau d'information, même s'il n'a pas l'importance du mien, est d'une profondeur et d'une étendue qui m'ont laissé plus d'une fois abasourdi.

« Tout cela, donc, pour en revenir à ceci. Dans l'un de ses courriers, puisque nous partageons tous deux une volée d'oiseaux dressés qui nous permettent d'échanger des messages, mon ami m'a parlé de vous. Je connaissais déjà votre situation. Lui, par contre, ne savait rien de ce que j'avais envisagé ; les projets dont nous avons parlé un peu plus tôt. »

« Me vendre, vous voulez dire. »

Streàwe eut un toussotement gêné, qui se changea un instant en une véritable toux. Lorsqu'il eut repris son souffle, il poursuivit. « Et, comme je vous l'ai déjà dit, je dois à cet homme plus d'une faveur. Donc, lorsqu'il m'a demandé de vous empêcher d'aller à Nabban, je n'avais d'autre choix... »

« Il vous a demandé quoi ? » Miriamélé ne pouvait en croire ses oreilles. N'échapperait-elle donc jamais aux importuns et aux indiscrets qui toujours semblaient se trouver sur son chemin ?

« Il ne veut pas que vous alliez à Nabban. Ce n'est pas le bon moment. »

« Pas le bon moment ? Qui est-il, et de quel droit... »

« Lui ? C'est un homme de bien, l'un des rares auxquels ce terme peut vraiment s'appliquer. Je n'ai pas moi-même beaucoup de respect pour ces gens-là. Ce n'est pas le *bon moment*, d'après lui, parce que votre vie serait menacée, ou du moins votre liberté. »

La princesse sentit ses cheveux coller à son front. La pièce était chaude et humide, et le déconcertant vieil homme agaçant assis de l'autre côté de la table souriait de nouveau, heureux comme un enfant qui a appris un nouveau tour.

« Vous allez me garder ici ? » demanda-t-elle lentement. « Vous allez m'emprisonner pour préserver ma liberté ? »

Le comte Streàwe porta la main à son côté et tira sur une cordelette noire qui pendait, presque invisible, devant une tenture fripée. Quelque part à l'étage, une clochette sonna mollement. « Je crains que ce ne soit vrai, ma chère », dit-il. « Je dois vous retenir jusqu'à ce que mon ami me fasse savoir ce qu'il désire. Une dette est une dette et une faveur se doit d'être rendue. » Il y eut un bruit de bottes derrière la porte. « La situation tourne à votre avantage, Princesse, même si vous ne le comprenez pas encore. »

« J'en serai mon propre juge », trancha Miriamélé. « Comment avez-vous pu ? Ne savez-vous donc pas qu'une guerre se prépare ? Que je porte d'importantes nouvelles au duc Léobardis ? » *Il fallait* qu'elle rejoigne le duc, qu'elle le convainque de s'allier à Josua. Sinon, son père détruirait Naglimund, et sa folie ne connaîtrait pas de fin.

Le comte gloussa. « Ah !, mon enfant, les chevaux voyagent tellement plus lentement que les oiseaux, même lorsque ces oiseaux doivent supporter le poids de lourdes nouvelles. Voyez-vous, Léobardis et ses armées sont partis vers le nord il y a de cela près d'un mois. Si vous n'aviez pas traversé les villes d'Hernystir si rapidement et si subrepticement, si vous aviez simplement parlé aux gens, vous l'auriez appris. »

Tandis que Miriamélé s'affalait dans son siège, stupéfaite, le comte frappa la table de quelques coups secs et sonores. La porte s'ouvrit et Lenti et ses deux hommes de main, toujours vêtus de leurs costumes, entrèrent. Lenti avait enlevé son masque de Mort ; ses yeux maussades observaient alentour depuis un visage maintenant plus rose, mais pas beaucoup plus coloré que celui dont il avait été affublé. « Assure-toi de leur logement, Lenti », ordonna Streàwe, « puis verrouille la porte derrière toi et reviens m'aider à rejoindre ma litière. »

Alors que Cadrach, la tête dodelinante, se faisait déloger de son siège, Miriamélé s'en prit au comte. « Comment avez-vous pu faire cela ? » bredouilla-t-elle. « J'avais toujours gardé un bon souvenir de vous, de vous et de votre perfide jardin ! »

« Ah ! le jardin », dit Streàwe. « Oui, vous serez certainement heureuse de le revoir, n'est-ce pas ? Ne soyez pas fâchée, Princesse. Nous aurons encore l'occasion de parler : j'ai tellement de choses à vous dire. Je suis charmé de vous revoir. De penser que cette douce et timide Hylissa ait pu donner naissance à une enfant si féroce ! »

Tandis que Lenti et les autres les entraînaient vers la pluie qui tombait dehors, Miriamélé jeta un dernier regard à Streàwe. Le comte regardait la porte, hochant lentement de haut en bas sa tête aux cheveux blancs.

Ils l'emmenèrent dans une large demeure pleine de tapisseries poussiéreuses et de vieilles chaises craquantes. Le château de Streàwe, perché sur une saillie rocheuse de Sta Mirore, était désert, à l'exception d'une poignée de serviteurs muets et de quelques messagers d'apparence anxieux qui entraient et sortaient sans bruit comme des hermines se glissant dans le trou d'une clôture.

Miriamélé avait sa propre chambre. Celle-ci avait pu être jolie, il y a très, très longtemps. Maintenant, les tentures fanées ne représentaient plus que les fantômes de personnages ou de lieux, et la paille de son matelas était si vieille, si cassante et si sèche qu'elle lui murmurait à l'oreille toute la nuit.

Elle s'habillait tous les matins avec l'aide d'une femme aux traits épais qui souriait sévèrement et parlait peu. Cadrach était retenu en un autre endroit ; elle n'avait donc personne à qui parler durant ces longues journées, et peu à faire si ce n'est lire un vieux livre de l'Aédon dont les enluminures avaient à tel point passé que les animaux n'étaient plus que des silhouettes, comme s'ils avaient été taillés dans le cristal.

Depuis l'instant où elle avait été amenée dans la maison de Streàwe, Miriamélé échafaudait des plans, rêvant d'un moyen de s'évader ; mais pour toute son apparence de délaissement et de décrépitude, le palais délabré du comte était plus difficile à fuir que les geôles les plus profondes et les plus sordides du Hayholt. La porte principale de l'aile dans laquelle elle était hébergée était toujours verrouillée. Les pièces qui bordaient le couloir étaient elles aussi fermées. La femme qui l'habillait et les autres servantes étaient escortées à leur entrée et à leur sortie par un gardien qui paraissait sérieux et solide. De tous les trajets possibles, seule la porte à l'autre bout du couloir n'était jamais barrée. Elle menait au jardin de Streàwe, et c'est dans son enceinte que Miriamélé passait la plus grande partie de ses journées.

Le jardin était plus petit que dans son souvenir, mais cela n'avait rien de surprenant : elle était encore très jeune lorsqu'elle l'avait vu pour la dernière fois. Il semblait également plus vieux, comme si les fleurs éclatantes et la verdure s'étaient elles aussi lassées.

Des parterres de roses rouges et jaunes bordaient le jardin, mais ils étaient peu à peu supplantés par d'exubérants plants de vigne aux branches foisonnantes, dont les magnifiques fleurs en cloche brillaient de la couleur du sang, et dont l'odeur écœurante se mêlait à une myriade d'autres senteurs douces et tristes. L'ancolie s'accrochait aux murs et aux baies des portes, ses fleurs à éperons parsemant le crépuscule de ses étoiles à la faible lueur. Ici et là, des traits de couleurs plus sauvages encore apparaissaient sur les branches des arbres et les arbustes en fleurs : les queues des oiseaux des Îles du Sud, au cri aigu et aux yeux d'onyx.

Par-dessus les hauts murs du jardin, Miriamélé pouvait voir le ciel. Le premier jour, elle avait essayé de les escalader, mais s'était rapidement aperçue que la pierre était trop lisse pour offrir une prise, et les vignes trop fragiles pour qu'elle s'y accrochât. Comme pour lui rappeler la proximité de la liberté, de petits oiseaux des collines descendaient en vrille à travers la fenêtre ouverte sur le ciel, bondissaient de branche en branche jusqu'à ce que quelque chose les effrayât, puis s'enfuyaient à tire-d'aile. Parfois une mouette, entraînée loin de la mer, ralentissait son vol pour parader devant les résidents plus colorés du jardin, tout en recherchant d'un œil espiègle les restes des repas de Miriamélé. Mais malgré la proximité du ciel ouvert bouillonnant de nuages, les oiseaux des îles à l'éclatant plumage restaient là où ils se trouvaient, criaillant leur ressentiment dans les ombres verdâtres.

Certains soirs, Streàwe la rejoignait dans le jardin, assis dans une chaise au haut dossier poussée par un Lenti maussade, les jambes inutiles et flétries du comte recouvertes d'une robe brochée. Contrariée par sa captivité, Miriamélé affectait délibérément de ne pas réagir lorsqu'il tentait de la distraire avec les anecdotes ou les bavardages et rumeurs que colportaient les marins du port. Pourtant, elle s'aperçut qu'elle ne parvenait pas réellement à haïr le vieil homme.

À mesure que la futilité de ses rêves d'évasion devenait évidente et que le temps qui passait émoussait son amertume, elle commença à trouver un réconfort inattendu dans le fait de s'asseoir dans le jardin pour regarder l'après-midi devenir soir. À la fin de chaque journée, lorsque le ciel au-dessus d'elle passait lentement du bleu au gris étain puis au noir et que les bougies achevaient de se consumer dans leurs girandoles, Miriamélé raccommodait les vêtements qu'elle avait abîmés durant son voyage vers le sud. Tandis que les oiseaux de nuit lançaient avec hésitation leurs premières trilles, elle buvait du thé de calament et faisait semblant de ne pas écouter les histoires du vieux comte. Lorsque le soleil était couché, elle passait sa cape de voyage. Cela avait été un mois de yuven étonnamment froid, et même dans ce jardin abrité, les nuits étaient fraîches.

Alors que Miriamélé avait passé près d'une semaine en captivité dans le château de Streàwe, celui-ci vint la voir et lui annonça avec tristesse la mort de son oncle le duc Léobardis au combat sous les murs de Naglimund. Bénigaris, le fils aîné du duc, un cousin qu'elle n'avait jamais beaucoup aimé, était rentré pour régner sur Nabban depuis le trône du Sancellan Mahistrevis. Avec l'aide, supposait la princesse, de sa mère Nessalanta, autre membre de sa famille que Miriamélé n'avait jamais comptée parmi ses préférés. La nouvelle la contraria : Léobardis était un homme bon. De plus, sa mort signifiait que Nabban avait quitté le champ de bataille, laissant Josua sans alliés.

Trois jours plus tard, tandis que tombait le soir du premier jour du mois de tiyagar, Streàwe lui servit un bol de thé de ses propres mains tremblantes et lui annonça que Naglimund était tombée. La rumeur disait qu'il y avait eu un grand massacre, et que bien peu avaient survécu.

Il la tint gauchement dans ses bras qui ressemblaient à des morceaux de bois sec pendant qu'elle sanglotait.

La lumière diminuait. Les taches de ciel visibles à travers le sombre écheveau de feuilles étaient du bleu malsain des chairs meurtries.

Déornoth trébucha sur une racine cachée ; Sangfugol et Isorn, qui marchaient à ses côtés, tombèrent par terre, Isorn laissant échapper le bras du trouvère dans sa chute. Sangfugol alla rouler puis resta étendu au sol en gémissant. Le pansement qui entourait son mollet, fait de bandes d'un tissu léger tiré des jupons de l'une des dames, se teintèrent de sang frais.

« Oh ! le pauvre homme », dit Vorzheva, en clopinant vers lui. Elle s'accroupit, étalant autour d'elle le bas de sa robe en lambeaux, et prit la main de Sangfugol. Les yeux du ménestrel étaient fixés en un regard d'agonie sur les branches des arbres qui le surplombaient.

« Mon Seigneur, nous devons faire halte », dit Déornoth. « Il n'y a plus assez de lumière pour voir. »

Josua se retourna lentement. La maigre chevelure du prince était en désordre, son visage distrait. « Nous devons marcher jusqu'à nuit noire ; chaque pas gagné nous est précieux. »

Déornoth déglutit. Contredire son seigneur lui soulevait le cœur. « Nous devrons nous dresser un campement sûr pour la nuit, ô mon prince. Il sera difficile de faire cela dans l'obscurité. Et nous faisons courir de grands risques aux blessés en continuant de marcher. »

Josua baissa les yeux en direction de Sangfugol, son expression restant distante. Déornoth n'aimait pas la transformation qu'il percevait chez son prince. Josua avait toujours été taciturne, et nombreux étaient ceux qui le jugeaient étrange, mais il avait toujours su agir en chef, même lors de ces terribles dernières semaines avant la chute de Naglimund. Il semblait maintenant réticent à toute action, à toute décision, qu'elles soient importantes ou insignifiantes.

« Très bien », dit enfin le prince. « Si tu le crois vraiment, Déornoth. »

« Je vous prie de m'excuser, mais ne pourrions-nous pas avancer juste un peu plus, jusqu'au bout de ce... défilé ? » demanda le père Strangyeard. « Ce n'est qu'à quelques pas, et cela sera peut-être plus sûr que de monter le camp au fond d'une ravine, non ? » Il interrogea respectueusement Josua du regard, mais le prince se contenta d'un grognement. Après un moment, il se tourna vers Déornoth. « Vous ne croyez pas ? »

D'un mouvement de tête, Déornoth observa le groupe dépenaillé, les yeux pâles et effrayés saillant dans des visages maculés. « C'est une bonne idée, mon père », dit-il. « Nous allons faire cela. »

Ils firent un maigre feu dans un trou creusé à la hâte et entouré de pierres, plus pour la lumière qu'autre chose. La chaleur aurait été la bienvenue : l'air froid de la forêt se faisait mordant avec l'arrivée de la nuit, mais ils ne pouvaient risquer de s'exposer autant. Il n'y avait rien à manger, de toute façon. Le rythme de leur marche ne leur avait pas laissé le loisir de chasser.

À eux deux, le père Strangyeard et la duchesse Gutrun nettoyèrent la blessure de Sangfugol et changèrent son pansement. La flèche empennée de blanc et de noir qui avait frappé le trouvère la veille en fin d'après-midi semblait avoir touché l'os. Malgré le soin apporté à son extraction, la pointe n'avait pas été entièrement enlevée. Lorsque Sangfugol pouvait parler, il se plaignait de ne presque plus sentir sa jambe ; en ce moment, il dormait d'un sommeil superficiel et agité. Vorzheva n'était pas loin, et le regardait avec tristesse. Elle boudait ostensiblement Josua, qui semblait ne pas s'en inquiéter.

Déornoth maudit en silence la légèreté de sa cape. *Si seulement j'avais su que j'allais m'enfoncer dans la forêt*, se lamenta-t-il, *j'aurais pris ma lourde cape de voyage avec sa capuche bordée de fourrure*. Il sourit gravement de ses propres pensées, et s'esclaffa soudain ; un court éclat de rire qui attira l'attention d'Einskaldir, accroupi non loin.

« Qu'y a-t-il de drôle ? » s'enquit le Rimmersleute, les sourcils froncés, tout en passant et repassant sa hache sur une pierre à aiguiser. Il souleva son arme, fit glisser son pouce calleux sur le métal pour en éprouver le tranchant, et revint à sa pierre pour continuer de le travailler.

« Rien, en fait. Je réalisais juste à quel point nous avions été stupides, à quel point nous n'étions pas préparés à cela. »

« C'est perdre son temps que de se lamenter », grommela Einskaldir, les yeux toujours fixés sur la lame de sa hache, qu'il souleva dans la lumière rougeâtre du feu. « Se battre et survivre, se battre et mourir, Dieu nous attend tous. »

« Je ne le disais pas dans ce sens. » Déornoth s'interrompit un instant, et réfléchit. Ce qui n'avait été qu'une remarque futile était devenu autre chose : soudain, il avait peur d'en perdre le fil. « Nous avons été poursuivis et forcés », dit-il lentement, « menés à hue et à dia. Ils sont à nos trousses depuis trois jours, depuis que nous avons fui Naglimund, et ne nous laissent même pas le temps d'avoir peur. »

« Peur de quoi ? » dit Einskaldir d'un ton bourru, tout en jouant avec sa barbe sombre. « S'ils nous attrapent, ils nous tuent. Il y a des sorts pis que la mort. »

« Mais c'est justement ça ! » s'exclama Déornoth. Son cœur battait la chamade. « Le problème est bien là ! » Il se pencha en avant, réalisant qu'il avait élevé la voix au point de presque hurler. Einskaldir avait cessé d'affûter sa hache pour le regarder. « C'est bien ce que je me demande », dit Déornoth plus calmement. « Pourquoi ne nous ont-ils donc pas tués ? »

Einskaldir le fixa des yeux et grommela. « Ils ont essayé. »

« Non. » Déornoth était soudain sûr de son fait. « Les fouisseurs... le Bukken, comme ton peuple l'appelle... *eux*, ils ont essayé. Mais pas les Norns. »

« Tu es fou, Erkynéen », répondit Einskaldir sur un ton dégoûté. Déornoth ravala sa réponse et contourna le feu pour marcher vers Josua.

« Mon prince, il faut que je vous parle. »

Josua ne répondit pas, l'esprit une fois encore ailleurs. Il était assis, et regardait Towser. Le vieux bouffon dormait, adossé à un arbre, son crâne chauve pendant sur sa poitrine. Déornoth ne vit rien de particulièrement intéressant dans le sommeil du vieil homme, et s'interposa donc entre le prince et l'objet de son attention. Le visage de Josua était presque invisible, mais la lueur qui s'échappait du feu était néanmoins suffisante pour que Déornoth pût voir Josua froncer les sourcils de surprise.

« Oui, Déornoth ? »

« Mon prince, vos sujets ont besoin de vous. Pourquoi êtes-vous d'une aussi étrange humeur ? »

« Mes sujets ne sont plus vraiment nombreux, n'est-ce pas ? »

« Ils demeurent vos sujets, et ont d'autant plus besoin de vous que le danger est grand. »

Déornoth entendit Josua prendre une longue inspiration, comme s'il était surpris ou préparait une réplique acerbe. En lieu de cela, lorsque le prince s'exprima, ce fut d'une voix calme. « Nous vivons des temps difficiles, Déornoth. Chacun y fait face de sa propre façon. Était-ce la question que tu voulais aborder ? »

« Absolument pas, mon seigneur. » Déornoth s'approcha un peu, jusqu'à être assis à portée de bras du prince. « Que veulent les Norns, Prince Josua ? »

Josua eut un petit rire chagrin. « Je pensais que cela était évident. Nous tuer. »

« Alors pourquoi ne l'ont-ils pas fait ? »

Il y eut un instant de silence. « Que veux-tu dire ? »

« Exactement ce que je viens de dire. Pourquoi ne nous ont-ils pas tués ? Ils en ont eu souvent l'occasion. »

« Nous les fuyons depuis... »

Déornoth saisit impulsivement le bras de Josua. Le prince était très maigre. « Mon seigneur, croyez-vous que les Norns, les laquais du Roi de l'Orage, qui ont détruit Naglimund, seraient incapables de capturer une douzaine d'hommes et de femmes blessés et affamés ? »

Il sentit le bras de Josua se durcir. « Et cela signifie... ? »

« Je ne sais pas ! » Déornoth lâcha le bras du prince et ramassa un bout de bois par terre, pour en arracher nerveusement l'écorce avec ses ongles. « Mais je n'arrive pas à croire qu'ils n'auraient pas su nous amener aux abois s'ils l'avaient voulu. »

« Usires sur l'Arbre », souffla Josua, « j'ai honte du fait que tu as été dans l'obligation d'assurer les responsabilités qui légitimement m'échoient. Tu as raison. Cela n'a aucun sens. »

« Il y a peut-être quelque chose de plus important que nos vies », dit Déornoth en poursuivant sa réflexion. « S'ils veulent notre mort, alors pourquoi ne nous ont-ils pas encerclés ? Si un cadavre possédé peut fondre sur nous sans que nous ayons presque le temps de réagir, alors pourquoi les Norns ne le pourraient-ils pas ? »

Le prince médita un instant. « Peut-être que *eux* ont peur de nous. » Le prince resta de nouveau un moment silencieux. « Appelle les autres », dit-il enfin. « Ceci est trop grave pour rester entre nous deux. »

Lorsque tous furent réunis, pelotonnés autour du maigre feu, Déornoth les compta et secoua tristement la tête. Josua, lui, Einskaldir et Isorn, Towser, encore assommé par le sommeil, et la duchesse Gutrun ; avec

Strangyeard qui prenait maintenant place, et Vorzheva qui veillait Sangfugol, ils étaient au complet. Neuf en tout. Était-ce possible ? Ils avaient enterré Helmfest et la jeune servante deux jours plus tôt. Gamwold, un garde un peu plus âgé à la moustache grise, était mort d'une longue chute lors de l'attaque durant laquelle Sangfugol avait été blessé. Ils n'avaient pas pu récupérer son corps, et encore moins l'enterrer. À contrecœur, ils avaient dû le laisser sur une corniche en contrebas, abandonné au vent et à la pluie.

Nous ne sommes plus que neuf, pensa-t-il. *Josua a raison : c'est un bien petit royaume.*

Le prince avait terminé de leur expliquer la situation. Strangyeard parla le premier, d'un ton hésitant.

« Je déteste avoir à dire cela », commença-t-il, « mais... mais peut-être qu'ils jouent simplement avec nous comme... comme un chat joue avec un rat qu'il a acculé. »

« Quelle horrible pensée ! » réagit Gutrun. « Mais ce sont des païens, et tout est donc possible. »

« Ce sont plus que des païens, Duchesse », répondit Josua. « Ce sont des immortels. Nombre d'entre eux vivaient déjà avant qu'Usires Aédon ne foule les collines de Nabban. »

« Ils peuvent mourir », ajouta Einskaldir. « Je le sais. »

« Mais ils sont terribles », dit Isorn. Sa large charpente fut parcourue d'un frisson. « Maintenant, je sais que ce sont eux qui sont venus du nord lorsque nous étions prisonniers à Elvritshalla. Leur ombre même est glaciale, comme un vent de *Huelheim*, le pays des morts. »

« Un instant », reprit Josua. Tu viens de me faire penser à quelque chose. Isorn, tu m'as dit un jour que, lorsque tu étais captif, certains de tes compagnons avaient été torturés. »

« Oui. Je ne l'oublierai jamais. »

« Qui a fait ça ? »

« Les Rimmersleutes Noirs, ceux qui vivent dans l'ombre du Pic de l'Orage. Ils s'étaient alliés à Skali de Kaldskryke, mais, je crois vous l'avoir dit, je ne pense pas que les hommes de Skali aient obtenu ce qu'ils espéraient. À la fin, ils étaient presque aussi terrifiés que nous, leurs prisonniers. »

« Mais ce sont les Rimmersleutes Noirs qui vous ont torturés. Et les Norns ? »

Isorn réfléchit un instant, son large visage pensif. « Non... », dit-il lentement. « Je ne crois pas que les Norns aient eu quoi que ce soit à voir avec ça. Ils n'étaient que des ombres sombres dans des capes aux capuches relevées, qui allaient et venaient autour d'Elvritshalla. Ils paraissaient s'intéresser à très peu de choses ; du moins pour ce que j'en sais, mais je suis heureux de ne pas les avoir plus vus. »

« Donc », dit Josua, « il semble que les Norns ne sont pas intéressés par la torture. »

« Ça n'a pourtant pas l'air de les gêner », grommela Einskaldir. « Et Naglimund nous a prouvé qu'ils ne nous aimaient pas. »

« Pourtant, je continue de penser qu'ils ne nous auraient pas suivis si loin dans la forêt d'Aldhéorte par simple plaisir. » Le prince plissa le front et réfléchit. « J'ai du mal à imaginer une raison pour laquelle ils pourraient craindre un groupe aussi étriqué que le nôtre. Que pourraient-ils vouloir d'autre ? »

« Nous mettre en cage », bougonna Towser en frottant ses jambes endolories. La longue marche de ce jour avait été plus cruelle pour lui que pour quiconque, à l'exception de Sangfugol. « Nous faire danser devant leurs yeux. »

« Silence, vieil homme », lâcha Einskaldir d'un ton tranchant.

« Ne lui donne pas d'ordres », dit Isorn en adressant à Einskaldir un regard éloquent, ce qui était difficile dans la quasi-obscurité.

« Je pense que Towser a raison », articula Strangyeard, parlant comme à son habitude comme s'il s'excusait doucement.

« Que voulez-vous dire ? » demanda Josua.

Le maître des archives s'éclaircit la gorge. « Ce qu'il dit est tout à fait sensé », commença-t-il. « Pas qu'ils veuillent nous faire danser, je veux dire. » Il tenta de sourire. « Mais de nous mettre en cage. Ils essaient peut-être de nous capturer. »

Déornoth exulta. « Je crois que Strangyeard a raison ! Ils ne nous ont pas tués lorsqu'ils en ont eu l'occasion. Ils doivent vouloir nous prendre vivants. »

« Ou prendre *certains d'entre nous* vivants », précisa prudemment Josua. « C'est peut-être pour cette raison qu'ils ont tenté d'utiliser le cadavre de ce pauvre jeune piquier : pour se mêler à notre groupe en toute tranquillité, avant d'enlever discrètement l'un ou plusieurs d'entre nous. »

« Non. » L'excitation de Déornoth retomba d'un coup. « Sinon, pourquoi ne nous auraient-ils pas encerclés, alors qu'ils en avaient la possibilité ? Je me suis posé cette question un peu plus tôt, et je ne trouve toujours pas de réponse. »

« S'ils voulaient... capturer l'un d'entre nous », proposa Strangyeard, « alors ils craignaient peut-être qu'il ne fût tué en cas de combat. »

« Si c'est cela », dit la duchesse Gutrun, « alors ce n'est sûrement pas après moi qu'ils en ont. Je ne suis plus bonne à grand-chose, tant pour eux que pour moi-même. Ils veulent le prince Josua. » Elle fit le signe de l'Arbre sur sa poitrine.

« Bien sûr », dit Isorn en passant son large bras autour des épaules de sa mère. « Élias les a chargés de capturer Josua. Il vous veut vivant, Seigneur. »

Josua paraissait mal à l'aise. « Peut-être. Mais alors pourquoi nous décochent-ils maintenant des flèches ? » Il fit un signe du bras en direction de l'endroit où se reposait Sangfugol ; Vorzheva soutenait la tête du trouvère tout en lui faisant boire de l'eau. « Il me semble qu'ils prennent un plus grand risque encore de tuer leur cible par accident, maintenant que nous nous déplaçons. »

Personne ne trouva de réponse à cela. Mortifiés, ils restèrent assis longtemps, à écouter les bruits de la nuit humide.

« Attendez un instant », dit Déornoth. « Je crois que nous nous égarons. Quand avons-nous été attaqués par eux ? »

« Tôt le lendemain matin du soir où... où le jeune piquier est venu rejoindre notre feu », dit Isorn.

« Quelqu'un a-t-il été blessé ? »

« Non », répondit Isorn en y réfléchissant. « Mais nous avons eu bien de la chance dans notre fuite. Certaines des flèches ne sont pas passées loin. »

« L'une d'entre elles a emporté mon chapeau ! » ajouta plaintivement Towser. « Mon plus beau chapeau ! Perdu ! »

« Dommage que ça n'ait pas été ta plus belle tête », lâcha Einskaldir.

« Mais les Norns sont d'excellents archers », poursuivit Déornoth, sans s'inquiéter du Rimmersleute ni du vieux bouffon. « Et quand avons-nous essuyé une autre volée de flèches ? »

« Hier », répondit Isorn en agitant la tête. « Tu devrais le savoir. Gamwold mort, Sangfugol gravement blessé... »

« *Mais Gamwold n'a pas été tué par une flèche.* »

Toutes les têtes se tournèrent vers Josua. La voix du prince avait soudain pris une ampleur qui fit tressaillir Déornoth.

« Gamwold est tombé », reprit le prince. « Tous les membres de notre groupe qui ont été tués, à l'exception de Gamwold, doivent leur mort à notre combat avec les fouisseurs. Déornoth a raison ! Les Norns nous chassent depuis trois jours, trois journées entières, et nous ont décoché de nombreuses flèches. Sangfugol est le seul qui ait été touché. »

Le prince se releva, son visage quittant le cercle de lumière. Les autres pouvaient l'entendre marcher de long en large. « Mais pourquoi ? Pourquoi risquer une flèche à ce moment-là ? Nous étions en train de faire une chose qui les effrayait. De faire quelque chose... » Il s'interrompit. « Ou d'aller quelque part... »

« Que voulez-vous dire, Prince Josua ? » demanda Isorn.

« Nous obliquions vers l'est, vers le cœur de la forêt. »

« C'est vrai ! » réalisa Déornoth. « Nous avions toujours marché plein sud depuis que nous avions quitté la Percée, après Naglimund. Ce fut la première fois que nous avons tenté de nous diriger vers l'est, vers la partie la plus profonde de la forêt. Puis, quand Gamwold est tombé et que le trouvère a été blessé, nous avons battu en retraite et descendu la colline ; et nous longeons l'orée d'Aldhéorte en direction du sud depuis lors. »

« Ils nous mènent comme un troupeau », dit lentement Josua. « Comme des animaux. »

« Mais ils agissent ainsi parce que nous avons fait quelque chose qui les inquiétait, rappela Déornoth. Ils veulent nous empêcher de partir vers l'est. »

« Et nous ne savons toujours pas dans quel but », dit Isorn. « Nous mènent-ils vers des geôles ? »

« Plus probablement au carnage », reprit Einskaldir. « Ils veulent juste nous massacrer chez eux. Faire une fête. Inviter du monde. »

Étonnamment, Josua souriait lorsqu'il s'assit ; et la lumière du feu fit un instant briller ses dents.

« J'ai décidé », dit-il, « de décliner leur invitation. »

Une heure ou deux avant l'aube, le père Strangyeard s'approcha et tapa sur l'épaule de Déornoth. Déornoth avait entendu le maître des archives s'approcher dans l'obscurité, mais le contact d'une main sur son épaule le fit tout de même sursauter.

« Ce n'est que moi, Sire Déornoth », s'empressa de dire Strangyeard. « C'est mon tour de prendre la garde. »

« Ce n'est pas nécessaire. Je n'arriverai pas à dormir, de toute façon. »

« Eh bien, dans ce cas, peut-être que nous pouvons... que nous pouvons partager cette garde. Si ma conversation ne vous irrite pas. »

Déornoth sourit intérieurement. « Pas du tout, mon Père. Et vous n'avez pas besoin de m'appeler "Sire". Il est agréable d'avoir une heure ou plus de tranquillité... Nous avons eu si peu de calme, ces temps derniers. »

« Ce n'est pas plus mal, je suppose, que je ne monte pas la garde seul », dit Strangyeard. « Je ne vois plus très bien, vous savez, et c'est le seul œil qui me reste. » Il eut un petit rire gêné. « Il n'y a rien de plus effrayant que de voir les mots de mes livres adorés s'effacer un peu plus chaque jour. »

« Rien de plus effrayant ? » demanda doucement Déornoth.

« Rien. » La voix de Strangyeard était ferme. « Oh !, ce n'est pas que je ne craigne rien d'autre ; mais la mort, par exemple... eh bien, le Seigneur m'emportera lorsqu'Il saura qu'il est temps. Mais de passer mes dernières années dans l'obscurité, incapable de voir les écrits qui sont ma tâche sur cette terre... » L'archiviste s'interrompit, gêné. « Je suis désolé, Déornoth. Mon bavardage est futile ? C'est cette heure de la nuit. À Naglimund, je me levais souvent à cette heure-là, juste avant le lever du soleil... » Le prêtre fit une nouvelle pause. Les deux hommes pensèrent en silence à ce qui était arrivé à l'endroit où ils avaient vécu.

« Lorsque nous serons en sûreté, Strangyeard », annonça soudain Déornoth, « si vous ne pouvez plus lire, je viendrai lire pour vous. Mes yeux ne sont pas aussi rapides que les vôtres, pas plus que mon esprit, mais je suis aussi têtu qu'un cheval affamé. Je m'améliorerai avec de l'entraînement. Je lirai pour vous. »

L'archiviste soupira, puis se tut. « C'est trop aimable », dit-il un peu plus tard, « mais vous aurez des choses bien plus importantes à faire lorsque nous serons en sécurité et que Josua sera assis sur le grand trône d'Osten Ard, des questions bien plus graves que de lire pour un vieux brasseur de papier. »

« Non. Non, je ne crois pas. »

Ils restèrent assis longtemps à écouter le vent.

« Alors nous allons... nous allons filer vers l'est, aujourd'hui ? » demanda Strangyeard.

« Oui. Et je crois que ce plan va fortement déplaire aux Norns. Je crains que plusieurs d'entre nous ne soient blessés ou tués. Mais nous devons saisir notre destin à deux mains. Le prince Josua en est conscient, le Bon Dieu en soit remercié. »

Strangyeard soupira. « Vous savez, j'ai beaucoup réfléchi. Il est peut-être... peut-être ridicule de dire une telle chose, mais... » Il se tut.

« Quoi ? »

« Peut-être que ce n'est pas Josua qu'ils cherchent à capturer. Peut-être que... peut-être que c'est moi. »

« Père Strangyeard ! » Déornoth était stupéfait. « Et pourquoi cela ? »

Le prêtre baissa la tête, honteux. « Je sais que cela semble ridicule, mais je dois en parler. Voyez-vous, je suis celui qui a étudié le manuscrit de Morgénès traitant des Trois Grandes Épées, et je suis celui qui le porte encore maintenant. » Il tapota la poche de sa large robe. « Avec Jarnauga, j'ai fouillé et étudié, scruté et analysé, cherchant à deviner le sort de l'épée de Fingil, Minneyar. Maintenant qu'il est mort, eh bien !, je déteste donner l'impression de vouloir me mettre en valeur, mais... » Il tenait quelque chose de petit, qui se balançait au bout d'une chaîne et était à peine visible dans la lumière naissante. « Il m'a donné son Parchemin, l'insigne de sa Ligue. Peut-être que tout cela fait de moi un danger pour le reste du groupe. Peut-être que si je me livrais, ils vous laisseraient tous partir ? »

Déornoth s'esclaffa. « Si c'est vous qu'ils veulent garder en vie, mon Père, alors nous avons de la chance de vous compter parmi nous, parce que nous aurions sans cela déjà été levés et abattus comme des pigeons. N'allez surtout nulle part. »

Strangyeard ne semblait pas totalement convaincu. « Si vous le dites, Déornoth... »

« Je le pense. De plus, nous avons besoin de vos lumières plus encore que de tout ce que nous avons d'autre, à l'exception du prince lui-même. »

L'archiviste sourit timidement. « C'est très aimable. »

« Cela dit », poursuivit Déornoth, qui sentit son humeur s'assombrir, « si nous voulons survivre à la journée qui s'annonce, l'intelligence ne suffira pas, et nous aurons besoin d'énormément de chance. »

Après avoir passé quelque temps de plus assis avec l'archiviste, Déornoth décida de se trouver un endroit un peu plus confortable pour voler une petite heure de sommeil avant que l'aube ne vînt. Il donna un petit coup de coude à Strangyeard, dont la tête avait sombré sur la poitrine.

« Je vais vous laisser finir seul, mon Père. »

« Hummmm... ? Oh ! Oui, Sire Déornoth. » Le prêtre acquiesça vigoureusement, pour l'assurer de sa vigilance. « Certainement. Allez dormir. »

« Le soleil va bientôt se lever, mon Père. »

« Très bien. » Strangyeard sourit.

Déornoth ne fit que quelques douzaines de pas avant de trouver un endroit où s'allonger, un petit espace plat à l'abri d'un arbre mort. Un vent mordant courait sur le sol de la forêt comme s'il eût été à l'affût de corps chauds. Déornoth se pelotonna dans sa cape et tenta de trouver une position confortable. Après un laps de temps long et glacial, il réalisa qu'il était fort peu probable qu'il pût jamais trouver le sommeil. En maugréant doucement pour ne pas réveiller les autres, qui dormaient à proximité, il se releva et reboucla son ceinturon, puis repartit vers l'endroit où le Père Strangyeard montait la garde.

« C'est moi, mon Père », dit-il en franchissant les arbres qui bordaient la petite clairière. Il s'immobilisa, stupéfait. Un visage incroyablement blanc se tourna vers lui, en plissant les yeux. Strangyeard était effondré dans les bras de son attaquant vêtu de noir, endormi ou assommé. La lame d'un couteau qui ressemblait à l'épine d'une grande rose d'ébène était appuyée contre le cou découvert du prêtre.

À l'instant même où il se précipita en avant, Déornoth vit deux autres visages livides aux yeux en fente dans la pénombre de la nuit, qu'il désigna de leur ancien nom. « *Les Renards Blancs !* » cria-t-il. « *Les Norns ! On nous attaque !* »

Tout en hurlant, il frappa la forme à la peau pâle et tenta de l'immobiliser. Ils tombèrent à terre, entraînant l'archiviste avec eux, si bien que Déornoth fut un instant perdu dans un écheveau de bras et de jambes. Il sentit la chose chercher à l'atteindre, de ses bras fins pleins d'une force louvoyante. Des mains se saisirent de son visage et le repoussèrent en arrière, cherchant à dévoiler sa gorge. Déornoth lança le poing en avant, et toucha quelque chose d'aussi dur que l'os. Il fut récompensé par un cri de douleur strident. Il pouvait maintenant entendre des bruits et des cris dans les arbres alentour. Il se demanda brièvement si cela signifiait davantage d'ennemis, ou si ses amis s'étaient enfin réveillés.

Mon épée ! pensa-t-il. *Où est mon épée ?*

Mais elle était prisonnière de son fourreau, qui s'était entortillé dans son ceinturon. La lueur de la lune sembla soudain s'être fait lumière. Le visage blanc parut une nouvelle fois devant lui, les lèvres tirées en arrière, les dents découvertes comme un chien qui se noie. Les yeux qui étaient fixés sur les siens étaient aussi froidement inhumains que des galets marins. Déornoth tâtonna à la recherche de sa dague. Le Norn attrapa sa gorge d'une main ; son autre main, une confuse masse blanche, se leva en l'air, libre.

Il a un couteau ! Curieusement, Déornoth eut l'impression de flotter sur une large rivière, d'être emporté par un courant lent et généreux ; simultanément, son esprit était envahi d'une nuée de pensées affolées. *Que je sois damné ! J'ai oublié son couteau !*

Il observa durant un nouvel instant intemporel le Norn qui se dressait devant lui, ses minces traits éthérés, ses cheveux blancs arachnéens collés sur son front, ses fines lèvres tirées sur ses gencives rouges. Puis Déornoth balança sa tête en avant, enfonçant violemment son front dans le visage cadavérique. Avant même de sentir le premier choc, il se lança une deuxième fois en avant pour un nouvel impact. Une brume épaisse envahit tout son être. Les hurlements et le bruit du vent s'atténuèrent jusqu'à ne plus former qu'un vague murmure, et la lune se recouvrit d'un voile noir.

Lorsqu'il put de nouveau penser, il tourna les yeux, pour voir Einskaldir qui semblait être en train de nager vers lui, les deux bras tournant sans cesse, sa hache de guerre ne formant plus qu'un sillage brillant. La bouche du Rimmersleute était ouverte, comme s'il criait, mais Déornoth n'entendait pas le moindre bruit. Josua le suivait de peu. Les deux compagnons de Déornoth se jetèrent contre deux autres silhouettes qui se découpaient dans la pénombre. Les lames tournèrent et brillèrent, tranchant l'obscurité par la réflexion d'une bande de lumière lunaire. Déornoth voulait se lever pour aller les aider, mais un poids pesait sur lui, quelque étrange fardeau amorphe et inamovible. Il se débattit, se demanda si toutes ses forces l'avaient abandonné, jusqu'à ce que le fardeau tombât enfin, l'exposant à la morsure du vent.

Josua et Einskaldir s'agitaient toujours devant lui, leurs visages ressemblant à des masques effrayants dans la nuit bleue. D'autres silhouettes bipèdes commençaient à apparaître dans les ombres de la forêt, mais Déornoth était incapable de dire s'il s'agissait d'amis ou d'ennemis. Sa vision semblait avoir été obscurcie : il avait quelque chose dans les yeux, quelque chose qui le piquait. Il passa une main interrogatrice sur son visage. Celui-ci était humide et collant. Ses doigts, lorsqu'il les leva pour les exposer à la lumière, étaient noirs de sang.

Un long tunnel humide menait au bas de la colline. Un escalier étroit et éclairé par des torches la traversait, un demi-millier de marches moussues et usées par les siècles qui serpentaient à travers le cœur même de Sta Mirore, courant du château du comte Streàwe à un petit quai bien caché. Miriamélé devina que ce tunnel avait constitué la planche de salut de plus d'un noble, forcé à fuir ses quartiers majestueux dans la nuit parce que la paysannerie s'était à l'improviste ragaillardie, ou s'était soudain senti l'envie de débattre des droits des privilégiés.

Après cette longue descente qui leur avait laissé les pieds endoloris, et qu'ils avaient effectuée sous le regard vigilant de Lenti et d'un autre des serviteurs silencieux du comte, Miriamélé et Cadrach se retrouvèrent sur un petit ponton de pierre au-dessus duquel s'avançait une saillie rocheuse, les eaux ardoise du port s'étendant devant eux comme un tapis ébouriffé. À leurs pieds, une barque se balançait au bout de son amarre.

Quelques instants plus tard, Streàwe lui-même arriva par un autre chemin, porté le long des chemins sinueux de la colline, dans sa litière ouvragée aux rideaux tirés, par quatre hommes solides vêtus de tenues de marin. Le vieux comte portait une lourde cape et une écharpe de laine pour se prémunir du brouillard nocturne. Miriamélé trouva que la lumière jaunâtre de l'aube lui donnait l'air usé.

« Eh bien », dit-il, faisant signe à ses porteurs de le descendre au niveau de la plate-forme de pierre, « le temps de nous quitter semble venu. » Il eut un sourire chagrin. « Je regrette profondément de vous voir partir, et le fait que le vainqueur de Naglimund, Élias, votre père adoré, eût été capable de tant payer pour vous revoir n'en est pas la moindre des raisons. » Il agita la tête et toussa. « Mais je suis un homme honorable, et une dette impayée est un fantôme non absous, comme l'on dit ici, à Perdruin. Souhaitez le bonjour à mon ami lorsque vous le rencontrerez. Transmettez-lui mes salutations. »

« Vous ne nous avez pas dit qui était cet ami », dit nerveusement Miriamélé. « Celui à qui nous allons être livrés. »

Streàwe écarta le sujet d'un signe dédaigneux de la main. « S'il désire que vous appreniez son nom, il vous le dira lui-même. »

« Et vous voulez nous envoyer en pleine mer jusqu'à Nabban sur ce minuscule *isgbahta* », gronda Cadrach, « ...ce bateau de pêche ? »

« C'est à peine à un jet de pierre », répondit le comte. « Et, de toute façon, Lenti et Alespo seront là pour vous protéger des kilpas ou autres. » Il indiqua ses deux serviteurs d'un geste de sa main tremblante. Lenti mâchait quelque chose, l'air maussade. « Vous ne pensiez pas que j'allais vous y envoyer seuls, n'est-ce pas ? » Streàwe sourit. « Comment pourrais-je alors être certain que vous atteindrez mon ami et que ma dette sera honorée ? »

Il fit signe à ses porteurs de soulever la litière. Miriamélé et Cadrach furent menés vers le bateau qui tanguait, et se serrèrent tant bien que mal en proue.

« Miriamélé et Padréic, ne vous faites pas une idée trop cruelle de moi, je vous en prie », dit Streàwe en haussant la voix tandis que ses porteurs commençaient à remonter les marches glissantes. « Ma petite île doit maintenir un équilibre délicat ; un équilibre très délicat. Les ajustements semblent parfois cruels. » Il tira le rideau devant lui.

Celui que Streàwe avait appelé Alespo détacha l'amarre, et Lenti tendit sa rame pour éloigner le petit bateau de bois du ponton. Tandis qu'ils s'éloignaient lentement de la lumière des lanternes du quai, Miriamélé sentit son cœur s'alourdir. Ils allaient à Nabban, un endroit qui ne semblait lui réserver rien de bon. Cadrach, son seul allié, s'était montré maussade depuis leur réunion ; et comment Streàwe l'avait-il appelé ? Elle avait déjà entendu cela, mais où ? Quant à elle, on l'envoyait à quelque inconnu, ami du comte Streàwe, tel un pion dans une sorte d'étrange arrangement commercial. Et tout le monde, des nobles locaux au plus humble des paysans, semblait plus au fait de ses propres affaires qu'elle ne l'était elle-même. Sa situation pouvait-elle encore empirer ?

Miriamélé soupira de chagrin et de frustration.

Lenti, assis en face d'elle, se raidit. « Ne tentez rien de fâcheux », gronda-t-il. « J'ai un couteau. »

5

LA MAISON DE L'HOMME CHANTANT

Simon donna un grand coup dans la pierre froide du mur de la caverne. La douleur qui parcourut sa main lui procura une étrange satisfaction. « Par le sang d'Usires ! » jura-t-il. « Par le sang d'Usires !, Par le sang d'Usires sur l'Arbre ! » Il leva le bras pour frapper le mur encore une fois, mais préféra le laisser retomber sur son flanc, et enfonça furieusement ses ongles dans les jambes de ses chausses.

« Calme-toi, 'tit gars », dit Haestan. « On pouvait rien faire. »

« Je ne les laisserai pas le tuer ! » Il se tourna vers Haestan d'un air implorant. « Et Géloé a dit qu'il fallait que nous allions à la Pierre de l'adieu. Je ne sais même pas où c'est ! »

Haestan secoua tristement la tête. « Quoi qu'soit c'te pierre. J'ai pas compris un seul mot de c'que t'as dit depuis qu't'es tombé et qu'tu t'es cogné la tête c't'après-midi. Tu parles comme un lunatique enfiévré. Mais pour le troll et le Rimmersleute, à ton avis, qu'est-ce qu'on peut faire ? »

« Je n'en sais rien ! » aboya Simon. Il écarta sa main endolorie pour s'appuyer au mur de pierre. Le vent nocturne miaulait derrière la tenture qui fermait la cave. « Les libérer », dit-il enfin. « Les libérer tous les deux, Binabik et Sludig. » Les larmes qu'il avait longtemps retenues avaient soudain disparu. Il se sentit soudain déterminé et plein de force.

Haestan voulut répondre, puis s'interrompit pour réfléchir. Il observa les poings tremblants du garçon et la cicatrice livide qui lui barrait la joue. « Comment on va faire ? » demanda-t-il doucement. « À deux contre une montagne ? »

Simon le transperça du regard. « Il doit y avoir un moyen ! »

« Not' seule corde est dans l'sac de Binabik et les trolls l'ont pris. Y sont au fond d'un trou profond, 'tit gars. Avec des gardes autour. »

Après un long instant, Simon s'écarta et se laissa glisser pour s'asseoir sur le sol de la caverne. Il écarta le tapis de peau de mouton pour sentir le contact implacable de la roche.

« On ne peut pas simplement les laisser mourir, Haestan. On ne peut pas. Binabik a dit que les trolls les jetteraient du haut d'une falaise. Comment peuvent-ils... comment peuvent-ils être de tels démons ? »

Haestan s'accroupit et remua les braises de la pointe de son couteau. « J'connais pas les manières des païens et d'tous ces peup' là », dit le guerrier barbu. « C'est des gens étranges. Pourquoi y les emprisonnent et y nous laissent en liberté, sans mêm' nous prend' nos armes ? »

« Parce que nous n'avons pas de corde », répondit amèrement Simon. Il frissonna. Il commençait enfin à ressentir le froid. « De toute façon, même si on réussissait à tuer les gardes, à quoi cela servirait-il ? Ils nous jetteraient avec eux du haut de la falaise, et il ne resterait personne pour ramener Épine à Josua. » Il réfléchit. « Nous pourrions peut-être voler une corde ? »

Haestan parut dubitatif. « Dans l'obscurité, dans un endroit inconnu ? Ça servira qu'à alerter les gardes pour s'faire transpercer par des lances. »

« Malédiction et damnation ! Il faut qu'on fasse *quelque chose*, Haestan. Sommes-nous des lâches ? Nous ne pouvons pas nous contenter de regarder. » Un vent mordant se força un chemin à l'intérieur. Il serra ses bras autour de sa poitrine. « Je vais au moins trancher la petite tête pourrie du Pâtre. Après, ils pourront me tuer, tant pis. »

Le garde sourit tristement. « Ah, 'tit gars, tu dis des bêtises. T'as dit toi-même qu'y fallait ram'ner l'épée noire au prince Josua. » Il fit un signe du bras en direction d'Épine, enveloppée dans de la toile et posée contre le mur de la caverne. « Si l'épée est pas ram'née au prince, alors Ethelbearn et Grimmric s'ront morts pour rien. Ce s'rait une honte. Et puis trop d'espoirs, mêm' si y sont bien faibles, reposent sur ta lame. » Haestan gloussa. « D'tout'façon, 'tit gars, tu crois qu'ils en épargn'raient un si l'aut' tuait leur roi ? T'vas m'faire exécuter avec toi. » Il agita une nouvelle fois les braises. « Nan, t'es encor' bien vert et tu comprends pas l'monde. T'as pas fait la guerre comme moi, 'tit gars, t'as pas vu c'que j'ai vu. Est-ce que j'ai pas, moi, déjà perdu deux amis depuis qu'on est parti d'Naglimund ? Not' Bon Dieu garde sa justice et toutes ces choses-là pour le Jour de la Bien-Pesée. D'ici là, y faut qu'on s'débrouille nous-mêmes. » Il se penchait plus avant à mesure qu'avançait sa harangue. « Chacun doit tout l'temps faire de son mieux, mais c'qu'y s'passe est pas toujours juste, Simon... »

Il s'interrompit soudain, les yeux fixés sur l'entrée. Lorsqu'il vit l'expression de surprise sur le visage rond du soldat, Simon fit rapidement volte-face. Une silhouette avait franchi la peau tendue.

« La fille troll », dit Haestan dans un souffle, comme s'il allait déguerpir comme un faon effarouché. Les yeux de Sisqinanamook étaient écarquillés par l'appréhension, mais Simon vit également de la détermination dans la fermeté de sa mâchoire. Il eut l'impression qu'elle était prête à combattre plutôt qu'à fuir.

« Tu es venue triompher ? » demanda-t-il d'un ton furieux.

Sisqinanamook soutint fermement son regard. « Aider moi », dit-elle enfin.

« Elysia, mère de Dieu », dit Haestan, abasourdi, « elle peut parler ! »

La jeune fille troll sembla hésiter devant le puissant éclat de voix d'Haestan, mais ne recula pas pour autant. Simon, qui était toujours assis, se redressa jusqu'à être agenouillé devant elle. Même dans cette position, il restait plus grand que celle qui avait été la promise de Binabik.

« Vous parlez notre langue ? »

Elle l'observa un instant, comme ébahie, puis fit un signe de ses doigts croisés. « Un peu », dit-elle. « Un peu parler. Binabik montrer. »

« J'aurais dû m'en douter », reprit Simon. « Binabik n'a pas cessé d'essayer d'enfoncer des choses dans mon crâne depuis le jour où je l'ai rencontré. »

Haestan poussa un grognement. Simon fit signe à Sisqinanamook d'entrer. Elle s'éloigna doucement de la peau tendue et vint s'accroupir non loin de l'entrée, dos au mur. Un serpent des neiges sculpté en relief dans la pierre s'enroulait autour de sa tête comme le halo d'un saint.

« Pourquoi devrions-nous vous aider ? » demanda Simon. « Et vous aider à quoi, d'abord ? »

Elle le regarda d'un air interloqué. Il répéta sa question, plus lentement. « Aider Binbiniqegabenik », répondit-elle enfin. « Aider moi, aider Binabik. »

« Aider Binabik ? » siffla Haestan, surpris. « Pourquoi tu ferais ça ? C'est à toi qu'il doit tous ses problèmes ! »

« Comment ? » demanda Simon. « Aider Binabik comment ? »

« Partir », répondit Sisqinanamook. « Binabik partir Mintahoq. » Elle enfonça sa main sous son épaisse veste de peau. Une seconde, Simon craignit que ce ne fût un piège : elle avait peut-être compris assez de ce qu'ils avaient dit pour savoir qu'ils parlaient de sauver leur ami ; mais lorsque sa petite main réapparut, elle serrait un rouleau de fine corde grise. « Aider Binabik. Vous aider, moi aider. »

« Miséricordieux Aédon », s'exclama Simon.

Ils réunirent rapidement toutes leurs possessions, jetant tout ce qui leur appartenait dans deux sacs sans plus s'inquiéter du désordre. Lorsqu'ils eurent terminé et eurent enfilé leurs capes doublées de fourrure, Simon se dirigea vers le coin de la pièce dans lequel reposait Épine, objet, comme l'avait rappelé Haestan, de bien des espoirs, vains ou pas. Dans la faible lumière du feu, elle n'était qu'un trou en forme d'épée dans les fourrures qui la ceignaient. Simon posa ses doigts sur sa surface froide, en se souvenant de ce qu'il avait ressenti en la soulevant devant la charge d'Igjarjuk. Un instant, elle sembla se réchauffer au contact de sa main.

Quelqu'un lui tapota l'épaule.

« Non, pas tuer », dit Sisqinanamook. Les sourcils froncés, elle indiqua l'épée d'un geste de la main, puis lui tira doucement le bras. Simon passa la main autour de la poignée enveloppée de corde d'Épine et tira : elle était trop lourde pour qu'il pût la soulever sans se servir de ses deux mains. Tout en se relevant difficilement, il se tourna vers la jeune fille troll.

« Je ne l'emmène pas pour tuer qui que ce soit. Mais ceci est la raison pour laquelle nous avons escaladé la montagne-dragon. Pas tuer. »

Elle le fixa des yeux, puis acquiesça.

« Laisse-moi la porter, 'tit gars », dit Haestan. « Je suis reposé. »

Simon ravala une réplique cinglante et le laissa emporter l'épée. Elle ne semblait pas plus légère dans les mains du puissant soldat, mais pas plus lourde non plus. Haestan fit passer l'épée par-dessus sa tête, puis fit soigneusement glisser sa masse noire dans deux épaisses boucles de son sac.

Ce n'est pas mon épée, se morigéna Simon. *Je le savais déjà. Et Haestan a raison de la prendre : je suis trop faible*. Il laissa errer ses pensées. *Ce n'est l'épée de personne. Elle a appartenu à Sire Camaris, mais il est mort. Et elle semble presque avoir son propre esprit...*

Eh bien, si Épine désirait quitter cette montagne maudite de Dieu il lui faudrait descendre avec eux.

Ils éteignirent le feu et franchirent sans bruit la peau qui servait de porte. L'air glacial de la nuit provoqua de violents élancements dans le crâne de Simon. Il s'arrêta devant l'entrée de la cave.

« Haestan », murmura-t-il, « il faut que tu me promettes quelque chose. »

« Quoi, 'tit gars ? »

« Je ne me sens pas... très fort. Où que l'on aille, c'est encore très loin. Et dans la neige. Alors s'il m'arrive quelque chose... » Il hésita un moment. « S'il m'arrive quelque chose, s'il te plaît, enterrez-moi dans un endroit chaud. » Il frissonna. « J'en ai assez d'avoir froid. »

Un instant, Simon eut l'embarrassante impression qu'Haestan allait peut-être pleurer. Le visage barbu du soldat se déforma en une étrange grimace tandis qu'il se penchait pour regarder Simon de plus près. Tout de suite après il sourit, bien que cette expression eût semblé un peu forcée, et passa son bras d'ours autour des épaules tremblantes de Simon. « Eh ben, 'tit gars, faut pas s'en faire comme ça », chuchota-t-il. « Sûr, ça va êt' une longue marche, et y va faire froid, mais ce s'ra pas aussi dur que tu l'crois. On va tous s'en sortir. » Haestan jeta un coup d'œil à Sisqinanamook, qui les observait impatiemment depuis le porche à l'extérieur de la caverne. « Jiriki nous a laisse des ch'vaux », souffla-t-il dans l'oreille de Simon, « au pied de la montagne, à l'abri dans une caverne. Y m'a dit où y sont. Alors n'aie pas peur, 'tit gars, n'aie pas peur. Où qu'on aille, avec les ch'vaux, c'est d'jà moins loin ! »

Ils s'engagèrent sur la dalle de pierre, plissant les yeux pour lutter contre le vent féroce qui mordait le flanc de Mintahoq tel un rasoir. La brume avait disparu. Une fine tranche de lune jaune semblable à l'œil d'un chat dardait son regard sur la montagne et la vallée recouverte d'un manteau d'ombre. Peinant sous leur lourde charge, ils obliquèrent pour suivre la petite tache sombre qu'était Sisqinanamook.

Leur progression le long de Mintahoq fut longue et silencieuse, rendue plus pénible encore par les bourrasques de vent. À peine avait-il parcouru quelques centaines de pas que Simon avait déjà ralenti. Comment allait-il pouvoir descendre jusqu'en bas de la montagne ? Et pourquoi n'arrivait-il pas à se débarrasser de cette maudite fatigue ?

La jeune troll leur fit enfin signe de s'arrêter, puis les dirigea vers une crevasse à l'écart du chemin et cachée dans l'ombre. Il leur fut difficile de s'y glisser, principalement à cause de leurs sacs imposants, mais avec l'aide des petites mains de Sisqinanamook, ils réussirent finalement à se faufiler. Un instant plus tard, elle avait disparu. Ils restèrent là, coincés, à observer leur souffle emplir la bouche de la crevasse, qui brillait sous la lumière de la lune.

« Qu'est-ce tu crois qu'elle fait ? » chuchota finalement Haestan.

« Je ne sais pas. » Simon était heureux de simplement pouvoir s'appuyer à la roche. Abrité du vent, il eut soudain l'impression de bouffées de chaleur et de vertiges. La Flèche Blanche que lui avait donnée Jiriki lui piquait l'épine dorsale à travers la toile épaisse de son sac.

« On est pris comme des lapins, y'a pas à s'tromper... » commença Haestan, mais un bruit de voix sur le chemin le fit se taire. Lorsque les voix se firent plus proches, Simon retint sa respiration et s'efforça de ne plus la relâcher.

Trois trolls qui avançaient d'un pas lourd le long de la piste et discutaient dans leur langue gutturale passèrent devant la crevasse en laissant négligemment traîner le bas de leur lance acérée le long de la roche. Tous trois portaient un bouclier de peau étirée. Une corne de bélier se balançait à la ceinture de l'un d'eux ; Simon ne douta pas un instant qu'un seul appel de cet instrument pût faire accourir une nuée de trolls bien armés qui se précipiteraient hors de leurs caves comme des fourmis hors d'une fourmilière piétinée.

Celui qui portait la corne dit quelque chose et le groupe fit halte devant leur cachette. Simon se fit violence pour ne plus respirer et sentit sa tête tourner. Quelques instants plus tard, les trolls s'esclaffèrent tandis que l'histoire se terminait, puis reprirent leur marche le long du flanc de la montagne. Le murmure de leur conversation ne tarda pas à disparaître.

Simon et Haestan attendirent longtemps avant d'oser regarder par l'ouverture. La piste, baignée par la lune, s'étendait des deux côtés, déserte. Haestan se faufila à travers l'étroite entrée, puis aida Simon à émerger.

La lune avait maintenant dépassé l'ouverture de la fosse, replongeant les prisonniers dans une obscurité presque totale. Sludig respirait doucement, mais ne dormait pas. Binabik était étendu sur le dos, ses courtes jambes étendues, et observait l'avancée des étoiles tandis que le vent s'engouffrait bruyamment en bourrasques dans l'ouverture de leur prison.

Une tête apparut au bord de la fosse. Un instant plus tard, un rouleau de corde siffla d'en haut, et son extrémité vint frapper le sol de pierre. Binabik se raidit mais ne se leva pas, et fixa intensément des yeux la silhouette obscure au-dessus de lui.

« Quoi ? » gronda Sludig dans l'obscurité. « Ils n'attendent même pas l'aube, dans ces lieux barbares ? Doivent-ils nous tuer à minuit pour dissimuler leurs crimes aux yeux du soleil ? Mais Dieu le saura tout de même. » Il tendit la main et tira sur la corde. « Et pourquoi devrions-nous grimper ? Restons assis ici. Peut-être qu'ils enverront quelques gardes nous chercher. » Le Rimmersleute eut un gloussement mauvais. « Alors je briserai quelques nuques. Au moins, qu'ils aient à nous transpercer de leurs lances dans notre antre, comme des ours. »

« *Par les yeux de Qinkipa !* » siffla une voix en langue troll. Binabik s'assit d'un bond. « *Attrape la corde pauvre idiot !* »

« *Sisqi?* » lâcha Binabik, abasourdi. « *Qu'es-tu donc en train de faire?* »

« *Une chose que je ne me pardonnerai jamais; mais je ne me pardonnerai pas non plus de ne pas l'avoir faite. Alors tais-toi et grimpe à cette corde!* »

Binabik tira quelques petits coups circonspects sur la corde. « *Mais comment peux-tu la tenir? Il n'y a aucun moyen de l'attacher et le bord est glissant.* »

« À qui parles-tu ? » demanda Sludig, déconcerté par l'échange en langue qanuqe.

« *Nous avons des alliés* » répondit doucement Sisqinanamook. « *Grimpe! Les gardes seront de retour lorsque Sedda touchera le pic de Sikkihoq.* »

Binabik, après s'être rapidement expliqué, laissa grimper Sludig. Le Rimmersleute, affaibli par son emprisonnement, se hissa lentement jusqu'au sommet et, le rebord franchi, disparut dans l'obscurité; mais Binabik ne prit pas sa suite.

Sisqi apparut une fois encore par-dessus le bord. « *Dépêche-toi avant que je ne regrette ma stupidité! Grimpe!* »

« *Je ne le puis. Je ne fuirai pas la justice de mon peuple.* » Binabik s'assit.

« *Es-tu fou? Que veux-tu dire? Les gardes seront bientôt de retour!* » Sisqi ne pouvait dissimuler la peur dans sa voix. « *Tu vas faire tuer tous tes amis Bassesterres avec tes absurdités.* »

« *Non, Sisqi, emmène-les. Aide-les à fuir. Tu auras toute ma gratitude. Tu l'as déjà.* »

Elle tressauta sur place, tremblante de colère. « *Ah!, Binabik, tu es une malédiction pour moi! D'abord tu m'humilies devant notre peuple, et maintenant tu délires du fond d'un trou! Sors de là! Sors!* »

« *Je ne briserai pas un autre serment.* »

Sisqinanamook regarda la lune. « *Qinkipa Vierge des Neiges aide-moi! Binbiniqegabenik, pourquoi es-tu si têtu? Veux-tu mourir pour simplement prouver que tu as raison?* »

Aussi étonnant que cela paraisse, Binabik commença à rire. « *Veux-tu me sauver pour simplement prouver que j'ai tort?* »

Deux autres têtes apparurent par-dessus le bord de la fosse. « Malédiction, troll! » gronda Sludig. « Qu'est-ce que tu attends? Es-tu blessé ? » Le Rimmersleute s'agenouilla, comme s'il se préparait à redescendre le long de la corde.

« Non ! » s'exclama Binabik en westerlien. « Ne restez pas en attente pour moi. Sisqinanamook peut vous emmener dans un endroit de sûreté où vous pourrez débuter votre descente de la montagne. Vous avez la possibilité d'être hors des limites d'Yiqanuc au lever du soleil. »

« Qu'est-ce qui te retient ici ? » demanda Sludig, surpris.

« J'ai été condamné par mon peuple », répondit Binabik. « J'ai brisé mon serment. Je ne veux pas le briser une deuxième fois. »

Sludig grommela de surprise et de colère.

La forme sombre à ses côtés se pencha en avant. « Binabik », dit la silhouette, « c'est moi, Simon. Nous devons partir. Nous devons trouver la Pierre de l'Adieu. Géloé l'a dit. Nous devons emmener Épine là-bas. »

Binabik rit de nouveau, mais d'un rire forcé. « Et sans moi, pas de départ, pas de Pierre de l'Adieu ? »

« Oui ! » Le désespoir de Simon était maintenant perceptible. Ils n'avaient plus beaucoup de temps. « Nous ne savons pas où elle se trouve ! Géloé a dit que tu devais nous y amener ! Naglimund est tombée. Nous sommes peut-être le seul espoir de Josua, et le seul espoir de ton peuple ! »

Binabik, assis au fond de la fosse, réfléchit en silence. Après un court instant, il saisit la corde pendante et commença à escalader la paroi lisse. Lorsqu'il atteignit le sommet, il roula par-dessus le bord et tomba dans les bras de Simon qui l'étreignit violemment. Sludig tapota le petit homme sur l'épaule, un signe amical qui renvoya presque le troll au fond du trou. Haestan se dressait non loin, des nuages de vapeur s'échappant régulièrement de sa barbe, et enroulait rapidement la corde de ses mains puissantes.

Binabik s'écarta de Simon. « Tu n'as pas l'air en forme, mon ami. Ta santé est troublée par tes blessures. » Il soupira. « Ah ! cela est cruel. Je ne peux vous abandonner à la merci de mon peuple, mais je n'ai pas le désir de briser un autre serment. Je ne sais pas ce que je dois faire. » Il se tourna vers la quatrième silhouette. « *Ainsi* », dit-il en langue troll, « *tu m'as sauvé; ou du moins tu as sauvé mes compagnons. Pourquoi as-tu changé d'avis ?* »

Sisqinanamook le dévisagea, les bras serrés contre elle-même. « *Je ne suis pas certaine de l'avoir fait* », répondit-elle. « *J'ai entendu ce qu'a dit l'être étrange à la mèche blanche* », elle fit un signe en direction de Simon, qui les observait dans un silence perplexe, « *et il y avait un accent de vérité dans ses paroles. Je veux dire, je crois qu'il y avait vraiment quelque chose que tu as jugé plus important même que notre serment.* » Elle rougit. « *Je ne suis pas une idiote sentimentale qui te pardonnerait n'importe quoi, mais je ne suis pas non plus un démon vengeur. Tu es libre. Maintenant, pars.* »

Binabik eut un mouvement de gêne. « *Cette chose qui m'a gardé loin de toi* », dit-il, « *n'a pas d'importance que pour moi, mais pour tout le monde. Un terrible danger se profile. Il n'y a qu'une infime chance de résister, mais même un si faible espoir doit être préservé.* » Il baissa les yeux un instant, puis les releva et soutint ardemment son regard. « *Mon amour pour toi est aussi solide que le squelette rocheux de ces montagnes. Il en a été ainsi depuis la première fois que je t'ai vue, le jour de ta Marche de l'Âge de Femme, aussi belle et gracieuse qu'une loutre des neiges sous les étoiles du Mont Chugik. Mais même pour cet amour, je ne puis rester indifférent et laisser le monde entier flétri par un éternel hiver de ténèbres.* » Il la prit par le bras. « *Maintenant, dis-moi : que vas-tu faire, Sisqi ? Tu as renvoyé les gardes, puis les prisonniers se sont échappés. Tu pourrais tout aussi bien marquer la neige de la rune de ton nom.* »

« *Cela est une affaire entre moi et mon père et ma mère* », dit-elle d'un ton furieux en dégageant son bras d'un geste vif. « *J'ai fait ce que tu voulais. Tu es libre. Pourquoi gâches-tu ta précieuse liberté à essayer de me convaincre ? Pourquoi me jeter Chugik au visage ? Pars !* »

Sludig ne parlait pas leur langue, mais il comprit le geste de Sisqi. « Si elle veut que nous partions, Binabik, alors elle a raison ! Aédon ! Nous devons faire vite ! »

Binabik fit un signe de la main. « Partez, je vous rejoindrai avec prompteté. » Aucun de ses amis ne bougea, tandis qu'il se retournait de nouveau vers sa promise. « *Je vais rester* », dit-il. « *Sludig est innocent, et tu as été d'une grande gentillesse de l'aider, mais je vais rester et honorer la volonté de mon peuple. J'ai déjà fait ma part dans le combat contre le Roi de l'Orage...* » Il jeta un coup d'œil vers l'ouest, où la lune venait d'entrer dans une masse de nuages aussi noirs que l'encre. « ... *et d'autres devront maintenant porter ce fardeau. Viens, que nous entraînions tous deux les gardes à notre poursuite, afin que mes amis puissent s'échapper.* »

Une expression apeurée se lut sur le visage rond de Sisqi. « *Maudit sois-tu, Binbiniqegabenik, qu'attends-tu pour fuir ? Je ne veux pas te voir mort !* » Des larmes de colère se formaient dans ses yeux. « *Voilà, tu es content ? Mes sentiments pour toi sont intacts, même si tu as brisé mon cœur en mille fragments !* »

Binabik s'avança vers elle et la prit par les bras, la ramenant contre lui. « *Alors viens avec moi !* » dit-il, sa voix soudain chargée de folles éventualités. « *Je ne veux pas que nous soyons séparés une nouvelle fois. Fuis et viens avec moi, et que mon serment soit brisé et maudit ! Tu pourras voir le monde ; même en ces temps ténébreux, il y a des choses au-delà de nos montagnes qui t'émerveilleront !* »

Sisqi s'écarta et tourna le dos. Elle paraissait être en train de pleurer.

Après un long moment, Binabik se tourna vers les autres. « Quoi que soient mes actes futurs », dit-il en westerlien, un étrange et fragile sourire sur le visage, « que je reste ou que je parte, que je fuie ou que je combatte, c'est en premier dans la cave de mon maître que nous devons aller. »

« Pourquoi ? » demanda Simon.

« Nous n'avons pas mes osselets de présage et d'autres choses. Ils ont avec certaineté été jetés dans la cave que je partageais avec Ookequk mon maître, parce que mon peuple n'oserait pas détruire des choses qui ont été la possession de l'Homme Chantant. Mais la plus grande importance est que, si je ne lis pas les parchemins, alors il n'y a pas de chance que je trouve votre Pierre de l'Adieu. »

« Alors allons-y, troll », gronda Haestan. « Je sais pas comment ton amie a écarté les gardes, mais y vont certainement rev'nir. »

« Tu as raison. » Binabik adressa un signe à Simon. « Viens, ami Simon. Nous devons encore une fois courir. Il y a l'apparence que ceci est dans la nature de notre amitié. » Il fit un geste en direction de la jeune fille troll. Elle s'avança sans un mot, et leur ouvrit la voie.

Ils reprirent le chemin par lequel ils étaient venus; mais, après quelques douzaines de toises, Sisqi s'en écarta soudain et s'engagea sur une piste si étroite qu'elle eût été difficile à remarquer même en plein jour, un mince défilé qui partait en biais et s'élevait abruptement à travers le flanc épais de Mintahoq. C'était à peine plus qu'une fente entre les rochers, et bien que les prises fussent nombreuses, leur avancée fut incroyablement lente dans l'obscurité quasi totale. À de nombreuses reprises, les tibias bottés de Simon heurtèrent violemment la pierre.

La piste les mena plus haut, croisant par deux fois les circonvolutions du chemin principal, puis obliqua fortement, sans cesser de grimper. La pâle Sedda glissait dans le ciel en direction de la sombre masse de l'un des voisins de Mintahoq, poussant Simon à se demander s'ils verraient encore lorsque la lune aurait disparu. Il glissa, agita les bras jusqu'à retrouver son équilibre, et se souvint alors promptement qu'ils escaladaient un sentier étroit sur le flanc d'une très sombre montagne. Agrippé à une prise, Simon s'immobilisa et ferma les yeux, se permettant un instant de réelle obscurité tout en écoutant la respiration haletante d'Haestan derrière lui. Il ressentait toujours la faiblesse qui le troublait depuis son arrivée à Yiqanuc. Il serait tellement agréable de s'allonger et de dormir; mais c'était un vain espoir. Après quelques instants, il fit le signe de l'Arbre et se remit en marche.

Ils atteignirent enfin un espace plat, un porche menant à une petite cave un peu en retrait d'une profonde crevasse dans le flanc de la montagne; Simon trouva qu'il y avait quelque chose de familier dans la lueur de la lune et la forme des rochers. Juste au moment où il réalisait que Qantaqa l'avait une fois mené à travers l'obscurité jusqu'à cet endroit, une forme gris blanc surgit de la bouche de la cave.

« *Sosa*, Qantaqa ! » appela doucement Binabik; une seconde plus tard, il était renversé par une avalanche de fourrure. Ses compagnons attendirent un moment, embarrassés, tandis que le troll se faisait laver par la langue fumante de la louve. « *Muqang*, amie », réussit-il enfin à dire. « Assez ! Je suis certain que tu as gardé la maison d'Ookequk avec bravoure. » Il se releva avec difficulté tandis que Qantaqa reculait, son corps tout entier tremblant de bonheur. « Il y a un plus grand danger dans l'accueil de mes amis que dans les lances de mes ennemis », ajouta Binabik en souriant. « Nous devons aller dans la cave avec célérité. Sedda s'approche de l'ouest. »

Il y entra debout, suivi par Sisqi. Simon et les autres durent se baisser pour passer l'entrée. Qantaqa, déterminée à ne pas être abandonnée dehors, se fraya vivement un chemin entre les jambes de Simon et celles d'Haestan, les renversant presque.

Ils restèrent un moment dans une obscurité lourde de l'odeur de Qantaqa et de nombreuses autres odeurs plus étranges. Binabik tira des étincelles de ses pierres jusqu'à ce qu'une petite fleur de feu jaune apparût enfin, et s'épanouît au sommet d'une torche gorgée d'huile.

La cave de l'Homme Chantant était un endroit assez singulier. Si l'entrée était basse, le plafond courbe s'élevait lui très haut au-dessus de leurs têtes, jusqu'à des ombres que la torche ne pouvait disperser. Comme dans une ruche, les murs étaient recouverts d'un millier d'alcôves qui semblaient avoir toutes été creusées dans la pierre de la caverne. Dans chaque niche se trouvait quelque chose. Dans l'une ne se trouvaient que les restes séchés d'une unique petite fleur, tandis que d'autres débordaient de bâtonnets et de pierres ou de pots scellés. Mais la plupart d'entre elles contenaient des peaux enroulées, certaines si remplies que des rouleaux pendaient à moitié hors de leur niche, telles les mains implorantes de mendiants.

La semaine passée en ces lieux par Qantaqa avait laissé des traces. Au milieu du sol, près du cercle de pierre dans lequel on avait visiblement très longtemps fait du feu, se trouvaient les restes de ce qui avait été une complexe image circulaire, faite entièrement de petites pierres de couleurs. La louve s'en était apparemment servie pour se gratter le dos, car le dessin portait des marques distinctives, celles de s'être fait rouler dessus. N'étaient plus visibles qu'une partie du bord recouvert de runes, et un bout de quelque chose de blanc sous un ciel empli d'étoiles rouges tournoyantes.

De nombreux autres objets portaient les marques de l'intérêt de Qantaqa. Elle avait tiré une grande pile de robes jusqu'au fond de la cave, et avait empilé les vêtements de façon à en faire un nid douillet digne d'une louve. À côté de cette litière se trouvaient divers objets mâchonnés, comprenant en particulier les restes de plusieurs rouleaux de peau, dont les fragments étaient recouverts d'une écriture que Simon ne connaissait pas, et le bâton de Binabik.

« Mon souhait aurait été que tu trouves quelque chose d'autre à mâcher, Qantaqa », dit le troll tout en les ramassant, les sourcils froncés. La louve inclina la tête sur le côté et gémit tristement, puis s'approcha de Sisqi, qui inspectait le contenu de l'une des alcôves ; celle-ci repoussa négligemment la large tête de la louve. Qantaqa s'affala par terre et commença à se gratter tristement. Binabik approcha son bâton de la lueur de la torche. Les marques de morsure n'étaient pas profondes.

« Des mâchouillages pour le réconfort de l'odeur de Binabik plus qu'autre chose », sourit le troll. « C'est une grande chance. »

« Qu'est-ce que tu cherches ? » le pressa Sludig. « Nous devons partir tant que la nuit est encore noire. »

« Oui, tu parles avec vérité », répondit Binabik en glissant son bâton dans sa ceinture. « Viens, Simon. Aide-moi à faire ma recherche avec célérité. »

Avec l'aide d'Haestan et de Sludig, Simon tira les parchemins des niches que Binabik lui-même ne pouvait atteindre. Tous étaient faits de peau finement battue, et étaient à tel point huilés qu'ils en étaient gras au toucher ; les runes qui les recouvraient avaient été directement empreintes dans la peau comme avec un fer rouge. Simon les passait l'un après l'autre à Binabik, qui les parcourait rapidement avant de les rejeter sur les nombreuses piles qui s'amoncelaient rapidement.

En observant le grand nid d'abeille de pierre et tous les parchemins, Simon s'émerveilla du travail colossal qu'avait dû nécessiter la création d'une telle bibliothèque, car c'est bien de cela qu'il s'agissait, réalisa-t-il soudain : une bibliothèque, au même titre que les archives de Naglimund, ou l'étude de Morgénès emplie de forts volumes, même si les livres étaient ici des rouleaux de peau transcrits au feu plutôt qu'à l'encre.

Le tri terminé, Binabik avait devant lui une pile d'une douzaine de manuscrits qui semblaient l'intéresser. Il les déroula tous et les réunit en un seul et lourd rouleau ; il glissa alors ce bloc dans son sac, qu'il avait retrouvé près de l'entrée de la cave.

« Nous pouvons partir, maintenant ? » demanda Sludig. Haestan se frottait les mains l'une contre l'autre pour les réchauffer. Il avait ôté ses gants pour tirer plus facilement les parchemins.

« Dès que nous aurons achevé la remise de tout ceci dans les trous. » Le troll indiqua d'un geste du bras les piles de rouleaux épars.

« T'es fou ? » s'exclama farouchement Haestan. « Pourquoi on perdrait un temps précieux à faire ça ? »

« Parce que ce sont des choses précieuses et rares », répondit calmement Binabik, « et que si nous les laissons sur le sol froid, elles seront bientôt gâchées avec totalité. "Celui qui ne rentre pas son troupeau le soir offre la viande de mouton avec gratuité", dit-on chez nous, les Qanucs. Cela ne prendra qu'un petit moment. »

« Par not' foutu Arbre », jura Haestan. « Aide-moi, 'tit gars Simon », grommela-t-il, « sinon on s'ra encore là à l'aube. »

Binabik conseilla Simon dans la manière de remplir les niches les plus hautes. Sludig les observa un moment avec impatience avant de se joindre à eux. Sisqi, qui avait jusqu'ici mené sa propre fouille à travers les alcôves jusqu'à amasser sa propre liasse de parchemins, qu'elle avait roulée et glissée sous sa veste de peau, se tourna soudain et appela rapidement en qanuc. Binabik la rejoignit et écarta une pile de fourrures emmêlées pour se dresser à ses côtés.

Elle exhibait un rouleau fermé par une lanière de cuir noir. La cordelette était non seulement enroulée autour du parchemin, mais enserrait également ses extrémités. Binabik le lui prit, et porta deux doigts à son front en ce qui semblait être un geste de respect.

« Ceci est le nœud d'Ookequk », dit-il doucement à Simon. « Il y a nullité de doute pour cela. »

« Mais ceci est aussi la cave d'Ookequk, non ? » répondit Simon, décontenancé. « Alors qu'y a-t-il d'étonnant dans un nœud ? »

« Parce que ce nœud dit que c'est une chose de grande importance », expliqua Binabik. « Et c'est avec égalité de surprise une chose que je n'ai jamais vue : une chose qui m'a été cachée ou qui a été réalisée par mon maître juste avant le départ du voyage durant lequel il est mort. Et ce nœud, j'en ai la croyance, n'était utilisé que pour des choses de grand pouvoir, des messages ou des sorts réservés à certains yeux avec distinctеté. » Il passa une nouvelle fois ses doigts sur le nœud, le front plissé par la concentration. Sisqi observait le parchemin, les yeux brillants.

« Eh ben c'est l'dernier d'ces maudits rouleaux », dit Haestan. « Si tu l'veux, p'tit homme, emporte-le. Mais on n'a p'us d'temps à perdre. »

Binabik hésita un instant, caressant tendrement le nœud tout en observant une fois encore la caverne, puis glissa le parchemin scellé dans sa manche. « Il est temps », acquiesça-t-il. Il fit un signe aux autres en direction de l'entrée de la caverne, et éteignit la torche dans un creux du sol lorsqu'il sortit à leur suite.

Les compagnons du troll s'étaient immobilisés sur le porche, blottis les uns contre les autres devant la cave comme un troupeau de moutons tourmentés par le vent. Sedda, la lune, avait finalement disparu à l'ouest, derrière Sikkihoq, mais la nuit s'était soudain illuminée.

Une large troupe de trolls avançait sur eux. Le visage sinistre sous leur capuche, lance et torche en main, ils s'étaient déployés autour de la cave d'Ookequk et barraient maintenant le chemin des deux côtés. Malgré leur nombre, les trolls étaient à tel point silencieux que Simon pouvait entendre le sifflement des flammes de leurs torches plus distinctement que le moindre bruit de pas.

« Par les Osselets de Chukku ! » souffla Binabik d'un ton lugubre. Sisqi recula pour prendre son bras, les yeux écarquillés dans la lumière des torches, le visage tendu.

Uammannaq le Pâtre et Nunuuika la Chasseresse menèrent leurs béliers plus avant. Ils étaient tous deux vêtus de bottes et de robes ceintes. Leurs cheveux noirs flottaient librement, comme s'ils s'étaient habillés à la hâte. Tandis que Binabik s'avançait pour se porter à leur rencontre, des trolls armés se glissèrent derrière lui et entourèrent ses compagnons d'une haie de lances. Sisqinanamook franchit ce mur pour le rejoindre, et se dressa à ses côtés, le menton fièrement levé en signe de défi. Uammannaq évita le regard de sa fille, préférant fixer Binabik des yeux.

« *Ainsi, Binbiniqegabenik* », dit-il, « *tu refuses d'accepter la justice et le jugement de ton peuple? J'avais une meilleure opinion de toi, malgré ta basse extraction.* »

« *Mes amis sont innocents* », répondit Binabik. « *J'ai retenu votre fille en otage jusqu'à ce que le Rimmersleute ait rejoint les autres en lieux sûrs.* »

Nunuuika fit avancer son bélier jusqu'à ce qu'il fût au niveau de la monture de son époux. « *Accorde-nous s'il te plaît un minimum de sagesse, Binabik, même si nous n'avons ni l'un ni l'autre l'intelligence qui était celle de ton maître. Qui a éloigné les gardes?* » Son regard se détourna vers Sisqi. Le visage de la Chasseresse était froid, mais laissait deviner une certaine fierté. « *Ma fille, j'ai pensé que tu étais folle lorsque tu as décidé que tu épouserais cette graine de sorcier. Aujourd'hui... Je peux au moins dire que tu es une folle fidèle.* » Elle se tourna vers Binabik. « *Ne crois pas que le fait d'avoir réussi une deuxième fois à séduire ma fille te permettra d'échapper à ta condamnation. La Maison de Glace n'a pas fondu. L'Hiver a tué le Printemps. Le Rite de la Vivification n'a pas été chanté, et en lieu de cela, tu es revenu avec des histoires insensées. Maintenant tu prépares des sorts diaboliques dans la cave de ton maître que ta louve dressée a gardée pour toi.* » Nunuuika était la proie d'une fureur grandissante. « *Tu as été jugé, Parjure! Tu iras aux falaises de glace du Gouffre d'Ogohak, et tu seras jeté dans le vide!* »

« *Ma fille, va immédiatement dans ta caverne* », gronda Uammannaq. « *Tu as causé grand tort.* »

« *Non!* » Le cri de Sisqi souleva un vif émoi dans la foule des trolls qui les observaient. « *J'ai écouté mon cœur, c'est vrai, mais j'ai aussi écouté la voix de la sagesse que j'ai pu acquérir. La louve nous a interdit l'entrée de la cave d'Ookequk, mais ce ne fut pas au bénéfice de Binbiniqegabenik.* » Elle tira le parchemin noué d'une lanière de la manche de Binabik et le brandit devant elle. « *Voici ce que j'y ai trouvé. Aucun d'entre nous n'a pensé à aller voir ce que Ookequk avait laissé derrière lui.* »

« *Seul le fou se précipite pour fouiller les effets d'un Homme Chantant* », répondit Uammannaq; mais il y avait eu un changement subtil dans son expression.

« *Mais, Sisqi* », dit Binabik, perplexe, « *nous ne savons pas ce que contient ce parchemin ! C'est peut-être un sort très dangereux, ou...* »

« *Moi, je le sais* », dit Sisqi d'un ton résolu. « *Peux-tu voir à qui est ce nœud ?* » demanda-t-elle en présentant le parchemin à sa mère.

La Chasseresse le regarda brièvement et fit un geste dédaigneux avant de le faire passer à son époux. « *C'est le nœud d'Ookequk, effectivement...* »

« *Et tu peux voir également de quel type de nœud il s'agit, Mère...* » Sisqi se tourna vers son père. « *A-t-il été dénoué ?* »

Uammannaq fronça les sourcils. « *Non...* »

« *Bien. Père, ouvre-le et lis-le, s'il te plaît.* »

« *Maintenant ?* »

« *Sinon, quand le fera-t-on ? Après que celui auquel j'ai été promise aura été exécuté ?* »

Le souffle de Sisqi resta suspendu en l'air après cette réplique. Uammannaq dénoua soigneusement le nœud et ôta la lanière noire ; puis il déroula lentement la feuille de peau, faisant un signe de tête à l'un des porteurs de torches pour qu'il se rapprochât.

« Binabik ! » cria Simon depuis l'intérieur du cercle de lances, « que se passe-t-il ? »

« Demeurez en place, tous, et ne faites rien pour l'instant », répondit Binabik en westerlien. « Je vous raconterai avec totalité dès que je le pourrai. »

« *Sachez* », lut Uammannaq,

« *... Que je suis Ookequk, Homme Chantant de Mintahoq, de Chugik, Tutusik, Rinsenatuq, Sikkihoq et Namyet, et de toutes les autres montagnes d'Yiqanuc.* »

Le Pâtre lut lentement, avec de longues pauses durant lesquelles il plissait les yeux pour déchiffrer le sens des runes noircies.

« *Je pars pour un long voyage, et en des temps tels que je ne puis savoir si j'en reviendrai. C'est pourquoi je couche mon chant de mort sur cette peau, qui sera ma voix lorsque j'aurai disparu.* »

« *Superbe, Sisqi* », chuchota Binabik sous le ronronnement de la voix du Pâtre. « *C'est toi qui aurais dû être l'apprenti d'Ookequk, pas moi ! Comment pouvais-tu savoir ?* »

Elle l'interrompit d'un geste de la main. « *Je suis fille de Chidsik ub Lingit, où sont transmises toutes les requêtes de jugement de toutes les montagnes. Crois-tu que je serais incapable de reconnaître le nœud fermant un testament ?* »

« *Il me faut prévenir ceux qui demeureront après moi* »,

poursuivit Ookequk par l'intermédiaire d'Uammannaq,

« *... Que j'ai vu la venue d'une obscurité froide et terrible, telle que jamais mon peuple n'en a connue. C'est un terrifiant hiver qui viendra de l'ombre de Vihyuyaq, la montagne des immortels Enfants des Nuages. Il dévastera les terres d'Yiqanuc comme un vent noir venu des Terres de la Mort, et fendra la pierre même de nos montagnes de ses doigts cruels...* »

Lorsque le Pâtre lut ces mots, certains trolls laissèrent échapper des cris, des bruits rauques qui résonnèrent le long de la montagne que recouvrait la nuit. D'autres vacillèrent, ce qui fit trembler la lumière des torches.

« *Mon élève, Binbiniqegabenik, m'accompagnera dans ce voyage. Durant le temps qui me reste, je l'instruirai de toutes les petites choses et de toutes les longues histoires qui pourront aider mon peuple en ces temps troublés. Il en est d'autres, au-delà d'Yiqanuc, qui ont préparé des lampes contre l'obscurité qui approche. Je pars pour ajouter ma lumière à la leur, quelque minuscule qu'elle puisse sembler face à l'orage qui menace. Si je ne reviens pas, le jeune Binbiniqegabenik prendra ma place. Je vous demande de l'honorer comme vous l'auriez fait pour moi, car c'est un étudiant fervent. Il deviendra peut-être un jour un plus grand Homme Chantant que moi.*

« *Je termine maintenant mon chant de mort. Je fais mes adieux à la montagne et au ciel. Cela a été un immense bonheur d'être vivant. Cela a été un immense bonheur d'être l'un des enfants de Lingit, et de vivre ma vie sur la magnifique montagne Mintahoq.* »

Uammannaq baissa le parchemin, en clignant des yeux. Un bas murmure prit naissance dans la foule des spectateurs en réponse au chant final de l'Homme Chantant Ookequk.

« *Il n'a pas eu le temps* », murmura Binabik. Les larmes lui montaient aux yeux. « *Il a été emporté bien trop vite, et ne m'a rien dit; du moins pas assez. Oh! Ookequk, combien tu vas nous manquer! Comment as-tu pu abandonner ton peuple sans d'autre mur entre lui et le Roi de l'Orage qu'un enfant ignare comme Binabik!* » Il tomba à genoux et enfonça son front dans la neige.

Un silence gêné s'ensuivit, que ne vinrent troubler que les lamentations du vent.

« *Faites avancer les Basses-terres* », ordonna Nunuuika aux lanciers; puis elle adressa un regard sévère et embarrassé à sa fille. « *Nous allons tous nous rendre à la Maison de l'Ancêtre. Nous avons bien des choses à méditer.* »

Simon s'éveilla lentement, et regarda durant un long moment les ombres irrégulières qui se reflétaient sur le plafond anguleux de Chidsik ub Lingit tout en essayant de se souvenir de l'endroit où il se trouvait. Il se sentait un peu mieux, la tête plus claire, mais la cicatrice sur sa joue le lançait comme si elle avait été en feu.

Il s'assit. Sludig et Haestan étaient adossés au mur non loin de lui, et échangeaient une outre de quelque boisson et une conversation chuchotée. Simon démêla sa cape et regarda alentour à la recherche de Binabik. Son ami se trouvait près du centre de la pièce, accroupi devant le Pâtre et la Chasseresse comme pour une supplique. Un instant, Simon ressentit une profonde crainte pour lui, mais d'autres étaient accroupis aussi, dont Sisqinanamook. Au ton montant et descendant des voix gutturales, il décida qu'il s'agissait probablement plutôt d'un conseil que d'un jugement. Il pouvait discerner d'autres groupes de trolls çà et là dans l'ombre, accroupis en de petits cercles éparpillés dans la vaste salle de pierre. Quelques lampes éparses brûlaient comme des étoiles brillantes dans un ciel plein de nuages lourds.

Simon se pelotonna de nouveau, se tortillant pour trouver un espace sans trop d'aspérités sur le sol. Quelle chose terriblement étrange, que de se trouver ici! Aurait-il jamais un endroit où il serait chez lui, où il se réveillerait chaque jour dans le même lit, sans en être aucunement surpris ?

Il s'enfonça doucement dans un demi-sommeil, dans un rêve de froids défilés montagneux et d'yeux rouges.

« Ami-Simon ! » C'était Binabik, qui le secouait gentiment. Le troll semblait épuisé : les cercles sous ses yeux étaient visibles même dans la pénombre, mais il souriait. « Il est le temps du réveil. »

« Binabik », demanda Simon, encore endormi, « que se passe-t-il ? »

« J'ai apporté pour toi un bol de thé, et quelques nouvelles. Il apparaît que je ne suis plus destiné à un infortuné plongeon », sourit le troll. « Sludig et moi ne serons plus jetés avec puissance dans le Gouffre d'Ogohak. »

« Mais c'est merveilleux », s'exclama Simon d'une voix pantelante. Il sentit son cœur lui faire mal, un déchirement dû à une soudaine libération. Il bondit pour étreindre le petit homme, avec une telle précipitation qu'il renversa le troll. Le thé éclaboussa la pierre.

« Tu as passé un trop long temps dans la compagnie de Qantaqa », s'esclaffa le troll en se relevant. Il semblait heureux. « Tu as gagné son goût pour la distribution de salutations exubérantes ! »

D'autres têtes dans la pièce se tournèrent pour observer cet étonnant spectacle. De nombreuses langues qanuqes marmonnèrent de surprise au sujet de ce Basse-terre fou et dégingandé qui étreignait les trolls comme s'il faisait partie du clan. Simon vit ces regards et baissa la tête, soudain gêné. « Qu'ont-ils dit ? » demanda-t-il. « Pouvons-nous partir ? »

« Pour parler avec simplicité, oui, nous pouvons partir. » Binabik s'assit à côté de lui. Il portait son bâton de marche, récupéré dans la cave d'Ookequk, et commença à l'examiner en parlant, fronçant régulièrement les sourcils devant les nombreuses marques de morsure dont Qantaqa l'avait orné. « Mais les décisions dont la prise est nécessaire sont très nombreuses. Le parchemin d'Ookequk a convaincu le Pâtre et la Chasseresse de la vérité de mes paroles. »

« Et qu'y a-t-il à décider ? »

« De nombreuses choses. Si je pars avec vous pour ramener Épine à Josua, alors mon peuple se trouvera de nouveau dans le manque d'un Homme Chantant. Mais j'ai la certaineté qu'il faut que je vous accompagne. Si Naglimund est tombée avec vérité, alors nous devons suivre les paroles de Géloé. Elle est avec forte probabilité la dernière de ceux de grande sagesse qui reste. De plus, il est avec apparence très grandissante certain que notre unique espoir réside dans l'obtention des deux autres épées, Minneyar et Peine. Ta vaillanterie sur la montagne-dragon ne doit pas être pour rien. »

Binabik fit un signe en direction d'Épine, qui était dressée contre le mur près de l'endroit où Haestan et Sludig étaient assis. « Si la progression du Roi de l'Orage va sans maîtrise », dit-il, « alors il n'y aura pas de sens dans mon maintien à Mintahoq, parce qu'aucun des arts que m'a enseignés Ookequk ne pourra éloigner l'hiver que nous craignons. » Le petit homme fit un large geste. « Or, "lorsque l'avalanche emporte ta maison", comme le dit mon peuple troll, "il ne faut pas rester pour chercher les morceaux de pots." J'ai dit à mon peuple qu'ils doivent descendre la montagne vers les terrains de chasse du printemps, même s'ils n'y trouvent pas le printemps, ni beaucoup à chasser. »

Il se redressa, et tapota le bas de son épaisse veste. « Je voulais te faire connaître qu'il n'y avait plus de danger pour Sludig et moi. » Il eut un petit rire triste. « Une mauvaise plaisanterie. Nous sommes tous, avec grande évidence, en terrible danger. Mais le danger ne vient plus de mon peuple. » Il posa une petite main sur l'épaule de Simon. « Dors encore, si tu peux. Nous partirons avec probabilité à l'aube. Je vais aller parler à Haestan et à Sludig, ensuite il y aura beaucoup de plans à décider dans la suite de cette nuit. » Il fit demi-tour et traversa la cave. Simon regarda sa petite forme traverser les ombres et les taches de lumière.

Une bonne partie des plans ont déjà été faits, pensa-t-il en ronchonnant, *et on ne m'a pas beaucoup invité à y participer. Il y a toujours quelqu'un qui a un plan, et je finis toujours par suivre pendant que quelqu'un d'autre décide où aller. J'ai l'impression d'être un chariot, et un vieux chariot décrépit, en plus. Quand est-ce que je pourrai prendre mes décisions moi-même*?

Il continua de penser à cela en attendant le sommeil.

En fin de compte, le soleil se trouvait déjà bien haut dans le ciel gris lorsque les derniers préparatifs furent achevés, un retard que Simon fut plus qu'heureux de consacrer au sommeil.

Simon, ses compagnons, et un grand nombre de trolls se rassemblèrent sur les chemins de Mintahoq, puis partirent à la suite du Pâtre et de la Chasseresse, en la plus étrange parade que Simon eût jamais vue. Lorsqu'ils traversaient les parties les plus peuplées de Mintahoq, des centaines de trolls s'immobilisaient sur les ponts suspendus ou se précipitaient hors de leurs caves pour regarder leur groupe passer, interdits et fascinés sous les volutes de fumée des feux sur lesquels cuisaient leurs repas. Nombre d'entre eux descendirent les échelles de corde pour se joindre à leur procession.

Le chemin montait la plupart du temps, et l'importance de la foule réunie le long de l'étroit chemin ralentissait leur progression. Il leur fallut assez longtemps pour contourner la montagne jusqu'à sa face nord. Tandis qu'ils cheminaient péniblement, Simon se laissa aller à une sorte d'engourdissement rêveur. La neige volait en bourrasques dans le vide gris qui bordait le chemin ; les autres pics d'Yiqanuc se dressaient à l'autre bout de la vallée comme une rangée de dents acérées.

La procession s'arrêta enfin sur un long porche de pierre au sommet d'un promontoire qui dominait la partie nord de la vallée d'Yiqanuc. Une autre piste enlaçait le flanc de montagne en dessous d'eux, puis les murs de pierre de Mintahoq plongeaient abruptement vers une obscurité blanche parsemée de brillantes taches de lumière. En regardant vers le bas, Simon fut frappé par le souvenir d'un rêve, l'image d'une vague tour blanche léchée par les flammes. Il se détourna de cette vision troublante pour découvrir que la saillie rocheuse sur laquelle il se trouvait était dominée par la haute construction de neige en forme d'œuf qu'il avait vue le jour de sa première sortie. D'aussi près, il pouvait clairement distinguer le soin merveilleux avec lequel avaient été tranchés et assemblés les blocs de neige triangulaires, et sa taille vigoureuse qui semblait trancher dans les blocs eux-mêmes, si bien que la Maison de Glace avait autant de facettes qu'un diamant taillé, ses murs vibrant d'angles intérieurs cachés comme autant de prismes renvoyant les reflets cyans et roses.

La rangée de trolls armés qui gardait la Maison de Glace s'écarta respectueusement pour laisser passer

Nunuuika et Uammannaq, qui allèrent se placer entre les piliers de neige tassée qui encadraient la porte. Simon ne pouvait rien voir de l'intérieur de la Maison de Glace qu'un trou bleu gris dans l'embrasure de la porte. Binabik et Sisqi prirent place une marche plus bas, se tenant par leurs mains gantées. Qangolik Mandeur des Esprits vint péniblement les rejoindre. Bien que le visage de Qangolik fût dissimulé derrière son masque en forme de crâne de bélier, Simon trouva le troll musclé plutôt maussade. Le Mandeur des Esprits, qui avait paradé comme un oiseau avant le jugement de Chidsik ub Lingit, s'affaissait maintenant comme une poignée de foin moisi.

Lorsque le Pâtre souleva sa lance crochue et commença à parler, Binabik traduisit pour ses compagnons basses-terres.

« Une époque étrange vient sur nous. » Les yeux d'Uammannaq étaient enfoncés dans l'obscurité. « Nous avions la connaissance d'une chose anormale. Il y a trop grande intimité entre notre peuple et la montagne, qui est faite des os de la terre, pour ne pas sentir le trouble des terres qui nous entourent. La Maison de Glace est toujours là avec persistance. Elle n'a pas fondu. » Le vent se leva en sifflant, comme pour souligner ces mots. « L'hiver ne partira pas. D'abord, nous avons blâmé Binabik. L'Homme Chantant ou son apprenti ont toujours chanté le Rite de la Vivification ; l'été est toujours venu. Mais maintenant nous avons la connaissance que ce n'est pas le défaut d'accomplissement du rite qui retient l'été. Une époque étrange. Les choses sont différentes. » Il hocha lourdement la tête, faisant remuer sa barbe.

« Nous devons sortir de la tradition », ajouta Nunuuika la Chasseresse. « La parole du sage doit être la loi de celui de moindre sagesse. Ookequk a parlé comme s'il était au milieu de nous. Aujourd'hui, nous avons une plus grande connaissance de cette chose que nous craignions mais ne savions nommer. Mon époux parle avec vérité : une étrange époque vient sur nous. La tradition nous a servi, mais aujourd'hui elle nous enchaîne. Donc, Chasseresse et Pâtre déclarent que Binbiniqegabenik est délivré de sa condamnation. Nous serions des fous de tuer celui qui a tenté de nous protéger de l'orage dont Ookequk a parlé. Nous serions pis que des fous, c'est maintenant une certaineté, de tuer celui qui connaît avec unicité le cœur d'Ookequk. »

Nunuuika fit une pause, pour permettre à Binabik d'achever sa traduction, puis reprit, en passant la main sur son front en quelque geste rituel. « Le Rimmersleute Sludig est un problème plus étrange encore. Il n'est pas qanuc, donc il n'était pas coupable de parjure, comme le fut déclaré Binabik. Mais il est d'un peuple ennemi, et si les histoires de nos chasseurs des terrains les plus éloignés sont vraies, les Rimmersleutes sont devenus dans l'ouest plus sauvages encore. Mais Binabik nous assure avec vitalité que ce Sludig est différent, qu'il combat le même combat qu'Ookequk. Nous n'avons pas de certaineté, mais dans cette époque de folie nous ne pouvons affirmer que cela n'est pas. Donc, Sludig est avec similité délivré de sa condamnation, et peut quitter Yiqanuc comme il le désire ; il est le premier Croohok ainsi pardonné depuis la Bataille de la Vallée Huhinka à l'époque de ma grand-grand-mère, lorsque les neiges devinrent rouges de sang. Nous implorons les esprits des hauteurs, la pâle Sedda et Qinkipa des Neiges, Morag l'Aveugle, l'intrépide Chukku, et tous les autres, de protéger notre peuple si notre jugement est défectueux. »

Lorsque la Chasseresse eut terminé, Uammannaq se dressa à ses côtés et fit un large geste, comme pour briser quelque chose en deux puis en disperser les morceaux. Les trolls entonnèrent une unique syllabe perçante, puis s'abandonnèrent à des chuchotements excités.

Simon fit volte-face et se saisit des mains de Sludig. L'homme du nord sourit nerveusement, les mâchoires serrées sous sa barbe. « Les petites gens ont raison », dit-il, « c'est vraiment une étrange époque. »

Uammannaq leva la main pour faire taire le murmure des conversations. « Les Basses-terres vont maintenant partir. Binbiniqegabenik, qui, si il revient, sera notre nouvel Homme Chantant, peut partir avec eux pour porter cet étrange objet magique », il tendit la main en direction d'Épine, qu'Haestan tenait tout en la laissant reposer à terre, « ... aux Basses-terres, qui, d'après ses dires, veulent en faire usage pour chasser l'hiver.

« Nous enverrons avec eux un groupe de chasseurs, mené par notre fille Sisqinanamook, qui sera leur escorte jusqu'aux limites des terres du Qanuc. Les chasseurs se rendront alors à la ville printanière, près du lac Boue-bleue, et prépareront l'arrivée du reste de nos clans. » Uammannaq fit un geste et l'un des autres trolls s'avança, porteur d'un grand sac de cuir presque entièrement recouvert de délicats entrelacs faits de broderies de couleurs. « Nous avons des cadeaux que nous désirons vous offrir. »

Binabik avança en compagnie de ses amis. La Chasseresse présenta à Simon un fourreau de cuir souple, dont le cuir avait été finement ouvragé et incrusté de perles de pierre de la couleur d'une lune de printemps. Le Pâtre lui offrit ensuite un couteau à glisser dedans, une magnifique lame pâle faite d'un seul os. La poignée était ciselée de gravures lisses représentant des oiseaux.

« Une épée magique basse-terre est très utile pour combattre les vers des neiges », lui dit Nunuuika, « mais un humble couteau qanuc est plus facile à dissimuler et plus aisé en utilisation rapprochée. »

Simon les remercia poliment et s'écarta. Haestan reçut une volumineuse outre décorée de rubans et de parements, et remplie jusqu'au goulot d'alcool qanuc. Le garde, qui avait suffisamment bu de ce liquide amer la veille au soir pour finalement apprendre à l'apprécier, inclina la tête, grommela quelques mots de remerciement, puis se retira.

Sludig, qui était arrivé à Yiqanuc en tant que prisonnier, mais partait maintenant plus ou moins comme un invité, reçut une lance à la pointe vicieusement acérée, taillée dans une pierre noire brillante. Le manche n'était pas ouvragé, puisque monté à la hâte : les trolls n'utilisaient pas de lances de la longueur appropriée à sa taille ; mais elle était bien équilibrée, et pouvait également faire emploi de bâton de marche.

« Nous espérons que tu apprécies avec similité le don de ta vie », dit Uammannaq, « et que tu te souviendras que la justice du Qanuc est sévère mais pas cruelle. »

Sludig les stupéfia en mettant un genou à terre. « Je ne l'oublierai pas », fut tout ce qu'il dit.

« Binbiniqegabenik », commença Nunuuika, « tu as déjà reçu le plus grand cadeau qu'il nous est donné d'accorder. Si elle le désire toujours, nous renouvelons la permission que nous t'avons donnée d'épouser notre fille cadette. Lorsque le Rite de la Vivification pourra être chanté l'année prochaine, vous serez unis. »

Les mains de Binabik et de Sisqi se serrèrent plus fort, et tous deux vinrent s'incliner sur la marche précédant le Pâtre et la Chasseresse tandis qu'était prononcée leur bénédiction. Le Mandeur des Esprits au visage de bélier s'avança. Il psalmodia et chanta tout en oignant leur front d'une huile, mais sans se départir, d'après ce qu'en pensa Simon, d'un air dépité. Lorsque Qangolik eut terminé et eut redescendu en bougonnant les marches de la Maison de Glace, la promesse de mariage avait été rétablie.

La Chasseresse et le Pâtre firent brièvement leurs adieux au groupe, que Binabik traduisit. Bien qu'elle eût été souriante et eût touché sa main de ses petits doigts puissants, Nunuuika restait aux yeux de Simon froide et dure comme la pierre, vive et dangereuse comme la pointe de sa lance. Il dut se forcer pour lui rendre son sourire, et recula lentement lorsqu'elle eut terminé.

Qantaqa les attendait, roulée en boule dans un nid de neige en dehors de Chidsik ub Lingit. Le soleil de midi avait disparu dans le brouillard croissant ; le vent fit claquer des dents Simon.

« Le bas de la montagne est maintenant notre destination, mon ami », lui dit Binabik. « J'ai l'envie que toi et Haestan et Sludig ne soient pas grands, mais il n'y a pas de bélier avec la force de vous porter. Pour cette raison, notre progression sera plus lente que dans mon souhait. »

« Mais où allons-nous ? » demanda Simon. « Où se trouve cette Pierre de l'Adieu ? »

« Toute chose en sa saison », répondit le troll. « Je lirai mes parchemins lors du campement du soir, mais nous devons partir aussitôt que possible. Les défilés des montagnes seront traîtres. Je sens plus de neige dans le vent. »

« Plus de neige », répéta Simon en portant son sac à son épaule. Plus de neige.

6

LES MORTS SANS NOM

« *Et Drukhi retrouva son aimée* »,

chanta Maegwin,

« *Nenais'u, danseuse aux pieds ailés;*
Elle gisait dans l'herbe verte,
Belle, silencieuse et inerte.

« *À ses questions et plus fort qu'un cri*
Une tache de sang répondit.
Tête lâche, et les cheveux au vent,
Ses yeux noirs fixaient le firmament. »

Maegwin porta ses mains devant ses yeux, pour les protéger de la morsure du vent, puis se pencha en avant pour réarranger les fleurs sur le cairn de son père. Le vent avait déjà éparpillé les violettes sur les pierres; seuls quelques pétales secs ornaient encore la tombe de Gwythinn, toute proche. Où était passé l'été félon qui les avait délaissés? Et quand les fleurs écloraient-elles, qu'elle puisse parer la dernière demeure de ses parents aimés comme ils le méritaient?

Tandis que le vent agitait les bouleaux squelettiques, elle reprit sa chanson.

« *Il la maintint dans ses bras serrés*
Dans l'ombre grise de la soirée.
Sous le visage honteux de la nuit,
Égalant le temps qu'elle avait gît.

« *Sans jamais ciller, Drukhi chanta*
l'est et sa lumière intemporelle,
Puis doucement il lui murmura
Qu'ils allaient attendre le soleil.

« *L'aube aux mains dorées, porteuse d'espoir,*
Caressa l'aimée, mais sans pouvoir
Réchauffer l'enfant du rossignol
Dont l'esprit avait pris son envol.

« *Il hurla tant lorsqu'il l'étreignit,*
Que résonnèrent forêts et prairies :
Car là où deux cœurs avaient battu,
Un seul maintenant se perpétue... »

Elle s'arrêta, se demandant distraitement si elle avait jamais su le reste de la chanson. Elle se souvenait de sa nourrice lui chantant lorsqu'elle était petite cette chanson triste parlant des Sithis, les Êtres Paisibles, comme les avaient appelés ses ancêtres. Maegwin ne connaissait pas la légende à laquelle elle se rapportait. Elle doutait que sa nourrice l'eût su, elle non plus. Ce n'était que cela, une chanson triste provenant d'une époque plus heureuse, de son enfance dans le Taig... avant que ne mourussent son père et son frère.

Elle se releva, brossa la terre du bas de sa robe d'un revers de main, puis dispersa les dernières fleurs fanées éparpillées entre les fines pointes d'herbe qui poussaient sur le cairn de Gwythinn. Lorsqu'elle s'en retourna vers le chemin, en resserrant sa cape contre le vent perçant, elle se demanda une fois encore s'il y avait une raison de ne pas rejoindre son frère et son père Lluth dans la paix du flanc de la montagne. Que pouvait-elle encore espérer de la vie ?

Elle savait ce qu'Éolair en dirait. Le comte de Nad Mullach lui expliquerait que son peuple n'avait personne d'autre que Maegwin pour l'inspirer et le guider. « L'espoir », disait souvent Éolair, de ce ton calme mais subtil qui était le sien, « est comme la sous-ventrière de la selle d'un roi : c'est une petite chose, mais, si elle se brise, alors c'est le monde qui se renverse. »

En pensant au comte, elle ressentit un rare accès de colère. Que pouvait-il en savoir ? Qui pouvait prétendre parler de la mort tout en étant aussi vivant qu'Éolair, pour qui la vie semblait être un don des dieux? Comment pouvait-il comprendre la terrible charge que représentait le fait de se lever chaque jour en sachant que ceux qu'elle aimait étaient morts, que son peuple était déraciné et abandonné, condamné à une lente et humiliante extinction? Quel don des dieux justifiait le sinistre fardeau de la douleur, l'assaut incessant de pensées macabres?

Éolair de Nad Mullach venait souvent à elle ces jours-ci, et lui parlait comme à une enfant. Un jour, il y a de cela bien longtemps, elle était tombée amoureuse de lui; mais elle n'avait jamais été assez sotte pour croire que ce sentiment pût être réciproque. Aussi grande qu'un homme, maladroite et brusque dans ses paroles, ressemblant plus à la fille d'un paysan qu'à une princesse : qui pourrait jamais aimer Maegwin? Mais maintenant qu'elle et sa jeune belle-mère mortifiée Inahwen étaient tout ce qui restait de la maison de Luth ubh-Llythinn, maintenant Éolair s'inquiétait.

Oh! il n'avait certainement pas de vils desseins. Elle laissa échapper un éclat de rire retentissant, et n'en aima pas le bruit. Par les dieux, de vils desseins? Pas lui, pas l'honorable comte Éolair. C'était peut-être ce qu'elle détestait le plus en lui, plus que n'importe quoi d'autre : son inépuisable gentillesse, son sempiternel honneur. Elle ne pouvait plus supporter la pitié.

De toute façon, s'il avait, aussi impossible que cela puisse être, simplement envisagé de tirer un quelconque avantage de la situation, en quoi le fait de partager leur sort eût pu lui être favorable? Maegwin était le dernier enfant d'une maison brisée, le maître d'une nation anéantie. Les Hernystiris étaient devenus des créatures sauvages terrées dans les forêts des Monts Grianspogs, renvoyés vers leurs grottes originelles par le tourbillon destructeur qu'avaient abattu sur eux le Roi Souverain Élias et sa marionnette rimmersleute, Skali de Kaldskryke.

Alors, peut-être qu'Éolair avait raison. Peut-être qu'elle avait le devoir de consacrer sa vie à son peuple. Elle était la dernière descendante de Lluth, un lien bien ténu avec un passé plus heureux, mais la seule attache qui restait aux survivants d'Hernysadharc. Elle devait donc vivre; mais qui eût pu jamais penser que l'existence elle-même pût devenir une aussi intolérable obligation!

Alors que Maegwin remontait le long de la piste abrupte, quelque chose d'humide toucha son visage. Elle leva les yeux. Une nuée de petits points grouillaient dans le ciel de plomb. Une autre tache humide l'atteignit.

De la neige. Cette révélation glaça son cœur déjà froid. *De la neige au milieu de l'été, au mois de tiyagar. Brynioch de Tous les Cieux et tous les autres dieux ont dons bien définitivement abandonné les Hernystiris.*

Une unique sentinelle, un garçon de peut-être dix printemps au nez rouge qui coulait, la salua lorsqu'elle rejoignit le campement. Quelques enfants enroulés dans des fourrures jouaient sur les pierres moussues devant la caverne, essayant d'attraper les flocons de neige avec leur langue. Les yeux écarquillés, ils s'écartèrent lorsqu'elle entra, ses robes noires flottant dans le vent.

Ils savent que la princesse est folle, pensa-t-elle amèrement. *Tout le monde le sait. La princesse parle toute seule, mais reste des journées entières sans adresser un mot à qui que ce soit. La princesse ne parle de rien d'autre que de la mort. Sûrement la princesse est folle.*

Elle pensa qu'il serait peut-être bon de sourire aux enfants effarouchés, mais lorsqu'elle regarda leurs visages crasseux et leurs vêtements en lambeaux, elle se dit qu'elle ne ferait que les effrayer plus encore. Elle jugea préférable de presser le pas.

Suis-je folle? se demanda-t-elle soudain. *Est-ce que cet écrasant fardeau est ce que l'on ressent dans la folie? Ces pensées oppressantes qui me donnent l'impression que ma tête est semblable aux bras d'un nageur qui se noie, et se débat, en vain... ?*

La vaste caverne était presque déserte. Le vieux Craobhan, qui se remettait lentement des blessures reçues lors de la futile résistance d'Hernysadharc, était étendu près du feu couvert, et parlait calmement à Arnoran, qui avait été l'un des ménestrels favoris de son père Lluth. Ils relevèrent les yeux lorsqu'elle s'approcha. Elle pouvait les voir tous deux qui l'observaient, essayant de deviner son humeur. Lorsque Arnoran entreprit de se lever, elle lui fit signe de rester assis.

« Il neige », dit-elle.

Craobhan haussa les épaules. Le vieux chevalier était presque chauve, à l'exception de quelques mèches de cheveux blancs, et son crâne était un écheveau de délicates veines bleues. « Cela n'est pas bon, Madame. Cela n'est pas bon. Nous avons bien peu de bétail, et pourtant nous sommes déjà à l'étroit dans ces quelques caves, alors que la plupart d'entre nous restent dehors durant toute la journée. »

« Des gens encore un peu plus serrés. » Arnoran secoua la tête. Il n'était pas aussi âgé que Craobhan, mais était encore plus frêle. « Des gens encore un peu plus furieux. »

« Est-ce que tu connais "La Pierre de la Séparation" ? » demanda soudain Maegwin au ménestrel. « C'est une vieille chanson qui parle des Sithis, de la mort de quelqu'un qui s'appelait Nenais'u. »

« Je crois que je l'ai sue, il y a très longtemps », dit Arnoran, en plissant les yeux tandis qu'il regardait le feu et essayait de se concentrer. « C'est une très vieille chanson, une très, très vieille chanson. »

« Tu n'as pas besoin de chanter les paroles », reprit Maegwin. Elle s'assit en tailleur à côté de lui, sa jupe aussi tendue entre ses genoux que la peau d'un tambour. « Joue juste la mélodie pour moi. »

Arnoran chercha sa harpe de la main, puis joua quelques notes hésitantes. « Je ne suis pas certain de me souvenir de... »

« Ce n'est pas grave. Essaie. » Elle aurait aimé pouvoir trouver quelque chose à dire qui ramènerait un sourire sur leurs lèvres, ne fût-ce que pour un instant. Son peuple avait-il mérité de la voir toujours en deuil ? « Cela nous fera du bien », dit-elle enfin, « de penser à d'autres temps. »

Arnoran acquiesça et pinça brièvement ses cordes, les yeux clos, sa proie étant plus facile à traquer dans l'obscurité. Il entonna finalement un air délicat, débordant de notes étranges qui vibraient à la limite de la dissonance sans jamais la franchir. Tandis qu'il jouait, Maegwin, elle aussi, ferma les yeux. Elle pouvait de nouveau entendre la voix de sa nourrice, qui lui racontait l'histoire de Drukhi et de Nenais'u ; les personnages des ballades anciennes avaient des noms si étranges ! Une voix échappée d'un passé lointain qui lui racontait leur amour et leur fin tragique, et l'antagonisme de leurs familles.

La musique continua longtemps. Les pensées de Maegwin furent emportées dans un tourbillon d'images d'un passé parfois lointain et parfois plus proche. Elle pouvait voir le blême Drukhi prostré dans sa tristesse, jurant vengeance, mais il avait le visage angoissé de son frère Gwythinn. Et Nenais'u, gisant sur un tapis de verdure ; n'était-ce pas Maegvvin elle-même ?

Arnoran s'était arrêté. Maegwin ouvrit les yeux, sans savoir combien de temps s'était écoulé depuis la fin de la chanson.

« Lorsque Drukhi mourut en vengeant son épouse », dit-elle comme si elle poursuivait une conversation interrompue, « sa famille ne put plus vivre avec celle de Nenais'u. »

Arnoran et Craobhan échangèrent un regard. Elle ne s'en inquiéta pas et poursuivit.

« Je me souviens de l'histoire, maintenant. Ma nourrice me chantait souvent cette chanson. La famille de Drukhi fuit ses ennemis, et partit très loin pour vivre à l'écart. » Après une pause, elle se tourna vers Craobhan. « Quand Éolair et les autres vont-ils revenir de leur expédition ? »

Le vieil homme compta sur ses doigts. « Ils devraient être de retour à la nouvelle lune, dans un peu moins de deux semaines. »

Maegwin se releva. « Certaines de ces cavernes s'enfoncent profondément dans le cœur de la montagne », dit-elle. « N'est-ce pas ? »

« Il y a toujours eu des grottes profondes dans le Grianspog », acquiesça lentement Craobhan, en s'efforçant de la comprendre. « Et d'autres ont été creusées plus profondément encore, pour les mines. »

« Alors nous commencerons à les explorer demain à l'aube. Lorsque le comte et ses hommes seront de retour, nous serons prêts à partir. »

« Partir ? » reprit Craobhan, éberlué. « Mais partir où, Dame Maegwin ? »

« Dans les profondeurs de la montagne », répondit-elle. « Cela m'est venu alors qu'Arnoran chantait. Nous, les Hernystiris, sommes comme la famille de Drukhi dans la chanson : nous ne pouvons plus vivre ici. » Elle frotta ses mains l'une contre l'autre, en essayant de chasser le froid de la caverne. « Le Roi Élias a détruit son frère Josua. Il n'y a maintenant plus personne pour chasser Skali. »

« Mais Madame ! » s'exclama Arnoran, si surpris qu'il l'interrompit. « Il reste Éolair, et avec lui bien d'autres courageux Hernystiris... »

« Il n'y a plus personne pour chasser Skali », reprit-elle âprement, « et le Thane de Kaldskryke trouvera sans aucun doute les prairies d'Hernystir plus accueillantes en cet été glacial que ses propres terres de Rimmersgard. S'il s'installe ici, alors nous serons un jour ou l'autre piégés et massacrés devant nos caves comme des lapins. » Sa voix se fit plus forte. « Mais si nous nous enfonçons plus profondément, alors ils ne nous trouveront *jamais*. Ainsi Hernystir survivra, loin de la folie d'Élias et de Skali et des autres ! »

Le vieux Craobhan la regarda d'un air inquiet. Elle savait qu'il se posait la question qui hantait tous les autres : Maegwin avait-elle perdu la raison du fait de ses deuils, de tous ses deuils ?

C'est peut-être vrai, pensa-t-elle, *mais pas sur ce point. Là, je suis certaine d'avoir raison.*

« Mais, Dame Maegwin », demanda le vieux conseiller, « comment allons-nous manger ? Comment trouverons-nous des vêtements, du blé... ? »

« Tu l'as dit toi-même », répondit-elle. « Les montagnes débordent de tunnels. Si nous les explorons et les maîtrisons, alors nous pourrons vivre au plus profond de la pierre, à l'abri de Skali, et pourtant nous sortirons à notre aise, là où nous le voulons, pour chasser, amasser des provisions, ou même mener des incursions contre les campements de Kaldskryke si tel est notre désir ! »

« Mais, mais... » Le vieil homme se tourna vers Arnoran, mais le ménestrel ne put lui être d'aucune aide. « Mais que va penser votre mère Inahwen d'un tel plan ? » demanda-t-il enfin.

Maegwin poussa un grognement de mépris. « Ma *belle*-mère passe ses journées assise avec les autres femmes, à se plaindre de ne pas avoir assez à manger. Inahwen a moins de ressource encore qu'un enfant. »

« Mais que va en penser Éolair ? Qu'en dira le brave comte ? »

Maegwin observa les mains tremblantes de Craobhan, et ses vieux yeux chassieux. Durant un instant elle eut pitié de lui, mais cela n'apaisa pas sa colère. « Quoi que le comte Éolair puisse en penser, il pourra nous le dire. Mais n'oublie jamais, Craobhan : il n'a pas d'ordre à me donner. Il a juré fidélité à la maison de mon père. Éolair fera ce que je dirai ! »

Elle s'éloigna, laissant les deux hommes chuchoter autour du feu. Le froid mordant à l'extérieur de la cave ne suffit pas à refroidir son visage empourpré, alors même qu'elle resta longtemps dressée au milieu des nuées de flocons de neige que portait le vent.

Le marquis Guthwulf d'Utanyéate s'éveilla pour entendre la sonnerie de minuit de la cloche du Hayholt, placée au sommet de la Tour de l'Ange Vert, se fondre dans le silence.

Guthwulf ferma les yeux en espérant se rendormir, mais le sommeil se montrait évasif. Les souvenirs se succédaient dans son esprit malgré ses paupières fermées : des images de batailles et de tournois, les gestes vains et répétitifs de l'étiquette de cour, le chaos de la chasse. Mais au centre de chaque scène s'imposait toujours le visage du Roi Élias : l'éclair de soulagement paniqué, immédiatement réprimé, qui avait accueilli Guthwulf lorsqu'il avait forcé le cercle d'attaquants qui se refermait sur son ami durant la guerre des Thrithings ; les yeux noirs et vides avec lesquels Élias avait accueilli la confirmation de la mort de son épouse Hylissa ; et surtout, plus perturbant que tout autre, le regard secret et radieux, mais dans le même temps teinté de honte, qui était maintenant celui d'Élias à chaque fois que lui et Guthwulf se rencontraient.

Le marquis s'assit et jura. Le sommeil s'était évanoui et ne reviendrait pas avant longtemps.

Il n'alluma pas sa lampe, mais s'habilla dans le noir, se contentant de la lueur ténue des étoiles pour enjamber son serviteur, qui sommeillait sur le sol au pied du lit de Guthwulf. Il passa une cape par-dessus sa chemise de nuit, enfila des pantoufles, puis se glissa dans le couloir. Ébranlé par ces pensées folles et confuses, il décida qu'il pouvait tout aussi bien aller se détendre les jambes pendant une petite heure.

Les couloirs du Hayholt étaient vides, sans un garde ou un domestique en vue. Ici et là, des torches brûlaient de manière intermittente dans leur support mural, consumées presque jusqu'à la base. Les couloirs du Hayholt avaient beau être déserts, de faibles murmures parcouraient malgré tout les passages obscurs ; des voix de sentinelles provenant des murailles, décida le marquis, rendues incorporelles et spectrales par la distance.

Guthwulf frissonna. *En fait*, pensa-t-il, *j'ai besoin d'une femme. Un corps chaud dans mon lit, un babillage que je pourrais interrompre si je le désire et qui occuperait le silence lorsque j'en ai envie. Cette vie de moine démoraliserait n'importe qui.*

Il obliqua et descendit le couloir en direction des quartiers des domestiques. Il s'y trouvait une petite femme de chambre provocante aux cheveux bouclés qui ne dirait pas non : ne lui avait-elle pas raconté que son promis était mort dans la bataille de la colline Bullback, et qu'elle était toute seule ?

Si celle-là est en deuil, tiens ! alors moi je me fais moine !

La grande porte des quartiers des domestiques était fermée. Il eut beau s'obstiner, le verrou était tiré à l'intérieur. Il envisagea un instant de taper du poing sur la lourde plaque de chêne jusqu'à ce que quelqu'un se levât et ouvrît, quelqu'un qui pâtirait vivement de sa fureur, mais décida finalement de ne pas le faire. Quelque chose dans le silence des couloirs du Hayholt lui donnait des scrupules à se faire remarquer. De toute façon, se dit-il, la fille aux cheveux bouclés ne valait pas de frapper tous ces coups sur une porte.

Il s'écarta, en flottant son menton rêche, et entraperçut quelque chose de pâle qui bougeait à l'endroit où le couloir tournait, à la limite de son champ de vision. Il fit volte-face, surpris, mais ne vit rien. Il avança de quelques pas et se pencha autour du coin. Le couloir qui s'étendait devant lui était lui aussi désert. Un murmure le parcourait : on eût dit le marmonnement d'une femme qui souffre. Guthwulf tourna les talons et repartit vers sa chambre.

C'est la nuit qui me joue des tours, grommela-t-il. *Des portes verrouillées, des couloirs vides... Ce foutu château maudit par ce damné Usires pourrait tout aussi bien être désert !*

Il s'immobilisa soudain, et regarda alentour. Où était-il ? Il ne reconnaissait ni les dalles polies, ni les bannières à la forme étrange qui pendaient dans l'ombre des murs obscurs. À moins qu'il n'eût tourné au mauvais endroit et se fût perdu, cela aurait dû être le déambulatoire de la chapelle. Il revint sur ses pas jusqu'à la fourche et prit l'autre chemin. Maintenant, bien que ce nouveau couloir fût dénué de tout signe caractéristique à l'exception de quelques meurtrières, il était certain d'avoir retrouvé son chemin.

Il se suspendit à la base de l'une des meurtrières et se hissa jusqu'à l'ouverture à la force de ses bras puissants. Logiquement, il allait voir soit le devant, soit le côté de la cour de la chapelle.

Stupéfait, Guthwulf lâcha et glissa vers le sol. Son genou se déroba sur lui et il tomba par terre. Il roula d'un geste souple et se releva, le cœur battant, avant de tendre les mains vers la meurtrière pour s'y hisser une nouvelle fois.

Il avait devant lui la cour de la chapelle, plongée dans l'obscurité, ainsi que cela devait être.

Mais alors, qu'avait-il vu la première fois ? Il y avait eu des murs blancs, et une forêt de flèches dressées vers le ciel, qu'il avait une seconde prises pour des arbres, puis aussitôt reconnues pour être des tours : une forêt de fins minarets, des aiguilles d'ivoire qui reflétaient la lumière de la lune et brillaient comme si elles s'en étaient emplies ! Le Hayholt n'avait pas de telles tours !

Pourtant, ses yeux lui donnaient bien la preuve que tout était parfaitement normal et familier. Il avait bien devant lui la cour, la porte de la chapelle et son auvent, les arbustes qui bordaient les allées comme des moutons endormis. Plus loin, il pouvait deviner la silhouette baignée de lune de la Tour de l'Ange Vert, unique doigt levé dans le ciel quand un instant plus tôt il avait vu des douzaines de bras dressés en un semblant de supplique.

Il retomba sur ses pieds et s'adossa à la pierre froide. Alors qu'avait-il vu la première fois ? L'un des tours que pouvait jouer la nuit ? Non, il y avait plus que cela ! De la fièvre, de la folie... ou de la sorcellerie !

Après un instant, il se reprit. *Calme-toi, pauvre idiot.* Il se redressa et secoua la tête. *Ce ne sont pas les fruits de la folie, mais le résultat de trop de réflexions inutiles, de trop de craintes de bonne femme. Mon père passait souvent ses nuits à observer le feu les yeux écarquillés, et prétendait qu'il y voyait des fantômes. Pourtant, il avait encore toute sa tête lorsqu'il est mort, et vécut soixante-dix printemps. Non, ce sont toutes ces pensées au sujet du Roi qui me rongent l'esprit. La sorcellerie est peut-être tout autour de nous, et Dieu sait bien que je serais le dernier à le nier après tout ce que j'ai vu cette année; mais pas ici, pas au Hayholt.*

Guthwulf savait que le château avait appartenu au Peuple Fabuleux, il y a de cela bien des centaines d'années, mais il avait été à tel point entrelacé de sorts et de charmes de défense contre eux qu'il n'y avait sûrement pas maintenant sur terre un seul endroit qui leur fût moins néfaste.

Non, pensa-t-il, *c'est la façon dont le roi a changé qui emplit mon esprit d'étranges pensées : la manière dont Élias peut maintenant passer en un instant d'une fureur maniaque à des soucis puérils.*

Il marcha jusqu'à la porte au bout du couloir et sortit dans la cour. Tout était tel qu'il l'avait vu la dernière fois. Une unique lumière brûlait à travers l'une des fenêtres, de l'autre côté du jardin, dans les quartiers privés du roi.

Élias ne dort pas. Il y réfléchit un instant. *Il a perdu le sommeil depuis le jour où Josua a commencé à comploter contre lui.*

Guthwulf pressa le pas et traversa la cour en direction de la résidence royale, une bise fort peu de saison caressant ses chevilles nues. Il allait parler à son ami Élias, dans ces heures perdues de la nuit où les hommes ne mentent pas. Il exigerait la vérité au sujet de Pryrates et de l'horrible armée qu'Élias avait conjurée et qui s'était abattue sur Naglimund comme une invasion de sauterelles blanches. Guthwulf et le roi étaient frères d'armes depuis trop longtemps pour que le marquis acceptât de laisser leur amitié se disloquer comme une armure rouillée. Ce soir, ils allaient parler. Guthwulf allait découvrir quel terrible souci poussait son vieux camarade à agir d'aussi étrange façon. Ils auraient enfin, pour la première fois en un an, l'occasion de parler sans que Pryrates rôdât autour d'eux, les observant de ses yeux noirs de furet. écoutant chaque mot.

La porte donnant sur la cour était verrouillée, mais la clef qu'Élias lui avait donnée le jour de son accession au trône pendait toujours à une cordelette autour du cou de Guthwulf. Son sens pratique de soldat lui avait interdit de l'enlever, bien qu'il se fût écoulé de nombreux mois depuis la dernière fois qu'Élias lui avait confié une mission secrète.

Les verrous n'avaient pas été changés. La lourde porte s'ouvrit devant lui sans un bruit; Guthwulf en fut soulagé, sans vraiment savoir pourquoi. Lorsqu'il grimpa les escaliers qui menaient aux quartiers du roi, il fut stupéfait de ne pas trouver un seul garde devant la porte. Élias était-il si certain de son pouvoir qu'il ne craignait pas l'assassinat ? Cela s'accordait tout de même difficilement avec le comportement qui avait été le sien depuis son retour du siège de Naglimund !

Arrivé au sommet des escaliers, Guthwulf entendit des voix étouffées. Soudain rempli d'appréhension, il se pencha en avant et plaça son oreille près du trou de serrure.

Il fronça les sourcils. *J'aurais du m'en douter !* pensa-t-il amèrement. *Je pourrais reconnaître l'aboiement de chacal de Pryrates n'importe où. Maudit soit ce bâtard contre nature, ne peut-il donc pas laisser au roi un seul instant de tranquillité ?*

Alors qu'il se demandait s'il devait frapper, il entendit le murmure grave du roi. Une troisième voix figea le bras de Guthwulf en l'air, le poing fermé à mi-chemin de la porte.

Cette dernière voix était aiguë et mélodieuse, mais il y avait quelque chose d'étrange dans son ton, quelque chose d'inhumain dans sa consonance. Elle eut sur ses sens l'effet d'un plongeon dans de l'eau froide, faisant se hérisser les poils sur ses avant-bras et lui coupant momentanément le souffle. Il pensa avoir compris les mots "épée" et "montagne" avant qu'une peur panique ne se saisît de lui. Il s'écarta si vivement de la porte qu'il manqua verser dans les escaliers.

Ces créatures des enfers sont-elles venues jusqu'ici ? s'interrogea-t-il. Il essuya ses mains moites sur sa chemise de nuit et descendit une marche pour s'éloigner du palier. *Quelle entreprise diabolique se trame donc ? Élias avait-il perdu la tête ? Et son âme ?*

Les voix prirent de l'ampleur, puis la porte grinça tandis que quelqu'un tirait le verrou. Le marquis d'Utanyéate oublia tous ses projets de confrontation avec Élias : il savait seulement qu'il ne voulait pas être surpris à écouter aux portes, qu'il ne voulait pas rencontrer la chose qui parlait de façon si étrange. Il jeta un rapide coup d'œil autour de lui, à la recherche d'un endroit où se cacher, mais l'escalier était étroit. Il descendit précipitamment les marches, mais avait à peine atteint la porte lorsqu'il entendit des bruits de pas sur le palier au-dessus de lui. Guthwulf plongea dans la niche sous l'escalier, et recula dans l'obscurité tandis que les marches craquaient. Deux silhouettes, l'une plus distincte que l'autre, s'arrêtèrent devant la porte.

« Le roi est heureux de ces nouvelles », dit Pryrates. La forme plus sombre à ses côtés ne répondit pas. Un éclat de visage blanc brilla dans les profondeurs de sa capuche obscure. Pryrates passa la porte, ses vêtements écarlates se teintant de lueurs bleu violet dans la lumière de la lune tandis qu'il faisait pivoter sa tête chauve d'un côté et de l'autre pour observer soigneusement alentour. Une ombre le suivit dans le jardin.

La colère envahit soudain Guthwulf, submergeant même sa peur irraisonnée. Que le maître d'Utanyéate dût se tapir sous un escalier, et ce pour se cacher d'une chose que ce damné prêtre traitait comme s'il se fût agi d'un oncle de province !

« Pryrates ! » cria Guthwulf en sortant de sous les escaliers. « Je voudrais vous dire un mot... »

Les pieds chaussés de pantoufles du marquis s'immobilisèrent en crissant dans le gravier. Le prêtre se tenait devant lui, seul au milieu du chemin. Le vent murmurait dans les haies, mais il n'y avait pas d'autre bruit, pas d'autre mouvement que l'ondulation ténue des feuilles.

« Marquis Guthwulf », dit Pryrates en plissant son front glabre dans un signe d'apparente surprise, « que faites-vous ici ? Et à une telle heure. » Il toisa Guthwulf et la façon dont il était vêtu. « Aviez-vous du mal à trouver le sommeil ? »

« Oui... Non... Ah, maudit prêtre, là n'est pas le problème ! J'allais voir le roi. »

Pryrates acquiesça. « Ah. Eh bien, je quitte Sa Majesté à l'instant. Il vient de prendre sa potion somnifère, et quoi que vous vouliez lui dire, cela devra donc attendre jusqu'au matin. » Guthwulf observa la lune moqueuse, puis la cour. Elle était déserte, à l'exception d'eux deux. Il eut une impression de vertige, se sentant trahi par ses propres sens. « Vous étiez seul avec le roi ? » demanda-t-il enfin.

Le prêtre le fixa des yeux un moment. « Si l'on excepte son nouvel échanson, oui. Et les quelques serviteurs dans les dépendances. Pourquoi ? »

Le marquis sentit le sol se dérober sous ses pieds. « L'échanson ? C'est que... Je voulais savoir... J'ai pensé... » Guthwulf s'efforçait de recouvrer son calme.

« Il n'y a pas de garde devant cette porte », dit-il en accompagnant ses paroles d'un signe du doigt.

« Avec un vaillant guerrier tel que vous arpentant les jardins », sourit Pryrates, « ce n'est pas vraiment nécessaire ; mais vous avez raison. J'en parlerai au connétable. Maintenant, si vous voulez bien m'excuser, mon seigneur, je dois rejoindre mon lit étroit. J'ai eu une longue et épuisante journée. Bonne nuit. »

Dans un large mouvement de robe, le prêtre se retourna et s'éloigna, disparaissant dans un recoin obscur à l'autre bout du jardin.

Les esprits du voyageur lui revinrent alors qu'il chevauchait à travers les neiges sans fin, mais pas son nom. Il était incapable de se souvenir de ce qui avait pu l'amener jusqu'à cette selle, ou si l'animal lui appartenait. Il ne savait pas non plus d'où il venait, ni ce qui avait pu causer l'effroyable douleur qui parcourait tout son corps, et tordait et paralysait ses membres. Il savait seulement qu'il devait avancer vers un point au-delà de l'horizon, en suivant une rangée d'étoiles qui brûlaient la nuit dans les cieux du nord-ouest. Il ne pouvait se souvenir de l'endroit qu'il trouverait là-bas.

Il ne s'arrêtait que très peu pour dormir : la chevauchée elle-même était une sorte de rêve éveillé, un long tunnel blanc de vent et de neige qui semblait n'avoir pas de fin. Des fantômes l'accompagnaient, une large foule de morts égarés marchant dans son sillage. Certains devaient lui devoir leur sort, ou c'était du moins ce que laissait supposer l'air de reproche inscrit sur leur visage livide ; d'autres étaient les esprits importuns pour lesquels il avait tué. Mais aucun d'entre eux n'avait plus le moindre pouvoir sur lui. Sans son nom, il était un fantôme, tout autant qu'eux.

Ils voyagèrent donc de concert, l'homme anonyme et les morts sans nom : un cavalier solitaire et une horde insubstantielle et frémissante qui l'accompagnait comme l'écume portée par une vague de l'océan.

Chaque fois que le soleil mourait et que le croissant d'étoiles fleurissait dans le ciel scintillant du nord-ouest, il faisait une entaille avec son couteau dans le cuir de sa selle. Parfois, lorsque le soleil disparaissait, le vent emplissait le ciel noir de neige fondue, et les étoiles ne se montraient pas. Pourtant, il faisait une nouvelle entaille dans sa selle. Voir les marques pâles dans le cuir noirci par la graisse le rassurait, lui prouvait que quelque chose pouvait changer dans cette éternelle immuabilité de montagnes et de pierres et de plaines enneigées, lui suggérait qu'il faisait plus que de ramper en un cercle futile comme un insecte aveugle sur le bord d'une coupe. Sa seule autre mesure du temps qui s'écoulait était sa faim, dont les hurlements couvraient maintenant même ceux de la plus terrible de ses douleurs. Et cela était également un étrange réconfort. Avoir faim, c'était être en vie. Mort, il se trouverait peut-être condamné à rejoindre la foule des ombres chuchotantes qui grouillait autour de lui, voué à rôder et à murmurer dans ce désert stérile pour l'éternité. Tant qu'il vivait, il lui restait au moins un espoir froid et ténu, même s'il ne se souvenait plus vraiment de ce qu'il pouvait espérer.

Il y avait onze entailles sur sa selle lorsque son cheval mourut. Un instant, ils avançaient, affrontant une bourrasque de neige fraîche; l'instant suivant, sa monture s'affaissa lentement sur ses genoux en tremblant, puis versa, projetant autour d'eux un nuage poudreux blanc et silencieux. Après un moment, il s'en libéra, sa douleur devenue une voix aussi distante que les étoiles qu'il suivait. Il se remit difficilement sur pied, et, d'un pas chancelant, commença à marcher.

Deux autres soleils se levèrent et se couchèrent tandis qu'il poursuivait sa pénible progression. Même ses fantômes finirent par disparaître, effacés par les neiges hurlantes. Il eut l'impression que le temps devenait plus froid, sans être certain de ce que le froid était.

Lorsque le nouveau soleil s'éleva, ce fut dans un ciel gris ardoise glacial. Le vent s'était calmé, et les bourrasques de neige n'étaient plus que des flocons voletant légèrement alentour. Devant lui, découpée dans le ciel, aussi austère et acérée qu'une dent de requin, se dressait la montagne. Une sinistre couronne de nuages gris fer entourait son sommet obscur, nourrie par les fumées et les vapeurs s'échappant des crevasses qui constellaient ses flancs couverts de glace. En la voyant, il tomba à genoux et proféra une prière de remerciement silencieuse. Il ne se souvenait toujours pas de son nom, mais il savait qu'il avait devant lui ce qu'il cherchait.

Lorsque obscurité et lumière se furent encore une fois succédé, il se trouva près de l'ombre de la montagne, marchant dans une région de collines gelées et de vallons encaissés. Des mortels vivaient ici, des hommes et des femmes aux cheveux pâles et au regard suspicieux, qui se blottissaient la nuit dans des maisons-clan faites de pierres liées à la boue et de lourdes poutres noires. Il ne traversa pas leurs mornes villages, bien qu'il les jugeât vaguement familiers. Lorsque les habitants l'interpellèrent et s'approchèrent, sans venir plus près que ne le permettait la superstition, il les ignora et poursuivit sa laborieuse progression.

Une nouvelle journée de cette marche cruelle lui fit franchir les limites des terres des mortels aux cheveux pâles. Maintenant la montagne envahissait le ciel, à tel point que même le soleil paraissait minuscule et lointain, et qu'une sorte de perpétuelle pénombre couvrait toutes les terres alentour. Parfois en titubant, parfois en rampant il grimpa les degrés de la vieille, vieille route, avançant à travers les collines au pied de la montagne, à travers les ruines argentées et couvertes de givre d'une cité détruite depuis bien longtemps. Des piliers s'élevaient à travers la nappe neigeuse tels des os brisés ; des arches évoquant les orbites vides de crânes desséchés se dressaient contre les crêtes assombries de la montagne.

Ses forces commençaient à lui faire défaut, si près du but. Le chemin gelé et désagrégé se terminait devant une immense porte dans le flanc de la montagne, une porte plus haute qu'une tour, faite de calcédoine, d'albâtre et de bois-sorcier, reposant sur des charnières de granit noir, et gravée de formes étranges et de runes plus étranges encore. C'est devant cette porte qu'il s'arrêta, les toutes dernières gouttes de vie s'échappant lentement de son corps torturé. Tandis que l'obscurité finale commençait à descendre sur lui, l'immense porte s'ouvrit. Une foule de silhouettes blanches s'avança, aussi belles que la glace sous le soleil, aussi terribles que l'hiver. Ils l'avaient regardé venir. Ils avaient observé l'agonie de chaque pas à travers ces étendues blanches et sauvages. Maintenant, leur curiosité insondable quelque peu satisfaite, ils l'emportèrent enfin dans la sérénité de la montagne.

Le voyageur sans nom s'éveilla dans une pièce aux puissants piliers, dans le cœur éclairé de bleu de la montagne. La fumée et la vapeur qui s'échappaient du puits titanesque au centre de la pièce s'élevaient jusqu'à se mêler avec la neige qui voletait sous son plafond impossiblement haut. Longtemps, il ne put que rester étendu là, à regarder les volutes de fumée. Lorsqu'il fut capable de bouger les yeux, il vit devant lui un grand trône de roche noire, entièrement recouvert d'une patine de glace. Sur ce siège se trouvait une silhouette en robe blanche dont le masque d'argent brillait comme une flamme azurée, reflétant la lumière qui se déversait du grand puits. Son cœur s'emplit d'une profonde exaltation, mais aussi d'une terrible, terrible honte.

« Maîtresse », hurla-t-il tandis que les souvenirs emplissaient son esprit, « détruisez-moi, Maîtresse ! Détruisez-moi car j'ai failli ! »

Le masque d'argent se tourna vers lui. Un chant sans paroles s'éleva dans les ombres de la pièce, où brillaient les yeux d'une foule d'observateurs qui le regardaient comme si les fantômes qui l'avaient accompagné dans son voyage se préparaient maintenant à le juger et à assister à sa perte.

« *Tais-toi* », dit Utuk'ku. Sa terrible voix le saisit comme des mains invisibles, porteuse d'un sort glacial qui atteignit jusque son cœur, et le paralysa. « *Je découvrirai ce que je veux savoir.* »

Après ses atroces blessures et son abominable voyage à travers les neiges, la douleur était devenue si générale qu'il avait oublié qu'il existât d'autres sensations. Il avait supporté son tourment avec le même détachement que son absence de nom, mais ce n'avait été que la souffrance du corps. Maintenant, il lui était rappelé, comme à presque tous ceux qui pénétraient dans le Pic de l'Orage, qu'il existait des agonies incomparablement supérieures à toutes les blessures corporelles, et pour lesquelles même la mort n'était pas une éventualité de délivrance.

Utuk'ku, maîtresse de la montagne, était âgée à un point qui défiait toute compréhension, et avait beaucoup appris. Elle aurait peut-être pu obtenir de lui les informations qu'elle cherchait sans lui infliger une aussi terrible torture. Si une telle clémence lui était possible, alors elle choisit de ne pas l'exercer.

Il hurla et hurla. Ses cris résonnèrent dans l'immense pièce.

Les pensées glacées de la Reine des Norns s'enfoncèrent en lui, déchirant son être même de leurs griffes froides et indifférentes. Ce fut une agonie au-delà de tout, au-delà de la peur, ou de l'imagination. Elle le vida, et il en fut le témoin impuissant. Tout ce qui lui était arrivé, toutes ses connaissances jaillirent de lui; ses pensées les plus secrètes et les trésors les plus intimes de sa personnalité furent arrachés et exhibés : on eût dit qu'elle l'avait fendu en deux comme un poisson et avait extirpé son âme.

Il vit de nouveau la poursuite sur la montagne Urmsheim, la découverte par ses proies de l'épée qu'ils cherchaient, sa propre bataille avec les mortels et les Sithis. Il assista une nouvelle fois à l'irruption du dragon des neiges et à son propre sort, la façon dont il avait été broyé et dont son corps sanguinolent avait été enseveli sous des blocs de glace centenaires. Puis, comme s'il observait un étranger, il contempla une forme agonisante qui se frayait péniblement un chemin à travers les neiges en direction du Pic de l'Orage, un pauvre hère sans nom qui avait perdu sa proie, perdu sa meute, et perdu même le casque à tête de chien qui le signalait comme étant le premier mortel à jamais être Chasseur de la Reine. Enfin, le spectacle de sa honte cessa.

Utuk'ku hocha de nouveau la tête, son masque d'argent paraissant observer le mouvement tumultueux des fumées au-dessus du Puits de la Harpe Vivante. « *Il ne t'appartient pas de dire si tu as failli ou non, mortel* », dit-elle enfin. « *Mais sache ceci : je ne suis pas mécontente. J'ai appris ce jour de nombreuses choses utiles. Le monde continue de tourner, mais il tourne en notre direction.* »

Elle leva la main. Les chants enflèrent dans les ombres de la salle. Quelque chose de large sembla se mouvoir dans les profondeurs du Puits, faisant danser les volutes de fumée. « Je *te rends ton nom, Ingen Jegger* », dit Utuk'ku. « *Tu es toujours le Chasseur de la Reine.* » Elle prit sur ses genoux un nouveau casque d'un blanc étincelant représentant la tête d'un chien à l'affût, les yeux et la langue pendante ciselés dans une gemme écarlate, les dents alignées des dagues d'ivoire dans sa gueule ouverte. « *Et cette fois je te donnerai une proie qu'aucun mortel n'a jamais chassée !* »

Un tourbillon de lumière jaillit du Puits de la Harpe, inondant les hauts piliers; un rugissement comme celui du tonnerre résonna à travers la pièce, si profond qu'il sembla faire trembler même l'assise de la montagne. Ingen Jegger sentit le bonheur l'envahir. Il fit un millier de promesses silencieuses à sa merveilleuse maîtresse.

« *Mais d'abord tu dois dormir profondément et être soigné* », dit le masque d'argent, « *car tu t'es enfoncé plus avant dans les terres de la mort qu'il n'est habituellement permis aux humains d'aller sans s'interdire toute possibilité de retour. Et tu seras rendu plus fort, car la tache qui va t'être confiée sera difficile.* »

La lumière disparut soudain, comme si un nuage noir s'était abattu sur lui.

La forêt était toujours enfoncée dans la nuit. Après le cri, le silence semblait résonner dans les oreilles de Déornoth tandis qu'Einskaldir l'aidait à se remettre sur pied.

« Usires sur l'Arbre, regardez ça », dit le Rimmersleute en haletant. Encore à demi assommé, Déornoth regarda alentour, se demandant ce qu'il avait bien pu faire qui provoquât une lueur aussi étrange dans les yeux d'Einskaldir.

« Josua », appela le Rimmersleute, « venez par ici ! »

Le prince rengaina Naidel et s'avança. Déornoth pouvait voir les autres membres du groupe qui s'approchaient.

« Pour une fois, ils n'ont pas simplement frappé et disparu », dit sombrement Josua. « Déornoth, es-tu blessé ? »

Le chevalier secoua négativement la tête, les idées encore embrouillées. Que regardaient-ils tous donc ?

« Il... il tenait un couteau sur ma gorge », dit le père Strangyeard, décontenancé. « Sire Déornoth m'a sauvé. »

Josua se pencha vers Déornoth, mais le surprit en poursuivant son mouvement jusqu'à s'accroupir, un genou à terre. « Qu'Aédon nous aide », dit doucement le prince.

Déornoth regarda enfin vers le sol. Par terre, près de ses pieds, se trouvait la forme ramassée et vêtue de noir du Norn avec lequel il avait lutté. La lumière de la lune jouait sur son visage cadavérique, faisant ressortir les gouttelettes de sang sur sa peau blanche. Un couteau incroyablement fin était toujours serré dans la main blême du Norn.

« Mon Dieu ! » s'exclama Déornoth, qui chancela.

Josua s'approcha plus près du corps. « Ton coup a été puissant, mon vieil ami », dit-il ; puis ses yeux s'écarquillèrent et il bondit en arrière. Naidel jaillit une fois de plus de son fourreau.

« Il a bougé », dit Josua, en se faisant violence pour parler d'une voix égale. « Le Norn est vivant. »

« Pas pour longtemps », dit Einskaldir en levant sa hache. Le bras de Josua se détendit, de telle façon que Naidel s'interposa entre le Rimmersleute et sa victime potentielle.

« Non. » Josua fit signe aux autres de reculer. « Ce serait folie que de le tuer. »

« Mais il a tenté de nous tuer ! » siffla Isorn. Le fils du duc était de retour, porteur d'une torche qu'il venait d'allumer avec ses pierres à feu. « Pensez à ce qu'ils ont fait à Naglimund ! »

« Je ne parle pas de pitié », dit Josua en ramenant la pointe de son épée sur la gorge pâle du Norn. « Je parle de l'occasion qui nous est donnée de questionner un prisonnier. »

Peut-être sous l'effet du picotement, le Norn s'agita.

« Tu es trop près, Josua ! » cria Vorzheva. « Écarte-toi ! »

Le prince lui adressa un regard glacial mais ne bougea pas. Il abaissa un peu la pointe de Naidel, l'appuyant sur le sternum du prisonnier. Le Norn battit des yeux en inspirant une grande goulée d'air à travers ses lèvres ensanglantées.

« *Ai, Nakkiga* », dit le Norn d'une voix rauque, en détendant ses doigts longs et minces, « *o'do 'tke stazho...* »

« Mais c'est un païen, Prince Josua », dit Isorn. « Il ne parle aucune langue humaine. »

Josua ne dit rien, mais l'aiguillonna une nouvelle fois. Les yeux du Norn reflétèrent la lumière de la torche et renvoyèrent une étrange lueur violacée. Son regard glissa le long de l'épée posée sur sa mince poitrine puis vint finalement se poser sur le prince.

« Je parle », dit lentement le Norn. « Je parle votre langue. » Sa voix était aiguë et froide, aussi cassante qu'une flûte de verre. « Bientôt elle ne sera plus parlée que par les morts. » La créature s'assit et fit pivoter sa tête, regardant soigneusement tout autour de lui. L'épée du prince accompagna chaque mouvement. Le Norn semblait articulé en d'étranges endroits : ses mouvements étaient fluides là où un mortel aurait été maladroit, mais certains de ses mouvements étaient étonnamment hachés. Nombre de ceux qui l'observaient eurent un geste de recul, impressionnés par la faculté de l'étranger à se mouvoir sans montrer sa douleur, malgré la ruine sanguinolente qui avait été son nez et les marques de nombreuses autres blessures.

« Gutrun, Vorzheva... » Josua parla sans quitter le prisonnier des yeux. Sous l'écheveau de sang séché, le visage du Norn semblait briller comme une lune. « Et vous aussi, Strangyeard », dit le prince. « Le ménestrel et Towser sont seuls. Allez les rejoindre et faites un feu. Puis préparez notre départ. Il serait inutile de chercher à se cacher maintenant. »

« Ça ne l'a jamais été, mortel », dit la chose sur le sol.

Vorzheva ravala visiblement une répartie à l'ordre de Josua. Les deux femmes s'éloignèrent. Le père Strangyeard les suivit, après avoir fait le signe de l'Arbre et un claquement de langue inquiet.

« Maintenant, créature des enfers, parle. Pourquoi nous suivez-vous ? » Bien que le ton de sa voix fût ferme, Déornoth crut déceler une sorte de fascination dans le visage du prince.

« Je ne vous dirai rien. » Les fines lèvres s'ouvrirent pour former un sourire satisfait. « Pitoyables créatures éphémères. Vous ne vous êtes donc pas encore habitués à mourir sans que vos questions aient trouvé de réponse ? »

Furieux, Déornoth s'avança et frappa la chose au côté de son pied botté. Le Norn grimaça, mais ne montra pas d'autre signe de douleur. « Tu es une créature du diable, et les diables sont les maîtres du mensonge », gronda Déornoth. Sa tête lui faisait terriblement mal, et la vue de cet être émacié et grimaçant lui était presque intolérable. Il se souvint de ses semblables grouillant comme des vers à travers Naglimund et sentit sa gorge se nouer.

« Déornoth... » l'avertit Josua, puis il s'adressa de nouveau au prisonnier. « Si vous êtes si puissants, alors pourquoi tes congénères ne nous détruisent-ils pas, pour en finir une fois pour toutes ? Pourquoi perdre votre temps avec ceux qui vous sont à tel point inférieurs ? »

« Nous ne patienterons plus très longtemps, sois sans inquiétude. » La voix sarcastique du Norn se chargea d'une note de satisfaction. « Vous m'avez pris, mais mes compagnons ont découvert tout ce que nous avions besoin de savoir. Vous pouvez tout aussi bien adresser maintenant vos dernières prières au petit homme sur un bout de bois que vous adorez, car plus rien ne nous arrêtera. »

Ce fut cette fois Einskaldir qui s'avança en grondant vers le Norn. « Chien ! Chien blasphémateur ! »

« Silence », lâcha Josua. « Il fait cela délibérément. » Déornoth posa la main sur le bras musclé d'Einskaldir avec circonspection. On ne portait pas à la légère la main sur le Rimmersleute, qui avait un caractère glacial mais vif. « Eh bien », dit Josua, « que veux-tu dire par “nous avons découvert tout ce que nous avions besoin de savoir” ? Que pouvait-ce bien être ? Parle, ou je laisse Einskaldir s'occuper de toi. »

Le Norn rit, du bruit du vent dans des feuilles mortes, mais Déornoth eut l'impression d'avoir saisi un subtil changement dans ses yeux pourpres lorsque Josua eut parlé. Il semblait que le prince avait fait mouche en quelque point délicat. « Tuez-moi, alors ; rapidement ou lentement », railla le prisonnier. « Je n'en dirai pas plus. Le temps qui vous reste, le temps qui reste à tous les mortels, ces êtres aussi furtifs et ennuyeux que des insectes, est compté. Tuez-moi. Les Ténébreux me chanteront dans les basses salles de Nakkiga. Mes enfants se souviendront de mon nom avec fierté. »

« Tes enfants ? » La surprise d'Isorn était évidente dans sa voix. Le prisonnier adressa un air de froid mépris au guerrier blond, mais ne répondit pas.

« Mais pourquoi ? » demanda Josua. « Pourquoi vous êtes-vous alliés avec des mortels ? Et quelle menace représentons-nous pour vous, aussi loin dans vos terres du nord ? Quel intérêt ton Roi de l'Orage peut-il bien trouver à toute cette folie ? »

Le Norn se contenta de le regarder.

« Parle, maudite âme pâle des enfers ! »

Rien.

Josua soupira. « Alors qu'allons-nous faire de lui ? » murmura-t-il, presque pour lui-même.

« Ça ! » Einskaldir échappa au bras de Déornoth qui le retenait et leva sa hache. Le Norn le fixa des yeux le temps d'un battement de cœur silencieux, la tête légèrement tournée vers lui, son visage tel un masque d'ivoire taché de sang, avant que le Rimmersleute n'abattît son arme, tranchant à travers son crâne et projetant le dos du prisonnier sur le sol. La fine silhouette du Norn se convulsa, se plia en deux, retomba raide, puis s'arqua une nouvelle fois, comme s'il eût été monté sur gonds en son milieu. Un fin nuage de sang s'échappa de son crâne. Son agonie était aussi horriblement monotone que les contorsions d'un grillon écrasé. Après quelques instants, Déornoth préféra s'en détourner.

« *Maudit sois-tu, Einskaldir* », dit enfin Josua, la voix tremblante de rage. « *Comment oses-tu ?* Je ne t'ai pas dit de faire ça ! »

« Et si je ne l'avais pas fait, alors quoi ? » répondit Einskaldir. « L'emmener avec nous ? Se réveiller avec son visage de cadavre souriant au-dessus du vôtre une de ces nuits ? » Il semblait un peu moins assuré que ne l'étaient ses mots, mais sa voix était emplie de fureur.

« Par le Bon Dieu, Rimmersleute, ne peux-tu donc jamais attendre avant de frapper ? Et si tu n'as aucun respect pour moi, que fais-tu de ton maître Isgrimnur, qui t'a enjoint de m'obéir ? » Le prince se pencha en avant jusqu'à ce que son visage tourmenté ne fût plus qu'à une largeur de main de la sombre barbe hérissée d'Einskaldir. Le prince soutint le regard du Rimmersleute, comme s'il essayait d'y lire quelque chose de caché. Aucun des deux hommes ne parla.

En observant le profil du prince que dessinait la lune, ce visage à ce point chargé de férocité et de peine, Déornoth se souvint soudain d'un tableau de Sire Camaris chevauchant vers la première bataille des Thrithings. Le plus grand des chevaliers du Roi Jean avait arboré un semblable regard, aussi fier et désespéré qu'un faucon affamé. Déornoth secoua la tête, pour tenter de chasser les ombres. Quelle nuit de folie ils avaient donc vécue !

Einskaldir s'écarta le premier. « C'était un monstre », marmonna-t-il. « Maintenant il est mort. Deux de ses compagnons sont blessés et ont été repoussés. Je vais nettoyer mon arme de ce sang impur. »

« D'abord, tu vas enterrer le corps. Isorn, tu aideras Einskaldir. Fouillez ses vêtements, à la recherche de n'importe quoi qui pourrait nous en apprendre plus. Dieu nous aide, nous en savons si peu ! »

« L'enterrer ? » Le ton d'Isorn était respectueux mais dubitatif.

« N'abandonnons rien derrière nous qui pourrait nous sauver, et surtout pas des informations. » Josua semblait las de parler. « Si les compagnons du Norn ne trouvent pas son corps, ils ne sauront peut-être pas qu'il est mort. Et ils se demanderont peut-être ce qu'il nous raconte. »

Isorn acquiesça sans vraiment de conviction, et s'attela à cette déplaisante tâche. Josua se retourna et prit Déornoth par le bras.

« Viens », dit le prince. « Il faut que nous parlions. »

Ils s'éloignèrent un peu de la clairière, restant à portée de voix du campement. Les fragments de ciel nocturne visibles à travers les arbres denses étaient devenus bleu sombre, préparant l'aube. Un oiseau solitaire siffla.

« Einskaldir croyait bien faire, prince Josua », dit Déornoth, brisant le silence qui s'était instauré entre les deux hommes. « Il est féroce, impatient, mais ce n'est pas un traître. »

Josua se tourna vers lui, surpris. « Par la Bienveillance de Dieu, Déornoth, penses-tu que je ne le sais pas ? Pourquoi crois-tu que j'ai si peu réagi ? Mais Einskaldir a agi impulsivement : le Norn nous en aurait peut-être dit un peu plus, même si la fin aurait de toute façon été la même. Je déteste tuer de sang-froid, mais qu'aurions-nous pu faire de cette créature meurtrière ? Néanmoins, Einskaldir pense que je raisonne trop pour être un bon guerrier. » Il eut un rire mélancolique. « Il a probablement raison. » Le prince leva la main pour retenir la réponse de Déornoth. « Mais ce n'est pas pour cette raison que je voulais te parler seul. Einskaldir est mon affaire. Non, je voulais savoir ce que tu pensais des mots du Norn. »

« Lesquels, Votre Altesse ? »

Josua soupira. « Il a dit que ses compagnons avaient trouvé ce qu'ils cherchaient. Ou avaient appris ce qu'ils désiraient savoir. Que cela peut-il bien vouloir dire ? »

Déornoth eut un haussement d'épaules. « Mon crâne résonne encore, prince Josua. »

« Mais tu as dit toi-même qu'il devait y avoir une raison pour laquelle ils ne nous ont pas tués. » Le prince s'assit sur le tronc moussu d'un arbre renversé, faisant signe au chevalier de se joindre à lui. Le bol céleste devenait lavande au-dessus d'eux. « Ils envoient un mort animé se joindre à nous ; ils tirent des flèches sur nous sans nous tuer pour nous empêcher de partir vers l'est ; et maintenant ils dépêchent quelques-unes de leurs créatures pour s'introduire dans notre camp comme des voleurs. Que veulent-ils ? »

Aucune réponse ne vint, malgré tous les efforts déployés par Déornoth. Il ne pouvait libérer son esprit du sourire moqueur du Norn. Mais il y avait eu aussi cet autre regard, cette éphémère lueur de gêne...

« Ils craignent... » dit Déornoth, en sentant l'idée toute proche, « ils craignent... »

« *Les épées* », siffla Josua. « Bien sûr ! Que pourraient-ils craindre d'autre ? »

« Mais nous n'avons pas d'épée magique », reprit Déornoth.

« Peut-être qu'ils ne le savent pas », répondit Josua. « Peut-être que c'est l'une des vertus d'Épine et de Minneyar : d'être invisibles à la magie des Norns. » Il se frappa les cuisses. « Bien sûr ! Elles doivent l'être, sinon le Roi de l'Orage les aurait trouvées et les aurait détruites ! Comment, sans cela, des armes à ce point mortelles pour lui pourraient-elles encore exister ?! »

« Mais alors pourquoi ont-ils essayé de nous empêcher de partir vers l'est ? »

Le prince haussa les épaules. « Qui peut le dire ? Nous devons approfondir notre réflexion, mais je crois qu'il s'agit de la réponse. Ils craignent que nous soyons déjà en possession de l'une ou des deux épées, et ont peur de nous affronter avant de le savoir. »

Déornoth sentit son cœur s'alourdir. « Mais vous avez entendu ce qu'a dit la créature. Ils le savent, maintenant. »

Le sourire de Josua disparut. « C'est vrai. Ou du moins, ils doivent en être quasi certains. Et pourtant c'est une information qui peut peut-être encore tourner en notre faveur. Peut-être. » Il se releva. « Mais ils n'ont plus peur de nous approcher. Nous devons voyager plus prestement encore. Viens. »

Tout en se demandant comment un groupe aussi mutilé et démoralisé pourrait bien presser encore le pas, Déornoth suivit le prince jusqu'au camp dans la lumière de l'aube.

7

DES FEUX QUI SE PROPAGENT

Les mouettes qui tournoyaient dans le ciel gris matinal répondaient lugubrement aux craquements des dames de nage. Le grincement régulier était comme un doigt insistant qui lui tapoterait le côté. Miriamélé sentit la colère monter en elle. Enfin, elle se tourna vers Cadrach, hors d'elle.

« *Vous... espèce de traître !* » cracha-t-elle.

Le moine la regarda avec des yeux éberlués, l'inquiétude faisant pâlir son visage rond.

« Quoi ? » Cadrach donnait l'impression d'avoir pour seule envie de s'éloigner, et vite, mais ils étaient coincés ensemble sur l'étroite poupe d'une barque. Lenti, le laquais maussade de Streàwe, les observait d'un air irrité depuis le banc central sur lequel lui et l'autre serviteur tiraient langoureusement sur les rames. « Madame... » commença Cadrach, « je ne... »

Ses piètres dénégations ne firent qu'amplifier sa fureur. « Me prenez-vous donc pour une idiote ? » lança-t-elle d'un ton rageur. « Je comprends peut-être lentement, mais en réfléchissant assez longtemps, je finis toujours par y arriver. Le comte vous a appelé *Padréic*, et il n'est pas le premier à vous appeler par ce nom ! »

« Une simple confusion, Madame. L'autre était mourant, si vous voulez bien vous souvenir ; rendu fou par la douleur, sa vie gouttant dans l'Inniscrich... »

« *Pauvre porc !* Et je suppose que c'est une coïncidence si Streàwe a su que j'avais quitté la place forte pratiquement avant que je ne décide de le faire ? Vous

vous êtes bien amusé, n'est-ce pas? Vous avez un pied dans chaque camp, n'est-ce pas? D'abord vous avez pris l'or de Vorzheva pour m'escorter, puis le mien pendant que nous étions sur la route, mendiant un pichet de vin, vous faisant offrir un repas... »

« Je ne suis qu'un pauvre homme de Dieu, Madame », tenta vaillamment Cadrach.

« Silence, sale ivrogne perfide ! Et vous avez aussi pris l'or du comte Streàwe, n'est-ce pas? Vous lui avez fait savoir que j'arrivais : je me demandais aussi pourquoi vous aviez autant insisté pour vous éclipser lors de notre arrivée à Ansis Pelippé. Et durant ma captivité, où étiez-vous? Vous visitiez le château? Vous soupiez avec le comte? » Elle était si furieuse qu'elle pouvait à peine parler. « Et... et je suppose que c'est également vous qui avez prévenu celui à qui je dois être livrée, qui qu'il soit, n'est-ce pas? *N'est-ce pas*! Comment pouvez-vous porter l'habit? Pourquoi Dieu ne... ne vous foudroie-t-il pas immédiatement pour ce blasphème? Pourquoi ne vous embrasez-vous pas sur-le-champ? » Elle s'interrompit, la gorge serrée par des larmes de rage, et s'efforça de reprendre son souffle.

« Vous deux », dit Lenti d'un ton menaçant, la barre que formaient ses sourcils plongeant vers son nez, « arrêtez de crier. Et ne tentez rien de fâcheux ! »

« Ferme-la ! » lui répondit Miriamélé.

Cadrach crut voir là sa chance. « C'est vrai, ça! N'insultez pas cette dame. Par Saint Muirfath, je n'arrive pas à croire que... »

Le moine ne put jamais finir sa phrase. Dans un hurlement inarticulé de fureur, Miriamélé s'appuya sur lui et poussa de toutes ses forces. Cadrach, le souffle coupé par la surprise, battit brièvement des bras pour tenter de retrouver son équilibre, puis bascula dans les vagues vertes de la Baie d'Émettin.

« *Vous êtes folle ?* » rugit Lenti, en lâchant sa rame et en bondissant en avant. Cadrach disparut sous les remous d'eau jade.

Miriamélé se leva pour crier dans sa direction. Le bateau tangua, renvoyant Lenti sur son siège; l'une de ses rames glissa de ses mains et s'abîma dans la baie comme un poisson d'argent. « Filou impie ! » cria-t-elle en direction du moine, qu'elle ne pouvait voir. « *Va en enfer !* »

Cadrach fit surface, recrachant un long jet d'eau salée. « Je vais me noyer ! » gargouilla-t-il. « Je me noie ! À l'aide ! » Il s'enfonça de nouveau.

« *Eh bien coule, sale traître !* » cria Miriamélé ; son cri se changea en hurlement lorsque Lenti, l'attrapant par le bras et le lui tordant violemment dans le mouvement. la tira vers son siège.

« Garce enragée ! » s'exclama-t-il.

« Laissez-le mourir », haleta-t-elle, en se débattant pour essayer de se libérer de son emprise. « Qu'est-ce que ça peut vous faire ? »

Il tendit le bras et la gifla sur le côté du crâne, lui faisant monter de nouvelles larmes aux yeux. « Le Maître a dit, emmène les deux à Nabban. Je me présente avec un seul, je suis fini. »

Pendant ce temps, Cadrach avait refait surface ; il crachait encore de l'eau, se débattait, et faisait des bruits qui ressemblaient effectivement à ceux d'un homme qui se noie. L'autre serviteur de Streàwe, éberlué, avait continué de tirer sur sa rame, ce qui, par chance, avait fait tourner le bateau et le ramenait vers l'endroit où Cadrach se démenait en braillant.

Le moine les vit s'approcher, une lueur de panique dans ses yeux exorbités. Il tenta de se diriger vers eux, mais ses mouvements désordonnés ne firent que l'entraîner vers le fond, sa tête plongeant encore une fois dans les vagues. Un instant plus tard, il refit surface, sa panique plus évidente encore dans ses yeux.

« À l'aide ! » piailla-t-il sans plus de souffle, en agitant les bras dans l'air, au comble de l'horreur. « Quelque chose... *Il y a quelque chose là-dessous... !* »

« Aédon et tous les saints ! » grimaça Lenti. Il se pencha par-dessus le bord en prenant garde à ne pas lui-même perdre l'équilibre. « Qu'est-ce qu'il y a maintenant, des requins ? »

Miriamélé, maintenant pelotonnée en proue, sanglotait sans plus s'inquiéter de rien. Lenti attrapa la corde d'amarrage et la lança vers le moine. Cadrach, qui se débattait violemment dans l'eau, ne la vit d'abord pas ; mais son bras finit par s'emmêler dans l'une de ses spirales.

« Attrape-la, idiot ! » cria Lenti. « Attrape-la ! »

Le moine obéit enfin, serrant la corde de ses deux mains. Il fut tiré à travers les eaux jusqu'au bateau, en battant des pieds comme une grenouille. Lorsque Lenti l'eut amené assez près, l'autre serviteur lâcha sa rame et vint à la rescousse. Après une ou deux tentatives ratées et un certain nombre de jurons, ils réussirent à hisser sa masse détrempée par-dessus bord. La barque tangua. Cadrach se laissa tomber au fond en cherchant à retrouver son souffle et en vomissant l'eau de la baie.

« Servez-vous de votre cape pour le sécher », dit Lenti à Miriamélé, tandis que le moine semblait avoir retrouvé un début de respiration rauque. « S'il meurt, je vous fais faire le reste de la traversée à la nage. »

À contrecœur, elle s'exécuta.

Les collines brun et sable de la côte nord-est de Nabban grandissaient régulièrement devant eux. Le soleil tendait vers midi, et brunissait la surface de la baie d'un éclat violent et cuivré. Les deux hommes ramaient, le bateau tanguait, et les dames de nage craquaient et craquaient et craquaient.

Miriamélé était toujours furieuse, mais sa colère était devenue vide et désespérée. L'éruption était terminée, le feu s'était changé en braises.

Comment ai-je pu être aussi imprudente ? se demanda-t-elle. *Je lui ai fait confiance ; pire, je commençais même à bien l'aimer ! J'appréciais sa compagnie, même s'il était la plupart du temps à moitié saoul.*

À peine quelques instants plus tôt, alors qu'elle changeait de position sur le banc, elle avait entendu quelque chose tinter dans la poche de la robe de bure de Cadrach. Une fois dégagé, cela s'était avéré être une bourse gaufrée du sceau du comte Streàwe, à moitié pleine de quinis d'argent et de deux impérators d'or. Cette preuve indiscutable de la trahison du moine avait momentanément ravivé sa rage. Elle avait envisagé un instant de le jeter une nouvelle fois à l'eau, quitte à encourir la punition de Lenti si nécessaire ; mais, après quelque réflexion, elle avait décidé qu'elle n'était plus assez en colère pour le tuer. D'ailleurs, Miriamélé était même un peu surprise du fait que sa fureur passée eût pu brûler si fort.

Elle détourna les yeux vers le moine, qui était prostré dans un sommeil intermittent, la tête posée sur le banc, à côté d'elle. La bouche de Cadrach restait ouverte, et son souffle était si court que l'on eût dit que l'air lui manquait même dans ses rêves. Son visage rosé devenait plus rose encore. Miriamélé leva la main et regarda vers le soleil à travers ses doigts. L'été avait été froid, mais ici, au milieu de l'eau, le soleil tapait impitoyablement.

Sans trop réfléchir, elle prit sa cape râpée et en couvrit le front de Cadrach, protégeant son visage. Lenti, qui les observait en silence depuis son banc, grimaça et secoua la tête. Dans la baie, au-delà de son épaule, Miriamélé vit quelque chose de lisse faire surface, puis filer en ondulant vers les profondeurs.

Durant un temps, elle observa les mouettes et les pélicans qui tournaient dans le ciel, puis repartaient vers les rochers de la côte pour s'y poser dans un grand mouvement d'ailes. Le cri glacial des mouettes lui faisait penser à Mérémund, sur la côte d'Erkynée, où elle avait passé son enfance.

Je pouvais aller sur le mur sud et regarder les marins qui remontaient ou descendaient le Gleniwent. Du mur ouest. je pouvais voir l'océan. J'étais une princesse, piégée peut-être par ma position, mais j'avais tout ce que je voulais. Maintenant regardez-moi.

Elle eut un petit grognement de mépris, qui provoqua un nouveau regard déplaisant de Lenti.

Maintenant je suis libre, pensa-t-elle, *je vis une vie d'aventures, mais je suis plus prisonnière que jamais. Je vais, affublée d'un déguisement, méconnaissable, et pourtant, à cause de ce traître de moine, je suis mieux annoncée que je ne l'ai jamais été à la cour. Des gens que je connais à peine m'échangent de la main à la main comme leur bibelot favori. Et Mérémund m'est à jamais perdue, à moins que...*

Le vent hérissa ses cheveux courts. Elle ressentit un grand vide.

À moins que quoi ? À moins que mon père ne change ? Il ne changera jamais. Il a détruit oncle Josua : il a tué Josua ! Pourquoi ferait-il volte-face ? Plus rien ne sera jamais comme avant. Le seul espoir que les choses puissent s'arranger est mort avec Naglimund. Tous leurs plans, les légendes du vieux Rimmersleute Jarnauga, l'histoire des épées magiques... et tous les gens qui vivaient là-bas : disparus. Alors que reste-t-il ? À moins que mon père ne change ou ne meure, je serai pour toujours une fugitive.

Mais il ne changera jamais. Et s'il meurt... ce qui reste de moi, je mourrai aussi.

Les yeux fixés sur les reflets métalliques de la baie d'Émettin, elle pensa à son père tel qu'il avait été, se souvint du jour où elle avait eu trois ans et où il l'avait pour la première fois assise sur un cheval. Miriamélé pouvait évoquer cet instant aussi précisément que s'il avait eu lieu quelques jours plus tôt, et non au début de sa vie. Élias avait souri fièrement tandis qu'elle s'accrochait, terrifiée, à ce qui lui semblait être le dos d'un monstre. Elle n'était pas tombée, et elle avait cessé de pleurer dès qu'il l'avait remise à terre.

Comment une personne, et même un roi, peut-elle assener de telles horreurs à son pays, comme mon père l'a fait? Il m'aimait, avant. Peut-être qu'il m'aime encore; mais il a empoisonné ma vie. Maintenant, il cherche à empoisonner le monde entier.

Les vagues se mirent à battre le flanc de la barque tandis que les rochers s'approchaient, couronnés d'or par le soleil de cette fin de matinée.

Lenti et l'autre serviteur sortirent les rames et les utilisèrent pour guider le bateau entre les rochers acérés qui jaillissaient de tous côtés. Alors qu'ils se rapprochaient du rivage et que l'eau se faisait plus translucide, Miriamélé vit une fois encore quelque chose faire surface non loin. Il y eut un bref éclair gris lisse avant que cela ne disparût de nouveau en éclaboussant alentour, puis réapparût un instant plus tard de l'autre côté du bateau, à un long jet de pierre de là.

Lenti remarqua son regard et tourna la tête pour scruter par-dessus son épaule. Ce qu'il vit fit naître une expression horrifiée sur son visage habituellement impassible. Après s'être chuchoté quelques mots, lui et son compagnon redoublèrent d'efforts, et menèrent la barque vers le rivage aussi vite qu'ils le pouvaient.

« Qu'est-ce que c'est? » demanda Miriamélé. « Un requin? »

Lenti ne leva pas les yeux. « Kilpa », lâcha-t-il en tirant de toutes ses forces sur sa rame.

Miriamélé ouvrit grand les yeux, mais elle ne voyait maintenant plus que les petites vagues qui se broyaient sur les rochers. « Un kilpa dans la baie d'Émettin? » s'exclama-t-elle d'un ton incrédule. « Mais les kilpas ne viennent pas si près! Ils vivent en haute mer! »

« Plus maintenant », grommela Lenti. « Z'ont harcelé les navires tout le long de la côte. Tout le monde le sait.

Maintenant, silence ! » Il respira bruyamment, sans cesser de ramer. Intriguée, Miriamélé continua de scruter les eaux, mais plus rien ne vint troubler la surface paisible de la baie.

Lorsque la quille vint frotter le sable, Lenti et l'autre rameur bondirent hors de la barque et la tirèrent jusque la plage. Ensemble, ils soulevèrent Cadrach du fond du bateau, puis le lâchèrent sans plus de cérémonie sur le sol ; le moine resta étendu là, en gémissant doucement. Le soin fut laissé à Miriamélé de débarquer par elle-même ; ce qu'elle fit, relevant le bas de sa robe de bure pour une demi-douzaine de pas dans l'eau.

Un homme vêtu d'une soutane noire de prêtre descendait vers la plage par le chemin qui serpentait sur le flanc de la colline abrupte. Il en atteignit le bout et s'engagea sur le sable pour marcher vers eux.

« Je suppose qu'il s'agit du marchand d'esclaves auquel je dois être livrée ? » dit Miriamélé de son ton le plus glacial, alors qu'elle plissait les yeux dans sa direction. Lenti et son compagnon, les yeux nerveusement fixés sur la baie, ne répondirent pas.

« Oh !, là-bas ! » cria l'homme à la robe noire. Sa voix était ample et gaie, par-dessus le grondement somnolent de la mer.

Miriamélé le regarda, puis le regarda de nouveau, abasourdie. Elle fit deux pas vers le nouvel arrivant. « Père Dinivan ? » demanda-t-elle d'un ton hésitant. « C'est vraiment vous ? »

« Princesse Miriamélé ! » dit-il joyeusement. « Vous êtes enfin arrivée. Je suis si heureux. » Son large sourire plein de bonté lui donnait l'air d'un jeune homme, mais les cheveux bouclés qui entouraient sa tonsure étaient parsemés de gris. Il posa brièvement un genou à terre avant de se relever pour la regarder soigneusement. « Je ne vous aurais pas reconnue de moins près que cela. On m'avait dit que vous voyagiez en garçon ; c'est réussi. Et vous avez teint vos cheveux en noir. »

Les pensées de Miriamélé tourbillonnaient dans son esprit, mais elle semblait dans le même temps libérée d'un lourd fardeau. De tous les visiteurs qui étaient passés par les demeures de son père, que ce soit Mérémund ou le Hayholt, Dinivan avait été l'un des rares à se conduire en ami, lui disant la vérité lorsque les autres ne faisaient que la flatter, et se montrant capable de lui rapporter les rumeurs les plus étranges comme de lui prodiguer de sages conseils. Le père Dinivan était le premier secrétaire du Lecteur Ranéssin, le maître de la Sainte Église, mais il avait toujours été si humble et ouvert que Miriamélé avait souvent dû se rappeler à l'ordre pour ne pas oublier l'importance de son rang.

« Mais... que faites-vous ici ? » demanda-t-elle enfin. « Êtes-vous venu pour... pour quoi ? Pour me sauver des marchands d'esclaves ? »

Dinivan s'esclaffa. « C'est *moi*, le marchand d'esclaves, Madame. » Il s'efforça de retrouver son sérieux, mais sans grand succès. « Marchand d'esclaves ! Miséricordieux Usires, que le vieux Streàwe vous a-t-il donc raconté ? Enfin, nous parlerons de tout cela plus tard. » Il se tourna vers les geôliers de Miriamélé. « Vous deux. Voici le sceau de votre maître. » Il exhiba un parchemin portant en bas la marque “S” repoussée dans de la cire rouge. « Vous pouvez repartir, et transmettre mes remerciements au comte. »

Lenti inspecta hâtivement le sceau. Il paraissait soucieux.

« Eh bien », dit le prêtre impatiemment. « Y a-t-il un problème ? »

« Il y a des kilpas dans la baie », déclara Lenti d'un ton lugubre.

« Il y a des kilpas *partout*, en ces temps troublés », répondit Dinivan ; puis il sourit charitablement. « Mais nous sommes en milieu de journée, et vous êtes deux hommes forts. Je crois que vous n'avez pas grand-chose à craindre. Êtes-vous armés ? »

Le serviteur de Streàwe se redressa de toute sa hauteur et adressa un regard impérieux au prêtre. « J'ai un couteau », annonça-t-il sévèrement.

« *Ohé, vo stetto* », ajouta son compagnon en perdruinais.

« Eh bien ; alors je suis certain qu'il ne vous arrivera rien », conclut Dinivan d'un ton rassurant. « Que Notre Bien-aimé Aédon veille tout particulièrement sur vous. » Il fit un rapide signe de l'Arbre dans leur direction avant de leur tourner le dos pour s'adresser une nouvelle fois à Miriamélé. « Partons. Nous resterons ici cette nuit, mais ensuite il faudra nous hâter. Il faut au moins deux bonnes journées pour atteindre le Sancellan Aedonitis, et le Lecteur Ranéssin est impatient d'entendre vos nouvelles. »

« Le Lecteur ? » répéta-t-elle, éberluée. « Qu'a-t-il à faire avec tout cela ? »

Dinivan fit un geste apaisant de la main, tout en regardant Cadrach, qui était étendu sur le côté, la tête enfoncée dans sa capuche détrempée. « Nous parlerons de tout cela et de bien d'autres choses plus tard. Il semble que Streàwe vous en a dit moins encore que ce dont je l'avais informé, ce qui n'est pas pour me surprendre. C'est un vieux renard. » Les yeux du prêtre se plissèrent. « Qu'est-ce qui ne va pas avec votre compagnon ; c'est bien votre compagnon, n'est-ce pas ? Streàwe a dit qu'un moine voyageait avec vous. »

« Il a manqué se noyer », répondit Miriamélé d'une voix neutre. « Je l'ai jeté par-dessus bord. »

L'un des sourcils de Dinivan se releva. « Vous avez fait cela ? Le pauvre homme ! Eh bien, alors votre devoir Aédonite est de l'aider à se remettre sur pied ; à moins que ces messieurs n'aient envie de lui venir en aide ? » Il s'était retourné vers les deux serviteurs, qui barbotaient déjà précautionneusement vers le bateau.

« On peut pas », répondit Lenti d'un ton renfrogné. « Faut qu'on rentre avant la nuit. Avant la nuit. »

« C'est bien ce que je pensais. Bah ! c'est aussi bien. Usires nous impose des fardeaux comme preuve de Son amour. » Dinivan se pencha et prit Cadrach sous les aisselles. La robe de Dinivan se tendit contre son large dos musclé lorsqu'il souleva le moine pour l'amener à la position assise. « Venez maintenant, Princesse », dit-il, puis il s'interrompit lorsque le moine grogna. Les yeux du prêtre se fixèrent sur le visage de Cadrach. Une expression indéfinissable se dessina sur les traits épais de Dinivan.

« C'est... c'est Padréic », dit-il doucement.

« *Vous aussi ?* » explosa Miriamélé. « Mais qu'a donc fait cet imbécile ? A-t-il dépêché un crieur dans chaque ville entre Nascadu et Warinsten ? »

Dinivan, le regard fixe, semblait abasourdi. « Quoi ? »

« Streàwe le connaissait, lui aussi : c'est ce Cadrach qui m'a vendue à lui. Alors il vous a également annoncé mon départ de Naglimund ? »

« Non, Princesse, non. » Le prêtre secoua la tête. « Je ne savais même pas que c'était lui qui voyageait avec vous. Il y a des années que je ne l'ai vu. » D'un air songeur, il fit le signe de l'Arbre. « Pour vous dire la vérité, je le croyais mort. »

« Usires dans son supplice ! » jura Miriamélé. « Quelqu'un va-t-il finir par m'expliquer ce qui se passe ? »

« Il nous faut tout d'abord nous mettre à l'abri, et dans un endroit tranquille. Le phare au sommet de la colline est à nous pour la nuit. » Il pointa du doigt en direction d'une tour de pierre sur le promontoire rocheux à l'ouest de l'endroit où ils se trouvaient. « Mais l'atteindre sera une rude épreuve s'il ne peut pas marcher. »

« Avec moi, il marchera », promit sévèrement Miriamélé. Ensemble, ils se penchèrent pour remettre un Cadrach grommelant sur pied.

La tour était plus petite qu'elle semblait l'être depuis la plage : un empilement trapu de maçonnerie, couronné sur tout le pourtour de son dernier étage d'une plate-forme de bois à balustrade. L'air de l'océan avait fait gonfler le bois de la porte, mais Dinivan l'ouvrit d'un geste sec, et ils entrèrent, soutenant tous deux le moine sous les épaules. La pièce circulaire était vide, à l'exception d'un siège et d'une table de bois grossièrement taillés, et d'un tapis élimé qui avait été roulé, noué, puis abandonné sur le côté de l'escalier de pierre. L'air marin s'engouffrait à travers la fenêtre sans volets. Cadrach, qui n'avait pas prononcé un seul mot durant toute la marche vers le sommet de la colline, s'éloigna de la porte de quelques pas chancelants, puis se laissa glisser sur le sol de bois. Il posa sa tête sur le tapis roulé, et s'endormit aussitôt.

« Le pauvre homme est épuisé », dit Dinivan. Il prit une lampe sur la table et l'alluma à l'aide de celle qui brûlait déjà, puis s'arrêta pour regarder soigneusement le moine. « Il a changé, mais cela est peut-être en partie dû à son accident. »

« Il est resté longtemps dans l'eau, » dit Miriamélé, d'un ton un peu coupable.

« Très bien. » Dinivan se releva. « Nous allons le laisser dormir et monter plus haut. Nous avons beaucoup de choses à nous dire. Avez-vous mangé ? »

« Pas depuis hier soir. » Miriamélé se sentit soudain affamée. « Et j'ai aussi besoin d'eau. »

« Cela vous sera accordé », dit Dinivan en souriant. « Montez. Je vais commencer par débarrasser votre compagnon de ses vêtements mouillés, puis je vous rejoindrai. »

La pièce du dessus était mieux meublée, avec un lit, deux chaises, et un grand coffre collé contre le mur. Une porte, qui se balançait doucement, menait sur la plate-forme. Sur le coffre était posée une assiette recouverte d'un carré de tissu. Miriamélé le souleva et découvrit du fromage, des fruits, et trois miches de pain brun.

« Les raisins qui poussent sur les collines de Téligure sont réellement splendides », dit le prêtre depuis le pas de la porte. « Servez-vous. »

Miriamélé n'attendit pas d'y être invitée une seconde fois. Elle prit une miche entière et un morceau de fromage, puis attrapa une lourde grappe de raisin, et se retira sur l'une des chaises. Satisfait, Dinivan la regarda manger un moment, puis disparut dans les escaliers. Il revint peu après avec un pichet plein à ras bord.

« Le puits est presque sec, mais l'eau est bonne », dit-il. « Eh bien, par quoi devrions-nous commencer ? Depuis le temps, vous avez dû apprendre pour Naglimund, n'est-ce pas ? »

Miriamélé acquiesça, la bouche pleine.

« Quelque chose que vous ne savez peut-être pas. Josua et quelques autres ont pu s'échapper. »

Dans son excitation, elle s'étrangla avec une miette de pain. Dinivan l'aida à tenir le pichet pour qu'elle pût boire.

« Qui est parti avec lui ? » demanda-t-elle lorsqu'elle put parler. « Le duc Isgrimnur ? Vorzheva ? »

Dinivan secoua la tête. « Je ne sais pas. Il y eut un terrible massacre et très peu survécurent. Tout le nord bruit de rumeurs. Il est difficile d'en extraire la vérité, mais la fuite de Josua est certaine. »

« Comment l'avez-vous appris ? »

« Je crains qu'il n'y ait des choses que je ne puis dire ; ou du moins pas encore, Princesse. Ayez l'obligeance de croire que c'est pour le mieux. Je suis aux ordres du Lecteur Ranéssin, et je lui ai prêté serment ; mais il est des choses que je ne dis pas même à Sa Sainteté. » Il sourit. « Ce qui est dans l'ordre des choses. Le secrétaire d'un grand homme doit faire preuve de discrétion en tout, et même avec le grand homme lui-même. »

« Mais pourquoi avoir demandé au comte Streàwe de m'envoyer à vous ? »

« Je ne savais pas à quel point vous étiez informée de la situation. J'avais appris que vous vous dirigiez vers le Sancellan Mahistrevis pour parler à votre oncle, le duc Léobardis. Je ne pouvais pas vous laisser y aller. Savez-vous que Léobardis est mort ? »

« Streàwe me l'a dit. » Elle se leva et prit une pêche dans l'assiette. Après un instant de réflexion, elle brisa un nouveau morceau de fromage.

« Mais saviez-vous que Léobardis a été tué par traîtrise ? De la main de son propre fils ? »

« Bénigaris ? » Elle était ébahie. « Mais n'a-t-il pas pris la succession du duc ? Les nobles n'ont opposé aucune résistance ? »

« Sa trahison n'est pas de notoriété publique, même si la rumeur est sur toutes les lèvres. Et sa mère Nessalanta est son plus fervent partisan, même si je suis certain qu'elle a pour le moins des soupçons sur ce que son fils a fait. »

« Mais si vous le savez, pourquoi n'agissez-vous pas ? Pourquoi le Lecteur n'a-t-il rien fait ? »

Dinivan pencha la tête, une expression douloureuse sur le visage. « Parce que c'est une des choses que je ne lui ai pas dites. Mais je suis tout de même certain qu'il a entendu les rumeurs. »

Miriamélé posa son assiette sur le lit. « Elysia mère de Dieu ! Pourquoi ne le lui avez-vous pas dit, Dinivan ? »

« Parce que je ne peux le prouver, ni ne puis révéler mes sources d'informations. Et il n'y a rien qu'il ne puisse faire sans preuves, Madame, sinon aggraver une situation déjà tendue. Il y a d'autres problèmes graves à Nabban, Princesse. »

« S'il vous plaît. » Elle agita impatiemment les mains. « Je me trouve ici vêtue d'une robe de moine, les cheveux semblables à ceux d'un garçon, et tout le monde est mon ennemi à part vous, ou c'est du moins ce qu'il semble. Appelez-moi Miriamélé. Et dites-moi ce qui se passe à Nabban. »

« Je vais vous en parler un peu, mais le reste devra attendre. Je n'ai pas complètement ignoré mes devoirs de secrétaire : mon maître le Lecteur aimerait que vous veniez le voir au Sancellan Aedonitis, et nous aurons amplement le temps de parler en chevauchant. » Il secoua la tête. « Qu'il suffise de dire que le peuple est malheureux, que les proclamateurs d'apocalypse autrefois méprisés dans les rues de Nabban sont maintenant l'objet d'une profonde attention. La Sainte Église est assiégée. » Il se pencha en avant, observant ses mains tout en cherchant ses mots. « Les gens sentent une ombre au-dessus d'eux. Bien qu'ils ne sachent la nommer, elle obscurcit leur monde. La mort de Léobardis, et votre oncle était très aimé, Miriamélé, a ébranlé ses sujets; mais c'est la rumeur qui surtout les effraie : la rumeur de choses pires que la guerre dans le nord, pires que les combats des princes. »

Dinivan se leva, tira la porte et l'ouvrit grand pour laisser entrer le vent. En bas, la mer était plate et luisante. « Les prophètes de malheur disent qu'une force se dresse pour abattre le Saint Usires Aédon et les rois des hommes. Sur les places publiques, ils proclament que tous doivent se préparer à s'incliner devant un nouveau souverain, le maître légitime d'Osten Ard. »

Il fit volte-face et se dressa devant Miriamélé. Elle pouvait maintenant voir les marques d'une profonde inquiétude sur son visage. « En certains endroits obscurs, un nom est même murmuré; le nom du fléau dont on annonce l'avènement. Ils chuchotent le nom du Roi de l'Orage. »

Miriamélé laissa échapper un long soupir. Même le soleil enflammé de midi ne pouvait disperser les ombres qui semblaient soudain s'amasser dans la pièce.

« Ils ont parlé de toutes ces choses à Naglimund », lui raconta plus tard Miriamélé, alors qu'ils étaient tous deux dehors, sur la plate-forme, à regarder l'eau. « Le vieil homme à Naglimund, Jarnauga, semblait penser lui aussi que la fin du monde arrivait. Mais je n'ai pas tout entendu. » Elle se tourna pour faire face à Dinivan, un air de profonde tristesse sur son visage mince. « Ils m'ont caché des choses parce que je suis une fille. Ce n'est pas juste : je suis plus sensée que la plupart des hommes que je connais ! »

Dinivan ne sourit pas. « Je n'en doute absolument pas, Miriamélé. D'ailleurs, je pense que vous devriez vous donner d'autres buts que de simplement être plus sensée que les hommes. »

« Mais j'ai quitté Naglimund pour faire quelque chose », poursuivit-elle tristement. « Ah ! Cela c'était intelligent, n'est-ce pas ? J'ai voulu ramener Léobardis aux côtés de mon oncle, mais il l'était déjà. Puis il a été tué. Alors quel bien cela a pu faire à Josua ? » Elle fit quelques pas le long de la tour, jusqu'à voir la crête de la colline et le versant qui s'enfonçait vers les terres et se muait en une verte vallée. Elle s'efforça d'imaginer la fin du monde, mais ne le put. « Comment connaissez-vous Cadrach ? » demanda-t-elle finalement.

« Cadrach est un nom qui m'était totalement inconnu jusqu'à ce que je vous entende le mentionner », répondit-il. « Je le connaissais en tant que Padréic, il y a de cela bien des années. »

« Combien d'années cela peut-il être ? » sourit Miriamélé. « Vous n'êtes pas si vieux. »

Le prêtre secoua lentement la tête. « Mon visage est jeune, je suppose, mais en fait j'ai presque quarante ans : je ne suis pas beaucoup plus jeune que votre oncle Josua. »

Elle se renfrogna. « Très bien. Il y a bien des années. Où l'avez-vous connu ? »

« Ici et là. Nous faisions partie du même... ordre ; si l'on peut dire. Mais quelque chose est arrivé à Padréic. Il s'est écarté de nous, et lorsque j'ai entendu parler de lui plus tard, ce qu'on me racontait n'était pas bon. Il semble qu'il ait basculé vers une bien mauvaise voie. »

« C'est le moins que l'on puisse dire », grimaça Miriamélé.

Dinivan prit un air curieux. « Et comment en êtes-vous arrivée à lui infliger ce bain malencontreux et visiblement forcé ? »

Elle lui narra leur voyage, les fourberies probables de Cadrach, et la confirmation de sa trahison. Lorsqu'elle eut terminé, Dinivan fit rentrer Miriamélé à l'intérieur, où elle s'aperçut que sa faim avait réapparu.

« Il ne vous a pas fidèlement servi, Miriamélé, mais ne vous a pas totalement desservi non plus. Il y a peut-être encore de l'espoir pour lui ; et je ne parle pas simplement de l'ultime espoir de salut que nous partageons tous. Je veux dire qu'il peut encore délaisser la voie du crime et de l'ivrognerie. » Dinivan descendit quelques marches dans l'escalier, et se pencha pour regarder Cadrach. À présent couvert d'une couverture grossière, le moine dormait toujours, les bras écartés comme s'il venait seulement maintenant d'être arraché aux périls des vagues. Ses vêtements mouillés étaient suspendus aux chevrons du mur.

Dinivan revint dans la pièce. « S'il était tombé si bas qu'il n'y ait plus d'espoir, pourquoi serait-il resté avec vous après avoir pris l'argent de Streàwe ? »

« Pour pouvoir me vendre à quelqu'un d'autre », répondit-elle amèrement. « À mon père, ma tante, aux marchands d'enfants naraxis... qui sait ? »

« Peut-être », dit le secrétaire du Lecteur, « mais je ne le crois pas. Je pense plutôt qu'il se sent maintenant un peu responsable de vous, même si cette responsabilité ne lui interdit pas de profiter de la situation lorsqu'il pense que cela ne vous sera pas préjudiciable, comme avec le maître de Perdruin. Mais à moins que le Padréic que j'ai connu n'ait totalement disparu, qu'il n'ait sombré au-delà de toute Rédemption, je crois qu'il ne vous ferait pas de mal, ni ne laisserait sciemment quoi ou qui que ce soit vous faire du tort. »

« Il n'en aura plus l'occasion », répondit froidement Miriamélé. « Je lui ferai de nouveau confiance le jour où les étoiles brilleront en plein midi, mais pas avant. »

Dinivan la dévisagea, puis fit le signe de l'Arbre dans l'air. « Nous devons nous garder de telles affirmations en ces temps étranges, Madame. » Le sourire revint sur son visage. « Quoi qu'il en soit, l'évocation de l'éclat des étoiles me rappelle que nous avons une tâche à accomplir. Lorsque je me suis assuré de l'usage de cet endroit pour vous recevoir, j'ai promis au gardien de la tour que nous allumerions le phare cette nuit. Les marins qui longent la côte comptent sur sa présence pour éviter les rochers et poursuivre vers l'est, en direction du port de Bacea-sà-Repra. Il vaut mieux le faire maintenant, avant qu'il ne commence à faire sombre. Désirez-vous venir avec moi ? » Il descendit bruyamment les escaliers et revint avec une lampe.

Miriamélé acquiesça et le suivit sur la plate-forme. « J'étais à Wentmouth, une fois, lorsqu'ils ont allumé le Hayefur », dit-elle. « C'était immense ! »

« Bien plus grand que notre modeste chandelle », opina Dinivan. « Prenez garde en montant, c'est une vieille échelle. »

La pièce au sommet de la tour n'était guère plus qu'un endroit contenant le fanal, une immense lampe à huile installée au milieu du plancher. Elle était surmontée d'un trou pour la fumée, percé dans le toit de la tour, et la mèche était entourée d'une barrière d'écrans de métal pour ralentir le vent. Une large plaque de métal incurvée était accrochée au mur derrière la lampe, et faisait face à la mer.

« À quoi cela sert-il ? » demanda-t-elle, en passant le doigt sur la surface soigneusement polie de la plaque de métal.

« Cela aide la lumière à aller plus loin », répondit Dinivan. « Vous voyez comme la plaque est courbée derrière la flamme ? Cela récolte la lumière et la renvoie à travers la fenêtre ; du moins c'est à peu près ça. Padréic pourrait l'expliquer bien mieux que moi. »

« Vous voulez dire Cadrach ? » demanda Miriamélé, perplexe.

« Eh bien, il y a longtemps, il aurait pu le faire, en tous cas. À l'époque où je le connaissais, il avait une compréhension étonnante de tout ce qui est mécanique : les leviers, les poulies, toutes ces choses-là. Il étudiait beaucoup la Philosophie Naturelle... avant de changer. » Dinivan porta sa lampe à la large mèche et attendit. « Aédon seul sait combien d'huile cette chose géante peut bien brûler », dit-il. Après quelques instants, la mèche prit et une flamme s'éleva. La plaque sur le mur la faisait effectivement briller plus fort, bien que la lumière faiblissante du soleil pénétrât encore par les vastes fenêtres.

« Il y a des mouchettes accrochées au mur », dit Dinivan, en montrant du doigt une paire de longs bâtons terminés tous deux par une coupelle de métal. « Il ne faudra pas oublier de l'éteindre au matin. »

Lorsqu'ils furent revenus dans la pièce du dessous, Dinivan proposa d'aller voir Cadrach. Miriamélé manqua partir à sa suite, puis fit volte-face et alla chercher la cruche d'eau et un peu de raisin. Cela n'avait aucun sens de l'affamer.

Le moine était réveillé, assis sur l'unique chaise, et observait à travers la fenêtre la baie bleu ardoise dans la pénombre du crépuscule. Il était songeur, et ne répondit d'abord pas à l'offre de nourriture que lui fit Miriamélé ; puis il but enfin un peu d'eau. Un moment plus tard, il accepta également le raisin.

« Padréic », dit Dinivan en s'approchant de lui, « ne te souviens-tu pas de moi ? Je suis Dinivan. Nous étions amis, autrefois. »

« Je te reconnais, Dinivan », répondit enfin Cadrach. Sa voix rauque résonnait étrangement dans la petite pièce ronde. « Mais Padréic-ec-Crannhyr est mort depuis bien longtemps. Il n'y a plus que Cadrach, maintenant. » Le moine évita le regard de Miriamélé.

Dinivan l'observa minutieusement. « N'as-tu aucun désir de parler ? » demanda-t-il. « Il n'y a rien que tu aies pu faire qui puisse me faire penser du mal de toi. »

Cadrach releva la tête, un sourire triste sur son visage rond, ses yeux gris pleins de douleur. « Oh ! vraiment ? Il n'y a rien de si abject que j'ai pu faire que la Sainte Église et... et nos autres amis ne me reprennent en leur sein ? » Il laissa échapper un rire amer, et agita la main en signe de dégoût. « Tu mens, frère Dinivan. Il est des crimes qui sont au-delà de toute Rédemption, et un endroit particulier est réservé à ceux qui les ont perpétrés. » Furieux, il détourna la tête et ne dit plus un mot.

Dehors, les vagues murmuraient en se jetant sur la côte rocheuse avant de retomber, comme autant de voix sourdes accueillant la nuit tombante.

Tiamak regarda Mogahib le Vieux, Roahog le Potier, et les autres anciens monter dans le bateau à fond plat qui oscillait doucement. Leurs visages étaient graves, comme il seyait en cette cérémonieuse occasion. Les colliers de plume rituels s'affaissaient dans la chaleur moite.

Mogahib, qui se dressait gauchement en poupe, se retourna vers lui. « Ne nous déçois pas, Tiamak fils de Tugumak », croassa-t-il. L'ancien fronça les sourcils et chassa d'un revers de main impatient les feuilles de sa coiffe qui pendaient devant ses yeux. « Dis aux Terres-sèches que les Salanais ne sont pas leurs esclaves. Ton peuple a placé tous ses espoirs en toi. » Mogahib le Vieux s'assit, soutenu en ce geste par l'un de ses petits-neveux. La barque surchargée s'éloigna en se ballottant le long du cours d'eau.

Tiamak grimaça et baissa les yeux vers le Bâton-requête qu'ils lui avaient apporté, sa surface bosselée par les multiples gravures. Les Salanais étaient courroucés par le fait que Bénigaris, le nouveau maître de Nabban, avait décrété une plus forte dîme sur les récoltes et les bijoux, et exigeait que de jeunes fils des maisons du

Wran vinssent et servissent dans les domaines des nobles nabbanais. Les anciens avaient décidé que Tiamak irait parler en leur nom, pour protester contre cette nouvelle immixtion des Terres-sèches dans la vie des Salanais.

Ainsi donc, une nouvelle responsabilité venait peser sur les frêles épaules de Tiamak. Qui que ce soit dans son peuple lui avait-il jamais dit un mot respectueux sur son érudition? Non; ils le traitaient à peine mieux qu'un fou, ne voyaient en lui que celui qui s'était détourné des voies du Wran et de son peuple pour leur préférer celles des Terres-sèches, jusqu'au moment où ils avaient besoin de quelqu'un qui pût parler ou écrire aux Nabbanais ou aux Perdruinais dans leur langue. Alors on lui disait : « Tiamak, fais ton devoir. »

Il cracha depuis le porche de sa cabane et regarda les rides dans l'eau verte en bas. Il remonta l'échelle de corde et la laissa reposer en tas, plutôt que de la ranger soigneusement comme il le faisait d'habitude. Il était plein d'amertume.

Cela aurait au moins un aspect positif, décida-t-il plus tard en attendant que son pot d'eau arrivât à ébullition. S'il se rendait à Nabban, comme le désiraient les membres de sa tribu, alors il pourrait rendre visite à son sage ami qui vivait là-bas, et tenter d'en savoir plus sur l'étrange message du docteur Morgénès. Il se rongeait les sangs depuis des semaines à ce sujet, sans avoir pour autant progressé d'un pouce. Les oiseaux messagers qu'il avait envoyés au gros Ookequk à Yiqanuc étaient revenus, portant toujours ses messages encore scellés. Cela le troublait. Les oiseaux qu'il avait envoyés au docteur Morgénès étaient également revenus, mais cela était moins inquiétant que le silence d'Ookequk, puisque Morgénès avait annoncé dans sa dernière lettre qu'il lui serait impossible de communiquer pour un certain temps. Il n'avait pas non plus reçu de réponse aux messages qu'il avait adressés à la femme-sorcière qui vivait dans la forêt d'Aldhéorte ou à son ami de Nabban. Cela étant, Tiamak n'avait envoyé ces derniers oiseaux que quelques semaines plus tôt, et les réponses pouvaient encore arriver.

Mais si je vais à Nabban, réalisa-t-il soudain, *je ne pourrai pas lire ces messages avant deux mois ou plus.*

D'ailleurs, maintenant qu'il y pensait, qu'allait-il faire de ses oiseaux ? Il n'avait pas assez de graines pour les garder en cage toute la durée de son voyage, et il ne pouvait évidemment pas les emmener tous avec lui. Il allait devoir les relâcher pour qu'ils subsistent par leurs propres moyens, en espérant qu'ils resteraient assez près de sa petite maison sur le banian pour qu'il puisse les recapturer à son retour. Et s'ils s'enfuyaient pour ne jamais revenir, que ferait-il ? Eh bien, il lui faudrait en entraîner d'autres, voilà tout.

Le soupir de Tiamak se subsuma dans le sifflement de vapeur qui s'échappa de sous le couvercle du pot. Tout en plongeant la racine-gutte dans l'eau pour la faire macérer, le petit lettré tenta de se souvenir de la prière pour un bon voyage que l'on devait faire à Celui Qui Toujours Marche sur le Sable, mais ne put retrouver que la supplique pour l'indication du Repaire Secret des Poissons, qui n'était pas vraiment appropriée. Il soupira une fois de plus. Même s'il ne croyait plus vraiment aux dieux de son peuple, il n'était jamais inutile de prier ; mais il fallait vraiment dire la prière adéquate.

Et, tant qu'à s'inquiéter de telles choses, que devait-il faire de ce maudit parchemin dont Morgénès parlait dans sa lettre, ou semblait parler, car comment le vieux docteur aurait-il pu savoir que Tiamak le possédait ? Devait-il l'emmener, et risquer de le perdre ? Mais il le fallait, s'il voulait le montrer à son ami de Nabban pour lui demander conseil.

Il y avait tant de problèmes que les soucis semblaient tournoyer autour de sa tête en bourdonnant toujours et toujours, comme des mouches noires. Il lui fallait les considérer maintenant, et tout particulièrement s'il voulait partir pour Nabban au matin. Il lui fallait les examiner un à un.

Tout d'abord, le message de Morgénès, qu'il avait lu et relu des douzaines de fois durant les quatre lunes qui s'étaient écoulées depuis qu'il l'avait reçu. Il le prit sur le couvercle du coffre de fois et le lissa, le maculant de ses mains imprégnées de racine-gutte. Il en connaissait le contenu par cœur.

Le docteur Morgénès parlait de ses craintes que « *...l'ère de l'Étoile du conquérant* » pût se profiler, quoi que cela pût vouloir dire, et affirmait que la collaboration de Tiamak serait requise si l'on voulait que « *cer-*

taines choses horribles auxquelles il semble, d'après certains, qu'il soit fait allusion dans l'infâme livre perdu du prêtre Nisses... » pussent être évitées. Mais quelles choses ? « *L'infâme livre perdu du prêtre Nisses...* » : il s'agissait évidemment de *Du Svardenvyrd*, comme le savait tout lettré.

Tiamak fouilla dans son coffre et en tira un paquet enveloppé de feuilles. Il le déroula, pour en extraire son parchemin le plus rare, qu'il étala sur le sol à côté du message de Morgénès. Le parchemin, que Tiamak avait trouvé par hasard au marché de Kwanitupul, était bien plus précieux que tout ce qu'il pouvait s'offrir. L'encre brun rouille dessinait des runes nordiques de Rimmersgard, mais la langue était un nabbanais archaïque vieux de cinq siècles.

> « *Ramenez du jardin de pierre de Nuanni*
> *L'Homme qui bien qu'aveuglé peut voir*
> *Découvrez l'Épée qui délivre la Rose*
> *Au pied du grand arbre du Froid*
> *Trouvez le Cri dont le puissant Appel*
> *Est le nom du porteur du Cri*
> *En un navire sur la moins profonde des mers*
> *Quand Épée Cri et Homme*
> *Viendront à la Main droite du Prince*
> *Alors l'Emprisonné sera de nouveau libre...* »

Sous ce poème incompréhensible était inscrit le nom « NISSES ».

Alors que devait-il en penser ? Morgénès ne pouvait pas savoir que Tiamak avait découvert une page de ce livre quasi mythique : le Salanais n'en avait parlé à personne ; et pourtant le docteur disait que Tiamak aurait une tâche importante à accomplir, quelque chose en rapport avec *Du Svardenvyrd !*

Il n'avait reçu aucune réponse aux messages interrogateurs qu'il avait envoyés à Morgénès et aux autres. Maintenant, il devait se rendre à Nabban pour plaider la cause de son peuple devant les Terres-sèches, et pourtant il ne savait toujours pas ce que tout cela pouvait bien vouloir dire.

Il versa le thé dans son troisième bol favori : il avait lâché et cassé son deuxième favori ce matin, lorsque Mogahib le Vieux et les autres avaient commencé à brailler sous sa fenêtre. Il serra le bol chaud dans ses doigts minces et souffla sur la surface. « À jour chaud, thé chaud », disait toujours sa mère. Et il faisait effectivement très chaud aujourd'hui. L'air était si lourd et oppressant qu'il avait presque l'impression de pouvoir plonger de son porche pour nager dedans. La canicule ne le rendait pas malheureux, parce qu'il avait toujours moins faim en période de chaleur, mais il y avait tout de même quelque chose de déconcertant dans l'air, ces jours-ci ; comme si le Wran était une barre de métal chauffé au rouge reposant sur l'enclume du monde, avec au-dessus un grand marteau tremblant prêt à s'écraser et à tout changer.

Ce matin, Roahog le Potier, qui avait pris le temps de bavarder tandis que l'on aidait Mogahib le Vieux à grimper l'échelle, lui avait raconté qu'une colonie de ghants construisait un nouveau nid au bord du cours d'eau, à deux encablures en aval du village. Les ghants ne s'étaient encore jamais auparavant autant approchés d'une colonie humaine, et même si Roahog avait ri de la façon dont les Salanais allaient bientôt mettre le feu au nid, la nouvelle avait contrarié Tiamak, comme si une règle non écrite mais néanmoins reconnue avait été transgressée.

Tandis que l'après-midi lent et étouffant faisait peu à peu place au soir, Tiamak continuait de s'efforcer de réfléchir aux exigences du duc de Nabban et à la lettre de Morgénès, mais des images de ghants construisant un nid, leurs mâchoires gris brun cliquetant diligemment, leurs petits yeux noirs brillant follement, ne cessaient de le hanter ; malgré tous ses efforts, il ne pouvait s'ôter de l'esprit l'idée ridicule que toutes ces choses devaient être liées.

C'est la chaleur, se dit-il. *Si seulement j'avais une cruche de bière fraîche, ces idées folles disparaîtraient.*

Mais il ne lui restait même pas assez de racine-gutte pour se faire une autre tasse de thé, et bien évidemment encore moins de bière. Son cœur était tourmenté, et il n'y avait rien dans le Wran immense et oppressant qui pût lui apporter la paix.

Tiamak se leva aux premières lueurs de l'aube. À peine avait-il eu le temps de faire cuire et de manger un biscuit de farine de riz et de boire un peu d'eau que déjà les marais devenaient désagréablement chauds. Il grimaça tout en commençant à préparer son bagage.

Une telle journée était faite pour aller se baigner et nager dans des lagunes, pas pour partir en voyage.

Il avait en fait bien peu de choses à emmener. Il prit une paire de chausses de rechange, et la robe et les sandales qu'il porterait à Nabban : il n'était pas utile d'aggraver l'opinion déplorable qu'avaient déjà de son peuple la plupart des Nabbanais. Il n'aurait pas l'usage durant ce voyage, par contre, de la plaque d'écorce étirée sur laquelle il écrivait, de son coffre de bois, ou de la plus grande partie du reste de ses maigres possessions. Il n'osait emmener ses précieux livres et parchemins, parce qu'il était plus que probable qu'il terminât dans l'eau plus d'une fois avant que ne fussent en vue les cités des Terres-sèches.

Il avait finalement décidé d'emmener le parchemin de Nisses ; il l'enveloppa donc dans une deuxième série de feuilles et enferma le tout dans un sac de cuir huilé que le docteur Morgénès lui avait donné alors qu'il vivait à Perdruin. Il mit le sac, le Bâton-requête, et ses vêtements dans son bateau à fond plat, avec son troisième bol favori, une poignée d'ustensiles de cuisine, et une fronde accompagnée d'une feuille repliée pleine de pierres rondes. Il suspendit son couteau et sa bourse à sa ceinture. Puis, après avoir renâclé aussi longtemps qu'il était possible, il grimpa sur le banian jusqu'au-dessus du toit de sa maison pour relâcher ses oiseaux.

Alors qu'il se hissait à travers le toit de chaume, il pouvait entendre les voix engourdies et étouffées de ses oiseaux dans leur petite maison. Il avait mis les graines qui lui restaient dans son quatrième (et dernier) bol favori, et l'avait posé sur le rebord de sa fenêtre. Ainsi, ils resteraient près de sa maison après son départ, au moins pour quelque temps.

Il enfonça la main dans la petite boîte au toit d'écorce et en retira délicatement l'un de ses pigeons, une jolie femelle blanc et gris qu'il appelait Si-rapide. Il la lança vers le ciel. Elle déplia vivement ses ailes, et revint finalement se poser sur une branche au-dessus de sa tête. Surprise par ce comportement étrange, elle roucoula doucement, d'un ton interrogateur. Tiamak comprit la peine d'un père dont les filles doivent être envoyées à des étrangers. Mais il lui fallait libérer les oiseaux, et la porte de leur maison, qui ne s'ouvrait que vers l'intérieur, devait être condamnée. Sinon, ceux-là, ou ceux qui étaient absents, s'ils revenaient, entreraient et seraient piégés. Sans Tiamak pour les délivrer, ils mourraient très vite de faim.

Le cœur lourd, il sortit précautionneusement Œil-rouge, Patte-de-Crabe, et Folle-de-Miel. Il y eut bientôt un chœur bruyant et désapprobateur perché au-dessus de sa tête. Comprenant qu'il se passait quelque chose d'inhabituel, ceux des oiseaux qui se trouvaient encore à l'intérieur s'étaient peureusement massés au fond de leur maison, et Tiamak dut forcer pour les atteindre. Alors qu'il tentait d'attraper l'un des derniers récalcitrants, sa main frôla une petite masse de plumes froide qui se trouvait hors de vue, dans l'ombre près du fond.

Soudain plein d'inquiétude, il referma la main sur l'objet et le sortit de là. Il s'aperçut aussitôt qu'il s'agissait de l'un de ses oiseaux, et qu'il était mort. Les yeux écarquillés, il l'examina de plus près. C'était Tache-d'encre, l'un des pigeons qu'il avait envoyé vers Nabban quelque temps plus tôt. Tache-d'encre semblait avoir été blessé par quelque animal : de nombreuses plumes manquaient, et il était couvert de sang séché. Tiamak était certain que l'oiseau n'avait pas été là la veille au soir : il avait dû arriver durant la nuit, faisant appel à ses dernières forces pour voler malgré ses blessures, ne rejoignant la maison que pour y mourir.

Tiamak vit le monde se troubler devant lui tandis que les larmes lui montaient aux yeux. Pauvre Tache-d'encre. C'était un bon oiseau, l'un de ses pigeons les plus rapides. Et il s'était montré très brave. Partout où Tiamak regardait, il y avait du sang sous les plumes flétries. Pauvre et brave Tache-d'encre.

Un mince rouleau de parchemin était plié autour de la maigre patte du pigeon. Tiamak écarta la masse silencieuse un instant et extirpa les deux derniers oiseaux, puis il bloqua la porte avec un bâtonnet cranté. Le corps de Tache-d'encre doucement lové dans une main, Tiamak redescendit jusque sa fenêtre et entra dans la cabane. Il posa le corps du pigeon et entreprit d'ôter soigneusement le parchemin, qu'il écarta sur le sol entre ses doigts, en plissant les yeux pour déchiffrer les petits caractères. Le message venait de son sage ami de Nabban, dont Tiamak reconnaissait l'écriture même en pattes de mouche, mais, inexplicablement, n'était pas signé.

Le temps est venu,
disait-il,

et nous avons cruellement besoin de toi. Morgénès ne peut te le demander, mais je le fais en son nom. Va à Kwanitupul, à l'auberge dont nous avons parlé, et attends là jusqu'à ce que je puisse t'en dire plus. Mets-toi en route dès maintenant, et ne perds plus un instant. Plus que des vies dépend peut-être de toi.

En bas du parchemin était griffonné le dessin d'une plume dans un cercle : le symbole de la Ligue du Parchemin.

Tiamak resta assis, abasourdi, les yeux fixés sur le message. Il le relut deux fois, espérant qu'il dirait miraculeusement quelque chose de différent, mais les mots restaient les mêmes. Va à Kwanitupul ! Mais les anciens lui avaient ordonné de se rendre à Nabban ! Il n'y avait personne d'autre dans sa tribu qui pouvait parler les langues des Terres-sèches assez bien pour servir d'émissaire. Et qu'allait-il dire à son peuple ? Qu'un Terres-sèches qu'ils ne connaissaient pas lui avait dit d'aller attendre ses instructions à Kwanitupul, que c'était une raison suffisante pour tourner le dos aux souhaits des membres de sa tribu ? Qu'était la Ligue du Parchemin pour les Salanais ? Un cercle d'érudits terres-sèches qui parlaient de vieux livres et d'événements plus vieux encore ? Son peuple ne le comprendrait jamais.

Mais comment pourrait-il ne pas tenir compte de la gravité de la situation ? Son ami de Nabban s'était montré explicite : il avait même dit que c'était ce que Morgénès voulait qu'il fît. Sans Morgénès, Tiamak n'aurait jamais survécu durant son année à Perdruin, sans même parler de l'extraordinaire confrérie à laquelle Morgénès l'avait présenté. Comment pouvait-il ne pas faire cette seule chose ; oui, la seule chose que Morgénès lui eût jamais demandée ?

L'air chaud s'engouffrait par la fenêtre comme une bête affamée. Tiamak plia le message et le glissa dans son fourreau. Il devait s'occuper de Tache-d'encre. Puis il réfléchirait. Il ferait peut-être plus frais lorsque le soir approcherait. Il pouvait sûrement attendre un jour de plus avant de partir, où qu'il décidât d'aller, n'est-ce pas ?

Tiamak enveloppa le petit corps de l'oiseau dans des feuilles de palmier huilées, puis noua l'ensemble d'une longueur de cordelette. Il rejoignit par les hauts-fonds la barre qui se trouvait derrière sa maison, où il déposa le paquet de feuilles sur un rocher. Il l'entoura d'écorce et de précieuses bandes de vieux parchemin. Après avoir murmuré une prière à Celle Qui Attend pour Tout Reprendre, il se servit de ses pierres et de fer pour allumer le petit bûcher funéraire.

Tandis que s'élevait la spirale de fumée,Tiamak se dit que les voies du passé avaient tout de même de bons côtés. Elles fournissaient au moins quelque chose à faire à un moment où l'esprit était las et meurtri. Durant un instant, il put même écarter le problème de ses obligations conflictuelles, et ressentit une étrange forme de paix en regardant la fumée de Tache-d'encre s'élever lentement dans le ciel gris et fébrile.

Bientôt, pourtant, la fumée eut disparu et les cendres furent dispersées dans les eaux vertes.

Lorsque le chemin par lequel Miriamélé et ses deux compagnons avaient descendu la colline rejoignit la Route de la Côte Nord, Cadrach poussa sa monture en tête, laissant plusieurs longueurs entre lui et Dinivan et la princesse. Le soleil du matin était dans leur dos. Les chevaux que Dinivan avait apportés allaient au trot en balançant la tête, les naseaux grands ouverts pour profiter des senteurs de la brise matinale.

« Ho ! Padréic ! » cria Dinivan, mais le moine ne lui répondit pas. Ses épaules rondes montaient et descendaient. Le sommet de sa capuche semblait bas, comme s'il avait laissé tomber sa tête en avant, perdu dans ses pensées. « Très bien, alors... Cadrach », appela le prêtre, « pourquoi ne chevauches-tu donc pas avec nous ? »

Cadrach, bon cavalier malgré sa masse et ses jambes courtaudes, serra la bride à sa monture. Lorsque les deux autres l'eurent presque rattrapé, il se retourna.

« C'est un problème de nom, mon frère », dit-il en montrant les dents dans un sourire courroucé. « Tu m'appelles par un nom qui appartient à un mort. La princesse... Eh bien, maintenant, elle m'en a donné un autre : "Traître" ; et elle m'en a baptisé dans la Baie d'Émettin pour sceller le pacte. Alors tu vois, n'est-ce pas ; ce serait bien trop déroutant, cette *multiplicité* de noms. » Après un salut ironique de la tête, il enfonça ses talons dans les côtes de son cheval et partit devant, ne ralentissant pour égaler leur pas que lorsqu'il eut pris une avance d'une douzaine d'aunes.

« Il est plein d'amertume », dit Dinivan en observant les épaules voûtées de Cadrach.

« Et quelle raison aurait-il, *lui*, d'être amer ? »

Le prêtre secoua la tête. « Dieu seul le sait. »

De la part d'un prêtre, décida-t-elle, il était difficile de savoir ce que cela pouvait vraiment signifier.

La Route de la Côte Nord de Nabban serpentait entre la crête des collines et la Baie d'Émettin, s'aventurant parfois vers l'intérieur des terres, si bien que les flancs bruns des collines s'élevèrent sur leur droite et interdirent toute vue de l'eau. Plus loin, les collines redescendirent pour une courte période, et la côte rocheuse leur apparut de nouveau. Lorsqu'ils approchèrent de Téligure, la route se fit plus fréquentée : des chariots de ferme perdant des flots de paille, des colporteurs transportant leurs marchandises suspendues à des perches, des petits groupes de la garde locale allant impérieusement d'un endroit à un autre. De nombreux voyageurs, lorsqu'ils voyaient l'Arbre d'or qui pendait sur la soutane de Dinivan et les robes de bure de ses compagnons, saluaient de la tête ou faisaient le signe de l'Arbre sur leur poitrine. Des mendiants couraient à côté du cheval du prêtre, en criant : « Mon père, mon père ! La miséricorde d'Aédon, mon père ! » S'ils semblaient réellement estropiés, d'une manière ou d'une autre, Dinivan tirait de sa robe une pièce d'un cintis et la leur lançait. Miriamélé remarqua que bien peu de mendiants, quelles que soient leur invalidité ou leurs déformations, laissaient jamais la pièce toucher terre.

À midi, ils firent halte à Téligure même, un bourg florissant situé au pied des collines, où ils se sustentèrent de fruits et de pain dur acheté sur des étals de la grand'place de la ville. Là, dans la cohue des commerces, trois hommes d'Église en voyage n'attiraient pas l'attention.

Miriamélé se délectait du soleil éclatant, la capuche repoussée en arrière pour pouvoir sentir la chaleur sur son front. Partout autour d'elle résonnaient les cris des marchands et les hurlements outragés des acheteurs grugés. Cadrach et Dinivan n'étaient pas loin : le prêtre négociait avec un marchand d'œufs coque tandis que son maussade compagnon lorgnait l'étal d'un marchand de vin. Miriamélé réalisa non sans surprise qu'elle était heureuse.

Juste comme ça? se réprimanda-t-elle; mais il faisait trop beau pour se tracasser. Elle avait été nourrie, avait chevauché toute la matinée aussi libre que l'air, et personne alentour ne lui portait la moindre attention. Dans le même temps, elle se sentait étrangement protégée.

Elle pensa soudain au garçon de cuisine, Simon, et son heureuse humeur s'étendit à son souvenir. Il avait un gentil sourire, Simon; pas un sourire étudié, comme celui des courtisans de son père. Le père Dinivan avait aussi un sourire agréable, mais il ne semblait jamais s'être surpris lui-même, comme c'était souvent le cas avec Simon.

D'une étrange manière, réalisa-t-elle, les jours passés à voyager vers Naglimund avec Simon et Binabik le troll faisaient partie des meilleurs moments de sa vie. Elle rit d'elle-même, de cette singulière idée, et s'étira aussi voluptueusement qu'un chat sur un rebord de fenêtre. Ils avaient affronté la terreur et la mort, avaient été pourchassés par ce terrible chasseur Ingen et ses molosses, et avaient presque été tués par un Hune, un géant hirsute et meurtrier. Et pourtant elle s'était toujours sentie libre. Alors qu'elle feignait d'être une servante, elle avait plus eu l'impression d'être elle-même que jamais auparavant. Simon et Binabik lui parlaient à *elle* : pas à son titre, pas au pouvoir de son père, pas à leurs propres rêves de récompense ou de promotion.

Ils lui manquaient tous les deux. Elle eut soudain un serrement de cœur en pensant au petit troll et au pauvre et gauche Simon à la tignasse rousse, errant tous deux dans des étendues de neige et de glace. Dans la frustration de son emprisonnement à Perdruin, elle les avait presque oubliés. Où étaient-ils? Étaient-ils en danger? Étaient-ils même vivants?

Une ombre s'abattit sur son visage. Elle tressaillit, surprise.

« Je ne crois pas pouvoir encore longtemps écarter notre ami des étals de vin », dit Dinivan. « Et je ne suis pas certain d'en avoir le droit. Nous devrions reprendre la route. Vous dormiez? »

« Non. » Miriamélé tira sa capuche en avant et se redressa. « Je pensais. »

Assis devant le feu, le duc Isgrimnur expirait pesamment en envisageant sérieusement de casser quelque chose ou de frapper quelqu'un. Ses pieds lui faisaient mal, son visage le démangeait à s'en damner depuis qu'il s'était rasé la barbe (et quelle folie démoniaque avait pu le posséder au point de lui faire accepter une telle chose ?!), et il n'était pas plus avancé dans sa recherche de la princesse Miriamélé que lorsqu'il avait quitté Naglimund. Tout cela eût suffi à son malheur, et pourtant les choses avaient encore empiré.

Isgrimnur avait été certain qu'il réduisait l'écart. Lorsqu'il eut suivi la trace de Miriamélé jusqu'à Perdruin et que ce vieil ivrogne de Gealsgiath lui eut confirmé l'avoir débarquée en compagnie du moine criminel Cadrach à Ansis Pelippé, le duc avait eu la conviction que ce ne serait plus qu'une question de temps. Malgré l'inconvénient de son déguisement de moine, Isgrimnur connaissait bien Ansis Pelippé, et il naviguait en connaissance dans tous ses bas quartiers. Il avait alors eu la certitude qu'il mettrait vite la main sur elle, et la ramènerait à son oncle Josua à Naglimund, où elle serait à l'abri des attentions douteuses de son père Élias.

C'est alors que le sort l'avait frappé par deux fois. Le premier coup avait mis plus longtemps à faire effet : cela avait été la conclusion de bien des heures de vain effort et d'une fortune dépensée en soudoiements inutiles ; il était progressivement devenu évident que Miriamélé et son compagnon avaient disparu d'Ansis Pelippé, qu'ils s'étaient évanouis comme s'il leur eût poussé des ailes et qu'ils se furent envolés. Pas un seul coupeur de bourse, contrebandier ou maraud, pas une seule gourgandine ne les avait aperçus depuis la veille de la mi-été. Elle et Cadrach pouvaient pourtant difficilement passer inaperçus : deux moines voyageant ensemble, l'un gros, l'autre jeune et mince ; mais ils s'étaient volatilisés. Pas un seul marin ne les avait vus embarquer, ou ne les avait même entendus s'enquérir d'une quelconque destination sur les quais. Disparus !

Le second coup, venant s'ajouter à son échec personnel, frappa Isgrimnur comme une pierre. Il n'avait pas passé deux semaines à Perdruin lorsque se propagea dans les tavernes du port la nouvelle de la chute de Naglimund. Les marins colportaient la rumeur en riant, se délectant du massacre qu'avait perpétré la mystérieuse seconde armée d'Élias sur les habitants de la place forte comme s'il se fût agi des rebondissements d'une vieille légende narrée au coin du feu.

Oh! ma Gutrun, avait prié Isgrimnur, les entrailles nouées par la peur et la rage, *qu'Usires te protège de tout mal. Qu'Il fasse que tu sois sauve, ma femme, et je Lui construirai une cathédrale de mes propres mains. Toi et Isorn, mon brave fils, et Josua, et tous les autres...*

Il avait pleuré cette première nuit, tout seul dans une allée sombre, là où personne ne pouvait voir l'immense moine sangloter, là où, pour au moins un instant, il n'avait pas besoin d'être déguisé. Il avait peur, d'une manière qu'il n'avait jamais connue auparavant.

Comment cela a-t-il pu se passer si vite? se demanda-t-il. *Ce damné château avait été construit pour résister à un siège de dix ans! Ont-ils été trahis de l'intérieur?*

Et comment, même si sa famille avait été sauvée par quelque miracle, et qu'il réussissait à les rejoindre, comment pourrait-il jamais reprendre ses terres que Skali Nez-tranchant lui avait volées avec l'aide du Roi Souverain? Avec Josua brisé, avec Léobardis et Lluth morts, il n'y avait plus personne pour résister à Élias.

Et pourtant, il lui fallait trouver Miriamélé. Il pouvait bien au moins la dénicher, la sauver de ce traître de Cadrach, et l'emmener en lieu sûr, simplement parce qu'il restait ce malheur qu'il pouvait empêcher Élias d'accomplir.

Ses pas l'avaient finalement mené au *Chapeau et le Pluvier*, une auberge de la pire espèce, qui correspondait exactement aux besoins de son âme tourmentée. Sa sixième cruche de bière amère était posée devant lui, encore intacte. Isgrimnur s'abandonnait à ses sombres pensées.

Il avait pu s'assoupir, car il avait arpenté les quais toute la journée, et était épuisé. L'homme qui se tenait devant lui pouvait avoir été là depuis un certain temps. Isgrimnur n'aimait pas son air.

« Qu'est-ce que tu regardes? » gronda-t-il.

Les sourcils de l'étranger se rejoignirent au-dessus de ses yeux. Ses joues creuses rendaient plus évidente encore sa grimace méprisante. Il était grand et vêtu de noir, mais le duc d'Elvritshalla était loin de le trouver aussi impressionnant que l'homme se supposait être.

« Êtes-vous le moine qui pose des questions à travers toute la ville ? » demanda l'étranger.

« Va-t'en », répondit Isgrimnur. Il tendit le bras pour attraper son cruchon. La première gorgée de bière le fit se sentir plus alerte ; il en but donc une autre.

« Êtes-vous celui qui s'enquiert de deux autres moines ? » reprit l'étranger. « Un grand et un petit ? »

« C'est peut-être moi. Qui es-tu, et que me veux-tu ? » grommela Isgrimnur, en s'essuyant la bouche du revers de la main. Sa tête lui faisait mal.

« Mon nom est Lenti », dit l'étranger. « Mon maître désire vous parler. »

« Et qui est ton maître ? »

« Peu importe. Venez. Nous y allons maintenant. »

Isgrimnur rota. « Je n'ai pas envie d'aller voir des maîtres sans nom. Il peut venir à moi, s'il le désire. Maintenant va-t'en. »

Lenti se pencha en avant, les yeux intensément fixés sur ceux d'Isgrimnur. Il avait des boutons sur le menton.

« Maintenant tu vas me suivre, vieux tas de graisse, si tu ne veux pas d'ennuis », murmura-t-il d'un ton féroce. « *J'ai un couteau.* »

Le poing massif d'Isgrimnur le frappa juste à l'endroit où ses sourcils se rejoignaient. Lenti fut projeté en arrière et s'effondra en un tas flasque, comme s'il avait été frappé par un maillet d'abattage. Quelques-uns des clients de la taverne s'esclaffèrent avant de revenir à leurs désagréables conversations.

Après quelques instants, le duc se pencha en avant et déversa un torrent de bière sur le visage de sa victime aux vêtements noirs. « Allez, debout, mon gars ; debout ! J'ai décidé que j'allais aller avec toi pour rencontrer ton maître. » Isgrimnur grimaça malicieusement tandis que Lenti recrachait un peu de mousse. « Je me sentais mal avant, mais, par la Sainte Main d'Aédon, je me sens beaucoup mieux maintenant ! »

Téligure disparut derrière les trois cavaliers. Ils poursuivirent vers l'ouest sur la Route Côtière, traversant au hasard de ses méandres une poignée de hameaux. On faisait les foins partout, sur le flanc des collines et plus bas, dans la vallée, et des meules se dressaient dans tous les champs comme autant de têtes de dormeurs tirés de leur sommeil. Miriamélé écouta les voix chantantes des maîtres des champs et les cris rieurs des femmes qui traversaient les prés fauves avec des bouteilles et des paniers contenant le repas de milieu d'après-midi des travailleurs. Cela semblait être une vie heureuse et simple, ce qu'elle dit à Dinivan.

« Si vous pensez que travailler d'avant l'aube jusqu'à la nuit en vous brisant le dos dans les champs est une vie heureuse et simple, alors vous avez raison », répondit-il en plissant des yeux pour se protéger du soleil. « Mais il y a peu de repos, et, lorsque l'année est mauvaise, peu de nourriture. De plus », ajouta-t-il avec un sourire espiègle, « la plus grande partie de vos récoltes disparaît en dîme pour le baron. Mais cela semble être ce que Dieu a voulu. Et un travail honnête vaut certainement mieux qu'une vie de mendicité ou de vol; du moins aux yeux de l'Église, si ce n'est aux yeux de certains mendiants et de la plupart des voleurs. »

« Père Dinivan! » s'exclama Miriamélé, un peu choquée. « Cela semble... je ne sais pas... hérétique, je suppose. »

Le prêtre rit. « Dieu le Très Haut m'a fait don d'une nature hérétique, Madame; et s'Il regrette son don, Il me rappellera en Son sein, arrangeant ainsi les choses. Mais mes vieux professeurs seraient d'accord avec vous. Ils m'ont fréquemment répété que mes questions étaient la langue du diable parlant dans ma tête. Le Lecteur Ranéssin, lorsqu'il m'a offert d'être son secrétaire, a dit à mes professeurs : “mieux vaut entendre les arguments et les questions de la langue du diable que ceux d'une voix muette et d'une tête creuse.” Certains des prêtres plus convenables dans l'Église trouvent que Ranéssin est un maître difficile. » Là, Dinivan fronça les sourcils. « Mais ils ne savent pas. C'est le meilleur homme du monde. »

Durant le long après-midi, Cadrach laissa la distance qui le séparait de ses compagnons diminuer progressivement, jusqu'à ce qu'ils soient enfin presque à chevaucher côte à côte de nouveau. Cette concession ne délia pas ses lèvres pour autant; même s'il semblait écouter les questions de Miriamélé et les histoires des terres qu'ils traversaient que Dinivan racontait, il ne se joignit jamais, de quelque manière que ce fût, à la conversation.

Le ciel parsemé de nuages avait tourné à l'orange et le soleil leur emplissait les yeux alors qu'ils approchaient des murs de la ville de Granis Sacrana, l'endroit où Dinivan avait choisi de faire étape pour la nuit. La ville se dressait sur une falaise surplombant la Route Côtière. Les collines alentour, baignant dans la lumière du crépuscule, étaient couvertes de vignes.

À la surprise des voyageurs, une escouade de sentinelles à cheval encadrait les larges portes, et interrogeaient tous ceux qui désiraient entrer. Il ne s'agissait pas de troupes locales, mais d'hommes d'arme arborant le martin-pêcheur d'or de la Maison Bénidrivine. Lorsque Dinivan se présenta, annonçant Cadrach sous son nom d'emprunt favori et utilisant "Malachias" pour la princesse, il lui fut répondu qu'ils devaient poursuivre leur chemin et chercher refuge pour la nuit ailleurs qu'ici.

« Et pourquoi en serait-il ainsi ? » interrogea Dinivan.

Le garde, penaud, ne put que répéter opiniâtrement son ordre.

« Alors laissez-moi parler à votre sergent. »

Le sergent, lorsqu'il fut appelé, ne fit que répéter les ordres de son subordonné.

« Et pourquoi cela, mon brave ? » demanda vivement le prêtre. « De quelle autorité ? Y a-t-il la peste, ici, ou quelque chose de ce genre ? »

« Quelque chose comme ça, effectivement », dit le sergent en grattant son long nez d'un air inquiet. « L'ordre vient du duc Bénigaris lui-même, du moins je le suppose. Il est frappé de son sceau. »

« Et je porte moi le sceau du Lecteur Ranessin », dit Dinivan en tirant une bague de sa poche et en agitant le rubis rouge sang sous le nez du sergent étonné. « Sache que nous œuvrons pour le saint ministère du Sancellan Aedonitis. Y a-t-il la peste, ou quoi ? S'il n'y a d'air corrompu ou d'eau viciée, nous dormirons ici cette nuit. »

Le sergent ôta son casque et regarda la bague à la chevalière de Dinivan en plissant les yeux. Lorsqu'il releva la tête, ses traits épais étaient toujours troublés.

« Comme je l'ai dit à Votre Éminence », commença-t-il d'un ton misérable, c'est quelque chose comme la peste. Ce sont ces fous, ces Danseurs de Feu.

« Que sont les Danseurs de Feu ? » demanda Miriamélé, en prenant bien soin d'imiter la tonalité un peu bourrue des garçons.

« Les proclamateurs d'apocalypse », répondit Dinivan d'un ton lugubre.

« Si ce n'était que cela », ajouta le sergent en écartant les mains en un geste d'impuissance. C'était un homme solide, aux épaules larges et aux jambes puissantes, mais il semblait anéanti. « Ils sont fous. Tous, absolument tous. Le duc Bénigaris nous a ordonné de... de les surveiller. Nous sommes censés ne pas intervenir, mais j'ai pensé que nous pourrions au moins empêcher d'autres étrangers d'entrer... » Il se tut sans achever sa phrase.

« Nous ne sommes pas des étrangers, et en tant que secrétaire du Lecteur, j'ai peu de chances de me laisser séduire par les exhortations de ces gens », dit sévèrement Dinivan. « Alors laissez-nous entrer, que nous puissions trouver un abri pour la nuit. Nous avons chevauché longtemps. Nous sommes épuisés. »

« Très bien,Votre Éminence », dit le sergent en faisant signe à ses hommes de débloquer les portes. « Mais je ne serai pas responsable... »

« Nous sommes tous responsables en cette vie ; toujours, et chacun de nous », répondit très sérieusement Dinivan ; puis son expression s'adoucit. « Mais notre Seigneur Usires sait qu'il est des charges difficiles. » Il fit le signe de l'Arbre tandis qu'ils s'avançaient entre les hommes d'arme.

« Ce soldat semblait très inquiet », dit Miriamélé, tandis que le cliquetis des sabots de leurs montures résonnait dans la grand'rue. Les volets de nombreuses maisons étaient clos, mais des visages livides observaient subrepticement les voyageurs depuis des encoignures de portes. Pour une ville de la taille de Granis Sacrana, les rues étaient étonnamment vides. De petits groupes de soldats à cheval allaient et venaient depuis les portes, mais seuls quelques rares passants se hâtaient dans les rues poussiéreuses, jetant de brefs regards anxieux à Miriamélé et à ses compagnons avant de baisser les yeux et de presser le pas.

« Le sergent n'est pas le seul », répondit Dinivan alors qu'ils avançaient dans l'ombre de hautes maisons et de boutiques. « La peur se répand à travers tout Nabban comme la peste, ces jours-ci. »

« La peur vient là où elle est invitée », dit doucement Cadrach ; mais il détourna la tête de leurs visages interrogateurs.

Lorsqu'ils atteignirent la place du marché, au centre de la ville, ils découvrirent la raison de la mystérieuse vacuité des rues de Granis Sacrana. Une foule formant un large cercle, épais sur tout son pourtour de près d'une demi-douzaine de pieds, riait et chuchotait, amassée sur l'esplanade. Bien que les dernières lueurs de l'après-midi réchauffassent encore l'horizon, les torches avaient été allumées et brûlaient dans leur support tout autour de la place, projetant des ombres vacillantes dans les espaces sombres entre les maisons, et illuminant les robes blanches des Danseurs de Feu qui se balançaient et hurlaient au milieu des communs.

« Ils doivent être plus de cent ! » s'exclama Miriamélé, ébahie. Dinivan affichait un air renfrogné et inquiet. Certains dans la foule hurlaient des quolibets ou jetaient des pierres et des détritus aux danseurs cabriolants, mais d'autres les observaient intensément, et presque craintivement, comme s'il se fût agi de quelque animal auquel il eût été trop dangereux de tourner le dos.

« Il est trop tard pour se repentir ! » brailla l'une des robes blanches, avant de s'écarter de ses compagnons pour bondir et rebondir comme un diablotin devant le premier rang des spectateurs. La foule recula précipitamment, comme effrayée de quelque contagion. « Il est trop tard ! » cria-t-il. Son visage, celui d'un jeune homme portant sa première barbe, se fendit en une grimace extatique. « Bien trop tard ! Les rêves nous l'ont révélé ! Le maître arrive ! »

Une autre des silhouettes vêtues de blanc grimpa sur une pierre au centre des communs, imposant le silence d'un geste à tous les danseurs. Un murmure parcourut la foule lorsque celle-ci abaissa sa large capuche et découvrit la tête blonde d'une femme. Elle aurait pu être jolie, n'étaient ses yeux perçants blanchis par la lumière des torches et son large sourire sépulcral.

« Le feu arrive ! » rugit-elle. Les autres danseurs cabriolèrent et hurlèrent, puis s'interrompirent. Quelques-uns dans la foule crièrent des insultes, mais se turent bien vite lorsqu'elle posa ses yeux brûlants sur eux. « N'ayez pas peur d'être oublié », dit-elle. Dans le silence soudain, sa voix porta clairement. « Les feux viendront pour tous ; les feux et la glace qui apporteront le Grand Changement. Le maître n'épargnera aucun de ceux qui ne se sont pas préparés à son avènement. »

« Tu blasphèmes contre notre véritable Rédempteur, mécréante ! » cria soudain Dinivan, debout sur ses étriers. Sa voix était puissante. « Tu mens à ces gens ! »

Certaines voix dans la foule répétèrent ses mots, et le murmure commença à grandir. La femme en blanc se retourna et fit un signe à quelques-uns des porteurs de robe les plus proches d'elle. Certains d'entre eux étaient agenouillés à ses pieds, devant la pierre, dans un semblant de prière ; l'un de ceux-ci se leva et traversa la place tandis qu'elle restait dressée là, le regard impérieux, les yeux fixés vers les lueurs du crépuscule dans le ciel. Il revint un instant plus tard, porteur d'une torche prise sur l'un des supports, qu'elle prit et leva au-dessus de sa tête.

« Qu'est donc Usires Aédon », cria-t-elle, « sinon un petit homme de bois sur un petit arbre de bois ? Que sont les rois et les reines des hommes sinon des singes élevés bien au-dessus de leur rang ? Le maître anéantira tout ce qui se dresse sur son chemin, et son règne viendra sur tous les océans et les terres d'Osten Ard ! Le Roi de l'Orage approche ! Il apporte avec lui la glace qui gèle les cœurs, le tonnerre assourdissant et le feu purificateur ! »

Elle jeta la torche à ses pieds. Une ardente enveloppe de flammes jaillit tout autour de la pierre. Certains des danseurs se mirent à hurler alors que leur robe prenait feu. La foule recula avec un cri de surprise, repoussée en arrière par un mur de feu torride.

« Elysia mère de Dieu ! » s'exclama Dinivan d'une voix horrifiée.

« Il en sera ainsi ! » hurla la femme, alors même que les flammes qui couraient sur sa robe atteignaient ses cheveux, la couronnant de feu et de fumée. Elle souriait encore, du sourire désespéré des damnés. « Il parle dans les rêves ! l'apocalypse approche ! » Le brasier prit de l'ampleur, la dissimulant aux regards, mais ses derniers mots résonnèrent irrésistiblement. « *Le maître arrive ! Le maître arrive... !* »

Miriamélé se pencha sur l'encolure de son cheval, en s'efforçant de réprimer sa nausée. Dinivan fit avancer sa monture de quelques pas avant de descendre de cheval pour apporter son aide à certains de ceux qui avaient été renversés et piétinés dans le recul de la foule prise de panique. La princesse se redressa en cherchant son souffle.

Insensible à sa présence, Cadrach observait fixement la scène macabre qui s'offrait à eux. Son visage, rendu écarlate par la lumière changeante, exprimait un profond malheur, mais aussi une étonnante avidité, comme si une chose importante et terrible s'était passée, une chose redoutée depuis si longtemps que l'attente était devenue pire que la peur.

8

SUR LE DOS DE SIKKIHOQ

« Où allons-nous, Binabik ? » Simon se pencha en avant, approchant ses mains rougies du feu. Ses gants fumaient sur le tronc d'un sapin non loin.

Binabik releva la tête du parchemin que lui et Sisqi étaient en train d'étudier. « Pour maintenant, c'est : vers le bas de la montagne. Ensuite, nous aurons le besoin de guidance. Alors, laisse-moi continuer de chercher ces guidances, s'il te plaît. »

Même s'il dut résister à la tentation immature de lui tirer la langue, la rebuffade du troll ne dérangea pas vraiment Simon. Il était de bonne humeur.

Simon sentait ses forces lui revenir. Il s'était senti un peu plus en forme chacun des deux jours de dur voyage qui leur avaient fait descendre une partie de Mintahoq, la plus haute montagne des Monts-Trolls. Maintenant, ils avaient quitté Mintahoq et avaient rejoint le flanc de Sikkihoq, son pic voisin. Ce soir, pour la première fois, Simon n'avait pas simplement voulu se coucher dès que ses compagnons s'étaient arrêtés pour monter le camp. En lieu de cela, il les avait aidés à amasser un maigre tas de bois mort pour faire un feu, et à débarrasser la neige de la cavité rocheuse dans laquelle ils allaient passer la nuit. Cela lui faisait du bien de se sentir de nouveau lui-même. La cicatrice sur son menton lui faisait encore mal, mais c'était une douleur plus diffuse. Elle l'aidait à se souvenir plus qu'elle ne le gênait.

Le sang du dragon l'avait changé, réalisa-t-il. Pas de façon magique, comme dans les vieilles histoires de Shem Palefrenier : il ne comprenait pas la langue des animaux, pas plus qu'il ne pouvait voir à cent lieues. Quoi que cela ne fût pas tout à fait vrai. Lorsque la neige s'était calmée un moment aujourd'hui, les vallées immaculées du Désert Blanc lui étaient soudain apparues distinctement, paraissant aussi proches que les plis d'une couverture, tout en s'étendant jusqu'à la masse indistincte de la distante Forêt d'Aldhéorte. Durant un instant dressé là aussi immobile qu'une statue malgré le vent qui mordait son cou et son visage, il avait eu l'impression qu'il avait effectivement été gratifié d'une vision magique. Comme à l'époque où il escaladait la Tour de l'Ange Vert pour voir toute l'Erkynée étendue devant lui comme un tapis, il avait eu l'impression qu'il pouvait tendre la main et, ainsi, changer le monde.

Mais de tels moments n'étaient pas ce que lui avait apporté le dragon. Méditant tandis qu'il attendait que ses gants fussent secs, il regarda Binabik et Sisqi, vit la façon dont ils se touchaient même lorsqu'ils ne se touchaient pas, les longues conversations qu'ils échangeaient en un simple regard. Simon réalisa qu'il ressentait et voyait les choses différemment depuis Urmsheim. Les êtres et les événements lui semblaient plus clairement liés, chacun une partie d'un plus grand ensemble, tout comme l'étaient Binabik et Sisqi. Ils tenaient profondément l'un à l'autre, mais, dans le même temps, leur monde était lié à bien d'autres : à celui de Simon, à celui de leur peuple, celui de Josua, de Géloé... Il était fascinant, pensa-t-il, de voir à quel point chaque chose faisait partie d'une autre ! Mais bien que le monde fût immense au-delà de tout entendement, chaque grain de vie en son sein se battait pour sa propre existence. Et chaque grain était important.

Voilà, en quelque sorte, ce que le sang du dragon lui avait enseigné. Il n'était pas un grand homme : en fait, il était tout petit. Mais dans le même temps il était important, comme chaque point de lumière dans un ciel noir peut être l'étoile qui a guidé un marin vers son port, ou l'étoile qu'a regardée un enfant une nuit alors qu'il ne pouvait pas dormir...

Simon secoua la tête, puis souffla dans ses mains transies. Ses idées lui échappaient, s'esquivaient comme des souris dans un cellier déverrouillé. Il tâta une nouvelle fois ses gants, mais ils n'étaient toujours pas secs. Il glissa ses mains sous ses bras et se rapprocha encore un peu du feu.

« As-tu la vraie certaineté que Géloé a dit “ la Pierre de l’Adieu ”, Simon ? » demanda Binabik. « Je lis les parchemins d’Ookequk depuis deux nuits, et j’ai eu de la chance avec nullité. »

« Je t’ai dit tout ce que je savais. » Simon regarda au-delà de la bouche de la caverne, vers l’endroit où se pelotonnaient les béliers attachés, se massant ensemble comme une congère ambulante.

« Je ne pourrais pas l’oublier. Elle parlait à travers la petite fille que nous avons sauvée, Leleth, et elle a dit : “ *Allez à la Pierre de l’Adieu. C’est le seul endroit qui soit un abri contre l’orage qui se prépare ; un abri temporaire tout du moins.* ” »

Binabik serra les lèvres, déçu. Il dit quelques mots en qanuc à Sisqi, qui acquiesça gravement. « Je n’ai pas le doute de toi, Simon. Nous avons vu trop de choses ensemble. Et je ne peux avoir le doute de Géloé, qui est la personne la plus sage que je connaisse. Le problème est ma faible compréhension. » Il fit un signe de sa petite main vers la peau tendue devant lui. « Peut-être que je n’ai pas amené les textes corrects. »

« Tu penses trop, petit homme », cria Sludig de l’autre bout de la caverne. « Avec Haestan, je montre à tes amis comment on joue au Conquérant. Ça marche presque aussi bien avec tes osselets trolls qu’avec des vrais dés. Allez, viens jouer, et oublie un peu tout ça pour un moment. »

Binabik leva les yeux et sourit, puis fit à Sludig un grand signe de la main. « Pourquoi ne les rejoins-tu pas dans leur jeu, Simon ? » demanda-t-il. « C’est avec certaineté plus intéressant que d’observer ma confusion. »

« Je réfléchis moi aussi », répondit Simon. « J’ai beaucoup pensé à Urmsheim. À Igjarjuk et à ce qui s’est passé. »

« Ça ne s’est pas passé comme dans les imaginations de ton jeune âge, hein ? » dit Binabik, de nouveau absorbé par l’examen de son parchemin. « Les choses ne sont pas toujours comme dans les vieilles chansons qui les racontent ; avec particularité lorsqu’il s’agit du combat des dragons. Mais toi, Simon, tu as agi avec autant de vaillanteté que n’importe quel Sire Camaris ou Tallistro. »

Simon se sentit rougir de façon fort plaisante. « Je ne sais pas. Cela ne ressemblait pas à de la bravoure. Je veux dire, qu'est-ce que j'aurais pu faire d'autre ? Mais ce n'est pas à ça que je pensais. Je pensais au sang du dragon. Il m'a fait plus que cela. » Il indiqua d'un geste son menton et la mèche blanche qui courait maintenant dans ses cheveux. Binabik ne releva pas les yeux pour voir son geste, mais Sisqi le fit. Elle sourit timidement, ses yeux noirs levés vers lui comme vers un animal amical mais potentiellement dangereux; un instant plus tard, la jeune fille troll se leva et s'en alla. « Cela m'a fait voir les choses différemment », poursuivit Simon en la regardant s'éloigner. « Tout le temps que tu as été prisonnier dans ce trou, j'ai réfléchi et j'ai rêvé. »

« Et à quoi as-tu pensé ? » demanda Binabik.

« C'est difficile à dire. Au monde et à quel point il est vieux. À quel point je suis petit. Même le Roi de l'Orage est petit, en un sens. »

Binabik dévisagea Simon. Les yeux bruns du troll étaient sérieux. « Oui, il est peut-être petit sous les étoiles, Simon ; tout comme les montagnes sont petites en comparaison du monde. Mais la montagne est plus grande que nous, et si elle nous tombe dessus, nous serons très morts dans un très grand trou. »

Simon agita impatiemment ses mains. « Je sais, je sais... Je ne dis pas que je n'ai pas peur. C'est juste que... c'est difficile à dire. » Il chercha ses mots. « C'est comme si le sang du dragon m'avait appris une autre langue, une autre façon de voir les choses quand je pense. Comment peut-on expliquer une autre langue à quelqu'un ? »

Binabik alla pour répondre, puis s'interrompit, les yeux fixés par-dessus l'épaule de Simon. Inquiet, Simon fit précipitamment volte-face, mais il n'y avait rien derrière lui que la pierre oblique de la caverne et une tache de ciel gris parsemée de points blancs.

« Qu'est-ce qu'il y a ? Tu es malade, Binabik ? »

« Je l'ai », énonça simplement le troll. « Je savais qu'il y avait de la familiarité. Mais c'était une confusion de langues. Elles se traduisent avec différence, vois-tu. » Il bondit sur pied et trotta vers son sac. Quelques trolls l'observèrent. L'un d'entre eux commença à parler, mais s'interrompit, rebuté par l'air déterminé de Binabik. Le petit homme revint peu après avec une brassée de nouveaux parchemins.

« Que se passe-t-il ? » demanda Simon.

« C'était le langage ; la différence entre les langues. Tu as dit : " Pierre de l'Adieu. " »

« C'est ce que Géloé m'a dit », répondit-il, sur la défensive.

« Bien sûr. Mais les parchemins d'Ookequk ne sont pas écrits dans la langue que toi et moi parlons maintenant. Certains sont copiés dans le texte nabbanais original, d'autres sont en qanuc, et quelques-uns dans la langue originale des Sithis. Je cherchais " la Pierre de l'Adieu ", mais en sithi, elle s'appellerait " la Pierre de la Séparation " ; une petite différence, mais qui fait beaucoup de différenceté dans sa découverte. Maintenant, attends. »

Il se mit à parcourir rapidement les parchemins, ses lèvres bougeant au rythme de son doigt épais qui passait d'une ligne à l'autre. Sisqi revint, porteuse de deux bols de soupe. Elle en posa un à côté de Binabik, qui était trop occupé pour faire plus que la remercier d'un hochement de tête. Elle tendit l'autre bol à Simon. Ne sachant trop que faire, il salua de la tête en l'acceptant.

« Merci », articula-t-il, en se demandant s'il devait ajouter son nom.

Sisqinanamook commença à répondre, puis s'interrompit parce qu'elle n'arrivait pas à se souvenir des termes appropriés. Durant un instant, elle et Simon se regardèrent, gênés de voir une chance de devenir amis entravée par leur incapacité à converser. Enfin, Sisqi lui rendit son salut, puis vint se blottir contre Binabik et lui chuchota une question.

« *Chash* », répondit-il. « C'est l'exacteté », puis il se tut de nouveau, et poursuivit ses recherches. « Ho ho ! » s'exclama-t-il enfin, en tapant la paume de sa main contre sa cuisse. « C'est la réponse. Nous l'avons trouvée. »

« Quoi ? » Simon se pencha. Le parchemin était couvert de marques étranges, de petits dessins ressemblant à des pattes d'oiseaux et à des traces d'escargots. Binabik indiquait du doigt l'un de ces symboles, un carré aux coins arrondis, plein de points et de bâtons.

« *Sesuad'ra* », souffla le petit homme, en étirant le mot comme s'il examinait une étoffe précieuse. « *Sesuad'ra* la Pierre de la Séparation. Ou, comme Géloé l'a appelée, la Pierre de l'Adieu. C'est avec réelleté une chose sithie, comme je l'avais deviné. »

« Mais qu'est-ce que c'est ? » Simon observa les runes, sans pouvoir imaginer en déchiffrer le sens, comme il eût pu espérer le faire avec un texte westerlien.

Binabik plissa les yeux. « C'est l'endroit, dit ceci, où la convention fut brisée lorsque le Zida'ya et le Hikeda'ya, les Sithis et les Norns, se séparèrent pour partir chacun de leur côté. C'est un endroit de puissance et de grande peine. »

« Mais où est-ce ? Comment pouvons-nous y aller si nous ne savons pas où ça se trouve ? »

« Cela a été une partie de Enki-e-Shao'saye, la Cité de l'Été des Sithis. »

« Jiriki m'en a parlé », dit Simon, soudain excité. « Il me l'a montrée dans le miroir qu'il m'a donné. Peut-être que là, nous la trouverons ! » Il se mit à fouiller précipitamment dans son sac, à la recherche du cadeau de Jiriki.

« Pas la peine, Simon ; pas la peine ! » s'esclaffa Binabik. « Je serais avec grande certaineté un fou, et le plus mauvais apprenti qu'Ookequk aurait pu avoir, si je ne savais rien d'Enki-e-Shao'saye. C'était l'une des Neuf Cités, grande en beauté et en histoire. »

« Alors tu sais où est la Pierre de l'Adieu ? »

« Enki-e-Shao'saye se trouvait au sud-est de la lisière de la grande forêt Aldhéorte. » Binabik fronça les sourcils. « Ce n'est donc pas dans notre proximité. Ce sera un voyage de beaucoup de semaines. La cité se trouve de l'autre côté de la forêt, au-dessus des terres plates des Hauts Thrithings. » Son visage s'éclaira. « Mais nous avons la connaissance de notre destination. Cela est bien. Sesuad'ra. » Il savoura une nouvelle fois le mot d'un air songeur. « Je ne l'ai jamais vue, mais les mots d'Ookequk me reviennent. C'est un endroit étrange et triste, dans les légendes. »

« Je me demande pourquoi Géloé l'a choisi ? » dit Simon.

« Peut-être parce qu'elle n'avait pas la possibilité d'un autre choix. » Binabik porta son attention sur son bol de soupe.

Comme on pouvait s'y attendre, les béliers n'appréciaient que modérément de marcher avec Qantaqa derrière eux. Même après plusieurs jours, l'odeur de la louve les troublait encore profondément, et Binabik dut continuer de chevaucher en tête. Qantaqa avançait habilement le long des pistes étroites et raides; les trolls la suivaient sur leurs béliers en parlant ou chantant doucement entre eux, en prenant soin de ne pas élever la voix pour ne pas réveiller Makuhkuya, la déesse des avalanches. Simon, Haestan et Sludig fermaient la marche, en s'efforçant de ne pas marcher dans les traces des béliers pour que la neige ne s'insinuât pas par le dessus de leurs bottes bien graissées.

Alors que Mintahoq était arrondie comme un vieil homme courbé par les ans, Sikkihoq n'était qu'arêtes et flancs escarpés. Les pistes trolls s'agrippaient au dos de la montagne; elles formaient de longs méandres pour contourner des colonnes de roche, puis échappaient à la lumière du soleil en s'enfonçant dans l'ombre même de la montagne, avant de suivre le tracé d'une crevasse verticale plongeant vers le brouillard et la neige.

Durant les longues heures de cette pénible descente sur des chemins étroits qui lui imposait de chasser constamment la neige de ses yeux, Simon souhaitait souvent qu'ils arrivassent enfin en bas. Ses forces lui revenaient peut-être, mais il n'était pas fait pour la vie en montagne. Sous l'effet de l'air trop rare, ses poumons lui faisaient mal et ses jambes devenaient aussi lourdes et molles que des tranches de pain détrempées. Lorsqu'il s'efforçait de s'endormir à la fin de la journée, ses muscles étaient si douloureusement tendus qu'ils semblaient prêts à bourdonner.

L'altitude même à laquelle ils voyageaient le dérangeait. Il s'était toujours imaginé être un grimpeur intrépide, mais c'était avant qu'il ne quittât le Hayholt pour parcourir le monde. Maintenant, Simon préférait garder les yeux fixés sur les talons des bottes brunes de Sludig qui s'élevaient et retombaient en mesure plutôt que de regarder ailleurs. Lorsque son regard glissait vers les masses de pierre au-dessus d'eux ou vers les profondeurs vides en dessous, il lui était difficile de se souvenir de ce qu'était un sol plat. Quelque part, se répétait-il, il y avait des endroits où l'on pouvait tourner et marcher dans n'importe quelle direction sans risquer une chute mortelle. Il avait vécu dans de tels endroits, donc ils devaient encore exister. Quelque part se trouvaient des milles et des milles de terrain plat comme un tapis épais, qui n'attendaient que les pieds de Simon.

Ils s'étaient arrêtés pour une pause dans un endroit un peu plus large. Simon aida Haestan à ôter son sac, puis regarda le garde s'écrouler sur une pierre humide de neige, en soufflant si fort qu'il baigna bientôt dans un nuage de vapeur. Haestan baissa sa capuche un instant, et frissonna lorsque le vent puissant le frappa. Il la releva bien vite. Des cristaux de glace luisaient faiblement dans sa barbe sombre.

« Fait froid, 'tit gars », dit-il. « Glacial. » Il parut soudain très vieux.

« Est-ce que tu as une famille, Haestan ? » demanda Simon.

Le garde resta muet un instant, comme frappé de surprise, puis s'esclaffa. « Quet' chose comm' ça. J'ai une femme, une épouse, mais pas d'petiots. Not' premier bébé est mort, on n'en a pas eu d'puis. J'l'ai pas vue d'puis avant l'hiver. » Il secoua la tête. « Mais l'est en sûr'té. L'est partie viv' avec sa famille à Hewenshire. Naglimund était trop dangereux, j'lui ai dit. La guerre arrivait. » Il agita de nouveau la tête. « Maint'nant, si ta femm'sorcière dit vrai, la guerre est finie et l'prince Josua a perdu. »

« Mais Géloé a dit qu'il s'était échappé », s'empressa d'ajouter Simon.

« Ouais, c't'une bonne chose. »

Ils restèrent longtemps assis en silence, à écouter le vent dans les rochers. Simon baissa les yeux vers l'épée Épine qui reposait au sommet du sac d'Haestan, en brillant sombrement, parsemée de flocons de neige fondants. « Est-ce que l'épée est trop lourde pour toi ? Je pourrais la porter un moment. »

Haestan le regarda un instant avant de sourire. « Si tu veux, 'tit gars Simon. Tu d'vrais avoir une épée, maint'nant qu't'as une barbe d'homme. Ceci dit, j'sais pas si elle pourra servir d'épée, si tu vois c'que j'veux dire. »

« Je sais. Je sais comment elle est changeante. » Il se remémora Épine dans ses mains. Tout d'abord, elle avait été aussi lourde et froide qu'une enclume. Puis, lorsqu'il s'était trouvé en équilibre au bord de la falaise, contemplant l'œil bleu laiteux du dragon, elle était devenue aussi légère qu'une baguette de bouleau.

L'épée luisante avait semblé inspirée, comme si elle respirait. « C'est presque comme si elle était vivante. Comme un animal, ou quelque chose comme ça. Est-ce qu'elle est lourde pour toi, pour l'instant ? »

Haestan secoua négativement la tête, en levant les yeux vers les rafales de neige. « Non, 'tit gars. On dirait qu'elle veut aller là où on va. L'a p't'êt' l'impression d'rentrer chez elle. »

Simon sourit de les entendre tous deux parler d'une épée comme s'il se fût agi d'un chien ou d'un cheval. Et pourtant il y avait une indéniable tension liée à cette chose, comme une araignée immobile dans une toile, ou un poisson figé dans l'obscurité froide du fond d'une rivière. Il l'observa de nouveau. L'épée, si elle était vivante, était une chose sauvage. Sa noirceur dévorait la lumière, ne laissant échapper qu'un léger résidu de reflet, des miettes brillantes dans la barbe d'un avare. Une chose sauvage, une chose sombre.

« Elle va là où nous allons », dit Simon ; puis il réfléchit un instant. « Mais ce ne sera pas chez nous. Pas chez moi. »

Alors qu'il était étendu cette nuit-là dans une étroite caverne qui était à peine plus qu'une encoche dans le puissant dos de pierre de Sikkihoq, Simon rêva d'une tapisserie. C'était une tapisserie mouvante, suspendue à un mur d'une absolue noirceur. Elle représentait, à l'image des évocations religieuses de la chapelle du Hayholt, un arbre dont les branches s'élevaient vers les cieux. L'arbre était blanc et lisse comme du marbre de Harcha. Le prince Josua y était suspendu la tête en bas, comme Usires Aédon lui-même dans Sa souffrance.

Une silhouette sombre se tenait devant Josua, et le transperçait de clous avec un grand marteau gris. Josua ne parlait ni ne criait, mais ses fidèles gémissaient tout autour de lui. Les yeux du prince étaient écarquillés de douleur retenue, celle qu'il avait vue durant toute son enfance sur le visage sculpté d'Usires suspendu au mur des quartiers des serviteurs.

Simon ne put supporter cette vision plus longtemps. Il se jeta à l'intérieur de la tapisserie, et courut vers la forme sombre. Dans sa course, il sentit quelque chose de lourd qui pendait dans sa main. Il leva le bras pour en frapper la chose ténébreuse, mais celle-ci, d'un geste, l'attrapa par la main et lui arracha son arme. La chose qu'il avait tenue était un marteau noir. À l'exception de sa couleur, il était parfaitement identique au gris.

« *Mieux* », dit la chose. Elle souleva le maillet ébène de son autre main sombre, et recommença à planter ses clous. Cette fois-ci, Josua hurla à chaque coup, et hurla, et hurla...

... Simon s'éveilla en frissonnant dans l'obscurité, entouré du souffle rauque de ses compagnons de voyage, qui rivalisait avec les gémissements du vent qui explorait les défilés montagneux à l'extérieur de la caverne. Il voulut réveiller Binabik, ou Haestan, ou Sludig, n'importe qui susceptible de lui parler dans sa propre langue, mais ne put trouver aucun d'entre eux dans l'obscurité, et savait même dans sa peur qu'il ne devait pas éveiller les autres ainsi.

Il resta donc allongé, à écouter les susurrements du vent. Il avait peur de se rendormir, peur d'entendre encore ces hurlements terribles. Il écarquilla les yeux pour tenter de voir dans l'obscurité et pour s'assurer que ses paupières restaient ouvertes, mais il n'y avait rien.

Quelque temps avant que la lumière ne vînt, l'épuisement prit le pas sur ses angoisses, et il s'endormit enfin. S'il fut troublé par d'autres rêves, il n'en garda pas le souvenir au matin.

Il y eut encore trois jours de pistes étroites à en geler le cœur avant qu'ils ne quittassent enfin les hauteurs de Sikkihoq. Sur le replat de la montagne, il ne leur était plus nécessaire de marcher en une seule colonne, et le groupe s'arrêta pour fêter cela dès qu'ils eurent atteint une large esplanade de granit parsemée de neige. Ils purent profiter d'une rare éclaircie : le soleil avait percé à travers l'épaisse couche de nuages, et le vent, pour une fois, semblait plus joueur que prédateur.

Binabik, chevauchant Qantaqa, s'avança pour reconnaître le terrain; puis il mit pied à terre et laissa la louve aller chasser. Elle disparut aussitôt dans un amas de rochers recouverts d'un manteau blanc. Binabik revint vers le reste du groupe, un large sourire sur son visage.

« Il est bon de quitter le versant pour un temps », dit-il en s'asseyant près de Simon, qui avait ôté ses bottes et massait ses orteils blancs pour y faire revenir le sang. « Il y a rareté de temps pour la pensée ou tout ce qui est autre que l'équilibre lorsque l'on est occupé à chevaucher sur ces pistes étroites et dangereuses. »

« Ou lorsque l'on est occupé à marcher », ajouta Simon en observant ses orteils d'un œil critique.

« Ou à marcher », reprit Binabik. « Je serai très vite de retour. » Le petit homme se leva et s'éloigna sur la roche légèrement inclinée vers l'endroit où la plupart des trolls étaient assis en cercle, et se passaient une outre. Nombre d'entre eux avaient ôté leur veste, pour s'asseoir torse nu dans la maigre lumière du soleil, leur peau brune ornée de tatouages d'oiseaux, d'ours et de poissons sinueux. Les béliers avaient été dessellés et laissés libres de brouter le maigre fourrage qu'ils pourraient trouver, les mousses et les rares touffes d'herbe éparses qui avaient réussi à prendre racine dans les crevasses rocheuses. L'un des trolls avait été chargé de les surveiller, mais ne semblait pas avoir le cœur à l'ouvrage. Il tapotait tristement le sol avec sa lance crochue, en regardant l'outre qui continuait de tourner. L'un de ses camarades, après s'être esclaffé en le montrant du doigt, se leva finalement pour aller partager l'outre avec lui.

Binabik s'approcha de Sisqi, qui était assise avec quelques-unes des chasseresses. Il se pencha pour lui dire quelque chose, puis frotta son visage contre le sien. Elle rit et le repoussa, mais ses joues s'étaient empourprées. Les observant, Simon ressentit un léger pincement de jalousie devant le bonheur de ses amis, mais le réprima bien vite. Un jour, peut-être que lui aussi trouverait quelqu'un. Il pensa tristement à la princesse Miriamélé, qui était hors de portée d'un quelconque domestique. Et pourtant elle n'était qu'une fille, comme toutes celles avec lesquelles Simon avait maladroitement conversé au Hayholt, dans ce qui semblait maintenant être une époque bien lointaine. Lorsque lui et Miriamélé s'étaient trouvés côte à côte sur le pont de Da'ai Chikiza, ou devant le géant, il n'y avait pas eu de différence entre eux. Ils avaient été des amis, qui faisaient face au danger ensemble et sur le même pied.

Mais je ne savais pas alors qu'elle était d'un autre rang. Maintenant je le sais, et c'est ce qui fait la différence. Mais pourquoi ? Ai-je changé ? Ou elle ? Pas vraiment.

Et elle m'a embrassé ! Et ce après être redevenue la princesse !

Il ressentit un curieux mélange d'allégresse et de frustration. Qui pouvait dire ce qui devait être, de toute façon ? L'ordre du monde était en train de changer ; où était-il écrit qu'un garçon de cuisine héroïque ne pouvait pas se dresser fièrement devant une princesse, qui, après tout, était en guerre avec son père le roi ?

S'ensuivit un moment de rêverie fastueux. Simon se vit entrer en héros dans une grande ville, chevauchant une fière monture et dressant devant lui l'épée Épine, à l'image d'une représentation de Sire Camaris qu'il avait vue un jour. Quelque part, il le savait, Miriamélé le voyait et l'admirait. Son rêve s'effondra lorsqu'il se demanda dans quelle ville cette entrée héroïque pourrait bien avoir lieu. Naglimund, si l'on en croyait Géloé, était tombée. Le Hayholt, seul endroit où Simon eût pu se sentir chez lui, lui était totalement interdit. Épine n'était pas plus sienne qu'il n'était Sire Camaris, le plus célèbre propriétaire de l'épée ; et, plus grave encore, réalisa-t-il en regardant ses talons couverts d'ampoules, il n'avait même pas de cheval.

« Tiens, ami-Simon », dit Binabik, le tirant de sa triste rêverie, « je t'ai assuré une gorgée de vin-de-chasse. » Il lui tendit une outre de peau plus petite que celle qui tournait dans le cercle proche.

« J'en ai déjà bu », répondit Simon en reniflant avec méfiance. « Ça a un goût... Eh bien, Haestan dit que ça sent la pisse de cheval, et je pense qu'il a raison. »

« Ah. Il semble que l'opinion d'Haestan sur le kangkang a changé avec totalité », gloussa Binabik en tournant la tête vers le cercle des buveurs. L'Erkynéen et Sludig s'étaient joints aux trolls ; Haestan tirait en ce moment même une longue goulée de l'outre. « Mais cela n'est pas du kangkang », reprit Binabik en forçant la poche de peau dans les mains de Simon. « C'est du vin-de-chasse. Les hommes de mon peuple n'ont pas l'autorisation de le boire, sauf ceux qui, comme moi, l'utilisent parfois comme un remède. Nos chasseresses le boivent lorsqu'elles doivent rester en éveil toute la nuit loin de nos caves. C'est bon avec particularité pour la fatigue et la douleur des jambes et du reste du corps. »

« Je me sens bien », répondit Simon en regardant l'outre d'un œil sceptique.

« Là n'est pas l'importance de ma gracieuseté. » Binabik commençait à être exaspéré. « Aie la compréhension qu'il est rare pour qui que ce soit de goûter le vin-de-chasse. Nous sommes assis maintenant pour célébrer le bonheur d'avoir fait un long voyage sans pertes ni blessures. Nous célébrons un peu de soleil et avons l'espoir d'un peu de chance pour le reste de notre voyage. Et, avec égalité, c'est une sorte de cadeau, Simon. Sisqinanamook souhaitait te l'offrir. »

Simon tourna la tête vers la jeune troll, qui était plongée dans une conversation amusée avec les autres chasseresses. Elle sourit et leva sa lance comme en un salut.

« Je suis désolé », dit-il. « Je n'avais pas compris. » Il souleva l'outre et but une gorgée. Le liquide doux et visqueux descendit dans sa gorge. Il toussota, mais sentit peu après sa chaleur apaisante dans son estomac. Il prit une autre gorgée et la garda dans sa bouche, pour tenter de définir ce que ce goût lui rappelait.

« Avec quoi c'est fait ? » demanda-t-il.

« Avec des baies des hauts pâturages du lac Bouebleue, l'endroit où vont aller ceux de ma tribu. Avec des baies et des dents. »

Simon ne fut pas certain d'avoir bien entendu. « Des baies et quoi ? »

« Des dents. » Binabik sourit et montra les siennes. « Des dents d'ours des neiges. Écrasées en poudre, bien sûr. Pour la force et la discrèteté de la chasse. »

« Des dents... » Simon, se souvenant qu'il s'agissait d'un cadeau, réfléchit avant d'en dire plus. Les dents n'avaient rien de mauvais en soi : il en avait lui-même plein la bouche. Le vin-de-chasse n'avait pas mauvais goût, et lui picotait agréablement le ventre. Il souleva l'outre avec précaution et en tira une dernière gorgée. « Des baies et des dents. C'est très bon. Comment dit-on merci en qanuc ? »

Binabik le lui dit.

« *Guyop !* » cria Simon en direction de Sisqi, qui sourit et lui répondit d'un signe de tête tandis que ses compagnes éclataient une nouvelle fois d'un rire aigu en cachant leur visage dans la fourrure de leurs capuches.

Simon et Binabik restèrent un long moment assis en silence côte à côte, occupés à apprécier la chaleur. Simon sentit le vin-de-chasse s'insinuer agréablement dans ses veines, et même les pentes impressionnantes du bas de Sikkihoq qu'il leur restait à affronter lui parurent plus accueillantes. La montagne s'enfonçait devant eux en une couverture froissée de collines enneigées, pour s'aplanir ensuite et devenir la monotonie parsemée d'arbres du Désert Blanc.

Lorsque Simon tourna la tête pour observer le paysage, son attention fut attirée par Namyet, l'une des montagnes-sœurs de Sikkihoq, qui, dans la limpidité momentanée de cet après-midi lumineux, semblait ne se dresser qu'à un jet de pierre à sa gauche. Les pans de Namyet étaient creusés de longues ombres verticales bleutées. Sa couronne blanche luisait dans le soleil.

« Est-ce que des trolls vivent là aussi ? »

Binabik leva les yeux et acquiesça. « Namyet est avec égalité une montagne de Yiqanuc. Mintahoq, Chugik, Tutusik, Rinsenatuq, Sikkihoq et Namyet, Yamok, et les Huudika, les Sœurs Grises : voilà les Monts-Trolls. Yamok, qui veut dire Petit-nez, est l'endroit où mes parents sont morts. C'est elle, là, loin derrière Namyet ; tu la vois ? » Il montra du doigt une vague forme anguleuse découpée par le soleil.

« Comment sont-ils morts ? » « Dans les neiges-dragon, comme nous appelons cela sur le Toit du Monde : de la neige qui gèle en surface et se brise sans avertir, puis referme ses mâchoires avec grande prompteté. Comme se ferment les mâchoires d'un dragon. Comme tu le sais. »

Simon frotta nerveusement le sol avec une pierre, puis releva la tête, en plissant les yeux vers la vague silhouette de Yamok à l'est. « Tu as pleuré ? »

« Avec certaineté ; mais dans mon endroit secret. Et toi... mais non, tu n'as pas connu tes parents, n'est-ce pas ? »

« Non. Mais le docteur Morgénès m'en a parlé. Un peu. Mon père était un pêcheur, et ma mère une femme de chambre. »

Binabik sourit. « Des ancêtres de peu mais honorables. Qui pourrait demander plus, comme moyen de faire son début ? Qui voudrait avoir sa naissance dans les sévères restrictions du sang royal ? Qui pourrait espérer découvrir l'intimité de sa propre personnalité quand tous autour s'inclinent et s'agenouillent ? »

Simon pensa à Miriamélé, et même à la promise de Binabik, Sisqinanamook, mais ne dit rien.

Après un temps, le troll s'étendit et rapprocha son sac. Il fouilla à l'intérieur quelques instants, et en tira une poche de cuir cliquetante. « Mes osselets », dit-il en les étalant soigneusement sur la pierre. « Nous allons voir s'ils sont aujourd'hui d'une guidance plus sincère que lors de ma dernière scrutation. » Il commença à fredonner doucement pour lui-même en les ramassant dans ses mains. Durant un long moment, il maintint la poignée d'osselets devant lui, les yeux fermés par la concentration, tout en marmonnant un chant. Enfin, il les laissa tomber sur le sol. Simon ne put discerner la moindre forme structurée dans cet amas.

« *Cercle de Pierres* », énonça Binabik, aussi calmement que si cela eût été inscrit sur la surface lisse et jaunâtre des osselets. « Ceci est l'endroit où nous nous trouvons, pour ainsi dire. Cela veut dire, je crois, une réunion de conseil. Nous cherchons la sagesse, pour guidance dans notre voyage. »

« Les os auxquels tu demandes de l'aide te disent que tu demandes de l'aide ? » grommela Simon. « Ce n'était pas très difficile à deviner. »

« Silence, Terre-basse ignorant », dit Binabik, faussement sérieux. « Il y a plus dans les osselets que tu ne peux comprendre. Leur lecture ne se fait pas avec simplicité. » Il fredonna de nouveau, et les lança. « *Torche à l'Entrée de la Caverne* », dit-il, et relança sans prendre le temps de donner la moindre explication. Il fronça les sourcils et aspira sa lèvre en examinant l'éparpillement. « *Noire Crevasse.* C'est la deuxième fois de ma vie que je vois cette forme, et les deux sont advenues dans le temps que nous avons passé ensemble. C'est un lancer menaçant. »

« Explique-moi, s'il te plaît », dit Simon. Il remit ses bottes, et mit ses orteils à l'épreuve en les tortillant.

« Le deuxième lancer, *Torche à l'Entrée de la Caverne*, signifie que nous devons chercher notre avantage dans l'endroit où nous allons ; Sesuad'ra, je suppose, la Pierre de l'Adieu de Géloé. Cela ne dit pas que nous trouverons la chance là-bas, mais que c'est notre chance de prendre un avantage. *Noire Crevasse*, le troisième lancer, je te l'ai déjà expliqué. Le troisième lancer est ce qui doit être craint, ou ce que nous devons savoir avec grande nécessité. *Noire Crevasse* est une forme étrange et rare qui peut signifier traîtrise, ou peut vouloir dire chose venant *d'ailleurs...* » Il se tut, observant d'un air absent les osselets étalés, puis les ramassa et les glissa dans son sac.

« Et qu'est-ce que ça veut dire ? »

« Ah, ami-Simon », soupira le troll, « les osselets ne sont pas la simple réponse des questions, même dans les meilleures époques. À une heure de tel trouble, la compréhension devient plus ardue encore. Je dois méditer longtemps sur ces figures. Je devrais peut-être chanter une chanson de différenteté certaine et relancer. C'est la première fois depuis longtemps que je ne vois pas *La Route Ténébreuse*; mais cela ne me fait pas penser que notre route est moins ténébreuse pour autant. Voilà, tu vois, le danger de chercher des réponses simples dans les osselets. »

Simon se releva. « Je ne comprends pas grand-chose à ce que tu me dis, mais je t'assure que j'aimerais bien avoir quelques réponses simples. Cela rendrait les choses tellement plus faciles. »

Binabik sourit, tandis que l'un des siens approchait. « Des réponses simples aux questions de la vie. Cela serait une magie bien plus immense que toutes celles que j'ai jamais pu voir. »

Le nouveau venu, un pâtre trapu à la barbe touffue que Binabik lui présenta sous le nom de Snenneq, jeta un regard méfiant à Simon, comme si sa taille même était un affront à toute conduite civilisée. Il discuta fébrilement en qanuc avec Binabik durant quelques instants, puis repartit. Binabik bondit sur ses pieds et siffla Qantaqa.

« Snenneq dit que les béliers agissent avec excitation », expliqua Binabik. « Il voulait savoir où était Qantaqa, si elle rôdait autour de leurs montures. » Peu après, la forme grise de la louve apparut sur un rocher escarpé à moins de cent toises d'eux, la tête inclinée d'un air interrogateur. « Elle est sous notre vent », dit le petit homme en secouant négativement la tête. « Si les béliers sont énervés, ce n'est pas l'odeur de Qantaqa qui en est la raison. »

Qantaqa descendit de l'affleurement rocheux d'un bond. Quelques instants plus tard, elle était au côté de son maître, et lui donnait des coups de museau dans les côtes de sa large et puissante tête.

« Elle-même semble énervée », dit Binabik. Il s'accroupit pour flatter le ventre de la louve, ses mains disparaissant jusqu'aux épaules dans son épaisse fourrure. Qantaqa semblait effectivement inquiète, et ne s'immobilisait un temps que pour aussitôt relever le museau vers le vent. Ses oreilles battaient par à-coups comme les ailes d'un oiseau qui se pose. Elle laissa échapper un grondement sourd avant de donner de nouveaux coups de tête à Binabik. « Bah », dit-il, « un ours des neiges, peut-être. Ce doit être la saison de l'affamement, pour eux. Nous devrions bouger vers le bas : nous serons en plus grande sécurité dans le quittement des hauteurs de Sikkihoq. » Il appela Snenneq et le reste de ses compagnons. Tous se mirent à lever le campement de fortune, certains sellant leur bélier tandis que d'autres rangeaient les outres et les sacs de nourriture.

Sludig et Haestan s'approchèrent. « Eh, 'tit gars », dit Haestan à Simon, « nous v'là d'retour sur le cuir d'nos bottes. Maint'nant tu sais c'que c'est d'êt' soldat. On marche, on marche, on marche, jusqu'à c'que les pieds gèlent et qu'les poumons en puissent plus. »

« Je n'ai jamais voulu être soldat, de toute façon », répondit Simon en soulevant son sac.

L'éclaircie ne dura pas. Lorsqu'ils montèrent le camp au soir, sur le côté d'un long rebord plat, les étoiles avaient disparu. Leurs feux étaient la seule lumière sous un ciel agité et empli de neige.

L'aube éclaira le noir horizon d'une lueur gris pierre qui reflétait étrangement le granit qu'ils arpentaient. Le groupe de voyageurs quitta le rebord et poursuivit précautionneusement son chemin le long d'une nouvelle série d'étroites pistes qui allaient et venaient sur le flanc de la montagne en de nerveux méandres accidentés et sinueux. Vers midi, ils atteignirent un nouvel endroit relativement plat, un long talus en pente douce fait d'un immense empilement de rochers et de pierres abandonnés sur son passage par quelque ancien glacier. La prise de pied était traître : même les béliers avançaient avec méfiance, préférant parfois bondir d'un rocher à un autre plutôt que de s'engager sur les gravats instables. Simon, Haestan et Sludig les suivirent. Leur marche laborieuse libérait de temps à autre des pierres parfois aussi grosses que le poing, qui dévalaient la pente en rebondissant et leur valaient des bêlements et des regards chagrins de la part des béliers sellés. Ce terrain était par ailleurs impitoyable pour les genoux et les chevilles. Avant peu, Simon et ses compagnons s'arrêtèrent le temps d'enrouler des chiffons autour de leurs bottes pour en améliorer le support.

La neige voletait tout autour d'eux ; elle ne tombait pas violemment, mais suffisamment pour saupoudrer d'une fine couche pâle le sommet des rochers et pour remplir les crevasses entre les pierres comme du mortier. Lorsque Simon regarda par-dessus son épaule pour voir le haut de la pente accidentée, les hauteurs de Sikkihoq lui apparurent, dressées à travers la brume et la neige tourbillonnante comme une ombre dans l'échancrure d'une porte. Il fut stupéfait de la distance déjà parcourue, mais, lorsqu'il se retourna, ressentit un égal découragement devant le chemin qu'il leur restait à parcourir avant d'atteindre le douteux réconfort du Désert Blanc.

Haestan vit l'expression de Simon et lui tendit l'outre de vin décorée de ruban, cadeau des trolls au garde. « Pus qu'deux jours de marche avant d'rejoind' le plat, 'tit gars », dit-il avec un sourire saumâtre. « Prends-en un peu. »

Simon se réchauffa avec une gorgée de kangkang avant de passer l'outre à Sludig. Le Rimmersleute sourit brièvement de toutes ses dents dans sa barbe blonde avant de la porter à sa bouche. « C'est bon », dit-il. « Ça ne vaut pas un hydromel de ma connaissance, ni même les vins du sud, mais c'est certainement mieux que rien. »

« Dieu m'damne si c'est pas vrai », ajouta Haestan. Il reprit l'outre, et savoura une dernière gorgée avant de la laisser retomber à sa ceinture. Simon trouva la voix du garde un peu pâteuse, et réalisa qu'Haestan avait bu toute la journée. Mais qu'avaient-ils d'autre pour combattre la douleur dans leurs jambes et la monotonie des rafales de neige ? Mieux valait un peu d'ivresse pour oublier le froid que des heures d'affliction.

Simon plissa les yeux pour se protéger de la neige fondue qui battait son visage. Il pouvait voir les formes dansantes des trolls chevauchant juste devant lui, mais, au-delà, ne distinguait plus que des silhouettes brumeuses. Quelque part, devant même le premier des béliers, Binabik et Qantaqa cherchaient la meilleure voie pour quitter ce talus. Les cris et les exclamations gutturales des trolls lui étaient ramenés par le vent, incompréhensibles mais étrangement rassurants.

Une pierre rebondit près de son pied et s'immobilisa quelques coudées devant lui, le bruit de son passage oblitéré par le chant du vent. Simon se demanda ce qui se passerait si un vrai rocher commençait à rouler vers eux. Pourraient-ils même l'entendre par-dessus la clameur des éléments ? Ou serait-il soudain sur eux, comme une main qui s'abat sur une mouche se prélassant au soleil sur un rebord de fenêtre ? Plein d'inquiétude, il se retourna pour regarder derrière lui, imaginant déjà une immense forme ronde grossissant devant ses yeux, un grand rocher qui écraserait tout sur son passage.

Il n'y eut pas de grande pierre ; mais des silhouettes se déplaçaient en haut de la pente. Surpris au point d'en rester bouche bée, Simon connut un instant de stupeur avant de se demander si quelque étrange éblouissement dû aux neiges lui faisait croire voir des choses qui ne pouvaient être réelles, de hautes ombres s'agitant dans la lumière incertaine. Lorsqu'il suivit le regard de Simon, Sludig écarquilla les yeux.

« *Hunën !* » hurla le Rimmersleute. « *Vaer Hunën !* Il y a des géants en haut de la pente derrière nous ! » Plus bas, invisible dans la neige tourbillonnante, l'un des trolls répercuta l'avertissement de Sludig d'un cri strident.

De longues silhouettes imprécises dévalaient le talus de roches éparses à grandes foulées. Des pierres, délogées, roulaient devant eux, et certaines dépassèrent Simon et ses compagnons tandis que les trolls vociférants s'efforçaient de faire faire volte-face à leur monture pour affronter ce danger soudain. L'avantage de la surprise étant perdu, les géants ce mirent à beugler leurs cris de défi incohérents de voix qui semblaient assez profondes pour ébranler les fondements même de la montagne. Plusieurs immenses silhouettes jaillirent de la brume, brandissant de solides massues ressemblant à des branches d'arbre noueuses. Les visages noirs à la bouche menaçante paraissaient flotter sans corps dans les bourrasques de neige, mais Simon savait la force de ces formes blanches hirsutes. Il reconnut le visage de la Mort dans ces masques tannés et l'emprise inéluctable de la Mort dans ces muscles puissants et ces bras cinglants deux fois aussi longs que ceux de n'importe quel homme.

« *Binabik !* » s'époumona Simon. « Des géants nous attaquent ! »

L'un des Hunën empoigna un bloc de roche et le projeta en avant. Il retomba en tournoyant, et dévala la pente en rebondissant comme un chariot emballé. Au moment même où une nuée de lances trolls volait vers les attaquants, la grosse pierre dépassa Simon dans un craquement tonitruant et retomba sur la rangée de trolls la plus proche. Les bêlements terrifiés et stridents des béliers et les hurlements des trolls blessés ou mourants résonnèrent le long de la pente brumeuse. Simon, bouche bée, paralysé par la stupeur, se trouva incapable du moindre mouvement lorsqu'une forme immense se dressa devant lui, sa massue tirée en arrière comme le bras tendu d'une catapulte. Lorsque la sombre barre d'ombre se détendit en sifflant, Simon entendit quelqu'un crier son nom, puis quelque chose le heurta sur le côté, et il fut projeté face contre terre au milieu des pierres et de la neige.

Un instant plus tard il était sur ses pieds, titubant à travers la brume vers les formes tordues et tonitruantes de la bataille. Les Hunën jaillissaient puis disparaissaient, ombres immenses et insatiables qui, à certains moments, étaient presque invisibles dans les rafales de neige.

A l'intérieur de la tête de Simon, une voix terrifiée et hystérique lui hurlait de s'enfuir, de se cacher, mais la voix était assourdie, comme si son crâne était rempli de bourre. Il y avait du sang sur ses mains, mais il ne savait pas lequel. Il l'essuya sans plus y penser sur le devant de sa chemise avant de baisser la main pour tirer son couteau qanuc de son fourreau. Le tumulte l'entourait maintenant.

Un groupe de trolls avait baissé leur lance et lancé leur bélier vers le haut de la pente. Leur cible beuglante fouetta l'air d'un bras hirsute aussi épais qu'un tronc d'arbre et désarçonna les premiers trolls. Hommes et bêtes allèrent voler ensemble vers le bas de la pente pour s'immobiliser en un amas sanglant, mais leurs camarades réussirent à planter une demi-douzaine de lances, tirant un rugissement toussotant et crachotant du géant assiégé.

Simon vit Binabik, plus bas sur la pente. Le troll avait mis pied à terre, et Qantaqa filait vers les ombres tournoyantes d'un autre combat. Binabik enfonçait des fléchettes dans la partie creuse de son bâton de marche, des dards empoisonnés, Simon le savait. Avant que Simon n'eût eu le temps de faire un pas vers son ami, une autre forme le heurta violemment, puis tomba à terre à ses pieds.

C'était Haestan; il était maintenant étendu face contre terre dans les pierres, l'épée Épine pendant encore de son sac. Alors que Simon le regardait, hébété, quelque chose hurla avec une telle rage que cela traversa l'épais brouillard de ses oreilles et de son esprit; il fit volte-face, pour voir Sludig qui reculait vers lui en descendant la pente instable, sa longue lance troll brandie entre lui et un géant dont les cris de fureur emplissaient le ciel. Le ventre blanc du géant ainsi que ses bras étaient parsemés de fleurs de sang écarlates, mais Sludig était lui aussi ensanglanté : on eût dit que son bras gauche avait été trempé dans un bol de peinture rouge.

Simon se pencha et attrapa la cape d'Haestan pour le secouer, mais le garde resta immobile. Attrapant la poignée noire d'Épine, Simon tira lentement l'épée de l'anneau du sac d'Haestan. Elle était aussi froide que la glace et aussi lourde qu'une armure de cheval. Jurant de colère et de terreur, il tenta de toutes ses forces de la soulever, mais la pointe ne quitta même pas le sol. Malgré tous ses efforts et la puissance de sa panique, il ne put même lever sa garde au-dessus de sa ceinture.

« Usires, où êtes-vous ? » fulmina-t-il, en laissant l'épée retomber lourdement sur le sol comme un bloc de maçonnerie effondré. « Aidez-moi ! À quoi peut donc servir cette damnée épée ? » Il essaya une nouvelle fois, en espérant l'aide de Dieu, mais Épine resta étendue sur le sol, inaccessible.

« Simon ! » cria Sludig, le souffle court. « Fuis ! Je... je ne peux !... » Le bras hirsute du géant se détendit, et le Rimmersleute tituba en arrière, se mettant de justesse hors de portée. Il ouvrit la bouche pour s'adresser une nouvelle fois à Simon, mais dut se jeter sur le côté pour éviter un puissant coup de griffe. Du sang vint moucheter sa barbe pâle et tacher ses cheveux blonds. Son casque avait disparu.

Simon regarda avec affolement autour de lui, et vit une lance troll abandonnée sur les rochers. Il l'attrapa et fit le tour du géant, dont les yeux rougis et les naseaux frémissants étaient concentrés sur Sludig. Le dos aux longs poils du géant se dressa devant lui comme un mur blanc. Aussitôt après, avant même qu'il n'eût eu le temps d'être surpris par lui-même, Simon bondit sur les pierres glissantes, enfonçant la lance de toutes ses forces dans la fourrure emmêlée. Le choc de l'impact lui parcourut les bras et fit claquer ses mâchoires ; il glissa sans forces contre le large dos du géant. Le Hunë rejeta la tête vers le ciel en hurlant, tout en s'agitant pour esquiver les attaques frontales de Sludig qui le frappait avec sa lance. Simon vit le Rimmersleute disparaître, puis vit la bête se pencher en tressautant et envoyer Sludig à terre d'un coup.

Toussant du sang, le géant se dressa devant Sludig, cherchant sa massue d'un bras, tenant son ventre sanguinolent de l'autre. Avec un hurlement de fureur, fou de colère que cette horrible chose pût frapper ses amis alors que sa propre vie s'enfuyait, Simon attrapa une poignée de sa fourrure dans une main et l'extrémité de la lance pendante qui dépassait du dos du géant dans l'autre, puis se hissa sur son dos.

Empestant la fourrure humide, le musc et la viande pourrie, l'immense corps tremblant se redressa sous lui. D'énormes mains aux griffes acérées se relevèrent, frappant aveuglément à la recherche de l'insecte qui avait osé se poser là, tandis que Simon enfonçait sa dague qanuqe jusqu'à la garde dans le cou du géant, juste sous la mâchoire crispée. Un instant plus tard, il se sentit attrapé et arraché par des doigts de la taille d'un poignet.

Durant un instant il ne sentit plus son poids ; le ciel était un tourbillon lézardé de gris et de blanc et du plus pâle des bleus. Puis Simon retomba.

Il observait une pierre ronde, posée à une épaisseur de main de son nez. Il ne pouvait pas sentir ses extrémités, ou son corps aussi flasque qu'un poisson vidé ; il ne pouvait pas non plus entendre d'autre son qu'un faible grondement dans ses oreilles et de légers couinements qui pouvaient être des voix. La pierre était devant lui, sphérique et solide, immobile. C'était un bloc de granit gris, rayé de blanc, qui se trouvait peut-être ici depuis l'époque où le Temps était jeune. Elle n'avait rien de spécial. Ce n'était qu'un fragment des os de la terre, une chose rugueuse polie par des éternités de vent et de pluie.

Simon ne pouvait pas bouger, mais il pouvait voir la pierre immobile et magnifiquement insignifiante. Il resta longtemps à l'observer, ne sentant qu'un grand vide là où il avait eu un corps, jusqu'à ce que la pierre elle-même se mît à briller, lui renvoyant les dernières lueurs rosées du crépuscule.

Ils vinrent enfin le chercher lorsque Sedda la lune apparut, son pâle visage observant à travers la brume et la pénombre. De petites mains délicates le soulevèrent et le déposèrent sur une couverture. Il se balança doucement lorsqu'ils l'emportèrent plus bas sur la pente et le déposèrent près d'une bonne flambée. Simon regarda la lune monter plus haut dans le ciel. Binabik vint le voir et lui dit beaucoup de choses apaisantes d'une voix douce, mais ses mots semblaient n'avoir aucun sens. Alors que d'autres aidaient à panser ses blessures et posaient des chiffons frais et humides sur son front, Binabik entonna des chants étranges et répétitifs, puis lui donna un bol de quelque chose de chaud à boire, en soutenant sa tête flasque tandis que la décoction amère coulait dans sa gorge.

Je dois être mourant, pensa Simon. Il ressentit une certaine quiétude à cette idée. Il avait l'impression que son âme avait déjà quitté son corps, parce qu'il ne se sentait presque plus de lien avec ses chairs. *J'aurais tout de même aimé sortir des neiges, avant. J'aurais tellement aimé rentrer chez moi...*

Il pensa à une autre paralysie que celle qui était sienne maintenant : le moment où il s'était dressé devant Igjarjuk, le silence qui avait paru envelopper le monde entier, l'instant éternel qui s'était écoulé avant qu'il n'abattît l'épée, avant que le sang noir ne le baignât.

Mais cette fois-ci, l'épée ne m'a pas aidé... N'en était-il donc plus digne, pour une quelconque raison, depuis qu'il avait quitté Urmsheim ? Ou Épine était-elle simplement aussi inconstante que le vent et le temps ?

Simon se souvint d'un chaud après-midi d'été au Hayholt, quand le soleil s'était engouffré à travers les hautes fenêtres des quartiers du docteur Morgénès, changeant les grains de poussière qui flottaient paresseusement dans l'air en autant d'étincelles ondoyantes.

« *Ne fais pas ta maison quelque part* », lui avait dit le vieil homme ce jour-là. « *Fais-la à l'intérieur de ta tête.*

Tu trouveras tout ce dont tu auras besoin pour la meubler : des souvenirs, des amis auxquels tu peux faire confiance, l'amour de la connaissance, et d'autres choses du même genre. Ainsi tu l'emmèneras avec toi dans tous tes voyages. Ta maison ne te manquera jamais... »

Est-ce que c'est cela, la mort? se demanda Simon. *Rentrer chez soi? Ce n'est pas si mal.*

Binabik chantait encore, un bruit qui poussait à la somnolence comme celui de l'eau qui coule. Simon se laissa aller et s'assoupit.

Lorsqu'il s'éveilla tard le lendemain, il ne fut pas immédiatement certain d'être encore en vie. Les survivants s'étaient déplacés durant la matinée, et Simon, tout comme les autres blessés, avait été emporté dans une caverne surmontée d'une pierre saillante. Au réveil, il ne vit devant lui qu'une ouverture sur le ciel gris. Ce fut le passage intermittent d'oiseaux noirs décharnés devant la bouche de la caverne qui lui apprit enfin qu'il était encore de ce monde. Le vol des oiseaux, et la douleur dans tous ses membres.

Il resta longtemps étendu, explorant chacune de ses blessures, pliant une par une ses articulations endolories. Il souffrait, mais le mouvement était revenu avec la douleur. Il avait mal partout, mais il était entier.

Après quelque temps, Binabik revint lui faire boire de sa décoction curative. Le troll lui-même ne s'en était pas sorti indemne, comme en attestaient de longues traînées de sang sur son menton et son cou. Malgré l'air grave de son visage, Binabik parut n'inspecter les blessures de Simon que superficiellement.

« Nous avons subi des pertes avec atroceté », dit le troll. « J'aurais aimé ne pas avoir à dire cela, mais... Haestan est mort. »

« Haestan ? ! » Simon s'assit d'un geste, oubliant un instant la douleur de ses muscles. « *Haestan ?* » Son estomac sembla s'enfoncer à l'intérieur de lui.

Binabik acquiesça. « Et dans ma double-douzaine de compagnons, neuf sont morts et six autres sont blessés avec sérieuseté. »

« Qu'est-il arrivé à Haestan ? » Il ressentit une écœurante impression d'irréalité. Comment Haestan pouvait-il être mort ? N'avaient-ils pas parlé quelques instants avant... avant... ? « Et Sludig ? »

« Sludig a été blessé, mais il n'y a pas de sérieuseté. Il est dehors avec d'autres de ma tribu ; ils coupent du bois pour l'approvisionnement des feux. C'est important pour le soin des blessés, tu sais ? Et Haestan... » Binabik frappa sa poitrine avec le talon de sa main, un geste que les trolls faisaient, Simon le savait, pour conjurer le mal. Le troll semblait profondément malheureux. « Haestan a été frappé à la tête par la massue de l'un des géants. On m'a dit qu'il t'avait poussé hors de danger et qu'il avait été tué peu après. »

« Oh, Haestan », gémit Simon. Il s'attendait à éclater en sanglots, mais les pleurs ne vinrent pas. Son visage était étrangement engourdi, sa peine inexplicablement faible. Il mit sa tête dans ses mains. Le grand garde avait été si vivant, si chaleureux. Il n'était pas juste qu'une vie pût être prise aussi vite. Le docteur Morgénès. Grimmric et Ethelbearn, An'naï, et maintenant Haestan ; tous morts, tous fauchés parce qu'ils essayaient de faire ce qui était juste. Où étaient les pouvoirs qui devaient protéger ces innocents ?

« Et Sisqi ? » demanda Simon, se souvenant soudain de la jeune troll. Il scruta anxieusement le visage de Binabik, mais le troll ne fit qu'un sourire distrait.

« Elle a survécu, et avec peu de blessures. »

« Pouvons-nous emmener Haestan jusqu'en bas de la montagne ? Il n'aurait pas aimé être laissé ici. »

À contrecœur, Binabik fit un signe négatif de la tête. « Nous ne pouvons pas porter son corps, Simon. Pas sur nos béliers. Il était un homme de grande stature, bien trop pour nos montures. Et nous avons encore un chemin de grande dangerosité à parcourir avant d'atteindre la terre plate. Il doit rester ici, mais ses os dormiront dans l'honneur avec les os de mon peuple. Il reposera avec d'autres bons et braves guerriers. C'est, j'en ai la certaineté, ce qu'il aurait souhaité. Maintenant, tu devrais dormir encore ; mais il y a d'abord deux personnes qui ont le désir de te parler. »

Binabik s'écarta. Sisqi et le pâtre Snenneq étaient là, attendant à la bouche de la caverne. Ils s'avancèrent et vinrent se placer au côté de Simon. La promise de Binabik s'adressa à Simon en langue troll. Ses yeux noirs étaient graves. À côté d'elle, Snenneq semblait mal à l'aise, et se balançait d'un pied sur l'autre.

« Sisqinanamook dit que grande est sa peine pour toi dans la perte de ton ami. Elle dit aussi que tu as montré une rare braverie. Maintenant, tous ont vu le courage que tu as montré sur la montagne-dragon. »

Simon acquiesça, gêné. Snenneq se racla la gorge puis commença son propre discours. Simon attendit patiemment jusqu'à ce que Binabik pût lui expliquer.

« Snenneq, chef du troupeau du Bas-Chigik, dit que lui aussi est peiné. De nombreuses vies de valeur ont été perdues hier. Il désire aussi te rendre quelque chose que tu as perdu. »

Le pâtre exhiba le couteau à poignée d'os de Simon, et le lui tendit avec un geste de respect.

« Il fut ôté de la gorge d'un géant mort », dit doucement Binabik. « L'offrande du Qanuc a versé le sang dans la défense de vies qanuqes. Cela veut dire beaucoup pour mon peuple. »

Simon prit le couteau, et le glissa dans le fourreau décoré à sa ceinture. « *Guyop* », dit-il. « S'il te plaît, dis-leur que je suis heureux de l'avoir récupéré. Je ne suis pas vraiment sûr de ce que veut dire “ la défense de vies qanuqes ” : nous avons tous combattu le même ennemi. Mais je ne veux pas penser à la mort pour l'instant. »

« Bien sûr. » Binabik se tourna vers Sisqi et le pâtre, et leur parla brièvement. Ils hochèrent la tête. Sisqi se pencha en avant pour toucher le bras de Simon en un geste de commisération muette, puis fit demi-tour et entraîna Snenneq hors de la grotte.

« Sisqi dirige les autres dans la construction des cairns de pierre », dit Binabik. « Quant à toi, ami-Simon, il ne reste rien de plus à faire par toi aujourd'hui. Dors. »

Après avoir soigneusement enveloppé la cape autour des épaules de Simon, Binabik disparut à travers l'ouverture de la caverne, en louvoyant précautionneusement entre les formes endormies des autres blessés. Simon le regarda partir, en pensant à Haestan et aux autres morts. Voyageaient-ils en cet instant même sur la route de l'immobilité complète que Simon avait entr'aperçue ?

En s'endormant, il crut voir le large dos de son ami erkynéen disparaître à travers un couloir vers un silence blanc. Haestan, pensa Simon, ne semblait pas marcher comme un homme plein de regrets ; mais d'un autre côté, ce n'était qu'un rêve.

Le lendemain, le soleil de midi perça les brumes, déversant sa lumière sur les fiers versants de Sikkihoq.

La douleur de Simon était moindre que ce qu'il avait supposé qu'elle serait. Avec l'aide de Sludig, il réussit à boitiller depuis la cave jusqu'à l'à-plat rocheux sur lequel on terminait les cairns. Ils étaient au nombre de dix, neuf petits et un grand, leurs pierres soigneusement empilées de façon à ce que ni le vent ni la pluie ne les déplaçât.

Simon vit le pâle visage d'Haestan, maculé de sang, avant que Sludig et ses assistants trolls n'eussent terminé d'envelopper la cape du garde autour de son corps. Les yeux d'Haestan étaient fermés, mais ses blessures étaient telles que Simon ne pût maintenir l'illusion que son vieux compagnon n'était qu'endormi. Il avait été tué par les brutaux laquais du Roi de l'Orage, et c'était une chose dont il fallait se souvenir. Haestan était un homme simple. Il aurait apprécié l'idée de vengeance.

Après qu'Haestan eut été étendu et recouvert des pierres de son cairn, les neuf hommes et femmes trolls de la tribu de Binabik furent descendus dans leur tombe, emportant chacun un objet qui leur était propre ; ce fut du moins ce que Binabik expliqua à Simon. Lorsque cela fut fait et que les neuf cairns furent scellés, Binabik s'avança. Il leva la main. Les autres trolls commencèrent à psalmodier. Il y avait des pleurs dans bien des yeux, tant masculins que féminins ; une larme brillait sur la joue de Binabik. Après quelque temps, la mélopée cessa. Sisqi s'avança, et tendit à Binabik une torche et un petit sac. Binabik saupoudra chaque tombe de quelque matière tirée du sac, et la toucha ensuite de sa torche. Un ruban de fumée s'éleva de chaque cairn à son passage, rapidement déchiqueté par le vent de la montagne. Lorsqu'il eut terminé, il rendit la torche à Sisqi et entonna une longue suite de mots qanucs. La mélodie ressemblait au chant du vent lui-même : elle s'élevait, et retombait, et s'élevait, et retombait...

Le chant-vent de Binabik prit fin. Il prit la torche et le sac et fit se dresser un ruban de fumée sur le monticule d'Haestan.

« *Sedda s'adressa à ses enfants :* »

chanta-t-il en westerlien,

« *À Lingit et Yana,*
elle demanda de choisir leur voie,

Voie de l'oiseau ou voie de la lune;
" Mais choisissez maintenant ", dit-elle.

« La voie de l'oiseau est celle de l'œuf;
La mort est alors une porte :
Pères et mères s'en vont,
Et les enfants restent derrière.
Voulez-vous cela?

« La voie de la Lune n'a pas de mort :
Une vie sans fin sous les étoiles,
Où l'on ne traverse pas de porte
et l'on ne sait les terres au-delà.
Voulez-vous cela?

« Yana au sang vif,
Aux cheveux pâles et aux yeux rieurs,
Dit : " Je choisis la voie de la lune.
Je ne cherche pas d'autre porte
Car le monde est mon domaine. "

« Lingit son frère
Au pas lent et aux yeux sombres,
Dit : " Je choisis la voie de l'oiseau.
Je volerai sous des cieux inconnus,
et laisserai le monde à mes enfants. "

« Nous, enfants de Lingit,
Partageons ensemble ce cadeau.
Nous traversons ces terres de pierre.
Une fois, puis disparaissons
Par la porte.

« Nous allons marcher ailleurs,
Cherchons des étoiles dans le ciel
Explorons les caves d'après la nuit
Voyons d'étranges pays et d'autres lumières,
Mais ne revenons pas. »

Lorsqu'il eut achevé son chant, Binabik s'inclina devant le cairn d'Haestan. « Adieu, homme brave. Les trolls se souviendront de ton nom. Nous te chanterons encore à Mintahoq dans cent printemps ! » Il se tourna vers Simon et Sludig, qui se dressaient non loin, l'air grave. « Avez-vous le désir de dire quelque chose ? » Simon secoua négativement la tête avec gêne. « Seulement... Dieu te bénisse, Haestan. Nous te chanterons aussi en Erkynée, si tout se passe bien. »

Sludig s'avança. « Je devrais dire une prière Aédonite », dit-il. « Ton chant était très beau, Binabik de Mintahoq, mais Haestan était un Aédonite et doit être convenablement absous. »

« S'il te plaît, dit Binabik. Vous avez écouté nos oraisons. »

Le Rimmersleute tira son Arbre de sous sa veste et vint se placer à la tête du cairn d'Haestan. La fumée continuait de s'élever vers le ciel.

« *Que te protège Notre Seigneur* »,

commença Sludig,

« *Et t'emporte Aédon Son Fils unique.*
Qu'Il t'emmène vers les vertes vallées
De Ses domaines.

« *Là où depuis le sommet des collines*
Chantent les âmes des justes et bons,
Où les anges dans les arbres
Expriment la joie par la voix de Dieu.

« *Que le Rédempteur*
te protège du mal.
Que ton âme trouve la paix éternelle,
Et ton cœur un confort incomparable. »

Sludig toucha les pierres de son Arbre, puis s'éloigna pour rejoindre Simon.

« Une dernière chose doit être dite », articula Binabik en élevant la voix. Il répéta la même chose en qanuc, et son peuple l'écouta attentivement. « Ceci est le premier jour en mille ans que Qanuc et Utku, troll et basse-terre, ont combattu côte à côte, ont versé le sang ensemble, et sont tombés ensemble. C'est la haine de et pour notre ennemi qui a été la cause, mais si nos peuples peuvent s'unir pour la bataille qui vient, une bataille qui sera la plus grande, mais aussi peut-être la dernière, alors la mort de nos amis aura été offerte avec plus grande justeté encore. » Il se tourna et traduisit son exhortation pour son peuple. Nombre d'entre eux hochèrent la tête et battirent le sol du talon de leur lance. De quelque part plus haut sur la pente, Qantaqa hurla. Son cri lugubre résonna dans toute la montagne.

« Ne les oublions jamais, Simon », dit Binabik tandis que les autres trolls se mettaient en selle. « Eux, ou tous ceux qui sont déjà morts. Puisons des forces dans le don de leurs vies, parce que si nous échouons, alors il semblera qu'ils sont ceux avec le plus de chance. Peux-tu marcher ? »

« Un peu », répondit Simon. « Sludig marchera avec moi. »

« Nous ne chevaucherons pas longtemps aujourd'hui, car l'après-midi est très avancé », dit le troll en plissant les yeux vers le point blanc qu'était le soleil. « Mais une grande prompteté est nécessaire. Presque la moitié de notre groupe a été perdu dans le combat de cinq géants. Les montagnes du Roi de l'Orage à l'ouest sont emplies de telles créatures, et nous ne savons pas s'il y en a d'autres dans la proximité. »

« Encore combien de temps avant que tes compagnons trolls ne suivent leur propre route », demanda Sludig, « pour aller vers ce lac Boue-bleue dont ton maître et ta maîtresse ont parlé ? »

« Ceci est un autre sujet d'inquiétude », acquiesça lugubrement Binabik. « Encore un jour ou deux, puis nous ne serons plus que trois voyageurs dans le Désert Blanc. » Il se tourna vers la large forme grise qui avait apparu à son coude, en haletant lourdement. Qantaqa lui donna des coups impatients de son puissant museau. « *Quatre* voyageurs, si vous voulez bien me pardonner », reprit-il, mais il ne sourit pas.

Simon ressentit un grand vide lorsqu'ils s'engagèrent le long des dernières étendues de Sikkihoq ; il eut l'impression d'être si creux que s'il s'était dressé contre le vent, celui-ci eût sifflé à travers lui. Un autre ami avait disparu, et rentrer chez soi n'était que des mots.

9

MAUVAIS TEMPS ET MAUVAIS SORTS

L'après-midi s'achevait. Le prince Josua et ses suivants en guenilles s'étaient tous effondrés sous un enchevêtrement de saules et de cyprès, dans une ravine tapissée de mousses qui avait été le lit d'une rivière. Un mince filet boueux coulait encore en son milieu, seule trace de l'ancien cours d'eau. Au-dessus d'eux se dressait le versant d'une colline dont les hauteurs étaient dissimulées derrière les arbres trop denses.

Ils avaient espéré atteindre le sommet du monticule avant le coucher du soleil, une position défensive fort supérieure à tout ce qu'ils pouvaient espérer trouver dans cette vallée recouverte d'un voile épais, mais le crépuscule était maintenant imminent, et le rythme de leur progression s'était réduit à un pitoyable piétinement.

Soit ils avaient deviné juste, songea Déornoth, et les Norns s'efforçaient effectivement de les diriger plutôt que de les tuer, soit ils avaient eu énormément de chance. Les flèches s'étaient abattues en nuées agressives durant toute la journée. Nombre d'entre elles avaient trouvé une cible, mais aucune des blessures n'avait été mortelle. Einskaldir avait été frappé au casque, et cela lui avait tailladé la peau au-dessus de l'œil, blessure qui avait saigné tout l'après-midi. La nuque d'Isorn avait été entaillée par une autre flèche, et l'avant-bras de Vorzheva était parcouru d'une longue marque sanglante.

Bizarrement,Vorzheva avait paru presque insensible à sa blessure, la bandant avec un lambeau de sa robe avant de reprendre la marche sans la moindre récrimination. Déornoth avait été impressionné par cette marque de courage, mais s'était également demandé si ce n'était pas le signe d'une indifférence dangereuse et désespérée. Elle et le prince Josua s'ignoraient ostensiblement. Le visage de Vorzheva se refermait à chaque fois que le prince s'approchait.

Josua, le père Strangyeard et la duchesse Gutrun avaient jusqu'ici échappé à tout dommage. Depuis l'instant où leur groupe en fuite avait atteint la ravine et avait tiré avantage de sa maigre protection pour s'effondrer épuisés, ils s'étaient fiévreusement concentrés sur le pansage des blessures. En ce moment même, le prêtre soignait Towser, qui était tombé malade durant la marche ; les deux autres s'occupaient des blessures de Sangfugol.

Même si les Norns ne désirent pas nous tuer, ils désirent visiblement nous arrêter, pensa Déornoth en massant ses jambes endolories. *Peut-être qu'ils ne s'inquiètent plus de la présence possible de l'une des Grandes Épées, ou peut-être que leurs espions leur ont dit que nous n'en possédions pas. Mais pourquoi ne se contentent-ils pas de nous achever, dans ce cas ? Espèrent-ils capturer Josua ?* Tenter de comprendre les Norns lui donnait le vertige. *Que devons-nous faire, de toute façon ? Vaut-il mieux se faire tailler lentement en pièces avant d'être capturés, ou faire volte-face et se battre jusqu'à la mort ?*

Mais avaient-ils même le choix ? Les Norns n'étaient que des ombres dans la forêt. Tant qu'il leur restait des flèches à tirer, leurs poursuivants aux visages blancs pouvaient faire ce qu'ils voulaient. Quel moyen avait le groupe de Josua de les forcer à se battre ?

La brume se formait rapidement sur le sol humide, rendant les arbres et les pierres indistincts, comme si le groupe de Josua était prisonnier du monde intermédiaire qui est à cheval entre la vie et la mort. Une chouette passa en silence au-dessus d'eux comme un fantôme gris.

Déornoth se remit sur pied et alla aider Strangyeard. Le prince vint se joindre à eux, et regarda le prêtre qui tamponnait le front fiévreux de Towser avec son mouchoir.

« C'est dommage... » dit Strangyeard sans relever les yeux. « Il est dommage, je veux dire, que la brume soit partout et que nous ayons pourtant aussi peu d'eau pure. Même le sol est humide, mais cela ne nous sert à rien. »

« Si cette nuit est aussi humide et froide que la dernière », dit Déornoth en attrapant la main de Towser alors que le vieil homme serrait impatiemment le mouchoir, « nous pourrons tordre nos vêtements et remplir le Kynslagh. »

« Il ne faut pas passer la nuit ici », dit Josua. « Nous devons monter vers les hauteurs. »

Déornoth l'observa soigneusement. Le prince ne montrait plus aucun signe de son ancienne lassitude ; en fait, les yeux de Josua étaient brillants. Il semblait revenir à la vie alors que tous autour de lui étaient mourants. « Mais comment, mon prince ? » demanda Déornoth. « Comment pouvons-nous espérer hisser nos corps ensanglantés au sommet de cette colline ? Nous ne savons même pas sa hauteur. »

Josua acquiesça, mais ajouta : « Néanmoins, nous devons l'escalader avant la nuit. Le peu de capacité à résister qu'il nous reste sera inutile s'ils peuvent fondre sur nous depuis des hauteurs. »

Son visage féroce couvert de sang séché, Einskaldir approcha et vint s'accroupir près d'eux. « Si seulement ils s'approchaient... » Il balança sa hache et rit amèrement. « Si nous nous montrons, ils nous tailleront en pièces. Ils voient mieux que nous la nuit. »

« Nous devons grimper la pente en groupe », dit le prince, « ... serrés comme des bêtes effrayées. Ceux qui seront sur le bord envelopperont leurs bras et leurs jambes des tissus les plus épais qu'il nous reste. De cette façon, s'ils craignent un tir fatal, ils seront peut-être moins enclins à décocher des flèches dans une foule, où une blessure ratée devant peut coûter une vie derrière. »

Einskaldir poussa un grognement. « Alors vous voulez faire de nous une cible immanquable : on ne peut pas en toucher un sans en toucher plusieurs. C'est de la folie ! »

Josua se retourna brusquement vers lui. « Tu n'es pas responsable de la vie de ces gens, Einskaldir. Moi, je le suis. Si tu veux combattre à ta manière, alors pars ! Si tu veux rester avec nous, alors tais-toi et fais ce que je dis. »

Les discussions dans le groupe laissèrent la place à un silence pesant. Le Rimmersleute dévisagea Josua un instant, les yeux vides, sa mâchoire barbue contractée. Puis il eut un sourire sévère et admiratif.

« *Haja* ; oui, Prince Josua », fut tout ce que dit Einskaldir.

Le prince posa la main sur l'épaule de Déornoth. « Nous ne pouvons rien faire d'autre, même lorsqu'il n'y a plus d'espoir, que de poursuivre le combat... »

« *Il y a encore de l'espoir, si vous voulez bien l'entendre.* »

Déornoth tourna la tête, s'attendant à voir la duchesse Gutrun à proximité, car la voix lui avait paru être celle d'une femme âgée, grave et un peu rauque, mais Gutun soignait le trouvère Sangfugol et se trouvait bien trop loin pour en avoir été la source.

« Qui parle ? » demanda Josua en détournant son regard de ses compagnons pour observer la forêt. Il tira sa fine épée de son fourreau. Ceux qui l'entouraient se turent, sentant son alarme. « J'ai dit, qui parle ? »

« *Moi* », répondit la voix avec un parfait sang-froid. L'accent était celui de quelqu'un dont le westerlien n'était pas la langue maternelle. « *Je ne voulais pas vous surprendre. Il y a encore de l'espoir, ai-je dit, et je viens en amie.* »

« C'est un piège Norn ! » s'exclama Einskaldir, qui leva sa hache tout en tournant la tête pour localiser la source de la voix.

Josua leva la main pour le retenir et cria : « Si vous venez en amie, alors pourquoi ne pas vous montrer ? »

« *Parce que je n'ai pas fini de me changer, et je ne veux pas vous effrayer. Vos amis sont mes amis : Morgénès du Hayholt, Binabik d'Yiqanuc.* »

Déornoth sentit les cheveux se dresser sur sa nuque à l'écoute des mots de l'être invisible. Entendre ces noms ici, au milieu d'Aldhéorte ! « Qui êtes-vous ? » cria-t-il.

Il y eut un bruissement dans le sous-bois ombragé. Une silhouette à la forme étrange s'avança vers eux à travers le brouillard naissant. Non, réalisa Déornoth ; il y avait deux silhouettes, une grande et une petite.

« Dans cette partie du monde », dit la plus grande avec ce qui semblait être une pointe d'amusement dans le ton de sa voix sévère, « je suis connue sous le nom de Géloé. »

« Valada Géloé ! » souffla Josua. « La femme-sage. Binabik a parlé de vous. »

« Certains disent sage, d'autres disent sorcière », répondit-elle. « Binabik est petit mais poli. Mais nous pourrons parler de tout cela plus tard. Maintenant, la nuit approche. »

Elle n'était ni grande ni particulièrement large, mais quelque chose dans son attitude évoquait la force. Ses cheveux courts étaient presque entièrement gris ; son nez était proéminent et anguleux, et recourbé vers le bas. Le trait le plus saisissant de Géloé était ses yeux : larges et aux lourdes paupières, ils reflétaient le soleil couchant en une étonnante lueur jaunâtre, rappelant à Déornoth rien moins qu'un faucon ou un hibou. Ils étaient à ce point frappants qu'il se passa un temps avant qu'il ne remarquât la petite fille dont elle tenait la main.

Celle-ci était petite, âgée peut-être de huit ou neuf ans, et pâle de visage. Ses yeux, même s'ils étaient d'une teinte de marron foncé nullement inhabituelle, partageaient en partie l'intensité de ceux de son aînée. Mais là où le regard de Géloé captivait l'attention comme une flèche tremblant sur une corde tendue, la petite fille observait froidement le néant, ses yeux aussi vides que ceux d'un mendiant aveugle.

« Leleth et moi sommes là pour vous rejoindre », dit Géloé, « et pour vous guider si vous le voulez bien, au moins pour un temps. Si vous tentez d'escalader cette colline, certains d'entre vous mourront. Et aucun n'atteindra le sommet. »

« Qu'en savez-vous ? » demanda Isorn. Il semblait déconcerté. Il n'était pas le seul.

« Ceci. Les Norns ne sont pas disposés à vous tuer ; c'est évident, sinon un groupe comme le vôtre et à pied ne se serait pas enfoncé dans la forêt du dixième de ce que vous avez fait. Mais si vous franchissez cette colline, vous aurez pénétré dans des territoires où l'Hikeda'ya ne peut vous suivre. S'il y en a parmi vous dont la survie ne leur est pas primordiale, et vous ne leur êtes sûrement pas tous précieux, si c'est même la raison pour laquelle ils vous ont laissé aller si loin, alors ils prendront le risque de tuer ceux qui ne sont pas indispensables pour effrayer les autres et leur faire quitter le versant. »

« Et à quoi cela nous mène-t-il ? » demanda Josua en s'avançant. Leurs regards se croisèrent. « Il existerait un endroit sûr de l'autre côté de la colline, mais nous n'oserions pas y aller ? Devons-nous donc nous étendre par terre et attendre la mort ? »

« Non », répondit calmement Géloé. « J'ai simplement dit que vous ne devriez pas escalader cette colline. Il y a d'autres routes. »

« Voler ? » lâcha Einskaldir.

« C'est ce que font certains. » Elle sourit comme s'il se fut agi d'une plaisanterie. « Mais il vous suffit de nous suivre. » Reprenant la main de la petite fille, elle commença à marcher en longeant le rebord de la ravine.

« Où allez-vous ? » cria Déornoth, qui ressentit un élan de panique à l'idée d'être laissé en arrière lorsqu'elles commencèrent à disparaître dans les ombres du crépuscule.

Géloé tourna la tête et les appela par-dessus son épaule. « Suivez-nous », dit-elle. « La nuit approche. »

Déornoth se retourna pour regarder le prince, mais celui-ci était déjà en train d'aider la duchesse Gutrun à se relever. Tandis que les autres se hâtaient de ramasser leurs maigres possessions, Josua se dirigea rapidement vers l'endroit où Vorzheva était assise, et lui tendit la main. Elle l'ignora et se releva seule, puis s'éloigna le long de la ravine la tête droite, comme une reine en procession. Les autres la suivirent en clopinant, chuchotant entre eux d'un ton las.

Géloé fit une pause pour attendre les traînards les plus éloignés. À côté d'elle, Leleth observait la forêt d'une façon fort déroutante, comme si elle attendait quelqu'un.

« Où allons-nous ? » demanda Déornoth, alors que lui et Isorn se reposaient et débarrassaient leurs bottes de la boue du ruisseau. Le trouvère Sangfugol, qui ne pouvait marcher sans quelqu'un pour le soutenir à chaque épaule, était assis seul pour un instant, et soufflait bruyamment.

« Nous n'allons pas quitter la forêt », dit la femme-sorcière en inspectant le bout de ciel pourpre qui pouvait être vu à travers les branches de saule. « Mais nous allons passer sous la colline vers une partie des vieux bois que l'on appelait autrefois *Shisae'ron*. Comme je l'ai déjà dit, l'Hikeda'ya ne devrait pas nous suivre là-bas. »

« Passer sous la colline ? Qu'est-ce que cela veut dire ? » demanda Isorn.

« Nous marchons dans le lit de *Re Suri'eni*, une ancienne rivière », dit Géloé. « Lorsque je suis arrivée ici pour la première fois, la forêt était un pays vivant, et pas l'enchevêtrement sombre qu'elle est devenue. Cette rivière était l'un des nombreux cours d'eau qui parcouraient les vieux bois, transportant toutes sortes de choses et toutes sortes de gens de Da'ai Chikiza à Asu'a la grande. »

« Asu'a ? » s'étonna Déornoth. « N'était-ce pas le nom sithi du Hayholt ? »

« Asu'a était plus que le Hayholt ne sera jamais », répondit sombrement Géloé, ses yeux cherchant les derniers de la file. « Vous les hommes êtes parfois comme des lézards se prélassant au soleil sur les pierres d'une maison en ruines, qui se disent : " Quel magnifique reposoir ces gens ont construit pour moi. " Vous vous trouvez dans les tristes boues de ce qui a été une magnifique et large rivière, sur laquelle flottaient avec grâce les barques des Anciens et où poussaient les fleurs. »

« C'était une rivière Fabuleuse ? » Isorn avait laissé ses pensées vagabonder. Maintenant, son large visage laissait transparaître sa surprise ; il observait les alentours comme si le lit de la rivière lui-même pouvait présenter des signes de traîtrise.

« Idiot ! » lâcha Géloé d'un ton méprisant. « Oui, c'était une " rivière Fabuleuse ". Le pays entier était ce que tu appellerais un " pays Fabuleux ". Quel genre de créatures vous poursuivent, à ton avis ? »

« Je... je savais cela », murmura Isorn, déconfit. « Mais je n'y avais pas pensé de cette manière. Leurs flèches et leurs épées étaient bien réelles, et c'est tout ce que j'en voyais. »

« Tout comme l'étaient les flèches et les épées de tes ancêtres, *Rimmersänne*, ce qui explique en partie l'inimitié entre vos peuples. Mais la différence est que, bien que les guerriers du roi Fingil aient tué tant de Sithis avec leurs épées de fer noir, Fingil et tes autres ancêtres ont finalement vieilli, puis sont morts. Les Enfants de l'Est ne meurent pas, du moins pas sur des durées que tu pourrais concevoir, et ils n'oublient pas non plus les anciennes injustices. S'ils sont vieux, cela les a rendus plus patients encore. » Elle se leva, et chercha du regard Leleth, qui s'était éloignée. « Allons-y », dit-elle sèchement. « Il sera temps de panser nos blessures lorsque nous serons passés. »

« Passés où ? » demanda Déornoth. « Comment ? Vous ne nous l'avez pas dit. »

« Et je ne vais pas non plus gâcher ma salive maintenant », répondit-elle. « Nous y serons bientôt. »

La lumière baissait rapidement et la marche était difficile, mais Géloé était un guide infatigable. Elle avait pressé le pas, et n'attendait que jusqu'à ce que les premiers retardataires fussent à son niveau pour repartir.

Le ciel avait pris ses premières teintes nocturnes lorsque le lit de la rivière fit un nouveau coude. Une forme plus sombre se dressa soudain devant eux, une ombre aussi haute que les arbres et plus noire que l'obscurité environnante. Les marcheurs s'arrêtèrent, et ceux qui en avaient encore la force laissèrent échapper un soupir de lassitude.

Géloé tira un flambeau de son sac, et le tendit à Einskaldir. La réplique acerbe qui vint au Rimmersleute mourut dans sa gorge lorsqu'elle plissa ses yeux jaunes. « Sers-toi de tes pierres à feu et de ton fer pour allumer cela », dit-elle. « Nous aurons besoin au moins de lumière là où nous allons. »

À moins de cent toises de l'endroit où ils se trouvaient, le lit de la rivière disparaissait dans l'obscurité en s'enfonçant dans une vaste cavité du flanc de la colline, une bouche formant voûte dont la pierre taillée avait été presque entièrement recouverte par un tapis de mousse grimpant.

Einskaldir frappa avec le dessus de sa hache : une étincelle jaillit, et enflamma la torche. Sa lueur jaune grandissante éclaira d'autres pierres qui brillaient faiblement sous la façade végétale. Des arbres de grande taille s'étaient élancés depuis le flanc de la colline au-dessus de l'arche, repoussant le revêtement dans leur quête de lumière.

« Un tunnel qui traverse toute la colline ? » souffla Isorn, ébahi.

« Les Anciens étaient de puissants constructeurs », répondit Géloé, « mais ne faisaient jamais mieux que lorsqu'ils construisaient autour de ce que la terre avait déjà fait pousser, pour que la cité puisse vivre avec la forêt ou la montagne. »

Sangfugol toussa. « On dirait... un repaire de fantômes », murmura-t-il.

Géloé grimaça. « Quand bien même cela serait vrai, ce n'est pas les morts que vous devez craindre. » Elle semblait prête à ajouter autre chose, lorsqu'il y eut un sifflement et un choc sourd. Soudain, une flèche vibrait dans le tronc d'un cyprès, près de la tête d'Einskaldir.

« *Vous qui voudriez fuir* », appela une voix glaciale, qui résonnait tant qu'il était impossible de discerner sa source, « *vous devez vous rendre maintenant. Nous vous avons épargnés jusqu'ici, mais nous ne pouvons vous permettre de traverser. Nous vous détruirons tous.* »

« Qu'Aédon nous préserve ! » La duchesse Gutrun pleura, son immense courage cédant finalement. « Sauvez-nous, Seigneur ! » Elle se laissa glisser sur le sol humide.

« C'est la torche », dit Josua, qui les rejoignait en hâte. « Éteins la torche, Einskaldir. »

« Non », dit Géloé, « vous ne trouverez jamais votre chemin dans le noir. » Elle éleva la voix. « *Hikeda'yei* », cria-t-elle, « savez-vous qui je suis ? »

« *Oui, nous te connaissons, vieille femme* », répondit la voix. « *Mais tout le respect que tu as pu mériter a été perdu à l'instant où tu as pris le parti de ces mortels. Le monde aurait pu continuer de tourner sans que tu en sois affectée, tranquille dans ta maison solitaire, mais cela ne t'a pas suffi. Maintenant tu n'as plus de maison, et tu dois aller nue comme un crabe sans sa coquille. Toi aussi, tu peux mourir, vieille femme.* »

« Éteins la torche, Einskaldir », ordonna Josua, « nous pourrons en allumer une autre lorsque nous serons en sûreté. »

Le Rimmersleute observa le prince un instant. La nuit était tombée : s'il n'y avait eu les ondulations de la flamme, Josua ne l'aurait pas vu sourire.

« N'attendez pas trop longtemps pour me suivre », fut tout ce que dit Einskaldir. Un instant plus tard, il filait le long du lit de la rivière vers la grande arche, la flamme tenue haut au-dessus de sa tête. Des flèches sifflèrent devant ses compagnons tandis que le Rimmersleute, qui n'était plus qu'une tache de lumière bondissante, filait en louvoyant nerveusement pour esquiver les flèches.

« Debout, tous ! Courez ! » cria Josua. « Aidez celui qui est le plus près de vous. Courez ! »

Une voix criait dans une langue étrange ; d'ailleurs, la forêt entière sembla soudain être bruyamment revenue à la vie. Déornoth se pencha pour attraper le bras de Sangfugol, releva le ménestrel blessé, et plongea avec lui à travers la végétation luxuriante vers l'étincelle tourbillonnante de la torche d'Einskaldir.

Des branches leur fouettèrent le visage et s'accrochèrent à leurs yeux avec leurs serres cruelles. Un autre cri de douleur résonna devant eux, et les hurlements redoublèrent. Déornoth se tourna pour regarder brièvement par-dessus son épaule. Une nuée de silhouettes pâles submergeait le sol embrumé ; des visages dont les yeux implacables l'emplissaient de désespoir, même à cette distance.

Quelque chose frappa Déornoth sur le côté de la tête, le faisant trébucher. Il pouvait entendre Sangfugol sangloter de douleur tandis que le trouvère le tirait par le coude. Durant un long moment, il sembla au chevalier qu'il serait bien plus facile de rester allongé sur le sol.

« *Miséricordieux Aédon, accordez-moi le repos* », s'entendit-il prier. « *Dans Vos bras je dormirai, sur Votre poitrine je trouverai la paix...* » Mais Sangfugol n'arrêterait pas de le tirer. Étourdi, irrité, il se remit péniblement sur pied une fois encore, et vit une poignée d'étoiles briller à travers les cimes des arbres.

Pas assez de lumière pour voir la colline, pensa-t-il ; puis il remarqua qu'il était en train de courir. Ça ne servait d'ailleurs à rien, pensa Déornoth ; qu'ils courent ou pas, lui et Sangfugol avançaient très lentement : la tache noire sur la colline ne semblait pas se rapprocher. Il baissa la tête et regarda ses pieds, de vagues formes sombres glissant dans la boue du lit de rivière.

Ma tête. Je me suis encore blessé la tête...

L'instant d'après, il avait plongé dans l'obscurité aussi rapidement que si quelqu'un lui avait enfilé un sac sur la tête. Il sentit des mains prendre ses coudes et l'aider plus avant. Sa tête lui semblait étonnamment vide et légère.

« La torche est un peu plus loin », dit quelqu'un à côté de lui.

On dirait la voix de Josua, décida Déornoth. *Est-ce qu'il est dans le sac, lui aussi ?*

Il fit quelques pas chancelants et vit une lumière qui brillait. Il regarda vers le bas, essayant de comprendre ce qui se passait. Einskaldir était assis sur le sol, adossé au mur de pierre qui s'élevait et s'incurvait au-dessus de leurs têtes. Le Rimmersleute tenait une torche dans la main. Il y avait du sang sur sa barbe.

« Prenez ça », dit Einskaldir à personne en particulier. « J'ai... une flèche... dans le dos. Peux plus... respirer... » Il s'affaissa lentement en avant contre la jambe de Josua. La scène était si étrange que Déornoth tenta de rire, mais en fut incapable. La sensation de vide s'étendait. Il se pencha en avant pour aider Einskaldir, mais plongea en lieu de cela dans un grand trou noir.

« Miséricordieux Usires, regardez le crâne de Déornoth !... » cria quelqu'un. Il ne reconnut pas la voix, et se demanda au sujet de qui ils pouvaient bien autant s'inquiéter... Puis l'obscurité revint, et il devint difficile de penser. Le trou dans lequel il était tombé semblait vraiment profond.

Rachel le Dragon, l'intendante du Hayholt, repoussa son paquet de linge humide plus haut sur ses épaules, essayant de trouver l'équilibre le moins éprouvant pour son dos douloureux. C'était inutile, bien sûr : il n'y aurait pas de fin à ses souffrances tant que Dieu le Père ne l'aurait pas rappelée au Paradis.

En cet instant, Rachel ne se sentait aucun point commun avec un dragon. Les femmes de chambre qui lui avaient donné ce surnom il y a bien longtemps, à l'époque où la force de la volonté de Rachel était le seul rempart entre l'immémorial Hayholt et les assauts incessants du délabrement, auraient été stupéfaites de la voir telle qu'elle était maintenant : une vieille femme voûtée et plaintive. Elle en était surprise elle-même. Un reflet saisi accidentellement dans un plateau d'argent un matin, quelques jours plus tôt, lui avait renvoyé l'image d'une harpie au visage émacié et aux yeux cerclés de noir. Il s'était passé bien des années depuis qu'elle s'était inquiétée pour la dernière fois de son apparence, mais l'ampleur de la transformation était tout de même choquante.

Ne s'était-il vraiment écoulé que quatre mois depuis la mort de Simon ? Cela lui semblait pourtant une éternité. C'était depuis ce jour-là que les choses avaient commencé à lui échapper. Elle avait toujours dirigé les gens de la maisonnée du Hayholt comme un capitaine tyrannique, mais, malgré les marmonnements et les jérémiades de ses jeunes subalternes, le travail avait toujours été fait. Les murmures de mutinerie n'avaient jamais inquiété Rachel, de toute façon : elle savait que la vie n'était qu'un long combat contre le désordre, et que le désordre gagnait inévitablement. Et pourtant, loin de l'amener à accepter la futilité de son rôle, cette certitude l'avait au contraire encouragée à accroître sa résistance. La féroce foi Aédonite de ses parents lui avait enseigné que plus le combat était désespéré, plus il était crucial de combattre vaillamment. Mais une partie de sa vie lui avait échappé lorsque Simon était mort dans l'enfer de feu qu'avaient été les quartiers du docteur Morgénès.

Pas qu'il eût été un garçon exemplaire : non ; loin de là. Simon avait été entêté et indiscipliné, un rêveur et une tête-creuse. Il avait, cela dit, apporté une certaine vivacité parfois irritante dans la vie de Rachel. Elle serait même heureuse de revivre les rages dévastatrices dans lesquelles il la faisait plonger, si seulement il était encore là.

En fait, elle n'arrivait toujours pas à croire à sa mort. Rien ni personne n'aurait pu survivre à l'incendie des quartiers de Morgénès, un incendie qui s'était déclenché lorsque quelque potion diabolique de Morgénès avait pris feu ; c'était du moins ce qu'étaient venus lui dire les membres de la Garde Erkynéenne. Les ruines calcinées et les poutres brisées interdisaient de supposer que quiconque dans la pièce eût pu survivre plus de quelques instants. Mais, au plus profond d'elle-même, elle n'avait pas *ressenti* sa mort. Elle avait presque été une mère pour le garçon, n'est-ce pas ? Elle l'avait élevé (avec l'aide de ses femmes de chambre, bien sûr) depuis la première heure, lorsque sa mère était morte en couches malgré tous les efforts de Morgénès pour la sauver. Alors Rachel ne devrait-elle pas savoir s'il était vraiment parti ? N'aurait-elle pas ressenti la rupture finale de ce cordon qui la reliait à ce stupide garçon emprunté, aux idées brouillonnes ?

Oh! Miséricordieuse Rhiap, pensa-t-elle, *tu pleures encore, vieille femme? Ta cervelle est devenue aussi molle qu'une pâtisserie.*

Rachel se souvenait d'autres domestiques qui avaient perdu leur enfant à la naissance, et continuaient d'en parler comme s'ils étaient encore vivants; alors pourquoi en serait-il autrement pour elle et Simon ? Cela ne changeait rien. Le garçon était indéniablement mort, tué par son goût pour la compagnie de ce vieil alchimiste fou de Morgénès, et c'était tout.

Mais les choses avaient effectivement empiré depuis ce jour-là. Un nuage était descendu sur son Hayholt adoré, un nébuleux malaise qui s'infiltrait dans chaque recoin. La bataille contre le désordre et la poussière avait menacé de tourner à son désavantage, et s'orientait ces jours-ci vers une débâcle totale. Tout cela malgré le fait que le château semblait plus vide qu'il ne l'avait jamais été à sa connaissance, du moins la nuit. À la lumière du jour, lorsque le soleil au milieu des nuages brillait à travers les hautes fenêtres et éclairait les jardins et les communs, le Hayholt était toujours un tourbillon d'activité. En fait, avec les mercenaires des Thrithings et les hommes des Îles du Sud qui affluaient pour remplacer les soldats qu'Élias avait perdus à Naglimund, les environs du château étaient plus bruyants que jamais. Nombre de ses filles, effrayées par les Thrithings tatoués et balafrés et par leurs manières rustres, avaient définitivement quitté le Hayholt pour aller vivre à la campagne chez des cousins. Pour le plus grand dégoût de Rachel et pour son désarroi croissant, il était presque impossible de remplacer les femmes de ménage qui partaient, malgré les hordes de mendiants affamés qui hantaient les rues d'Erchester et campaient autour des murs mêmes du Hayholt.

Mais Rachel savait que la difficulté à trouver de nouvelles filles n'était pas simplement due aux farouches nouveaux habitants du château. S'il était bondé de soldats querelleurs et de nobles méprisants le jour, le Hayholt paraissait la nuit aussi désert que le cimetière qui s'étendait au pied des murs d'Erchester. Des bruissements et d'étranges voix flottaient dans les couloirs. Des bruits de pas résonnaient là où personne ne marchait. La nuit, Rachel et les filles qui lui restaient verrouillaient maintenant la porte. Rachel leur disait qu'il s'agissait de se préserver des soldats saouls, mais tant elle que les femmes de chambre savaient que la barre soigneusement revérifiée et les prières communes avant de se coucher n'étaient pas dues à la peur de quelque chose d'aussi facile à nommer qu'un Thrithing ivre.

Plus étrange encore, même si elle ne l'eût jamais, absolument jamais, admis devant ses Sainte-Rhiap-les-préserve-toutes, Rachel s'était perdue plusieurs fois ces dernières semaines, errant dans des couloirs qu'elle ne reconnaissait pas. Rachel elle-même ! Elle qui avait arpenté ce château avec la même confiance que les souverains de la place durant des décennies, était maintenant perdue chez elle. Ce ne pouvait être que la folie, ou la décrépitude... ou les conséquences du maléfice de quelque démon.

Rachel laissa tomber le paquet de draps humides et s'appuya au mur. Trois vieux prêtres la dépassèrent rapidement en poursuivant une conversation enfiévrée en nabbanais. Ils ne lui accordèrent pas plus d'intérêt qu'à un chien mort sur le bord de la route. Elle les regarda s'éloigner tout en s'efforçant de reprendre son souffle. De penser qu'à son âge, après toutes ses années de service, elle en était réduite à porter des draps de lit trempés comme la dernière des femmes de ménage ! Mais cela devait être fait. Quelqu'un devait poursuivre le combat.

Oui, tout allait mal depuis le jour où Simon était mort, et il n'y avait aucune raison de croire à une quelconque amélioration. Elle fronça les sourcils et souleva une fois de plus son fardeau.

Rachel avait fini de suspendre les draps. En regardant leur toile se soulever dans la brise de cette fin d'après-midi, elle s'étonna de la fraîcheur du temps. On était au mois de tiyagar, au beau milieu de l'été, et pourtant les jours étaient aussi frais qu'en début de printemps. C'était certainement préférable à la terrible sécheresse qui s'était achevée l'année précédente, mais même ainsi, elle regrettait un peu les journées torrides et les nuits chaudes qui étaient l'apanage de cette saison. Ses articulations étaient douloureuses, et les matins froids ne faisaient qu'aggraver son mal. L'humidité semblait s'infiltrer sournoisement jusque dans ses os.

Elle repartit à travers les communs, se demandant ce qu'avaient bien pu faire ses assistantes. S'asseoir et discuter en gloussant, assurément, alors que l'intendante du château peinait comme un paysan sur sa terre. Rachel était fourbue, mais il restait bien assez de force dans son solide bras droit pour ramener quelques filles dans le droit chemin !

Il était dommage, songea-t-elle en parcourant lentement l'enceinte extérieure, qu'il n'y eût pas quelqu'un pour reprendre fermement le château en main. Élias avait d'abord paru en être capable, lorsque le bon roi Jean était mort, mais Rachel avait été gravement déçue. La pomme, pensa-t-elle, était tombée plus loin de l'arbre que quiconque eût pu l'imaginer. Mais ce n'était pas vraiment une surprise. C'était les hommes, voilà tout. Des hommes bravaches et vantards, tout comme des jeunes garçons. Quand on y réfléchissait, les hommes n'agissaient pas plus intelligemment que le jeune Simon tête-creuse. Ils ne savaient pas comment s'occuper des choses : les hommes ne le savaient pas, et le roi Élias ne faisait pas exception.

Prenez cette folie avec son frère. D'accord, Rachel n'avait jamais beaucoup aimé le prince Josua. Il était un tout petit peu trop sagace et trop grave pour son goût, visiblement quelqu'un qui se croyait sacrément intelligent. Mais de là à penser que c'était un traître... Eh bien c'était une folie et n'importe qui pouvait le voir ! Josua était bien trop perdu dans ses livres et ses grandes pensées pour en avoir même l'idée ! Mais qu'avait fait son frère Élias ? Il s'était précipité vers le nord avec une armée, et avait fait appel à quelque subterfuge pour démolir le château de Josua à Naglimund, massacrer tout le monde et tout brûler. Et pourquoi ? Pour une maudite question d'orgueil masculin de la part du roi Élias. Maintenant, un grand nombre de femmes erkynéennes étaient veuves, les moissons se passaient mal, et, si le Seigneur Usires voulait bien le lui pardonner, mais ce n'était que la vérité, le Hayholt et tous ses habitants allaient directement à leur perte.

L'intérieur de la Porte de Nearulagh se dressa devant elle, son ombre longue répandant l'obscurité sur les murs des deux côtés. Des oiseaux piaillants, des corbeaux et des milans, se disputaient âprement les derniers restes des dix crânes squelettiques plantés sur des perches au sommet de la porte.

Rachel frissonna malgré elle en faisant le signe de l'Arbre. Voilà une autre chose qui avait changé. Jamais, durant toutes ces années où elle avait tenu la maison du roi Jean, elle n'avait vu une démonstration de cruauté comparable à ce qu'Élias avait fait subir à ces traîtres. Ils avaient été bastonnés et écartelés sur la place de la victoire, à Erchester, devant une foule nerveuse et mal à l'aise. Ce n'était pas que l'un des nobles exécutés eût été particulièrement populaire : le baron Godwig était profondément haï pour la terrible manière dont il dirigeait le Cellodshire; mais tous avaient discerné la futilité des accusations du roi. Godwig et les autres étaient allés à la mort comme des hommes abasourdis, agitant la tête et protestant de leur innocence jusqu'à ce que les gourdins des soldats de la garde erkynéenne ne leur fussent fatals. Cela faisait maintenant deux semaines que leurs têtes se dressaient au-dessus de la porte de Nearulagh, et les charognards, tels d'habiles petits sculpteurs, amenaient peu à peu les crânes à la surface. Bien peu de ceux qui passaient en dessous pouvaient contempler cela. La plupart de ceux qui regardaient se détournaient rapidement, comme s'ils avaient eu un aperçu de quelque chose d'interdit, plutôt que vu l'abject avertissement public que le roi avait voulu.

Le roi les avait dits traîtres, et en tant que traîtres ils étaient morts. Rachel se dit qu'ils ne manqueraient à personne, et pourtant leur mort rapprochait encore un peu plus les brumes du désespoir.

Tandis que Rachel se pressait en détournant les yeux, elle manqua être renversée par un jeune écuyer pataugeant sur la route boueuse en menant un cheval. Lorsqu'elle se fut réfugiée en sûreté contre le mur d'enceinte, Rachel se retourna pour regarder passer les cavaliers.

Tous étaient des soldats; tous sauf un. Là où les hommes d'arme portaient la tunique verte de la garde erkynéenne du Roi, ce dernier était vêtu d'une robe d'un écarlate flamboyant, d'une cape de voyage noire, et de hautes bottes noires.

Pryrates! Rachel se raidit. Où donc allait ce diable avec sa garde d'honneur?

Le prêtre semblait flotter au-dessus de ses compagnons. Alors que les soldats riaient et parlaient, Pryrates ne regardait ni d'un côté ni de l'autre, sa tête chauve aussi rigide que la pointe d'une lance, ses yeux noirs fixés sur la porte devant lui.

Les choses avaient vraiment commencé à mal se passer lorsque le prêtre rouge était arrivé ; comme si Pryrates lui-même avait jeté un mauvais sort sur le Hayholt. Rachel s'était même un moment demandé si Pryrates, dont elle savait qu'il n'aimait pas Morgénès, n'avait pas pu mettre le feu aux quartiers du docteur. Un homme de la Sainte Église pourrait-il faire une telle chose ? Pourrait-il tuer des innocents, comme son Simon, par simple rancœur ? Mais la rumeur disait que le père du prêtre était un démon, et sa mère une sorcière. Rachel fit de nouveau le signe de l'Arbre, en observant le dos fier du prêtre tandis que le groupe allait son amble.

Un homme pouvait-il causer le malheur de tous, se demanda-t-elle. Et pour quelle raison ? Dans le seul but de faire le travail du diable ? Elle observa soigneusement alentour, gênée, puis cracha dans la boue pour éloigner le mal. Qu'est-ce que cela pouvait faire ? Il n'y avait rien qu'une vieille femme comme elle pût faire, de toute façon.

Elle regarda Pryrates et son groupe de soldats passer la porte de Nearulagh, puis se détourna et commença à marcher péniblement vers les résidences, en pensant au mauvais temps et aux mauvais sorts.

Le soleil de cette fin d'après-midi perça à travers les arbres, faisant briller leurs fines feuilles. La brume de la forêt s'était finalement évaporée. Quelques oiseaux lançaient leurs trilles depuis les cimes des arbres. Déornoth, sentant la douleur dans sa tête diminuer, se leva.

La femme-sage Géloé avait soigné les terribles blessures d'Einskaldir toute la matinée avant de le confier enfin aux soins de la duchesse Gutrun et d'Isorn. Le Rimmersleute, qui avait déliré sous l'effet de la fièvre lorsque Géloé avait appliqué des cataplasmes aux morsures des flèches dans son dos et sur son côté, était maintenant paisible. Elle ne pouvait dire s'il vivrait.

Géloé avait consacré le reste de l'après-midi aux autres compagnons, traitant l'infection de la blessure à la jambe de Sangfugol et les nombreuses blessures qu'avaient reçues les membres du groupe. Sa connaissance des herbes médicinales était étendue et ses poches étaient remplies de choses utiles. Elle semblait certaine d'obtenir des progrès rapides pour tous, sauf pour le Rimmersleute.

La forêt, de ce côté du tunnel, n'était pas très différente de ce qu'ils venaient de quitter, pensa Déornoth ; du moins en apparence. Les chênes et les sureaux étaient tout aussi rapprochés ici, et le sol était poudreux des débris d'arbres morts depuis bien longtemps, mais il y avait quelque chose de différent en son cœur : quelque reste de grâce ou de vie intérieure, comme si l'air était plus léger ou le soleil plus brillant. Bien sûr, réalisa Déornoth, cette impression ne venait peut-être que du fait que lui et les autres membres de la compagnie du prince Josua avaient vécu un jour de plus que ce qu'ils supposaient.

Géloé était assise sur un tronc d'arbre avec le prince Josua. Déornoth commença à s'approcher, puis hésita, incertain de l'opportunité de sa présence. Josua sourit d'un air fatigué et lui fit signe de venir.

« Viens, Déornoth ; assieds-toi. Comment est ta tête ? »

« Douloureuse,Votre Altesse. »

« C'était une blessure cruelle », dit Josua en hochant la tête.

Géloé leva les yeux et inspecta brièvement Déornoth. Un peu plus tôt, elle avait examiné la plaie ensanglantée du crâne de Déornoth, là où l'avait frappé la branche, et l'avait jugée « sans grande importance ».

« Déornoth est ma main droite », lui dit Josua. « Il est préférable qu'il entende tout, au cas où il m'arriverait quelque chose. »

Géloé haussa les épaules. « Rien de ce que je vais dire n'est un secret. Du moins pas le genre de secret que nous aurions à nous cacher les uns aux autres. » Elle se détourna un instant pour observer Leleth. L'enfant était paisiblement assise sur les genoux de Vorzheva, mais ses yeux n'étaient fixés sur rien de visible, et nul mot ni caresse de Vorzheva ne pouvaient attirer son attention.

« Où pensez-vous aller, Prince Josua ? » demanda enfin Géloé. « Vous avez échappé à la vengeance des Norns, du moins pour un temps. Maintenant où irez-vous ? »

Le prince fronça les sourcils. « Je n'ai jusqu'ici pensé à rien d'autre qu'à nous mener tous en lieu sûr. Je suppose que si ceci... » il décrivit la clairière d'un geste de la main, « ... est un refuge contre les démons, comme vous le dites, alors nous devrions rester là. »

La femme-sorcière agita la tête. « Bien sûr; nous devons rester ici jusqu'à ce que nous soyons capables de marcher. Mais ensuite ? »

« Je n'en ai pas encore la moindre idée. » Josua se tourna vers Déornoth, comme s'il espérait quelque suggestion. « Mon frère a remporté la victoire sur toutes les terres de la Charte de Suzeraineté. Je ne puis penser à personne qui me cacherait au péril de la colère d'Élias. » Il frappa de sa main gauche sur le moignon de son bras droit. « Il semble que tous nos efforts ont été vains. Mais la partie était mal engagée. »

« Ma question n'était pas innocente », dit Géloé en réarrangeant son assise sur le tronc d'arbre. Elle portait des bottes semblables à celles d'un homme, remarqua Déornoth, et celles-ci semblaient avoir beaucoup voyagé. « Permettez-moi de vous informer de plusieurs choses importantes; vous pourrez ensuite mieux envisager les diverses possibilités qui s'offrent à vous. En premier lieu, vous avez, avant la chute de Naglimund, envoyé un groupe à la recherche de quelque chose n'est-ce pas ? »

Josua plissa les yeux. « Comment pouvez-vous savoir cela ? »

Géloé secoua impatiemment la tête. « Je vous ai dit lorsque nous nous sommes rencontrés que je connaissais tant Morgénès que Binabik d'Yiqanuc. Je connaissais également Jarnauga de Tungoldyr. Nous entretenions des communications régulières alors qu'il se trouvait dans votre château et il m'a informée de bien des choses. »

« Pauvre Jarnauga », dit Josua, « il est mort bravement. »

« Nombre de sages sont tombés; il en reste bien peu », lui répondit-elle. « Et la bravoure n'est nullement le domaine réservé des soldats et des nobles. Mais puisque le cercle des sages se rétrécit à chacune de ces morts, il est plus important que jamais que nous partagions nos informations entre nous et avec les autres. Et c'est pour cette raison que Jarnauga m'a dit tant de choses après avoir quitté son village du nord et rejoint Naglimund. Ah ! » Elle se redressa. « Je viens de me souvenir de quelque chose. » Elle éleva la voix. « Père Strangyeard ! »

Le prêtre releva la tête en entendant son nom, l'air hésitant. Elle lui fit signe de venir les rejoindre, et il quitta les côtés du ménestrel Sangfugol pour s'approcher.

« Jarnauga avait une très haute opinion de vous », dit Géloé. Un sourire traversa son visage buriné. « Vous a-t-il donné quelque chose avant de vous quitter ? »

Strangyeard acquiesça. Il tira un pendentif brillant de sous sa soutane. « Ceci », dit-il doucement.

« C'est bien ce que je pensais. Eh bien, vous et moi en parlerons plus tard ; mais, en tant que membre de la Ligue du Parchemin, vous devriez certainement participer à ce conseil. »

« Un membre... » Strangyeard semblait abasourdi. « Moi ? De la Ligue ?... »

Géloé sourit de nouveau. « Absolument. Et, connaissant Jarnauga, je suis certaine que son choix a été judicieux. Mais comme je vous l'ai dit, nous en parlerons plus tard, vous et moi. » Elle revint au prince et à Déornoth. « Voyez-vous, j'ai connaissance de la quête des Grandes Épées. Je ne sais si Binabik et les autres ont découvert Épine, l'épée de Camaris, mais je peux vous dire qu'il y a moins de deux jours, le troll et le garçon Simon étaient tous deux encore vivants. »

« Aédon soit loué », s'exclama Josua, « voilà une bonne nouvelle ! Une bonne nouvelle dans une période qui les a vues distribuées avec parcimonie. Mon cœur a souffert pour eux depuis l'instant de leur départ. Où sont-ils ? »

« Je pense qu'ils sont à Yiqanuc, chez les trolls. Tout cela est difficile à expliquer brièvement, alors je dirai ceci : mon contact avec le jeune Simon fut bref et ne m'a pas permis une longue discussion. De plus, j'avais un message de la plus haute importance à lui transmettre. »

« Lequel ? » demanda Déornoth. Bien qu'il eût été ravi de l'arrivée de la femme-sorcière, il ressentait une certaine amertume devant la façon dont elle avait volé l'initiative au prince Josua. C'était un souci ridicule et présomptueux, mais il désirait réellement voir le prince Josua commander comme Déornoth savait qu'il pouvait le faire.

« Vous aurez connaissance du message que j'ai transmis à Simon », répondit Géloé, « mais il est d'autres choses dont nous devons parler d'abord. » Elle se tourna vers Strangyeard. « Qu'avez-vous découvert au sujet des deux autres épées ? »

Le prêtre s'éclaircit la gorge. « Eh bien », commença-t-il, « nous ne savons que trop bien où se trouve Peine. Élias la détient : un cadeau du Roi de l'Orage, si l'on en croit les histoires que nous avons entendues. Et il l'emporte partout avec lui. Nous pensons qu'Épine se trouve dans le nord ; si le troll et les autres vivent encore, je suppose qu'il reste un espoir qu'ils la trouvent. La dernière, Minneyar, fut l'épée du roi Fingil ; mais, pauvre de moi !, vous devez déjà le savoir, bien sûr. Eh bien, il semble que Minneyar n'a jamais quitté le Hayholt. Et donc, deux... deux... »

« Deux des épées sont aux mains de mon frère », termina Josua, « et la troisième est perdue dans les terres inconnues du nord, avec un troll et un jeune garçon à sa poursuite. » Il eut un sourire inquiet, et secoua lentement la tête. « Mais comme je l'ai déjà dit, la partie était mal engagée. »

Géloé le fixa de ses féroces yeux jaunes et répondit sèchement. « Mais c'est une partie, prince Josua, dans laquelle l'abandon n'est pas une alternative ; une partie que nous devons jouer jusqu'au bout avec les pièces que nous avons tirées. Nous jouons vraiment très gros. »

Le prince se redressa, et leva le bras pour retenir la réponse violente de Déornoth. « Ce que vous dites est juste, Valada Géloé. Nous ne pouvons changer de jeu, et il nous est interdit de perdre. Avez-vous d'autres informations à partager ? »

« Des choses que vous saviez déjà ou pouviez deviner. Hernystir, à l'ouest, est tombée ; le roi Lluth est mort, et son peuple s'est replié dans les collines. Par trahison, Nabban est devenu le duché de Bénigaris, l'allié d'Élias. Skali de Kaldskryke gouverne Rimmersgard à la place d'Isgrimnur. Naglimund est ravagée et les Norns la hantent comme des fantômes. » Tout en parlant, elle prit son bâton de marche et dessina une carte dans la poussière devant eux, marquant chaque endroit à mesure qu'elle les évoquait. « La forêt d'Aldhéorte a été préservée, mais ce n'est pas un endroit où les hommes pourraient organiser leur résistance, sauf peut-être en dernier recours, s'il ne leur reste plus d'autre espoir. »

« Et qu'est notre situation, sinon désespérée ? Avons-nous donc un autre espoir ? » demanda Josua. « Voici mon royaume, Géloé ; il tient tout entier sous nos yeux. Nous pouvons nous cacher, mais un groupe aussi réduit peut-il résister au roi Élias, et pis encore à son allié le Roi de l'Orage ? »

« Ah ! nous en venons maintenant aux choses qui avaient dû attendre », répondit Géloé, « et nous allons également aborder des sujets plus étranges que les guerres humaines. » Ses mains brunes et noueuses s'agitaient rapidement, dessinant une fois encore sur le sol, juste devant ses bottes. « Pourquoi sommes-nous en sécurité dans cette partie de la forêt ? Parce qu'elle est placée sous la souveraineté des Sithis, et que les Norns n'osent pas les attaquer. Une paix fragile s'est instaurée entre les deux familles depuis d'innombrables années, et je crois que même le Roi de l'Orage n'est pas pressé de provoquer la réaction des derniers Sithis. »

« Deux familles ? Ils sont liés ? » demanda Déornoth. Géloé tourna son regard féroce vers lui.

« Tu n'as donc pas écouté ce que Jarnauga vous a dit à Naglimund ? » demanda-t-elle. « À quoi cela sert-il que les sages donnent leur vie si ceux pour lesquels ils se sacrifient ne les écoutent pas ? »

« Jarnauga nous a dit qu'Ineluki, le Roi de l'Orage, avait été un prince des Sithis », s'empressa de dire Strangyeard, en agitant les mains comme pour chasser les dissensions. « Nous savions cela. »

« Les Norns et les Sithis furent un seul peuple durant un temps incommensurable », dit Géloé. « Lorsqu'ils se séparèrent, ils divisèrent Osten Ard entre eux et jurèrent de ne jamais pénétrer sur les terres de l'autre sans son consentement. »

« Et en quoi tout cela peut-il être utile à nous, pauvres mortels ? » demanda Déornoth.

Géloé balaya les alentours d'un geste de la main. « Nous sommes en sécurité ici parce que les Norns contournent soigneusement les limites des terres sithies. De plus, même en ces temps de déclin, il y a en de tels endroits un pouvoir qui les ferait de toute façon hésiter. » Elle regarda fixement Déornoth. « Tu l'as senti, n'est-ce pas ? Mais le problème est qu'à dix ou onze, nous ne pouvons combattre. Il nous faut trouver un endroit à l'abri des Norns, mais qui soit également un lieu où tous ceux qui n'acceptent pas les ignominies du règne de votre frère Élias pourront nous trouver. Si le roi Élias consolide son contrôle sur Osten Ard, si le Hayholt devient une place forte imprenable, alors nous ne pourrons jamais arracher la Grande Épée que nous savons en sa possession, ni celle qu'il a peut-être. Nous ne combattons pas uniquement la sorcellerie, mais aussi une guerre de positions et de placement. »

« Qu'êtes-vous en train de dire ? » demanda Josua, les yeux fixés sur le visage de la femme-sorcière.

Géloé indiqua la carte de son bâton de marche. « Par ici, au-delà de la forêt, à l'est, s'étendent les plaines des Hauts Thrithings. Là, près du site sur lequel se dressait l'ancienne cité d'Enki-e-Shao'saye, à la limite entre les bois et les prairies, se trouve l'endroit où les Norns et les Sithis se sont définitivement séparés. Son nom est Sesuad'ra : la Pierre de l'Adieu. »

« Et... et nous serions à l'abri là-bas ? » demanda Strangyeard, enthousiaste.

« Momentanément », répondit Géloé. « C'est un endroit de puissance, et son héritage devrait nous mettre à l'abri des laquais du Roi de l'Orage pour un temps. Mais c'est bien assez, car le temps est ce dont nous avons le plus besoin : le temps de rassembler ceux qui sont prêts à résister à Élias, le temps de réunir nos alliés éparpillés. Plus important encore, nous avons besoin de temps pour résoudre l'énigme des trois Grandes Épées, et découvrir un moyen de combattre la menace du Roi de l'Orage. »

Josua s'assit et observa les lignes tracées dans la poussière. « C'est un début », dit-il enfin. « Face aux tourments du désespoir, c'est une petite lueur d'espérance. »

« C'est pour cela que je suis venue à vous », dit la femme-sorcière. « Et c'est pour cela que j'ai dit au garçon Simon d'aller là-bas dès qu'il le pourrait, et d'emmener tous ceux qui étaient avec lui. »

Le père Strangyeard toussa pour s'excuser. « Je crains de ne pas comprendre, bonne dame Géloé. Comment avez-vous parlé au garçon ? S'il se trouve dans les terres du nord, il vous aurait été impossible de revenir aussi vite. Vous êtes-vous servie d'oiseaux messagers, comme le faisait souvent Jarnauga ? »

Elle secoua la tête. « Non. Je lui ai parlé à travers la petite fille, Leleth. C'est difficile à expliquer, mais elle m'a aidée à être plus forte ; j'ai ainsi pu atteindre Yiqanuc et parler à Simon de la Pierre de l'Adieu. » Elle commença à effacer la carte de la pointe de sa botte. « Il n'est pas astucieux de laisser un message qui indique l'endroit où l'on va », dit-elle ; puis elle eut un gloussement rauque.

« Mais pouvez-vous atteindre n'importe qui de cette manière et lui parler ? » demanda ardemment Josua.

Géloé secoua négativement la tête. « J'ai rencontré Simon et je l'ai touché. Il était dans ma maison. Je ne pense pas que je pourrais trouver et m'adresser à quelqu'un que je ne connais pas déjà. »

« Mais ma nièce Miriamélé était dans votre maison ; du moins c'est ce que l'on m'a dit », ajouta vivement le prince. « Je suis très inquiet à son sujet. Pourriez-vous la trouver pour moi, lui parler ? »

« J'ai déjà essayé. » La femme-sorcière se leva, regardant une fois encore Leleth. La petite fille marchait sans but le long du bord de la clairière, ses lèvres pâles bougeant comme en un chant muet. « Il y a quelque chose ou quelqu'un près de Miriamélé qui m'a empêché de l'atteindre, une sorte de mur. J'étais très faible et j'avais peu de temps ; je n'ai pas insisté. »

« Réessaierez-vous ? » demanda Josua.

« Peut-être », répondit-elle en se retournant pour le regarder de nouveau. « Mais je dois user de mes forces avec parcimonie. Nous avons un long combat à mener. » Elle se tourna vers le père Strangyeard. « Maintenant, prêtre, venez avec moi. Il est des choses dont nous devons parler. Il vous a été confié des responsabilités qui peuvent s'avérer être un bien lourd fardeau. »

« Je sais », répondit doucement Strangyeard. Tous deux s'éloignèrent, laissant Josua à ses pensées. Déornoth observa son prince durant de longs instants, puis revint vers sa cape.

Towser, étendu non loin, s'agitait et bredouillait, livré aux affres d'un cauchemar. « Visages blancs... les mains vont m'attraper, les mains... » Les mains fermées en griffes du vieil homme battirent l'air, et durant un instant le bruit du chant des oiseaux cessa.

« ... Donc », acheva Josua, « il reste une lueur d'espoir. Si Valada Géloé pense que nous pouvons trouver refuge en cet endroit... »

« ... Et porter un coup au roi », gronda Isorn, une grimace sur son visage rosâtre.

« ... Oui, et nous préparer à reprendre la lutte », poursuivit Josua, « alors nous devons le faire. Il n'y a de toute façon aucun autre endroit où nous pouvons aller. Lorsque tous pourront marcher, nous quitterons la forêt et traverserons les Hauts Thrithings, en marchant vers l'est et vers la Pierre de l'Adieu. »

Vorzheva, pâle de rage, ouvrit la bouche comme pour dire quelque chose, mais la duchesse Gutrun parla la première. « Pourquoi quitter la forêt, prince Josua ? Pourquoi devrions-nous emprunter un chemin plus long et nous exposer à découvert dans les plaines ? »

Géloé, assise à côté du prince, acquiesça. « Vous posez une bonne question. Tout d'abord, nous marcherons deux fois plus vite à ciel ouvert, et le temps nous est précieux. De plus, il nous faut quitter la forêt parce que l'interdiction qui garde les Norns à distance s'applique également à nous. Nous sommes sur des terres sithies. Nous sommes venus ici parce que nous y avons été forcés au péril de notre vie, mais rester plus longtemps ne servirait qu'à attirer leur attention. Les Sithis n'aiment pas les humains. »

« Mais les Norns ne vont-ils pas nous poursuivre ? »

« Je connais des chemins à travers la forêt qui nous permettront de rester hors de leur portée jusqu'à ce que nous atteignions les plaines », répondit la femme-sorcière. « Quant aux Hauts Thrithings, je doute que les Norns aient déjà pris assez d'assurance pour s'aventurer à découvert en plein jour. Ils sont mortels, mais encore bien, bien moins nombreux que les humains. Le Roi de l'Orage a attendu des siècles ; je pense qu'il est assez patient pour cacher encore quelque temps son pouvoir aux mortels. Non, ce sont vraisemblablement les armées d'Élias et les hommes des Thrithings qui devraient nous inquiéter. » Elle se tourna vers Josua. « Vous le saurez sans doute mieux que moi. Est-ce que les peuples des Thrithings servent maintenant Élias ? »

Le prince secoua la tête. « Ils ne sont jamais prévisibles. De nombreux clans vivent là, et même leur allégeance à leur propre Thane est fragile. De plus, si nous ne nous aventurons pas trop loin de la lisière de la forêt, nous ne croiserons peut-être pas âme qui vive. Les Thrithings sont très vastes. »

Lorsqu'il eut fini de parler,Vorzheva se leva et s'éloigna, quittant la clairière et disparaissant dans une touffe de bouleaux. Josua la regarda partir, puis, un peu plus tard, se leva, laissant Géloé répondre aux questions de ceux qui étaient absents lorsqu'elle avait parlé de Sesuad'ra.

Vorzheva était appuyée contre le tronc d'un bouleau, arrachant rageusement des bandes d'écorce parcheminée. Josua fit une longue pause, et l'observa. Sa robe n'était plus qu'un chiffon en loques, déchirée jusqu'au-dessus des genoux. Ses jupons avaient été réduits en lambeaux pour faire des bandages. Comme tous les autres, elle était sale, ses cheveux étaient emmêlés et pleins de brindilles, et ses bras et ses jambes étaient couverts d'écorchures. La blessure de son avant-bras était recouverte d'un chiffon sale et sanglant.

« Quelle est la cause de ta colère ? » demanda-t-il. Sa voix était douce.

Vorzheva fit vivement volte-face, les yeux écarquillés. « Pourquoi je suis en colère ? *Pourquoi* ? Pauvre fou ! »

« Tu m'évites depuis que nous avons été chassés de Naglimund », dit Josua en s'avançant d'un pas. « Lorsque je suis étendu près de toi, tu te raidis comme un prêtre lorsque ses narines s'emplissent de la puanteur du péché. Est-ce ainsi qu'agissent des amants ? »

Vorzheva leva la main comme pour le gifler, mais il se trouvait trop loin d'elle. « De l'*amour* ? » Elle s'étouffa, son accent changeant le dernier mot en quelque chose de lourd et de douloureux. « Qui es-tu, pour me parler d'amour ? J'ai perdu tout celui que j'avais pour toi, et tu me dis cela ? » Elle se frotta le visage avec sa main, et laissa une trace sombre.

« La vie de tous est entre mes mains », dit lentement le prince. « Et elles pèsent sur mon âme. Des hommes, des femmes, des enfants, des centaines de morts dans les ruines de Naglimund. J'ai peut-être été distant depuis que le château est tombé, mais cela était dû à la noirceur de mes pensées, aux fantômes qui me hantent. »

« Depuis que le château est tombé, dis-tu », siffla-t-elle. « Depuis que le château est tombé, tu me traites comme une putain. Tu ne me parles pas, tu parles à tout le monde sauf à moi, puis le soir tu viens me toucher et me prendre dans tes bras ! Penses-tu m'avoir achetée au marché comme un cheval ? Je suis venue avec toi pour me libérer des plaines... et pour t'aimer. Tu ne m'as jamais bien traitée. Et maintenant tu veux me ramener, me ramener et montrer ma honte à tout le monde ? » Elle éclata en sanglots, et alla aussitôt se cacher derrière l'arbre pour que le prince ne puisse voir son visage.

Josua semblait perplexe. « Que veux-tu dire ? Montrer ta honte à qui ? »

« À mon peuple, pauvre idiot ! » cria Vorzheva. Sa voix résonna faiblement à travers le taillis. « À mon peuple ! »

« Au peuple des Thrithings... » dit lentement Josua. « Bien sûr. »

Elle fit le tour de l'arbre comme un fantôme en colère, les yeux brillants. « Je n'irai pas. Emmène ton petit royaume et va où tu veux, mais je ne retournerai pas sur les terres de mes ancêtres dans la honte, comme... *comme ça !* » Elle décrivit ses vêtements d'un geste furieux.

Josua eut un sourire amer. « C'est de la folie. Regarde-moi, le fils du Roi Souverain Jean Presbytère ! Je suis un épouvantail ! Quelle importance cela peut-il avoir ? Je doute que nous voyions quiconque de ton peuple, et si c'est le cas, quelle importance cela aura-t-il ? Es-tu si collet monté que tu préférerais mourir dans la forêt plutôt que laisser quelques-uns de tes gens des chariots te voir en haillons ? »

« Oui ! » hurla-t-elle. « Oui ! Tu penses que je suis folle ! Tu as raison ! J'ai tout quitté pour toi et j'ai fui les terres de mon père. Devrais-je revenir vers eux comme un chien battu ? Je préférerais mourir mille fois ! Tout le reste m'a été pris, mais tu voudrais me voir ramper en plus ? » Elle se laissa tomber à terre, ses genoux blancs s'enfonçant dans le terreau. « Alors je t'en supplie. Ne va pas aux Hauts Thrithings. Ou si tu y vas, laisse-moi un peu de nourriture et je marcherai à travers la forêt jusqu'à cet endroit. »

« C'est une folie de la pire espèce », gronda Josua. « N'as-tu pas entendu ce que Géloé a dit ? Si les Sithis ne te tuent pas comme intruse, les Norns te captureront et ton sort sera pire. »

« Alors tue-moi. » Elle tendit la main pour agripper Naidel, dont la poignée dépassait du fourreau suspendu à la ceinture de Josua. « Je mourrai plutôt que de retourner aux Thrithings. »

Josua l'attrapa par le poignet et la releva. Elle se débattit, frappant ses tibias de ses pieds parés de chaussures boueuses et râpées. « Tu es une enfant », dit-il rageusement ; puis il s'écarta lorsque sa main libre le frappa au visage. « Une enfant avec des griffes. » Il la fit tourner sur elle-même de façon à ce que son dos lui fit face, puis la poussa en avant jusqu'à un arbre abattu. Il s'assit et l'entraîna avec lui, si bien qu'elle fut bloquée contre lui, et serra son bras autour des siens, l'immobilisant complètement.

« Si tu veux agir comme une petite fille entêtée, je te traiterai comme telle », dit-il à travers ses dents serrées. Il eut un vif mouvement de recul pour éviter un geste ample de sa tête tandis qu'elle se débattait.

« Je te hais ! » dit-elle d'une voix haletante.

« En ce moment, je te hais aussi », répondit-il en serrant plus fort « ... mais cela peut changer. »

Enfin, ses contorsions perdirent de leur intensité, et elle se laissa choir dans ses bras, épuisée. « Tu es le plus fort », gémit-elle, « mais tu devras bien dormir. Alors je te tuerai, puis je me tuerai moi. »

Josua était lui aussi essoufflé. Vorzheva n'était pas une faible femme, et le fait de n'avoir qu'une main ne facilitait pas la tâche au prince. « Nous ne sommes plus assez nombreux pour que quiconque meure », marmonna-t-il. « Mais je resterai assis ici et te maintiendrai jusqu'à l'heure du départ si cela est nécessaire. Nous irons à Sesuad'ra, et nous l'atteindrons tous sains et saufs si cela est en mon pouvoir. »

Vorzheva tenta une nouvelle fois de se libérer, mais abandonna rapidement son effort lorsqu'il devint évident que Josua n'avait pas desserré sa prise. Elle demeura un certain temps calmement assise. Sa respiration reprit progressivement un rythme plus paisible, et le tremblement de ses membres décrût.

Les ombres se firent plus longues. Un grillon solitaire, prenant de l'avance sur le soir, entama son discours de craquements. « Si seulement tu m'aimais », dit-elle enfin, les yeux fixés sur la forêt qui s'obscurcissait, « je n'aurais besoin de tuer personne. »

« Je suis fatigué de parler, Madame », répondit le prince.

La princesse Miriamélé et ses deux compagnons de robe quittèrent la Route Côtière en fin de matinée, et partirent en direction de la vallée Commeis, la porte de la cité de Nabban. Lorsqu'ils s'engagèrent sur les méandres de la piste sinueuse et abrupte du versant de la colline, il fut difficile à Miriamélé de concentrer son attention sur le chemin qui s'offrait aux sabots de son cheval. Il y avait bien longtemps qu'elle n'avait vu le vrai visage de Nabban, terre originelle de sa mère, et la tentation de s'en emplir les yeux était forte. Ici, les champs commençaient à faire place aux débordements de la cité autrefois impériale. Le cœur de la vallée était couvert de villages et de villes; même les flancs abrupts des collines Comméiennes étaient parsemés de maisons de pierre blanchie qui se dressaient comme autant de dents.

La fumée d'innombrables feux s'élevait depuis la vallée, formant un nuage grisâtre qui flottait au-dessus d'elle comme un auvent. La plupart du temps, Miriamélé le savait, les vents marins balayaient tout cela et dégageaient le ciel bleu, mais aujourd'hui, les brises étaient absentes.

« Tant de gens », s'émerveilla-t-elle. « Et plus encore dans la cité elle-même. »

« Mais, en un sens », fit remarquer le père Dinivan, « cela ne signifie pas grand-chose. Erchester ne fait pas le cinquième de tout cela, et pourtant le Hayholt qui se trouve là-bas est la capitale du monde connu. La gloire de Nabban n'est plus qu'un souvenir; sauf en ce qui concerne la Sainte Église, bien sûr. Nabban est sa cité, maintenant. »

« N'est-il pas intéressant de remarquer, alors, que ceux qui ont tué notre Seigneur Usires l'accueillent maintenant en leur sein? » dit Cadrach, d'un peu plus bas sur la piste. « L'on se fait toujours plus d'amis lorsque l'on est mort. »

« Je ne comprends pas ce que tu veux dire, Cadrach », dit Dinivan, son visage aimable soudain sérieux, « mais tes mots semblent contenir plus d'amertume que de sagesse. »

« Vraiment? » dit Cadrach. « Je parle de l'avantage des héros qui ne sont plus là pour s'exprimer eux-mêmes. » Il se renfrogna. « Par la grâce du Seigneur ! Un peu de vin me ferait du bien. » Il détourna la tête du regard interrogatif de Dinivan, et ne dit plus un mot.

Les volutes de fumée firent se souvenir à Miriamélé de quelque chose. « Et combien y a-t-il ici de ces Danseurs de Feu que nous avons vus à Téligure ? Y en a-t-il dans chaque ville ? »

Dinivan secoua la tête. « Il y en a quelques-uns qui viennent de chaque village, je suppose, mais ils se rejoignent pour aller ensemble de ville en ville, et répandre leur vile parole. Ce n'est pas leur nombre qui doit vous effrayer, mais le désespoir qu'ils portent et propagent comme une peste. Pour chaque personne qui les rejoint et les suit vers le village suivant, il y en a douze autres qui recueillent le message dans leur cœur et perdent leur foi en Dieu. »

« Les gens croient ce qu'ils voient », dit Cadrach, ses yeux soudain pleins d'ardeur fixés sur Dinivan. « Ils entendent le message du Roi de l'Orage et voient ce que la main du Roi de l'Orage peut inspirer. Ils attendent de Dieu qu'Il anéantisse les hérétiques, mais Dieu ne fait rien. »

« Tout cela est mensonge, Padréic », s'exclama fiévreusement Dinivan. « ... Ou Cadrach, ou quel que soit le nom que tu as pu te choisir. Car c'est choisir qui importe. Dieu permet à chaque homme et à chaque femme de choisir. Il n'impose pas l'amour. »

Le moine eut un petit grognement qui semblait de mépris, mais ses yeux ne quittèrent pas le prêtre. « Ça, Il ne l'impose effectivement pas. »

D'une étrange manière, pensa Miriamélé, Cadrach semblait être en train de plaider devant Dinivan, comme s'il cherchait à montrer au secrétaire du Lecteur quelque chose que Dinivan ne savait pas voir.

« Dieu souhaite... » commença le prêtre.

« Mais si Dieu n'enjôle ni n'impose, et ne répond pas aux défis du Roi de l'Orage ou de n'importe qui d'autre », l'interrompit Cadrach d'une voix rauque d'émotion contenue, « alors pourquoi, *pourquoi* es-tu surpris de voir que les gens pensent qu'il n'y a pas de Dieu, ou qu'Il est impuissant ? »

Dinivan l'observa un instant, puis secoua la tête avec colère. « C'est pour cela que la Sainte Église existe. Pour répandre la parole de Dieu, pour que les gens puissent choisir. »

« Mais les gens croient ce qu'ils voient », répondit tristement Cadrach ; puis il retourna à sa réflexion silencieuse tandis qu'ils chevauchaient lentement vers le fond de la vallée.

À la mi-journée, ils rejoignirent la Route Anitulléenne. Des flots de voyageurs se déversaient dans les deux directions, tourbillonnant autour des chariots qui se dirigeaient vers le marché ou en revenaient. Miriamélé et ses compagnons passèrent inaperçus. À la fin du jour, ils avaient couvert une longue distance dans la vallée.

Ils s'arrêtèrent pour la nuit à Bellidan, l'une des douzaines de villes qui s'étaient développées le long de la route et avaient grandi au point que l'on ne pouvait plus dire où finissait l'une et où commençait l'autre. Ils dormirent au prieuré local, où la bague à la chevalière lectorale et le haut rang de Dinivan leur valurent d'être l'objet d'un intérêt soutenu. Miriamélé s'éclipsa rapidement vers la petite cellule qui lui avait été attribuée, préférant ne pas prendre le risque de voir son déguisement percé à jour. Dinivan expliqua aux moines que son compagnon était malade, puis lui apporta un souper substantiel fait de soupe d'orge perlé et de pain. Lorsqu'elle souffla la chandelle pour dormir, l'image des Danseurs de Feu s'imposa de nouveau devant ses yeux. Elle revit la femme en robe blanche s'embraser ; mais ici, derrière les murs épais du prieuré, cela ne semblait pas aussi effrayant. Cela n'avait été qu'un événement dérangeant dans un monde qui l'était tout autant.

Ils atteignirent avant la fin de l'après-midi du lendemain le point où la Route Anitulléenne commençait à grimper à travers les défilés des collines qui menaient à Nabban même. Ils dépassèrent des douzaines de pèlerins et de marchands qui étaient assis, épuisés, au bord du chemin, et s'éventaient avec des chapeaux au bord large. Certains s'étaient simplement arrêtés pour se reposer et boire de l'eau, mais nombre d'autres étaient des colporteurs déconfits dont les ânes rechignaient à tirer des chariots trop chargés sur ces pentes abruptes.

« Si nous nous arrêtons à la fin du jour », dit Dinivan, « nous pourrons passer la nuit dans l'un des villages de ces collines. La fin du voyage sera l'affaire d'une courte chevauchée au matin. Mais en fait, je répugne à l'idée de prendre plus de temps que nécessaire. Si nous poursuivons notre chemin après la tombée de la nuit, nous pouvons être au Sancellan Aedonitis avant minuit. »

Miriamélé regarda la route derrière elle, puis devant, où ses méandres s'enfonçaient à perte de vue dans les sèches collines dorées. « Ça ne me dérangerait pas de m'arrêter », dit-elle. « Je suis plus qu'un peu endolorie. »

Dinivan parut inquiet. « Je le comprends. J'ai moins que vous l'habitude de monter à cheval, princesse, et mon séant me cuit. » Il rougit et rit. « Excusez-moi, Madame. Mais je pense que plus tôt nous rejoindrons le Lecteur, mieux cela sera. »

Miriamélé se tourna vers Cadrach pour voir s'il avait quelque chose à ajouter, mais le moine était perdu dans ses pensées, et se balançait en rythme avec les pas de son cheval qui grimpait la pente. « Si vous pensez que cela nous sera d'une quelconque manière bénéfique », dit-elle enfin, « alors chevauchons toute la nuit si cela est nécessaire. Cela dit, en vérité, je ne vois rien que je puisse dire au Lecteur, ou qu'il puisse me dire, qui serait gâté d'une quelconque manière si cela devait attendre un jour de plus. »

« Bien des choses sont en train de changer, Miriamélé », répondit Dinivan en baissant la voix, bien que la route en cet endroit fût vide à l'exception de la charrette d'un fermier qui craquait à une cinquantaine de toises de là. « En une époque comme celle-ci, lorsque tout est incertain et que de nombreux dangers ne sont pas encore complètement connus, une chance de gagner du temps qui n'est pas saisie est souvent amèrement regrettée plus tard. Je sais au moins cela. Avec votre permission, je ferai confiance à ce principe. »

Ils chevauchèrent toute la soirée et ne firent pas halte lorsque les étoiles commencèrent à apparaître au-dessus des collines. La route louvoya à travers les défilés puis redescendit, traversa d'autres villes et villages, jusqu'à ce qu'ils atteignissent enfin les alentours de la grande cité, éclairée de tant de lampes qu'elle brillait plus que le ciel.

Il y avait foule dans les rues de Nabban, alors même que minuit approchait. Des torches brûlaient à chaque coin de rue. Des jongleurs et des danseurs se donnaient en spectacle dans ces taches de lumière vacillante, espérant une pièce ou deux des passants saouls. Les tavernes, leurs volets de bois ouverts sur cette douce nuit d'été, déversaient leur bruit et la lueur de leurs lanternes sur les rues pavées.

Miriamélé dodelinait la tête de fatigue lorsqu'ils quittèrent la Route Anitulléenne pour rejoindre la Voie des Fontaines, qui s'élevait vers les hauteurs de la Colline Sancelline. Le Sancellan Aedonitis se dressait devant eux. Sa célèbre flèche n'était qu'une aiguille d'or dans la lueur des lampes, mais cent fenêtres brillaient d'une chaude lumière.

« Il y a toujours quelqu'un d'éveillé dans la maison de Dieu », dit doucement Dinivan.

Tandis qu'ils parcouraient les rues étroites en direction de la grand'place, Miriamélé aperçut les formes pâles et courbes des tours du Sancellan Mahistrevis juste derrière le Sancellan Aedonitis, à l'ouest. Le château ducal se dressait sur un promontoire rocheux à l'extrême pointe de Nabban, dominant les mers comme Nabban elle-même avait un jour dominé les terres des hommes.

Les deux Sancellans, pensa Miriamélé, *l'un construit pour régner sur les corps, l'autre pour régner sur les âmes. Eh bien, le Sancellan Mahistrevis est d'ores et déjà aux mains de ce parricide de Bénigaris ; mais le Lecteur est un homme saint, et un homme bon, si l'on en croit Dinivan, et Dinivan sait juger les hommes. Au moins il y a un espoir ici.*

Une mouette pleura dans l'obscurité quelque part au-dessus de leurs têtes. Miriamélé sentit l'élancement d'un regret. Si sa mère n'avait jamais épousé Élias, alors Miriamélé aurait pu grandir et vivre ici, au-dessus de l'océan. Elle aurait été ici chez elle. Elle serait maintenant de retour en un endroit qui voudrait dire quelque chose pour elle.

Mais si ma mère n'avait pas épousé mon père, pensa-t-elle, à moitié endormie, *alors je n'existerais pas. Pauvre idiote.*

Leur arrivée aux portes du palais lectoral ne fut qu'un amalgame confus pour Miriamélé, qui avait bien du mal à rester éveillée. De nombreuses personnes accueillirent chaudement Dinivan : il semblait avoir beaucoup d'amis. L'instant d'après, on lui montrait une pièce avec un doux lit chaud. Elle ne s'embarrassa pas d'enlever autre chose que ses bottes, et se glissa sous la couverture vêtue de sa cape, le capuchon encore relevé. Des voix chuchotaient dans le couloir à l'extérieur de la pièce, et elle entendit la Cloche Clavéenne sonner au-dessus d'elle, frappant plus de coups qu'elle n'en put compter.

Elle s'endormit au son de chants lointains.

Le père Dinivan la réveilla au matin avec des baies, du lait et du pain. Elle mangea assise au lit tandis que le prêtre allumait les chandelles et arpentait sans cesse la pièce sans fenêtres.

« Sa Sainteté s'est levée tôt ce matin. Il n'était déjà plus là lorsque j'ai rejoint ses quartiers, parti marcher quelque part. Il fait souvent cela lorsqu'il désire réfléchir à quelque chose. Il arpente les couloirs dans sa robe de nuit. Il n'emmène personne avec lui ; sauf moi, si je suis là. » Dinivan afficha un sourire puéril. « Cet endroit est aussi grand que le Hayholt. Il peut être n'importe où. »

Miriamélé tamponna du lait de son menton d'un large revers de manche. « Va-t-il nous voir ? »

« Bien sûr. Dès son retour, j'en suis certain. Je me demande quel sujet le préoccupe. Ranéssin est un homme profond, aussi profond que la mer, et, comme la mer, il est souvent difficile de savoir ce que cache une surface tranquille. »

Miriamélé frissonna en songeant aux kilpas dans la Baie d'Émettin. Elle reposa son bol. « Dois-je porter des vêtements d'homme ? » demanda-t-elle.

« Quoi ? » Dinivan s'immobilisa, surpris par sa question. « Oh ! Pour rencontrer le Lecteur, vous voulez dire ? Je pense qu'il vaut mieux que personne ne sache que vous êtes ici. J'aimerais dire que j'ai une confiance absolue dans tous mes frères prêtres, et je suppose que c'est vrai, mais j'ai vécu et travaillé ici trop longtemps pour croire que les bouches peuvent rester closes. Cela dit, je vous ai apporté des robes un peu plus propres. » Il fit un geste de la main en direction d'un tas de vêtements posés sur un tabouret, à côté d'une cuvette d'eau qui fumait faiblement. « Donc, dès que vous serez prête et aurez fini de briser votre jeûne, nous pourrons partir. » Il resta planté là, attendant impatiemment.

Miriamélé observa les vêtements un instant, puis son regard revint se poser sur le père Dinivan, qui avait froncé les sourcils, l'esprit ailleurs. « Pourriez-vous vous retourner », demanda-t-elle enfin, « que je puisse me changer ? »

Le père Dinivan resta un instant bouche bée, puis devint écarlate, pour le plus grand amusement parfaitement dissimulé de Miriamélé. « Princesse, pardonnez-moi ! Comment ai-je pu être à ce point discourtois ? Pardonnez-moi, je vous quitte immédiatement. Je reviendrai très bientôt vous chercher. Toutes mes excuses. J'ai tant de choses en tête, ce matin. » Il quitta précipitamment la pièce et referma soigneusement la porte derrière lui.

Lorsqu'il eut disparu, Miriamélé éclata de rire puis quitta son lit. Elle se débarrassa de ses robes en les rejetant par-dessus sa tête et se lava en frissonnant, remarquant avec plus de curiosité que de désarroi à quel point ses mains et ses poignets avaient bronzé. Elles ressemblaient aux mains d'un batelier, pensa-t-elle avec quelque satisfaction. Quelles grimaces cela provoquerait chez ses dames de compagnie, si seulement elles la voyaient !

L'eau était chaude, mais la chambre elle-même était froide, et elle s'empressa d'enfiler les robes propres dès qu'elle eut terminé. Lorsqu'elle passa ses mains dans ses cheveux courts, elle hésita un instant à les laver eux aussi, mais l'image des couloirs emplis de courants d'air l'en découragea. L'évocation du froid lui fit penser au jeune Simon, qui marchait quelque part dans les frimas du grand Nord. Sur un coup de tête, elle lui avait offert son écharpe bleue favorite, une faveur qui lui semblait maintenant lamentablement inadéquate. Et pourtant elle avait cru bien faire. L'écharpe était trop fine pour le réchauffer, mais peut-être qu'elle lui ferait se souvenir de l'effrayant voyage auquel ils avaient survécu ensemble. Cela lui donnerait peut-être du courage.

Elle retrouva Dinivan dans le couloir. Il faisait de son mieux pour cacher son impatience : maintenant qu'il était de retour dans son élément, le prêtre ressemblait à un cheval de guerre avant la bataille, tremblant du besoin pressant de bouger, d'agir. Il la prit par le coude et l'entraîna aimablement le long du couloir.

« Où est Cadrach ? » demanda-t-elle. « Va-t-il venir avec nous voir le Lecteur ? »

Dinivan secoua négativement la tête. « Je ne suis plus sûr de lui. J'ai dit que je pensais qu'il n'était pas dangereux, mais je pense également qu'il a cédé à trop de ses faiblesses. Cela est triste, car l'homme qu'il a été nous aurait réellement été de bon conseil. Mais je pense qu'il est préférable de ne pas l'exposer à la tentation. Il partage pour l'instant un agréable repas avec quelques-uns de mes frères prêtres, et est l'objet d'une surveillance calme et discrète. »

« Qu'a été Cadrach ? » demanda-t-elle, tendant le cou pour mieux voir les tapisseries aussi hautes que les murs qui décoraient le couloir : des scènes représentant l'Élévation d'Aédon, la Renonciation de saint Vilderivis, le châtiment de l'empereur Crexis. Elle pensa à ces représentations immobiles, à leurs grands yeux bordés de blanc, et à tous les siècles qu'elles avaient passés suspendues ici tandis que le monde changeait. Son oncle et son père seraient-ils un jour le sujet de peintures et de tapisseries, longtemps après qu'elle et tous ceux qu'elle connaissait auront été réduits en poussière ?

« Cadrach ? C'était un saint homme, autrefois, et pas simplement par sa robe. » Dinivan parut réfléchir avant de poursuivre, comme s'il pesait ses mots. « Nous parlerons de votre compagnon plus tard, Princesse, si vous voulez bien excuser mon incorrection. Il vous faut maintenant vous concentrer sur ce que vous allez dire au Lecteur. »

« Que veut-il savoir ? »

« Tout. » Dinivan sourit, et la note de tourment dans sa voix s'adoucit. « Le Lecteur désire tout savoir sur tout. Il dit que le poids et la responsabilité de la Sainte Église pèsent sur ses épaules et lui imposent de prendre des décisions éclairées, mais je pense que c'est également quelqu'un d'assez curieux. » Il rit. « Il en sait plus sur la tenue des bibliothèques que n'importe quel prêtre copiste de la Chancellerie du Sancellan, et je l'ai entendu discuter pendant des heures de la traite avec un fermier des Terres des Grands Lacs. » Le visage de Dinivan redevint sérieux. « Mais les temps que nous vivons sont réellement graves. Comme je vous l'ai déjà dit, je ne puis révéler certaines de mes sources d'information même au Lecteur, et donc ce que vous savez et le témoignage de ce que vos yeux ont vu sera d'un grand secours pour lui apprendre des choses qu'il doit savoir. Ranéssin est un homme sage. Je ne connais personne qui en sache autant que lui de ce qui fait tourner le monde. »

Pour Miriamélé, la marche à travers les sombres couloirs du Sancellan Aedonitis sembla durer une heure. N'étaient les motifs des tapisseries et un occasionnel groupe de prêtres allant son chemin, chaque couloir ressemblait au précédent, si bien qu'elle fut rapidement totalement perdue. Les grands couloirs de pierre étaient également humides et mal éclairés. Lorsqu'ils atteignirent une large porte de bois finement ciselée d'un Arbre éployé, elle fut heureuse d'être enfin arrivée.

Dinivan, qui s'apprêtait à pousser la porte, retint son geste. « Nous devrions continuer de faire preuve de circonspection », dit-il, en l'entraînant vers une porte plus petite quelques pas plus bas dans le couloir. Il l'ouvrit et ils entrèrent dans une petite pièce tapissée de velours. Un feu brûlait dans un brasier contre le mur. La grande table qui occupait la plus grande partie de la pièce était recouverte de parchemins et de lourds livres. Le prêtre laissa Miriamélé se réchauffer les mains devant les flammes.

« Je serai de retour dans un moment », dit-il en écartant l'une des tentures du mur derrière la table. Lorsque le rideau retomba, il avait disparu.

Lorsque ses doigts la picotèrent agréablement, elle abandonna le brasier pour examiner quelques-uns des parchemins déroulés sur la table. Ils semblaient sans grand intérêt, couverts de chiffres et de descriptions de limites de propriétés et de terrains. Les livres étaient tous religieux, à l'exception d'un curieux volume plein de gravures d'étranges créatures et d'incompréhensibles cérémonies qui reposait, ouvert, au-dessus des autres. Alors qu'elle tournait soigneusement les pages, elle en découvrit une qui avait été marquée d'un ruban de tissu. Il s'agissait d'une représentation rudimentaire d'un homme cornu aux grands yeux fixes et aux mains noires. Une foule terrifiée se blottissait à ses pieds ; au-dessus de sa tête, une éclatante étoile solitaire brillait au-dessus de sa tête dans un ciel noir. Les yeux semblaient regarder au-delà de la page et directement dans les siens.

Sa Asdridan Condiquilles, disait la légende inscrite sous l'illustration. L'Étoile du Conquérant.

Un frisson la parcourut. L'image la glaçait comme jamais ne le feraient les couloirs humides du Sancellan. Cela ressemblait à quelque chose qu'elle aurait vu dans un cauchemar, ou à une histoire qu'on lui aurait raconté dans son enfance et dont elle ne reconnaîtrait que maintenant l'essence maléfique. Miriamélé s'empressa de replacer le livre en sa position originelle et s'écarta, frottant ses doigts sur sa cape comme si elle avait touché une chose impure.

Des voix étouffées lui parvenaient de la tapisserie derrière laquelle Dinivan avait disparu. Elle s'approcha, tendant l'oreille pour saisir les mots, mais ils étaient trop faibles. Elle écarta précautionneusement la tenture, et fit apparaître une fine bande de lumière provenant de la pièce suivante.

Cela devait être la salle d'audience du Lecteur, car elle était bien plus richement décorée que tout ce qu'elle avait vu ici, à l'exception du grand vestibule qu'elle avait traversé à moitié endormie la nuit précédente. Les plafonds étaient hauts, peints de centaines de scènes du livre de l'Aédon. Les fenêtres étaient des tranches du ciel gris du matin. Derrière un fauteuil installé au centre de la pièce pendait une grande bannière azurée brodée de l'Arbre et de la Statue de la Sainte Église.

Le Lecteur Ranéssin, un homme mince portant une haute coiffe, était assis dans le fauteuil et écoutait un gros homme vêtu des amples robes dorées d'un escritor. Dinivan se tenait dans un coin, traînant les pieds d'impatience dans l'épais tapis.

« ... mais c'est justement là le problème, Votre Sainteté », poursuivit le gros homme, le visage luisant, le ton parfaitement mesuré. « De toujours éviter d'offenser le Roi Souverain... Il n'est pas en cet instant dans une disposition d'esprit des plus bienveillantes. Nous devons soigneusement considérer notre éminente position, ainsi que le bien-être de tous ceux qui attendent de la Sainte Église la modération et une juste influence. » Il tira une petite boîte de sa manche et glissa quelque chose dans sa bouche. Ses joues rondes s'aplatirent momentanément lorsqu'il le suça.

« Je comprends, Velligis », répondit le Lecteur en levant la main avec un aimable sourire. « Votre conseil est toujours précieux. Je suis éternellement reconnaissant à Dieu de nous avoir fait nous rencontrer. »

Velligis inclina sa tête ronde en signe de remerciement.

« Et maintenant, si vous voulez bien me faire cette bonté », poursuivit Ranéssin, « je dois vraiment accorder un peu de temps à ce pauvre Dinivan. Il a chevauché durant des jours et je suis impatient de découvrir les nouvelles qu'il m'apporte. »

L'escritor s'agenouilla, ce qui n'était pas un exercice facile pour un homme de sa corpulence, et baisa l'ourlet de la robe bleue du Lecteur. « Si vous avez besoin de moi pour quoi que ce soit, Votre Sainteté, je serai à la Chancellerie jusqu'à l'après-midi. » Il se leva et quitta la pièce en un dandinement gracieux, tirant une autre sucrerie de sa boîte.

« Êtes-vous vraiment reconnaissant à Dieu de vous avoir fait vous rencontrer ? » demanda Dinivan en souriant.

Le Lecteur acquiesça. « Vraiment. Velligis est pour moi un rappel vivant de la raison pour laquelle les hommes ne doivent jamais se prendre au sérieux. Il a de bonnes intentions, mais il est incroyablement pompeux. »

Dinivan secoua la tête. « Je veux bien croire que ses intentions sont bonnes, mais le conseil qu'il vous donne est criminel. S'il est jamais un jour où la Sainte Église doit agir en tant que symbole vivant du Bien, c'est aujourd'hui. »

« Je connais tes sentiments, Dinivan », répondit aimablement le Lecteur. « Mais l'époque n'est pas aux décisions prises à la hâte, qui pourraient plus tard entraîner un tragique repentir. As-tu amené la Princesse ? »

Le secrétaire de Ranéssin acquiesça. « Je vais la chercher. Je l'ai laissée dans mon étude. » Il se tourna et partit à travers la Salle d'Audience. Miriamélé laissa précipitamment retomber la tenture ; lorsque Dinivan entra, elle se trouvait de nouveau devant le brasier.

« Venez avec moi », dit-il. « Le Lecteur est libre, maintenant. »

Lorsqu'ils atteignirent le fauteuil, Miriamélé fit une révérence, puis baisa l'ourlet de Ranéssin. Le vieil homme se pencha et lui tendit une main étonnamment forte pour l'aider à se relever.

« S'il vous plaît, asseyez-vous à côté de moi », dit-il en faisant signe à Dinivan de lui avancer une chaise. « D'ailleurs, amenez-en également une pour vous. »

Tandis que Dinivan apportait les sièges, Miriamélé put regarder le Lecteur. Elle ne l'avait pas vu depuis plus d'un an, mais il semblait avoir à peine changé. Ses fins cheveux gris encadraient son visage pâle et élégant. Ses yeux étaient aussi alertes que ceux d'un enfant, avec presque un air d'espièglerie dissimulée. Miriamélé ne pouvait s'empêcher de le comparer au comte Streàwe, le seigneur de Perdruin. La ruse transpirait sur le visage ridé de Streàwe. Ranéssin semblait beaucoup plus innocent, mais Miriamélé n'avait pas besoin des assertions de Dinivan pour être certaine que bien des choses se passaient derrière l'apparence affable du Lecteur.

« Eh bien, ma chère princesse », dit Ranéssin lorsqu'ils se furent assis, « je ne vous ai pas vue depuis les funérailles de votre grand-père. Il me semble que vous avez grandi ; mais quels étranges vêtements vous portez, Madame. » Il sourit. « Bienvenue dans la maison de Dieu. Y a-t-il quelque chose que vous désireriez ? »

« Rien qui se mange ou se boive,Votre Sainteté. »

Ranéssin fronça les sourcils. « Je ne suis pas réellement amateur de titres, et le mien est particulièrement peu commode à la langue. Lorsque j'étais jeune homme, à Stanshire, je n'aurais jamais imaginé finir ma vie dans la lointaine Nabban, en étant appelé " Saint ", ou " Exalté ", pour ne plus jamais entendre le nom de ma naissance. »

« Ranéssin n'est pas votre vrai nom ? » demanda Miriamélé.

Le Lecteur s'esclaffa. « Oh ! non. Je suis né Oswine, un Erkynéen. Mais parce que les Erkynéens sont rarement élevés à de tels sommets, il a semblé de bonne politique de prendre un nom nabbanais. » Il tendit le bras pour lui tapoter doucement la main. « Mais puisque nous parlons de noms d'emprunt, Dinivan m'a dit que vous avez énormément voyagé et vu beaucoup de choses depuis que vous avez quitté la maison de votre père. Voulez-vous m'en dire un mot ? »

Dinivan l'encouragea d'un signe de tête ; alors elle prit son souffle et se mit à parler.

Tandis que le Lecteur écoutait attentivement, elle raconta la folie grandissante de son père, qui l'avait finalement poussée à fuir le Hayholt ; les conseils maléfiques de Pryrates, et l'emprisonnement de Josua. Un soleil plus vif commença à s'infiltrer à travers les hautes fenêtres. Dinivan se leva pour aller demander que quelqu'un apportât à manger, car l'heure de midi approchait rapidement.

« Tout cela est fascinant », dit le Lecteur alors qu'ils attendaient le retour de son secrétaire. « Ceci confirme bien des rumeurs que j'ai entendues. » Il frotta son doigt le long du côté de son nez fin. « Que le Seigneur Usires m'accorde la sagesse. Pourquoi les hommes ne peuvent-ils pas se contenter de ce qu'ils ont ? »

Dinivan revint bientôt, suivi par un prêtre qui portait un plateau chargé de fromage et de fruits, ainsi qu'un pichet de vin chaud. Miriamélé reprit le cours de son histoire. Tandis qu'elle parlait et mangeait, et que Ranéssin l'assaillait de questions aimables mais habiles, elle commença à avoir presque l'impression de parler à un grand-père vieux et doux. Elle lui parla des chiens Norns qui les avaient poursuivies, elle et la servante Leleth, puis de Simon et Binabik qui s'étaient portés à leur secours. Lorsqu'elle aborda les révélations dans la maison de la femme-sorcière Géloé et les terribles avertissements de Jarnauga à Naglimund, Dinivan et le Lecteur échangèrent un long regard.

Lorsqu'elle eut terminé, le Lecteur remit sa coiffe en place (elle avait glissé à plusieurs reprises durant l'audience), puis se recula dans son fauteuil en soupirant. Ses yeux brillants étaient tristes.

« Tant de faits qui sont matière à réflexion, tant de terribles questions qui restent sans réponses. Oh ! Dieu, vous avez jugé utile de mettre Vos enfants à l'épreuve d'une façon fort sévère. J'ai le pressentiment de la venue d'un mal terrible. » Il se tourna vers Miriamélé. « Merci pour vos nouvelles, princesse. Aucune d'entre elles n'est heureuse, mais seul le fou désire l'ignorance béate et j'essaie de ne pas être un fou. C'est ma plus lourde charge. » Il pinça les lèvres et réfléchit. « Eh bien, Dinivan », dit-il enfin, « cela rend plus inquiétante encore la nouvelle que j'ai reçue hier. »

« Quelle est cette nouvelle, Votre Sainteté ? » demanda Dinivan. « Nous avons à peine eu le temps de parler depuis mon retour. »

Le Lecteur but une gorgée de vin. « Élias envoie Pryrates me parler. Son bateau arrive demain du Hayholt. Il est chargé, dit le message, d'une importante mission que lui a confiée le Roi Souverain. »

« Pryrates vient ici ? » demanda Miriamélé, inquiète. « Est-ce que mon père sait que je suis là ? »

« Non, non ; ne craignez rien », dit le Lecteur d'un ton apaisant. Il lui tapota de nouveau la main. « C'est avec la Sainte Église qu'il désire parler. Personne ne sait que vous êtes ici, sinon Dinivan et moi. »

« C'est le Diable », dit-elle durement. « Ne lui faites pas confiance. »

Ranéssin acquiesça gravement. « Votre mise en garde n'est pas inutile, Princesse Miriamélé, mais il est parfois de mon devoir de parler avec des diables. » Il baissa les yeux pour regarder ses mains serrées, comme s'il espérait trouver à l'intérieur une solution à tous les problèmes. Lorsque Dinivan emmena Miriamélé, le Lecteur lui souhaita courtoisement au revoir, mais il semblait livré aux affres de la mélancolie.

10

LE MIROIR

Simon fut saisi d'une colère opiniâtre qui refusait de le quitter. Tandis que lui et Sludig suivaient les trolls qui descendaient la montagne sur leurs montures, s'éloignant des solennelles piles de pierres dressées nues sous le ciel, il sentit s'infiltrer en lui une rage qui embrouillait toutes ses idées, lui interdisant de se concentrer sur un unique sujet de réflexion plus d'un court instant.

Il marchait avec raideur, son corps encore endolori et courbaturé, son estomac noué par la colère. Il marchait en ressassant sa peine. Haestan était mort. Un autre ami était mort. Il n'y avait rien qu'il pût y faire. Il ne pouvait rien y changer. Il ne pouvait même pas pleurer. Là était la raison de sa fureur : il ne pouvait rien y faire. Rien.

Sludig, le visage pâle et les yeux assombris, ne semblait pas impatient de briser le silence. Les deux Bassesterres poursuivaient péniblement leur chemin côte à côte, arpentant de larges plaques de granit usées par les éléments et traversant des amoncellements de neige en partie soulevés par les sabots des béliers.

Les contreforts de la montagne semblaient grandir vers eux pour les accueillir. À chaque courbe dans la piste, les collines aux sommets enneigés réapparaissaient devant les yeux des voyageurs, un peu plus grandes chaque fois. Sikkihoq, de son côté, semblait s'allonger dans le ciel derrière eux à mesure que se poursuivait leur descente, toujours plus haute, comme si la montagne en avait fini avec ces mortels et retournait maintenant vers la compagnie plus agréable et plus naturelle des nuages et du ciel.

Je ne t'oublierai pas, lança silencieusement Simon à Sikkihoq en regardant par-dessus son épaule la grande dague de pierre. Il combattit le violent désir de hurler sa mise en garde. En plissant les yeux, il pensait pouvoir voir encore l'endroit où se dressaient les cairns. *Je n'oublierai pas que mon ami est enterré dans ton flanc. Je ne l'oublierai jamais.*

L'après-midi passa promptement. Leur progression se faisait plus rapide, maintenant que la montagne s'élargissait, et que la piste était moins abrupte et parcourait chaque fois une plus grande distance entre deux courbes. Simon remarqua des signes de la vie de la montagne qu'il n'avait pas vus plus haut : une famille de lapins blancs et bruns qui broutaient entre les plaques de neige, des geais et des écureuils qui se chamaillaient dans les arbres rabougris courbés par le vent. Cette preuve de vie sur ce qui avait paru être un rocher aride et stérile aurait dû le réconforter, mais cela ne fit qu'alimenter sa colère. Quel droit avaient ces petites choses insignifiantes de vivre, lorsque d'autres mouraient ? Il se demanda pourquoi ils prenaient cette peine, quand un faucon ou un serpent ou la flèche d'un chasseur pouvait à n'importe quel moment mettre fin à leur existence. Voir la vie comme une mêlée inutile dans l'ombre de la mort l'emplit d'un dégoût étrangement exaltant.

Lorsque vint le soir, le groupe choisit une large étendue faiblement escarpée de pierre et de broussaille pour monter le camp, l'immense masse de Sikkihoq les coupant du plus gros des vents chargés de neige. Simon posa son sac et commença à ramasser du bois mort pour le feu, mais s'interrompit bientôt pour regarder le soleil se coucher derrière les montagnes de l'ouest, dont l'une, il le savait, était Urmsheim, la montagne-dragon. L'horizon était rayé de lumière, aussi richement coloré que n'importe quelle rose cultivée dans les jardins du Hayholt.

An'naï, le cousin sithi de Jiriki qui avait été tué en combattant pour la vie de ses compagnons, était enterré là-bas sur Urmsheim ; le soldat Grimmric, un homme robuste et calme, reposait à ses côtés. Simon se souvenait du sifflement de Grimmric qui les avait accompagnés depuis leur départ de Naglimund, un bruit tour à tour déplaisant et rassurant. Maintenant, il serait éternellement muet. Lui et An'naï ne verraient plus jamais un coucher de soleil comme celui qui peignait les cieux devant Simon, magnifique et vain.

Où étaient-ils ? Au paradis ? Comment les Sithis pourraient-ils aller au paradis alors qu'ils n'y croyaient pas ? Et où pensaient-ils aller après leur mort ? Ce devait être des païens, supposa Simon, et cela voulait dire qu'ils étaient différents ; mais An'naï avait été loyal et brave. Plus que cela : il avait été gentil avec Simon, gentil, de son étrange façon sithie. Comment An'naï pourrait-il ne pas aller au paradis ? Comment le paradis pourrait-il être un endroit aussi stupide ?

La colère, qui s'était un instant atténuée, revint. Simon lança l'un des bouts de bois qu'il avait ramassés aussi fort qu'il le put. Celui-ci fila en tourbillonnant à travers les airs, puis retomba et rebondit le long de la colline de pierre, pour disparaître enfin dans les broussailles.

« Viens, Simon », appela Sludig d'un peu plus haut. « Nous avons besoin de ton bois pour le feu. Tu n'as donc pas faim ? »

Simon l'ignora, et contempla le ciel rougissant en serrant les dents de frustration. Il sentit une main se poser sur son bras et la repoussa d'un geste de colère.

« Viens, s'il te plaît », dit gentiment le Rimmersleute. « Le repas sera bientôt prêt. »

« Où est Haestan ? » demanda Simon à travers ses lèvres serrées.

« Qu'est-ce que tu veux dire ? » Sludig inclina la tête. « Tu sais bien où nous l'avons laissé, Simon. »

« Non, je veux dire : où est Haestan ? Le *vrai* Haestan. »

« Ah ! » Sludig sourit. Sa barbe était devenue très épaisse. « Son esprit est au paradis, avec Usires et Notre Bon Seigneur. »

« *Non.* » Simon se détourna pour regarder de nouveau le ciel, qui s'assombrissait maintenant des premiers bleus mortels de la nuit.

« Quoi ? Pourquoi dis-tu cela ? »

« Il n'est pas au paradis. Il n'y a pas de paradis. Comment pourrait-il y avoir un paradis, quand chacun s'en fait une idée différente ? »

« Tu dis des bêtises. » Sludig le dévisagea un instant, tentant de saisir les pensées de Simon. « Peut-être que chacun va dans son propre paradis », dit le soldat ; puis il posa une nouvelle fois la main sur l'épaule de Simon. « Dieu sait ce qu'Il sait. Viens t'asseoir avec nous. »

« Comment Dieu peut-il laisser les gens mourir sans raison ? » demanda Simon en serrant ses bras contre lui-même, comme pour garder quelque chose à l'intérieur. « Si Dieu peut faire cela, alors Il est cruel. S'Il n'est pas cruel... alors c'est qu'Il ne peut rien faire. Comme un vieillard qui est assis à la fenêtre mais ne peut pas sortir. Il est vieux et stupide. »

« Ne blasphème pas Dieu le Père », dit Sludig d'une voix glaciale. « Dieu ne peut être raillé par un garçon ingrat. Il t'a donné tout ce que peut offrir la vie... »

« C'est faux ! » cria Simon. Les yeux du guerrier s'écarquillèrent de surprise. Des têtes se retournèrent depuis le campement, pour regarder vers la source de ce bruit soudain. « C'est un mensonge ! Quel cadeau ? Ramper comme un insecte, ici et là, pour trouver quelque chose à manger et un endroit où dormir, avant d'être soudain écrasé sans avertissement ? Quel genre de cadeau est-ce là ? Faire ce qui est juste, et... combattre le mal, comme le dit le Livre de l'Aédon ? Mais si on fait ça, on se fait tuer ! Comme Haestan ! Comme Morgénès ! Les méchants continuent de vivre, de vivre et de prospérer et de rire des bons ! C'est un mensonge stupide ! »

« Ce que tu dis est affreux, Simon ! » dit Sludig, d'une voix qui prenait également de l'ampleur. « La folie et la peine te font dire... »

« C'est un mensonge, et tu es stupide de le croire ! » hurla Simon, en jetant son bois aux pieds de Sludig. Il se tourna et dévala la piste avec au ventre la douleur d'une peine intense qui lui coupait presque le souffle. Il suivit les méandres du chemin jusqu'à ce que le campement fût hors de vue. Les aboiements de Qantaqa flottaient derrière lui, aussi secs et assourdis que si quelqu'un frappait dans ses mains dans une pièce voisine.

Il s'appuya finalement contre un rocher qui bordait le chemin, et frotta nerveusement ses mains sur le tissu râpé de ses braies. Il y avait de la mousse sur la pierre ; elle avait bruni sous l'effet du gel et du vent, mais parvenait pourtant à rester vive et vivante. Il l'observa, se demandant pourquoi il ne pouvait pas pleurer, incertain même d'en avoir envie.

Après un temps, il entendit un petit bruit sec et régulier, et tourna la tête pour voir Qantaqa qui avançait vers lui en bondissant sur les pierres qui dominaient le chemin. Le museau de la louve était baissé, et humait l'air à la surface de la roche. Elle sauta vers la piste et regarda Simon un instant d'un air interrogateur, la tête penchée sur le côté, puis poursuivit sa route en effleurant sa jambe. Elle s'éloigna, forme grise incertaine dans l'obscurité croissante.

« Ami-Simon. » Binabik apparut au détour du chemin. « Qantaqa part chasser », dit-il en la regardant disparaître. « C'est difficile pour une louve de marcher tout le jour là où je lui dis. Elle est un très bon compagnon, de faire un tel sacrifice pour mon bien. »

Simon ne répondant pas, le troll s'approcha et vint s'accroupir à côté de lui, son bâton de marche en équilibre sur ses genoux.

« Ton cœur est très fâché », dit-il.

Simon prit une longue inspiration, puis se laissa aller. « Tout est mensonge », soupira-t-il.

Binabik fronça les sourcils. « Qu'est-ce qui est “ tout ” ? Et pourquoi est-ce un mensonge ? »

« Je crois qu'il n'y a rien que nous pouvons faire. Rien qui arrangera les choses. Nous allons mourir. »

« Un jour », acquiesça le troll.

« Nous allons mourir en combattant le Roi de l'Orage. C'est un mensonge de prétendre le contraire. Dieu ne va pas nous sauver, ni même nous aider. » Simon ramassa un caillou et le lança de l'autre côté du chemin, où il alla bruyamment rouler dans l'obscurité. « Binabik, je n'ai même pas pu soulever Épine. À quoi cette épée va donc nous servir, si nous ne pouvons même pas l'utiliser ? Comment une épée, ou même trois Grandes Épées, quel que soit le nom qu'on doit leur donner, va-t-elle tuer un tel ennemi ? Tuer quelqu'un qui est déjà mort ? »

« Ce sont des questions qui cherchent une réponse », répondit le petit homme. « Je ne sais pas. Comment savoir si le rôle de l'épée est de tuer ? Et s'il y a exactement, qu'est-ce qui te fait penser que c'est l'un d'entre nous qui devra la tenir ? »

Simon choisit une autre pierre et la lança. « Je ne sais rien non plus. Je suis juste un petit garçon de cuisine, Binabik. » Il ressentit un immense vide dans son cœur.

« Je veux juste rentrer chez moi. » Ses derniers mots lui étreignirent la gorge.

Le troll se leva en brossant son séant. « Tu n'es pas un garçon, Simon. Tu es un homme, dans toutes les manières de le mesurer. Un jeune homme, avec possibilité, mais un homme ; ou alors avec très grande proximité. »

Simon secoua la tête. « Ça n'a aucune importance, de toute façon. Je pensais... je ne sais pas. Je pensais que ce serait comme dans les histoires. Que nous trouverions l'épée et que ce serait une arme puissante, que nous détruirions nos ennemis et que tout s'arrangerait. Je ne pensais pas que d'autres mourraient ! Comment peut-il y avoir un Dieu qui laisse mourir des gens bons, quoi qu'ils fassent ? »

« Une nouvelle question dont je ne possède pas la réponse. » Binabik sourit, mais gentiment, respectueux de la douleur de Simon. « Et je ne peux te donner la justeté des croyances. Les vérités qui sont devenues nos histoires de dieux sont loin dans le passé. Même les Sithis, qui vivent des ères entières, ne savent pas comment le monde a commencé, ni qui l'a fait ; du moins pas avec certaineté, je crois. Mais je peux te dire quelque chose d'important... »

Le troll se pencha en avant, touchant le bras de Simon, et attendit que son jeune ami détourne une nouvelle fois les yeux de la mousse qui couvrait le rocher. « Les dieux dans les cieux ou dans les pierres sont distants, et nous ne pouvons qu'essayer de deviner leurs intentions avec proximité. » Il serra l'avant-bras de Simon. « Mais toi et moi, nous vivons dans une époque où un dieu est redescendu sur terre. Ce n'est pas un dieu qui a la bonté dans son dessein. Les hommes peuvent combattre et mourir, ils peuvent construire des murs et briser des pierres, mais Ineluki est mort et est revenu ; c'est une chose que personne n'a jamais faite, pas même votre Usires Aédon. Accorde-moi ton pardon, car je ne voulais pas blasphémer, mais ce qu'Ineluki a fait n'est-il pas un acte que font les dieux ? » Binabik donna une petite impulsion à Simon, en le regardant dans les yeux. « Il est jaloux et terrible, et le monde qu'il peut faire sera un endroit affreux. Nous avons une tâche de grande peur et d'immense difficulté, Simon ; il y a même la possibilité que le succès soit impossible, mais ce n'est pas une tâche que nous pouvons fuir. »

Simon arracha son regard à celui de Binabik. « C'est ce que je viens de dire. Comment peut-on combattre un dieu ? Nous serons écrasés comme des fourmis. » Une autre pierre partit voler dans l'obscurité.

« Peut-être. Mais si nous n'essayons pas, alors cet écrasement de fourmis deviendra une certaineté ; alors nous devons essayer. Il y a toujours quelque chose au-delà, et même après la pire des mauvaises époques. Nous mourrons peut-être, mais la mort de certains peut être la survie d'autres. Ce n'est pas une grande chose à laquelle se raccrocher, mais c'est en tout cas une vérité. »

Le troll s'écarta un peu du chemin et s'assit sur une autre pierre. Le ciel s'assombrissait rapidement. « Autre chose », dit gravement Binabik, « c'est ou ce n'est pas une folie de prier les dieux, mais c'est avec grande certaineté une idée non sage de les maudire. »

Simon ne dit rien. Ils passèrent un certain temps en silence. Enfin, Binabik tira le couteau qui fermait son bâton, et libéra la flûte qu'il contenait. Il laissa tout d'abord échapper quelques notes d'essai, puis se mit à jouer un air lent et mélancolique. La musique dissonante, qui résonnait dans l'obscurité du flanc de colline, semblait chanter avec la voix de la solitude de Simon. Il frissonna, sentant le vent à travers sa cape râpée. Sa cicatrice-dragon le lançait férocement.

« Es-tu toujours mon ami, Binabik ? » demanda-t-il enfin.

Le troll écarta la flûte de ses lèvres. « Jusqu'à la mort et au-delà, ami-Simon. » Il se remit à jouer.

Lorsque la mélodie fut terminée, Binabik siffla Qantaqa et reprit le chemin du campement. Simon lui emboîta le pas.

Le feu s'était réduit à un tapis de braises et l'outre de vin effectuait le dernier de ses nombreux tours lorsque Simon eut enfin réuni assez de courage pour aller parler à Sludig. Le Rimmersleute affûtait la pointe de sa lance qanuqe avec une pierre ; il continua un temps alors que Simon se dressait devant lui. Il leva enfin les yeux.

« Oui ? » dit-il d'un ton bourru.

« Je suis désolé, Sludig. Je n'aurais pas dû dire ce que j'ai dit. Tu ne faisais qu'être gentil. »

Le Rimmersleute le dévisagea un instant, d'un regard un peu froid. Puis son expression s'adoucit. « Tu peux penser ce que tu veux, Simon, mais ne blasphème pas contre le Dieu Unique devant moi. »

« Je suis désolé. Je ne suis qu'un petit domestique. »

« Un domestique ! » Le rire de Sludig était sec. Il fixa les yeux de Simon d'un air interrogateur, puis s'esclaffa de nouveau d'un rire plus sincère. « Tu crois vraiment ce que tu viens de dire, n'est-ce pas ? Tu es un fou, Simon. » Il se leva en gloussant et en secouant la tête. « Un domestique ! Un domestique qui affronte les dragons à l'épée et tue des géants ! Regarde-toi ! Tu es plus grand que moi, et Sludig n'est pas petit ! »

Simon dévisagea le Rimmersleute, décontenancé. Ce qu'il avait dit était vrai, bien sûr : il dépassait Sludig d'une demi-main. « Mais tu es fort ! » protesta Simon. « Tu es un adulte ! »

« Tu en deviens un. Et tu es plus fort que tu ne le crois. Tu dois affronter la vérité, Simon. Tu n'es plus un enfant. Tu ne peux plus agir comme si tu en étais un. » Le Rimmersleute l'observa un long moment. « D'ailleurs, il serait dangereux de ne pas mieux t'entraîner. Tu as eu la chance de survivre à plusieurs violents combats, mais la chance est inconstante. Tu dois apprendre le maniement de l'épée et de la lance : je te les enseignerai. C'est ce qu'Haestan aurait voulu, et cela nous donnera quelque chose à faire durant ce long voyage vers ta Pierre de l'Adieu. »

« Alors tu me pardonnes ? » Entendre ainsi parler de lui avait embarrassé Simon.

« S'il le faut. » Le Rimmersleute se rassit. « Maintenant va dormir. La marche sera longue demain, et nous ferons quelques exercices après avoir monté le camp. »

Simon accepta très mal d'être ainsi envoyé au lit, mais préféra ne pas risquer une nouvelle dispute. Il lui avait déjà été difficile de revenir vers le campement et de manger avec les autres. Il savait que tous l'avaient observé, se demandant s'il allait encore perdre son sang-froid.

Il se retira vers le lit qu'il s'était fait à l'aide de branchages et de feuilles, et se pelotonna dans sa cape. Il aurait préféré être dans une caverne ou avoir quitté cette montagne, se trouver dans un endroit où il ne serait pas à ce point exposé au vent.

Les étoiles froides et brillantes parurent frissonner dans le ciel au-dessus de sa tête. Simon les observa à travers des distances incommensurables, laissant les idées s'évanouir dans sa tête, jusqu'à ce que vînt le sommeil.

Le bruit des trolls chantant pour leurs béliers tira Simon de son rêve. Il garda un instant le vague souvenir d'un petit chat gris et du sentiment d'avoir été pris au piège par quelque chose ou par quelqu'un, mais les restes du rêve se dispersèrent rapidement. Il ouvrit ses yeux à la faible lueur matinale, mais les referma aussitôt. Il n'avait envie ni de se lever, ni d'affronter cette journée.

Les chants se poursuivirent, accompagnés des bruits secs du harnachement. Il avait si souvent vu ce rituel depuis qu'ils avaient quitté Mintahoq qu'il pouvait se le représenter dans sa tête avec la même vivacité que s'il l'observait. Les trolls attachaient les sangles et remplissaient les sacs de selle, leurs voix gutturales et pourtant aiguës occupées par ce chant qui semblait n'avoir pas de fin. De temps en temps ils s'interrompaient, caressaient leur monture, étrillaient leur épaisse toison, et se rapprochaient pour chanter doucement et plus intimement tandis que les béliers clignaient de leurs yeux jaunes en fente. Il allait bientôt être temps de partager du thé salé, de la viande séchée, et quelques mots paisibles et rieurs.

Sauf que, bien sûr, il n'y aurait pas autant de rires aujourd'hui, le troisième matin depuis la bataille avec les géants. Le peuple de Binabik était gai, mais un peu du froid qui s'était fait une place dans le cœur de Simon semblait les avoir touchés, eux aussi. Ces gens qui riaient du froid et du risque vertigineux de chute mortelle à chaque détour de chaque chemin avaient été glacés par une ombre qu'ils ne pouvaient pas comprendre ; sans pour autant dire d'ailleurs que Simon en était plus capable.

Il avait été sincère lorsqu'il avait parlé à Binabik : en quelque sorte, il avait vraiment pensé que tout s'arrangerait une fois l'épée Épine découverte. Le pouvoir et l'étrangeté de l'arme étaient à tel point palpables qu'il semblait impossible qu'elle n'apportât pas un changement dans la lutte contre le Roi Élias et son ténébreux allié. Mais peut-être que l'épée en elle-même ne suffisait pas. Peut-être que ce dont parlait le chant ne se produirait pas tant que les trois épées n'avaient pas été réunies.

Simon grogna. Pire, peut-être que l'étrange chant du livre de Nisses ne voulait rien dire. N'avait-on pas dit que Nisses était fou ? Même Morgénès n'avait pas saisi tout le sens de ce chant.

Lorsque le froid touchera la cloche de Claves
Et que les ombres arpenteront les voies
Lorsque l'eau noircira dans le puits
Il faudra que trois épées reviennent

Lorsque le Bukken sortira soudain de terre
Et que les Hünen descendront des hauteurs
Lorsque les cauchemars étrangleront les rêves
Il faudra que trois épées reviennent

Pour changer la cadence des pas du destin
Pour disperser les brumes épaisses du temps
Si de bonne heure résiste trop tard
Il faudra que trois épées reviennent...

Eh bien, il ne faisait aucun doute que le Bukken était bien sorti de terre, même s'il préférait ne pas insister sur le souvenir des fouisseurs couinants. Depuis cette nuit où ils avaient été attaqués dans le camp d'Isgrimnur près de Saint Hodérund, Simon n'avait plus jamais regardé la terre sous ses pieds de la même manière. C'était d'ailleurs le seul avantage qu'il pouvait trouver à cheminer sur la roche impitoyable de Sikkihoq.

Quant à la mention des géants, le souvenir si frais à son esprit de la mort d'Haestan en faisait une cruelle raillerie. Les monstres n'avaient même pas eu besoin de descendre des hauteurs, parce que Simon et ses amis avaient été assez fous pour s'aventurer sur leur territoire. Et pourtant les Hünen avaient effectivement quitté leur domaine, ce que Simon savait mieux que quiconque : lui et Miriamélé, dont la simple évocation l'émut, en avaient affronté un dans la forêt d'Aldhéorte, à presque une semaine de cheval des Portes d'Erchester.

Simon ne comprenait rien au reste du chant, mais rien ne lui semblait impossible : il ne savait pas qui était

Claves, ni où se trouvait sa cloche, mais il lui semblait que le froid toucherait bientôt tout. Et que pourraient bien y faire les trois épées ?

J'ai tenu Épine, pensa-t-il. Durant un instant, il ressentit de nouveau son pouvoir. *Un moment, j'ai été un grand chevalier, n'est-ce pas ?*

Mais est-ce que cela avait été dû à Épine, ou au fait qu'il se soit dressé en refoulant sa peur ? S'il avait fait la même chose avec une épée moins puissante, aurait-il pour autant été moins brave ? Il serait mort, bien sûr... tout comme Haestan, tout comme An'naï, Morgénès, Grimmric... mais cela faisait-il une différence ? Les grands héros ne mouraient-ils pas, eux aussi ? Camaris, le véritable maître d'Épine, n'était-il pas mort dans les mers furieuses ?...

Les pensées de Simon vagabondaient. Il se sentit replonger dans le sommeil. Il manqua s'y abandonner, mais savait qu'il n'aurait que peu de temps avant que Binabik ou Sludig vînt le réveiller. La veille, ils lui avaient tous deux dit qu'il était un homme, ou qu'il le serait bientôt. Juste une fois, il voulait ne pas être celui que l'on réveille en dernier, l'enfant qu'on laisse dormir pendant que les adultes parlent.

Il ouvrit les yeux, laissant entrer la lumière, et grogna de nouveau. Après s'être dégagé de sa cape, il ôta les brindilles et les épines de pin de ses vêtements, puis secoua rapidement sa cape avant de l'enrouler une nouvelle fois autour de ses épaules. Soudain réticent à se séparer même un instant de ses maigres possessions, il prit son sac, qui lui avait servi d'oreiller, et l'emporta avec lui.

Le matin était glacial, et l'air portait une fine brume de neige. Étirant ses muscles, il marcha vers le feu, devant lequel Binabik parlait à Sisqi. Tous deux étaient assis côte à côte face aux basses flammes translucides, et se tenaient la main. Épine était appuyée contre un tronc d'arbre non loin d'eux, une barre noire mate qui ne reflétait aucune lumière. Vus de derrière, les deux trolls ressemblaient à des enfants parlant gravement d'un jeu auquel ils voudraient jouer ou d'un trou prometteur qu'ils comptaient explorer, et Simon ressentit un élan protecteur à leur égard. Peu après, lorsqu'il réalisa qu'ils discutaient probablement des moyens d'assurer la survie de leur peuple si l'hiver ne disparaissait pas, ou de ce qu'ils devaient faire en cas d'une nouvelle attaque de géants, l'illusion se dissipa et disparut. Ce n'était pas des enfants, et, n'était leur bravoure, il serait mort.

Binabik se tourna et vit qu'il les regardait. Le petit homme lui fit un sourire de bienvenue tout en écoutant avec attention le rapide discours qanuc de Sisqi. Simon grogna, puis se pencha pour attraper le morceau de fromage et le croûton de pain que Binabik lui avait indiqués, posés sur une pierre près du feu. Il emporta son repas et alla chercher un endroit où s'asseoir.

Le soleil, encore caché derrière Sikkihoq, n'était pas visible. L'ombre de la montagne portait sur le campement, mais les sommets des montagnes à l'ouest brillaient des premiers rayons du soleil. Devant lui, le Désert Blanc était plongé dans l'ombre grise de l'aube. Simon mordit une bouchée de pain sec et commença à la mâcher en regardant au-delà du Désert Blanc, vers la ligne distante de forêt qui s'étendait à l'horizon comme une crème sombre à la surface d'un seau de lait.

Qantaqa, qui était restée couchée aux pieds de Binabik, se leva, s'étira, puis se dirigea silencieusement vers Simon. Son museau était encore taché de rouge, du sang de l'animal quelconque qui était devenu son repas du matin, mais les dernières traces étaient en train de disparaître sous l'effet de sa longue langue rose. Elle s'approcha avec célérité, les oreilles dressées, comme si elle remplissait une mission clairement définie; mais lorsqu'elle le rejoignit, elle se contenta de rester devant lui le temps de le laisser la flatter, puis alla se lover derrière lui, ayant simplement échangé un recoin agréable pour un autre. Sa masse était telle que, lorsqu'elle se laissa aller contre sa jambe, il manqua tomber de la pierre sur laquelle il était assis.

Il termina son repas puis ouvrit son sac, pour en tirer sa bouteille d'eau. Un brillant enchevêtrement de bleu vint avec elle, emmêlé dans sa cordelette.

C'était l'écharpe que lui avait donnée Miriamélé, celle qu'il avait portée autour de son cou jusqu'à la montagne-dragon. Jiriki la lui avait enlevée lorsqu'il l'avait soigné, mais l'avait soigneusement rangée avec le reste des maigres possessions de Simon. Il la tenait maintenant dans sa main comme un éclat de ciel; sa vue lui fit presque monter les larmes aux yeux. Où donc pouvait bien se trouver Miriamélé? Géloé, durant le bref instant qu'avait duré leur contact, lui avait dit ne pas le savoir. En quel endroit d'Osten Ard pouvait bien errer la princesse ? Pensait-elle jamais à Simon ? Et si oui, que pensait-elle ?

Probablement : *Pourquoi ai-je donc donné cette magnifique écharpe à un marmiton crasseux ?* Il se laissa aller un instant à s'apitoyer sur lui-même. Eh bien, il n'était pas un simple domestique. Comme l'avait dit Sludig, il était un domestique qui affrontait des dragons et tuait des géants. Cela dit, en cet instant précis, il eût nettement préféré être un marmiton dans une chaude et douce cuisine du Hayholt, et rien de plus.

Simon noua l'écharpe autour de son cou, enfonçant ses extrémités sous le col de sa chemise râpée. Il but une gorgée d'eau, puis se remit à fouiller son sac, mais ne put trouver ce qu'il cherchait. Il se souvint après quelques instants qu'il l'avait glissé dans la poche de sa cape, et fut un temps pris de panique. Apprendrait-il un jour à faire plus attention ? Il avait eu cent occasions de le perdre. Il fut heureusement rassuré en sentant sa forme à travers le tissu. Après une rapide fouille, il l'extirpa et l'exposa à la lumière du matin.

Le miroir de Jiriki était glacé. Il le frotta sur sa manche, puis le leva devant lui, et observa son reflet. Sa barbe était plus épaisse que la dernière fois qu'il avait contemplé son visage. Les poils roux, presque bruns dans la faible lumière, commençaient à dissimuler le dessin de sa mâchoire, mais le même nez était planté au milieu de son visage, et les mêmes yeux bleus le regardaient. Devenir un homme, semblait-il, ne le changeait en rien d'autre qu'en une forme un peu différente de Simon, ce qui était une pensée assez affligeante.

Sa barbe cachait la plus grande partie de ses taches de rousseur : elle avait donc tout de même un aspect positif. À l'exception d'un bouton ou deux sur son front, ce qu'il voyait semblait être une raisonnable approximation d'un jeune homme. Il tourna le miroir, pour regarder la mèche blanche que le sang du dragon avait brûlée dans ses cheveux roux. Cela le faisait-il paraître plus vieux ? C'était difficile à dire. Par contre, ses cheveux tombaient sur ses épaules. Il devrait peut-être demander à Sludig ou à quelqu'un d'autre de les lui couper plus court, à l'image de ce que faisaient bien des chevaliers du roi. Mais pourquoi s'inquiéter ? De toute façon, ils seraient certainement tous morts des mains de géants avant qu'ils ne fussent assez longs pour le gêner.

Il posa le miroir sur ses genoux, le regardant comme s'il se fut agi d'une flaque d'eau. Le cadre commençait enfin à se réchauffer sous ses doigts. Que Jiriki lui avait-il dit ? Que loin de lui, ce ne serait plus rien d'autre qu'un miroir, à moins que Simon n'ait besoin de lui ? Oui, c'était cela. Jiriki avait dit qu'il pourrait lui parler... avec le miroir ? Dans le miroir ? À *travers* le miroir ? Cela n'avait pas été clair du tout ; mais, l'espace d'un instant, Simon eut vraiment envie de demander l'aide de Jiriki. Cette idée s'imposa spontanément à lui, et il ne fut pas aisé de s'extirper de ses griffes. Il allait appeler Jiriki et lui dire qu'ils avaient besoin d'aide. Le Roi de l'Orage était un ennemi que les mortels seuls ne pouvaient défaire.

Mais le Roi de l'Orage n'est pas là, pensa Simon, et Jiriki sait déjà tout ce qu'il doit savoir de cette situation. Que vais-je lui dire ? Qu'il faut qu'il se précipite vers les montagnes parce qu'un pauvre domestique est effrayé et veut rentrer chez lui ?

Simon regarda le miroir, se souvenant de la fois où il lui avait montré Miriamélé. La princesse se trouvait sur un navire, observant par-dessus le parapet un ciel d'orage, un ciel terne et parsemé de nuages d'orage...

Tandis qu'il observait son propre visage dans le miroir posé, il eut soudain l'impression de pouvoir de nouveau voir ce ciel voilé, voir des lambeaux de nuages flotter à travers la surface du miroir, voilant son reflet. Une brume parut l'envelopper, et il fut soudain incapable de se dissocier de l'image dans le miroir. Il vacilla, pris de vertige, comme s'il tombait dans le reflet. Le brouhaha du camp diminua puis disparut, tandis que la brume devenait un rideau solide et informe, uniformément gris. Elle était tout autour de lui, interceptant la lumière...

La brume s'effaça lentement, comme de la vapeur s'échappant de sous le couvercle d'un pot ; mais lorsqu'elle se fut dissoute, il vit que l'image qui lui faisait face n'était plus son reflet. Le visage qui l'observait à travers des yeux plissés était celui d'une femme, une femme magnifique qui était jeune et vieille à la fois. Ses traits changeaient, comme si elle le regardait à travers la surface ridée d'un lac. Ses cheveux blancs étaient ceints d'une couronne de fleurs semblables à des joyaux ; son regard brûlait comme de l'or fondu, ses yeux aussi brillants et réflecteurs que ceux d'un chat. Elle était vieille, il le savait, très vieille, mais rien dans son visage ne trahissait son âge, à part peut-être une raideur dans le dessin de sa mâchoire et de ses joues, une fragilité dans ses traits, comme si sa peau était tendue tout près des os. Ses yeux étaient éclatants de connaissance ancienne et de souvenirs captifs. Ses hautes pommettes et son front lisse lui donnaient l'apparence d'une statue...

Une statue ?... Ses idées étaient confuses, mais Simon savait qu'il avait vu une statue qui ressemblait à cette femme... Il avait déjà vu ce visage... Il l'avait vu... vu dans...

« *S'il vous plaît*, répondez-moi », dit-elle. « *C'est la seconde fois que je viens à vous. Ne m'ignorez pas une nouvelle fois ! S'il vous plaît, oubliez vos anciens griefs, même s'ils sont justifiés. La mauvaise volonté a trop longtemps régné entre notre maison et celle de Ruyan Vé. Maintenant, nous avons un ennemi commun. J'ai besoin de votre aide.* »

Sa voix était ténue dans sa tête, comme si elle lui parvenait à travers un long couloir, mais, même ainsi, elle exerçait une puissante autorité, comme celle de Valada Géloé. Pourtant, elle était, en un sens, plus profonde, plus paisible, sans le tranchant rude mais rassurant de la femme-sorcière.

« *Je n'ai pas la force qui fut autrefois la mienne* », plaida la femme. « *Le peu qui me reste sera nécessaire contre l'Ombre dans le Nord, et vous devez savoir de quelle ombre il s'agit. Tinukeda'yei ! Enfants du Jardin, répondez-moi, je vous en conjure !* »

La voix de la femme s'éteignit sur une note implorante. Il y eut un long moment de silence, mais si une réponse fut faite, Simon ne l'entendit pas. Soudain, les yeux de paillettes d'or parurent le voir pour la première fois. La voix musicale prit soudain un ton soupçonneux et inquiet. « *Qui est là ? Un enfant mortel ?* »

Paralysé par la peur, Simon resta muet. Le visage dans le miroir le dévisagea, puis Simon sentit quelque chose qui cherchait à l'atteindre à travers la brume, une force aussi diffuse mais puissante que le soleil derrière les nuages.

« *Dis-le-moi. Qui es-tu ?* »

Simon tenta de répondre, non parce qu'il le voulait, mais parce qu'il lui était impossible de ne pas essayer lorsque des mots aussi irrésistibles résonnaient dans sa tête. Quelque chose l'en empêcha.

« *Tu t'aventures dans des endroits qui ne te sont pas destinés* », dit la voix. « *Tu n'es pas à ta place ici. Qui es-tu ?* »

Il lutta, mais s'aperçut que quelque chose retenait ses réponses aussi sûrement que des doigts serrés sur sa gorge eussent étranglé ses mots. Le visage devant lui ondula tandis qu'une blême lueur bleue commençait à briller à travers lui, effilochant l'image de la belle vieille femme. Une vague de froid traversa Simon, si intense qu'elle parut capable de changer ses entrailles en glace noire.

Une autre voix s'éleva, rauque et glaciale.

« *Qui est-il? C'est un importun, Amerasu.* »

Le premier visage avait maintenant complètement disparu. Une lueur argentée s'éleva depuis les grises profondeurs du miroir. Un visage apparut, tout de métal brillant, inexpressif et immobile. Il avait vu ce visage sur la Route des Rêves et avait ressenti la même terrible terreur. Il connaissait son nom : Utuk'ku, Reine des Norns. Malgré tous ses efforts pour détourner son regard, il en était incapable. Il était prisonnier d'une étreinte inébranlable. Les yeux d'Utuk'ku étaient invisibles dans les profondeurs obscures du masque, mais il sentait son regard, comme un souffle glacial sur son visage.

« *L'enfant humain est un importun.* » Chaque mot l'atteignait comme une lame de glace froide et tranchante. « *Tout comme toi, ma petite-fille. Et les importuns ne prospéreront pas lorsque viendra le Roi de l'Orage...* »

La chose sous le masque d'argent rit. Simon sentit les coups de boutoir du froid dans son cœur. Une froidure communicative commença à grimper inexorablement en lui, de ses doigts vers ses mains, vers ses bras. Bientôt elle atteindrait son visage, tel le baiser mortel de lèvres argentées et glaciales...

Simon lâcha le miroir, et tomba à sa suite. Le sol semblait distant d'une lieue, et sa chute lui parut sans fin. Quelqu'un hurlait. *Il* hurlait.

Sludig aida Simon à se remettre sur pied, et soutint le garçon haletant alors que son équilibre était encore hésitant. Après quelques instants, celui-ci repoussa la main du Rimmersleute. Il se sentait encore faible, mais voulait se reprendre par ses propres moyens. Les trolls s'étaient rassemblés autour de lui et marmonnaient entre eux, manifestement décontenancés.

« Que s'est-il passé, Simon ? » demanda Binabik en se frayant un chemin jusqu'à lui. « As-tu été blessé par quelque chose ? » Sisqi, qui tenait toujours la main de Binabik, dévisageait l'étrange Terre-basse comme si elle essayait de lire son mal dans ses yeux.

« J'ai vu des visages dans le miroir de Jiriki », dit Simon, saisi d'un tremblement irrépressible. Sisqi lui tendit sa cape, qu'il accepta avec gratitude. « L'un d'entre eux était celui de la reine des Norns. Elle m'a vu aussi, je crois. »

Binabik s'adressa aux cavaliers qanucs, en accompagnant ses paroles de force gestes. Ils s'écartèrent et retournèrent vers le feu. Le troll trapu Snenneq agita sa lance vers le ciel comme pour défier un ennemi.

Binabik, les sourcils froncés, fixa Simon dans les yeux. « Raconte-moi. »

Simon lui relata tout ce qui s'était passé depuis l'instant où il avait pris le miroir. Lorsqu'il décrivit le premier visage, Binabik plissa le front dans sa concentration, mais lorsque le récit fut terminé, le troll ne fit qu'agiter la tête.

« La Reine des Norns n'est que trop bien connue de nous », grommela Binabik. « Ce sont ses chasseurs qui m'ont fléché à Da'ai Chikiza, et je n'ai pas eu l'oubli de ce cadeau. Mais pour la devination de qui peut être l'autre, je suis dans l'incertaineté. Tu dis qu'Utuk'ku l'a appelée “ ma petite-fille ” ? »

« Je crois. Et elle l'a aussi appelée autrement. Un nom, mais je ne me souviens plus lequel. » Certains détails, une fois énoncés à haute voix, lui paraissaient moins certains qu'ils ne l'avaient été un instant plus tôt.

« Alors c'est une personne de l'une des maisons régnantes, Sithie ou Norn. Si Jiriki était avec nous, il saurait en une seconde avec parfaite clareté de qui il s'agit et ce que voulaient dire ses mots. Tu dis qu'elle semblait plaider avec quelqu'un ? »

« Je crois. Mais, Binabik, Jiriki m'avait dit que le miroir n'était plus qu'un miroir, maintenant ! Il m'a dit que sa magie avait disparu, sauf si je voulais l'appeler ; et je n'ai pas essayé de l'appeler ! Je te le jure ! »

« Le calme, Simon, est ce que tu devrais essayer d'obtenir. Je ne doute pas de ce que tu as dit. Jiriki lui-même a peut-être une imparfaite compréhension de la nature des pouvoirs du miroir ; et il y a par ailleurs la grande possibilité que beaucoup de choses aient changé depuis le départ de Jiriki. Dans les deux cas, je crois qu'il est préférable que tu laisses le miroir, ou du moins que tu n'en fasses plus utilisation. Ceci est une simple suggestion : c'est ton cadeau que tu peux utiliser comme tu le veux. Mais aie le souvenir, s'il te plaît, qu'il peut porter le danger sur tous. »

Simon regarda le miroir, qui reposait face contre terre sur la pierre. Il le ramassa et l'épousseta d'un geste de la main sans le regarder, puis le glissa dans la poche de sa cape. « Je ne veux pas l'abandonner », dit-il, « parce que c'est un cadeau. Et puis nous aurons peut-être besoin de Jiriki un jour. » Il le tapota. Le cadre était encore chaud. « Mais je ne m'en servirai plus jusque-là. »

Binabik haussa les épaules. « Le décidement est tien. Reviens vers le feu, et réchauffe-toi. Demain, nous chevaucherons dès l'apparition de l'aube. »

Après un départ matinal, le groupe décimé atteignit le lac Boue-bleue dans la fin de l'après-midi du lendemain. Niché au cœur des contreforts de Sikkihoq, le lac était un miroir bleu sombre, aussi plat que celui de Simon, et alimenté par deux cascades qui dévalaient des hauteurs glacées. Le bruit de leur chute était ample et sonore comme le souffle des dieux.

Lorsque le groupe franchit le dernier col surplombant le lac et que s'accrut le grondement de l'eau, les trolls serrèrent la bride à leurs montures. Le vent s'était apaisé. Le souffle vaporeux des béliers et de leurs cavaliers restait suspendu dans l'air. Simon pouvait lire la peur sur chacun des visages trolls.

« Qu'est-ce qui ne va pas ? » demanda-t-il nerveusement, s'attendant à entendre à tout moment le beuglement d'un groupe de géants.

« Je crois qu'ils espéraient au fond d'eux-mêmes que Binabik s'était trompé », dit Sludig. « Peut-être qu'ils s'attendaient à trouver le printemps caché ici. »

Simon ne vit rien qui fût inhabituel. Les collines environnantes étaient couronnées de neige, et la plupart des arbres qui entouraient le lac n'avaient pas de feuilles. Les autres, des sapins, étaient couverts d'un manteau blanc, comme des pointes de lances de coton dressées vers le ciel.

De nombreux trolls portèrent le talon de leur main à la poitrine, comme si ce qu'ils voyaient exprimait le problème avec plus d'éloquence que tous les mots de Binabik ou de son maître Ookequk. Lorsqu'ils firent avancer leurs montures le long de la piste étroite, Simon et Sludig se remirent à marcher, s'engageant à la suite des béliers vers la vallée. De nouvelles rafales de neige vinrent s'abattre sur eux depuis Sikkihoq.

Ils établirent leur campement dans une grande caverne près de la rive nord-ouest du lac. De nombreux sentiers battus entouraient la cave. L'immense foyer de pierre débordant presque de cendres gelées témoignait du passage des générations de trolls qui s'étaient succédé là. Bientôt un énorme feu, le plus grand qu'ils aient allumé depuis leur départ de Mintahoq, s'éleva près du lac. Lorsque la nuit tomba et que commencèrent à briller les étoiles, les flammes projetèrent d'extravagantes ombres sur les flancs rocheux des collines.

Simon était assis près du feu et huilait ses bottes lorsque Binabik le trouva. À la demande du troll, il remit ses bottes et tira un brandon du feu, puis suivit Binabik dans l'obscurité.

Ils longèrent la colline durant une centaine de toises, tournant autour du lac, jusqu'à atteindre une autre cave, dont la haute bouche était presque entièrement dissimulée par une rangée de sapins pesses. Un étrange sifflement s'en échappait. Simon fronça les sourcils d'appréhension, mais Binabik se contenta de sourire et l'invita d'un signe à le suivre, repoussant une branche basse avec son bâton pour que Simon pût entrer sans que sa torche touchât les arbres.

La caverne était lourde d'une odeur animale, mais celle-ci lui était familière. Simon haussa le brandon pour que la lumière éclairât les profondeurs de la caverne. Six chevaux lui retournèrent son regard, en hennissant nerveusement. Le sol de la caverne était recouvert d'une épaisse couche d'herbe sèche.

« Tout cela est fort bien », dit Binabik en le rejoignant. « J'avais eu la crainte qu'ils se soient enfuis, ou que la nourriture n'ait pas été fournie avec suffisante profusion. »

« Ils sont à nous ? » demanda Simon, en s'approchant lentement. Le cheval le plus proche s'ébroua et recula précipitamment d'un pas ; Simon lui tendit sa main pour qu'il la reniflât. « Je crois que ce sont les nôtres. »

« Avec certaineté », gloussa Binabik. « Nous Qanucs ne sommes pas des tueurs de chevaux. Mon peuple les a menés ici pour leur sauvegarde lorsque nous avons été menés en haut des montagnes. Nous utilisons aussi cet endroit pour nos béliers lorsqu'ils donnent naissance et que le temps est froid. À partir d'aujourd'hui, ami-Simon, tu n'as plus besoin de marcher. »

Après avoir caressé le cheval le plus proche, qui accepta son geste avec réticence mais sans reculer, Simon vit la jument tachetée gris et noir qu'il avait montée depuis Naglimund. Il s'avança vers elle, regrettant de ne rien avoir à lui donner.

« Simon », appela Binabik, « attrape ! »

Il se retourna juste assez vite pour recevoir quelque chose de petit et de dur, qui s'effrita un peu lorsqu'il referma sa main.

« Du sel », dit Binabik. « Je l'ai apporté de Mintahoq. J'en ai apporté un bout pour chacun. Les béliers ont un grand goût pour le sel, et je crois que vos chevaux partageront leur inclination. »

Simon l'offrit à la gris-et-noir. Elle le prit, sa bouche chatouillant sa main. Il flatta son cou puissant, et le sentit trembler sous ses doigts. « Je ne me souviens pas de son nom », murmura-t-il tristement. « Haestan me l'avait dit, mais je l'ai oublié. »

Binabik haussa les épaules et commença à distribuer le sel aux autres chevaux.

« Je suis heureux de te revoir », dit Simon à la jument. « Je vais te donner un nouveau nom. Que dirais-tu de “ Monretour ” ? »

Les noms ne semblaient pas avoir grande importance pour elle. Elle remua la queue et explora les poches de Simon du bout du nez à la recherche de plus de sel.

Lorsque Simon et Binabik revinrent vers le feu, le kangkang coulait à flots et les trolls chantaient en se balançant devant les flammes. Lorsqu'ils s'approchèrent, Sisqi se détacha du groupe et vint prendre la main de Binabik, posant silencieusement sa tête encapuchonnée sur son épaule. Vus de loin, les trolls semblaient partager un joyeux moment, mais lorsque Simon les rejoignit, l'expression de leurs visages lui laissa penser qu'il n'en était rien.

« Pourquoi ont-ils l'air si tristes, Binabik ? »

« Nous avons un proverbe à Mintahoq », lui expliqua le petit homme : « " On pleure chez soi. " Lorsque nous perdons l'un d'entre nous sur la piste, nous l'enterrons à cet endroit, mais nous retenons nos larmes jusqu'à notre retour en sûreté dans nos caves. Neuf des nôtres sont morts sur Sikkihoq. »

« Mais tu as dit " chez soi ". Ces gens ne sont pas encore rentrés chez eux. »

Binabik secoua la tête, puis répondit à une question que Sisqi lui avait posée d'une voix douce avant de reporter son attention sur Simon. « Ces chasseresses et ces pâtres se préparent à l'arrivée du reste du peuple d'Yiqanuc. La nouvelle vole en cet instant même avec célérité de montagne en montagne : les Hautes-terres ne sont plus un endroit de sûreté et le printemps ne vient pas. » Le petit homme sourit tristement. « Ils sont arrivés chez eux, ami-Simon. »

Binabik tapota la main de Simon, puis lui et Sisqi se retournèrent vers les autres pour se joindre aux chants. Le feu fut réalimenté, et les flammes bondirent plus haut, créant l'impression que toute la vallée brillait d'une lueur orangée. Les chants de deuil des Qanucs résonnèrent au-dessus des eaux calmes, portant même au-dessus de la voix amère du vent et du ronflement des cascades.

Simon partit à la recherche de Sludig. Il trouva le Rimmersleute pelotonné dans sa cape à une courte distance du feu, assis sur un rocher, une outre pleine de kangkang entre les genoux. Simon s'assit à ses côtés et tira une longue rasade de l'outre offerte, avant d'inspirer une grande goulée d'air froid. Il s'essuya la bouche d'un revers de manche et rendit l'outre.

« Est-ce que je t'ai parlé de Skipphavven, Simon ? » demanda Sludig en observant le feu et le balancement des trolls. « Tu ne sauras pas ce qu'est la beauté tant que tu n'auras pas vu les jeunes filles qui cueillent le gui sur le mat de Sotfengsel, le navire enterré d'Elvrit. » Il but et passa l'outre à Simon. « Ah, mon Dieu, j'espère que Skali de Kaldskryke a au moins assez de fierté rimmersleute pour entretenir les tertres des grands navires de Skipphavven. Qu'il pourrisse en enfer »

Simon tira deux nouvelles longues gorgées de l'outre, cachant sa grimace à Sludig. Le kangkang avait un goût horrible, mais cela le réchauffait. « Skali, c'est celui qui a volé les terres du duc Isgrimnur ? » demanda-t-il.

Sludig tourna ses yeux vers lui, le regard un peu trouble. L'outre lui tenait compagnie depuis déjà assez longtemps. « Oui. Un traître au cœur noir enfanté par une louve et un charognard. Qu'il pourrisse en enfer. C'est une dette de sang, maintenant. » Le Rimmersleute joua pensivement avec sa barbe et tourna son regard vers les étoiles. « Tout le monde sur cette terre semble avoir une dette de sang, ces jours-ci. »

Simon regarda dans la même direction et vit une masse de nuages sombres qui venaient du nord-ouest et avançaient vers eux, obscurcissant les étoiles à l'horizon. Un instant, il crut voir la main noire du Roi de l'Orage tendue dans le ciel, absorbant lumière et chaleur. Un frisson le parcourut. Il resserra sa cape, mais le froid ne disparut pas. Il attrapa l'outre une nouvelle fois. Les yeux de Sludig étaient toujours fixés vers le ciel.

« Nous sommes tout petits », dit Simon entre deux gorgées. Le kangkang semblait couler dans ses veines comme du sang.

« Les étoiles le sont aussi, *kundë-mannë* », murmura Sludig. « Mais chacune d'entre elles brille aussi fort qu'elle le peut. Reprends à boire. » Plus tard, d'ailleurs Simon n'eût pas su dire combien de temps s'était écoulé, ou ce qu'était devenu Sludig, il se retrouva assis sur un tronc à côté du feu, Sisqi d'un côté et le pâtre barbu Snenneq de l'autre. Tous se tenaient la main. Simon s'efforça de ne pas oublier de ne pas trop serrer les petites mains rugueuses posées dans les siennes. Tout autour de lui les trolls se balançaient, et il se balançait avec eux. Ils chantaient, et bien qu'il ne comprît pas les paroles de leurs chants, il ajouta sa voix aux leurs, écoutant la brave clameur qui s'élevait sous le ciel nocturne, sentant son cœur battre dans sa poitrine comme un tambour.

« Doit-on vraiment partir aujourd'hui ? » demanda Simon en s'efforçant de maintenir la selle en place tandis que Sludig serrait la sangle sous-ventrière. L'unique torche ne dispensait pas beaucoup de lumière dans la sombre cave qui servait d'étable. Au-delà du mur de sapins pesses, l'aube se déployait.

« C'est pour moi avec semblance une bonne idée », dit Binabik, la voix étouffée, la tête cachée sous un rabat de cuir, tandis qu'il inspectait les sacs de selle. « Par les Osselets de Chukku ! Pourquoi n'ai-je pas attendu d'être dehors à la lumière ? C'est comme chasser des belettes blanches dans la neige épaisse, vraiment ! »

« J'aurais bien aimé une journée de repos », dit Simon. En fait, il ne se sentait pas trop mal, si l'on prenait en compte tout l'alcool qanuc qu'il avait bu la veille : si l'on exceptait le léger martèlement dans ses tempes et une faiblesse certaine dans ses articulations, il était en assez bonne forme.

« Moi aussi. Et Sludig, avec certaineté... » répondit le troll. « Ah ! Kikkasut ! Il y a une chose acérée là-dedans ! »

« Tiens-la mieux que ça ! » gronda Sludig alors que la selle bondissait des mains de Simon. Le cheval hennit d'irritation et fit un pas de côté avant que Simon ne rattrapât la selle.

« Mais, tu vois », poursuivit Binabik, « nous n'avons pas la connaissance du temps nécessaire à la traversée du Désert Blanc. Si l'hiver s'étend, le plus tôt cela sera fait sera le mieux pour nous. Nous devons aussi penser que d'autres portent peut-être la nouvelle de nous à des oreilles qui ne sont pas amies. Nous n'avons pas la connaissance de qui a survécu sur Urmsheim dans les troupes du chasseur. Ils ont vu Épine, je pense. » Il tapota l'épée, maintenant enveloppée de peaux tannées et sanglée l'arrière de la selle de Simon.

L'allusion à Ingen Jegger fit se nouer l'estomac de Simon, déjà mis à mal par un déjeuner de poisson séché. Il n'aimait pas évoquer le terrible Chasseur de la Reine sous son heaume à gueule de chien qui les avait poursuivis tel un fantôme vengeur.

S'il vous paît, mon Dieu, pensa Simon, *faites qu'il soit mort sur les montagnes-dragon. Nous n'avons pas besoin d'autres ennemis, et surtout d'un ennemi comme lui.*

« Je suppose que tu as raison », dit-il d'un ton pesant. « Mais ça ne me plaît pas pour autant. »

« Qu'est-ce qu'Haestan disait toujours ? » demanda Sludig en se redressant. « " Maintenant tu sais ce que c'est d'être un soldat " ? » « C'est ce qu'il disait toujours », sourit tristement Simon.

Sisqinanamook et son peuple se rassemblèrent autour d'eux lorsque Simon et ses compagnons sortirent leurs montures sellées. Les hommes et femmes qanucs semblaient partagés entre les cérémonies du départ et la fascination que leur inspiraient les chevaux, dont les jambes étaient plus grandes que les pâtres et les chasseresses. Les chevaux s'agitèrent tout d'abord nerveusement lorsque les petites gens les caressèrent et les tapotèrent, mais des générations d'élevage avaient beaucoup appris aux trolls, et ils s'apaisèrent bientôt, décorant l'air froid des volutes de leur souffle vaporeux tandis que les Qanucs les admiraient.

Quelques instants plus tard, Sisqi appela au calme d'un geste, puis s'adressa rapidement à Simon et à Sludig dans la langue des Monts-Trolls. Binabik sourit et dit : « Sisqinanamook vous souhaite bon voyage au nom du Qanuc de Mintahoq, du Pâtre et de la Chasseresse. Elle dit que le peuple qanuc a vu de nombreuses choses nouvelles ces temps derniers, et même si le changement du monde est en mauvaiseté, les choses n'ont pas été mauvaises avec totalité. » Il fit un signe de tête à Sisqi, qui poursuivit, fixant maintenant Sludig des yeux.

« Au revoir, Rimmersleute », traduisit Binabik. « Tu es le plus bon Croohok dont elle a jamais entendu parler, et plus aucun de ceux réunis ici n'a plus peur de toi. Dis à ton Pâtre et à ta Chasseresse... », il sourit, imaginant peut-être le duc Isgrimnur répondant à l'un ou l'autre de ces titres, « ... que le Qanuc est lui aussi un peuple brave, mais aussi un peuple juste qui n'aime pas les combats inutiles. »

Sludig acquiesça. « Je le ferai. »

Sisqi se tourna vers Simon. « Et toi, Mèche-blanche, n'aie pas peur. À tous ceux de Mintahoq qu'étonne le récit de ton combat avec le dragon, elle racontera la bravoure dont elle fut témoin. Tous ici feront de même. » Il écouta gravement durant un instant, puis sourit. « Elle te demande avec aimable insistance de prendre soin de son promis, qui est moi, et de faire usage de ta bravoure pour le garder en vie. Elle demande cela au nom de cette nouvelle amitié. »

Simon en fut ému. « Dis-lui », répondit-il lentement, « que je protégerai son promis, qui est aussi mon ami, jusqu'à la mort et au-delà. »

Tandis que Binabik relayait ces paroles, Sisqi fixait Simon des yeux, d'un regard résolu et grave. Lorsque le troll eut terminé, Sisqi les salua d'un mouvement de tête raide et fier. Simon et Sludig lui rendirent son salut. Les autres Qanucs s'avancèrent, touchant ceux qui allaient partir, comme pour envoyer quelque chose avec eux. Simon se trouva soudain entouré de petites têtes brunes, et dut une fois encore se rappeler que les trolls n'étaient pas des enfants, mais des hommes et des femmes mortels qui aimaient, se battaient et mouraient aussi courageusement et intensément que n'importe quel chevalier d'Erkynée. Des doigts calleux serrèrent sa main, et bien des choses qui semblaient aimables lui furent dites en une langue qu'il ne pouvait pas comprendre.

Sisqi et Binabik s'étaient un peu écartés des autres, et partirent vers la grande caverne. Lorsqu'ils l'atteignirent, Sisqi plongea à l'intérieur, réémergeant un instant plus tard en tenant une longue lance, dont le manche était couvert de gravures.

« *Tiens* », dit-elle. « *Tu auras besoin de cela là où tu vas, mon aimé ; et il s'écoulera plus de neuf fois neuf jours avant que tu ne reviennes. Prends-la. Je sais que nous serons de nouveau réunis, si les dieux le veulent bien.* »

« *Et même s'ils ne le veulent pas.* » Binabik s'efforça de sourire, mais sans succès. Il prit la lance et la posa contre le mur de la caverne. « *Lorsque nous nous retrouverons, fasse le ciel que plus aucune ombre ne plane. Je te garderai dans mon cœur, Sisqi.* »

« *Serre-moi dans tes bras* », dit-elle doucement, et ils tombèrent dans les bras l'un de l'autre. « *Le lac Bouebleue est bien froid cette année.* »

« *Je reviendrai...* » commença Binabik.

« *Assez de paroles. Nous n'avons plus beaucoup de temps.* »

Leurs visages se réunirent, disparaissant lorsque leurs capuches se touchèrent, et ils restèrent ainsi longtemps. Ils tremblaient tous les deux.

DEUXIÈME PARTIE

LA MAIN
DE L'ORAGE

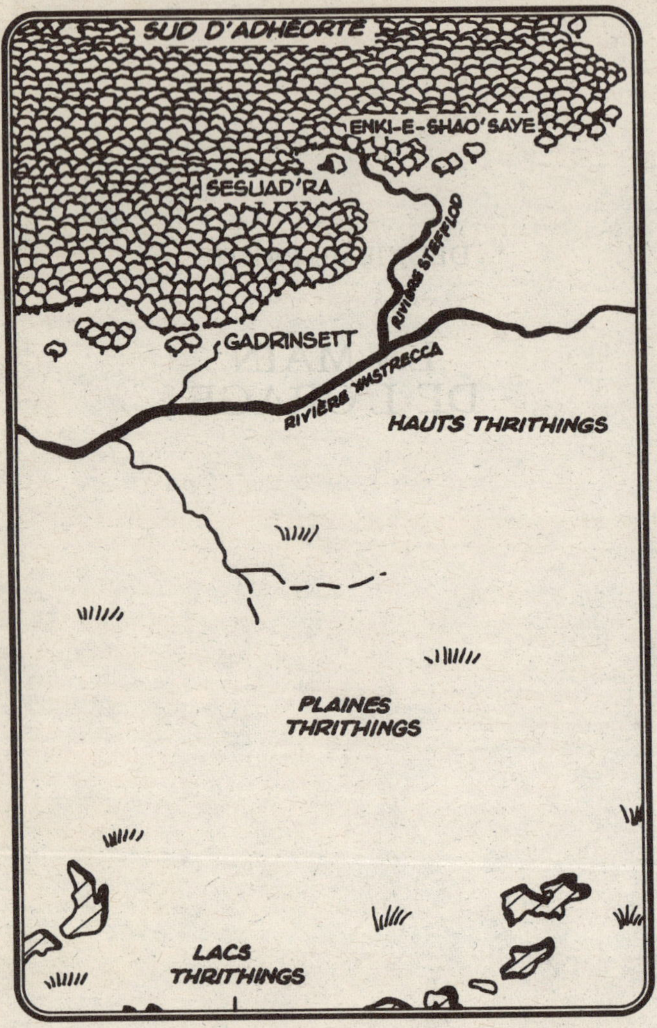
SUD D'ADHEORTE
ENKI-E-SHAO'SAYE
SESUAD'RA
RIVIÈRE STEFFLOD
GADRINSETT
RIVIÈRE YMSTRECCA
HAUTS THRITHINGS
PLAINES THRITHINGS
LACS THRITHINGS

11

LES OS DE LA TERRE

Il a souvent été dit que, de toutes les terres des hommes d'Osten Ard, la plus secrète était Hernystir. Pas que le pays lui-même fût caché, comme les légendaires Monts-Trolls, tapis au-delà du Désert Blanc, ou la terre des Salanais, enfouie dans de traîtres marécages. Hernystir dissimulait ses secrets dans les cœurs de son peuple, ou sous ses pâturages ensoleillés, au plus profond de la terre.

De tous les mortels, les Hernystiris étaient ceux qui avaient le mieux connu et le plus aimé les Sithis. Ils avaient beaucoup appris d'eux, même si les choses qui leur avaient été enseignées n'étaient plus mentionnées maintenant que dans les vieilles ballades. Ils avaient également fait grand commerce avec les Sithis, ramenant vers leurs terres herbeuses des objets qu'aucun forgeron ou artisan de l'impériale Nabban n'eût pu réaliser. En retour, les Hernystiris offraient à leurs alliés immortels les fruits de la terre : les malachites aussi noires que la nuit, l'ilénite et les brillantes opales, les saphirs, le cinabre, et l'or doux et luisant, tous soigneusement extraits des milliers de tunnels des Monts Grianspogs.

Les Sithis avaient maintenant disparu. Pour ce que pouvaient en savoir les hommes, à supposer que cela les intéressât, ils s'étaient évanouis de la surface de la terre. Mais certains Hernystiris savaient à quoi s'en tenir. Il s'était écoulé des siècles depuis que le Peuple Fabuleux avait fui le château d'Asu'a, désertant la dernière des Neuf Cités accessibles aux mortels. La plupart des humains avaient oublié les Sithis, ou ne les imaginaient plus qu'à travers le voile déformant des anciennes légendes. Mais chez les Hernystiris, un peuple au cœur ouvert mais secret, certains observaient encore les trous noirs qui criblaient le Grianspog et se souvenaient.

Éolair n'avait pas grand goût pour les caves. Il avait passé toute son enfance dans l'herbe grasse des prairies de l'ouest d'Hernystir, à la confluence de la rivière Cuimhne et du fleuve Inniscrich. En tant que comte de Nad Mullach, il avait gouverné ces territoires; plus tard, au service de son roi, Lluth ubh-Llythinn, il avait visité les plus grandes cités et cours d'Osten Ard, représentant les volontés d'Hernystir sous la lumière d'innombrables lampes et les cieux de chaque nation.

Et donc, bien que personne ne doutât de sa bravoure et bien que son serment au Roi Lluth signifiât qu'il suivrait Maegwin, la fille de Lluth, jusqu'aux feux des enfers si cela était nécessaire, il n'était pas réellement heureux de se trouver lui et son peuple devoir vivre dans la profondeur de la roche de la puissante Grianspog.

« Bagba me morde ! » jura Éolair. Une goutte de poix chaude était tombée sur sa manche, et avait brûlé son bras à travers la toile fine dans le temps qu'il lui avait fallu pour s'en débarrasser. La flamme vacillait et la torche ne durerait plus très longtemps. Il envisagea d'allumer la seconde, mais cela eût voulu dire qu'il était temps de faire demi-tour, et il n'était pas encore prêt à cela. Il considéra un instant les risques qu'il y avait à se trouver sans lumière dans un tunnel inconnu aux tréfonds de la terre, et jura de nouveau, à voix basse cette fois. S'il ne s'était pas précipité bêtement, il aurait peut-être pensé à emmener ses pierres à feu. Éolair n'aimait pas faire ce genre d'erreur. Trop d'erreurs aussi ridicules, et la chance pouvait soudain tourner.

Sa manche éteinte, il rapporta son attention sur la bifurcation du tunnel, plissant les yeux vers le sol dans le vain espoir d'y découvrir un indice qui l'aiderait à choisir son chemin. Ne voyant rien, il siffla d'exaspération.

« *Maegwin !* » cria-t-il. Il entendit sa voix rouler dans l'obscurité, résonnant dans les tunnels. « Madame, êtes-vous là ? »

L'écho de son cri retomba. Éolair resta debout en silence, une torche mourante en main, et se demanda que faire.

Il n'était que trop évident que Maegwin connaissait bien mieux que lui ce labyrinthe souterrain, ce qui rendait peut-être ses inquiétudes un peu déplacées. Il était fort peu probable qu'un ours ou un quelconque autre animal eût élu domicile dans ces profondeurs : ils auraient eu le temps de s'en apercevoir. Les restes décimés de la population d'Hernysadharc avaient déjà passé deux semaines dans les profondeurs de la montagne, à construire un nouveau foyer pour un peuple déraciné au cœur des os de la terre. Mais Éolair savait bien que l'absence de bêtes sauvages ne signifiait pas pour autant qu'il n'y avait aucun danger. D'étranges créatures arpentaient les hauteurs des montagnes, et il y avait eu des morts et des disparitions mystérieuses dans tout le pays bien avant que l'armée de Skali de Kaldskryke ne vînt, à la demande du roi Élias, écraser les Hernystiris rebelles.

Des dangers plus prosaïques n'étaient pas non plus à écarter : Maegwin pouvait chuter et se briser une jambe, ou tomber dans une rivière ou un lac souterrain. Elle pouvait également surestimer sa connaissance des cavernes et se perdre, pour errer sans lumière jusqu'à mourir de faim.

Il n'avait d'autre choix que de continuer. Il allait s'avancer un peu plus, mais ferait demi-tour avant que sa torche ne fût à moitié consumée. Ainsi, lorsque l'obscurité tomberait finalement sur lui, il serait à portée de voix des cavernes qui abritaient maintenant la plus grande partie de la nation Hernystiri en exil.

Éolair alluma sa seconde torche avec les restes fumants de la première, puis utilisa le bout noirci de son brandon pour marquer le mur à l'embranchement du tunnel de la rune symbole de Nad Mullach. Après un instant de réflexion, il choisit la plus large des deux pistes et partit de l'avant.

Ce tunnel, tout comme celui qu'il venait de quitter, avait autrefois fait partie des mines qui sillonnaient le

Grianspog. À cette profondeur, les galeries étaient creusées dans la roche. Un instant, il pensa à l'inimaginable tâche que cela avait dû constituer. Les poutres de soutènement étaient aussi épaisses que les troncs des plus gros des arbres! Éolair ne pouvait s'empêcher d'admirer le travail soigneux mais héroïque des ouvriers disparus, ses ancêtres et ceux de Maegwin, qui s'étaient creusé un chemin à travers la matière même du monde pour ramener de belles choses à la lumière.

La pente descendante du vieux tunnel se fit plus abrupte. La lumière dansante de la torche éclaira d'étranges marques indistinctes gravées sur les parois. Ces galeries étaient depuis bien longtemps désertes, mais elles semblaient encore chargées d'espoir, comme si elles attendaient un retour imminent. Le bruit des bottes d'Éolair sur la pierre semblait aussi retentissant que les battements de cœur d'un dieu, et le comte de Nad Mullach ne put s'empêcher de penser à Cuamh le Noir, le maître des endroits profonds. Le dieu de la terre lui parut soudain très réel et très proche, dans cette obscurité que le soleil n'avait pas touchée depuis le début des temps.

Ralentissant le pas pour regarder de plus près les gravures sommaires, Éolair réalisa soudain qu'une grande partie des curieuses formes grattées dans la roche des parois représentaient des chiens. Il hocha la tête en comprenant : le vieux Craobhan lui avait dit une fois que les mineurs des anciens temps appelaient Cuamh le Noir “ le Chien-terrier ”, et lui laissaient des offrandes dans les tunnels les plus écartés pour qu'il leur accorde sa protection contre les éboulements et le mauvais air. Ces gravures étaient des dessins de Cuamh, entouré de runes de noms de mineurs, des signes sollicitant la faveur du dieu. D'autres offrandes imploraient les serviteurs de Cuamh, les dwarrows, fouilleurs des profondeurs, des êtres surnaturels réputés accorder des faveurs et de riches veines de minerai aux mineurs chanceux.

Éolair prit son vieux bout de torche et traça de nouveau ses initiales à côté d'un chien aux yeux ronds.

Maître Cuamh, pensa-t-il, *si vous observez toujours ces tunnels, menez Maegwin et notre peuple en sûreté. Nous en avons grandement, cruellement besoin.*

Maegwin. C'était là une pensée bien déprimante. N'avait-elle donc aucun respect pour ses responsabilités ? Son père et son frère étaient morts. Inahwen, la femme du roi décédé, était à peine plus âgée que Maegwin, et bien moins capable. L'héritage de Lluth était entre les mains de la princesse ; et qu'en faisait-elle ?

Éolair ne s'était pas vraiment opposé à l'idée d'aller plus profond dans les cavernes : l'été ne les avait débarrassés ni du froid ni des armées de Skali, et les flancs de la montagne Grianspog n'étaient pas le genre d'endroit permettant de soutenir longtemps un siège. Les Hernystiris qui avaient survécu à la guerre étaient éparpillés dans les espaces les plus sauvages et les plus reculés d'Hernystir et des Marches Gelées, mais un groupe important se trouvait ici avec les lambeaux de la maison du roi. C'était effectivement en cet endroit que le royaume renaîtrait ou tomberait ; il était donc temps d'en faire un foyer plus permanent et d'assurer sa défense.

Ce qui, en fait, avait vraiment inquiété Éolair, c'était l'incroyable fascination qu'exerçaient sur Maegwin les profondeurs de la terre, son besoin de s'enfoncer toujours plus loin dans le cœur de la montagne. Depuis des jours maintenant, alors que le changement de campement était terminé depuis bien longtemps, Maegwin partait sans donner d'explication, disparaissant durant des heures vers des cavernes lointaines et inexplorées, ne revenant qu'à l'heure du coucher, le visage et les mains sales, les yeux hantés d'une préoccupation qui ressemblait beaucoup à de la folie. Le vieux Craobhan et les autres lui avaient demandé de ne plus y aller, mais Maegwin s'était redressée de toute sa hauteur et leur avait froidement déclaré qu'ils n'avaient aucun droit de discuter les actes de la fille de Lluth. Si l'on avait besoin d'elle pour mener la défense du nouveau domaine de son peuple, ajouta-t-elle, ou pour soigner les blessés, ou pour décider de l'intérêt général, elle serait là. Le reste de son temps lui appartenait. Elle en userait selon son bon désir.

Inquiet pour sa sécurité, Éolair lui avait demandé où elle allait, lui suggérant de ne plus explorer les profondeurs sans lui ou n'importe quel autre compagnon. Maegwin, indifférente à ces paroles, n'avait fait que parler énigmatiquement de “ l'aide des dieux ” et de “ tunnels qui ramènent au temps des Êtres Paisibles ”, une manière de dire que des idiots à l'esprit étroit comme le comte de Nad Mullach feraient mieux de ne pas s'inquiéter de choses qu'ils ne pouvaient pas comprendre.

Éolair pensa qu'elle perdait la raison. Il avait peur pour Maegwin et pour son peuple, et pour lui aussi. Le comte avait été le témoin de son long glissement. La blessure mortelle de Lluth et le meurtre infâme de son frère Gwythinn l'avaient blessée à l'intérieur, mais la blessure se trouvait en un endroit qu'Éolair ne pouvait pas atteindre, et chacune de ses tentatives ne faisait que faire empirer les choses. Il ne savait pourquoi tous ses efforts pour l'aider dans sa peine lui causaient un tel tourment, mais il comprenait que la fille du roi craignait la pitié plus qu'elle ne craignait la mort.

Incapable de soulager la douleur de Maegwin, ou même sa propre peine devant cette souffrance, il pouvait au moins essayer de la garder en vie. Mais comment faire même cela si la fille du roi ne désirait pas être sauvée ?

Ce jour d'hui avait été le plus terrible. Maegwin s'était levée avant que la première lueur de l'aube ne s'infiltrât à travers la fente du toit de la caverne, puis avait pris des torches et des cordes et tout un assortiment alarmant d'objets divers avant de disparaître dans les tunnels. Elle n'était toujours pas revenue à la fin de l'après-midi. Après le souper, Éolair, lui-même épuisé par une journée de patrouille dans les bois du Circoille, était parti à sa recherche. S'il ne la trouvait pas rapidement, il reviendrait et organiserait un groupe de recherche.

Pendant près d'une heure, il suivit les méandres descendants des tunnels, marquant son chemin sur les murs, observant la diminution progressive de sa torche. Il avait depuis longtemps dépassé le point où il pouvait encore faire semblant de croire qu'elle suffirait à l'éclairer sur le chemin du retour. Il était réticent à l'idée d'abandonner, mais, s'il attendait encore, ils seraient deux à être perdus dans les catacombes, et quel avantage y avait-il à cela ?

Il s'arrêta finalement en un endroit où le tunnel s'ouvrait sur une salle grossièrement taillée dans laquelle des bouches obscures annonçaient des galeries qui s'enfonçaient dans trois nouvelles directions. Il jura, réalisant qu'il était temps de cesser de se mentir. Maegwin pouvait être n'importe où ; il l'avait même peut-être dépassée. Il rejoindrait les autres au camp sous les quolibets, la princesse déjà rentrée depuis plus d'une heure. Éolair sourit tristement, et renoua sa queue de cheval qui s'était délacée alors qu'il marchait. Les railleries ne seraient pas un bien grand mal. Mieux valait subir une petite humiliation que...

Une voix ténue s'éleva faiblement dans la pièce de pierre, une réminiscence de chanson aussi fragile qu'un vieux souvenir.

« ... *Il hurla tant lorsqu'il l'étreignit*
Que résonnèrent forêts et prairies :
Car là où deux cœurs avaient battu
Un seul maintenant se perpétue... »

Le cœur d'Éolair se mit à battre plus fort. Il s'avança jusqu'au centre de la pièce, et mit ses mains autour de sa bouche.

« Maegwin ! » cria-t-il. « Où êtes-vous, Madame ? Maegwin ! »

Les murs résonnèrent violemment de sa voix. Lorsque les échos se furent tus, il écouta attentivement, mais il n'y eut pas de réponse.

« Maegwin, c'est Éolair ! » tonna-t-il encore une fois. Il dut de nouveau attendre que le chœur sonore retombât, mais le silence qui s'ensuivit fut brisé par d'autres bribes de chant ténues.

« ... *À ses questions et plus fort qu'un cri*
Une tache de sang répondit.
Tête lâche, et les cheveux au vent,
Ses yeux noirs fixaient le firmament... »

Il tourna la tête en tous sens, décidant finalement que la voix paraissait plus forte depuis l'ouverture à sa gauche. Il y passa la tête et cria de surprise lorsqu'il manqua tomber en avant dans l'obscurité. Il se rattrapa aux murs grossiers pour retrouver son équilibre, puis se pencha pour ramasser la torche qui lui avait échappé ; mais, à l'instant où il allait la saisir, la flamme siffla et disparut. Ses doigts sentirent de l'eau près de la poignée du brandon, et du vide au-delà. La dernière chose qu'avaient vue ses yeux maintenant aveuglés flottait devant lui, une image sommaire mais distincte peinte sur un vide noir. Il se tenait au sommet d'un escalier grossièrement taillé dans la pierre qui s'enfonçait en un tunnel abrupt, une suite de marches qui semblaient mener vers le centre du monde.

L'obscurité. Il était prisonnier d'une obscurité absolue. Éolair sentit une bouffée de terreur monter en lui et la réprima. C'était bien la voix de Maegwin qu'il avait entendue, il en était presque certain. Bien sûr que c'était elle ! Qui d'autre pourrait chanter de vieilles chansons hernystiries aux tréfonds de la création ?

La peur insidieuse et puérile de quelque chose qui serait caché dans le noir et attirerait sa proie avec des voix familières monta en lui. Par le Troupeau de Bagba, quel genre d'homme était-il donc ?

Il toucha les murs des deux côtés : ils étaient humides. Il s'accroupit pour explorer la première marche du bout des doigts ; elle était creusée en son milieu par l'usure, et de l'eau s'y était accumulée. Une deuxième marche se trouvait un peu plus bas à une distance raisonnable. Son pied hésitant en trouva encore une autre à sa suite.

« Maegwin ! » appela-t-il, mais plus personne ne chantait.

Avançant avec précaution, les mains à la hauteur des épaules pour pouvoir se rattraper aux parois si nécessaire, Éolair commença à descendre l'escalier sommairement taillé. Le dernier éclat de lumière et l'image qu'il en avait un temps gardée avaient disparu de ses yeux. Malgré tous ses efforts, il ne pouvait rien voir que l'obscurité. Le bruit régulier des gouttes d'eau qui ruisselaient le long des murs était le seul son qui lui parvenait, avec le piétinement de ses bottes.

Après un grand nombre de pas soigneusement négociés et un laps de temps qui avait peut-être duré des heures, l'escalier prit fin. Aussi loin qu'il avançait le pied, le sol restait plat. Éolair fit quelques pas précautionneux, puis se maudit une nouvelle fois pour ne pas avoir emporté ses pierres à feu. Qui eût jamais imaginé que cette courte excursion dans les tunnels à la recherche d'une princesse aventureuse pût soudain devenir une question de survie ? Et d'où venait la voix qui avait chanté, que ce fût celle de Maegwin ou celle d'un habitant des cavernes moins accueillant ?

Le tunnel semblait plat. Il avança lentement, suivant les méandres de la galerie avec une main posée sur le mur et l'autre tendue devant lui, sondant l'obscurité. Lorsqu'il eut parcouru quelques centaines de pas, le tunnel obliqua une nouvelle fois. Pour son plus grand soulagement, il découvrit qu'il pouvait voir quelque chose : une faible lueur dessinait les contours du tunnel. Elle prit de l'ampleur après un nouveau coude, à une douzaine d'aunes de là.

Lorsqu'il tourna au coin, il fut baigné d'une puissante lumière qui se déversait à travers une ouverture dans la paroi du tunnel. La galerie de pierre elle-même se poursuivait, pour obliquer plus loin à droite et disparaître de sa vue, mais c'était maintenant le trou dans le mur qui attirait toute son attention. L'appréhension faisant battre son cœur à un rythme plus que rapide, Éolair s'agenouilla pour regarder au travers; la surprise le fit se relever si vite qu'il s'écorcha la tête sur la pierre. Un instant plus tard, il avait passé ses jambes à travers l'ouverture et se laissait glisser sur le sol du tunnel vers l'intérieur du trou. Il atterrit, pliant les genoux pour ne pas tomber, puis se releva doucement.

Il se trouvait dans une large caverne, dont le plafond cannelé, orné de pointes de pierre pendantes, semblait osciller dans la lumière vacillante d'une paire de lampes à huile. À l'autre bout de la caverne se dressait une grande porte, aussi haute que deux fois un homme, dans le parfait alignement du mur de pierre. La porte était aussi étroitement jointe au linteau de pierre que si elle avait poussé là, et ses gonds puissants étaient directement scellés dans la paroi de la caverne. Assise devant la porte sur un amas de cordes et d'outils se trouvait...

« *Maegwin !* » s'exclama-t-il en se précipitant vers elle, trébuchant sur le sol inégal. La tête de la princesse reposait sur ses genoux, inerte. « Maegwin, êtes-vous... »

Elle releva la tête alors qu'il s'approchait. Quelque chose dans ses yeux le glaça. « Princesse ?... »

« Je dormais. » Elle secoua doucement la tête et passa les mains dans ses cheveux roux. « Je dormais et je rêvais... » Maegwin s'interrompit et le regarda. Son visage était presque noir de crasse; ses yeux brillaient étrangement. « Qui ?... » commença-t-elle, puis elle secoua de nouveau sa tête. « Éolair ! J'ai fait le plus étrange des rêves... Vous m'appeliez... »

Il bondit en avant et s'accroupit à ses côtés. Elle semblait n'avoir souffert d'aucune blessure. Il passa rapidement la main dans ses cheveux, à la recherche d'une marque de chute. « Que faites-vous ? » demanda-t-elle, sans pour autant paraître s'en inquiéter outre mesure. « Et que faites-vous ici ? »

Il se recula un peu pour pouvoir regarder son visage. « Je dois vous poser la même question, Madame. Que faites-vous ici ? Votre peuple est mort d'inquiétude. »

Elle sourit paresseusement. « Je savais que je la trouverais », dit-elle. « Je le savais. »

« Mais de quoi parlez-vous ? » demanda fiévreusement Éolair. « Venez, il nous faut rentrer. Grâce en soit rendue aux dieux, vous avez des lampes ! Car sans cela, nous serions piégés ici pour l'éternité ! »

« Vous voulez dire que vous n'avez pas apporté de torche ? Quelle imprudence ! J'ai amené beaucoup de choses avec moi : le chemin du retour vers les hautes cavernes est si long. » Elle montra d'un signe les outils éparpillés. « Il me reste du pain, je crois. Avez-vous faim ? »

Éolair s'assit sur ses talons, déconcerté. Était-ce ce qui arrivait lorsque quelqu'un devenait irrémédiablement fou ? La princesse semblait assez heureuse, dans ce trou au plus profond de la terre. Que lui était-il arrivé ?

« Je vais vous le demander une nouvelle fois », dit-il aussi calmement qu'il le pouvait. « Que faites-vous ici ? »

Maegwin éclata de rire. « J'explore. Du moins c'est ce que je faisais au début. C'est notre seul espoir, vous savez. D'aller toujours plus profond, je veux dire. Nous devons toujours aller plus profond, ou nos ennemis nous trouveront. »

Éolair laissa échapper un sifflement d'exaspération. « Nous avons déjà obéi à votre désir, Princesse. Le peuple s'est installé dans les cavernes, comme vous l'avez ordonné. Maintenant, tous se demandent où est passée la fille du roi. »

« Mais je savais aussi que je la trouverais », dit-elle, en poursuivant comme si Éolair n'avait pas parlé. Sa voix devint un murmure. « Les dieux ne nous ont pas désertés », chuchota-t-elle en regardant alentour comme si elle craignait des oreilles indiscrètes, « ... car ils m'ont parlé dans mes rêves. Ils ne nous ont pas désertés. » Elle fit un signe en direction de la grande porte derrière eux. « Pas plus que ne l'ont fait nos anciens alliés les Sithis; car c'est de cela dont nous avons besoin, n'est-ce pas, Éolair ? D'alliés ? » Ses yeux étaient affreusement brillants. « J'ai réfléchi à tout cela jusqu'à ce que ma tête se fende, et je sais que j'ai raison ! Hernystir a besoin d'aide en cette heure terrible; et quels meilleurs alliés que les Sithis, qui nous ont déjà soutenus une fois dans le passé ? ! Tout le monde pense que les Êtres Paisibles ont disparu de cette terre. Mais c'est faux ! Je suis certaine qu'ils sont simplement allés *plus profond.* »

« C'est plus que je ne puis supporter », dit Éolair, en la prenant par le bras. « C'est de la folie, Madame, et cela déchire mon cœur de vous voir ainsi. Venez. Rentrons. »

Maegwin se dégagea, les yeux brûlants de colère. « C'est vous que la folie fait délirer, comte ! Rentrer ? ! J'ai passé plus d'heures que je ne peux compter à sectionner ce verrou. Il m'a fallu dormir un peu après avoir terminé, mais je l'ai fait ! C'est fait, et je vais franchir cette porte ! Ne me parlez pas de rentrer ! »

Éolair leva les yeux et vit que la princesse disait vrai. Le verrou, aussi épais qu'un poignet d'homme, avait été tranché. Un marteau et un burin ébréché étaient posés sur le sol.

« Qu'est cette porte ? » demanda-t-il avec méfiance. « Une partie des anciennes mines, sûrement. » « Je vous l'ai dit », répondit-elle d'une voix froide. « C'est une porte vers le passé, la porte qui mène aux Êtres Paisibles. Aux Sithis. » Tandis qu'elle le regardait, son regard de fer parut s'adoucir et fondre. Une autre émotion remonta à la surface, apportant confusion et envie sur le visage de Maegwin; le comte de Nad Mullach ressentit une peine profonde et désespérée. « Oh, Éolair », dit-elle, d'un ton maintenant implorant, « ne voyez-vous donc pas ? Nous pouvons vivre en sécurité ! Venez, aidez-moi ! S'il vous plaît, Éolair, je sais que vous pensez que je suis une idiote, une tête de cheval trop quelconque, mais vous aimiez mon père ! S'il vous plaît, aidez-moi à ouvrir cette porte ! »

Éolair ne put soutenir son regard. Il se tourna vers la grande porte; les larmes lui montaient aux yeux. La malheureuse ! Qu'est-ce qui pouvait la tourmenter à ce point ? La mort de son père et de son frère ? La perte du royaume ? Des tragédies, c'est vrai, mais d'autres avaient souffert le même sort et ne s'abandonnaient pas à de telles illusions. Les Sithis avaient existé, certes ; ils avaient été aussi réels que les pierres et la pluie. Mais cinq longs siècles s'étaient écoulés depuis même qu'une simple rumeur du peuple Fabuleux eût atteint Hernystir. Et l'idée que les dieux allaient mener Maegwin à ces Sithis disparus depuis si longtemps... même Éolair, avec tout son respect pour l'inconnu, pouvait voir que tout cela n'était que l'expression de la folie que lui inspirait sa peine.

Il essuya son visage avec sa manche. La pierre qui encadrait la porte était couverte d'étranges symboles complexes et de gravures minutieusement détaillées de visages et de silhouettes, pour la plus grande partie usés par les ruissellements d'eau. Il était indéniable qu'il s'agissait d'un travail d'un raffinement exquis, bien supérieur aux œuvres les plus ambitieuses des mineurs Hernystiris. Qu'avait pu être cet endroit ? Quelque ancien temple, du début de leur histoire ? D'étranges rituels avaient-ils été célébrés ici pour Cuamh le Noir, loin des lieux saints des autres dieux, qui jonchaient la surface ?

Éolair respira profondément et se demanda s'il n'était pas en train de commettre une erreur. « Je ne souhaite pas vous entendre vous calomnier vous-même injustement plus longtemps, Princesse, ni ne veux vous ramener de force. Si je vous aide à ouvrir cette porte », dit-il lentement, sans même oser voir la douloureuse expression d'espoir sur son visage, « repartirez-vous avec moi ensuite ? »

« Oh ! oui, tout ce que vous voulez. » Elle était puérile dans son impatience. « Je vous laisserai décider, parce que je sais que lorsque vous verrez la terre où vivent encore les Sithis, vous perdrez tout désir de vous précipiter vers nos cavernes crasseuses. Oui ! Je suis d'accord. »

« Très bien. J'ai votre parole, Maegwin. » Il se leva et se saisit de la poignée de la porte, tirant violemment. Il n'y eut pas le moindre mouvement.

« Éolair », dit doucement Maegwin.

Il tira de nouveau, plus fort, jusqu'à sentir les muscles de son cou se tendre, mais la porte ne bougea pas.

« Comte Éolair », dit Maegwin.

Il fit une nouvelle tentative, tout aussi futile, puis se retourna. « Quoi ? »

Elle indiqua la porte d'un doigt dont l'ongle était brisé. « J'ai tranché le verrou, mais les pièces sont encore dans la porte. Ne devrions-nous pas les ôter ? »

« Ça ne fait plus de différence... » commença-t-il, puis il regarda de plus près. Une partie de la barre tranchée dépassait dans l'anneau de la porte, empêchant effectivement son ouverture. Éolair siffla, puis repoussa les pièces. Elles retombèrent bruyamment sur le sol humide.

Cette fois, lorsque Éolair tira, les gonds laissèrent échapper un craquement de protestation. Maegwin s'avança, posant ses mains sur la poignée à côté de celles du comte, ajoutant sa force à la sienne. Le cri des gonds se fit plus fort. Tandis qu'il poursuivait son effort, il jeta un œil distrait sur les muscles des avant-bras de la princesse. Elle était forte, cette jeune femme ; mais il est vrai qu'elle n'avait jamais été du genre faible ou réservée. Sauf en sa présence, où il avait souvent remarqué que sa langue bien aiguisée s'émoussait soudain.

Tirant de toutes ses forces, Éolair inspira une grande goulée d'air, et ne put s'empêcher de remarquer l'odeur de Maegwin. Sale et suante, la princesse était loin de sentir comme les dames parfumées de la cour de Nabban, mais il y avait quelque chose de rude, de chaud et de vivant en elle qui n'était pas du tout déplaisant. Éolair secoua la tête devant de telles rêveries et redoubla ses efforts, observant le visage déterminé de Maegwin alors que le bruit des gonds devenait un hurlement. La porte commença à s'entrouvrir : un pouce, puis quelques pouces de plus, puis un pied, sans jamais cesser de protester. Lorsqu'une coudée d'obscurité fut exposée, ils s'arrêtèrent, s'appuyant contre le bois lourd pour reprendre leur souffle.

Maegwin se pencha et ramassa la lampe, puis se glissa à travers l'ouverture alors qu'Éolair haletait encore.

« Princesse ! » appela-t-il, le souffle coupé, puis il se faufila à sa suite. « Attendez ! L'air est peut-être impur ! » Alors même qu'il parlait, il réalisa que l'air était lourd mais sain. « Att... » commença-t-il, puis il s'immobilisa à côté de Maegwin. La lampe qu'elle tenait éclairait les alentours.

« Je vous l'avais dit ! » Sa voix était intimidée mais satisfaite. « C'est là que vivent nos amis. »

« Brynioch de Tous les Cieux ! » murmura Éolair, abasourdi.

Une grande cité s'étendait devant eux, sur tout le fond d'un large gouffre. Depuis le rebord du précipice, sur lequel ils se tenaient, regardant vers le bas, la vaste étendue de constructions semblait avoir été taillée directement dans le cœur de la montagne, comme si la ville entière n'était qu'un seul morceau homogène et incroyablement immense de pierre vivante. Chaque fenêtre et chaque porte avaient été taillées dans la roche, chaque tour avait été ciselée dans des piliers préexistants, des piliers qui s'élevaient vers le plafond de la caverne loin au-dessus. N'était sa taille, la cité semblait également étonnamment proche, comme si elle n'était en fait qu'une miniature, faite pour piéger l'œil. De l'endroit où ils se trouvaient, les premières marches d'un large escalier qui s'enfonçait dans le gouffre, il semblait qu'ils pouvaient presque tendre la main et toucher les toits en coupole.

« La cité des Êtres Paisibles... » dit Maegwin, d'une voix heureuse.

Si cela était une cité sithie, pensa Éolair, alors ses habitants avaient dû décider que leurs années de déclin seraient plus agréables s'ils les passaient à la surface, car cette étendue de pierre lissée et délicatement ciselée était déserte ; ou du moins, c'était bien ce qu'il semblait. Ébranlé par la découverte d'un endroit aussi étrange, le comte se prit à espérer qu'il était effectivement aussi désert qu'il le paraissait.

La petite cellule était glaciale. Le duc Isgrimnur laissa échapper un grognement misérable en se frottant longuement les mains.

La Sainte Église ferait mieux de prendre un peu sur ces damnées offrandes et de l'utiliser pour chauffer sa plus grande maison, pensa-t-il. *Les tapisseries et les chandeliers d'or, tout ça, c'est très bien, mais comment quiconque pourrait-il les admirer s'il est en train de mourir de froid ?*

Il était resté longtemps dans la salle commune la veille au soir, assis en silence devant la grande cheminée à écouter les discussions des autres moines voyageurs, dont la plupart étaient venus au Sancellan Aedonitis pour quelque affaire avec la hiérarchie lectorale. Isgrimnur avait parfois répondu à des questions amicales qui lui étaient posées, mais toujours avec concision, sachant que c'était ici, entre gens de métier, si l'on peut dire, que sa mascarade avait le plus de chances d'être dévoilée.

Et maintenant, alors qu'il était assis sur son lit à écouter la cloche Clavéenne qui sonnait la prière du matin, il inclinait fortement à retourner dans la salle commune. Le risque d'être démasqué était grand, mais de quelle autre manière pourrait-il découvrir les informations dont il avait un aussi extrême besoin ?

Si seulement ce maudit comte Streàwe s'était exprimé clairement. Pourquoi me faire traverser tout Ansis Pelippé pour simplement me dire que Miriamélé se trouvait au Sancellan Aedonitis ? Comment pouvait-il le savoir ? Et pourquoi me le dire à moi, dont il savait uniquement que je posais des questions sur deux moines, un vieux et un jeune ?

Isgrimnur considéra brièvement la possibilité que Streàwe eût su qui il était, ou, pire, que le comte l'eût envoyé volontairement sur une fausse piste, alors que Miriamélé se trouvait bien loin du palais lectoral. Mais si cela était le cas, alors pourquoi le maître de Perdruin lui aurait-il parlé personnellement ? Ils étaient restés assis tous deux, le comte et Isgrimnur dans son déguisement de moine, à boire du vin dans le propre salon du comte. Streàwe savait-il donc qui il était ? Qu'avait-il à gagner à envoyer Isgrimnur au Sancellan Aedonitis ?

Tenter de deviner le jeu du comte Streàwe ne pouvait guère que lui occasionner un sérieux mal de crâne. Quel choix avait-il, de toute façon, sinon de prendre la parole du comte pour argent comptant ? Il s'était trouvé dans une impasse complète, après avoir passé toutes les allées de la grande cité de Perdruin au peigne fin à la recherche d'informations sur la princesse et le moine Cadrach, sans le moindre résultat. Et donc il était là, un moine mendiant qui acceptait un peu de charité dans le sein de la Sainte Église, espérant que Streàwe avait dit vrai.

Isgrimnur tapa du pied. Les talons de ses bottes étaient usés, et le froid semblait passer directement du sol de pierre humide à la plante de ses pieds. C'était folie que de rester caché dans sa cellule ; cela ne l'aiderait en rien dans sa quête. Il devait sortir et se mêler à la foule grouillante du Sancellan. De toute façon, lorsqu'il restait assis seul trop longtemps, les visages de sa femme Gutrun et de ses enfants s'imposaient à son esprit, l'emplissant de désespoir et d'une rage impuissante. Il se souvenait de la joie du jour où Isorn lui était revenu après avoir échappé à ses geôles, de sa fierté débordante, de l'exaltation de la peur vaincue. Aurait-il la chance de vivre une autre fois une telle réunion ? Dieu puisse-t-Il la lui accorder. C'était son plus tendre espoir, mais un espoir si ténu que, à la façon d'une toile d'araignée, le manier inutilement risquait d'entraîner sa fin.

Quoi qu'il en soit, l'espoir seul n'était pas un régime adapté à un chevalier, même s'il était aussi vieux que le duc, dont le bel âge était passé. Son devoir comptait aussi. Maintenant que Naglimund était tombée et que le peuple d'Isgrimnur était éparpillé Dieu sait où, ses seules obligations étaient envers Miriamélé, et envers le Prince Josua qui l'avait envoyé à sa poursuite. En fait, il ressentait une certaine gratitude à avoir encore quelque chose à faire.

Dans le couloir, Isgrimnur caressa son menton. Usires soit loué, le poil n'avait pas trop poussé. Il n'avait pas réussi à se forcer à se raser ce matin. L'eau du bol était presque gelée, et, même après plusieurs semaines de voyage sous le déguisement d'un moine, il ne s'était toujours pas fait à l'idée de passer une lame affûtée sur son visage chaque jour. Il avait porté la barbe depuis sa première année d'homme. Celle-ci lui manquait maintenant autant que l'eût fait un pied ou une main coupés.

Le duc hésitait sur la direction à prendre pour rejoindre la salle commune, et surtout son confortable feu, lorsqu'il sentit une main sur son bras. Surpris, il fit volte-face, et se trouva face à trois prêtres. Celui qui l'avait touché, un vieil homme avec un bec-de-lièvre, lui sourit.

« Ne vous ai-je pas vu dans la salle commune hier soir, mon frère ? » demanda-t-il. Il parlait westerlien laborieusement, avec un fort accent nabbanais. « Vous venez d'arriver du nord, n'est-ce pas ? Venez, joignez-vous à nous pour le repas du matin. Avez-vous faim ? »

Isgrimnur grommela et hocha la tête.

« Très bien. » Le vieil homme lui tapota le bras. « Je suis le frère Septès. Voici Rovallès et Neylin, qui appartiennent au même ordre que moi. » Il fit un signe en direction des deux moines plus jeunes. « Vous allez vous joindre à nous, n'est-ce pas ? »

« Merci. » Isgrimnur eut un sourire hésitant, se demandant s'il existait une étiquette monacale connue uniquement des initiés. « Dieu vous bénisse », ajouta-t-il.

« Également », répondit Septès, en prenant le bras puissant d'Isgrimnur dans ses doigts fins et en l'entraînant dans le couloir. Les deux autres moines les suivirent, parlant doucement entre eux.

« Avez-vous déjà vu la Chapelle Élysiane ? » demanda le vieil homme.

Isgrimnur secoua la tête. « Je ne suis arrivé qu'hier soir. »

« Elle est magnifique. Magnifique. Notre abbaye se trouve près du lac Myrme, à l'est, mais j'essaie de venir ici chaque année. J'amène toujours quelques jeunes avec moi, pour leur montrer la magnificence que Dieu a construite pour nous ici. »

Isgrimnur acquiesça pieusement. Ils poursuivirent leur marche un moment en silence, croisant en chemin d'autres prêtres et moines qui, tel des bancs de poissons gris-beige, convergeaient depuis tous les couloirs entrecroisés vers une galerie commune, entraînés comme par un courant vers la salle à manger.

La migration se ralentit à l'approche des larges portes de la salle. Tandis qu'Isgrimnur et ses nouveaux compagnons se mêlaient à la foule empressée, Septès posa une question au duc. Isgrimnur ne put l'entendre dans le bruit des voix, et le vieil homme se mit sur la pointe des pieds pour lui parler à l'oreille.

« J'ai dit, comment cela se passe-t-il dans le nord ? » Septès criait presque. « Nous avons entendu des histoires terribles. La famine, les loups, des tempêtes de neige mortelles. »

Isgrimnur acquiesça, en fronçant les sourcils. « Ça va très mal », répondit-il. Alors qu'il parlait, lui et les autres furent violemment poussés à travers les portes comme un bouchon dans le col d'une bouteille, et se retrouvèrent dans la foule grouillante de l'entrée de la salle à manger. La clameur des voix semblait capable d'ébranler les poutres du plafond.

« Je croyais que l'usage imposait le silence lors des repas ! » cria Isgrimnur. Les jeunes compagnons de Septès, comme le duc, observaient les yeux écarquillés les dizaines de tables qui s'alignaient à la suite les unes des autres à travers la large pièce. Il y avait une douzaine de rangées, et chaque table de chaque rangée était bondée des dos arrondis d'hommes en soutane, leur crâne tonsuré formant une multitude de points roses, comme les ongles d'un ogre aux cent mains. Chaque homme semblait engagé dans une conversation bruyante avec son voisin, certains agitant leur cuillère pour demander l'attention. Le bruit était aussi vaste que celui de l'océan qui entourait Nabban.

Septès s'esclaffa, le bruit de son rire se subsumant dans la clameur environnante. Il se mit de nouveau sur la pointe des pieds. « Il y a silence dans notre abbaye et dans bien d'autres, ainsi, sûrement, que dans vos monastères de Rimmersgard, n'est-ce pas ? Mais ici au Sancellan Aedonitis se retrouvent ceux qui font les affaires de Dieu ; ils doivent parler et écouter comme des marchands. »

« À spéculer sur la valeur des âmes ? » dit Isgrimnur avec une grimace amère ; mais le vieil homme ne l'entendit pas.

« Si vous préférez le silence », cria Septès, « vous devriez descendre aux archives. Les prêtres y sont aussi silencieux que des tombes et un murmure résonne comme un claquement de tonnerre. Venez ! Nous pouvons obtenir du pain et de la soupe, là où se trouve cette porte, puis vous m'en direz un peu plus sur ce qui se passe dans le nord, n'est-ce pas ? »

Isgrimnur s'efforça de ne pas regarder le vieil homme manger, mais c'était difficile. À cause de son bec-de-lièvre, Septès laissait constamment échapper de la soupe, et cela forma bientôt une petite rivière sur le devant de sa robe.

« Je suis désolé », dit enfin le vieil homme en mâchonnant une bouchée de pain. Il semblait ne pas avoir beaucoup de dents non plus. « Je ne vous ai pas demandé votre nom. Comment vous appelez-vous ? »

« Isbéorn », répondit le duc. C'était le nom de son père, et il était assez commun.

« Ah ! Isbéorn. Eh bien, je m'appelle Septès... mais je vous l'ai déjà dit, n'est-ce pas ? Dites-nous-en un peu plus sur ce qui se passe dans le nord. C'est une autre raison pour laquelle je viens à Nabban : pour entendre des nouvelles que nous n'avons pas dans les Terres des Grands Lacs. »

Isgrimnur lui dit quelques mots de ce qui s'était passé au nord des Marches Gelées, des tempêtes mortelles et des temps mauvais. Ravalant son amertume, il parla de l'usurpation de ses propres pouvoirs par Skali de Kaldskryke à Elvritshalla, et de la dévastation et des massacres qui en avaient résulté.

« Nous avons entendu dire que le duc Isgrimnur avait été convaincu de traîtrise au Roi souverain », dit Septès en sauçant ce qu'il restait de soupe dans son bol avec un croûton de pain. « Des voyageurs nous ont dit qu'Élias avait découvert que le duc s'était ligué avec Josua, le frère du roi, pour prendre le trône. »

« C'est faux ! » s'exclama furieusement Isgrimnur en abattant son poing sur la table, ce qui manqua faire verser le bol du jeune Neylin. Des têtes se retournèrent de tous les côtés.

Septès plissa le front. « Pardonnez-nous », dit-il, « car nous ne faisons que répéter les rumeurs que nous avons entendues. Peut-être que nous avons abordé un sujet douloureux. Isgrimnur était-il le patron de votre ordre ? »

« Le duc Isgrimnur est un homme honnête », répondit le duc, en se maudissant pour s'être laissé dominer par sa colère. « Je déteste l'entendre calomnié. »

« Bien sûr. » Septès s'exprimait de manière aussi apaisante que possible, tout en restant audible pardessus le tumulte. « Mais nous avons entendu d'autres histoires du nord, très effrayantes, n'est-ce pas ? Rovallès, dis-lui ce que les voyageurs t'ont raconté. »

Le jeune Rovallès s'apprêta à parler, mais fut interrompu par une toux violente due à une miette de pain avalée de travers. Neylin, l'autre acolyte, commença à le frapper dans le dos pour qu'il retrouvât son souffle. Lorsque son compagnon fut venu à bout de son spasme, il ne cessa pas pour autant de le taper, sans doute emporté par l'enthousiasme de sa première visite à Nabban.

« Un homme que nous rencontrons lorsque nous venons ici », dit Rovallès après que Neylin eut été maîtrisé, « il est du Hewenshire, ou d'un autre endroit en haut de l'Erkynée. » Le jeune moine ne parlait pas westerlien aussi bien que Septès; il dut s'interrompre un instant et réfléchir pour trouver ses mots. « Il dit que quand le siège d'Élias ne peut pas abattre le château de Josua, le Roi souverain conjure des démons blancs de la terre, et par magie ils tuent tout le monde dans la place forte. Il jure que c'est la vérité, qu'il le voit avec ses yeux. »

Septès, qui avait essuyé le devant de sa robe pendant que Rovallès parlait, se pencha alors en avant. « Comme moi, Isbéorn, vous savez combien les gens peuvent s'abandonner à la superstition, n'est-ce pas? Si seulement cet homme avait raconté cette histoire, j'aurais dit que c'était un fou et je l'aurais vite oublié. Mais beaucoup chuchotent ici au Sancellan, et murmurent qu'Élias négocie avec les démons et les esprits mauvais. » Il toucha la main d'Isgrimnur de ses doigts crochus; le duc réprima un mouvement de recul. « Vous devez avoir entendu parler du siège, même si, comme vous nous l'avez dit, vous avez quitté le nord avant sa fin. Quelle est la vérité derrière ces histoires? »

Isgrimnur dévisagea le vieux moine un instant, se demandant si cette question ne cachait pas quelque chose. Il laissa finalement échapper un soupir. Ce n'était qu'un aimable vieil homme avec un bec-de-lièvre, rien de plus. Ils vivaient des temps effrayants; quoi de plus normal pour un homme comme Septès que de quémander quelque information de la part de quelqu'un qui revenait de la région qui se trouvait au cœur de toutes les rumeurs?

« Je n'ai pas entendu grand-chose de plus que vous », dit-il enfin, « mais je peux vous dire qu'il se trame des choses maléfiques, des choses dont les hommes pieux préféreraient ne pas entendre parler, mais que je sois maudit si cela suffisait à les chasser. » Septès fronça les sourcils devant les mots d'Isgrimnur, mais ne l'interrompit pas. Isgrimnur, se laissant entraîner par son sujet, poursuivit. « Les camps se forment, pourrait-on dire, et certains, qui pourraient sembler être les plus engageants, sont en fait les plus ignobles. Je ne puis en dire plus. Ne croyez pas tout ce que vous entendez, mais ne soyez pas non plus trop prompts à crier à la superstition... » Il se tut, comprenant qu'il s'engageait sur un chemin dangereux. Il ne pouvait pas en dire plus, sauf à attirer l'attention en tant que source de confirmation du bien-fondé des rumeurs qui parcouraient sans aucun doute le Sancellan Aedonitis. Il ne pouvait se permettre de se faire remarquer tant qu'il n'avait pas appris si la princesse Miriamélé se trouvait effectivement ici.

Les quelques éléments qu'il avait dispensés paraissaient néanmoins avoir satisfait Septès. Le vieil homme se recula, sans cesser de gratter les taches de soupe sèches sur sa poitrine. « Ah ! » dit-il en hochant la tête. Sa voix portait avec peine par-dessus les conversations. « Eh bien, nous avons entendu suffisamment d'histoires effroyables pour prendre sérieusement ce que vous nous dites, n'est-ce pas ? très sérieusement. » Il fit signe au plus proche de ses acolytes de l'aider à se lever. « Merci d'avoir partagé notre repas, Isbéorn », ajouta-t-il. « Dieu vous garde. J'espère que nous pourrons parler un peu plus dans la salle commune ce soir. Combien de temps restez-vous ? »

« Je n'en suis pas encore certain », répondit Isgrimnur. « Je vous remercie moi aussi. »

Le vieil homme et ses deux compagnons disparurent dans la foule des moines qui quittaient la salle, laissant Isgrimnur remettre ses pensées en ordre. Après un moment, il y renonça, et quitta la table.

Je ne peux même pas m'entendre penser ici. Il secoua lugubrement la tête et s'avança vers la porte. Sa grande taille lui permit de progresser rapidement, et il fut bientôt dans le couloir principal. *Eh bien ! J'ai fait tout ce que j'ai pu, et je n'ai pas avancé le moins du monde dans ma recherche de Miriamélé*, pensa-t-il amèrement. *Et comment la trouver, de toute façon ? En demandant à quelqu'un si la fille d'Élias se trouve quelque part ici ? Ah, en plus, elle est déguisée en garçon. C'est encore mieux. Je pourrais peut-être me renseigner pour savoir si un jeune moine s'est présenté au Sancellan Aedonitis ces jours-ci.*

Il eut un petit grognement amer en regardant s'écouler la rivière de silhouettes en robe.

Elysia, mère de Dieu, comme je serais content d'avoir Éolair avec moi ! Ce damné Hernystiri adore ce genre d'absurdités. Lui la trouverait bien vite, avec toutes ses belles paroles et ses manières enjôleuses. Mais qu'est-ce que moi *je fais là ?*

Le duc d'Elvritshalla passa ses doigts sur son menton anormalement lisse. Puis, se surprenant même lui-même, il commença à rire de sa propre et désespérante absurdité.

Les moines qui passaient contournèrent nerveusement ce gros moine nordique, vraisemblablement pris de quelque extase religieuse. Isgrimnur rugit et hurla de rire jusqu'à ce que des larmes roulassent sur ses joues roses irritées.

Le temps orageux pesait sur les marais comme une couverture, humide et intolérablement chaud. Tiamak pouvait sentir l'irrépressible envie d'exister de l'orage ; son souffle ombrageux faisait se dresser les poils de ses avant-bras. Que ne donnerait-il pas pour que l'orage éclatât et que tombât une petite pluie rafraîchissante ! La pensée des gouttes d'eau s'abattant sur son visage et faisant plier les feuilles des palétuviers ressemblait à l'image de ce que devait être la plus bénéfique des magies.

Tiamak soupira en tirant sa perche de l'eau, et la reposa en travers de son embarcation. Il se détendit, essayant sans succès de dénouer les muscles de son dos. Il avait conduit sa barque durant trois longues journées, et avait supporté deux nuits sans sommeil à s'inquiéter de ce qu'il devait faire. S'il allait à Kwanitupul et y restait, trahirait-il les membres de sa tribu ? Comprendraient-ils jamais qu'il avait une dette envers les Terres-sèches, ou du moins envers certains d'entre eux ?

Bien sûr que non. Ils ne le comprendraient jamais. Tiamak fronça les sourcils et tendit le bras pour attraper son outre d'eau, en tirant une généreuse rasade qu'il dégusta avant de l'avaler. Il avait toujours été considéré comme étrange. S'il n'allait pas à Nabban pour plaider la cause de son peuple devant le duc Bénigaris, alors il deviendrait simplement un étrange traître. Ce serait tout, et les anciens du village n'iraient pas chercher plus loin.

Il prit le mouchoir qui était posé sur sa tête et le trempa dans l'eau par-dessus le côté de sa barque, puis le reposa une fois de plus sur ses cheveux. Une eau d'une fraîcheur bénie sur son visage et dans son cou. Les oiseaux aux couleurs criardes et aux longues queues perchés sur les branches au-dessus de lui cessèrent de piailler un instant alors qu'un faible grondement roulait sur le marais. Tiamak sentit son cœur battre plus fort.

Que Celui Qui Toujours Marche sur le Sable fasse que l'orage vienne au plus tôt !

Son esquif avait commencé à ralentir lorsqu'il avait cessé de pousser sur sa perche. Maintenant, l'arrière commençait à dériver lentement vers le centre du cours d'eau, le faisant tourner, si bien qu'il faisait maintenant face à la berge, ou plutôt à ce qui aurait été la berge s'il avait navigué sur une rivière des Terres-sèches. Ici, dans le Wran, ce n'était qu'un enchevêtrement de palétuviers dont les racines retenaient à peine assez de sable pour que le bosquet pût pousser et se développer. Tiamak fit un bruit résigné et glissa une nouvelle fois sa perche dans l'eau redressant l'embarcation et la menant vers l'avant à travers un épais massif de lis qui s'accrochèrent à sa coque comme les doigts de naufragés désespérés. Il lui faudrait encore plusieurs jours pour atteindre Kwanitupul, et cela en supposant que l'orage qu'il appelait de ses vœux n'apportât pas de grands vents dans son sillage, ces vents capables de déraciner des arbres et de transformer cette partie du Wran en un amas infranchissable de racines, de troncs d'arbres et de branches brisées.

Que Celui Qui Toujours Marche sur le Sable, se reprit-il, *fasse qu'un orage rafraîchissant mais modéré vienne au plus tôt !*

Il ressentait dans son cœur une lourdeur indicible. Comment pouvait-il choisir entre deux éventualités aussi terribles ? Il pouvait aller jusqu'à Kwanitupul avant de choisir s'il allait rester là-bas, en accord avec les vœux de Morgénès, ou poursuivre vers Nabban comme le Vieux Mogahib et le reste des anciens le lui avaient ordonné. Il tenta de laisser cette idée l'apaiser, puis se demanda si une telle pensée ne revenait pas en fait à laisser une blessure s'infecter, alors qu'il devrait serrer les dents et la nettoyer aussitôt pour que la cicatrisation pût commencer.

Tiamak pensa à sa mère, qui avait passé presque toute sa vie à genoux, à entretenir le feu ou moudre du grain sous son pilon, travaillant chaque jour depuis l'obscurité qui précède l'aube jusqu'au moment où il était temps de se glisser dans son hamac. Il n'avait que peu de respect pour les anciens du village, mais il fut soudain pris d'une peur panique à l'idée que l'esprit de sa mère pût être en train de l'observer. Elle n'aurait jamais compris que son fils pût tourner le dos à son peuple pour des étrangers. Elle aurait voulu qu'il se rendît à Nabban. Qu'il servît d'abord son peuple avant de penser à son propre honneur; voilà ce que sa mère aurait dit.

À cette idée, tout devint très clair. Il était d'abord un Salanais : rien ne changerait cela. Il lui fallait aller à Nabban. Morgénès, ce charmant vieil homme, comprendrait ses raisons. Plus tard, lorsqu'il aurait rempli ses obligations envers son peuple, il retournerait à Kwanitupul comme l'avaient demandé ses amis des Terressèches.

Cette décision le débarrassa d'une partie de l'inquiétude qui pesait comme un fardeau sur ses épaules. Il décida qu'il pouvait tout aussi bien s'arrêter bientôt, et dénicher quelque chose pour son repas de midi. Il se pencha et soupesa sa ligne de pêche, accrochée à l'arrière de l'esquif. Elle semblait légère; lorsqu'il la tira, il vit avec dégoût que l'appât avait encore une fois disparu, mais que celui qui avait dîné à ses frais ne s'était pas attardé pour le remercier Au moins l'hameçon était encore là. Les hameçons de métal étaient extrêmement coûteux : celui-ci lui avait coûté une journée entière de travail en tant qu'interprète sur le marché de Kwanitupul. Le mois suivant, il avait trouvé au marché le parchemin portant le nom de Nisses, et l'avait payé lui aussi d'une journée de travail. Deux achats onéreux, mais l'hameçon de métal s'était avéré plus petit que ceux qu'il taillait généralement dans de l'os, et qui se brisaient souvent au premier problème. Le parchemin de Nisses... Il tapota d'un geste protecteur le sac huilé qui reposait à ses pieds. Eh bien, s'il avait raison quant à son origine, c'était un trésor inestimable. Un assez bon travail pour deux jours de marché.

Tiamak releva la ligne, l'enroula doucement, puis rapprocha l'embarcation de la berge de palétuviers. Il fit lentement avancer son esquif, attendant que les racines de palétuvier fissent un instant place à une courte langue de terre humide envahie de roseaux ondulants. Il approcha alors autant qu'il put son embarcation de la rive, puis tira son couteau de sa ceinture, et creusa dans le sol humide, jusqu'à trouver des œufs de crachemouche. Il enveloppa les petites choses brillantes dans son mouchoir, n'en gardant qu'un pour appâter l'hameçon. Cela fait, il laissa filer la ligne dans le sillage de son bateau. Lorsqu'il rejoignit le milieu du cours d'eau, le tonnerre résonna au loin. Il lui sembla plus éloigné que la dernière fois. Il secoua tristement la tête. L'orage semblait prendre son temps.

L'après-midi était déjà bien avancé lorsqu'il quitta le fourré de palétuviers pour émerger de nouveau sous le soleil. Ici, le cours d'eau se faisait plus large et plus profond. Une mer de roseaux s'étendait vers l'horizon, presque immobile dans la chaleur oppressante, parcourue des pistes luisantes entrecroisées des autres cours d'eau. Le ciel était gris de nuages menaçants, mais le soleil brillait puissamment derrière eux, et Tiamak ne put faire autrement que se sentir plus enjoué. Un ibis s'envola, ses ailes blanches battant lentement, puis alla se poser non loin au milieu des roseaux. Au sud, après des milles de marais et de forêts marécageuses, il pouvait distinguer la ligne sombre des Monts Nascadus. À l'ouest, invisible derrière cette prairie infinie de massettes et de palétuviers, se trouvait la mer.

Tiamak menait distraitement sa barque, momentanément concentré sur une correction qu'il avait décidé d'apporter à son chef-d'œuvre, sa révision des *Remèdes Souverains des Médecins Salanais*. Il venait soudain de réaliser que la forme même des massettes pouvait avoir un lien avec son usage courant chez les hommes des Plaines Thrithings dans des potions maritales, et préparait la rédaction d'une note qui suggérerait délicatement ce lien sans paraître trop présomptueux, lorsqu'il sentit une étrange vibration contre son dos. Il se retourna, surpris, et vit que sa ligne de pêche était tendue et bourdonnait comme une corde de luth.

Tout d'abord, il pensa avoir accroché quelque chose : la tension était si forte qu'elle avait transmis une partie de sa traction à l'arrière du bateau. Mais, lorsqu'il se pencha, il vit une forme gris-argent qui s'approcha brièvement de la surface en se débattant, avant de replonger vers les profondeurs des eaux saumâtres. Un poisson ! Aussi long que le bras de Tiamak ! Il laissa échapper un petit cri de ravissement, et commença à tirer sur la ligne. La chose argentée semblait bondir vers lui. Durant un très court instant, une nageoire pâle et brillante apparut à la surface, puis s'engouffra sous la coque, tendant violemment la ligne. Tiamak tira et cela vint un peu, mais pas beaucoup. C'était un poisson puissant. L'image soudaine de la ligne se brisant et de ses repas des deux prochains jours s'enfuyant emplit le cœur de Tiamak d'une horreur révulsante. Il diminua la tension sur la ligne de pêche. Il allait laisser le poisson s'épuiser, et il pourrait ensuite le ramener à loisir. Entre-temps, il garderait un œil sur les alentours pour voir s'il ne trouvait pas un bout de terre assez sec pour y faire un feu. Il pourrait envelopper le poisson dans des feuilles de *minog*, et il trouverait bien de l'herbe vive sauvage dans les environs... Dans son esprit, il pouvait déjà sentir son goût. La chaleur, l'orage récalcitrant, sa trahison de Morgénès (comme il l'appelait encore), et tout le reste s'estompaient devant la splendeur aveuglante du repas envisagé. Il éprouva une nouvelle fois la ligne, et se réjouit de la traction régulière et ferme. Il n'avait pas mangé de poisson frais depuis des semaines !

Un battement dans l'eau empiéta sur sa rêverie. Tiamak tourna la tête, pour découvrir un arc-en-ciel d'ondes se propageant à la surface de l'eau depuis la côte, à deux longs jets de pierre de là. Il y avait également autre chose : un instant plus tard, il aperçut une rangée de bosses sombres comme autant de petites îles qui glissait en douceur à travers les eaux vers son petit bateau.

Un crocodile ! Le cœur de Tiamak s'arrêta. Son merveilleux dîner ! Il tira fortement sur la ligne, mais le poisson se trouvait toujours sous la coque et résistait férocement ; la ligne lui brûla les mains lorsqu'il s'efforça, sans le moindre succès, de ramener le poisson à la surface. Le crocodile formait une masse sombre sous la surface, le mouvement de sa puissante queue formant des petits tourbillons dans les eaux paisibles. Son dos anguleux apparut l'espace d'un instant, à cent coudées de l'endroit où se tenait Tiamak, puis il disparut, plongeant vers *son* poisson !

Il n'avait plus le temps de penser, plus le temps de rien. Son dîner, son hameçon, sa ligne de pêche, tout serait perdu s'il attendait un instant de plus. Tiamak sentit une rage noire prendre naissance dans son estomac vide, et une bande douloureuse se nouer autour de ses tempes. Sa mère, si elle eut vécu pour le voir en cet instant, eût difficilement reconnu son fils timide et emprunté. Eût-elle vu ce qu'il fit ensuite, qu'elle eût chancelé jusqu'à l'autel de Celle Qui Accoucha de l'Humanité aménagé contre le mur au fond de la hutte familiale, puis eût rendu l'âme.

Tiamak enroula la cordelette de la poignée de son couteau autour de son poignet, puis se jeta par-dessus le bord de son esquif. Bégayant de rage et de désespoir, il prit à peine le temps d'inspirer et de fermer la bouche avant que les eaux vertes et saumâtres ne se refermassent au-dessus de sa tête.

Battant des bras et des jambes, il ouvrit les yeux. Les rayons du soleil pénétraient à travers le cours d'eau, traversant des volutes de vase dérivante comme s'il se fut agi de nuages. Il jeta un bref regard à l'ombre rectangulaire qu'était le fond de son embarcation, et vit une forme luisante qui flottait là. Malgré l'intense panique qui forçait son cœur à un rythme effréné, il ressentit une certaine satisfaction devant la taille du poisson qui restait immobile au bout de sa ligne. Même son père Tugumak eût été obligé d'admettre qu'il s'agissait d'une prise splendide !

Alors qu'il remontait en se dirigeant vers son trésor, la chose luisante fila le long du fond du bateau et alla se glisser derrière l'autre bout de l'esquif, hors de la vue de Tiamak. La ligne se tendit contre la coque de bois. Le Salanais tenta désespérément de l'attraper, mais elle était maintenant à tel point serrée contre le bateau que ses doigts ne purent s'assurer une prise. Il eut un toussotement d'effroi, qui envoya danser des bulles audessus de sa tête. Vite, il devait faire vite ! Le crocodile serait très bientôt sur lui !

Les battements de son cœur résonnèrent dans le silence liquide de ses oreilles. Ses doigts tâtonnants ne pouvaient saisir la ligne. Le poisson restait hors de portée et hors de vue, comme s'il eût perversement décidé de ne pas souffrir seul, et la panique faisait perdre à Tiamak tous ses moyens. Il décida finalement d'abandonner et s'éloigna du fond du bateau, en battant des pieds pour se redresser. Le poisson était perdu. Il devait maintenant songer à sa propre sauvegarde.

Trop tard !

Une forme sombre le dépassa et remonta, traversant puis quittant l'ombre de son bateau. Le crocodile n'était pas le plus grand qu'il eût jamais vu, mais c'était certainement le plus grand sous lequel il se fût jamais trouvé. Son ventre blanc passa au-dessus de lui, sa queue une bande décroissante se ballottant dans son sillage.

Son souffle comprimait ses poumons, brûlant de s'échapper et d'emplir les eaux saumâtres de bulles denses. Il lança les jambes et se tourna, ses yeux lui donnant l'impression qu'ils allaient quitter son visage, et vit la silhouette de flèche émoussée du crocodile qui filait vers lui. Ses mâchoires s'ouvrirent. Il entr'aperçut des ténèbres rougeâtres et une infinité de dents. Il tournoya, lançant le bras, et observa le mouvement horriblement lent du couteau lorsqu'il le poussa contre le mur d'eau. Le reptile tapa contre sa poitrine, frottant son cuir râpeux contre lui alors qu'il tentait désespérément de s'écarter. Son couteau mordit superficiellement dans le flanc de la bête, frottant un moment contre sa carapace de cuir avant de rebondir. Un fin nuage brun noir grandit dans le sillage du crocodile qui tourna une nouvelle fois autour du bateau.

Les poumons de Tiamak semblaient s'être incroyablement développés dans sa poitrine, repoussant ses côtes jusqu'à faire danser des points noirs devant ses yeux. Pourquoi avait-il agi de façon aussi stupide ? Il ne voulait pas mourir ainsi, noyé et dévoré !

Alors même qu'il tentait de se porter vers la surface, il sentit une pression écrasante enserrer sa jambe ; un instant plus tard, il était attiré vers le bas. Son couteau lui échappa, et il se mit à battre sauvagement de ses bras et de sa jambe libre tandis qu'il était entraîné vers les ténèbres du fond de la rivière. Un monceau de bulles s'échappa de ses lèvres. Les visages des anciens de sa tribu, Mogahib et Roahog le Potier et les autres, semblaient s'imposer à ses yeux qui se voilaient, leur expression unanimement chargée d'un dégoût fatigué devant sa bêtise.

La cordelette de son couteau enlaçait toujours son poignet ; tandis qu'il s'enfonçait dans l'obscurité de la rivière, il s'efforça d'en retrouver la poignée. Sa main finit par l'attraper ; il rassembla alors ses forces, se pencha en avant contre la puissante attraction, et trouva la mâchoire dure et râpeuse qui lui enserrait la jambe. Tâtonnant d'une main de façon à pouvoir sentir les dents sous ses doigts, il plaça la pointe de son couteau contre l'épaisse paupière et appuya. La tête sursauta sous ses mains lorsque le crocodile se convulsa, mordant d'autant plus fort. Un élan de douleur atroce parcourut sa jambe et remonta jusqu'à son cœur. Une nouvelle goulée de son précieux air échappa à la bouche de Tiamak en un amas de bulles. Il enfonça la lame aussi profondément qu'il le put, ses pensées n'étant maintenant plus qu'un sombre tourbillon de visages et de mots sans suite. Lorsqu'il tourna la poignée dans un geste d'agonie, le crocodile desserra son emprise. Tiamak tira sur sa mâchoire supérieure avec la force du désespoir, la soulevant Juste assez pour dégager sa jambe avant qu'elle ne se refermât. Le sang obscurcit l'eau tout autour de lui. Tiamak ne sentait plus rien sous son genou, et rien d'autre au-dessus que la féroce douleur de ses poumons brûlants. Quelque part en dessous de lui, le crocodile tourbillonnait follement dans son agonie, formant des cercles concentriques au fond de la rivière. Tiamak tenta de se hisser vers le soleil alors même qu'il sentait une étincelle mourir en lui.

Il traversa de nombreuses obscurités pour émerger enfin dans la lumière.

L'étoile du jour brillait dans un ciel gris ; les massettes se dressaient, immobiles et silencieuses, au bord de l'eau. Il inspira en une fois assez de l'air chaud des marais pour toute une vie, lui ouvrant son corps entier, et manqua replonger sous l'eau lorsqu'il s'engouffra en lui comme une rivière brisant un barrage et se déversant sur une vallée asséchée. Des lumières de toutes les couleurs brillèrent devant ses yeux, jusqu'à lui donner l'impression qu'il avait découvert quelque ultime secret. Un instant plus tard, lorsqu'il vit son bateau qui se balançait sur les eaux agitées non loin de là, l'idée de révélation s'estompa. Il sentit encore une fois une obscurité malsaine et débilitante qui longeait son épine dorsale et remontait vers son cerveau. Il s'efforça de rejoindre son esquif, son corps étonnamment insensible, comme s'il n'était plus qu'une tête flottant au-dessus de l'eau. Il atteignit le rebord de son embarcation et s'y cramponna, respirant profondément tout en cherchant à rassembler ses forces. Il se hissa en sûreté par la seule force de sa volonté, écorchant son menton au passage, sans plus s'en inquiéter. Il succomba finalement à l'obscurité. Il abandonna toute résistance et s'abandonna à elle.

Il s'éveilla sous un ciel rouge sang. Un vent chaud balayait les marais. Le ciel torride semblait se trouver également à l'intérieur de sa tête, car il brûlait comme un pot neuf fraîchement tiré du four. De ses doigts qui lui semblaient aussi gauches que des morceaux de bois, il tira sa paire de chausses de rechange du fond de son bateau et en enveloppa la ruine rougeâtre qu'était sa jambe, sans plus s'inquiéter des ruisselets sanguinolents qui s'étaient dessinés entre son genou et sa cheville. Luttant contre la torpeur qui l'envahissait, il se demanda distraitement s'il remarcherait un jour, puis se traîna jusqu'à l'arrière du bateau et tira sur sa ligne de pêche qui pendait toujours par-dessus bord, et s'enfonçait dans les profondeurs vertes. Malgré ses forces défaillantes, il réussit à hisser le poisson argenté par-dessus la poupe. Il le laissa retomber près de lui et le regarda se débattre dans le ventre creux du bateau. Les yeux du poisson étaient ouverts; sa bouche aussi, comme s'il essayait de poser une question à la Mort.

Il roula sur lui-même pour reposer sur son dos et tourner son regard vers le ciel violet. Il y eut un claquement bruyant et un grondement venu des cieux. Des nuées de gouttes d'eau se mirent à danser sur sa peau fiévreuse. Tiamak sourit et s'abandonna une fois de plus aux ténèbres.

Isgrimnur se leva de son banc et s'avança vers la cheminée, se retournant pour présenter son séant aux flammes. Il allait bientôt retourner se coucher, et pouvait donc tout aussi bien s'imprégner de toute la chaleur possible avant de devoir rejoindre sa maudite cellule glaciale.

Il écouta le bruit feutré des conversations qui emplissait la salle commune, s'émerveillant de la multiplicité des accents et des langues. Le Sancellan Aedonitis était comme un monde à part, plus encore que le Hayholt; mais, aussi variées qu'aient été les conversations de la soirée, il ne s'était pas pour autant rapproché d'un pouce de la résolution de ses problèmes.

Le duc avait arpenté les innombrables couloirs toute la matinée et tout l'après-midi, à la recherche d'une paire de moines suspecte, ou de tout ce qui pourrait l'aider dans sa difficile situation. Ses recherches n'avaient porté d'autre fruit que de lui rappeler la taille et le pouvoir de la Sainte Église. Il avait été à tel point frustré par son incapacité à découvrir si Miriamélé se trouvait ou non ici qu'il avait préféré quitter le Sancellan Aedonitis en fin d'après-midi.

Il avait soupé dans une auberge sur la route qui remontait la colline Sancelline, puis s'était promené en silence dans la Salle des Fontaines, une chose qu'il n'avait pas faite depuis très longtemps. Lui et Gutrun avaient visité la Salle des Fontaines peu après leur mariage, lorsqu'ils s'étaient rendus à Nabban pour un pèlerinage nuptial traditionnel dans la famille d'Isgrimnur. Le jeu luisant de l'eau et sa musique continuelle l'avaient empli d'une sorte de plaisante mélancolie; bien que sa femme lui manquât et que son inquiétude pour elle fût grande, il avait pu pour la première fois depuis des semaines penser à elle sans être terrassé par la douleur. Elle devait être en sûreté; elle le *devait*. Ainsi qu'Isorn. Il allait simplement le croire, car que pouvait-il faire d'autre? Le reste de sa famille, son autre fils et ses deux filles, étaient en sécurité dans les mains capables du vieux thane Tonnrud à Skoggey. Parfois, quand plus rien n'était certain, un homme se devait de croire en la bonté de Dieu.

Après sa promenade, Isgrimnur était rentré au Sancellan, l'esprit apaisé, et prêt à reprendre sa tâche. Ses compagnons du repas du matin étaient venus le rejoindre pour un temps, mais l'avaient quitté assez tôt, le vieux Septès lui expliquant qu'ils “ vivaient aux heures de la campagne ”. Le duc s'était assis et avait écouté les conversations, sans rien en tirer.

La plupart des bavardages, même s'ils se faisaient en termes prudemment choisis, tournaient autour d'un même sujet : l'on se demandait si le Lecteur Ranéssin allait légitimer la succession de Bénigaris sur le trône ducal de Nabban. Ce n'était pas que le Lecteur eût pu dire quoi que ce soit qui aurait pour effet de soulever le séant de Bénigaris du trône, mais la Maison Bénidrivine et la Sainte Église avaient depuis bien longtemps trouvé un équilibre délicat en ce qui concernait le gouvernement de Nabban. Beaucoup redoutaient que le Lecteur prît une décision imprudente, comme de dénoncer Bénigaris sur la foi des rumeurs qui prétendaient que le nouveau duc avait trahi son père, ou ne l'avait pas défendu aussi bien qu'il l'aurait dû durant la bataille de Naglimund, mais la plupart des prêtres nabbanais, qui composaient la plus grande partie des résidents du Sancellan, étaient prompts à assurer à leurs frères étrangers que Ranéssin était un homme honorable et diplomate. Le Lecteur, leur promettaient-ils, ferait certainement pour le mieux.

Le duc Isgrimnur souleva légèrement le bas de sa robe, dans l'espoir de faire entrer un peu d'air chaud sous son vêtement. Si seulement l'honneur et la diplomatie du Lecteur pouvaient résoudre tous les problèmes...

Mais bien sûr! Voilà ce qu'il fallait faire! Maudits soient mes yeux ignorants pour ne l'avoir pas vu plus tôt! Isgrimnur frappa sa cuisse de sa puissante main et gloussa gaiement. *Je vais parler au Lecteur. Quoi qu'il pense de tout cela, il ne trahira pas mon secret. Et je suis certain qu'il ne trahira pas non plus celui de Miriamélé. Si quelqu'un est capable de la trouver ici sans tapage, c'est bien Sa Sainteté.*

Le duc se sentit beaucoup mieux une fois cette décision prise. Il se tourna et se frotta les mains devant le feu pour encore quelques instants, puis se mit en route à travers le plancher de bois poli de la salle commune.

Une petite foule réunie sous une porte cintrée attira son attention. De nombreux moines se tenaient devant la porte ouverte ; d'autres, tout aussi nombreux, se trouvaient dehors, sur le balcon, l'air froid s'engouffrant dans la pièce entre eux. Plusieurs des autres occupants de la pièce protestaient, ou avaient déjà abandonné et s'étaient rapprochés du feu. Isgrimnur s'approcha, ses mains rentrées dans ses larges manches, et se pencha par-dessus l'épaule du dernier moine du groupe.

« Que se passe-t-il ? » demanda-t-il. Il pouvait voir un groupe de peut-être deux douzaines d'hommes s'affairant dans la cour en contrebas, dont la moitié à cheval. Il lui sembla qu'il n'y avait rien là d'inhabituel : ces gens se déplaçaient calmement, sans précipitation ; les hommes à pied, qui devaient être les gardes du Sancellan, accueillant les nouveaux arrivants.

« C'est le conseiller du Roi souverain », dit le moine qui se tenait devant lui. « Ce Pryrates. Il était ici, avant ; je veux dire, au Sancellan Aedonitis. On dit que c'est un malin. »

Isgrimnur serra les dents, retenant un cri de colère ou de surprise. Il sentit un souffle de fureur monter en lui et se mit sur la pointe des pieds pour mieux voir. C'était effectivement le petit crâne chauve du prêtre qui se balançait au-dessus d'une cape écarlate qui paraissait orange sous la lumière des torches de la cour d'entrée. Le duc se surprit à se demander comment il pourrait s'approcher assez pour planter un couteau dans le corps de ce traître perfide. Ah, doux Dieu, que cela lui serait plaisant !

Mais quel bien cela ferait-il, pauvre idiot, à part, c'est vrai, débarrasser le monde de Pryrates ? Cela ne m'aiderait pas à trouver Miriamélé, et je ne pourrais jamais m'échapper et reprendre mes recherches après cela. Sans même parler de ce qui arriverait si Pryrates ne mourait pas : il avait peut-être un bouclier magique.

Non, ce n'était pas possible. Mais, s'il arrivait à rencontrer le Lecteur, il aurait quelques petites choses à dire à Ranéssin au sujet de ce bâtard démoniaque de prêtre rouge, et des damnés conseils qu'il prodiguait au Roi souverain. Mais que faisait donc Pryrates ici ?

Isgrimnur se dirigea lourdement vers son lit, l'esprit envahi des images du massacre qui lui était dénié.

Vingt coudées plus bas, Pryrates leva vivement les yeux vers le balcon de la salle commune comme s'il avait entendu quelqu'un appeler son nom, ses yeux noirs brillant intensément, sa tête pâle luisant comme un champignon vénéneux dans l'ombre de la cour. Les spectateurs de la salle commune, séparés de lui par la distance et l'obscurité, ne purent voir le sourire qui se dessina sur le visage émacié du prêtre, mais ils purent sentir le coup de vent froid qui balaya soudain le Sancellan Aedonitis, faisant voler les capes des gardes. Frissonnants, les moines sur le balcon s'empressèrent de rentrer à l'intérieur, de refermer la porte derrière eux, et de revenir vers le feu.

12

UN VOL D'OISEAUX

Simon et ses amis laissèrent derrière eux les compagnons de Binabik, et chevauchèrent vers le sud-est en longeant la base des Monts-Trolls, se raccrochant aux contreforts comme un enfant nerveux réticent à s'aventurer dans des eaux plus profondes. À leur droite, le vide immaculé du Désert Blanc s'étendait à perte de vue.

Au milieu de l'après-midi gris, alors qu'ils avaient mis pied à terre pour mener leurs chevaux à travers une étroite piste de pierre qui formait un gué incertain dans l'un des ruisseaux qui alimentaient le lac Boue-bleue, une bande de grues les survola, jacassant et cacardant jusqu'à sembler faire vibrer le ciel. Les oiseaux virèrent au-dessus des têtes des cavaliers, ailes tendues, puis se redressèrent comme s'ils n'avaient fait qu'un, et filèrent vers le sud.

« Trois mois est ce qu'ils devraient attendre pour faire ce voyage », dit tristement Binabik. « C'est mauvais, très mauvais. Le printemps et l'été ont été renvoyés comme une armée battue. »

« Je n'ai pas l'impression qu'il fait plus froid maintenant que quand nous allions vers Urmsheim », dit Simon en serrant les rênes de Monretour.

« C'était la fin du printemps », grogna Sludig, qui s'efforçait de ne pas glisser sur les galets humides. « Maintenant nous sommes au milieu de l'été. »

Simon réfléchit à cela. « Oh », dit-il.

Ils s'arrêtèrent sur l'autre rive du ruisseau pour partager un peu des provisions que le peuple de Binabik leur avait fournies. Le soleil était gris et lointain. Simon se demanda où il serait quand viendrait le prochain été, s'il venait jamais un autre été.

« Est-ce que le Roi de l'Orage peut faire que ce soit toujours l'hiver ? » demanda-t-il.

Binabik haussa les épaules. « Ce n'est pas dans ma connaissance. Il a fait l'hiver avec grande efficaceté durant ces mois de yuven et de tiyagar. Ne pensons pas à cela, Simon. Cela ne fera pas notre tâche plus facile de s'inquiéter de ces choses. Ou le Maître des Orages va triompher, ou pas. Il n'y a rien d'autre pour nous avec ce qui nous a été donné. »

Simon se remit maladroitement en selle. Il enviait la grâce chevronnée de Sludig. « Je ne parlais pas de l'arrêter », dit-il, un peu vexé. « Je me demandais juste ce qu'il allait faire. »

« Si je le savais », soupira Binabik, « je cesserais de me jeter des malédictions d'être un apprenti indigne de mon bon maître. » Il siffla Qantaqa.

Ils s'arrêtèrent de nouveau en fin d'après-midi alors qu'il restait encore de la lumière pour ramasser du bois mort et donner à Sludig le temps d'entraîner Simon. Le Rimmersleute trouva une longue branche d'arbre sous la neige et la brisa en deux, nouant une bande de chiffon à une extrémité de chacun des morceaux pour en améliorer la prise.

« On ne peut pas se servir de vraies épées ? » demanda Simon. « La prochaine fois que je me battrai, ce ne sera certainement pas avec un bout de bois. »

Sludig leva un sourcil sceptique. « Vraiment ? Tu préfères essayer de garder l'équilibre sur un terrain glissant en combattant un guerrier entraîné avec de vraies épées ? Tu veux peut-être te servir de cette épée noire, que tu ne peux pas soulever la moitié du temps ? » Il indiqua Épine d'un coup sec de la tête. « Je sais que notre voyage se fait sous un ciel froid et morne, Simon, mais es-tu vraiment aussi pressé de mourir ? »

Simon le regarda durement. « Je ne suis pas si maladroit que ça. Tu me l'as dit toi-même. Et Haestan m'a déjà appris beaucoup de choses. »

« En deux semaines ? » Sludig prit un air amusé. « Tu es brave, Simon, et tu as de la chance, un trait qui ne doit jamais être sous-estimé, mais j'essaie de faire de toi un meilleur combattant. Ton prochain adversaire peut ne pas être un Hunë brutal, mais un homme en arme. Maintenant, prends ta nouvelle épée et frappe-moi. »

Il lança la branche à Simon et leva ce qui lui servait d'arme. Simon tendit le bout de bois devant lui et commença à tourner lentement. Le Rimmersleute avait raison : le sol enneigé était traître. Avant qu'il eût même pu tenter de frapper son instructeur, ses pieds se dérobèrent sous lui et il tomba lourdement sur son séant. Il resta assis là, furieusement dépité.

« Ne sois pas embarrassé », dit Sludig en avançant d'un pas vers lui et en posant le bout de son bâton sur la poitrine de Simon. « Mais lorsque tu tombes, et ça arrive souvent dans les batailles, garde ton épée levée, ou tu ne vivras pas assez longtemps pour reprendre le combat. »

Comprenant le bon sens de cette remarque, Simon grommela et repoussa le bout de bois du Rimmersleute d'un geste de la main avant de se remettre à genoux. Il se releva ensuite et se remit à tourner en crabe.

« Pourquoi fais-tu ça ? » demanda Sludig. « Pourquoi tu n'essaies pas de me frapper ? »

« Parce que tu es plus rapide que moi. »

« Bien. Tu as raison. » À la fin de sa phrase, Sludig se détendit et frappa Simon d'un coup sec sous la cage thoracique. « Mais tu dois toujours garder ton équilibre. Je t'ai surpris avec une jambe croisée par-dessus l'autre. » Il tenta une autre touche, mais cette fois Simon put écarter son corps pour l'éviter, puis décocha un coup à son tour, que Sludig para vers le sol.

« Tu commences à apprendre, Guerrier Simon ! » cria Binabik. Il s'assit près du feu qui venait de prendre, et flatta le cou de Qantaqa tout en observant la bataille de bâtons. Il était difficile de dire si cela était dû aux grattements de Binabik ou au spectacle de la punition infligée à Simon, mais la louve semblait s'amuser immensément : sa langue pendait de sa gueule ouverte et sa queue battait de plaisir.

Simon et le Rimmersleute travaillèrent pendant près d'une heure. Simon ne plaça pas un seul coup, mais en reçut un certain nombre en retour. Lorsqu'il se laissa enfin tomber sur une pierre plate pour se reposer près du feu, il fut plus qu'heureux d'accepter une gorgée de kangkang tirée de l'outre de Binabik. Il en aurait accepté avec grâce une deuxième gorgée, et même une troisième, mais Binabik lui reprit l'outre.

« Ce ne serait pas te faire une amitié que de te laisser boire avec soûlerie, Simon », énonça fermement le troll.

« C'est juste que mes côtes me font mal. »

« Tu as la jeunesse et elle te soignera vite », répondit Binabik. « J'ai, en un sens, la responsabilité de ton bien-être. »

Simon grimaça mais ne discuta pas. C'était probablement une bonne chose, supposa-t-il, de savoir que quelqu'un s'inquiétait de lui, même s'il n'était pas tout à fait d'accord sur la forme que prenait cette sollicitude.

Deux autres journées de chevauchée dans le froid le long des contreforts des Monts-Trolls, suivies de deux soirées de ce que le récipiendaire commença à appeler “ tape-marmiton ”, ne firent pas grand-chose pour embellir la vision du monde de Simon. À de nombreuses reprises durant son instruction, alors qu'il se retrouvait une nouvelle fois assis sur le sol humide et qu'une autre partie de son corps se rappelait cruellement à son bon souvenir, il envisagea de dire à Sludig qu'il n'était plus volontaire, mais le souvenir du visage pâle d'Haestan sous sa cape funèbre le forçait à se relever encore une fois. Le garde avait voulu que Simon apprît ces choses, qu'il fût capable de se défendre et d'aider à défendre les autres. Haestan n'avait jamais vraiment réussi à exprimer ses sentiments : l'Erkynéen n'était pas du genre à parler inutilement, mais il avait souvent répété que “ les forts brutalisent les faibles ”, et que ce n'était pas bien.

Simon pensa à Fengbald, l'allié d'Élias. Il avait pris une troupe d'hommes d'arme et avait brûlé un quartier entier dans son propre marquisat, massacrant sans retenue parce que la guilde des tisserands avait défié sa volonté. Simon ressentit un certain malaise en se souvenant de la façon dont il avait admiré Fengbald et sa magnifique armure. Des brutes, voilà ce qu'étaient vraiment le Marquis de Falshire et tous ses semblables; et Pryrates aussi, même si le prêtre rouge était une brute d'une espèce plus subtile et plus effrayante. Simon sentait que Pryrates ne tirait pas le même plaisir de sa capacité à écraser ceux qui s'opposaient à lui qu'un homme comme le Marquis Fengbald; plus précisément, le prêtre semblait user de sa force avec une sorte de cruauté inconsidérée, ne tolérant aucun obstacle entre lui et ses mystérieux desseins. Mais quelle que fût la vérité, c'était de toute façon une brute.

Plus d'une fois, l'évocation du prêtre chauve avait suffi à remettre Simon sur pied et à le relancer férocement dans le combat. Sludig reculait alors, les yeux plissés par la concentration, jusqu'à pouvoir contrôler la fureur de Simon de telle manière que le garçon revînt à la leçon. Le souvenir de Pryrates rappelait à Simon pourquoi il devait apprendre à se battre : ce n'était pas que la maîtrise de l'épée fût vraiment utile contre l'alchimiste, mais elle pourrait lui permettre de survivre assez longtemps pour avoir une autre chance de l'affronter. Le prêtre avait à répondre de nombreux crimes, mais la mort du Docteur Morgénès et le bannissement de Simon de son propre foyer suffisaient à maintenir le visage de Pryrates devant ses yeux, même lorsqu'il croisait des bâtons avec Sludig dans les neiges du Désert Blanc.

Peu après le lever du quatrième jour depuis leur départ du lac Boue-bleue, Simon s'éveilla en frissonnant sous le fragile abri de branches nouées sous lequel tous quatre avaient passé la nuit. Qantaqa, qui avait dormi contre ses jambes, était sortie pour rejoindre Binabik. La perte de sa chaude fourrure avait suffi à faire émerger Simon dans la lumière cristalline du matin. En claquant des dents, il débarrassa ses cheveux des épines de pin.

Il ne vit Sludig nulle part, mais Binabik était assis sur une pierre enneigée à côté des restes du feu de la veille au soir, et observait le ciel de l'est comme s'il eût contemplé la lumière du soleil. Simon tourna la tête pour regarder dans la direction du regard de Binabik, mais ne vit rien d'autre que le pâle soleil lui-même qui se hissait au-dessus des derniers pics des Monts-Trolls.

Qantaqa était étendue aux pieds du troll. Elle leva brièvement la tête lorsque Simon s'approcha en faisant craquer la neige, puis la reposa sur ses pattes.

« Binabik ? Tout va bien ? » demanda Simon.

Le troll sembla un instant ne pas l'avoir entendu, puis se tourna lentement, un large sourire creusant son visage. « Un bon jour à toi, ami-Simon », dit-il. « Je me sens bien avec complètement. »

« Oh. Je voulais juste... Tu étais absorbé... »

« Regarde. » Binabik tira un doigt épais de la manche de sa veste et le pointa vers l'est.

Simon tourna encore une fois la tête et regarda de nouveau, en mettant une main au-dessus de ses yeux. « Je ne vois rien. »

« Regarde avec grande attention. Regarde le dernier pic, qui se trouve à ta main droite. Là. » Il indiqua un versant gelé, jeté dans l'ombre par le soleil qui se trouvait derrière lui.

Simon concentra toute son attention, peu enclin à admettre son échec. Alors qu'il allait abandonner, il aperçut enfin quelque chose : des lignes noires couraient sur la surface glacée de la montagne comme les facettes d'une gemme. Il plissa les yeux, s'efforçant de distinguer des détails.

« Tu veux dire ces ombres ? » demanda-t-il enfin. Binabik acquiesça, un sourire ravi sur le visage. « Eh bien », demanda Simon, « qu'est-ce que c'est ? »

« Plus que des ombres », répondit doucement Binabik. « Ce que tu vois sont les tours de Tumet'ai perdue. »

« Des tours dans une montagne ? Et qui est Toumétaille ? »

Binabik eut un froncement de sourcils moqueur. « Simon, tu as déjà entendu ce nom plusieurs fois. Comment Morgénès a-t-il fait le choix de son apprenti ? As-tu le souvenir du moment où j'ai parlé avec Jiriki du *Ua'kizaTumet'ai nei-R'i'anis* ? »

« En quelque sorte », répondit Simon d'un air gêné. « Qu'est-ce que c'est ? »

« Le chant de la chute de la cité de Tumet'ai, l'une des Neuf Cités du Sithi. Ce chant est le racontement de l'histoire de l'abandon de Tumet'ai. Ces ombres que tu vois sont ses tours, emprisonnées dans des milliers d'années de glace. »

« Vraiment ? » Simon écarquilla les yeux en direction des sombres masses verticales qui formaient comme des marques sous la glace laiteuse. Il essaya de se les représenter comme des tours, mais en fut incapable. « Pourquoi l'ont-ils abandonnée ? » demanda-t-il.

Binabik plongea sa main dans la fourrure du dos de Qantaqa. « Cela a un nombre de raisons, Simon. Si tu veux, je te raconterai une partie de son histoire plus tard, lorsque nous chevaucherons. Ce sera une aide au passement du temps. »

« Et, de toute façon, pourquoi ont-ils construit une cité sur une montagne gelée ? » demanda Simon. « Ça paraît stupide. »

Binabik le dévisagea d'un air ronchon. « Tu parles, Simon, à quelqu'un élevé dans les montagnes, comme tu es avec certaineté capable de te rappeler. Un aspect de l'âge d'homme, je crois, est de peser ses mots avant d'ouvrir sa bouche. »

« Je suis désolé », dit Simon, en essayant d'étouffer un sourire espiègle. « Je n'avais pas réalisé que les trolls étaient heureux de vivre là où ils étaient. »

« Simon », dit sévèrement Binabik, « je crois que ce serait une bonne chose si tu allais rassembler les chevaux. »

« Eh bien, Binabik », dit enfin Simon, « que sont les Neuf Cités ? »

Ils chevauchaient depuis plus d'une heure, s'étant enfin détournés des contreforts des Monts-Trolls pour s'engager dans la vaste mer immaculée du Désert Blanc, et suivaient maintenant le tracé de ce que Binabik appelait la vieille route de Tumet'ai, une large chaussée qui avait autrefois relié la cité prisonnière des glaces et ses sœurs du sud. Il ne restait pas grand-chose qui ressemblât à une route, maintenant : quelques larges pierres se dressaient encore sur les côtés de la piste, et des pavés étaient parfois toujours en place sous la neige qui les recouvrait.

Simon n'avait pas posé cette question parce qu'il tenait à étendre ses connaissances historiques : sa tête était à tel point gorgée de noms de personnages et de lieux étranges qu'il y restait à peine la place pour une idée ; mais le paysage vide, ce champ de neige infini tout juste parsemé de quelques malheureux bouquets d'arbres, lui donnait envie d'entendre une histoire.

Binabik, qui avait jusqu'ici chevauché légèrement en avant d'eux, chuchota quelque chose à Qantaqa. Laissant échapper des volutes de son souffle vaporeux, la louve s'arrêta dans le sillon qu'elle traçait, jusqu'à ce que Simon l'eût rattrapée. La jument de Simon broncha et fit quelques caracoles. Tandis que Qantaqa gambadait paisiblement à côté d'eux, Simon tapota le cou du cheval, lui murmurant de doux mots de réconfort. Après quelques enjambées heurtées, elle réussit à poursuivre sa marche sans rien plus qu'un ébrouement occasionnel. Pour sa part, la louve ne prêta aucune attention à la jument, et maintint sa tête basse pour continuer de renifler la neige.

« Bien, Monretour, bien. » Simon laissa courir sa main le long de son épaule, sentant les puissants muscles bouger sous ses doigts. Il lui avait donné un nom et maintenant elle lui obéissait ! Il sentit une douce joie le parcourir. C'était son cheval, maintenant.

Binabik sourit à la vue de l'expression de fierté de Simon. « Tu lui as montré du respect. C'est une bonne chose », dit-il. « Trop souvent, les hommes pensent que ceux qui les servent le font par inférieureté ou par faibleté. » Il gloussa. « Ceux qui ont cette croyance devraient chevaucher une monture comme Qantaqa, qui peut les manger si elle le désire. Ils apprendraient alors l'humbleté. » Il gratta la bande de fourrure entre les omoplates de Qantaqa ; la louve arrêta de courir un instant pour apprécier l'attention, puis reprit sa course dans la neige.

Sludig, qui chevauchait juste devant eux, tourna la tête pour les observer. « Ah ! Tu seras bientôt un cavalier en plus d'un guerrier, n'est-ce pas ? Notre ami Mèche-blanche est le plus valeureux marmiton du monde ! »

Simon, gêné, se renfrogna et sentit sa peau se contracter autour de sa cicatrice. « Ce n'est pas mon nom. »

Sludig rit de sa déconfiture. « Et qu'est-ce qui te déplaît dans “ Simon Mèche-blanche ” ? C'est un vrai nom, honorablement gagné. »

« Si tu en as le déplaisement, ami-Simon », dit gentiment Binabik, « nous t'appellerons quelque chose d'autre. Mais Sludig parle avec vérité : tu as gagné ton nom avec honneur, et il t'a été donné par Jiriki de la première maison sithie. Les Sithis voient avec plus grande clareté que les mortels, au moins pour certaines choses. Comme pour tous leurs cadeaux, un nom n'est pas à écarter avec faciliteté. Tu te souviens de quand tu as tenu la Flèche Blanche au-dessus de la rivière ? »

Simon n'eut pas besoin de réfléchir longuement. Le moment où il était tombé dans la turbulente Aelfwent, malgré toutes les étranges aventures qu'il avait vécues depuis, restait un point noir dans sa mémoire. C'était son orgueil stupide, bien sûr, l'autre aspect de sa nature de tête-creuse, qui l'avait envoyé dans les profondeurs tourbillonnantes. Il avait voulu montrer à Miriamélé le peu de cas qu'il faisait de tout, jusqu'aux cadeaux des Sithis. Le souvenir même de cette bêtise lui donnait la nausée. Quel âne il était ! Comment pourrait-il jamais espérer que Miriamélé s'intéresse à lui ?

« Je me souviens », fut tout ce qu'il dit, mais la joie de l'instant avait disparu. Tout le monde pouvait monter à cheval, même une tête-creuse. Pourquoi être soudain aussi fier de lui quand tout ce qu'il avait fait était d'empêcher un cheval déjà entraîné à la bataille de faire un écart ? « Tu allais parler des Neuf Cités, Binabik », dit-il lourdement.

Le troll fronça les sourcils devant le ton déprimé de Simon, mais préféra ne pas s'appesantir. En lieu de cela, il fit faire halte à Qantaqa.

« Arrêtez-vous un instant et contemplez derrière », dit le troll, en faisant signe à Simon et à Sludig. Le Rimmersleute laissa échapper un bruit d'impatience, mais fit ce que demandait Binabik.

Le soleil s'était libéré de l'étreinte des montagnes. Ses rayons baignaient maintenant tout le flanc du pic le plus à l'est, illuminant sa surface de ses feux et projetant de profondes ombres dans ses crevasses. Les tours emprisonnées, qui n'étaient que des bandes sombres à l'aube, semblaient maintenant briller d'une chaude lueur rougeâtre, comme du sang coulant dans les artères froides de la montagne.

« Regardez bien », dit Binabik. « Il y a grande possibilité qu'aucun d'entre nous ne revoie jamais cette vision. Tumet'ai était un endroit de la plus grande magie, comme toutes les grandes cités du Sithi. Les semblables ne verront plus jamais le jour. » Le troll prit une longue inspiration, puis les surprit en se mettant soudain à chanter.

« *T'senei mezu y'eru,*
Iku'do saju-rhà,
O do'ini he-huru.
Tumet'ai ! Zi'inu asunà !
Shemisayu, nun'ai temuy'à... »

La voix de Binabik porta à travers le matin calme, disparaissant sans lever d'écho. « Ceci est le début du chant de la chute de Tumet'ai », dit-il solennellement. « Un chant très ancien, et dont je n'ai la connaissance que de quelques vers. Ceux que j'ai chantés veulent dire ceci :

« *Tours d'écarlate et d'argent,*
Hérauts de l'astre du jour,
Vous avez glissé dans des ombres froides.
Tumet'ai ! Domaine de l'aube !
Première pleurée et dernière oubliée... »

Le troll agita la tête. « C'est une grande difficulté pour moi de changer des choses ouvragées par les Sithis en des mots justes, surtout dans une langue qui n'est pas celle de ma naissance. Vous m'accorderez votre pardon, j'en ai l'espoir. » Il sourit tristement. « Dans tous les cas, les chants sithis ont pour leur racine des pensées de perte et de long souvenir, alors comment une personne de mes courtes années pourrait-elle faire chanter leurs mots ? »

Simon observait les tours presque invisibles, bandes pâlissantes dans la glace qui les emprisonnait.

« Où sont allés les Sithis qui vivaient là ? » demanda-t-il. Les mots du chant de Binabik se répétèrent dans son esprit : *Vous avez glissé dans des ombres froides*. Il pouvait ressentir ces ombres se resserrer contre son cœur comme des cercles de glace. *Vous avez glissé dans des ombres froides*. Son visage le lançait là où le sang du dragon l'avait marqué.

« Là où les Sithis vont toujours », répondit le troll. « Ailleurs. Vers des endroits moindres. Ils meurent, ou disparaissent dans l'ombre, ou vivent et deviennent moins que ce qu'ils étaient. » Il s'interrompit, les yeux baissés tandis qu'il s'efforçait de trouver ses mots. « Ils ont apporté la création de beaucoup des belles choses de ce monde, Simon, et presque toutes les belles choses de ce monde étaient admirées par eux. Il a été dit souvent que le monde devient moins beau à mesure de leur déclin. Je n'ai pas la connaissance pour dire si cela est vrai. » Il enfonça ses mains dans l'épaisse fourrure de Qantaqa et la pressa d'avancer, s'éloignant au petit galop des montagnes. « Je voulais que tu gardes le souvenir de cet endroit, Simon... mais n'aie pas de chagrin.

La beauté est encore en très grande quantité dans ce monde. »

Sludig fit le signe de l'Arbre par-dessus la cape qui recouvrait sa poitrine. « Je ne peux pas dire que je partage ton amour de ces endroits magiques, troll. » Il fit claquer ses rênes, pressant sa monture de se mettre en marche. « Le bon Seigneur Usires est venu nous libérer du paganisme. Ce n'est pas par hasard que ces démons impies qui menacent notre monde sont cousins de ces Sithis pour lesquels tu te lamentes. »

Simon sentit une vague de rage monter en lui. « C'est stupide, Sludig. Et Jiriki ? Est-ce que c'est un démon ? »

Le Rimmersleute se tourna vers lui, un sourire triste se formant dans sa barbe blonde. « Non, petit. Mais ce n'est pas non plus un compagnon de jeu magique ou un esprit protecteur, comme tu sembles le penser. Jiriki est plus vieux et plus profond qu'aucun d'entre nous ne peut l'imaginer. De tels êtres sont également bien plus dangereux que ne peuvent le penser les mortels. Dieu savait ce qu'il faisait lorsqu'Il a aidé l'humanité à purger ces terres des Sithis. Jiriki a été juste, mais son peuple et le nôtre ne pourront jamais vivre ensemble. Nous sommes trop différents. »

Simon ravala une réponse rageuse, préférant tourner son regard vers la piste enneigée qui s'ouvrait devant eux. Parfois, il n'aimait pas du tout Sludig.

Ils chevauchèrent un temps en silence, sans autre bruit que leur souffle et le pas de leurs montures, puis Binabik reprit la parole.

« Tu as eu une chance de grande rareté, Simon », dit-il.

« D'être pourchassé par des démons, tu veux dire », grommela Simon. « Ou de voir mourir mes amis ? »

« S'il te plaît. » Le troll leva sa petite main en un geste apaisant. « Je ne fais pas une allusion à une chance de cette sorte. Avec certaineté, c'est une route terrible que nous avons empruntée. Non, je veux dire avec simpleté que tu as vu trois des Neuf Cités. Peu de mortels peuvent affirmer cette phrase avec vérité. »

« Quelles trois ? »

« Tumet'ai, dont tu as eu la vision de tout ce qui restait à voir, maintenant que la glace l'a saisie. » Le troll ouvrit les doigts en comptant. « Da'ai Chikiza, dans la forêt d'Aldhéorte, où j'ai reçu mon infortuné fléchage. Et Asu'a, dont les os sont les fondations du Hayholt où tu as eu ta naissance. »

« Les Sithis y ont construit la Tour de l'Ange Vert, et elle est toujours debout », dit Simon, en se souvenant de sa silhouette pâle, comme un doigt blanc pointé vers le ciel. « Avant, je grimpais dedans tout le temps. » Il réfléchit un instant. « Et cet autre endroit... Celui qui s'appelle Enki... Enki ?... »

« Enki-e-Shao'saye ? » proposa Binabik.

« Oui. Est-ce que Enki-e-Shao'saye était l'une des grandes cités ? »

« Avec certaineté. Et nous verrons ses ruines, un jour, s'il y a un reste, car c'est dans la proximité de l'endroit où nous trouverons la Pierre de l'Adieu. » Il se pencha en avant alors que Qantaqa s'apprêtait à bondir par-dessus une petite butte.

« Je l'ai déjà vue », dit Simon. « Jiriki me l'a montrée dans le miroir. C'était magnifique : tout de vert et d'or. Il l'a appelée la Cité de l'Été. »

Binabik sourit. « Alors tu en as vu quatre, Simon. Bien peu des plus sages peuvent affirmer une telle chose après toute la longueur d'une vie. »

Simon réfléchit à cela. Qui eût jamais pensé que les leçons d'histoire de Morgénès auraient une telle importance ? Les anciennes cités et les anciennes histoires faisaient maintenant partie intégrante de sa vie. Il était étrange de voir à quel point le futur semblait inséparablement lié au passé, pour que tous deux tournent autour du présent, comme une grande roue...

La roue. L'ombre de la roue...

Une image sortie d'un rêve s'imposa à lui, celle d'un grand cercle noir poussant implacablement vers le bas, une immense roue qui chassait tout devant elle. Parfois, le passé se forçait un chemin jusque dans l'instant présent, jetant une ombre sur ce-qui-allait-être...

Quelque chose était là dans son esprit, mais juste hors de portée, quelque forme occulte qu'il pouvait sentir mais ne savait reconnaître. Ça avait un rapport avec ses rêves, quelque chose au sujet du Passé et de l'Avenir...

« Je pense qu'il faut que j'en sache plus, Binabik », dit-il enfin. « Mais il y a tant de choses à comprendre ; je ne me souviendrai jamais de tout. Quelles étaient les autres cités ? » Il fut un instant distrait par un mouvement dans le ciel devant lui, quelques points sombres, des formes en mouvement telles des feuilles mortes portées par le vent. Il plissa les yeux, et vit que ce n'était qu'une bande d'oiseaux volant haut.

« Le passé est une bonne chose à savoir, Simon », dit le petit homme, « mais c'est décider les choses qui ont de l'importance qui sépare l'homme sage des autres. Pourtant, même si mon idée est que les noms des Neuf Cités te seront de peu d'usage, c'est une bonne chose de les connaître. Autrefois, leurs noms étaient sus de tous les enfants dans leur berceau. »

« *Asu'a, Da'ai Chikiza, Enki-e-Shao'saye*, et *Tumet'ai* sont les noms que tu connais déjà. *Jhina-T'senei* repose noyée sous les mers du sud. Les ruines de *Kementari* se dressent quelque part sur l'île Warinsten, l'endroit de naissance de ton roi Jean Presbytère. Tout autant cachées sont *Mezutu'a* et *Hikehikayo*, toutes deux perdues sous les montagnes du nord-ouest d'Osten Ard. La dernière, *Nakkiga*, maintenant que mes idées sont occupées par elle, est encore une cité que tu as vue, du moins en un sens... »

« Qu'est-ce que tu veux dire par là ? »

« Nakkiga est la cité que les Norns ont construite il y a très longtemps dans l'ombre du Pic de l'Orage, avant de se retirer à l'intérieur de la grande montagne de glace elle-même. Sur la Route des Rêves avec Géloé et moi, tu l'as vue avec certaineté, mais tu as avec certaineté aussi négligé ses restes devant l'immensité de la montagne. Alors, en un sens, tu as aussi visité Nakkiga. »

Simon frissonna, se remémorant la vision des immenses salles de glace au cœur du Pic de l'Orage, des visages blancs fantomatiques et des yeux brûlants qui brillaient dans ses profondeurs. « C'était bien suffisant », dit-il. « J'espère ne jamais m'en approcher plus. » Il plissa les yeux en regardant le ciel. Les oiseaux tournaient toujours paresseusement au-dessus d'eux. « Est-ce que ce sont des corbeaux ? » demanda-t-il à Binabik en les lui montrant du doigt. « Ça fait un moment qu'ils tournent au-dessus de nos têtes. »

Le troll regarda vers le haut. « Des corbeaux, oui ; et de très grands corbeaux, avec certaineté. » Il sourit espièglement. « Peut-être qu'ils attendent que nous tombions très morts, pour les aider dans leur recherche de nourriture. C'est une grande pitié de les décevoir, n'est-ce pas ? »

Simon grommela. « Peut-être qu'ils sont capables de voir que je meurs de faim, et que je ne vais plus tenir très longtemps. »

Binabik acquiesça solennellement. « Quel manque de délicatesse de ma part. Bien sûr, Simon, c'est la grande vérité que tu n'as pas reçu de nourriture depuis que tu as brisé ton jeûne. Par les Osselets de Chukku ! Pauvre ami-Simon ! C'était il y a une heure ! Tu dois approcher avec grande célérité du terrible moment de la fin dernière ! » Lorsqu'il en eut terminé avec ses sarcasmes, il commença à fouiller dans son sac, en maintenant son équilibre sur le dos de Qantaqa de son autre main. « Je vais avec possibilité découvrir pour toi un peu de poisson séché. »

« Merci. » Simon tenta de paraître enthousiaste : après tout, un peu de nourriture était préférable à pas de nourriture du tout.

Tandis que Binabik poursuivait ses laborieuses recherches, Simon regarda une fois encore vers le ciel. La bande d'oiseaux noirs tournait toujours en silence au-dessus d'eux, les ailes écartées sous les nuages sombres comme des lambeaux de chiffon.

Le corbeau se pavana sur le rebord de la fenêtre, ses plumes gonflées par l'air froid. D'autres représentants de son espèce, rendus gras et insolents par l'abondante nourriture des gibets, croassèrent bruyamment dans les branches dénudées de l'autre côté de la fenêtre. Aucun autre son ne s'échappait des communs silencieux et déserts.

Même lorsque le corbeau lissait ses plumes luisantes, ses yeux jaunes brillants restaient en alerte ; quand le gobelet fila vers lui telle la pierre d'une fronde, il eut donc plus que le temps de se laisser tomber du rebord avec un croassement rauque, puis d'écarter ses ailes pour s'envoler et aller rejoindre ses congénères sur les cimes des arbres dénudés. Le gobelet bosselé roula en un cercle inégal sur le sol de pierre avant de s'immobiliser. Un fin ruban de fumée s'éleva de la sombre liqueur qui s'était répandue sous le rebord de la fenêtre.

« Je déteste leurs yeux », dit le roi Élias. Il tendit la main pour attraper un autre gobelet, qu'il réserva cette fois à un usage plus habituel. « Ces maudits yeux jaunes et leur regard sournois. » Il essuya ses lèvres. « Je crois qu'ils m'espionnent. »

« Qu'ils vous espionnent, Majesté ? » dit lentement Guthwulf. Il ne tenait pas à déclencher l'une des implacables crises de rage d'Élias. « Pourquoi est-ce que des oiseaux vous espionneraient ? »

Le Roi souverain le dévisagea de ses yeux verts, puis un sourire fendit son visage pâle. « Oh ! Guthwulf, tu es si innocent, si naïf ! » Il gloussa durement. « Viens, rapproche cette chaise. C'est bon de parler de nouveau avec un honnête homme. »

Le Marquis d'Utanyéate fit ce que lui demandait son roi, se rapprochant jusqu'à ce que moins d'une aune ne séparât sa chaise de la masse jaunissante du Trône du Dragon. Il prit bien garde de ne jamais poser les yeux sur l'épée au fourreau noir qui pendait au côté du Roi souverain.

« Je ne vois pas ce que vous voulez dire par " innocent ", Élias », dit-il, en se maudissant intérieurement pour la note de froideur qu'il perçut dans sa propre voix. « Dieu sait bien que nous avons tous deux puissamment œuvré dans la Chapelle du Péché durant notre jeunesse. Mais si vous voulez dire innocent de toute traîtrise envers mon roi et ami, alors je suis heureux de porter ce nom. » Il espéra que ses mots étaient plus assurés que ses pensées. Son cœur s'emballait à la simple évocation du mot " traîtrise " ces jours-ci, et les fruits putréfiés qui pendaient au lointain gibet n'en étaient pas l'unique raison.

Élias sembla ne remarquer aucune des inquiétudes qui hantaient Guthwulf. « Non, mon vieil ami, non. C'était un compliment. » Il but une autre gorgée du liquide noir. « Il y a si peu de gens auxquels je peux encore faire confiance. J'ai mille milliers d'ennemis. » L'expression du roi se fit mélancolique, ce qui ne fit que rendre plus évidente encore l'extrême pâleur de son visage et les rides dues à l'épuisement et à la tension. « Pryrates est parti à Nabban, comme tu le sais », dit-il enfin. « Tu peux parler librement. »

Guthwulf sentit une soudaine lueur d'espoir. « Est-ce que vous soupçonnez Pryrates de traîtrise, Sire ? »

L'étincelle fut rapidement éteinte.

« Non, Guthwulf, tu me comprends mal. Je veux dire que je sais que tu n'es pas à l'aise en présence du prêtre. Cela n'a rien de surprenant : j'ai moi-même eu du mal, au début. Mais je suis un homme différent, maintenant. Un homme différent. » Le roi rit étrangement, puis éleva la voix jusqu'à crier. « Poisson-séché ! Ressers-moi ! Et presse-toi, maudit mollasson ! »

Le nouvel échanson du roi entra, une aiguière débordante dans ses mains roses. Guthwulf le regarda aigrement. Non seulement il était certain que ce Frère Hengfisk aux yeux saillants était un espion à la solde de Pryrates, mais il y avait en plus quelque chose chez lui de sérieusement anormal. Le visage du moine semblait figé pour l'éternité en un sourire idiot, comme si son âme brûlait d'une plaisanterie splendide qu'il ne pouvait partager. Le Marquis d'Utanyéate avait une fois tenté de lui adresser la parole dans l'antichambre de la Salle du Trône, mais Hengfisk s'était contenté de le dévisager en silence, avec un sourire si large que son visage semblait menacer de se fendre en deux. Qu'il se fût agi de n'importe quel autre serviteur que l'échanson du roi, et Guthwulf l'aurait frappé pour une telle insolence, mais il n'était jamais certain ces temps-ci de ce dont Élias pouvait prendre ombrage. Et puis il y avait l'autre aspect déplaisant du moine à l'esprit simple : sa peau un peu rêche, comme si la couche supérieure avait brûlé et pelé. Guthwulf n'était pas pressé de le toucher.

Lorsque Hengfisk versa le liquide noir dans le gobelet du roi, quelques gouttes fumantes éclaboussèrent les mains du moine, mais l'échanson ne cilla pas. Un instant plus tard, il quitta la pièce, affichant toujours son expression lunatique. Guthwulf maîtrisa un frisson qui ne demandait qu'à le parcourir tout entier. Folie ! Qu'était-il donc arrivé au royaume ?

Élias était resté insensible à toute la scène, les yeux fixés sur quelque chose situé au-delà de la fenêtre. « Pryrates a effectivement... des secrets », dit-il enfin, lentement, comme s'il choisissait soigneusement chaque mot.

Le marquis s'efforça d'écouter avec attention.

« Mais il n'a aucun secret pour moi », poursuivit le roi, « ... qu'il en soit conscient ou pas. Une des choses qu'il pense que je ne sais pas est que Josua a survécu à la chute de Naglimund. » Il leva la main pour retenir l'exclamation de surprise de Guthwulf. « Autre secret qui n'en est pas un : il prévoit de se débarrasser de toi. »

« De moi ? » Guthwulf était stupéfait. « Pryrates veut me tuer ? » La colère qui montait en lui était mêlée d'une panique soudaine.

Le roi sourit, ses lèvres découvrant ses dents à la manière d'un chien acculé. « Je ne sais pas s'il veut te tuer, Loup, mais je sais qu'il veut t'écarter. Pryrates trouve que je t'accorde une trop grande confiance et préférerait avoir toute mon attention. » Il rit, mais ce ne fut qu'un claquement sec.

« Mais... mais, Élias... » Guthwulf était abasourdi. « Qu'allez-vous faire ? »

« Moi ? » Le regard du roi était d'un calme inquiétant. « Je ne vais rien faire. Et toi non plus. »

« Quoi ! ? »

Élias s'enfonça dans son trône, si bien que, durant un instant, son visage disparut dans l'ombre du crâne du grand dragon. « Tu peux te protéger, bien sûr », dit-il d'un ton encourageant. « Je veux simplement dire que je ne peux te permettre de tuer Pryrates. À supposer que tu le puisses, bien sûr, et je suis loin d'en être certain. Franchement, mon vieil ami, Pryrates a pour l'instant plus d'importance pour moi que toi. »

Les mots du roi restèrent suspendus en l'air, ressemblant à tel point aux fruits de la folie que Guthwulf eut un instant la certitude qu'il était en train de rêver. Parce que le temps passait et que la pièce glaciale ne se transformait pas en un autre endroit, il se força à parler de nouveau.

« Je ne comprends pas. »

« Tu n'as pas à comprendre. Pas encore. » Élias se pencha en avant, ses yeux aussi brillants que des lampes brûlant derrière de fines glaces vertes. « Mais tu comprendras bientôt, Guthwulf. J'espère que tu vivras assez longtemps pour tout comprendre. Cela dit, je ne peux pas, pour l'instant, te permettre de faire obstacle à Pryrates. Donc, si tu penses devoir quitter le château, je le comprendrai. Tu es le seul ami qui me reste. Ta vie a de l'importance pour moi. »

Le Marquis d'Utanyéate aurait voulu rire d'une affirmation aussi étrange, mais il ne pouvait se débarrasser de l'impression de morbide irréalité qui l'habitait. « Mais pas autant que celle de Pryrates ? »

La main du roi se tendit comme un serpent qui frappe, attrapant la manche de Guthwulf. « Ne sois pas stupide ! » grinça-t-il. « Pryrates n'est rien ! C'est ce que Pryrates m'aide à faire qui est important. Je t'ai dit que de grandes choses se préparaient. Mais il y aura d'abord un temps durant lequel les choses... changeront. »

Guthwulf observa le visage enfiévré du roi et sentit quelque chose mourir en lui. « J'ai senti certains des changements, Élias », dit-il d'un ton lugubre. « Et j'en ai vu certains autres. »

Son vieil ami le regarda, puis sourit étrangement. « Ah. Le château, tu veux dire. Oui, certains des changements ont lieu ici même. Mais tu ne comprends toujours pas. »

La patience n'avait jamais été dans les habitudes de Guthwulf. Il lutta pour retenir sa colère. « Aidez-moi à comprendre. Dites-moi ce que vous faites. »

Le roi secoua la tête. « Tu ne comprendrais pas. Pas maintenant. Pas comme ça. » Il se recula de nouveau, son visage s'enfonçant une fois de plus dans l'ombre, de telle façon que le grand crâne aux puissants crocs et aux orbites noires parût presque être le sien. Un long silence s'ensuivit. Guthwulf écouta les mornes cris des corbeaux dans les communs.

« Viens là, mon vieil ami », dit enfin Élias, d'une voix lente et mesurée. Tandis que Guthwulf relevait les yeux, le roi tira partiellement son épée à double garde de son fourreau. Le métal luit ténébreusement, noir et teinté d'un gris diffus, comme le ventre tacheté de quelque ancien reptile. Les corbeaux se turent soudain. « Viens là », répéta le roi.

Le Marquis d'Utanyéate ne pouvait arracher ses yeux de l'épée. Le reste de la pièce devint gris et perdit toute substance ; l'épée elle-même semblait briller sans lumière, et rendre l'air aussi lourd que de la pierre. « Vas-tu me tuer maintenant, Élias ? » Guthwulf sentit ses mots s'alourdir, requérant chacun un effort pour être prononcé. « Vas-tu en épargner l'effort à Pryrates ? »

« Touche l'épée, Guthwulf », dit Élias. Ses yeux semblaient briller plus intensément à mesure que la pièce s'obscurcissait. « Approche-toi et touche l'épée. Alors tu comprendras. »

« Non », dit faiblement Guthwulf, mais il regarda avec horreur son bras s'avancer, comme mû par une volonté qui lui était propre. « Je ne veux pas toucher cette maudite chose... » Maintenant, sa main se trouvait juste au-dessus de la lame laide et luisante.

« Une chose maudite ? » Élias s'esclaffa, mais son rire semblait lointain. Il tendit le bras et prit la main de son ami, aussi doucement qu'une amante. « Mon pauvre ami, tu n'as pas la moindre idée de ce qu'est cette épée. Connais-tu son nom ? »

Guthwulf regarda ses doigts se poser doucement contre la surface flétrie de l'épée. Un froid engourdissant commença à progresser lentement le long de son bras, d'innombrables épines de glace picotant sa peau. À la suite du froid vint une féroce noirceur. La voix d'Élias semblait s'éloigner progressivement.

« ... *Jingizu* est son nom... » cria le roi. « Elle s'appelle Peine... »

Et, dans le sein de la terrifiante brume qui enveloppa son cœur, à travers la couche de glace qui recouvrit puis pénétra ses yeux et ses oreilles et sa bouche, Guthwulf perçut l'effroyable chant de triomphe de l'épée. Celui-ci bourdonna à travers tout son être, d'abord doucement, mais prenant toujours plus d'ampleur, une musique terrible et puissante qui égala puis dévora ses propres rythmes, qui engloutit ses notes simples et faibles, jusqu'à avoir totalement absorbé le chant qu'était son âme dans sa mélodie lugubrement triomphante. Peine chanta en lui, l'emplissant. Il l'entendit crier avec sa propre voix, comme s'il était devenu l'épée, ou comme si l'épée était d'une façon ou d'une autre devenue Guthwulf. Peine était vivante et cherchait quelque chose. Guthwuf cherchait également : il avait été subsumé dans le chant étranger. Lui et l'épée ne faisaient plus qu'un.

Peine cherchait ses sœurs.

Il les trouva.

Deux formes luisantes étaient là, juste hors de sa portée. Guthwuf n'avait d'autre envie que d'être avec elles, de joindre sa fière mélodie aux leurs, pour qu'ensemble, ils puissent faire une musique plus puissante encore. Son désir n'avait ni matière ni chaleur, comme celui d'une cloche qui aspire à sonner, d'une magnétite qui se languit du vrai nord. Tous trois étaient de la même espèce, lui et les deux autres, trois chants comparables à rien d'autre que ce monde eût connu, mais chacun incomplet sans ses semblables. Il chercha à atteindre ses sœurs comme pour les toucher, mais elles étaient trop loin. Un simple éloignement physique les séparait encore. Malgré tous ses efforts, Guthwuf ne put les rapprocher, ne put les atteindre.

Finalement, l'équilibre délicat se brisa, le faisant plonger vers un vide infini, et il tomba, tomba, tomba...

Lentement, il redevint lui-même : Guthwulf; un homme né d'une femme, mais il continuait de tomber à travers les ténèbres. Il était terrifié.

Le temps s'accéléra. Il sentit des vers dévorer ses chairs, se sentit se dissoudre dans les profondeurs de la terre noire, dispersé en d'innombrables particules qui brûlaient de hurler mais n'avaient pas de voix; dans le même instant, il s'envola tel un vent puissant, dépassant en riant les étoiles pour rejoindre les espaces infinis qui séparent la vie et la mort. Durant un instant, la porte du Mystère elle-même s'ouvrit et une ombre sombre se dressa en lui faisant signe dans l'embrasure de la porte...

Longtemps après qu'Élias eut rengainé l'épée, Guthwulf cherchait encore son souffle, étendu sur les marches du Trône du Dragon, les yeux brûlants de larmes, ses doigts s'agitant désespérément.

« Est-ce que tu comprends, maintenant ? » demanda le roi, rayonnant de plaisir comme s'il venait de faire goûter à son ami un vin particulièrement splendide. « Comprends-tu pourquoi je ne puis échouer ? »

Le Marquis d'Utanyéate se remit lentement sur pied. Ses vêtements étaient sales et souillés. Il se détourna sans mot dire de son suzerain, puis traversa la salle du trône en chancelant; il poussa la porte et s'avança dans le couloir sans se retourner.

« Tu comprends ? » cria Élias dans sa direction.

Trois corbeaux vinrent se poser sur le rebord de la fenêtre. Ils restaient serrés les uns contre les autres, leurs yeux jaunes concentrés.

« Guthwulf ? » Élias ne criait plus, mais sa voix portait encore à travers la salle silencieuse comme une cloche qui sonne. « Reviens, mon vieil ami. »

« Regarde, Binabik », s'exclama Simon. « Qu'est-ce que ces oiseaux sont en train de faire ? »

Le troll suivit la direction du doigt de Simon. Les corbeaux tournaient follement dans le ciel au-dessus d'eux, dessinant de longues boucles circulaires.

« Ils sont nerveux, peut-être », répondit Binabik en haussant les épaules. « Je n'ai pas une grande connaissance des explications de ces choses... »

« Non; ils cherchent quelque chose ! » dit Simon, très excité. « Ils cherchent quelque chose ! J'en suis sûr ! Regarde-les ! »

« Mais ils ne s'éloignent pas de l'air au-dessus de nous. » Binabik dut élever la voix car les corbeaux commencèrent à croasser l'un l'autre, leurs cris rauques tranchant l'air immobile comme autant de couteaux.

Sludig avait tiré les rênes de son cheval, lui aussi, et observait l'étrange spectacle. Il plissa les yeux. « Si ce n'est pas un maléfice », dit-il, « alors je ne suis pas un Aédonite. Le corbeau était l'oiseau du Vieil Un-Œil, dans les temps anciens... » Il s'interrompit pour avoir vu autre chose. « Là ! » s'exclama-t-il en pointant du doigt. « On dirait un autre oiseau qu'ils sont en train de pourchasser. »

Maintenant, Simon pouvait le voir lui aussi : une silhouette grise plus petite voletait entre les formes noires, filant furieusement d'un côté puis de l'autre. À chaque changement de direction, elle semblait trouver l'un des grands oiseaux déjà sur son chemin. Simon pouvait voir que l'oiseau s'épuisait : chaque nouvelle manœuvre était plus hachée, chaque dérobade plus serrée.

« C'est un moineau ! » hurla Simon. « Comme ceux qu'avait Morgénès ! Ils vont le tuer ! »

Au moment même où Simon parlait, le cercle tournant des corbeaux parut sentir que leur proie atteignait ses limites. Le piège tournoyant se resserra, et les croassements prirent de l'ampleur comme pour saluer leur triomphe. Puis, alors que la chasse semblait terminée, le moineau trouva une ouverture et se libéra de l'anneau noir, filant d'un vol irrégulier vers un bosquet de sapins une cinquantaine de toises de là. Les corbeaux, braillants, plongèrent à sa poursuite.

« Je ne crois pas que le hasard a amené un tel oiseau ici », dit Binabik en dévissant son bâton pour libérer sa poche de dards. « Ou ait fait attendre les corbeaux avec autant de patienteté au-dessus de nos têtes. » Il attrapa la peau du cou de Qantaqa. « *Chok, Qantaqa !* » cria-t-il. « *Ummu chok !* »

La louve bondit en avant, écrasant la neige sous ses larges pattes. Sludig enfonça les talons et sa monture partit à la suite du troll. Simon, jurant dans sa barbe, se débattit un instant avec les rênes de Monretour. Le temps qu'il les eût arrangées, elle avait décidé d'elle-même de suivre le cheval de Sludig. Simon s'accrocha à son cou tandis qu'ils galopaient sur la neige inégale, la poudre soulevée par les sabots lui brûlant les yeux.

Les corbeaux tourbillonnaient autour du bosquet comme un essaim d'abeilles noires. Binabik, qui était en tête, disparut entre les troncs serrés. Sludig le suivit aussitôt, sa lance maintenant en main. L'espace d'un instant, Simon se demanda comment le Rimmersleute allait tuer des oiseaux avec une lourde lance, puis la rangée d'arbres fut sur lui. Il tira sur les rênes, ralentissant son cheval. Il baissa la tête pour passer sous une branche basse, mais ne fut pas assez rapide pour éviter un monceau de neige qui tomba dans le col de sa cape et descendit le long de son cou.

Binabik se trouvait à côté de Qantaqa, au centre du bosquet, le tube creux devant sa bouche. Les joues du troll se détendirent ; un instant plus tard, une large masse noire tomba à travers les branches au-dessus d'eux, battant encore un peu des ailes sur le sol blanc avant de mourir.

« Là ! » dit Binabik, en accompagnant son exclamation d'un geste. Sludig donna un coup de lance en l'air, frottant sa pointe contre les branches d'arbre tandis que Qantaqa laissait échapper un aboiement puissant et excité.

Une aile noire frôla le visage de Simon. Le corbeau frappa l'arrière du crâne de Sludig, ses griffes grattant inutilement le métal de son casque. L'un de ses congénères plongea du ciel en braillant, et tourbillonna autour des bras du Rimmersleute qui jouait de sa lance.

Pourquoi est-ce que je ne porte pas de casque ? pensa Simon d'un air dégoûté, tout en levant la main devant ses yeux soudain vulnérables.

Le petit bosquet bruissait des braillements des oiseaux. Qantaqa, les deux pattes avant posées sur un tronc d'arbre, secouait énergiquement la tête comme si elle en avait déjà attrapé un.

Quelque chose de petit et d'inerte comme une petite boule de neige glissa d'un arbre proche. Binabik tomba à genoux aux pieds du Rimmersleute et le protégea dans ses mains en coupe.

« Je l'ai ! » cria-t-il. « Rejoignons le ciel ouvert avec célérité ! *Sosa, Qantaqa !* » Il se hissa sur le dos de la louve, une main maintenant glissée sous sa veste. Il dut esquiver l'attaque de l'un des corbeaux ; le manche de la lance de Sludig siffla à travers l'espace que la tête du troll venait de quitter, frappant l'oiseau comme une massue, et le transformant en une nuée de plumes noires. Un instant plus tard, la louve avait fait sortir

Binabik de sous les arbres. Simon et Sludig eurent bientôt fait de même.

Malgré les cris furieux des oiseaux derrière eux, le terrain découvert parut étonnamment paisible à Simon. Il se retourna pour regarder. De durs yeux jaunes observaient depuis les hautes branches, mais les corbeaux ne les suivirent pas.

« Tu as sauvé l'oiseau ? » demanda-t-il.

« Chevauchons d'abord un peu plus loin », dit Binabik. « Puis nous regarderons ce que nous avons. »

Lorsqu'ils s'arrêtèrent, le troll sortit sa main de sous sa veste de peau. Il l'ouvrit lentement, comme s'il n'était pas certain de ce qu'il allait y trouver. L'oiseau niché à l'intérieur était mort, ou n'en était pas loin. Il reposait sur le côté, immobile, ses plaies déchiquetées couvertes de sang. Il y avait un rouleau de parchemin autour de sa patte.

« J'avais la pensée que c'était une possibilité », dit Binabik en regardant par-dessus son épaule. Les silhouettes sombres d'une douzaine de corbeaux s'alignaient comme des inquisiteurs aux épaules voûtées sur les branches de l'arbre le plus proche. « Je crains que nous ayons un plus important retard que nous l'aurions dû. »

Ses petits doigts déroulèrent le parchemin. Il avait été mâché ou déchiré, et il n'en restait plus qu'une partie. « Un fragment, avec incompleteté », dit tristement Binabik.

Simon regarda les minuscules runes qui s'alignaient sur la bande de papier déchiré. « Nous pourrions retourner dans le bosquet chercher le reste du message », dit-il, en détestant cette proposition à l'instant même où il la formulait.

Le troll secoua négativement la tête. « J'ai la certaineté que le reste a déjà poursuivi son chemin dans la gorge d'un corbeau, et que c'est avec égaleté ce qui serait arrivé à ce fragment et au messager, si nous étions arrivés avec encore plus de tardiveté. » Il plissa les yeux. « Il y a une poignée de mots que je comprends, mais il y a certaineté que ce message était destiné pour nous. Vous voyez ? » Il indiqua du doigt un minuscule gribouillage. « Le cercle et la plume de la Ligue du Parchemin. Le message a été envoyé par un Porteur du Parchemin. »

« Qui ça ? » demanda Simon.

« Attends avec patience, ami-Simon, peut-être que le fragment du message nous le dira. » Il tint le parchemin aussi droit qu'il le put. « Deux extraits sont lisibles de moi », dit-il. « Celui-ci, qui dit “ ... *arde au faux messager* ”, et cela : “ ... us *un instant à perdre. L'Orage se répa...* ” Puis c'est signé en dessous de la marque de la Ligue du Parchemin. »

« Le faux messager », souffla Simon, l'angoisse s'instillant en lui. « C'est le rêve que j'ai fait dans la maison de Géloé. Le Docteur Morgénès m'a dit de prendre garde au faux messager. » Il s'efforça de repousser le souvenir de ce rêve. Le docteur lui était apparu comme un corps calciné.

« “ Prenez garde au faux messager ” est donc avec probableté ce qui est écrit », dit Binabik en hochant la tête. « “ Plus un instant à perdre. L'Orage se répa... ” Se répand, je suppose. »

La peur panique que Simon avait réprimée durant des jours refit surface. « Le faux messager », ne put-il s'empêcher de répéter. « Qu'est-ce que ça peut vouloir dire ? Qui a écrit ce message, Binabik ? »

Le troll secoua la tête. Il glissa le lambeau de parchemin dans son sac puis s'agenouilla, creusant un trou dans la neige. « C'est un Porteur du Parchemin, et il n'en reste pas beaucoup qui persévèrent à être vivants. C'est peut-être Jarnauga, s'il vit encore. Il y a aussi Dinivan à Nabban. » Il déposa le petit oiseau gris dans le trou et le recouvrit tendrement.

« Dinivan ? » demanda Simon.

« Il est l'aide du Lecteur Ranéssin, la tête de votre Sainte Église », dit Binabik. « Un homme très bon. »

Sludig, qui était resté silencieux, parla soudain. « Le Lecteur fait partie de votre cercle païen ? » demanda-t-il, abasourdi. « Avec des trolls et tout ça ? »

Binabik eut un petit sourire. « Pas le Lecteur. Père Dinivan, son aide. Et ce n'est pas un “ cercle païen ”, Sludig, mais un groupe de ceux qui désirent la préserveté de la connaissance importante, pour en faire usage dans des temps tels que maintenant. » Il fronça les sourcils. « Ma réflexion cherche qui d'autre aurait pu adresser ce message à nous ; ou à moi, plutôt, car c'est avec certaineté l'art de mon maître qui a attiré l'oiseau ici vers moi. Si ce n'est pas les deux dont j'ai dit le nom, alors je ne peux le deviner, car Morgénès et mon maître Ookequk sont morts. Je n'ai pas la connaissance qu'il y ait d'autres Porteurs du Parchemin, sauf si des nouveaux ont été choisis. »

« Est-ce que ça pourrait être Géloé ? » demanda Simon.

Binabik réfléchit un temps, puis secoua négativement la tête. « Elle est l'une des plus sages des sages, mais elle n'a jamais été avec completeté Porteur du Parchemin, et j'ai le doute qu'elle utiliserait la rune de la ligue à la place de la sienne. » Il monta sur le dos de Qantaqa. « Nous poursuivrons notre réflexion sur le sens de cet avertissement en chevauchant. Il y a grand nombre de messagers qui nous ont conduits ici, et avec certaineté un autre grand nombre que nous rencontrerons dans les jours et les semaines à venir. Lesquels sont faux ? C'est une énigme de grande difficulté. »

« Regardez, les corbeaux s'en vont ! » cria Sludig. Simon et Binabik se retournèrent, pour voir les oiseaux s'élever au-dessus des arbres du bosquet comme un nuage de fumée, et prendre leur envol dans le ciel gris avant de se diriger vers le nord-ouest, dans un concert de piaillements stridents et dédaigneux.

« Ils ont achevé la raison de leur venue », dit Binabik. « Maintenant, ils rentrent vers le Pic de l'Orage, j'ai la supposition. »

La peur froide de Simon s'approfondit. « Tu veux dire... que c'est le Roi de l'Orage qui nous les a envoyés ? »

« Il y a doute avec minusculeté que leur mission était d'empêcher ce message d'atteindre nos yeux », dit Binabik en se penchant pour ramasser son bâton.

Simon tourna la tête pour suivre du regard les oiseaux qui disparaissaient au loin. Il s'attendait presque à voir une silhouette sombre se dessiner à l'horizon, des yeux rouges brûlants dans une tête noire sans visage.

« Ces nuages d'orage à l'horizon ont l'air très sombres », dit Simon. « Bien plus sombres qu'avant. »

« Il a raison. » Les yeux de Sludig brillaient. « Un méchant orage se prépare. »

Binabik soupira. Son visage rond était lugubre, lui aussi. « La fin du message est de grande clareté pour nous tous. L'orage s'étend, de plus d'une façon. Nous avons un long voyage devant nous, à travers des terres ouvertes et désertes. Nous devons utiliser toute la hâte que nous pouvons réunir. »

Qantaqa leur ouvrit la route. Simon et Sludig lancèrent leurs chevaux à sa suite. Poussé par quelque chose qu'il ne comprenait pas, Simon se retourna encore une fois, alors même qu'il savait ce qu'il allait voir.

Les corbeaux, qui étaient maintenant à peine plus que des points noirs dans le vent, disparaissaient de sa vue en se fondant dans la masse sombre de l'orage qui se préparait.

13

LE CLAN DE L'ÉTALON

La compagnie du prince déboucha enfin sur les plaines après quasiment un mois dans la vaste et ancienne forêt. Lorsqu'ils franchirent la dernière rangée d'arbres, les prairies s'étalèrent devant eux, formant un plancher inégal voilé par les brumes matinales qui se fondait imperceptiblement dans l'horizon gris.

Le Père Strangyeard pressa le pas pour rattraper Géloé. La femme-sorcière s'était engagée dans la plaine d'un pas volontaire, écrasant l'herbe humide sous ses pieds.

« Valada Géloé », dit Strangyeard en haletant, « Ah ! c'est vraiment un livre merveilleux que Morgénès a écrit là. Merveilleux ! Valada Géloé, avez-vous lu ce passage ? » Il tenta d'extirper la page, trébucha sur une touffe d'herbe, et ne rattrapa son équilibre que de justesse. « Je crois qu'il y a là une chose importante. Enfin, ce n'est pas ce que je voulais dire. Quelle folie ! Je suis stupide : il y a là beaucoup de choses importantes. Quel livre merveilleux ! »

Géloé posa la main sur l'épaule de Leleth, amenant l'enfant à interrompre sa marche. La petite fille ne leva pas les yeux, mais resta immobile là où elle s'était arrêtée, son regard perdu dans les brumes.

« Strangyeard, vous allez vous blesser », dit brusquement Géloé. Elle le dévisagea impatiemment. « Eh bien ? »

« Ciel », dit l'archiviste. Il se mit à jouer avec son bandeau pour se donner une contenance, manquant laisser tomber sa brassée de pages dans le mouvement. « Je ne voulais pas vous retenir. Je peux lire tout en marchant. »

« Je répète : vous allez vous blesser. Lisez. »

Avant que Strangyeard n'eût pu obtempérer, ils furent interrompus par de nouveaux arrivants.

« Dieu soit loué », s'exclama Isorn. Lui et Déornoth émergèrent de la pente arborée. « Nous en avons fini avec cette maudite forêt; nous sommes à l'air libre ! » Tous deux posèrent avec soin la litière qu'ils avaient portée, heureux de se libérer du poids de Sangfugol pour un instant. Grâce aux soins que lui prodiguait la femme-sorcière, le ménestrel se remettait bien, et assez vite, de ce qui aurait dû être une corruption fatale du sang, mais il ne pouvait toujours pas marcher plus de quelques heures d'affilée.

Géloé se tourna pour les regarder. « Vous pouvez louer le Seigneur autant que vous voulez », les avertit-elle, « mais il est possible que nous regrettions la perte du couvert des arbres avant longtemps. »

Le reste du groupe quitta la forêt et les rejoignit tant bien que mal. Le Prince Josua soutenait Towser, qui avançait en silence, l'air ahuri. Les yeux du vieil homme étaient levés vers le ciel, comme s'il contemplait un paradis distant caché derrière les nuages qui tapissaient le ciel. Vorzheva et la duchesse Gutrun marchaient un peu en retrait.

« Cela fait bien des années que je n'ai vu les Thrithings », dit Josua, « et même ces abords moins sauvages. J'avais presque oublié leur beauté. » Il ferma les yeux un instant, songeur, puis les rouvrit et regarda l'horizon indistinct. « Il n'y a rien de comparable à cette région dans tout Osten Ard. Certains l'appellent “ la table de Dieu ”. »

« Si c'est vraiment la table de Dieu, mon prince », dit Sangfugol avec un faible sourire, « alors Il se sert de nous pour jouer aux dés. Aédon me préserve, je suis fait pour chanter les exploits de Jack Mundwode et de ses bandits, par pour rivaliser avec eux dans les bois. » Il se hissa hors de la litière. « Il faut que je sorte de cet instrument de torture cabriolant et bondissant, et que je m'asseye un peu. Non, l'herbe me convient. Je crains plus mes jambes endolories que l'humidité. »

« Quelle gratitude », dit Isorn en souriant. « Je crois que je vais te montrer ce que c'est vraiment que de rebondir, ménestrel. »

« Très bien », dit Josua. « Nous allons faire une pause. Personne ne s'éloigne, et si vous vous écartez de plus d'un jet de pierre, emmenez quelqu'un avec vous. »

« Ainsi, nous avons échappé à la forêt », soupira Déornoth. « Si seulement Einskaldir avait pu voir cela. » Il pensa à la tombe du Rimmersleute dans l'une des paisibles clairières de Shisae'ron, un simple monticule de terre marqué de son casque et de l'Arbre de bois de Strangyeard. Toutes les connaissances et les soins de Géloé n'avaient pas suffi à le sauver des terribles blessures qu'il avait reçues lors de l'évasion qu'il avait menée. Maintenant, le féroce Einskaldir reposait pour l'éternité dans un endroit d'un calme intemporel. « C'était un sacré bâtard, Dieu prenne soin de son âme. » Déornoth secoua la tête. « Il n'abandonnait jamais, mais je ne pense pas qu'il ait cru qu'on avait une chance de s'en sortir. »

« Et on ne s'en serait jamais sorti sans lui », dit Isorn. « C'est une marque de plus sur la liste. »

« Quelle liste ? »

« La liste de ce dont devront répondre nos ennemis : Skali, Élias, et tous les autres. » Le large visage d'Isorn était sombre. « C'est une dette de sang. Un jour, ils paieront pour ce qu'ils ont fait. Et ce jour-là Einskaldir les regardera depuis le paradis, et il rira. »

Déornoth ne trouva rien à répondre à cela. Si Einskaldir pouvait observer les batailles depuis le paradis, c'est effectivement ce qu'il ferait : il rirait. Malgré toute sa piété, il semblait regrettable qu'Einskaldir eût manqué l'ancienne époque païenne de Rimmersgard, et fût obligé de passer l'éternité dans le paradis plus tranquille d'Aédon.

Tandis que les autres s'affairaient,Vorzheva chuchota quelques mots à la duchesse Gutrun, puis descendit la courte pente et rejoignit la plaine humide. Elle avança comme dans un rêve, les yeux fixés dans le vide, son parcours erratique et elliptique à travers les herbes humides.

« Vorzheva », tonna Josua, d'une voix plus dure qu'à l'accoutumée, « ne pars pas seule. La brume est épaisse et tu seras vite hors de vue. »

« Il faudrait qu'elle aille bien loin pour être hors de portée de voix, Prince Josua », dit la duchesse Gutrun, tout en soutenant Towser par le coude.

« Peut-être », dit Josua, « mais je préférerais que nous évitions d'errer dans le brouillard en signalant par des cris notre présence à toutes les oreilles présentes. Vous n'avez certainement pas déjà oublié l'escorte qui nous a accompagnés après Naglimund. »

Consternée, la duchesse Gutrun acquiesça silencieusement, lui concédant ce point. Vorzheva paraissait ne pas avoir conscience de cette discussion, et n'était maintenant plus qu'une pâle forme dressée qui glissait à travers la brume comme un fantôme.

« Maudite soit son effronterie », dit Josua d'un ton lugubre, en la regardant s'éloigner.

« Je vais aller avec elle. » Géloé se tourna vers Gutrun. « Gardez l'enfant près de vous, s'il vous plaît. » Elle dirigea Leleth dans la direction approximative de la duchesse, puis s'éloigna à longues enjambées à la suite de Vorzheva, qui disparaissait rapidement.

Josua la regarda s'éloigner, puis éclata d'un rire triste. « Si c'est ainsi que je commande un royaume de neuf ou dix personnes », dit-il à Déornoth, « alors mon frère peut demeurer sur le Trône du Dragon sans plus s'inquiéter. Les gens auraient supplié à genoux pour une chance d'obéir à mon père Jean. »

Même sa racine? se demanda Déornoth, mais il ne posa pas la question. Il regarda la forme sombre de Géloé rattraper le fantôme qu'était devenue Vorzheva. *Quand on a femme fière et impétueuse, il vaut mieux ne pas juger son succès à son obéissance.*

« S'il vous plaît, mon seigneur », préféra-t-il dire, « ne vous méjugez pas ainsi. Vous êtes épuisé, et avez faim et froid. Je vais faire un feu. »

« Non, Déornoth. » Josua frottait le bout de son moignon comme s'il était douloureux. « Nous ne resterons pas aussi longtemps. » Il se tourna pour regarder la bordure de la forêt, et toutes les ombres qui l'envahissaient. « Nous devons parcourir encore bien du chemin avant de pouvoir faire plus que des pauses. Nous nous arrêterons dans un endroit entièrement dégagé. Ainsi, nous serons peut-être à découvert, mais ceux qui voudraient nous surprendre le seraient aussi. »

« Une aimable pensée », grogna Sangfugol depuis l'endroit où il était assis. « Mais, après tout, nous sommes un joyeux groupe de pèlerins. »

« Les pèlerins qui traversent l'enfer ne peuvent se permettre trop de réjouissances », répondit Josua. Il s'écarta un peu vers la plaine pour s'isoler dans ses pensées.

« Alors pourquoi ne lui dis-tu pas ? » Il y avait de l'exaspération dans la voix de Géloé, mais ses yeux jaunes ne trahissaient aucune émotion. « Par tous les éléments,Vorzheva, tu n'es plus une jeune fille, tu es une femme. Pourquoi continuer ainsi ? »

Les yeux de Vorzheva étaient humides. « Je ne sais pas. Je n'arrive pas à le comprendre. »

Géloé secoua la tête. « Je n'arrive à comprendre aucun de vous. Je n'ai passé qu'une petite partie de ma vie en compagnie de vous humains, et cela à cause de votre incertitude... " je veux ci, je ne veux pas ça... " ; les animaux sont plus sensés, à mon avis. Ils font ce qu'ils doivent faire et ne s'embarrassent pas de ce qui ne peut être changé. » La femme-sorcière posa une main calleuse sur le bras de Vorzheva. « Pourquoi t'inquiètes-tu tant de choses qui n'ont aucune importance ? Il est évident que le Prince Josua tient à toi. Pourquoi ne lui dis-tu pas la vérité ? »

Vorzheva laissa échapper un profond soupir. « Il pense que je ne suis qu'une sotte fille de chariot. Ça le rend froid envers moi. Si je lui dis, cela ne fera qu'aggraver les choses... Je suis désolée... » Elle essuya rageusement ses yeux d'un revers de sa manche en lambeaux. « Ça a été de revoir le Féluwelt ; c'est ainsi que mon peuple appelle cet endroit, où la plaine s'enfonce dans l'ombre de la forêt. Ça m'a rappelé bien des souvenirs, et ça m'a rendue malheureuse... »

« Valada Géloé ? » C'était la voix du Père Strangyeard. Elle ne suffisait pas à le localiser dans le brouillard, mais il semblait tout proche. « Êtes-vous là ? Valada Géloé ? »

L'expression d'une certaine frustration fit son apparition sur le visage sévère de Géloé. « Je suis ici, Strangyeard. Quelque chose ne va pas ? »

L'archiviste apparut, forme dégingandée et voletante qui se matérialisa depuis l'obscurité grise. « Non, non, je voulais juste... » Il s'interrompit, les yeux fixés sur le visage couvert de larmes de Vorzheva. « Oh. Oh, je suis terriblement désolé. Je suis inexcusable. Je vous laisse. » Il fit volte-face pour disparaître de nouveau dans le brouillard.

« Ne partez pas ! » Bizarrement, c'était Vorzheva qui avait parlé. « Ne nous laissez pas, mon Père ; marchez avec nous. »

Strangyeard la regarda, puis regarda Géloé. « Je ne veux pas vous importuner, Madame. Je crains de n'avoir pensé qu'à cette chose que j'ai trouvée dans le manuscrit de Morgénès... » Son bandeau de travers, de courtes mèches de cheveux roux se recroquevillant dans l'humidité, il ressemblait à un pivert effarouché. Il parut vouloir une fois encore s'éloigner, mais la femme-sorcière leva une main apaisante.

« Marchez avec nous, Strangyeard, comme l'a dit Morzheva. Peut-être que mes talents vous seront utiles dans vos recherches. » Le prêtre la regarda nerveusement. « Venez. Nous allons retourner vers les autres tout en parlant. »

Strangyeard portait toujours les feuilles du livre de Morgénès dans sa main ; après avoir fait quelques pas en silence, il commença à les feuilleter. « Je crois que je ne retrouve plus ce passage... » Le prêtre la regarda nerveusement. « Te crois qu'il y avait quelque chose d'important dans ce passage... Cela parlait de magie. L'Art, comme Morgénès l'appelait. Je reste fasciné par tout ce qu'il savait, vraiment fasciné... Je n'aurais jamais rêvé... » Un sourire triomphal se dessina sur son visage. « Le voilà. » Il se plongea dans le manuscrit. « Oui, il raconte magnifiquement les choses... »

Ils marchèrent quelques instants en silence. « Allez-vous lire ? » demanda enfin Géloé.

« Oh ! Bien sûr. » Strangyeard s'éclaircit la gorge.

« ... *En vérité, les objets utiles à l'Art semblent se ranger en deux larges catégories* »,

commença le prêtre,

« *ceux dont la valeur tient en eux-mêmes, et ceux dont la valeur tient en leur dérivation. Contrairement à la superstition populaire, une herbe cueillie dans un cimetière n'est pas en général utile parce qu'elle a été cueillie en cet endroit, mais plutôt pour elle-même. Si un cimetière est le seul endroit où cette herbe peut être trouvée, alors le lien s'établit, et il devient presque impossible de s'en défaire.*

« *L'autre catégorie d'objets utiles contient principalement des objets " fabriqués ", et leur vertu est dans leur formation ou dans leur façonnement. Les Sithis, qui possèdent depuis longtemps des secrets de fabrication inaccessibles aux mortels, ont réalisé bien des objets dont la réalisation elle-même était une pratique de l'Art, même si les Sithis ne l'exprimeraient pas exactement de cette façon. Ainsi, la vertu de ces objets est dans leur fabrication. Les célèbres flèches de Vindaomeyo en sont un exemple : taillées dans un bois commun et empennées de plumes d'oiseaux ordinaires, elles sont pourtant chacune un talisman de grande valeur.*

« D'autres objets tirent leur pouvoir de la matière en laquelle ils sont faits. Les grandes épées auxquelles il est fait allusion dans le livre perdu de Nisses en sont un exemple. Toutes semblent tirer leur valeur de leur matière, bien que la fabrication de chacune eut été une tâche imposante. Minneyar, l'épée du Roi Fingil, fut faite de la quille de fer de son bateau, un fer amené à Osten Ard par les guerriers-marins Rimmersleutes depuis l'ouest perdu. Épine, qui était récemment l'épée du plus noble des chevaliers du Roi Jean, Sire Camaris, fut forgée du métal encore fumant d'une étoile tombée des cieux, un métal qui, comme celui de Minneyar, était étranger à Osten Ard. Et Peine, l'épée qu'Ineluki du peuple Sithi a utilisée, si l'on en croit Nisses, pour tuer son propre père l'Erl-roi, fut faite de bois-sorcier et de fer, deux éléments longtemps supposés être antithétiques et non miscibles. Ainsi, de tels objets semblent tirer leur force, en premier lieu, de l'origine surnaturelle de leur matière. Les chroniques expliquent néanmoins que de puissants Sorts de Fabrication furent également associés à la forge de chacune de ces trois épées, le pouvoir des Grandes Épées dérivant ainsi de leur substance et de leur fabrication.

« Ti-tuno, la corne de chasse façonnée dans la cité légendaire de Mezutu'a à partir de la dent du dragon Hidohebhi, est un autre exemple évident de la façon dont parfois un objet de pouvoir peut être fait tant de son façonnement que de la matière façonnée... »

Strangyeard s'arrêta. « Il poursuit en parlant d'autres choses. Celles-ci sont tout aussi fascinantes, bien sûr : quel érudit cet homme était ! Mais j'ai pensé que le passage sur les épées pouvait être intéressant. »

Géloé acquiesça lentement. « Il l'est. Je me suis posé de nombreuses questions au sujet des trois épées qui sont devenues l'objet de tous nos espoirs. Morgénès donne une explication plausible de la raison de leur valeur. Peut-être qu'elles seront effectivement efficaces contre Ineluki. C'est une bonne chose que vous ayez trouvé ce passage, Strangyeard. »

Les joues roses du prêtre tournèrent à l'écarlate. « Trop aimable. Vous êtes trop aimable. »

Géloé tendit l'oreille. « J'entends les autres. Ça va aller, Vorzheva ? »

« Je ne suis pas aussi insensée que vous le croyez », dit-elle doucement.

La femme-sorcière s'esclaffa. « Je ne te trouve pas particulièrement insensée. Je pense que *la plupart* des gens le sont, et je m'y inclus. Après tout, je suis ici sans toit, à errer dans la prairie comme une génisse égarée. Mais des gestes insensés sont parfois la seule réponse possible à de graves problèmes. »

« Hmm », dit Strangyeard, déconcerté. « Hmm. »

Le groupe dépenaillé poursuivit sa route à travers les prairies chargées de brume, en direction du sud, vers la rivière Ymstrecca, qui se déroulait sur toute la largeur des Hauts Thrithings. Ils choisirent de monter le camp à ciel ouvert, tremblant dans le vent chargé de pluie, se resserrant tous autour du petit feu. Géloé fit une soupe des herbes et des racines qu'elle avait ramassées. Cela les rassasia et leur réchauffa l'estomac, mais Déornoth regretta l'absence de quelque chose de plus consistant.

« Permettez-moi d'explorer les environs demain, mon seigneur » implora-t-il alors qu'il était assis avec Josua près du feu. Tous les autres, à l'exception de Géloé, s'étaient enveloppés dans leur cape pour dormir, rassemblés les uns près des autres comme une portée de chatons endormis. La femme-sorcière s'était éloignée. « Je sais que je pourrai trouver un lièvre ou deux, et le sous-bois doit être plein de perdrix, même par un temps aussi froid. Nous n'avons pas mangé de viande depuis bien longtemps ! »

Josua se permit un sourire froid. « J'aimerais pouvoir te dire oui, mon fidèle ami, mais je ne peux me priver de tes bras puissants et de ta sagesse, même provisoirement. Ces gens peuvent à peine faire un pas de plus ; du moins ceux qui peuvent encore marcher. Non ; quelques lièvres nous enchanteraient le palais, mais je dois te garder avec nous. En outre, Valada Géloé me dit que l'on peut vivre des années sans manger de viande. »

Déornoth grimaça. « Mais qui le voudrait ? » Il toisa soigneusement son prince. Le corps déjà mince de Josua s'était fait plus maigre encore ; ses os apparaissaient sous la peau. Le peu de graisse qu'il avait eu avait depuis longtemps fondu, et le front haut et les yeux pâles du prince le faisaient ressembler à la statue de quelque ancien moine philosophe, les yeux toujours fixés sur l'infini tandis que le monde continuait de tourner devant lui sans qu'il s'inquiétât de ses affaires.

Le feu siffla, rongeant le bois humide. « Une autre question, alors, mon seigneur », dit doucement Déornoth. « Sommes-nous si certains de cette Pierre de l'Adieu que nous devons entraîner à sa recherche ces gens malades et blessés à travers tous les Thrithings ? Je ne veux nullement parler en mal de Géloé, qui est à l'évidence une âme au grand cœur, mais aller si loin ? Les limites de l'Erkynée ne sont qu'à quelques lieues à l'ouest. Nous pourrions sans aucun doute trouver un cœur loyal dans l'un des villages d'Hasu Vale : même s'ils sont trop effrayés par votre frère le roi pour nous offrir un abri, nous y trouverons certainement à manger et à boire, ainsi que des vêtements plus chauds pour nos blessés. »

Josua soupira et se frotta les yeux. « Peut-être, Déornoth, peut-être. Crois-moi, cette idée m'est déjà venue à l'esprit. » Il détendit ses longues jambes, donnant un petit coup du talon de sa botte dans les braises en bordure du feu. « Mais nous ne pouvons nous permettre de prendre un tel risque, ni de perdre autant de temps. Chaque heure de marche à découvert donne une chance supplémentaire aux patrouilles d'Élias de nous découvrir, ou à quelque chose de pire encore de nous surprendre. Non, le seul endroit où nous pouvons aller est la Pierre de l'Adieu de Géloé, et le plus tôt nous l'atteindrons sera le mieux. L'Erkynée nous est perdue, du moins pour l'instant, et peut-être à jamais. »

Le prince secoua la tête et se replongea dans ses pensées. Déornoth soupira et attisa le feu.

Ils atteignirent les rives de l'Ymstrecca le matin de leur troisième jour dans les prairies. La large rivière brillait faiblement sous le ciel gris, ruban d'argent indistinct s'écoulant comme un rêve à travers les plaines humides et sombres. Le bruit de l'eau était aussi morose que son éclat, un faible murmure ressemblant à une conversation distante.

Les compagnons de Josua furent heureux de pouvoir faire halte et se reposer au bord de la rivière, appréciant la vue et le bruit du premier puissant cours d'eau qu'ils rencontraient depuis les profondeurs de la forêt d'Aldhéorte. Lorsque Gutrun et Vorzheva firent connaître leur désir de descendre la rivière sur une courte distance pour trouver un endroit où elles pourraient baigner leurs membres endoloris en toute intimité, Josua fut prompt à objecter, inquiet de leur sécurité. Lorsque Géloé proposa d'aller avec elles, le prince accepta à contrecœur. Il était difficile d'imaginer une situation qui fût au-delà de l'énorme compétence de Géloé.

« Ah ! c'est un peu comme si je n'étais jamais partie », dit Vorzheva, en balançant ses pieds dans le courant. Elles avaient choisi un banc de sable en amont d'un îlot de bouleaux placé dans le courant, qui faisait s'élargir le cours d'eau et les mettait à l'abri des regards de leurs distants compagnons voyageurs. Sa voix était insouciante, mais son visage démentait son ton. « C'est comme quand j'étais une petite fille. » Elle fronça les sourcils en aspergeant les nombreuses écorchures qui couvraient ses jambes. « Mais l'eau est si froide ! »

La duchesse Gutrun avait ouvert le col de son vêtement. Elle s'était un peu éloignée de la rive, l'eau tourbillonnant autour de ses mollets dodus tandis qu'elle versait de l'eau sur son cou et se frottait le visage. « Ce n'est pas si mal », dit-elle en riant. « Il faut voir la rivière Gratuvask qui coule près de chez nous à Elvritshalla : ça, c'est de l'eau froide ! Tous les ans au printemps, les jeunes filles de la ville descendent se baigner à la rivière ; je l'ai fait quand j'étais jeune. » Elle se redressa, les yeux perdus dans le vide. « Les hommes doivent rester à l'intérieur toute la matinée, sous peine d'une bastonnade, pour que les jeunes filles puissent se baigner dans la Gratuvask. Elle est froide ! La rivière naît dans les neiges des montagnes du nord ! Vous ne savez pas ce que c'est que des hurlements tant que vous n'avez pas entendu cent jeunes filles plonger dans une rivière glaciale un matin d'avril ! » Elle rit de nouveau. « Il y a une histoire, vous savez, celle d'un jeune homme qui avait décidé de voir les jeunes filles de la Gratuvask ; elle est très célèbre à Rimmersgard, vous la connaissez peut-être... » Elle s'interrompit, l'eau s'échappant de ses mains en coupe. « Vorzheva ? Vous êtes malade ? »

La femme des Thrithings était pliée en deux, son visage aussi blanc que le lait. « Juste une douleur », dit-elle sèchement en se redressant. « Elle va disparaître. Vous voyez, je vais déjà mieux. Racontez-nous votre histoire. »

Gutrun la regarda d'un air soupçonneux. Avant que la duchesse n'eût pu dire un mot, Géloé parla, depuis la berge où elle était assise et démêlait les cheveux de Leleth avec un peigne fait d'arêtes de poisson.

« L'histoire devra attendre. » La femme-sorcière avait parlé d'un ton tranchant. « Voyez-vous, nous ne sommes pas seules. »

Vorzheva et la duchesse se tournèrent pour suivre la direction du doigt pointé de Géloé. À travers les prairies, à trois ou quatre cents toises vers le sud, au sommet d'un coteau, se tenait un cavalier immobile sur sa monture. Il était bien trop éloigné pour que l'on pût discerner son visage, mais il ne faisait aucun doute qu'il regardait dans leur direction. Toutes les femmes l'observèrent, même Leleth, dont les yeux étranges étaient grands ouverts. Après un long instant de silence durant lequel il sembla qu'aucun cœur n'avait battu, la silhouette solitaire fit tourner son cheval et redescendit le coteau, disparaissant hors de vue.

« C'est... c'est effrayant », dit la duchesse, en serrant le col de sa robe d'une main trempée. « Qui est-ce ? l'un de ces horribles Norns ? »

« Je ne pourrais le dire », dit Géloé d'une voix rauque. « Mais nous devons aller avertir les autres, au cas où Josua ne l'aurait pas vu. Nous devons nous inquiéter de tout étranger, maintenant, qu'il soit ami ou ennemi. »

Vorzheva frissonna. Son visage était encore pâle. « Il n'y a pas d'étranger ami dans ces prairies », dit-elle.

La nouvelle qu'apportèrent les femmes suffit à convaincre Josua qu'il n'était plus temps de traîner. Tristement, tous rassemblèrent leurs maigres possessions et se remirent en route, remontant l'Ymstrecca vers l'est en longeant le bord de la forêt maintenant distante, fine bande noire au nord, dans les brumes de l'horizon.

Ils ne virent personne durant tout l'après-midi.

« Ces terres semblent fertiles », dit Déornoth, alors qu'ils cherchaient un endroit pour monter le camp. « N'est-il pas étrange que nous n'ayons croisé personne d'autre que cet unique cavalier ? »

« Un cavalier suffit bien. » Josua était sombre.

« Mon peuple n'a jamais beaucoup aimé cet endroit, trop proche de la vieille forêt », dit Vorzheva en frissonnant. « Les esprits des morts marchent entre les arbres. »

Josua soupira. « Ce sont des choses dont j'aurais ri il y a un an. Maintenant je les ai vues, ou j'ai vu pire. Dieu me protège, qu'est donc ce monde devenu ? »

Géloé leva les yeux depuis l'endroit où elle arrangeait un matelas d'herbe pour la jeune Leleth. « Ça a toujours été le même monde, Prince Josua », dit-elle. « Il se trouve simplement qu'en ces heures troublées, l'on voit les choses plus clairement. Les lampes des cités estompent bien des choses qui sont visibles sous la lune. »

Déornoth s'éveilla au cœur de la nuit, le cœur battant. Il avait fait un cauchemar. Dans son rêve, le Roi Élias était devenu une chose filiforme toute de pinces avides et d'yeux rouges, qui s'accrochait au dos du prince Josua. Josua ne pouvait le voir et ne semblait même pas savoir que son frère était là. Dans son rêve, Déornoth essayait de le lui dire, mais Josua n'écoutait pas : il se contentait de sourire en arpentant les rues d'Erchester avec la terrible chose-Élias sur le dos comme un bébé difforme. Chaque fois que Josua se penchait pour tapoter la tête d'un enfant ou pour donner une pièce à un mendiant, Élias tendait le bras pour contrecarrer sa bonne action dès qu'il était passé, reprenant la pièce ou griffant le visage de l'enfant de ses ongles sales. Une foule en colère s'était rapidement amassée derrière Josua, réclamant son châtiment, mais le prince poursuivait sa marche avec insouciance, imperturbable, alors même que Déornoth hurlait et montrait du doigt la chose monstrueuse qui se trouvait sur les épaules du prince.

Éveillé au milieu des prairies nocturnes, Déornoth secoua la tête, essayant de se débarrasser du trouble qui montait en lui. L'image du visage cauchemardesque d'Élias, ratatiné et méprisant, refusait de quitter son esprit. Il s'assit et regarda autour de lui. Tout le camp était endormi, à l'exception de Valada Géloé, qui rêvait ou réfléchissait, assise devant les dernières braises du feu mourant.

Il se rallongea et tenta de se rendormir, mais en fut incapable, de peur que son cauchemar ne revînt. Finalement, dégoûté par sa propre faiblesse, il se leva et secoua silencieusement sa cape, puis se dirigea vers le feu et s'assit près de Géloé.

La femme-sorcière ne leva pas les yeux à son approche. Son visage était rougi par la lueur du feu, et ses yeux étaient fixés sur les braises comme si rien d'autre n'existait. Ses lèvres bougeaient mais aucun son ne s'en échappait ; Déornoth sentit un frisson glacial parcourir sa nuque. Que faisait-elle ? Devait-il la réveiller ?

La bouche de Géloé poursuivit son mouvement. De muette, sa voix devint un murmure. « *... Amerasu, ou êtes-vous ? Votre esprit est estompé... et je suis affaiblie...* »

La main de Déornoth s'immobilisa à un pouce de la manche rêche de la femme-sorcière.

« *... Si vous désirez communiquer, que ce soit maintenant...* » La voix de Géloé siffla comme le vent. « *Oh ! par pitié...* » Une larme, teintée d'écarlate, coula sur son visage buriné.

Son murmure désespéré renvoya Déornoth à son lit de fortune. Il lui fallut quelque temps avant de s'endormir, et il observa les étoiles blanc bleu.

Il fut de nouveau réveillé avant l'aube, cette fois par Josua. Le prince secoua le bras de Déornoth, puis porta son poignet sans main à ses lèvres, lui faisant signe de ne pas faire un bruit. Le chevalier leva les yeux pour découvrir une masse obscure à l'ouest, plus épaisse encore que l'obscurité générale de la nuit, qui s'approchait en suivant le tracé de la rivière. Le bruit assourdi de sabots roula vers eux par-dessus l'herbe. Le cœur de Déornoth s'accéléra. Il chercha son fourreau à tâtons sur le sol, et fut un peu réconforté de trouver sous ses doigts la garde de son épée. Josua, toujours incliné, s'écarta en silence pour aller réveiller les autres.

« Où est la femme-sorcière ? » chuchota Déornoth d'un ton pressant, mais le prince était trop loin pour l'entendre ; il se traîna donc jusqu'à l'endroit où était étendu Strangyeard. Le vieil homme dormait d'un sommeil léger et fut éveillé en un instant.

« Restez calme », murmura le chevalier. « Des cavaliers approchent. »

« Qui ça ? » demanda Strangyeard. Déornoth secoua la tête.

Les cavaliers, qui étaient encore à peine plus que des ombres, se séparèrent presque sans bruit en plusieurs groupes, qui se dispersèrent en un large cercle autour du campement. Déornoth ne put que s'émerveiller devant leur maîtrise équestre, tout en maudissant l'absence d'arcs et de flèches dans le campement. C'était une folie que de combattre des hommes à cheval à l'épée, s'il s'agissait bien d'hommes. Il pensa avoir compté deux douzaines d'attaquants, mais toute estimation était douteuse dans cette semi-obscurité.

Déornoth se leva, au même moment que plusieurs autres silhouettes sombres autour de lui. Josua, non loin, tira Naidel de son fourreau ; le sifflement soudain du métal contre le cuir sembla aussi bruyant qu'un cri. Les silhouettes qui les encerclaient firent avancer leur monture, et, durant un instant, un silence total retomba. Quelqu'un passant à un jet de pierre de là n'eût jamais soupçonné la présence d'une seule âme, et encore moins de deux groupes prêts au combat.

Une voix brisa le silence.

« Intrus ! Vous marchez sur les terres du clan Mehrdon ! Déposez vos armes. »

Une pierre à feu frappa le fer, et une torche s'embrasa derrière les silhouettes les plus proches, projetant de longues ombres à travers le campement. Des hommes à cheval, sous cape et capuche, entourèrent les compagnons de Josua d'un cercle de lances.

« Déposez vos armes ! » répéta la voix en un westerlien chargé d'un fort accent. « Vous êtes les prisonniers des gardes-rande. Nous vous tuerons si vous résistez. » Plusieurs autres torches s'enflammèrent. La nuit s'emplit soudain d'ombres armées.

« Miséricordieux Aédon ! » s'exclama la duchesse Gutrun depuis quelque part derrière. « Douce Elysia, que se passe-t-il encore ? »

Une grande forme sombre s'avança vers elle : Isorn, qui allait réconforter sa mère.

« Ne bougez pas ! » aboya la voix désincarnée ; un instant plus tard, l'un des cavaliers fit avancer son cheval, la pointe de sa lance s'abaissant, et reflétant un éclat de lumière. « J'entends des femmes », dit le cavalier. « Ne faites rien de stupide, et elles seront épargnées. Nous ne sommes pas des bêtes. »

« Et les autres ? » demanda Josua en s'avançant dans la lumière. « Nous avons des blessés et des malades. Qu'allez-vous faire d'eux ? »

Le cavalier se pencha pour dévisager Josua, exposant momentanément son visage encapuchonné. Il avait des traits durs, avec une barbe broussailleuse tressée et des cicatrices sur les joues. De lourds bracelets tintaient sur ses poignets. Déornoth sentit la tension retomber un peu. Au moins, leurs ennemis étaient des mortels.

Le cavalier cracha dans l'herbe sombre. « Vous êtes des prisonniers. Vous ne posez pas de questions. Le Thane décidera. » Il se retourna vers ses compagnons. « Ozhbern ! Kunret ! Rassemblez-les en cercle de marche ! » Il fit écarter son cheval pour surveiller, tandis que Josua, Déornoth et les autres étaient rassemblés à la pointe de la lance dans le cercle de torches.

« Votre Thane sera furieux si vous nous maltraitez », dit Josua.

Le chef s'esclaffa. « Il sera plus que furieux si vous n'avez pas rejoint les chariots à la midi. » Il se tourna vers l'un des autres cavaliers. « Ils sont tous là ? »

« Tous, Hotvig. Six hommes, deux femmes, et une enfant. Un seul ne peut pas marcher. » Il indiqua Sangfugol du talon de sa lance.

« Mettez-le sur un cheval », dit Hotvig. « Par-dessus la selle, ou comme vous voulez. Nous devons faire vite. »

Lorsque la pointe des lances leur ordonna de marcher, Déornoth se glissa près de Josua. « Ç'aurait pu être pire », murmura-t-il au prince. « Nous aurions pu être capturés par les Norns plutôt que par les hommes des Thrithings. »

Le prince ne répondit pas. Déornoth toucha son bras, découvrant des muscles aussi tendus que les lames d'un tonneau sous ses doigts. « Qu'est-ce qui ne va pas, Prince Josua ? Les hommes des Thrithings se sont-ils alliés à Élias ? Mon seigneur ? »

L'un des cavaliers abaissa son regard vers lui, sa bouche dessinant un sourire sans joie dans lequel manquaient plusieurs dents. « Silence, Cages-de-pierre », grogna-t-il. « Gardez votre souffle pour la marche. »

Josua tourna un visage hagard vers Déornoth. « Tu ne l'as donc pas entendu ? »

Déornoth s'alarma. « Quoi ? »

« Six hommes, deux femmes, et une enfant », siffla Josua, en regardant de tous les côtés. « Deux femmes ! *Où est Vorzheva ?* »

Le cavalier lui donna un coup du talon de sa lance dans l'épaule, et le prince retomba dans un silence tourmenté. Ils poursuivirent leur marche entre les cavaliers tandis que l'aube commençait à poindre dans le ciel de l'est.

Dans la pénombre, alors qu'elle était étendue sur son lit dur dans les quartiers des domestiques, Rachel le Dragon crut entendre le gibet craquer, malgré les hurlements du vent qui hululait à travers les remparts. Neufs corps de plus, dont celui du chancelier Helfcène, se balançaient au-dessus de la Porte de Nearulagh ce soir, dansant vainement dans la féroce musique du vent.

Plus près d'elle, quelqu'un pleurait.

« Sarrah ? C'est toi ? » souffla Rachel. « Sarrah ? »

La plainte du vent retomba. « Ou-oui, intendante », offrit une voix sourde pour toute réponse.

« Sainte Rhiap, pourquoi pleures-tu ? Tu vas réveiller les autres ! » En plus de Sarrah et de Rachel, il n'y avait que trois autres femmes qui dormaient dans les quartiers des domestiques, mais les cinq lits avaient été rapprochés pour conserver la chaleur dans cette grande pièce froide.

Sarrah parut avoir fait un effort pour se maîtriser, mais, lorsqu'elle répondit, sa voix était encore secouée de sanglots. « J'ai... j'ai peur, maîtresse Rachel. »

« De quoi, pauvre sotte, du vent ? » Rachel s'assit, en maintenant sa mince couverture serrée contre elle. « Il souffle comme une tempête, mais tu as déjà entendu le vent. » La lueur des torches qui pénétrait par-dessous la porte éclaira faiblement la forme du visage pâle de Sarrah.

« C'est... ma grand-mère disait toujours... » La jeune fille toussota. « Grand-mère disait que des nuits comme celle-là... les esprits des morts marchent. Que... que l'on pouvait entendre leurs voix dans le v-vent. »

Rachel remercia l'obscurité qui dissimulait ses propres frissons de malaise. S'il y avait de telles nuits, alors il y aurait de grandes chances que ce soit celle-là. Le vent avait hurlé comme un animal blessé depuis le coucher du soleil, gémissant à travers les cheminées du Hayholt, et grattant aux portes et aux fenêtres de ses doigts insistants et fourchus.

Elle se força à parler d'une voix ferme. « Les morts ne se promènent pas dans *mon* château, petite idiote. Maintenant, rendors-toi avant de faire faire des cauchemars aux autres. » Rachel se rallongea sur son grabat, essayant de trouver une position qui soulagerait son dos noué. « Dors, Sarrah. Le vent ne peut pas te faire de mal, et il y aura bien assez de travail demain, Dieu le sait bien, rien que pour ramasser ce que le vent aura renversé. »

« Je suis désolée. » Le visage pâle s'enfonça dans les ténèbres. Après quelques minutes de reniflements, Sarrah fut de nouveau silencieuse. Rachel regarda vers le plafond à travers l'obscurité, et écouta les voix agitées du vent.

Elle avait peut-être dormi : c'était difficile à dire, dans le noir, mais Rachel savait qu'elle entendait depuis assez longtemps un autre bruit sous le chant du vent. C'était une sorte de grattement furtif et régulier, un son sec comme celui de griffes d'oiseau sur un toit d'ardoise.

Quelque chose était derrière la porte.

Elle avait peut-être dormi, mais maintenant, soudain, elle était effroyablement éveillée. Lorsqu'elle tourna la tête sur le côté, elle put voir une ombre glisser dans la bande de lumière sous la porte. Le grattement se fit plus fort, et s'accompagna du bruit de quelqu'un qui pleurait.

« Sarrah ? » chuchota Rachel, pensant que le bruit avait réveillé la jeune fille, mais il n'y eut pas de réponse. Lorsqu'elle tendit l'oreille, les yeux écarquillés dans le noir, elle sut que cet étrange bruit venait du couloir, de ce qui se tenait derrière sa porte verrouillée.

« *S'il vous plaît* », murmura quelqu'un là-bas, « *s'il vous plaît...* »

Le sang battant dans ses tempes, Rachel s'assit, puis posa silencieusement ses pieds nus sur le sol de pierre froid. Est-ce que cela pouvait être un rêve ? Elle semblait pourtant parfaitement éveillée ; mais cela ressemblait à une voix de garçon, comme celle...

Le grattement se teinta d'une impatience qui commençait à ressembler à de la peur : quoi que pût être la chose derrière la porte, pensa-t-elle, elle devait être effrayée, pour gratter ainsi... Un esprit errant, une chose abandonnée et solitaire marchant dans cette nuit de tempête à la recherche de son lit depuis longtemps perdu ?

Rachel se rapprocha de la porte, aussi silencieuse qu'un flocon de neige. Son cœur s'emballait. Le vent dans les remparts parut se calmer quelque peu. Elle était seule dans le noir avec le souffle des filles endormies et le pitoyable grattement de ce qui se trouvait derrière la porte.

« *S'il vous plaît* », répéta la voix, doucement, faiblement. « *J'ai peur...* »

Elle traça le signe de l'Arbre sur sa poitrine, puis attrapa la barre et la tira. Bien que l'instant de la décision fût passé, elle ouvrit la porte lentement ; elle avait fait son choix, mais elle craignait encore ce qu'elle allait voir.

L'unique torche qui brûlait à l'autre bout du couloir esquissa sa silhouette : sa tignasse en désordre, ses membres aussi maigres que ceux d'un épouvantail. Le visage qui se tourna vers elle, dont le regard effarouché découvrait le blanc des yeux, était noirci comme s'il avait été brûlé.

« Aidez-moi », dit-il, en titubant pour passer la porte et tomber dans ses bras.

« Simon ! » s'exclama Rachel. Contre toute logique, son cœur déborda de joie. Il était revenu, malgré le feu, malgré la mort...

« Si... Simon ? » dit le garçon, ses paupières lourdes d'épuisement et de douleur. « Simon est mort. Il... il est mort... dans le feu. Pryrates l'a tué... »

Il s'affaissa dans ses bras. La tête lui tournait. Sans plus réfléchir, elle tira sa forme inanimée à l'intérieur et le laissa glisser sur le sol, puis tira fermement le verrou et alla chercher une chandelle. Le vent hurla d'un air moqueur ; si d'autres voix s'étaient jointes à lui, il n'y en eut aucune que Rachel reconnut.

« C'est Jérémias, l'apprenti du chandelier », dit Sarrah d'un air perplexe tandis que Rachel lavait le sang séché de son visage. Dans la lueur de la chandelle, les orbites sombres de Jérémias et ses joues écorchées lui donnaient presque l'apparence d'un vieil homme desséché.

« Mais c'était un petit gros », dit Rachel. Son esprit bouillonnait des mots du garçon, mais les choses devaient être faites une par une. Que penseraient toutes ces filles incompétentes si elles la voyaient s'effondrer ? « Que lui est-il arrivé ? » grommela-t-elle. « Il est aussi maigre qu'un bâton. »

Les jeunes filles s'étaient toutes réunies autour d'elle, enveloppées dans leur couverture comme dans une cape. Jael, qui n'était plus aussi potelée qu'auparavant en raison du surcroît de travail que se partageaient les filles restantes, dévisagea le jeune garçon inanimé.

« Je croyais que quelqu'un avait dit que Jérémias s'était enfui ? » dit-elle, en plissant le front. « Pourquoi est-il revenu ? »

« Ne sois pas stupide », dit Rachel en s'efforçant de passer la chemise en lambeaux de Jérémias par-dessus sa tête sans le réveiller. « S'il s'était enfui, comment serait-il revenu dans le Hayholt au milieu de la nuit ? En volant ? »

« Alors dites-nous où il était », dit l'une des autres filles. Le fait que cette quasi-impertinence ne fût pas relevée par l'Intendante du Château donnait la mesure du choc qu'avait constitué pour Rachel l'arrivée de Jérémias.

« Aidez-moi à le tourner », dit-elle en libérant la chemise. « Nous allons le coucher dans... Oh ! Elysia Mère de Dieu ! » Elle resta bouche bée, stupéfaite. Sarrah éclata en sanglots à côté d'elle.

Le dos du garçon était sillonné de profondes marques sanglantes.

« Je vais... c'est répugnant ! » marmonna Jael, puis elle s'éloigna précipitamment.

« Ne sois pas stupide », dit Rachel, en retrouvant une nouvelle fois son calme. « Passe-toi un peu d'eau sur le visage, puis amène-moi le reste de la cuvette. Ce tissu humide ne suffira pas. Et prends le drap du lit dans lequel dormait Hepzibah, et déchire-le pour en faire des bandages. Par le Calvaire de Rhiap, faut-il donc que je fasse tout moi-même ? »

Il fallut tout le drap et une partie d'un autre. Ses jambes avaient été fouettées, elles aussi.

Jérémias s'éveilla un peu avant l'aube. Ses yeux parcoururent d'abord la pièce sans rien voir, puis, après un moment, il sembla retrouver ses esprits. Sarrah, la tristesse et la pitié brillant à travers son visage plein de bonté comme s'il eût été de verre, lui donna un peu d'eau à boire.

« Où suis-je ? » demanda-t-il enfin.

« Tu es dans les quartiers des domestiques, mon garçon », dit sèchement Rachel. « Comme tu devrais le savoir. Alors, quelle bêtise as-tu manigancée ? »

Il la dévisagea mollement un instant. « Vous êtes Rachel le Dragon », dit-il enfin. Malgré leur épuisement et leur angoisse, et malgré l'heure tardive, les servantes eurent du mal à réprimer un sourire. Rachel, bizarrement, ne sembla pas fâchée le moins du monde.

« Je suis Rachel », acquiesça-t-elle. « Maintenant, dis-nous où tu étais passé, mon garçon. On nous avait dit que tu t'étais enfui. »

« Vous avez pensé que j'étais Simon », dit le garçon d'un air absent, en observant la pièce autour de lui. « C'était mon ami. Mais il est mort, maintenant, n'est-ce pas ? Est-ce que je suis mort aussi ? »

« Tu n'es pas mort. Que t'est-il arrivé ? » Rachel se pencha pour écarter les cheveux en désordre des yeux du garçon ; sa main s'arrêta un instant sur sa joue. « Tu es en sécurité, maintenant. Parle-nous. »

Il parut sur le point de se rendormir, mais, après un instant, ouvrit de nouveau les yeux. Lorsqu'il parla, c'était d'une voix plus assurée que précédemment. « J'ai essayé de m'enfuir », dit-il. « Lorsque les soldats du roi ont battu mon maître Jakob et l'ont chassé des portes de la ville. J'ai essayé de m'enfuir, cette nuit-là, mais les gardes m'ont attrapé. Ils m'ont donné à Inch. »

Rachel fronça les sourcils. « Cet animal. »

Les yeux de Jérémias s'écarquillèrent. « Il est pire qu'un animal. C'est un démon. Il a dit que je serais son apprenti, dans la fournaise... dans la fonderie. Il pense qu'il est le roi, là-bas... » Le visage du garçon se contracta, et il éclata soudain en sanglots. « Il dit qu'il... qu'il est le Docteur Inch, maintenant. Il me battait, et il... il se servait de moi. »

Rachel se pencha pour essuyer ses joues avec son mouchoir. Les servantes firent le signe de l'Arbre.

Les sanglots de Jérémias perdirent de leur intensité. « C'est pire que tout... là-bas. »

« Tu as dit quelque chose, mon garçon », dit sèchement Rachel. « Quelque chose au sujet du conseiller du roi. Au sujet de Simon. Répète-le. »

Le garçon ouvrit grand ses yeux pleins de larmes. « Pryrates l'a tué. Il a tué Simon et Morgénès. Le prêtre est allé là-bas avec des gardes. Morgénès l'a combattu, mais ses quartiers ont brûlé et Simon et le docteur sont morts. »

« Et comment pourrais-tu savoir cela ? » lâcha Rachel, un peu durement. « Comment quelqu'un comme toi pourrait-il savoir cela ? »

« Pryrates l'a dit lui-même ! Il vient voir Inch. Des fois, il se contente de se vanter, comme pour la mort de Morgénès. D'autres fois, il aide Inch... à faire mal aux gens. » Jérémias avait du mal à parler. « Parfois, parfois le prêtre emmène des gens avec lui... il les emmène on ne sait pas où. Ils... ils ne reviennent j-jamais. » Il s'efforça de reprendre son souffle. « Et il y a... d'autres choses. Il y a d'autres choses en bas. Des choses terribles. Oh ! mon Dieu, ne me renvoyez pas là-bas. » Il agrippa le poignet de Rachel. « Cachez-moi, s'il vous plaît ! »

Rachel s'efforça de dissimuler son trouble. Elle ferma délibérément son esprit à l'idée de Simon et de ces nouvelles révélations pour y réfléchir plus tard en privé. Mais, malgré toute sa discipline, elle sentit monter en elle une haine froide, une haine comme elle n'en avait jamais connue.

« Nous ne les laisserons pas te reprendre », dit-elle. La fermeté de son ton ne laissait planer aucun doute sur les risques qu'encourrait quiconque contesterait sa décision. « Nous allons... nous allons... » Elle s'interrompit un instant, perplexe. Elles allaient faire *quoi* ? Elles ne pourraient dissimuler longtemps le garçon dans les quartiers des domestiques, surtout s'il avait fui les forges du Roi sous le Hayholt.

« Il y a quelles “ autres choses ” ? » demanda Jael. Son regard pataud semblait hésitant.

« Taisez-vous, maintenant », trancha Rachel, mais Jérémias avait déjà commencé à répondre.

« Je... je ne sais pas », dit-il. « Il y a... des ombres qui bougent. Des ombres sans corps. Et des choses qui sont là, et puis qui ne sont plus là. Et des voix... » Il frissonna, et son regard dépassa la flamme de la bougie pour aller se perdre dans l'obscurité des tréfonds de la pièce. « Des voix qui crient, et chantent... et... et... » Les larmes lui montèrent une nouvelle fois aux yeux.

« Cela suffit », dit durement Rachel, mécontente d'avoir laissé le garçon parler aussi longtemps. Les servantes échangèrent des regards apeurés, aussi nerveuses que des moutons effarouchés.

Elysia ! pensa-t-elle, *voilà bien ce dont j'ai besoin : que la peur chasse la dernière de mes filles du château !*

« Assez parlé », tonna-t-elle. « Le garçon a besoin de repos. « Il est à tel point épuisé qu'il ne sait plus ce qu'il dit. Laissez-le dormir. »

Jérémias secoua faiblement la tête. « Je dis la vérité », dit-il. « Ne les laissez pas me reprendre ! »

« Nous ne t'abandonnerons pas », dit Rachel. « Dors. Si nous ne pouvons pas te cacher, nous trouverons un moyen de te faire sortir du Hayholt. Tu pourras rejoindre ta famille, où qu'elle soit. Nous te protégerons de ce démon borgne d'Inch. »

« ... Et de Pryrates », marmonna Jérémias, en somnolant doucement. « Il... parle... aux voix... »

Un instant plus tard, le garçon s'endormait. Un peu de sa peur sembla déserter ses traits creusés par la faim. Rachel le dévisagea et sentit son cœur dans sa poitrine devenir aussi dur que la pierre. Ce démon de prêtre de Pryrates ! Ce meurtrier ! Quelle peste avait-il apportée dans cette maison, quel immonde fléau s'était abattu sur son Hayholt adoré ?

Et qu'avait-il fait à son Simon ?

Elle se tourna pour regarder sèchement les servantes aux yeux écarquillés. « Vous feriez mieux de profiter du peu de temps qu'il vous reste pour dormir », grogna-t-elle. « Un peu d'animation ne veut pas dire que les planchers n'auront pas besoin d'être nettoyés quand le soleil sera levé. »

Alors qu'elles se glissaient dans leurs lits, Rachel souffla la chandelle, puis alla se coucher et s'abandonna à ses amères pensées. Dehors, le vent cherchait toujours un moyen d'entrer.

Le soleil du matin s'éleva au-dessus du tapis de nuages gris. Il apporta une lumière diffuse aux plaines ondulantes des Hauts Thrithings, mais ne put dissiper l'humidité des interminables lieues de prairies et de bruyère. Déornoth était trempé jusqu'aux cuisses et fatigué de marcher.

Les hommes des Thrithings ne s'arrêtèrent pas pour un repas, se contentant de manger de la viande séchée et des fruits tirés de leurs sacs de selle tout en chevauchant. Les prisonniers ne reçurent aucune nourriture, et il leur fut permis une seule courte pause, au milieu de la matinée, durant laquelle Déornoth et Josua interrogèrent discrètement le reste de leur groupe au sujet de Vorzheva. Personne ne l'avait vue partir, mais Géloé dit l'avoir réveillée au premier bruit qu'avaient fait les cavaliers.

« Elle est née sur ces terres », dit la femme-sorcière au prince. « Je ne pense pas qu'il soit nécessaire de trop s'inquiéter. » Pourtant, le visage de Géloé paraissait plus qu'un peu soucieux.

Hotvig et ses hommes rassemblèrent le groupe de Josua après un repos trop court, et la marche reprit. Un vent se leva depuis le nord-ouest, doux, tout d'abord; puis il se mit à souffler de plus en plus fort, jusqu'à ce que les rubans noués aux selles des cavaliers Thrithings claquassent comme des fanions de joute et que les longues herbes se pliassent en deux. Les prisonniers poursuivirent leur effort, en frissonnant dans leurs vêtements mouillés.

Bientôt, ils commencèrent à apercevoir des signes d'habitation : des petits troupeaux broutant sur les coteaux, surveillés par des cavaliers solitaires. Lorsque le soleil s'approcha plus près de son zénith, les troupeaux qu'ils croisèrent se firent plus importants et plus fréquents, jusqu'à ce qu'enfin, les prisonniers se trouvassent suivre le cours de l'un des affluents de l'Ymstrecca à travers la masse d'un immense rassemblement d'animaux. Le vaste troupeau semblait s'étendre d'un horizon à l'autre, et était principalement composé de bovins ordinaires, mais des bisons laineux et des taureaux aux longues cornes recourbées broutaient également avec eux, relevant la tête pour regarder vaguement passer les prisonniers en mâchant imperturbablement.

« Il est évident que ces gens ne suivent pas les conseils de Géloé quant à l'usage des plantes et des légumes », dit Déornoth. « Il y a assez de viande sur pied ici pour nourrir tout Osten Ard. » Il regarda son prince avec espoir, mais Josua ne répondit que d'un sourire las.

« Beaucoup de ces bêtes sont malades », déclara Gutrun. Durant les fréquentes absences de son époux, elle dirigeait la maisonnée du duc à Elvritshalla d'une main ferme, et considérait à juste titre savoir jauger les animaux. « Vous voyez ? Et il n'y a pas beaucoup de veaux pour un troupeau de cette taille. »

Un cavalier, qui avait manifestement écouté, laissa échapper un bruit dégoûté, comme pour montrer son mépris d'une opinion de prisonnier, mais l'un de ses compagnons acquiesça et dit : « C'est une mauvaise année. Beaucoup de vaches sont mortes en vêlant. D'autres mangent sans engraisser. » La barbe de l'homme des Thrithings volait dans le vent. « C'est une mauvaise année », répéta-t-il.

Ici et là, au milieu du grand troupeau, se dressaient des cercles de chariots, chaque cercle entouré de barrières hâtivement plantées. Tous les chariots, aux roues hautes et épaisses, étaient faits de bois, mais n'avaient pour ainsi dire pas d'autre point commun. Certains étaient aussi hauts que deux ou trois hommes, de véritables fermes roulantes au toit de bois et aux fenêtres fermées par des volets. D'autres étaient à peine plus qu'un fond de chariot recouvert d'un abri de toile, dont le tissu ondulait et claquait dans le vent. Des enfants jouaient dans les enceintes ou couraient ici et là entre les bêtes paisibles. Des chevaux broutaient dans certains enclos, et ce n'était pas de simples chevaux de trait. Nombre d'entre eux avaient des membres fins et une crinière sauvage, avec quelque chose de léger et d'aussi fort que le fer forgé qui pouvait être remarqué dans leurs pas, malgré la distance.

« Ah ! Bon Dieu, si seulement nous avions quelques bêtes comme celles-là », dit Déornoth d'un air rêveur. « Mais nous n'avons rien à échanger. Je suis vraiment las de marcher. »

Josua le dévisagea d'un air amusé un peu acide. « Nous aurons de la chance si nous pouvons quitter ces lieux en vie, Déornoth, et tu rêves d'une paire de chevaux de guerre ? Je préférerais avoir ton optimisme que ces montures. »

Alors que les prisonniers et les gardes-rande poursuivaient leur chemin vers le sud, le tissu de campements isolés commença à se resserrer, formant bientôt un enchevêtrement aussi dense que des champignons après une pluie d'automne. D'autres groupes d'hommes à cheval passaient ici et là au milieu de la colonie ; l'escorte de Josua échangea quelques cris amicaux avec certains d'entre eux. Bientôt, les chariots furent si près les uns des autres que les prisonniers eurent l'impression de traverser une ville sans rues.

Ils atteignirent enfin une grande palissade, dont les piliers supportaient des ornements de métal brillant et de bois poli qui cliquetaient dans le vent. La plupart des cavaliers se dispersèrent, mais Hotvig et six ou sept autres menèrent le groupe du prince à travers une porte battante. Il y avait plusieurs enclos à l'intérieur de la palissade, dont l'un contenait une vingtaine de superbes montures, et un autre une demi-douzaine de chevaux de trait, gras et brillants. Dans une enceinte qui lui était réservée se dressait un imposant étalon, les longs poils de sa crinière tressés de rubans rouge et or. Le grand cheval reniflait le sol lorsqu'ils passèrent, et ne releva pas la tête : c'était un monarque qui avait plus l'habitude d'être admiré que de se laisser distraire. Les hommes qui escortaient Josua et ses compagnons portèrent leurs mains à leurs yeux avec révérence lorsqu'ils passèrent devant lui.

« C'est l'emblème du clan », dit Géloé à personne en particulier.

À l'autre bout du campement se dressait un grand chariot. Ses larges roues avaient de lourds rayons, et une bannière représentant un cheval d'or ondulait au-dessus du faîte du toit. Devant le chariot se tenaient deux personnes, un homme puissant et une jeune fille. La jeune fille nouait la longue barbe de l'homme en deux nattes épaisses qui pendaient sur sa poitrine. Malgré son âge, car il semblait avoir passé plus de soixante étés dans les prairies, ses cheveux noirs étaient à peine teintés d'argent et sa large charpente conservait une musculature imposante. Il tenait un bol sur ses genoux, de ses larges mains lourdement ornées de bagues et de bracelets.

Les cavaliers s'arrêtèrent et descendirent de cheval. Hotvig s'avança pour se présenter devant lui.

« Nous avons capturé plusieurs intrus qui traversaient le Féluwelt sans votre permission, Thane : six hommes, deux femmes, et une enfant. »

Le Thane toisa les prisonniers. Son visage se fendit en un large sourire, découvrant ses mauvaises dents. « Prince Josua Mainmorte », dit-il, sans la moindre trace de surprise dans la voix. « Maintenant que ta maison de pierre est tombée, tu es venu vivre sous le ciel comme les hommes le font ? » Il tira une longue gorgée de son bol, le vidant d'un trait, puis le tendit à la jeune fille et lui fit signe de quitter les lieux.

« Fikolmij », dit Josua, tristement amusé. « Ainsi c'est toi le Thane, maintenant. »

« Lorsque le Choix est venu, de tous les chefs, seul Blehmunt a osé m'affronter. J'ai brisé son crâne comme un œuf. » Fikolmij s'esclaffa en jouant avec sa barbe nattée de frais, puis se tut et baissa ses sourcils comme un taureau excité. « Où est ma fille ? »

« Si cette petite-là était ta fille, tu viens de la renvoyer », répondit Josua.

Fikolmij serra le poing de colère, puis rit une nouvelle fois. « Un jeu stupide, Josua.Tu sais ce que je veux dire. Où est-elle ? »

« Je vais te dire la vérité », dit Josua. « Je ne sais pas où est Morzheva. »

Le Thane le dévisagea d'un air indécis. « Eh bien », dit-il enfin. « Tu n'es plus grand-chose dans ce monde, aujourd'hui, Cage-de-pierre. Tu es un intrus dans les Thrithings, maintenant, en plus d'avoir volé ma fille. Peut-être que tu me plairas plus avec l'autre main coupée aussi. Je vais y réfléchir. » Il leva sa main poilue et fit négligemment signe à Hotvig. « Mets-les dans l'un des enclos à taureaux jusqu'à ce que je décide qui je vais hacher et qui je vais garder. »

« Que le miséricordieux Aédon nous préserve », murmura le Père Strangyeard.

Le Thane gloussa, en écartant une mèche de cheveux que le vent avait poussée dans ses yeux. « Et donne à ces rats de la ville une couverture ou deux et un peu de nourriture, Hotvig. Sinon, l'air de la nuit pourrait les tuer et me priver de mon plaisir. »

Tandis que Josua et les autres étaient entraînés au loin à pointe de lance, Fikolmij tourna la tête et cria à la jeune fille de lui apporter du vin.

14

UNE COURONNE DE FEU

C'était un rêve : Simon le sut alors même qu'il rêvait. Il débuta d'une manière assez ordinaire : il était allongé dans le grand grenier du Hayholt, caché dans la paille qui le chatouillait, et observait les visages familiers de Shem Palefrenier et du forgeron Ruben l'Ours, qui discutaient doucement en dessous. Ruben, dont les bras brillaient de sueur, martelait bruyamment un fer à cheval rouge écarlate.

Soudain, le rêve prit un tour étrange. Les voix de Ruben et de Shem changèrent, jusqu'à ne plus leur ressembler du tout. Simon pouvait maintenant entendre leur conversation tout à fait clairement, mais le marteau du forgeron était muet lorsqu'il frappait le fer incandescent.

« ... *Mais j'ai fait tout ce que vous m'avez demandé* », dit soudain Shem, d'une étrange voix rauque. « *Je vous ai apporté le Roi Élias.* »

« *Tu présumes trop* », répondit Ruben. Sa voix ne ressemblait à rien que Simon eût jamais entendu, elle était froide et lointaine comme le vent dans le col d'une haute montagne. « *Tu ne sais rien de ce que nous voulons... ou de ce qu'Il veut.* » Il n'y avait pas que la voix qui fût anormale chez Ruben : son être même exsudait l'anormalité, comme un lac noir sans fond dissimulé sous une fine couche de glace. Comment un tel mal pouvait-il se dégager de Ruben, même dans un rêve : Ruben était un homme si aimable, à la voix si calme...

Le visage ridé de Shem sourit gaiement, mais ses mots semblaient forcés. « *Ça n'a aucune importance. Je ferai tout ce qu'Il désire. Je demande peu en retour.* »

« *Tu demandes bien plus que ne le ferait aucun autre mortel* », répondit Ruben. « *Non seulement tu oses t'adresser à la Main Rouge, mais en plus tu as la témérité de demander des faveurs.* » Il était aussi froid et insensible que le sol d'un cimetière. « *Tu ne comprends même pas ce que tu demandes. Tu es un enfant, prêtre, et tu cherches à atteindre des choses qui brillent parce qu'elles semblent jolies. Tu pourrais te couper sur un objet tranchant et t'apercevoir que tu saignes à mort.* »

« *Ça n'a aucune importance.* » Shem parlait avec la fermeté d'un dément. « ... *Aucune importance. Enseignez-moi les Mots de Transformation. L'Être Noir me doit cela.... Il a une dette...* »

Ruben lança la tête en arrière dans un hurlement de rire. Une couronne de flammes sembla se former au-dessus de sa tête. « *Une dette ?* » lâcha-t-il dans un hoquet. Le son de son hilarité était effrayant. « *Notre maître ? Envers toi ?* » Il s'esclaffa encore, puis, soudain, la peau du forgeron commença à se couvrir de cloques. De petites gouttes de fumée furent projetées dans les airs tandis que les chairs de Ruben se consumaient, se détachant pour révéler un noyau de flammes changeant à l'intérieur, qui palpitait d'une lumière rougeâtre comme un tison sous le vent. « *Tu vivras pour voir Son triomphe ultime. C'est une plus grande récompense que ce que peuvent espérer la plupart des mortels !* »

« *Je vous en prie !* » Alors même que Ruben se consumait, Shem avait commencé à rétrécir, à devenir petit et gris comme un parchemin brûlé. Son petit bras s'agitait, et se désagrégeait. « *Je vous en prie, Êtres Immortels, je vous en supplie.* » Sa voix était étonnamment atone, et chargée d'une sorte de sournoiserie. « *Je ne demanderai rien d'autre ; et je ne parlerai plus de l'Être Sombre. Pardonnez un stupide mortel. Enseignez-moi le Mot !* »

Là où Ruben s'était trouvé, brillait une flamme vivante. « *Très bien, prêtre. Il n'y a, après tout, que peu de risque à te donner ce jouet dangereux mais final. Le Seigneur de Tout reprendra ce monde bien assez tôt, et il n'y a rien que tu puisses faire qu'il ne puisse défaire. Très bien. Je vais t'enseigner le Mot, mais ta douleur sera grande. Aucune Transformation ne s'effectue sans un prix.* » De nouveaux éclats de rire bouillonnèrent dans la voix surnaturelle. « Tu *vas crier...* »

« *Ça n'a aucune importance !* » répondit Shem, sa forme poussiéreuse disparaissant maintenant dans l'obscurité, comme le fit la forge, puis tout le Hayholt. « *Ça n'a aucune importance ! Il faut que je sache !...* » Finalement, même la chose brûlante qui avait été Ruben ne fut plus qu'un point brillant dans l'obscurité... une étoile...

Simon s'éveilla, cherchant son souffle comme un homme qui se noie, son cœur martelant sa poitrine. Il y avait une étoile solitaire au-dessus de lui, qui perçait à travers un trou du toit de leur abri comme un œil blanc bleu. Il inspira un grand bol d'air.

Binabik leva la tête depuis la fourrure du cou de Qantaqa. Le troll était à moitié endormi, mais s'efforçait de s'éveiller complètement. « Qu'y a-t-il, Simon ? » demanda-t-il. « As-tu fait un rêve qui fait peur ? »

Simon secoua la tête. La vague de peur s'éloignait un peu, mais il était certain que cela avait été plus qu'une simple fantaisie nocturne. Il lui avait semblé qu'une véritable conversation avait lieu non loin, une conversation que son esprit endormi avait soigneusement mêlée à la matière de son rêve, une chose assez courante qui lui était arrivée bien des fois. Ce qui était étrange et effrayant, c'est qu'il n'y avait personne qui parlait dans les environs : Sludig ronflait, et il était évident que Binabik venait de s'éveiller.

« Ce n'est rien », dit Simon, en se forçant à parler d'une voix calme. Il se traîna jusqu'à l'entrée de leur appentis, en faisant attention à tous les bleus qu'il avait reçus durant son entraînement du soir, et passa la tête à l'extérieur pour regarder alentour. La première étoile qu'il avait vue avait bien de la compagnie, une multitude de petits points blancs brillants qui recouvraient le ciel nocturne. Les nuages avaient été chassés par le vent frais, la nuit était claire et froide, et la désespérante monotonie du Désert Blanc s'étendait de tous les côtés. Il n'y avait pas une autre âme en vue sous la lune ivoire.

Finalement, ça n'avait *vraiment* été qu'un rêve, un rêve dans lequel le vieux Shem Palefrenier parlait avec la voix rauque de Pryrates, et Ruben l'Ours avec les tons sépulcraux de rien qui existât dans le monde de Dieu...

« Simon ? » demanda Binabik d'un ton endormi. « Ça va ?... »

Il avait peur, mais, s'il voulait être un homme, il ne pouvait pas aller pleurer sur l'épaule de quelqu'un à chaque fois qu'il faisait un cauchemar. « Ce n'est rien. » Il recula en frissonnant jusqu'à sa cape. « Je vais bien. »

Mais ça paraissait si réel. Les branches de leur fragile abri craquèrent, malmenées par le vent. *Si réel. Comme s'ils parlaient dans ma tête...*

Prenant à cœur le message fragmentaire du moineau argenté, ils chevauchaient chaque jour des premières lueurs de l'aube au coucher du soleil, pour ne pas se laisser rattraper par l'orage qui menaçait. Les faux combats de Simon avec Sludig avaient maintenant lieu à la lueur du feu, et il n'avait donc pas un instant à lui entre le moment où il se levait et celui où il s'effondrait, épuisé, à la fin de chaque journée. Les jours de chevauchée se succédaient avec monotonie ; l'immensité blanche et bosselée, les sombres bosquets d'arbres rabougris, l'insistance engourdissante du vent. Simon portait une profonde reconnaissance à sa barbe qui s'épaississait : sans elle, pensait-il souvent, le vent implacable aurait fini par effacer son visage pour exposer ses os.

Il lui semblait que le vent avait déjà effacé le visage de cette région, ne laissant presque rien derrière lui qui fût remarquable ou distinct. S'il n'y avait eu la bande de forêt qui s'élargissait à l'horizon, il aurait pu penser que chaque matin les ramenait dans le même froid, et au même endroit désolé. Pensant avec morosité à son lit chaud du Hayholt, il décida que même si le Roi de l'Orage lui-même s'installait au château, avec ses laquais aussi nombreux que des flocons de neige, il pourrait tout de même vivre heureux dans les quartiers des domestiques. Il désirait un foyer par-dessus tout. Il en était presque au point où il accepterait un matelas en enfer si le Diable lui tendait un oreiller.

À mesure que le temps passait, l'orage grossissait derrière eux, une colonne noire menaçante qui s'élevait dans le ciel du nord-ouest. Ses longs bras nuageux se tendaient vers le firmament comme les branches d'un arbre embrassant les cieux. La foudre les traversait sans cesse.

« Il n'avance pas vite », dit un jour Simon, alors qu'ils mangeaient leur maigre repas de midi. Il y avait plus de nervosité dans sa voix qu'il ne l'eût désiré.

Binabik acquiesça. « Il grossit, mais son avance est lente. C'est une chose pour laquelle nous devons avoir une grande reconnaissance. » Il avait l'air particulièrement abattu. « Plus il avance avec lenteté, plus nous restons longtemps sans être dessous, et je pense qu'avec son arrivée, il apportera une obscurité qui ne disparaîtra pas comme avec les autres orages du type ordinaire. »

« Qu'est-ce que tu veux dire ? » Maintenant, son grondement était audible.

« Ce n'est pas un orage composé avec simpleté de neige et de pluie », dit prudemment Binabik. « Ma pensée est qu'il est avec exacteté imaginé pour apporter la peur là où il va. Il se lève au Pic de l'Orage. Il a l'apparence d'une chose pleine de surnatureleté. » Il leva la main d'un geste apaisant. « Il avance, mais, comme tu l'as dit, pas avec grande prompteté. »

« Je ne sais rien de ces choses-là », dit Sludig, « mais je dois admettre que je suis heureux qu'on soit bientôt au bout du Désert Blanc. Je ne voudrais pas me trouver à découvert sous n'importe quel orage, et celui-là a l'air particulièrement méchant. » Il se tourna vers le sud et plissa les yeux. « Deux jours pour atteindre Aldhéorte », dit-il. « Ce sera une bonne protection. »

Binabik soupira. « J'espère que tu as raison, mais j'ai la crainte qu'il n'y aura pas de protection contre cet orage ; ou que les protections devront être autre chose que des arbres ou des toits. »

« Tu veux dire les épées ? » demanda doucement Simon.

Le petit homme haussa les épaules. « Peut-être. Si nous achevons la découverte des trois épées, il y aura peut-être la possibilité de garder l'hiver à longueur de lance ; peut-être même de le repousser. Mais d'abord nous devons aller à l'endroit de Géloé. Sinon, ce ne sera que des inquiétudes sur des choses que nous ne pouvons pas changer, et cela est une folie. » Il força un sourire sur son visage. « " Quand tes dents sont parties ", disent les Qanucs, " apprends à aimer la bouillie ". »

Le matin suivant, leur septième dans le Désert Blanc, apporta avec lui le mauvais temps. Bien que l'orage dans le nord ne fût encore qu'une tache d'encre noire qui maculait le lointain horizon, des nuages gris acier s'étaient rassemblés dans le ciel, leurs bords déchirés en lambeaux noirs comme de la suie par le vent qui se levait. Vers midi, alors que le soleil avait déjà entièrement disparu derrière ce triste linceul, la neige commença à tomber.

« C'est horrible », cria Simon, les yeux plissés pour se protéger de la morsure de la neige qui volait. Malgré ses épais gants de cuir, ses doigts s'engourdissaient rapidement. « Nous sommes aveuglés ! Ne vaudrait-il pas mieux s'arrêter et construire un abri ? »

Binabik, une petite ombre couverte de neige sur le dos de Qantaqa, tourna la tête et cria dans sa direction : « Si nous allons un peu plus loin, nous atteindrons la croisée des chemins ! »

« Croisée des chemins ! » rugit Sludig. « Dans ce désert ? »

« Chevauchez avec plus grande proximité », cria Binabik. « Je vais expliquer. »

Simon et le Rimmersleute rapprochèrent leurs montures de la louve au pas décidé. Binabik porta sa main à sa bouche, mais même ainsi, le rugissement du vent menaçait d'emporter ses mots. « Un peu plus loin, j'ai la pensée, l'ancienne route de Tumet'ai, que nous chevauchons, rencontre la Voie Blanche, qui court le long de la lisière nord de la forêt. À la croisée des chemins se trouve peut-être un abri, ou les arbres ont au moins une plus grande épaisseur, en étant à une plus grande proximité de la forêt. Chevauchons un peu plus de temps. S'il n'y a rien en ce point, nous y ferons néanmoins notre camp. »

« Tant qu'on s'arrête assez longtemps avant la nuit, troll », rugit Sludig. « Tu es intelligent, mais ton intelligence ne suffira peut-être pas à monter un campement décent dans cette tempête et dans le noir. Après avoir survécu à toutes les folies que nous avons traversées, je ne veux pas mourir dans la neige comme une vache perdue. »

Simon ne dit rien, préférant conserver son énergie pour pouvoir plus pleinement apprécier sa misère. Aédon, qu'il faisait froid ! N'y aurait-il donc jamais de fin à la neige ?

Ils chevauchèrent à travers le sombre après-midi glacial. La jument de Simon avançait lentement, peinant contre les puissantes bourrasques. Simon rapprocha sa tête de sa crinière, en essayant de se couper du vent. Le monde semblait aussi informe et blanc que l'intérieur d'un tonneau de farine, et à peine plus habitable.

Le soleil était presque invisible, mais une atténuation de sa lumière déjà rare laissa supposer que l'après-midi touchait à sa fin. Binabik, pourtant, ne semblait pas envisager de s'arrêter. Lorsqu'ils dépassèrent sans un regard un nouveau bosquet de sapins peu amène, Simon ne put se retenir plus longtemps.

« Je suis gelé, Binabik ! » cria-t-il rageusement par-dessus le vent. « Et il commence à faire sombre. Nous avons passé une nouvelle touffe d'arbres et nous chevauchons toujours. Il fait presque nuit ! Putain d'Arbre de Dieu, je n'irai pas plus loin ! »

« Simon... » commença Binabik, en s'efforçant d'adopter un ton apaisant tout en hurlant de toutes ses forces.

« Il y a quelque chose sur la route ! » cria Sludig d'une voix rauque. « *Vaer!* Quelque chose devant nous ! Un troll ! »

Binabik plissa les yeux. « Il n'y a pas une telle chose », cria-t-il d'un ton offusqué. « Jamais un Qanuc n'aurait la folie de s'aventurer seul dans un tel temps ! »

Simon observa la sombre grisaille tourbillonnante qui leur faisait face. « Je ne vois rien. »

« Et je n'ai pas cette vision non plus. » Binabik brossa la neige du bord de sa capuche.

« J'ai vu quelque chose. Je suis peut-être aveuglé par la neige, mais je ne suis pas fou. »

« Un animal, avec grande probabilité », dit le troll. « Ou, si nous avons la mauvaise chance, un fouisseur en éclaireur. Peut-être qu'il est en vérité temps de faire le camp et le feu, comme tu l'as dit, Simon. Il y a un peu plus loin un bosquet qui est la promesse d'un abri avec convenableté. Là, après la côte. »

Les compagnons choisirent l'endroit le mieux protégé qu'ils purent trouver. Simon et Sludig entrelacèrent des branches entre les troncs d'arbres pour construire un coupe-vent, tandis que Binabik, à l'aide de sa poudre à feu jaune, embrasa du bois humide et commença à faire bouillir de l'eau pour le bouillon. Le temps était si implacablement mauvais et froid qu'après avoir partagé leur soupe bien peu épaisse, ils s'étendirent en frissonnant, pelotonnés dans leur cape. Le vent était trop violent pour permettre d'autre conversation que hurlée. Malgré la proximité de ses amis, Simon resta seul avec ses tristes pensées jusqu'à ce que vînt le sommeil.

Simon s'éveilla avec le souffle bouillonnant de Qantaqa sur son visage. La louve geignit et le poussa de sa large tête jusqu'à le faire à moitié verser. Il s'assit, clignant des yeux dans les faibles rayons du soleil du matin qui perçaient à l'intérieur du bosquet. La neige s'était amassée contre les branches entrelacées, formant un mur qui tenait le vent à distance, si bien que la fumée du feu de Binabik s'élevait sans presque être troublée.

« Le bonjour à toi, ami-Simon », dit Binabik. « Nous avons survécu à la tempête. »

Simon écarta gentiment la tête de Qantaqa. Elle laissa échapper un petit gémissement de frustration, puis recula. Son museau était teinté de rouge.

« Elle ressent une grande agitation depuis ce matin », dit Binabik en riant. « Mais j'ai la pensée que les écureuils et oiseaux gelés qui sont tombés des arbres avec grand nombre l'ont bien nourrie. »

« Où est Sludig ? »

« Il fait le soin des chevaux. » Binabik attisa le feu. « Je l'ai convaincu de les emmener dans le découvert du bas de la pente, pour qu'ils ne piétinent pas le repas de déjeuner ou ton visage. » Il souleva un bol. « Voici la fin du bouillon. Comme nous sommes presque à l'épuisement de notre viande séchée, je te fais la suggestion de l'apprécier. Les repas viendront peut-être avec rareté si nous dépendons de notre chasse. »

Simon frissonna en débarrassant son visage de la poignée de neige qui s'y était accumulée. « Mais on va bientôt rejoindre la forêt, non ? »

Binabik, patient, lui tendit une nouvelle fois le bol. « Avec exacteté. Mais notre chemin va longer la forêt plutôt que la traverser. C'est une route qui a plus de circuité, mais qui prend moins de temps, parce qu'elle ne se fraye pas avec difficulté un chemin dans le sous-bois. De plus, dans cet été gelé, les animaux qui ne dorment pas dans leur nid ou leur tanière ne seront peut-être pas avec grand nombre. Donc, si tu ne prends pas cette soupe de mes mains avec prompteté, je la boirai moi-même. Je n'ai pas plus que toi l'intérêt de mourir de faim, et j'ai du bon sens en plus grande quantité. »

« Désolé. Merci. » Simon se pencha sur le bol et s'emplit les poumons de son fumet avant de le boire.

« Tu as la possibilité de laver le bol quand tu as terminé », grimaça Binabik. « Un beau bol est une chose de précieuseté dans un voyage d'une aussi grande dangereuseté. »

Simon sourit. « Tu me fais penser à Rachel le Dragon. »

« Je n'ai pas rencontré ce Dragon-Rachel », dit Binabik en se relevant et en brossant la neige de ses chausses, « mais si elle a reçu la charge de toi, elle a dû être une personne de grande patience et de grande bonté. »

Simon gloussa.

Ils atteignirent la croisée des chemins en fin de matinée. La rencontre des deux routes n'était signalée que par un lugubre doigt de pierre dressé dans le sol gelé. Un lichen gris vert, apparemment insensible au froid, s'y accrochait fermement.

« L'ancienne route de Tumet'ai poursuit son chemin à travers la forêt. » Binabik indiqua d'un geste le tracé à peine visible de la route du sud, qui serpentait en direction d'une touffe de sapins. « Parce que j'ai la pensée qu'elle n'est plus utilisée depuis très longtemps et avec certaineté recouverte par la végétation, nous devrions suivre la Voie Blanche. Nous trouverons avec possibilité des habitations désertées qui contiendront peut-être des provisions. »

La Voie Blanche s'avéra être une route plus récente que celle qui partait du site de l'ancienne Tumet'ai. Ils découvrirent les traces d'un usage humain récent : un cercle de fer, fendu et rouillé, vestige d'une roue brisée, pendu à la branche d'un arbre, certainement jeté là par un conducteur de chariot énervé ; un rais taillé en pointe qui avait peut-être servi de piquet pour une tente et traînait maintenant sur le bas-côté ; un cercle de pierres noircies à demi recouvert par la neige.

« Qui vit ici ? » demanda Simon. « Pourquoi y a-t-il même une route ? »

« Il y avait autrefois de nombreuses petites colonies à l'est du monastère de Saint Skendi », dit Sludig. « Tu te souviens de Saint Skendi : l'endroit recouvert de neige que nous avons vu sur le chemin de la montagne-dragon. Il y avait même quelques villes, par ici : Sovebek, Grinsaby, et quelques autres, si je me souviens bien. Je crois aussi qu'il y a à peu près un siècle, les voyageurs passaient par ici pour contourner la grande forêt lorsqu'ils allaient dans le nord depuis les Thrithings, et il y a peut-être même quelques auberges. »

« Il y a de cela bien plus d'un siècle », entonna Binabik, « cette partie du monde était très voyagée. Nous Qanucs, ou certains, pour exacteté, partions beaucoup plus au sud durant l'été, parfois jusqu'aux limites des pays des Basses-terres. Et les Sithis eux-mêmes étaient partout dans leurs voyages. C'est dans cette époque et ces tristes jours avec unicité que cette terre est devenue vide de voix. »

Ils suivirent les méandres de la route durant tout le court après-midi. Les arbres étaient plus denses maintenant qu'ils s'approchaient de la forêt, et les bosquets poussaient si près de la route qu'il leur sembla avoir déjà pénétré dans Aldhéorte sans même avoir pris le temps de le vouloir. Ils atteignirent enfin une autre pierre dressée cette fois tristement inclinée et sur le bas-côté, sans croisée des chemins ni autre particularité quelconque à signaler. Sludig mit pied à terre pour l'examiner.

« Il y a des runes gravées, mais elles sont presque effacées. » Il arracha une partie des mousses gelées. « Je pense qu'elles veulent dire que Grinsaby n'est pas très loin. » Il leva les yeux vers eux, souriant dans sa barbe gelée. « Un endroit avec un toit ou deux, peut-être, même s'il n'y a rien d'autre. Ce serait un sacré changement. » Le pas plus léger, le Rimmersleute se remit en selle. Simon, lui aussi, en fut revigoré. Même un village désert serait un immense progrès par rapport au sinistre Désert Blanc.

Les paroles de la chanson de Binabik lui revinrent en mémoire. *Vous avez glissé dans des ombres froides...* Il eut un soudain serrement de cœur. Peut-être que la ville ne serait pas déserte, après tout. Peut-être qu'il y aurait une auberge avec un feu, et de la nourriture...

Tandis que Simon se languissait des conforts de la civilisation, le soleil disparut pour de bon derrière la forêt. Le vent se leva, et le crépuscule des terres du nord tomba rapidement sur eux.

Il y avait encore une lueur dans le ciel, mais le paysage enneigé était devenu bleu gris, s'alourdissant de ténèbres comme un chiffon trempé dans l'encre. Simon et ses compagnons étaient prêts à s'arrêter et à monter le camp, et en discutaient en poussant leur voix pardessus le souffle monotone du vent, lorsqu'ils atteignirent les premières constructions de Grinsaby.

Comme pour décevoir jusqu'aux plus modestes espoirs de Sludig, les toits de ces fermes abandonnées s'étaient effondrés sous le poids de la neige. Les enclos et jardins, depuis longtemps délaissés, étaient recouverts d'une épaisse couche blanche tourbillonnante. Simon avait vu tant de villages désertés durant son séjour dans le nord qu'il lui était difficile d'imaginer que les Marches Gelées ou le Désert Blanc avaient un jour été habités, que des gens avaient passé leur vie ici, tout comme ils le faisaient dans les vertes prairies d'Erkynée. Il se languissait de son foyer, des endroits et d'un climat plus familiers. À moins que l'hiver n'eût déjà recouvert tout le pays ?

Ils poursuivirent leur chemin. Bientôt, les maisons désertées de Grinsaby se firent plus nombreuses des deux côtés de la route que Binabik avait appelée la Voie Blanche. Certaines portaient encore les traces de leurs anciens résidents : une hache rouillée au manche décomposé plantée dans un billot devant une porte enneigée ; un balai dressé dépassant des congères du bas-côté comme un mât ou la queue d'un animal gelé, mais la plupart des constructions étaient aussi vides et désolées que des crânes.

« Où allons-nous nous arrêter ? » demanda Sludig. « Je crois qu'on ne trouvera pas de toit, finalement. »

« Peut-être pas, alors cherchons des bons murs », répondit Binabik. Il allait en dire plus, mais Simon attira son attention.

« Regarde ! C'est vraiment un troll ! Sludig avait raison ! » Simon indiqua du doigt le bord de la route, où se dressait une petite silhouette immobile, n'était le vent dans sa cape. Les derniers rayons de soleil avaient trouvé une ouverture dans l'orée de la forêt derrière Grinsaby, et éclairaient l'étranger.

« Regardez avec vos yeux ! » Binabik avait parlé d'un ton ronchon, mais son regard était fixé sur l'étranger. « Ce n'est pas un troll. » La silhouette au bord de la route était petite et couverte d'une cape peu épaisse et de sa capuche. Sa peau nue et bleuie était visible là où ses chausses ne rejoignaient pas ses bottes.

« C'est un petit garçon. » Après avoir ainsi corrigé sa première observation, Simon poussa Monretour vers le bord de la route. Ses deux compagnons le suivirent. « Il doit mourir de froid ! »

Lorsqu'ils s'approchèrent, l'enfant leva les yeux, la neige venant moucheter ses cils et ses sourcils noirs. Il les regarda, puis se tourna et se mit à courir.

« Attends ! » cria Simon. « On ne te veut pas de mal ! »

« *Halad, künde !* » hurla Sludig. La forme en fuite s'arrêta et se retourna pour les observer. Sludig s'approcha de quelques toises, puis mit pied à terre et avança lentement vers lui. « *Vjer sommen marroven, künde* », dit-il, en tendant la main. Le garçon le dévisagea avec méfiance, mais ne fit pas mine de s'enfuir. L'enfant semblait n'avoir pas plus de sept ou huit ans, et était aussi mince que le manche d'une baratte, à en juger par le peu que l'on pouvait voir. Ses mains étaient pleines de glands.

« J'ai froid », dit le garçon en un westerlien honnête.

Sludig parut surpris, mais il sourit et acquiesça. « Alors viens, mon garçon. » Il prit gentiment les glands et les versa dans la poche de sa cape, puis souleva l'enfant dans ses bras puissants. « Tout ira bien. Nous allons t'aider. » Il plaça l'étranger aux cheveux noirs à l'avant de sa selle, puis enroula sa cape autour de lui, si bien que la tête du garçon semblait maintenant émerger du ventre devenu énorme de Sludig. « Pouvons-nous choisir un endroit pour monter le camp maintenant, troll ? » grogna-t-il.

Binabik acquiesça. « Bien sûr. »

Il fit avancer Qantaqa. Le garçon regarda la louve avec des yeux écarquillés mais sans inquiétude, tandis que Simon et Sludig partaient à sa suite. La neige emplit rapidement l'enfoncement dans lequel le garçon s'était tenu.

Tandis qu'ils traversaient le village désert, Sludig tira son outre de kangkang et laissa le nouveau venu en boire un peu. Le garçon toussa, mais, à part cela, ne sembla pas surpris par l'amer alcool qanuc. Simon se dit qu'il devait être plus âgé qu'il ne leur avait d'abord paru : il y avait une précision dans ses mouvements qui n'était pas celle d'un enfant. Une partie de son apparente jeunesse, décida Simon, devait tenir à ses grands yeux et à sa mince charpente.

« Comment t'appelles-tu, mon garçon ? » demanda enfin Sludig.

Le garçon le regarda calmement. « Vren », dit-il enfin, d'une voix fluide mais avec un accent étrange. Il tira doucement sur l'outre, mais Sludig secoua la tête et la remit dans son sac de selle.

« " Grand " ? » demanda Simon, perplexe.

« J'ai la pensée qu'il a dit " Vren " », répondit Binabik. « C'est un nom hyrka, et j'avais la pensée qu'il pouvait être un Hyrka. »

« Regardez ses cheveux noirs », dit Sludig. « Et aussi la couleur de sa peau. C'est un Hyrka, ou je ne suis pas Rimmcrsleute. Mais que fait-il tout seul dans les neiges ? »

Les Hyrkas, savait Simon, étaient un peuple sans attache que l'on disait bon dresseur de chevaux et habile à des jeux où les autres gens perdaient de l'argent. Il en avait vu beaucoup au grand marché d'Erchester. « Est-ce que les Hyrkas vivent ici, dans le Désert Blanc ? »

Sludig fronça les sourcils. « Je n'ai jamais entendu dire cela, mais j'ai vu ces temps-ci beaucoup de choses que je n'aurais jamais crues à Elvritshalla. Je pensais qu'ils vivaient surtout dans les villes et dans les grandes prairies avec les gens des Thrithings. »

Binabik tendit le bras et donna une petite tape amicale au garçon. « J'avais la même connaissance, même si certains vivent au-delà du Désert Blanc, dans les steppes sauvages de l'est. »

Lorsqu'ils se furent un peu éloignés, Sludig mit de nouveau pied à terre à la recherche de signe d'habitation récente. Il revint en secouant la tête, et se dirigea vers Vren. Les yeux bruns de l'enfant lui soutinrent son regard sans ciller. « Où habites-tu ? » demanda le Rimmersleute.

« Avec Skodi », fut sa seule réponse.

« C'est dans la proximité d'ici ? » demanda Binabik. Le garçon haussa les épaules. « Où sont tes parents ? » Il répéta son geste.

Le troll se tourna vers ses compagnons. « Skodi est avec possibilité le nom de sa mère. Ou c'est peut-être le nom d'un autre village près du village Grinsaby. Il y a aussi la possibilité qu'il se soit écarté d'une caravane de chariots, même si ces routes, j'en ai la certaineté, n'ont pas une grande circulation même dans leurs plus beaux jours. Comment pourrait-il survivre longtemps dans des jours d'un hiver aussi rude ?... » Il haussa les épaules, un geste étrangement similaire à celui du garçon.

« Va-t-il rester avec nous ? » demanda Simon. Sludig laissa échapper un bruit exaspéré, mais ne dit rien. Simon se retourna vers le Rimmersleute avec fureur. « On ne peut pas le laisser mourir ici ! »

Binabik leva la main en un geste apaisant. « Non, n'aie pas la crainte que nous le fassions. De toute façon, j'ai le soupçon que des gens autres que Vren vivent ici. »

Sludig se redressa. « Le troll a raison : il doit y avoir des gens ici. De toute façon, l'idée d'emmener un enfant avec nous est stupide. »

« C'est ce que certains ont dit de Simon », répondit calmement Binabik. « Mais j'ai une unicité d'opinion avec ton autre idée. Nous devons trouver l'endroit où il habite. »

« Il peut chevaucher un peu avec moi », dit Simon. Le Rimmersleute grimaça, mais fit passer le garçon d'une selle à l'autre. Simon enveloppa l'enfant dans sa cape comme l'avait fait Sludig.

« Dors, maintenant, Vren », chuchota-t-il. Le vent gémit à travers les maisons détruites. « Tu es avec des amis, maintenant. Nous allons te ramener chez toi. »

Le garçon tourna la tête pour le regarder, aussi solennel qu'un jeune ecclésiastique durant une cérémonie. Une petite main se glissa de sous la cape pour caresser Monretour. La masse mince de Vren reposant sur sa poitrine, Simon prit les rênes d'une main pour enrouler son autre bras autour de la taille du garçon. Il se sentait très vieux et très responsable.

Est-ce que je serai père un jour ? se demanda-t-il alors qu'ils avançaient à travers l'obscurité grandissante. *Est-ce que j'aurai des fils ?* Il y réfléchit un instant. *Des filles ?*

Tous les gens qu'il connaissait, semblait-il, avaient perdu leur père : celui de Binabik dans un glissement de neige, celui du prince Josua de vieillesse. Il se souvenait que Jérémias, l'apprenti chandelier, avait perdu le sien d'une fièvre de poitrine ; celui de Miriamélé pourrait tout aussi bien être mort. Il songea à son propre père, qui s'était noyé avant sa naissance. Est-ce que les pères étaient tous ainsi, comme les chiens et les chats, faisant des enfants avant de s'en aller ?

« Sludig ! » appela-t-il, « est-ce que tu as un père ? »

Le Rimmersleute se retourna, l'air profondément irrité. « Qu'est-ce que tu veux dire par là, mon garçon ? »

« Je veux dire, est-ce qu'il est encore vivant ? »

« Pour ce que j'en sais », répondit le Rimmersleute d'une moue méprisante. « Et je m'en moque. Le vieux démon pourrait tout aussi bien être en Enfer, et ça ne me gênerait pas plus. » Son regard retourna vers la route et son linceul blanc.

Je ne serai pas un père comme ça, décida Simon, en serrant un peu plus l'enfant. Vren s'agita un peu sous la cape de Simon. *Je resterai avec mon fils. Nous aurons un foyer, et je ne partirai pas.*

Mais qui serait sa mère ? Une suite d'images incohérentes, aussi confuses que des flocons de neige, passa dans son esprit : Miriamélé, distante sur son balcon du Hayholt, la servante Hepzibah, la vieille Rachel en colère, Dame Vorzheva aux yeux rageurs. Et où serait son foyer ? Il regarda alentour, vers l'immensité immaculée du Désert Blanc puis l'ombre grandissante d'Aldhéorte. Comment quiconque pourrait-il espérer rester en un seul endroit dans ce monde dément ? Promettre cela à un enfant serait lui mentir. Un foyer ? Il aurait de la chance s'il trouvait un endroit où s'abriter du vent pour la nuit.

Son rire triste fit s'agiter Vren ; Simon resserra sa cape autour d'eux deux.

Lorsqu'ils approchèrent des limites est de Grinsaby, ils n'avaient toujours pas croisé âme qui vive. Ils n'avaient pas non plus trouvé la moindre trace d'habitation récente. Ils avaient interrogé Vren à plusieurs reprises, mais n'avaient pu lui tirer d'autre information que le nom “ Skodi ”.

« Est-ce que Skodi est ton père ? » demanda Simon.

« C'est un nom de femme », annonça Sludig. « Un nom de femme rimmersleute. »

Simon essaya de nouveau. « Est-ce que Skodi est ta mère ? »

Le garçon secoua la tête. « Je vis avec Skodi », dit-il, ses mots si nets malgré son accent que Simon se demanda une nouvelle fois si le garçon n'était pas plus vieux qu'ils ne l'avaient supposé.

Il y avait encore quelques constructions désolées perchées sur les coteaux le long de la Voie Blanche, mais elles se faisaient de plus en plus rares. La nuit était tombée, remplissant les espaces entre les arbres d'ombres d'un noir d'encre. Le groupe avait chevauché trop longtemps, et largement au-delà de ce qui aurait dû être l'heure du dîner, selon l'avis de Simon. L'obscurité rendait leurs recherches difficiles. Binabik allait mettre le feu à une branche de pin élancée pour s'en servir de torche lorsque Simon aperçut une lueur à travers la forêt, à quelque distance de la route.

« Regardez, là ! » cria-t-il. « Je crois que c'est un feu ! » Dans la distance, les arbres recouverts de neige semblaient teintés de rouge.

« La maison de Skodi ! La maison de Skodi ! » s'exclama le garçon, en bondissant à tel point sur la selle que Simon dut le maîtriser. « Elle va être contente ! »

Le groupe s'arrêta un instant, observant les lueurs tremblantes.

« Soyons prudents », dit Sludig, en détendant les doigts qui tenaient sa lance qanuqe. « C'est un endroit sacrément étrange pour choisir d'y vivre. Nous n'avons aucune raison de croire que ces gens seront amicaux. »

En entendant ces mots, Simon fut parcouru d'un frisson soudain. Si seulement Épine était assez fiable pour qu'il pût la porter à son côté ! Il porta la main à son couteau d'os dans sa gaine, et fut rassuré.

« Je passerai devant », dit Binabik. « Je suis plus petit et Qantaqa est plus silencieuse. Nous irons chercher un premier regard. » Il murmura un mot ; la louve quitta la route et s'enfonça dans les longues ombres, sa queue se balançant comme un nuage de fumée.

Quelques minutes passèrent. Simon et Sludig chevauchaient lentement le long de la côte enneigée, sans parler. Les yeux fixés sur la chaude lumière qui étincelait dans les cimes des arbres, Simon s'était laissé aller à une sorte de rêve éveillé lorsqu'il fut surpris par la brusque réapparition du troll. Qantaqa souriait largement, sa langue rouge pendant de sa gueule.

« J'ai la pensée que c'est une vieille abbaye », dit Binabik, son visage presque entièrement dissimulé dans les ténèbres de sa capuche. « Il y a un grand feu devant l'entrée et des gens autour avec grand nombre, mais ils ont l'air d'être des enfants. Je n'ai pas vu de chevaux, ni le moindre signe de la préparation d'une embuscade. »

Ils chevauchèrent en silence jusqu'à la crête d'une petite colline. Le grand feu brûlait devant eux au cœur d'une clairière bordée d'arbres, et des silhouettes assez petites dansaient autour. Derrière celui-ci se dressaient les murs de pierre teintés de rouge et au mortier craquelé de l'abbaye. C'était une vieille construction qui avait beaucoup souffert de la violence des intempéries : le long toit s'était effondré en plusieurs endroits, les trous s'ouvrant sur les étoiles comme autant de bouches. Plusieurs arbres environnants semblaient avoir dirigé leurs branches à travers les petites fenêtres, comme s'ils essayaient d'échapper au froid.

Alors qu'ils avaient fait une nouvelle pause pour observer les lieux, Vren se dégagea de l'emprise de Simon, et se laissa glisser à terre, tombant dans la neige. Il se releva, se secoua comme un chien, puis dévala la colline en direction du feu. Certaines des petites silhouettes accueillirent son arrivée avec de grands cris de joie. Vren resta avec eux un instant, agitant les bras avec excitation, puis poussa la grande porte de l'abbaye et disparut à l'intérieur.

Lorsque de longs instants furent passés et que personne ne fut ressorti, Simon regarda Binabik et Sludig d'un air interrogateur.

« Cela a avec grande certaineté la semblance d'être sa maison », dit Binabik.

« Allons-nous repartir ? » demanda Simon en espérant qu'ils répondraient “ non ”. Sludig le regarda, puis laissa échapper un grognement exaspéré.

« Ce serait une folie de laisser passer une chance de passer une nuit au chaud », dit le Rimmersleute avec réticence. « Et il est temps de monter le camp. Mais pas un mot de qui nous sommes ou de ce que nous faisons. Nous sommes des soldats ayant quitté la garnison de Skoggey, si quelqu'un demande. »

Binabik sourit. « J'approuve ta logique, mais j'ai le doute que l'on puisse me prendre avec sérieuseté pour un guerrier rimmersleute. Allons-y. Allons voir la maison de Vren. »

Ils entrèrent au petit galop dans le vallon. Les petites silhouettes, peut-être une demi-douzaine en tout, avaient repris leur danse, mais, lorsque Simon et les autres approchèrent, ils s'interrompirent et firent silence. Ce n'était que des enfants vêtus de haillons, comme Binabik l'avait suggéré.

Tous les yeux étaient maintenant tournés vers les nouveaux arrivants. Simon eut l'impression d'être soumis à un examen scrupuleux La gamme d'âges des enfants semblait aller de trois ou quatre ans à l'âge de Vren ou un peu plus, et ils n'avaient pas un type particulier. Il y avait une petite fille qui partageait la couleur des cheveux et des yeux de Vren, mais deux ou trois autres étaient si blonds qu'ils ne pouvaient être que rimmersleutes. Tous avaient les yeux écarquillés et un regard méfiant. Lorsque Simon et ses amis mirent pied à terre, toutes les têtes se tournèrent presque à l'unisson. Personne ne dit un mot.

« Bonjour », dit Simon. Le garçon le plus proche le regarda d'un air maussade, son visage léché par la lueur des flammes. « Est-ce que ta mère est là ? » Le garçon continua de le dévisager.

« L'enfant que nous avons ramené est entré », dit Sludig. « C'est certainement là que se trouvent les adultes. » Il soupesa pensivement sa lance, et une demi-douzaine de paires d'yeux suivit son mouvement avec méfiance. Le Rimmersleute emporta la lance avec lui jusqu'à la porte de l'abbaye que Vren avait refermée derrière lui, puis la posa contre le mortier crevassé du mur.

Il lança à son public muet un regard lourd de sens. « Personne n'a le droit de toucher à ça », dit-il. « C'est compris ? *Gjal es, künden !* » Il tapota son épée dans son fourreau, puis leva le poing et frappa à la porte. Simon jeta un coup d'œil en direction d'Épine, simple paquet enveloppé de peaux sur l'un des chevaux de bât. Il se demanda s'il devait l'emporter à l'intérieur, mais se dit que cela attirerait l'attention plus qu'il n'était souhaitable. Mais il s'inquiéta tout de même : tant de sacrifices pour trouver l'épée noire, pour ensuite la laisser attachée à une selle comme un vieux balai.

« Binabik », dit-il doucement, en faisant un signe en direction de l'épée dissimulée. « Est-ce que tu penses ?... »

Le troll secoua la tête. « Il n'y a pas de causes de souci, j'en ai la certaineté », chuchota le troll. « De toute façon, même si ces enfants la volaient, j'ai l'idée qu'ils passeraient un long moment de difficulté à essayer de l'emporter. »

La lourde porte s'ouvrit lentement. Le petit Vren se tenait dans l'encoignure.

« Entrez. Skodi vous dit d'entrer. »

Binabik mit pied à terre. Qantaqa renifla l'air un instant, puis fit volte-face et repartit en quelques bonds dans la direction d'où ils étaient venus. Les enfants autour du feu observèrent son départ d'un air fasciné.

« Laissons-la chasser », dit Binabik. « Elle n'est pas heureuse de marcher dans la maison des gens. Viens, Simon ; nous avons reçu une offre d'hospitalité. » Il dépassa Sludig et suivit Vren à l'intérieur.

Un feu presque aussi large que celui de l'extérieur ronflait et craquait dans l'âtre, projetant de longues ombres folles sur les plâtres couverts de toiles d'araignée. La première impression que Simon eut de la pièce fut celle de l'antre de quelque animal. D'immenses piles de vêtements et de paille et d'autres objets plus étranges étaient entassés n'importe comment sur toutes les surfaces sales.

« Bienvenue, étrangers », dit quelqu'un. « Je suis Skodi. Avez-vous à manger ? Les enfants ont grand faim. »

Elle était assise dans un fauteuil près du feu, et de nombreux enfants plus jeunes que ceux de la clairière escaladaient ses genoux ou étaient assis à ses pieds. La première pensée de Simon fut qu'elle était une enfant, elle aussi, bien que c'eût été une enfant très grande ; mais, après un instant d'inspection, il put voir qu'elle devait avoir son âge, ou même un peu plus. Ses cheveux blond blanc, sans plus de couleur qu'une soie d'araignée, encadraient un visage rond qui eût pu être assez joli, malgré quelques boutons, si elle n'avait pas été aussi grosse. Ses pâles yeux bleus observaient avidement les nouveaux arrivants.

Sludig la regarda avec méfiance, mal à l'aise dans une ambiance aussi lourde. « De la nourriture ? Nous en avons bien peu, madame... » Il réfléchit un instant. « ... mais nous serons heureux de la partager. »

Elle fit un geste désinvolte de la main. Son bras rose et épais manqua déloger un tout petit qui dormait. « Ça n'a aucune importance. Nous nous débrouillons toujours. » Comme l'avait prédit Sludig, elle parlait westerlien avec un lourd accent rimmersleute. « Asseyez-vous et racontez-moi les nouvelles du monde. » Elle fronça les sourcils, plissant ses lèvres rouges. « Il doit y avoir de la bière quelque part. Les hommes aiment la bière, n'est-ce pas ? Vren, va chercher de la bière. Et où sont ces noix de chêne que je t'ai envoyé chercher ? »

Sludig releva soudain les yeux. « Oh ! » D'un air un peu penaud, il tira les glands de Vren de la poche de sa cape.

« Bien », dit Skodi. « Maintenant, la bière. »

« Oui, Skodi. » Vren fila le long d'une allée de chaises empilées, et disparut dans les ténèbres.

« Comment se fait-il, si ce n'est pas impoli, que vous viviez ici ? » dit Binabik. « C'est avec sembleté un endroit de grande isolation. »

Skodi l'avait jusqu'ici observé avidement. Mais ses yeux s'agrandirent de surprise. « Je pensais que tu étais un enfant ! » Elle semblait déçue. « Mais vous êtes un petit homme. »

« Un Qanuc, Madame. » Binabik esquissa un salut. « Ce que votre peuple appelle un troll. »

« Un troll ! » Elle battit des mains de joie. Cette fois-ci, l'un des enfants nichés sur ses genoux tomba effectivement sur les couvertures qui étaient étalées à ses pieds. Le petit ne sembla pas s'éveiller, et un autre enfant vint rapidement prendre la place qui s'était libérée. « C'est merveilleux ! Nous n'avions jamais eu de troll ici ! » Elle se retourna et cria en direction de l'obscurité. « Vren ! Où est la bière pour ces hommes ? »

« D'où viennent tous ces enfants ? » demanda Simon d'un air étonné. « Ce sont tous les vôtres ? »

La jeune fille parut sur la défensive. « Oui. Ce sont tous mes enfants, maintenant. Leurs parents ne voulaient pas d'eux, alors maintenant, c'est Skodi qui les garde. »

« Eh bien... » Simon était déconcerté. « Eh bien, c'est très gentil de votre part. Mais comment les nourrissez-vous ? Vous disiez qu'ils avaient faim. »

« Oui, c'est gentil », dit Skodi, qui avait retrouvé son sourire. « C'est gentil de ma part, mais c'est ce que l'on m'a enseigné. Le Seigneur Usires a dit de donner un abri aux enfants. »

« Oui », grommela Sludig. « C'est vrai. »

Vren revint dans la lumière en portant une jarre de bière et plusieurs bols fendillés. La pile oscillait dangereusement, mais, avec un peu d'aide, il réussit à tout poser et à servir de la bière à tous les voyageurs. Le vent s'était levé, faisant onduler les flammes dans l'âtre.

« C'est un bien bon feu », dit Sludig en chassant la mousse de sa moustache. « Vous avez dû avoir du mal à trouver du bois sec dans la tempête d'hier. »

« Oh ! Vren l'a coupé pour moi au début du printemps. » Elle tendit le bras et donna une petite tape affectueuse sur la tête du garçon de sa main dodue. « Il s'occupe aussi de l'abattage et de la cuisine. C'est mon bon garçon, Vren ; vraiment. »

« Il n'y a personne ici qui soit plus vieux ? » demanda Binabik. « Je ne veux pas me montrer discourtois, mais vous semblez bien jeune pour élever tous ces enfants dans la solitude. »

Skodi le dévisagea soigneusement avant de répondre. « Je vous l'ai dit. Leurs mères et leurs pères sont partis. Il n'y a personne ici que nous. Mais nous nous débrouillons très bien, n'est-ce pas, Vren ? »

« Oui, Skodi. » Les paupières du garçon s'alourdissaient. Il se pelotonna contre sa jambe, se délectant de la chaleur du feu.

« Donc », dit-elle enfin, « vous disiez que vous aviez un peu de nourriture. Pourquoi ne pas l'amener, et nous pourrons tout partager. Nous pouvons trouver de quoi faire un repas ici. Réveille-toi, Vren ; petit paresseux ! » Elle lui donna une petite tape sur le coin de la tête. « Réveille-toi, c'est l'heure de préparer le souper ! »

« Ne le réveillez pas », dit Simon, qui avait pitié du petit garçon aux cheveux noirs. « Nous allons nous occuper du repas. »

« Sottises ! » dit Skodi. Elle secoua gentiment le garçon qui protestait doucement. « Il adore préparer le souper. Allez chercher ce que vous avez. Vous allez rester cette nuit, n'est-ce pas ? Alors vous devriez rentrer vos chevaux. L'écurie se trouve au coin de la cour, je crois. Vren, lève-toi, petit paresseux ! Où est l'écurie ? »

La forêt s'était rapprochée de l'arrière de l'abbaye, où se trouvait l'écurie. Les vieux arbres, couverts de neige, oscillaient tristement tandis que Simon et ses compagnons étalaient de la paille sèche sur le sol de l'une des stalles, et versaient de la neige dans les abreuvoirs pour qu'elle y fondît. L'écurie semblait avoir été utilisée occasionnellement : il y avait des torches noircies dans les supports et les murs délabrés avaient été maladroitement réparés, mais il était difficile de deviner à quand remontait son dernier usage.

« Faut-il emmener nos affaires à l'intérieur ? » demanda Simon.

« J'en ai la pensée », répondit Binabik, en desserrant la sous-ventrière de l'un des chevaux de bât. « J'ai grand doute que les enfants volent ce qui n'est pas de la nourriture, mais qui sait ce qu'ils peuvent égarer ? »

L'odeur des chevaux mouillés était forte. Simon caressa le dur flanc de Monretour. « Tu ne trouves pas que c'est étrange, que seuls des enfants vivent ici ? »

Sludig laissa échapper un court éclat de rire. « La jeune femme est plus vieille que toi, Mèche-blanche, et c'est un sacré morceau. Les filles de son âge ont souvent déjà des enfants. »

Simon rougit, mais sa réplique furieuse fut devancée par Binabik. « J'ai la pensée », dit le troll, « que Simon parle avec bon sens. Il y a des aspects troubles dans cet endroit. Il n'y aura pas d'inutilité à poser plus de questions à notre hôtesse. »

Simon enveloppa Épine dans sa cape avant de la ramener à travers les neiges vers l'abbaye. L'épée changeante était en cet instant assez légère. Elle semblait également palpiter un peu, mais Simon savait que cela pouvait tout aussi bien être ses mains qui tremblaient sous l'effet du froid. Lorsque le petit Vren les fit entrer, Simon plaça Épine près de l'âtre, là où ils allaient dormir, et entassa plusieurs de leurs sacs de selle pardessus, comme pour immobiliser une bête endormie qui pouvait s'éveiller et se débattre.

Le souper fut un singulier mélange d'aliments inhabituels et d'étrange conversation. En plus des restes de fruits séchés et de viande qu'avaient apportés les voyageurs, Skodi et ses ouailles apportèrent des bols de glands amers et de baies aigres. En fouillant, Vren avait trouvé un fromage moisi mais comestible quelque part dans les décombres du cellier de l'abbaye, ainsi que plusieurs autres jarres de la bière musquée de Rimmersgard. Tout cela leur permit de préparer un repas qui suffit à nourrir tout le monde, quoi que chichement : les enfants, une fois rassemblés, étaient plus d'une douzaine.

Binabik n'eut que peu d'occasions de poser des questions durant le repas. Les enfants qui étaient assez âgés pour sortir se levaient pour narrer de façon fort fantaisiste les aventures qui leur étaient arrivées durant la journée, des histoires à tel point exagérées qu'elles n'étaient plus crédibles. Une petite fille raconta qu'elle avait volé jusqu'au sommet d'un grand pin pour y voler une plume à un geai magique. Un autre, l'un des garçons les plus âgés, jura qu'il avait découvert un coffre contenant l'or d'un ogre dans une caverne de la forêt. Vren, lorsque vint son tour, annonça calmement à ses auditeurs qu'alors qu'il ramassait des glands, il avait été pourchassé par un démon de glace aux yeux bleus brillants, et que Simon et ses deux compagnons l'avaient sauvé de son étreinte froide en frappant le monstre de son épée jusqu'à le briser en éclats de glace.

Skodi gardait les enfants les plus jeunes sur ses genoux en mangeant, l'un après l'autre, et écoutait chaque histoire avec une fascination avide. Elle récompensait celles qu'elle avait le mieux aimées en donnant à son conteur un peu de nourriture en plus, qui était acceptée avec empressement. En fait, décida Simon, la récompense était certainement la principale raison de l'aspect fabuleux de toutes ces histoires.

Il y avait quelque chose dans le visage de Skodi que Simon trouvait fascinant. Malgré sa masse imposante, il y avait une délicatesse dans ses traits et une lueur dans ses yeux et dans son sourire qui le pétrifiait. Certains instants, lorsqu'elle riait à gorge déployée de l'une des inventions des enfants, ou se tournait de telle manière que la lumière du feu faisait briller ses cheveux pâles, elle semblait assez belle ; à d'autres moments, lorsqu'elle arrachait avidement une poignée de baies à l'un des plus petits enfants et s'en gavait, ou lorsque son éblouissement devant les histoires ne ressemblait plus qu'à de l'idiotie, elle le répugnait.

À plusieurs reprises, elle s'aperçut que Simon la dévisageait. Les regards qu'elle lui renvoya l'effrayèrent un peu, alors même qu'ils le faisaient rougir. Skodi, malgré toute sa masse, avait un regard vorace qui n'eût pas déparé le visage d'un mendiant affamé.

« Eh bien », dit-elle lorsque Vren eut terminé sa folle histoire, « il semble que vous êtes plus braves encore que je ne l'avais imaginé. » Elle fit un immense sourire à Simon. « Nous dormirons bien cette nuit, de vous savoir sous notre toit. Vous ne pensez pas que le démon de glace de Vren ait des frères, n'est-ce pas ? »

« J'ai l'idée qu'il n'y en a pas grande probabilité », répondit Binabik avec un aimable sourire. « Vous n'avez pas le besoin de craindre de tels démons tant que nous restons dans votre maison. En retour, nous avons une grande gratitude pour un toit et un feu pour se réchauffer. »

« Oh ! non », dit Skodi, les yeux écarquillés, « c'est moi qui vous remercie. Nous ne recevons pas souvent de visiteurs. Vren, va aider à débarrasser l'endroit où les hommes vont dormir. Vren ! Tu m'entends ? »

Vren regardait intensément Simon, une expression insondable dans ses yeux noirs.

« Vous avez fait la mention d'invités, Madame », commença Binabik. « Cela amène dans mon esprit une question que je voulais vous poser. Comment se fait-il que vous et les enfants soyez venus à vous trouver dans un endroit aussi isolé ?... »

« La tempête est venue. Les autres se sont enfuis. Nous n'avions aucun autre endroit où aller. » Ses mots cassants déguisaient mal son ton blessé. « Ils ne voulaient pas de nous. D'aucun des enfants, et de Skodi non plus. » Ce sujet épuisé, sa voix se réchauffa. « Maintenant il est temps pour les petits d'aller se coucher. Venez, tous. Aidez-moi à me lever. » Plusieurs enfants s'empressèrent d'aller aider Skodi à soulever son corps imposant de son fauteuil. Alors qu'elle s'avançait lentement vers la porte au fond de la pièce, deux enfants endormis accrochés à elle comme des bébés chauves-souris, elle éleva la voix : « Vren vous aidera si vous avez besoin de quoi que ce soit. Apporte la chandelle quand tu reviens, Vren. » Elle disparut dans les ténèbres.

Simon s'éveilla d'un sommeil agité au milieu de la nuit, empli d'une panique confuse par l'obscurité teintée de rouge et dépourvue d'étoiles, et par un mince filet de son qui s'entrelaçait continuellement dans la tapisserie assourdie du vent. Il lui fallut un certain temps pour se souvenir qu'ils dormaient près de l'âtre d'une ancienne abbaye, réchauffés par des braises ronflantes et abrités des éléments par un toit et des murs délabrés. Le bruit était le hurlement solitaire de Qantaqa, qui flottait dans la distance. La peur de Simon s'atténua, mais ne s'effaça pas.

Est-ce que c'était un rêve, ce que j'ai fait la nuit dernière ? Shem, et Ruben, et les voix ? Est-ce que ce n'était vraiment qu'une folle fantaisie, ou est-ce que c'était aussi réel que cela semblait... que ce que j'entendais ?

Depuis la nuit de sa fuite du Hayholt, il ne s'était plus jamais senti maître de sa propre destinée. Cette même Nuit des Pierres, lorsqu'il avait d'une certaine manière senti les pensées infâmes de Pryrates et avait malgré lui partagé l'instant du rituel durant lequel Élias avait reçu le terrible cadeau de l'épée Peine, Simon s'était demandé s'il était même le maître de son propre esprit. Depuis lors, l'intensité de ses rêves allait bien au-delà du domaine des simples incursions nocturnes. Le rêve dans la maison de Géloé, durant lequel le cadavre de Morgénès l'avait avisé du faux messager, et les visites répétées de la grande roue écrasant tout sur son passage et de l'arbre-qui-était-une-tour, blanc au milieu des étoiles : tout cela semblait trop insistant, trop puissant pour n'être que la conséquence d'un sommeil agité. Et maintenant, dans son rêve de la nuit précédente, il avait entendu Pryrates parler à une créature surnaturelle aussi clairement que s'il avait écouté à un trou de serrure. Durant toute sa vie, il n'avait jamais rien connu de comparable aux rêves de cette terrible dernière année.

Lorsque Binabik et Géloé l'avaient emmené sur la Route des Rêves, les visions qu'il avait découvertes avaient été très proches de celles-ci, de celles de ses rêves; mais avec une puissance indescriptible et sauvage. Peut-être que, d'une quelconque manière, à cause de Pryrates sur la colline ou de quelque chose d'autre, une porte s'était ouverte en lui qui l'entraînait parfois sur la Route des Rêves. Cela semblait complètement fou, mais qu'est-ce qui ne l'était pas dans cette époque sens dessus dessous? Les rêves devaient être importants : lorsqu'il s'éveillait, c'était avec l'impression que quelque chose d'infiniment crucial lui échappait; mais ils étaient terrifiants, et il n'avait aucune idée de leur signification.

Le cri de lamentation de Qantaqa s'éleva de nouveau à travers l'orage qui soufflait au-delà des murs de l'abbaye. Simon s'étonna de voir que le troll ne s'était pas levé pour aller apaiser sa monture, mais le bruit des ronflements de Binabik et de Sludig se poursuivit sans perdre de son intensité. Simon essaya de se redresser, déterminé à lui offrir au moins une chance d'entrer : elle semblait si seule, et il faisait si froid dehors; mais il s'aperçut qu'une épaisse torpeur avait envahi ses membres, et qu'il ne pouvait se forcer à se lever. Il lutta, mais sans résultat. Ses membres ne réagissaient pas plus que s'ils avaient été taillés dans du frêne.

Simon fut soudain pris d'une terrible envie de dormir. Il lutta contre cette torpeur, mais elle l'attirait implacablement vers le bas; le hurlement distant de Qantaqa disparut progressivement, et il glissa comme le long d'une interminable pente, retournant vers l'inconscience...

Lorsqu'il s'éveilla de nouveau, les dernières braises s'étaient consumées et l'abbaye était plongée dans l'obscurité. Une main froide touchait son visage. Il eut un hoquet d'horreur, mais l'air emplit à peine ses poumons. Son corps était toujours aussi lourd que la pierre, dépourvu de la capacité à se mouvoir.

« Joli », murmura Skodi, une ombre plus sombre dans les ténèbres qu'il devinait plutôt qu'il ne la voyait, et qui se dressait au-dessus de lui. Elle caressa sa joue. « Et tu viens d'avoir ta barbe. Tu es joli. Je te garderai. »

Simon lutta désespérément pour échapper à son toucher.

« Toi non plus, personne ne veut de toi, n'est-ce pas ? » dit Skodi, en susurrant comme si elle parlait à un bébé. « Je peux le sentir. Skodi sent ces choses-là. Un banni, voilà ce que tu étais. Je peux l'entendre dans ta tête. Mais ce n'est pas pour cela que j'ai demandé à Vren de vous amener ici. »

Elle s'installa à côté de lui dans l'obscurité, s'accroupissant comme une tente qui s'arrache à ses piquets. « Skodi sait ce que tu as. Je l'entends chanter dans mes oreilles, je l'ai vue dans mes rêves. Dame Masque d'Argent la veut. Seigneur Yeux Rouges la veut aussi. Ils veulent l'épée, l'épée noire, et quand je la leur donnerai, ils seront gentils avec moi. Ils aimeront Skodi et lui offriront des cadeaux. » Elle attrapa une mèche de ses cheveux entre ses doigts dodus et tira d'un coup sec. L'élancement de douleur parut très lointain. Un instant plus tard, comme pour le récompenser, elle passa avec soin la main sur la tête et le visage de Simon.

« Joli », dit-elle enfin. « Un ami pour moi, un ami de mon âge. C'est ce que j'ai toujours attendu. Je chasserai ces rêves qui te dérangent. Je chasserai tous tes rêves. Je peux faire ça, tu sais. » Elle abaissa plus encore le ton de sa voix, et Simon réalisa pour la première fois que le souffle lourd de ses deux amis avait cessé. Il se demanda s'ils étaient tapis dans l'obscurité, attendant une occasion de le sauver. Si c'était le cas, il espérait qu'ils agiraient vite. Son cœur lui semblait maintenant aussi engourdi que ses membres de plomb, mais la peur battait en lui, aussi douloureuse qu'un pouls caché. « Ils m'ont chassée d'Haethstad », marmonna Skodi. « Ma propre famille et les voisins. Ont dit que j'étais une sorcière. Ont dit que je jetais des sorts sur les gens. M'ont chassée. » Horriblement, elle commença à renifler. Lorsqu'elle parla de nouveau, ses mots étaient mêlés de larmes. « Je... je leur ai montré. Quand papa a été saoul et s'est endormi, j'ai poignardé maman avec son couteau et puis je l'ai remis dans sa main. Il s'est suicidé. » Son rire était amer mais sans remords. « J'ai toujours pu voir des choses que les autres ne voyaient pas, penser à des choses auxquelles ils ne pensaient pas. Puis, lorsque le profond hiver est venu pour ne pas repartir, j'ai commencé à être capable de faire des choses. Maintenant, je peux faire des choses que les autres ne font pas. » Sa voix prit de l'ampleur, triomphante. « Je deviens de plus en plus forte. Toujours plus forte. Quand je donnerai à Dame Masque d'Argent et à Seigneur Yeux Rouges l'épée qu'ils veulent, l'épée noire chantante que j'entends dans mes rêves, alors je serai comme eux. Alors les enfants et moi, nous pourrons punir tout le monde. »

Tout en parlant, elle laissa distraitement glisser sa main dans sa chemise, jouant par-dessus sa poitrine nue comme si elle flattait un chien. Le vent s'était calmé, et, dans le terrible silence qu'il laissait derrière lui, Simon comprit soudain que ses compagnons avaient été emmenés au loin. Il n'y avait personne dans la pièce obscure que Skodi et Simon.

« Mais je te garderai, dit-elle. Je te garderai pour moi toute seule. »

s'ils étaient tapis dans l'obscurité, attendant une occasion de le sauver. Si c'était le cas, il espérait qu'ils se hâteraient vite. Son cœur lui semblait maintenant aussi engourdi que ses membres de glace, mais la peur battait en lui, aussi douloureuse qu'un poing caché. « Ils m'ont chassée d'Haeftstad », murmurait Skodi. « Ma propre famille et les voisins. On dit que j'étais une sorcière. On dit que je jetais des sorts sur les gens. M'ont chassée. » Horriblement, elle commença à renifler. Lorsqu'elle parla de nouveau, ses mots étaient mêlés de larmes. « Je... je leur ai montré. Quand papa a été saoul et s'est endormi, j'ai poignardé maman avec son couteau et puis je l'ai remis dans sa main. Il s'est suicidé. » Son rire était amer mais sans remords. « J'ai toujours pu voir des choses que les autres ne voyaient pas, penser à des choses auxquelles ils ne pensaient pas. Puis, lorsque le profond hiver est venu pour ne pas repartir, j'ai commencé à être capable de faire des choses. Maintenant, je peux faire des choses que les autres ne font pas. » Sa voix prit de l'ampleur, triomphante. « Je deviens de plus en plus forte. Toujours plus forte. Quand je donnerai à Dame Masque d'Argent et à Seigneur Yeux Rouges l'épée qu'ils veulent, l'épée noire flamboyante que j'aperçois dans mes rêves, alors je serai comme eux. Alors les enfants et moi, nous pourrons punir tout le monde. »

Tout en parlant, elle laissa distraitement glisser sa main dans sa chemise, jouant par-dessus sa poitrine nue comme si elle flattait un chien. Le vent s'était calmé et, dans le terrible silence qu'il laissait derrière lui, Simon comprit soudain que ses compagnons avaient été emmenés au loin. Il n'y avait personne dans la pièce obscure que Skodi et Simon.

« Mais je te garderai, dit-elle. Je te garderai pour moi toute seule. »

APPENDICE

PERSONNAGES

ERKYNÉENS

Barnabas : sacristain de la chapelle du Hayholt
Béornoth : membre de la bande mythique de Jack Mundwode
Breyugar : comte de Westfold, Connétable du Hayholt sous le règne d'Élias
Caleb : apprenti de Shem Palefrenier
Colmund : écuyer de Camaris, puis baron de Rodstanby
Déorhelm : soldat au *Dragon et le Pêcheur*
Déornoth (Sire) : chevalier de Josua, parfois appelé « La Main Droite du Prince »
Dréosan (Père) : chapelain du Hayholt
Eadgram (Sire) : seigneur connétable de Naglimund
Eahlferend : pêcheur, mari de Susanna, père de Simon
Eahlstan Fiskerne : Roi Pêcheur, premier Erkynéen maître du Hayholt
Ebekah : nom erkynéen d'Efiathe, Reine d'Erkynée, épouse du Roi Jean
Églaf (Frère) : moine de Naglimund, ami de Strangyeard
Élias : fils aîné de Jean Presbytère, Prince, puis Roi Souverain
Elispeth : sage-femme du Hayholt
Ethelbearn : soldat, compagnon de Simon lors du voyage entrepris depuis Naglimund
Ethelferth : seigneur de Tinsett
Fengbald : marquis de Falshire
Firsfram de Runchester : père d'Ostraël
Fréawaru : aubergiste, propriétaire de la taverne *Le Dragon et le Pêcheur* à Flett
Gamwold : soldat tué lors de l'attaque des Norns dans Aldhéorte
Godstan : soldat au *Dragon et le Pêcheur*
Godwig : baron de Cellodshire

Grimmric : soldat, compagnon de Simon lors du voyage entrepris depuis Naglimund
Grimstede (Sire) : noble erkynéen, rallié à la cause de Josua
Guthwulf : marquis d'Utanyéate, Main du Roi
Haestan : garde de Naglimund compagnon de Simon
Heahferth : baron de Woodsall
Heanfax : employé au *Dragon et le Pêcheur*
Helfcène (Père) : chancelier du Hayholt
Helmfest : soldat, faisait partie du groupe s'étant échappé de Naglimund
Hepzibah : servante au château
Hruse : femme de Jack Mundwode dans la chanson
Inch : maître de la fonderie, autrefois assistant du docteur Morgénès
Isaak : page
Jack Mundwode : bandit mythique ayant vécu dans la forêt
Jael : servante au château
Jakob : chandelier du château
Jean : le Roi Jean Presbytère, Souverain de tous les royaumes d'Osten Ard
Jérémias : apprenti chandelier
Josua : Prince, dit Josua Mainmorte, fils cadet de Jean Presbytère, seigneur de Naglimund
Judith : cuisinière et Maîtresse des Cuisines
Langrian : moine Hodérundien
Leleth : servante de Miriamélé
Lofsunu : soldat, promis de Hepzibah
Lucuman : maître des étables à Naglimund
Maître des Cuisines : autrefois responsable de Simon au Hayholt
Malachias : garçon au château
Marya : l'un des noms d'emprunt de Miriamélé
Miriamélé : Princesse, fille unique d'Élias
Morgénès (docteur) : Porteur du Parchemin, docteur du château du Roi Jean, ami de Simon
Noah : écuyer du Roi Jean
Ordmaer : baron d'Utersall
Osgaël : membre de la bande mythique de Jack Mundwode
Ostraël : piquier à Naglimund, fils de Firsfram de Runchester
Pierre Tête-d'Or : sénéchal du Hayholt
Rachel : intendante du château, dite « le Dragon »
Rebah : servante aux cuisines du château
Ruben l'Ours : forgeron du château
Sangfugol : trouvère de Josua
Sarrah : servante au château
Scénéséfa : moine Hodérundien
Shem Palefrenier : responsable des écuries du Hayholt
Simon : jeune domestique, appelé « Seoman » à sa naissance
Sophrona : responsable du linge au château

Strangyeard (Père) : archiviste de Naglimund
Susanna : servante au château, mère de Simon
Tobas : maître du chenil du château
Towser : fou du Roi. Son vrai nom est Cruinh
Wuldorcene : baron de Caldsae

HERNYSTIRIS

Arnoran : ménestrel hernystiri
Arthpréas : comte de Cuimhne
Bagba : Dieu du bétail
Brynioch de Tous les Cieux : Dieu du Ciel
Cadrach-ec-Crannhyr (Frère) : moine d'un ordre indéterminé
Cifgha : jeune fille du Taig
Craobhan : vieux chevalier, conseiller de Lluth
Cryunnos : Un Dieu d'Hernystir
Cuamh le Chien-terrier : Dieu de la Terre hernysiri, patron des mineurs
Dochais : moine Hodérundien
Efiathe : vrai nom de la reine Ebekah d'Erkynée ; surnommée « la Rose d'Hernystir »
Eoin-ec-Cluias : poète de légende
Éolair : comte de Nad Mullach, émissaire du Roi Lluth
Fiathna : mère de Gwythinn, deuxième femme de Lluth
Gealsgiath : capitaine d'un bateau ; surnommé « le vieux »
Gormhbata : chef légendaire
Gwelan : jeune fille du Taig
Gwythinn : Prince, fils de Lluth, demi-frère de Maegwin
Hathrayhinn le Roux : personnage d'une histoire de Cadrach
Hern : fondateur d'Hernystir
Inahwen : troisième femme de Lluth
Lluth-ubh-Llythinn : Roi d'Hernystir
Maegwin : Princesse, fille de Lluth, demi-sœur de Gwythinn
Mircha : Déesse de la Pluie, femme de Brynioch
Mullachi : compagnon d'armes d'Éolair
Murhagh Un-bras : un Dieu d'Hernystir
Penemhwye : mère de Maegwin, première femme de Lluth
Rhynn du Chaudron : un Dieu d'Hernystir
Sinnach : Prince, chef des armées d'Hernystir lors de la bataille du Knock et lors de celle d'Ach Samrath
Tethtain : Roi, seul Hernystiri maître du Hayholt, dit « Le Saint Roi »
Tuilleth : jeune chevalier hernystiri

RIMMERSLEUTES

Bindesekk : espion d'Isgrimnur
Dror : Dieu Ancien de la Guerre
Einskaldir : chef de tribu de Rimmersgard

Elvrit : premier roi des Rimmersleutes d'Osten Ard
Fingil : Roi, premier maître du Hayholt, dit « Le Roi Sanglant »
Frayja : Déesse Ancienne des Moissons
Frekke : vieux soldat
Gutrun : duchesse d'Elvritshalla, femme d'Isgrimnur, mère d'Isorn
Hani : jeune soldat tué par les Bukken
Hengfisk : prêtre Hodérundien
Hjeldin : Roi, fils de Fingil, dit « Le Roi Fou »
Hove : jeune soldat de la famille d'Isgrimnur
Ikferdig : lieutenant de Hjeldin, Roi, dit « Le Roi Brûlé »
Isbéorn : père d'Isgrimnur, premier duc de Rimmersleute sous le règne de Jean; par ailleurs pseudonyme de son fils
Isgrimnur : duc de Elvritshalla, époux de Gutrun
Isorn : fils d'Isgrimnur et de Gutrun
Ithineg le Trouvère : personnage d'une histoire de Cadrach
Jarnauga : Porteur du Parchemin, ayant vécu à Tungoldyr
Jormgrun : Roi de Rimmersgard, tué par Jean à Naarved
Löken : Dieu Ancien du Feu
Mémur : Dieu Ancien de la Sagesse
Nisse : (Nisses), prêtre et conseiller de Hjeldin, auteur de *Du Svardenvyrd*
Saint Hodérund : prêtre de la bataille du Knock
Sigmar : jeune femme rimmersleute courtisée par Towser
Skali : thane de Kaldskryke, dit « Nez-tranchant »
Skendi : Saint, fondateur d'une abbaye
Skodi : jeune femme rimmersleute à Grinsaby
Sludig : jeune soldat, compagnon de Simon
Storfot : Thane de Vestvennby
Thrinin : soldat tué par les Bukken
Tonnrud : Thane de Skoggey, oncle de la duchesse Gutrun
Udun : Dieu Ancien du Ciel
Utë de Saegard : soldat tué par les Bukken

NABBANAIS

Aeswides (probablement une nabbanisation d'un nom erkynéen) : premier seigneur de Naglimund
Anitulles : ancien empereur
Antippa : fille de Léobardis et de Nessalanta
Ardrivis : dernier Empereur de Nabban, oncle de Camaris
Aspitis Prévès : comte d'Eadne, maître de la Maison prévéenne, ami de Bénigaris
Bénidrivis-sà-Vinitta : premier duc sous le règne de Jean, père de Léobardis et de Camaris
Bénigaris : duc de Nabban, fils du duc Léobardis et de Nessalanta
Camaris-à-Vinitta : frère de Léobardis, ami de Jean Presbytère

Claves : ancien Empereur
Crexis La Chèvre : ancien Empereur
Dendinis : architecte de Naglimund
Devasalles : Baron, promis à Dame Antippa
Dinivan : secrétaire du Lecteur Ranéssin
Domitis : évêque de la cathédrale Saint Sutrin à Erchester
Elysia : mère d'Usires
Émettin : chevalier légendaire
Enfortis : Empereur à l'époque de la chute d'Asu'a
Fluiren (Sire) : célèbre chevalier de l'époque de Jean, de la maison Sulienne
Géllès : soldat au marché
Hylissa : Mère de Miriamélé, femme d'Élias, sœur de Nessalanta
Léobardis : duc de Nabban, père de Bénigaris, de Varellan et d'Antippa
Maison Bénidrivine : noble Maison nabbanaise ; ses armoiries sont le Martin-pêcheur
Maison Clavéenne : noble Maison nabbanaise ; ses armoiries sont le Pélican
Maison Ingadarienne : noble Maison nabbanaise ; ses armoiries sont l'Albatros
Maison Prévéenne : noble Maison nabbanaise ; ses armoiries sont le Balbuzard (noir et ocre)
Maison Sulienne : noble Maison nabbanaise, tombée en disgrâce
Mylin-sà-Ingadaris : marquis, maître de la maison Ingadarienne, frère de Nessalanta
Nessalanta : Duchesse de Nabban, mère de Bénigaris, tante de Miriamélé
Neylin : compagnon de Septès
Nuanni (Nuannis) : Dieu Ancien de la Mer
Plesinnen Myrmenis (Plesinnen de Myrme) : philosophe
Pryrates (père) : prêtre, alchimiste, sorcier, et conseiller d'Élias
Quincinès : abbé de l'abbaye de Saint Hodérund
Ranéssin : Lecteur, né Oswine de Stanshire, en Erkynée, Souverain Père de la Sainte Église
Rhiappa : Sainte, appelée Rhiap en Erkynée
Rovallès : compagnon de Septès
Sainte Pélippa : noble femme du Livre d'Aédon, dite : « de l'Isle »
Septès : moine d'une abbaye proche du lac Myrme
Sulis : noble apostat, ancien maître du Hayholt, dit : « Roi héron »
Tiyagaris : premier empereur
Turis : soldat au marché
Usires Aédon : Fils de Dieu dans la religion Aédonite
Varellan : fils cadet du duc Léobardis

Velligis : Escritor
Vilderivis : Saint
Yuvenis : Ancien Dieu Suprême de Nabban

SITHIS

Amerasu (y-Senditu no'e-Sa'onserei) : Erl-Reine, mère d'Ineluki et de Hakatri
An'naï : Lieutenant de Jiriki, compagnon de chasse
Dame Masque d'Argent et Seigneur Yeux Rouges : noms donnés par Skodi à Utuk'ku et Ineluki
Drukhi : bien-aimé de Nenais'u
Finaju : femme sithie dans une histoire de Cadrach
Hakatri : frère aîné d'Ineluki, gravement blessé par Hidohebhi, a disparu dans l'ouest
Ineluki : Prince, maintenant Seigneur de l'Orage
Isiki : nom sithi de Kikkasut (Dieu des Oiseaux)
Iyu'unigato : Erl-Roi, père d'Ineluki
Jenjiyana des Rossignols : Sithi des temps anciens
Jiriki (i-Sa'onserei) : Prince, fils de Shima'onari
Khendraja'aro : oncle de Jiriki
Ki'ushapo : compagnon de Simon et de Jiriki durant le voyage vers Urmsheim
Maison de l'Année-dansante : clan sithi
Mezumiiru : nom sithi de Sedda (Déesse de la Lune)
Nenais'u : femme sithie de la chanson d'An'naï, qui vivait à Enki e-Shao'saye
Shima'onari : Roi des Sithis, père de Jiriki, fils de Hakatri
Sijandi : compagnon de Simon et de Jiriki durant le voyage vers Urmsheim
Utuk'ku : Reine des Norns, maîtresse de Nakkiga
Vindaomeyo le Flécheur : ancien fabriquant de flèches sithi de Tumet'ai

QANUC

Binabik (Binbiniqegabenik) : apprenti d'Ookequk, ami de Simon
Chukku : héros légendaire troll
Kikkasut : Dieu des Oiseaux, époux de Sedda
Lingit : fils légendaire de Sedda, père des Qanucs et de tous les humains
Makuhkuya : Déesse des Avalanches
Morag l'Aveugle : Dieu de la Mort
Nunuuika : La Chasseresse
Ookequk : Homme Chantant de la tribu de Mintahoq, maître de Binabik
Piqipeg : héros légendaire troll
Qangolik : Mandeur des Esprits

Qinkipa des Neiges : Déesse de la Neige et du Froid
Sedda, la Mère Noire : Déesse de la Lune, épouse de Kikkasut
Sisqi (Sisqinanamook) : fille cadette du Pâtre et de la Chasseresse, promise de Binabik
Snenneq : chef-pâtre du Bas-Chugik, fait partie du groupe de Sisqi
Tohuq : Dieu du Ciel
Uammannaq : le Pâtre
Yana : fille légendaire de Sedda, mère des Sithis

THRITHINGS

Blehmunt : Chef que Fikolmij a tué pour devenir Thane
Clan Mehrdon : Clan de Vorzheva (Clan de l'Étalon)
Fikolmij : père de Vorzheva, Thane du clan Mehrdon et de tous les Hauts-Thrithings
Hotvig : Garde-rande des Hauts-Thrithings
Kunret : homme des Hauts-Thrithings
Ozhbern : homme des Hauts-Thrithings
Vorzheva : compagne de Josua, fille de Fikolmij

SALANAIS

Celle Qui Accoucha de l'Humanité : déesse
Celle Qui Attend pour Tout Reprendre : déesse de la Mort
Celui Qui Toujours Marche sur le Sable : dieu
Mogahib le Vieux : ancien
Roahog : potier, ancien
Tiamak : Lettré, correspondant de Morgénès
Tugumak : père de Tiamak

PERDRUINAIS

Alespo : serviteur de Streàwe
Lenti : serviteur de Streàwe, dit « Avi Stetto »
Middastri : marchand, ami de Tiamak
Streàwe : comte, seigneur d'Ansis Pelippé et de tout Perdruin
Tallistro (Sire) : célèbre chevalier de la Grande Table

AUTRES

Géloé : femme-sage, appelée « Valada Géloé »
Ingen Jegger : Rimmersleute Noir, maître des chiens norns
Nin Reisu : Niskie du *Joyau d'Émettin*
Ruyan Vé : également connu sous le nom de Ruyan le Navigateur, mena Tinukeda'ya (et d'autres) à Osten Ard
Vren : garçon hyrka

GÉOGRAPHIE

Abainguéate : port hernystiri
Aldhéorte : immense forêt couvrant la plus grande partie du centre d'Osten Ard
Ansis Pelippé : capitale et principale ville de Perdruin
Asu'a : nom sithi du Hayholt
Bacea-sà-Repra : port de pêche sur la côte nord de Nabban, sur la Baie d'Émettin ; veut dire « embouchure »
Baie d'Émettin : baie au nord de Nabban
Baie de Firannos : baie au sud de Nabban, dans laquelle se trouvent les Îles du Sud
Cellodshire : baronnie d'Erkynée à l'ouest de Gleniwent
Chidsik ub Lingit : « Maison de l'Ancêtre » du Qanuc, sur Mintahoq à Yiqanuc
Col Onestrien : col reliant deux vallées nabbanaises, site de nombreuses batailles
Colline Sancelline : plus haute colline de Nabban, emplacement des deux Sancellans
Crannhyr : cité fortifiée sur la côte de Hernystir
Da'ai Chikiza (Sithi : Arbre du Vent Chantant) : cité sithie abandonnée à l'est du Wealdhelm, dans Aldhéorte
Dauphin Rouge : taverne à Ansis Pellipé
Eirgid Ramh (hernystiri) : taverne d'Abainguéate, lieu de prédilection du vieux Gealsgiath
Elvritshalla : siège ducal d'Isgrimnur à Rimmersgard
Enki-e-Shao'saye (sithi : Cité de l'Été) : Cité à l'est d'Aldhéorte, depuis longtemps en ruines
Ereb Irigù (Sithi : Porte de l'Ouest) : le Knock, Du Knokkegard en Rimmerspakk
Escaliers de Tan'ja (les) : grands escaliers d'Asu'a, autrefois pièce maîtresse du château
Falshire : cité d'Erkynée ravagée par Fengbald
Féluwelt : limite des Hauts-Thrithings, en bordure d'Aldhéorte
Gouffre d'Ogohak : site des exécutions à Mintahoq
Granis Sacrana : ville nabbanaise dans la vallée Commeis
Gratuvask : rivière rimmersleute qui coule près d'Elvritshalla
Grenamman : île au sud de Nabban
Grinsaby : village du Désert Blanc au nord d'Aldhéorte
Harcha : île de la Baie de Firannos
Hasu Vale : vallée d'Erkynée
Hewenshire : ville du nord de l'Erkynée, à l'ouest de Naglimund
Hikehikayo : cité dwarrow abandonnée, sous les Monts Vestivveg de Rimmersgard ; l'une des Neuf Cités sithies
Huelheim : mythique terre des morts dans l'ancienne religion rimmersleute

Hullnir : village de l'est de Rimmersgard, sur la rive nord-est de Drorshullvenn Jao é-Tinukai'i (Sithi : Navire sur un Océan d'Arbres) : seule colonie sithie existant encore, se trouve dans Aldhéorte
Jhina-T'senei (sithi) : l'une des Neuf Cités sithies, maintenant recouverte par l'océan
Kementari : l'une des Neuf Cités sithies, apparemment proche de ou sur l'île de Warinsten
Khandie : ancien empire mythique du sud lointain
Kwanitupul : grande cité aux limites du Wran
Lac Boue-bleue : lac situé à la base est des Monts-Trolls, résidence d'été du Qanuc
Lac Clodu : lac nabbanais, site de la Bataille des grands Lacs durant la Guerre des Thrithings
Lac Eadne : lac nabbanais, appartenant au fief de la maison Prévéenne
Lac Myrme : lac nabbanais
Mezutu'a : l'une des Neuf Cités sithies
Moir Brach (hernystiri) : longue arête rocheuse en forme de doigt dans les Monts Grianspogs
Naarved : cité de Rimmersgard
Nakkiga (sithi : Masque de Pleurs) : cité norn abandonnée près du Pic de l'Orage; par ailleurs, nom de la cité norn reconstruite à l'intérieur de la montagne. La première de ces cités était l'une des Neuf Cités sithies
Naraxi : île dans la Baie de Firannos
Petit-nez : montagne d'Yiqanuc sur laquelle sont morts les parents de Binabik
Pic de l'Orage : Montagne dans laquelle habitent les Norns, appelée Sturmspeik en Rimmerspakk; également appelée Nakkiga
Pierre-havre : promontoire rocheux perdruinais, à Ansis Pelippé
Point des Échos : endroit sacré sur Mintahoq
Qilakitsoq (qanuc : la Forêt-ombre) : nom troll de Dimmerskog
Re Suri'eni : nom sithi de la rivière qui traverse Shisae'ron
Risa : île dans la Baie de Firannos
Route de Tumet'ai : ancienne route menant au sud du Désert Blanc depuis Tumet'ai
Runchester : ville du nord de l'Erkynée, dans les Marches Gelées
Sancellan Aedonitis : palais du Lecteur et siège de l'Église Aédonite
Sancellan Mahistrevis : ancien palais impérial, maintenant palais des ducs de Nabban
Seni Anzi'in (sithi : la Tour de l'Aube en Marche) : grande tour de Tumet'ai
Sení Ojhisà (sithi) : cité dans la chanson d'An'naï

Sesuad'ra : Pierre de l'Adieu, lieu de la séparation des Norns et des Sithis
Shisae'ron : nom sithi de la partie sud-ouest de la forêt d'Aldhéorte
Skoggey : place forte du centre de Rimmersgard, à l'est d'Elvritshalla
Sovebek : village abandonné du Désert Blanc, à l'est du monastère St Skendi
Sta Mirore : montagne centrale de Perdruin, également appelée « le Clocher de Streàwe »
Stefflod : rivière courant le long d'Aldhéorte, affluent de l'Ymstrecca
T'si Suhyasei (sithi : Elle au sang frais) : rivière traversant Da'ai Chikiza ; Aelfwent en erkynéen
Téligure : cité vinicole du nord de Nabban
Tumet'ai : cité sithi du nord, à l'est de Yiqanuc, disparue sous la glace ; l'une des Neuf Cités sithies
Ujin e-d'a Sikhunae (sithi : Piège qui Attrape le Chasseur) : nom sithi de Naglimund
Urmsheim : montagne-dragon au nord du Désert Blanc
Utanyéate : marquisat du nord-ouest de l'Erkynée
Vallée Commeis : accès à Nabban
Vinitta : île du sud, lieu de naissance de Camaris, et origine de la Maison Bénidrivine
Voie Blanche : route longeant le nord de la forêt d'Aldhéorte, dans le Désert Blanc
Voie des Fontaines : l'un des hauts-lieux de Nabban
Warinsten : île au large des côtes d'Erkynée, lieu de naissance de Jean Presbytère
Wealdhelm : chaîne de collines erkynéenne
Woodsall : baronnie située entre le Hayholt et le sud-ouest d'Aldhéorte
Yijarjuk : nom qanuc d'Urmsheim
Ymstrecca : rivière traversant l'Erkynée et les Hauts-Thrithings d'est en ouest

CRÉATURES

Aeghonwye : truie reproductrice du troupeau de Maegwin
Atarin : cheval de Camaris
Bukken : nom des fouisseurs en Rimmerspakk ; également appelés « Boghanik » en Qanuc
Crachemouche : petit insecte désagréable des marais
Croich-ma-Feareg : légendaire géant hernystiri
Drochnathair : nom hernystiri du dragon Hidohebhi, tué par Ineluki et Hakatri
Folle-de-Miel : l'un des pigeons de Tiamak

Fouisseurs : petites créatures souterraines d'apparence humaine
Géants : créatures humanoïdes géantes et hirsutes
Ghants : animal salanais désagréable et chitineux, apparemment semi-intelligent
Grand Ver : mythe sithi, premier dragon dont descendent tous les autres
Hidohebhi : Ver Noir, mère de Shurakaï et d'Igjarjuk, tuée par Ineluki ; à Hernystir : Drochnathair
Hunën : nom rimmersleute des géants
Igjarjuk : Ver de Glace d'Urmsheim
Khaerukama'o le Doré : dragon, père d'Hidohebhi
Kilpa : créatures marines humanoïdes
Meute du Pic de l'Orage : chiens de chasse norns
Monretour : jument de Simon
Niku'a : chef de la meute d'Ingen Jegger
Œil-rouge : l'un des pigeons de Tiamak
Patte-de-Crabe : l'un des pigeons de Tiamak
Qantaqa : louve amie de Binabik
Rim : cheval de trait
Shurakaï : dragon tué sous le Hayholt, dont les os forment le trône du Dragon
Si-rapide : l'un des pigeons de Tiamak
Tache-d'encre : l'un des pigeons de Tiamak
Un-œil : Bélier d'Ookequk

CHOSES ET OBJETS

Arbre : l'Arbre de l'Exécution, sur lequel Usires fut suspendu tête en bas, situé devant le temple de Yuvénis à Nabban, maintenant symbole sacré de la religion Aédonite
Arbre et Dragonnet : emblème du Roi jean
Arbre et Statue : emblème de la Sainte Église
Bâton de Lu'yasa : trois étoiles alignées dans le quadrant nord-est du ciel au début yuven
Chapelle Élysiane : célèbre chapelle de l'église Saint Sutrin à Erchester
Charte de Suzeraineté : tutelle du Roi souverain sur les terres d'Osten Ard
Chaudron de Rhynn : Appel à la guerre des Hernystiris
Cintis : pièce nabbanaise valant un centième d'imperator
Citrile : racine aromatique amère à mâcher
Clou-Radieux : épée de Jean Presbytère, contenant un clou de l'Arbre et les os d'un doigt de Saint Eahlstan Fiskerne
Conquérant : jeu de dés populaire chez les soldats
Du Svardenvyrd : Livre de prophéties quasi-mythique écrit par Nisses
Épine : épée de Camaris

Étoile du Conquérant : Recueil de faits occultes; en nabbanais : « Sa Asdridan Condiquilles »
Filet de Mezumiiru : constellation; appelée la Couverture de Sedda par les Qanucs
Grande Table : assemblée des chevaliers et des héros du Roi Jean
Grandes Épées : Minneyar, Épine et Peine
Herbe vive : épice
Ilenite : métal brillant coûteux
Indreju : épée de Jiriki, en bois-sorcier
Jour de la Bien-Pesée : jour de la justice finale et de la fin du monde mortel dans la religion Aédonite
Kangkang : alcool qanuc
Kvalnir : épée d'Isgrimnur
Maison de Glace : endroit sacré pour les Qanucs, où sont célébrés les rituels qui permettent l'arrivée du printemps
Maison de l'Année-Dansante : traduction en westerlien du nom de famille de Jiriki
Minneyar : épée de fer du roi Fingil, héritée en droite ligne d'Elvrit
Minog : plante comestible aux larges feuilles, poussant dans le Wran
Naidel : épée de Josua
Oinduth : Lance noire de Hern
Peine : épée de fer et de bois-sorcier, forgée par Ineluki, offerte à Élias. Son nom sithi est « Jingizu »
Racine-gutte : herbe commune utilisée pour faire le thé dans le Wran (et dans d'autres régions du sud)
Reniku, la Lanterne-estivale : nom sithi de l'étoile qui signale la fin de l'été
Rite de la Vivification : rituels qanucs qui permettent l'arrivée du printemps
Sanglier sur Lances croisées : emblème de Guthwulf d'Utanyéate
Shent : jeu de réflexion sithi
Sotfengsel : navire d'Elvrit, enterré à Skipphavven
Ti-tuno : célèbre corne sithie
Vin de Chasse : alcool quanuc (réservé à certaines occasions, et principalement à l'usage des femmes)
Yrmansol : arbre de la célébration de maya en Erkynée

Les osselets :
Oiseau sans Ailes
Harpon
La Route Ténébreuse
Torche à l'Entrée de la Caverne
Bélier Refusant l'Obstacle
Bélier sans Maître
Nuages dans le Col

Noire Crevasse
Fléchette Déballée
Cercle de Pierres

Fêtes :
2 fayevère : Les Flambeaux
25 marris : Elysiamansa, la fête des Dames
1er avrel : Le Jour des Fous
30 avrel : la Nuit des Pierres
1er maia : Le Jour de Belthainn
23 yuven : veille de la mi-été
15 tiyagar : Saint Sutrin
1er anitul : Hlafmansa
20 septandre : Saint Granis
1er novandre : Jour des Âmes
21 dersandre : Saint Tunath
24 dersandre : Aédonmansa

Mois :
jonœvre, fayevère, marris, avrel, maia, yuven, tiyagar, anitul, septandre, octandre, novandre, dersandre

Jours :
Lunaedi, Tiasdi, Udundi, Iordi, Frayedi, Satrinndis, Soleydi

PRONONCIATION

ERKYNÉEN :
Les noms erkynéens se divisent en deux groupes : l'Erkynéen Ancien (E.A.) et le Warinsteni. Les noms construits à la mode de Warinsten, l'île natale de Jean Presbytère (principalement les noms des domestiques du château et ceux des membres de la famille de Jean), sont représentés comme des variantes bibliques (Élias : Elijah, Ebekah : Rebecca, etc.). Les noms écrits en Erkynéen Ancien se prononcent comme en français, à l'exception des règles suivantes :

a : toujours le “ a ”de “ bas ”
ae : se prononce “ é ”
c : “ k ” dur *e* : n'est jamais muet, et suit les règles d'accentuation
ea : se prononce “ a ”, sauf au début d'un mot, où il se prononce comme “ ae ”
g : se prononce toujours comme s'il était suivi d'un “ u ”, sauf devant un “ e ”
h : “ h ” expiré, ronflant devant une consonne
i : toujours fortement accentué
o : long mais doux, jamais trop accentué

sh : se prononce “ ch ”
th : se prononce “ t ”

HERNYSTIRI :

L’hernystiri se prononce comme l’E.A., sauf pour quelques exceptions :

ch : se prononce “ k ”
y : se prononce “ i ”, mais *ye* se prononce “ aille ”
y : muet
c : se prononce toujours, sauf après “ th ”
ll : même chose que “ l ”

RIMMERSPAKK :

Le rimmerspakk ne diffère de l’E.A. que pour les sons suivants :
j : se prononce “ y ”, Jarnauga : Yarnauga
ei : se prononce “ aïe ”
ë : se prononce “ i ”
ö : se prononce “ ou ”
au : “ o ” long

NABBANAIS :

Le nabbanais est une langue dans laquelle toutes les lettres se prononcent. Il y a quelques exceptions :
i : la plupart des noms nabbanais sont accentués sur la deuxième syllabe. Lorsque cette syllabe contient un “ i ”, celui-ci devient un “ i ” long, à moins d’être placé devant une consonne doublée.

QANUC :

La langue des trolls est considérablement différente des autres langues humaines. Il existe trois sortes de “ k ”, représentées par les lettres c, q, et k. La seule différence intelligible pour un non-Qanuc est un léger claquement de langue sur le “ q ”, mais il est déconseillé aux débutants de tenter de le reproduire. Tous trois seront donc prononcés comme un “ k ” dur. De plus, le “ u ” se prononce “ euh ”. Pour le reste, le lecteur ne s’éloignera pas beaucoup de la réalité en prononçant les noms phonétiquement.

SITHI :

La langue du peuple Zida'ya est plus imprononçable encore pour une personne non entraînée que la langue de Yiqanuc. Le plus simple est donc de la prononcer phonétiquement, d'autant que la probabilité que l'un d'entre nous se voit contredit par des experts est faible (mais pas inexistante, comme peut en témoigner Binabik). Il est néanmoins préférable de suivre les règles suivantes :

i : si le " i " est inclus dans la première syllabe d'un mot, il s'agit d'un " i " court. Le reste du temps, c'est un " i " long.

ai : se prononce " aille "

' (apostrophe) : représente un son particulier qui ne peut être reproduit par les gorges des mortels.

VOCABULAIRE

HERNYSTIRI :

Brynioch na ferth ub strocinh... : " Brynioch nous a abandonnés... "

E gundhain sluith, ma connalbehn... : " Nous avons bien combattu, très cher... "

Feir : " Frère ", ou " Camarade "

Goirach : " fou ", " sauvage "

Isgbahta : " bateau de pêche "

Sithi : " Être Paisible "

NABBANAIS :

Aedonis Fiyellis extulanin mei ! : " Seigneur Aédon, sauvez-moi ! "

Cansim Falis : " Chant de Joie "

Cenit : " chien "

Cuelos : " Mort "

Duos Wulstei : " Si Dieu le veut "

Hué fauge ? : " Que se passe-t-il ? "

Mansa sea Cuelossan : " Messe des Morts "

Mulveiz-nei cenit drenisend : " Ne réveille pas le chien qui dort "

Oveiz mei : " Entends-moi "

Sa Asdridan Condiquilles : " L'Étoile du Conquérant "

Tambana Leobardis eis : " Léobardis est tombé "

Timior cuelos exaltat mei ! : " Que la peur de la mort m'exalte ! "

Vasir Sombris, feata concordin : " Père des Ombres, accepte cette offrande "

PERDRUINAIS :

Avi stetto : " J'ai un couteau "

Ohé, vo stetto : " Oui il a un couteau "

QANUC :
Aia : “ en arrière ” (Hinik aia : “ recule ! ”)
Bhojujik Mo qunquc (idiome) : “ Si les ours ne t’y mangent pas, tu es chez toi ”
Binbiniqegabenik ea sikka ! Uc sikkan mohinaq da Yijarjuk ! : “ Je suis Binabik ! Nous allons à Urmsheim ! ”
Boghanik : “ fouisseurs ” (Bukken)
Chash : “ vrai ”, “ exact ”
Chok : “ cours ”
Croohok : “ Rimmersleute ”
Croohokuq : pluriel de “ Croohok ”
Guyop : “ Merci ”
Hinik : “ Va ”, ou “ va-t’en ”
Ko muhuhok na mik aqa nop : “ Quand ça te tombe sur la tête, tu sais que c’est une pierre ”
Mikmok hanno so gijiq ! (idiome) : “ Si tu désires porter une belette affamée dans ta poche, c’est ton choix ! ”
Muqang : “ assez ”
Nihut ! : “ attaque ! ”
Ninit : “ venir ”
Sosa ! : “ viens ! ”
Ummu ! : “ maintenant ! ”
Utku : “ Basse-Terre ”
Yah aqonik mij-ayah nu tutusiq, henimaatuq : “ Ho !, mes frères, arrêtez-vous et parlez-moi ”

RIMMERSPAKK :
Gjal es, künden ! : approx. “ Laissez ça tranquille, les enfants ! ”
Haja : “ oui ”
Halad, künde ! : “ Arrête-toi, enfant ! ”
Im tosdten-grukker ! : “ Un pilleur de tombes ! ”
Kundë-mannë : “ enfant-homme ”
Rimmersmannë : “ Rimmersleute ”
Vaer ! : “ Attention ! ”
Vawer es do kunde ? : “ Qui est cet enfant ? ”
Vjer sommen marroven : “ Nous sommes des amis ”

SITHI :
Ai Samu’sitech’a ! : “ Salut à toi, Samu’sitech’a ! ”
Ai, Nakkiga, o’do ’tke stazho (norn) : “ Ah !, Nakkiga, j’ai échoué ”
Asu’a : “ Qui regarde vers l’est ”
Hei ma’akajao-zha ! : “ Faites qu’il tombe ! (le château) ”
Hikeda’ya (Enfants des Nuages) : Norns
Hikeda’yei : pluriel à la deuxième personne de “ Hikeda’ya ” : “ vous, Hikeda’yas ”
Hikka : “ Porteur ”
Hikka Sta’ja : “ Porteur de la Flèche ”

Im sheyis tsi-keo'su d'a Yana o Lingit : “ Par le sang commun de nos ancêtres (Yana et Lingit) ”
Ine : “ C'est ”
Isi-isi'ye : “ C'est (effectivement) ça ”
J'asu pra-peroihin ! : “ Honte de ma maison ! ”
Ras : terme de respect : “ Sire ”, “ Messire ”
Ruakha : “ mourant ”
S'hue : “ Seigneur ”
Ske'i : “ Arrêtez ”
Staj'a Ame : “ Flèche Blanche ”
Sudhoda'ya (Enfants du Crépuscule) : mortels
T'si anh pra Ineluki : “ Par le sang d'Ineluki ”
T'si e-isi'ha as-irigù ! : “ Il y a du sang à la Porte de l'Est ! ”
T'si im t'si : “ Le sang pour le sang ”
Ua'kiza Tumet'ai nei-R'i'anis : “ Chant de la Chute de Tumet'ai ”
Zida'ya (Enfants de l'Aube) : Sithi

Achevé d'imprimer en septembre 1999
sur les presses de l'Imprimerie Bussière
à Saint-Amand (Cher)

POCKET - 12, avenue d'Italie - 75627 Paris Cedex 13
Tél. : 01-44-16-05-00

— N° d'imp. 2219. —
Dépôt légal : octobre 1999.

Imprimé en France